Henning Mankell

Vor dem Frost

ROMAN

Aus dem Schwedischen
von Wolfgang Butt

Büchergilde Gutenberg

Die Originalausgabe erschien erstmals 2002
unter dem Titel *Innan frosten* im Leopard förlag
in Stockholm.

Vorbemerkung des Übersetzers

Der mit schwedischen Verhältnissen vertraute Leser wird in der vorliegenden Übersetzung das in Schweden durchgängig gebrauchte Du als Anredeform vermissen. Es wurde, soweit es sich nicht um ein kollegiales oder freundschaftliches Du handelt, durch das den deutschen Gepflogenheiten entsprechende Sie ersetzt, auch wenn damit ein Stück schwedischer Authentizität des Textes verlorengeht.

www.buechergilde.de

Lizenzausgabe für die Büchergilde Gutenberg,
Frankfurt am Main, Wien und Zürich,
mit der freundlichen Genehmigung des
Paul Zsolnay Verlags Wien

Satz: Filmsatz Schröter, München
Druck und Bindung: Ebner & Spiegel, Ulm
Printed in Germany 2003
ISBN 3-7632-5426-9

Prolog

JONESTOWN,
NOVEMBER 1978

Die Gedanken in seinem Hirn waren wie ein Funkenregen von glühenden Nadeln. Der Schmerz war fast unerträglich. Verzweifelt versuchte er, klar zu denken und die Ruhe zu bewahren. Was quälte ihn am meisten? Er brauchte nicht nach der Antwort zu suchen: Es war die Angst. Daß Jim seine Hunde losließ und sie hinter ihm herhetzte, als wäre er ein aufgeschrecktes Wild auf der Flucht, was er eigentlich auch war. Es waren Jims Hunde, die ihm die meiste Angst machten. Die ganze lange Nacht zwischen dem 18. und dem 19. November, als er nicht mehr laufen konnte und sich zwischen den morschen Resten eines umgewehten Baums versteckte, meinte er zu hören, wie sich die Hunde näherten.

Jim läßt nie jemanden davonkommen, dachte er. Der Mann, dem ich einst zu folgen beschloß, weil er von einer grenzenlosen und göttlichen Liebe erfüllt zu sein schien, erweist sich jetzt als ein ganz anderer. Unmerklich hat er mit seinem eigenen Schatten oder mit dem Teufel, gegen den er immer gepredigt und vor dem er uns immer gewarnt hat, die Gestalt gewechselt. Dem Dämon der Ichbesessenheit, der uns daran hindert, Gott in Unterwürfigkeit und Gehorsam zu dienen. Was ich für Liebe hielt, hat sich jetzt in Haß verwandelt. Ich hätte es früher einsehen müssen. Jim hat es ja selbst klargemacht, ein um das andere Mal. Er hat uns die Wahrheit gegeben, doch nicht die ganze Wahrheit auf einmal, sondern in Form einer schleichenden Offenbarung. Aber weder ich noch einer von den anderen hat hören wollen, was wir hörten, was zwischen den Worten verborgen war. Es ist mein eigener Fehler, weil ich nicht verstehen wollte. Wenn er uns zu seinen Predigten versammelte oder uns seine Mitteilungen schickte, hat er nicht nur von der geistigen Vorbereitung gesprochen, der sich jeder einzelne unterziehen müsse, bevor der Tag des Gerichts anbreche. Er hat auch gesagt, daß wir in jedem Augenblick bereit sein müßten zu sterben.

Er unterbrach den Gedanken und horchte ins Dunkel hinaus. Hörte er nicht das entfernte Bellen der Hunde? Aber sie waren immer noch nur in ihm, eingeschlossen in seine eigene Angst. In seinem verwirrten, verschreckten Hirn kehrte er wieder zurück zu dem, was in Jonestown geschehen war. Er mußte verstehen. Jim war ihr Führer gewesen, ihr Hirte, ihr Pastor. Sie hatten sich ihm beim Auszug aus Kalifornien angeschlossen, als sie die Verfolgung, der sie von seiten der Behörden und der Massenmedien ausgesetzt waren, nicht mehr ertrugen. In Guyana wollten sie ihren Traum von einem freien Leben in Gott verwirklichen, in Eintracht miteinander und mit der Natur. Am Anfang war auch alles so gewesen, wie Jim gesagt hatte. Sie hatten davon gesprochen, daß sie ihr Paradies gefunden hatten. Aber irgend etwas war passiert. Vielleicht würden sie ihren großen Traum hier in Guyana nicht verwirklichen können? Vielleicht waren sie hier ebenso bedroht wie in Kalifornien? Vielleicht müßten sie nicht nur ein Land hinter sich lassen, sondern auch das Leben, um in Gemeinschaft mit Gott das Dasein zu schaffen, das sie einander versprochen hatten. »Ich habe meine eigenen Gedanken geprüft«, sagte Jim. »Ich habe weiter gesehen, als ich früher gesehen habe. Der Tag des Gerichts steht nahe bevor. Wenn wir nicht mit in den furchtbaren Mahlstrom gezogen werden wollen, müssen wir vielleicht sterben. Nur indem wir sterben, werden wir überleben.«

Sie sollten Selbstmord begehen. Als Jim das erstemal da auf dem Betplatz stand und darüber sprach, hatten seine Worte nichts Erschreckendes gehabt. Zuerst sollten die Eltern ihren Kindern von dem verdünnten Zyanid geben, das Jim in großen Plastikbehältern in einem verschlossenen Raum auf der Rückseite seines Hauses aufbewahrte. Dann würden sie selbst das Gift nehmen, und denjenigen, die zögerten und im letzten Augenblick ihren Glauben verrieten, würden Jim und seine engsten Mitarbeiter Hilfestellung leisten. Falls das Gift ausging, gab es Waffen. Jim persönlich würde dafür sorgen, daß alle tot waren, bevor er die Waffe gegen sich selbst richtete.

Er lag unter dem Baum und keuchte in der tropischen Hitze. Die ganze Zeit horchte er nach Jims Hunden. Den großen, rotäugigen Monstern, vor denen alle Angst hatten. Jim hatte gesagt, daß diejenigen, die sich entschieden hatten, in seiner Gemeinde zu leben, und die den großen Auszug aus Kalifornien hierher in die Wildnis von Guyana mitgemacht hatten, keinen anderen Weg gehen konnten als den von Gott bestimmten. Der Weg, den Jim Warren Jones bestimmt hatte, war der richtige.

Es klang so beruhigend, dachte er. Keiner konnte wie Jim Wörtern wie *Tod, Selbstmord, Zyanid* und *Schußwaffen* das Bedrohliche und Erschreckende nehmen und ihnen statt dessen den Klang von etwas Schönem und Erstrebenswertem verleihen.

Ein Schaudern durchfuhr ihn. Jim ist herumgegangen und hat alle Toten gesehen, dachte er. Er sieht, daß ich nicht dabei bin, und er wird die Hunde auf mich ansetzen. Der Gedanke traf ihn mit Wucht. *Alle Toten*. Ihm kamen die Tränen. Erst jetzt begriff er voll und ganz, was geschehen war. Sie waren alle tot, auch Maria und das Mädchen. Doch er wollte es nicht glauben. Maria und er hatten des Nachts flüsternd darüber gesprochen. Jim war im Begriff, wahnsinnig zu werden. Er war nicht mehr der Mann, der sie einst zu sich gelockt, ihnen Erlösung und einen Sinn des Lebens versprochen hatte, wenn sie sich der Volkstempelkirche anschlössen, die Jim gegründet hatte. Einst hatten sie es als Gnade empfunden, Jims Worte, das einzige Glück liege in der Hoffnung auf Gott, auf Christus, auf den Glauben an all das, was jenseits des irdischen Lebens wartete, das bald vorüber wäre. Maria hatte es am deutlichsten ausgesprochen: »Jims Augen haben begonnen zu flackern. Jim sieht uns nicht mehr an. Er sieht an uns vorbei, und seine Augen sind kalt, als meinte er es nicht mehr gut mit uns.«

Vielleicht sollten wir fortgehen, flüsterten sie des Nachts. Aber jeden Morgen sagten sie sich, daß sie das einmal gewählte Leben nicht aufgeben konnten. Jim würde bald wieder wie früher sein. Er machte eine Krise durch, seine Schwäche würde bald überwunden sein. Jim war der Stärkste von ihnen allen. Ohne ihn würden sie nicht in Verhältnissen leben, die trotz allem wie ein Bild des Paradieses waren.

Er wischte ein Insekt weg, das über sein verschwitztes Gesicht kroch. Der Dschungel war heiß, dampfend. Die Insekten kamen kriechend und krabbelnd von allen Seiten. Ein Ast drückte gegen sein Bein. Er fuhr hoch und glaubte, es sei eine Schlange. In Guyana gab es viele Giftschlangen. Allein in den letzten drei Monaten waren zwei Mitglieder der Kolonie von Schlangen gebissen worden, ihre Beine waren stark angeschwollen und hatten eine blauschwarze Färbung angenommen, bevor sie in übelriechenden Eiterbeulen aufplatzten. Eines der beiden, eine Frau aus Arkansas, war gestorben. Sie hatten sie auf dem kleinen Friedhof der Kolonie begraben, und Jim hatte eine seiner großen Predigten gehalten, genau wie früher, als er mit seiner Kirche, der Volkstempelkirche, nach San Francisco gekommen und rasch zu einem bekannten Erweckungsprediger geworden war.

Eine Erinnerung war deutlicher als alles andere in seinem Leben. Wie er von Alkohol und Drogen und von schlechtem Gewissen wegen des kleinen Mädchens, das er verlassen hatte, so elend und kaputt gewesen war, daß er nicht mehr wollte. Damals wollte er sterben, sich einfach vor einen Lastwagen oder einen Zug werfen, und dann wäre alles vorbei, niemand würde ihn vermissen, er selbst sich am wenigsten. Auf einer seiner letzten Wanderungen durch die Stadt, als er herumging, wie um sich von den Menschen zu verabschieden, denen es sowieso egal war, ob er lebte oder starb, kam er zufällig an dem Haus der Volkstempelkirche vorbei. »Es war die Vorsehung Gottes«, sagte Jim später, »es war Gott, der dich sah und beschloß, daß du einer der Auserwählten sein solltest, einer, dem die Gnade zuteil werden sollte, durch ihn zu leben.« Was ihn dazu getrieben hatte, in dieses Haus zu gehen, das keiner Kirche glich, wußte er noch immer nicht. Nicht einmal jetzt, da alles vorbei war und er unter einem Baum lag und darauf wartete, daß Jims Hunde kämen und ihn in Stücke rissen.

Er dachte, daß er weitermußte, seine Flucht fortsetzen mußte. Doch er konnte sein Versteck nicht verlassen. Außerdem konnte er Maria und das Mädchen nicht allein lassen. Er hatte schon einmal in seinem Leben ein Kind verlassen. Es durfte nicht wieder passieren.

Was war eigentlich geschehen? Am Morgen waren alle wie gewöhnlich früh aufgestanden. Sie hatten sich auf dem Betplatz vor Jims Haus versammelt und gewartet. Doch die Tür war geschlossen geblieben, wie so oft in der letzten Zeit. Sie hatten ihre Gebete allein gesprochen, alle neunhundertzwölf Erwachsenen und die dreihundertzwanzig Kinder, die in der Kolonie lebten. Dann waren sie an ihre Arbeit gegangen. Er hätte nicht überlebt, wenn er nicht an diesem Tag mit zwei anderen die Kolonie verlassen hätte, um zwei verschwundene Kühe zu suchen. Als er sich von Maria und ihrer Tochter verabschiedete, hatte er keinerlei Vorahnung einer drohenden Gefahr. Erst als sie auf die gegenüberliegende Seite der Schlucht gekommen waren, die die äußere Grenze zwischen der Kolonie und dem umgebenden Urwald darstellte, hatte er begriffen, daß etwas passierte.

Sie waren stehengeblieben, als sie aus der Kolonie Schüsse hörten, vielleicht hatten sie auch durch das laute Vogelgezwitscher, das sie umgab, Schreie von Menschen wahrgenommen. Sie hatten sich angesehen und waren in die Schlucht zurückgelaufen. Er hatte die beiden anderen aus den Augen verloren, er war nicht einmal sicher, ob sie nicht plötzlich beschlossen hatten zu fliehen. Als er aus dem Schatten der Bäume trat und über den Zaun zu dem Teil der Volkstempelkolonie kletterte, der von der großen Fruchtplantage eingenommen wurde, war es still. Viel zu still. Niemand pflückte irgendwelche Früchte. Es waren überhaupt keine Menschen zu sehen. Er lief zu den Häusern und begriff, daß etwas Furchtbares geschehen war. Jim war wieder herausgekommen. Er hatte die geschlossene Tür aufgestoßen. Aber er war nicht mit Liebe gekommen, sondern mit dem Haß, der immer öfter in seinen Augen zu sehen gewesen war.

Er merkte, daß er einen Krampf bekam, und drehte vorsichtig den Körper. Die ganze Zeit horchte er nach den Hunden. Aber er hörte nur das Knirschen der Heuschrecken und das Schwirren von Nachtvögeln, die über seinem Kopf dahinstrichen. *Was hatte er vorgefunden?* Als er durch die verlassene Fruchtplantage gelaufen war, hatte er versucht, das zu tun, was Jim immer als die einzige Möglichkeit des Menschen bezeichnet hatte, die große Gnade zu finden. Sein Leben in Gottes Hand zu legen. Jetzt hatte er sein Leben und sein Gebet in Gottes Hand gelegt: *Was auch geschehen ist, laß Maria und das Mädchen unverletzt sein.* Aber Gott hatte ihn nicht gehört. Er erinnerte sich, in seiner Verzweiflung gedacht zu haben, daß vielleicht Gott und Jim Jones die Schüsse aufeinander abgegeben hatten, die sie jenseits der Schlucht gehört hatten.

Es war, als stürmte er geradewegs auf die staubige Straße in Jonestown, wo Gott und Pastor Jim Warren Jones sich gegenüberstanden, um die letzten Schüsse aufeinander abzufeuern. Aber Gott hatte er nicht gesehen. Jim Jones war dagewesen, die Hunde hatten wie wahnsinnig in ihren Zwingern gebellt, und überall auf der Erde hatten Menschen gelegen, und er hatte sogleich gesehen, daß sie tot waren. Als seien sie von einer vom Himmel herabkommenden wütenden Faust niedergestreckt worden. Jim Jones und seine engsten Mitarbeiter, die sechs Brüder, die ihn immer begleiteten, seine Diener und Leibwächter, waren herumgegangen und hatten Kinder erschossen, die versuchten, von ihren toten Eltern fortzukriechen. Er war zwischen all diesen toten Körpern herumgelaufen und hatte nach Maria und dem Mädchen gesucht, ohne sie zu finden.

Als er Marias Namen brüllte, hatte Jim Jones nach ihm gerufen. Er hatte sich umgedreht und gesehen, daß sein Pastor eine Pistole auf ihn gerichtet hielt. Sie standen zwanzig Meter voneinander entfernt, zwischen ihnen auf der versengten Erde lagen die Toten, seine Freunde, zusammengekrümmt und wie verkrampft in ihren letzten Atemzügen. Jim hatte mit beiden Händen den Pistolenkolben gehalten, gezielt und abgedrückt. Der Schuß hatte ihn verfehlt. Bevor Jim zum zweitenmal schießen konnte, war er losgerannt. Mehrere Schüsse waren noch auf ihn abgegeben worden, und er hatte gehört, wie Jim vor Wut brüllte. Aber er war nicht getroffen worden, war über all die Toten hinweggestolpert und erst stehengeblieben, als es schon dunkel geworden war. Da war er unter den Baum gekrochen und hatte sich versteckt. Er wußte nicht, ob er der einzige Überlebende war. Wo waren Maria und das Mädchen? Warum sollte er allein verschont werden? Konnte ein einzelner Mensch den Jüngsten Tag überleben? Er begriff nicht. Doch er wußte, daß es kein Traum war.

Der Morgen dämmerte. Die Hitze stieg dampfend von den Bäumen auf. Da wußte er, daß Jim seine Hunde nicht loslassen würde. Er zog sich vorsichtig unter dem Baum hervor, schüttelte seine eingeschlafenen Beine und kam hoch. Dann ging er in die Richtung der Kolonie. Er war sehr erschöpft und wankte, starker Durst quälte ihn. Immer noch war alles still. Die Hunde sind tot, dachte er. Jim hatte gesagt, daß keiner entkommen sollte, auch die Hunde nicht. Er kletterte über den Zaun und begann zu laufen. Vor ihm auf dem Boden lagen die ersten Toten. Die, die versucht hatten, zu entkommen. Sie waren in den Rücken geschossen worden.

Dann blieb er stehen. Ein Mann lag vor ihm auf dem Boden, das Gesicht nach unten. Vorsichtig bückte er sich auf unsicheren Beinen und drehte den Körper um. Jim schaute ihm direkt in die Augen. Sein Blick hat aufgehört zu flakkern, dachte er. Jim sieht mir wieder gerade in die Augen. Er zwinkert nicht einmal. Ein sinnloser Gedanke fuhr ihm durch den Kopf: Die Toten zwinkern nicht. Er spürte den Impuls, Jim zu schlagen, ihm ins Gesicht zu treten. Doch er tat es nicht. Er richtete sich auf, er war der einzige Lebende unter all den Toten, und er suchte weiter, bis er Maria und das Mädchen fand.

Maria hatte versucht zu fliehen. Sie war in den Rücken getroffen worden und vornübergefallen, und sie hatte das Mädchen in den Armen gehalten. Er hockte sich nieder und weinte. Jetzt gibt es nichts mehr, dachte er. Jim hat unser Paradies in eine Hölle verwandelt.

Er blieb bei Maria und dem Mädchen, bis ein Hubschrauber über der Kolonie zu kreisen begann. Da erhob er sich und ging davon. Er dachte an etwas, was Jim gesagt hatte, in der guten Zeit, kurz nach der Ankunft in Guyana. »Die Wahrheit über einen Menschen kann man ebenso mit der Nase erkennen wie mit den Augen oder dem Gehör. Der Teufel verbirgt sich im Menschen, und der Teufel riecht nach Schwefel. Wenn du den Schwefelgeruch spürst, sollst du das Kreuz hochhalten.«

Was ihn erwartete, wußte er nicht. Er fürchtete das, was kommen würde. Er fragte sich, wie er die große Leere würde füllen können, die Gott und Jim Jones zurückgelassen hatten.

Teil 1

AALDUNKEL

1

Kurz nach neun am Abend des 21. August 2001 kam Wind auf. Wellen kräuselten sich auf dem Marebosjö, der in einer Talsenke an der Südseite von Rommeleåsen lag. Der Mann, der in der Dunkelheit am Strand wartete, hielt eine Hand in die Luft, um zu prüfen, woher der Wind kam. Fast genau aus Süden, dachte er zufrieden. Also hatte er die richtige Stelle ausgesucht, um das Brot auszulegen und die Tiere anzulokken, die er bald opfern würde.

Er setzte sich auf den Stein, auf dem er einen Pullover ausgebreitet hatte, um nicht kalt zu werden. Es war abnehmender Mond. Die Wolkendecke am Himmel ließ kein Licht durch. Aaldunkel, dachte er. So nannte es mein schwedischer Spielkamerad in meiner Kindheit. Im Augustdunkel beginnt der Aal zu wandern. Dann stößt er gegen die Leitnetze und wandert ins Innere der Reuse. Er ist gefangen.

Er horchte ins Dunkel hinaus. Seine scharfen Ohren vernahmen das Geräusch eines Autos, das in einiger Entfernung vorbeifuhr. Sonst war alles still. Er holte seine Taschenlampe heraus und ließ den Strahl über den Strand und das Wasser gleiten. Sie kamen jetzt, er konnte sie sehen. Er machte zwei weiße Flecken gegen das dunkle Wasser aus, weiße Flecken, die zahlreicher und größer werden würden.

Er knipste die Lampe aus und suchte in seinem Hirn, das er zu einem treuen und untertänigen Mitarbeiter gezähmt und getrimmt hatte, nach einer Information darüber, wie spät es war. Drei Minuten nach neun, dachte er. Dann hob er den Arm. Die Uhrzeiger leuchteten im Dunkeln. Drei Minuten nach neun. Er hatte recht gehabt. Natürlich hatte er recht gehabt. In einer halben Stunde würde alles klar sein, und er würde nicht länger warten müssen. Er hatte gelernt, daß nicht nur Menschen von dem Bedürfnis getrieben wurden, pünktlich zu sein. Er hatte drei Monate gebraucht, um das, was an ebendiesem Abend geschehen sollte, vorzubereiten. Langsam und methodisch hatte er die Tiere, die er opfern wollte, an seine Anwesenheit gewöhnt. Er hatte sich zu ihrem Freund gemacht.

Das war seine wichtigste Fähigkeit im Leben. Er konnte mit allen Freund werden. Nicht nur mit Menschen, sondern auch mit Tieren. Er machte sich zum Freund, und niemand wußte, was er meinte und dachte. Er knipste die Taschenlampe wieder an. Die weißen Flecken waren mehr geworden, und sie waren gewachsen. Sie näherten sich dem Strand. Bald würde er nicht länger warten müssen. Er leuchtete mit der Lampe über den Strand. Dort lagen die beiden mit Benzin gefüllten Sprayflaschen und die Brotstücke, die er am Strand ausgestreut hatte. Er löschte die Lampe und wartete.

Als die Zeit gekommen war, handelte er so ruhig und methodisch, wie er es geplant hatte. Die Schwäne waren ans Ufer gekommen. Sie schnappten nach seinen Brotstücken und schienen nicht zu merken, daß ein Mensch in der Nähe war. Oder sie machten sich nichts daraus, weil sie sich daran gewöhnt hatten, daß er keine Gefahr darstellte. Er benutzte die Taschenlampe jetzt nicht mehr, sondern hatte eine Nachtsichtbrille aufgesetzt. Sechs Schwäne waren auf dem Strand, drei Paare. Zwei hatten sich hingelegt, während die anderen ihr Gefieder putzten oder weiter mit den Schnäbeln nach Brotstücken suchten.

Der Augenblick war da. Er stand auf, griff mit jeder Hand eine Sprayflasche und besprühte jeden einzelnen Vogel mit Benzin, und bevor sie fortflattern konnten, hatte er eine der Flaschen fallen gelassen und die andere angezündet. Das brennende Benzin setzte sofort die Flügel der Schwäne in Brand. Flatternden Feuerbällen gleich versuchten sie, ihrer Qual zu entkommen, indem sie auf den See hinausflogen. Er nahm das Bild und die Geräusche dessen, was er sah, in sich auf, die brennenden, schreienden Vögel, die über den See davonflatterten, bevor sie ins Wasser stürzten und mit zischenden und rauchenden Flügeln starben. Wie geborstene Trompeten, dachte er. So werde ich ihre letzten Schreie in Erinnerung behalten.

Es war sehr schnell gegangen. In weniger als einer Minute hatte er die Schwäne angezündet und sie davonflattern sehen, bis sie ins Wasser gestürzt waren und alles wieder dunkel war. Er war zufrieden. Alles war gutgegangen. Der Abend war so verlaufen, wie es beabsichtigt war, ein tastender Anfang.

Er warf die beiden Sprayflaschen in den See. Den Pullover, auf dem er gesessen hatte, steckte er in den Rucksack und leuchtete anschließend um sich herum den Strand ab, um sich zu vergewissern, daß er nichts vergessen hatte. Als er sicher war, keine Spuren hinterlassen zu haben, zog er ein Handy aus der Jackentasche. Er hatte es vor einigen Tagen in Kopenhagen gekauft. Es würde nicht zu ihm verfolgt werden können. Er tippte die Nummer ein und wartete.

Als er Antwort bekam, bat er darum, mit der Polizei verbunden zu werden. Das Gespräch war kurz. Dann schleuderte er das Handy in den See, warf sich den Rucksack über und verschwand in der Dunkelheit.

Der Wind hatte inzwischen auf West gedreht und wurde immer böiger.

2

Linda Caroline Wallander fragte sich an diesem Tag Ende August, ob es Ähnlichkeiten gab zwischen ihr und ihrem Vater, die sie noch nicht entdeckt hatte, obwohl sie jetzt bald dreißig Jahre alt war und eigentlich wissen müßte, wer sie war. Sie hatte ihn gefragt, manchmal sogar versucht, ihm eine Antwort abzupressen, doch er reagierte verständnislos und antwortete ausweichend, sie gliche wohl am meisten seinem Vater. Die »Ähnlichkeitsgespräche«, wie sie sie nannte, gingen manchmal in Meinungsverschiedenheiten über, die in heftigem Streit endeten. Sie flammten heiß auf, legten sich jedoch schnell wieder. Die meisten dieser Streitereien vergaß sie auch wieder, und sie nahm an, daß auch ihr Vater diese Gespräche, die aus dem Ruder gelaufen waren, nicht lange wiederkäute.

Aber von all den Streitgesprächen dieses Sommers konnte sie eins nicht vergessen. Es ging um eine Bagatelle. Dennoch hatte sie das Gefühl, daß sie hinter der eigentlichen Erinnerung Bruchstücke ihrer Kindheit und Jugend wiederentdeckte, die sie völlig verdrängt hatte. Am gleichen Tag, an dem sie von Stockholm nach Ystad gekommen war, Anfang Juli, hatten sie angefangen, sich über Erinnerungen zu streiten. Sie hatten einmal, als sie klein war, zusammen eine Reise nach Bornholm gemacht. Sie waren zu dritt gewesen, ihr Vater, ihre Mutter Mona und sie selbst, sechs oder vielleicht sieben Jahre alt. Der Anlaß des idiotischen Streits jetzt war die Frage gewesen, ob es damals windig war oder nicht. Sie hatten im lauen Wind auf dem engen Balkon zu Abend gegessen, als das Gespräch plötzlich auf die Reise nach Bornholm kam. Ihr Vater behauptete, Linda sei seekrank gewesen und habe seine Jacke vollgespuckt. Linda dagegen meinte, vollkommen klar ein spiegelglattes blaues Meer vor sich liegen zu sehen. Sie hatten nur diese eine Reise nach Bornholm gemacht, eine Verwechslung war also ausgeschlossen. Ihre Mutter war nicht gern übers Meer gefahren, und Lindas Vater erinnerte sich, wie verwundert er gewesen war, als sie der Bornholmfahrt zugestimmt hatte.

An jenem Abend, nachdem der eigentümliche Streit sich wie in nichts aufgelöst hatte, konnte Linda lange nicht einschlafen. In zwei Monaten würde sie als Polizeianwärterin im Polizeipräsidium von Ystad anfangen. Sie hatte die Ausbildung in Stockholm abgeschlossen und hätte am liebsten sofort angefangen zu arbeiten. Jetzt war sie den Sommer über untätig, und ihr Vater konnte ihr keine Gesellschaft leisten, weil er den größten Teil seines Urlaubs schon im Mai genommen hatte. Er glaubte, er hätte ein Haus gekauft, und wollte seinen Urlaub benutzen, um im Mai umzuziehen. Er hatte auch ein Haus gekauft, in Svarte, südlich der Landstraße, direkt am Meer. Aber im letzten Augenblick, als die Anzahlung schon geleistet war, war die Besitzerin, eine ältere, alleinstehende pensionierte Lehrerin, plötzlich in Panik geraten bei dem Gedanken, ihre Rosenbüsche und ihren Rhododendron einem Mann zu überlassen, der sich überhaupt nicht dafür zu interessieren schien, einem Mann, der ausschließlich davon redete, wo er die Hundehütte bauen würde, in der der Hund, den er vielleicht kaufen wollte, eines Tages leben sollte. Sie machte einen Rückzieher, der Makler schlug ihrem Vater vor, auf der Erfüllung des Kaufvertrags zu bestehen oder zumindest Schadenersatz zu verlangen, doch in Gedanken hatte Wallander das Haus, in das er nie eingezogen war, bereits abgeschrieben.

Den Rest seines Urlaubsmonats, in dem es kalt und windig war, verbrachte er mit der Suche nach einem anderen Haus. Aber entweder waren sie zu teuer, oder es war nicht das, wovon er all die Jahre in der Mariagata in Ystad geträumt hatte. Deshalb behielt er seine Wohnung und begann sich ernsthaft zu fragen, ob er jemals von dort wegkommen würde.

Linda stand kurz vor dem Abschluß ihres letzten Semesters an der Polizeihochschule, und er fuhr an einem Wochenende hinauf und packte seinen Wagen voll mit einem Teil der Sachen, die sie mit nach Hause nehmen wollte. Im September sollte sie eine Wohnung bekommen, bis dahin würde sie in ihrem alten Zimmer wohnen.

Sie gingen sich sofort auf die Nerven. Linda war ungeduldig und meinte, daß ihr Vater an ein paar Fäden ziehen sollte, damit sie ihren Dienst früher antreten könnte. Er redete auch bei einer Gelegenheit mit seiner Chefin Lisa Holgersson, doch sie konnte nichts machen. Die neuen Polizeianwärter wurden zwar gebraucht, weil das Präsidium stark unterbesetzt war, aber es fehlte das Geld für die Gehälter. Linda konnte ihren Dienst nicht vor dem 10. September antreten, so dringend sie auch gebraucht wurde.

Im Laufe des Sommers frischte Linda zwei alte Freundschaften wieder auf, die seit ihren Teenagerjahren geschlummert hatten. Zufällig traf sie eines Tages auf dem Marktplatz Zeba, oder »Zebra«, wie alle sie nannten. Linda erkannte sie zuerst nicht. Sie hatte ihr schwarzes Haar rot gefärbt und kurz geschnitten. Zeba stammte aus dem Iran und war bis zur Neunten, als ihre Wege sich trennten, in Lindas Klasse gegangen. An diesem Julitag, als sie sich über den Weg liefen, schob Zebra einen Kinderwagen, und sie gingen in eine Konditorei und tranken Kaffee.

Zebra hatte sich zur Barkeeperin ausbilden lassen, hatte aber dann mit Marcus, den Linda auch kannte, ein Kind bekommen, Marcus, der exotische Früchte liebte und schon mit neunzehn Jahren an der östlichen Ausfahrt von Ystad seine eigene Pflanzenschule aufgemacht hatte. Ihr Verhältnis war auseinandergegangen, aber der Junge war da. Sie unterhielten sich lange, bis der Junge anfing, so schrill und nachdrücklich zu schreien, daß sie auf die Straße flohen. Aber nach diesem zufälligen Treffen blieben sie in Kontakt, und Linda bemerkte, daß ihre Ungeduld abnahm, wenn es ihr gelang, Brücken zurück in die Zeit zu schlagen, als sie noch nichts anderes von der Welt wußte als das, was der Horizont von Ystad ihr erlaubte.

Auf dem Heimweg in die Mariagata nach dem Treffen mit Zebra fing es plötzlich an zu regnen. Sie suchte Schutz in einem Bekleidungsgeschäft in der Fußgängerzone, und während sie darauf wartete, daß der Regen aufhörte, schlug sie im Telefonbuch Anna Westins Nummer nach. Ihr Herz machte einen Satz, als sie sie fand. Anna und sie hatten fast zehn Jahre lang keinen Kontakt gehabt. Die intensive Freundschaft, die sie während ihres Aufwachsens verbunden hatte, war plötzlich und brutal zu Ende gegangen, als sie sich mit siebzehn in denselben Jungen verliebten. Als dann die Verliebtheit bei beiden vorüber und vergessen war, hatten sie versucht, ihre frühere Freundschaft wiederzubeleben. Doch etwas war dazwischengekommen, und schließlich hatten sie es aufgegeben. In den letzten Jahren hatte Linda nur selten an Anna gedacht. Aber die Begegnung mit Zebra hatte die Erinnerungen wachgerufen, und sie freute sich, als sie sah, daß Anna tatsächlich noch in Ystad wohnte, in einer der Straßen hinter der Mariagata, gleich bei der Ausfahrt in Richtung Österlen.

Am gleichen Abend rief Linda an, und sie verabredeten sich für einen der folgenden Tage. Danach trafen sie sich mehrmals in der Woche, manchmal alle drei, doch meistens nur Anna und Linda. Anna wohnte allein und lebte von Studiengeld, mit dem sie mühsam ihr Medizinstudium finanzierte.

Linda hatte den Eindruck, Anna sei womöglich noch scheuer geworden als damals in den Jahren ihres gemeinsamen Heranwachsens. Ihr Vater hatte sie und ihre Mutter verlassen, als sie fünf oder sechs Jahre alt war. Er hatte nie mehr etwas von sich hören lassen. Annas Mutter lebte draußen auf dem Land, nicht weit von Löderup, wo Lindas Großvater viele Jahre lang gelebt und seine ewig gleichen Bilder gemalt hatte. Anna schien froh darüber zu sein, daß Linda den Kontakt zu ihr gesucht hatte und fortan wieder in Ystad leben würde. Doch Linda spürte, daß sie mit der Freundin äußerst behutsam umgehen mußte. Sie hatte etwas Zerbrechliches, etwas Scheues. Linda durfte ihr nicht zu nahe kommen. Aber in dieser Gemeinschaft, mit Zebra, ihrem Sohn und Anna, ertrug Linda immerhin den sich dahinschleppenden Sommer, während sie darauf wartete, zum Polizeipräsidium hinaufzugehen, mit der dicken Frau Lundberg zu sprechen, die der Kleiderkammer vorstand, und ihre Uniform und die übrige Ausstattung in Empfang zu nehmen und zu quittieren.

Den Sommer über arbeitete ihr Vater fast ausschließlich, aber erfolglos, an der Aufklärung einer Serie schwerer Raubüberfälle auf Banken und Postämter in Ystad und Umgebung. Dann und wann hörte Linda ihn auch von einigen großen Dynamitdiebstählen sprechen, die offenbar in einer sorgfältig geplanten Aktion durchgeführt worden waren. Wenn er abends eingeschlafen war, ging Linda seine Notizen und die Ermittlungsmappen durch, die er häufig mit nach Hause brachte. Aber wenn sie versuchte, ihn danach zu fragen, woran er gerade arbeitete, antwortete er ausweichend. Noch war sie keine Polizistin. Sie mußte mit ihren Fragen bis zum September warten.

Der Sommer verging. Eines Tages im August kam ihr Vater am frühen Nachmittag nach Hause und sagte, ein Makler habe angerufen und berichtet, er hätte jetzt ein Haus gefunden und sei überzeugt, daß es Wallander gefallen würde. Es lag nicht weit von Mossby Strand an einem Hang, der zum Meer hin abfiel. Er fragte Linda, ob sie Lust habe, mitzufahren und das Haus anzusehen. Sie rief Zebra an, mit der sie verabredet war, und verschob ihr Treffen auf den nächsten Tag.

Dann setzten sie sich in Wallanders Peugeot und verließen die Stadt in westlicher Richtung. Das Meer an diesem Tag war grau und kündete vom Herbst, der vor der Tür stand.

3

Das Haus war leer und verbarrikadiert. Dachziegel waren weggeweht, eins der Fallrohre war halb abgerissen. Das Haus lag auf einem Hügel mit unbehinderter Sicht aufs Meer. Aber es strahlte etwas Unbarmherziges und Einsames aus, dachte Linda. Dies ist kein Haus, in dem mein Vater seine Ruhe finden kann. Hier wird er nur von seinen Dämonen gejagt werden. Aber was für Dämonen sind es eigentlich? Was quälte ihn am meisten? In Gedanken versuchte sie, seine dunkleren Seiten in eine Rangordnung zu bringen; als erstes kam seine Einsamkeit, dann das steigende Übergewicht und die Steifheit seiner Gelenke. Doch danach? Sie ließ den Gedanken an die Liste fallen und beobachtete heimlich ihren Vater, wie er auf dem Grundstück umherging und das Haus inspizierte. Der Wind zog langsam, beinah grüblerisch durch ein paar hohe Buchen. Tief unter ihnen lag das Meer. Linda kniff die Augen zusammen und sah ein Schiff am Horizont.

Kurt Wallander betrachtete seine Tochter. »Du ähnelst mir, wenn du die Augen zusammenkneifst.«

»Nur dann?«

Sie gingen weiter. Auf der Rückseite des Hauses lag ein vergammeltes Ledersofa. Eine Feldmaus schreckte zwischen den Federn auf und huschte davon. Der Vater blickte sich um und schüttelte den Kopf. »Warum will ich eigentlich aufs Land?«

»Willst du, daß ich dich das frage? Dann tu ich es. Warum willst du aufs Land?«

»Es war immer mein Traum, morgens aus dem Bett zu steigen und direkt hinaus ins Freie treten und pinkeln zu können.«

Sie sah ihn belustigt an. »Nur deshalb?«

»Was könnte ein besseres Motiv sein? Fahren wir?«

»Wir machen noch eine Runde.«

Diesmal betrachtete sie das Haus mit größerer Aufmerksamkeit, als sei sie selbst eine kauflustige Spekulantin und ihr Vater der Makler. Sie schnüffelte herum wie ein Tier, das Witterung aufnahm. »Was kostet dieses Haus?«

»Vierhunderttausend.«

Sie schüttelte ungläubig den Kopf.

»Wirklich«, sagte er.

»Hast du so viel Geld?«

»Nein. Aber die Bank hat versprochen, mir ihre Pforten zu öffnen. Ich bin vertrauenswürdig. Ein Polizeibeamter, der sein Leben lang seine Finanzen ordentlich geführt hat. Eigentlich macht es mich ein bißchen traurig, daß mir dieses Haus nicht richtig gefällt. Ein leeres Haus ist genauso bedrückend wie ein verlassener Mensch.«

Sie fuhren weiter. Linda las einen Wegweiser, an dem sie vorüberkamen: »Mossby Strand«.

Er warf ihr einen Blick zu. »Willst du hinfahren?«

»Ja. Wenn du Zeit hast.«

Ein einsamer Wohnwagen stand auf dem Parkplatz am Strand. Der Kiosk war geschlossen. Ein Mann und eine Frau, die deutsch miteinander sprachen, saßen auf kaputten Plastikstühlen vor dem Wohnwagen. Zwischen ihnen stand ein Tisch. Sie spielten Karten und waren hoch konzentriert. Linda und Kurt Wallander gingen zum Strand hinunter.

Genau an diesem Strand hatte sie ihm vor einigen Jahren ihren Entschluß mitgeteilt. Sie wollte nicht mehr Möbelpolsterin werden, und auch in den vagen Traum, vielleicht Schauspielerin zu werden, hatte sie kein rechtes Vertrauen mehr. Sie hatte aufgehört, rastlos in der Welt umherzureisen. Es war lange her, daß sie mit einem Jungen aus Kenia zusammengewesen war, der in Lund Medizin studierte und ihre größte Liebe war, auch wenn die Erinnerung daran in den letzten Jahren verblaßt war. Jetzt war er in seine Heimat zurückgefahren, und sie war ihm nicht gefolgt. Linda hatte versucht, die Leitlinien für ihr Leben zu finden, indem sie das Leben ihrer Mutter Mona betrachtete. Doch sie hatte nur eine Frau gesehen, die immer alles halb machte und dann liegenließ. Mona hatte zwei Kinder haben wollen, aber nur eins bekommen, und sie hatte geglaubt, daß Kurt Wallander die einzige und große Liebe ihres Lebens sei. Aber sie ließ sich scheiden und lebte jetzt in zweiter Ehe mit einem golfspielenden, aus Gesundheitsgründen vorzeitig pensionierten Prokuristen in Malmö.

Linda hatte daraufhin mit neuerwachter Neugier angefangen, ihren Vater zu betrachten, den Kriminalbeamten, der immer vergaß, sie am Flugplatz abzuholen, wenn sie zu Besuch kam. Sie hatte ihm insgeheim sogar einen Namen gegeben: der Mann, der immer vergißt, daß es mich gibt. Aber sie spürte, daß er derjenige war, jetzt, da ihr Großvater nicht mehr lebte, der ihr am nächsten stand. Es war, als ob sie das Fernglas umdrehte, ihn an einen Ort versetzte, wo es ihn weiterhin gab, er aber nicht zu nahe war. Eines Morgens, als sie nach dem Aufwachen noch ein wenig liegen blieb, wurde ihr auf einmal klar, was sie mit ihrem Leben machen wollte: Sie wollte wie er sein, zur Polizei gehen. Ein Jahr lang hatte sie den Gedanken für sich behalten und nur mit ihrem damaligen Freund darüber gesprochen, aber nachdem sie selbst überzeugt war, hatte sie als erstes mit ihrem Freund Schluß gemacht und war anschließend nach Schonen hinuntergefahren, hatte ihren Vater mit an diesen Strand genommen und es ihm gesagt. Sie konnte sich noch gut daran erinnern, wie erstaunt er gewesen war. Er hatte darum gebeten, eine Minute überlegen zu dürfen, was er von ihrem Entschluß hielt. Da war sie auf einmal unsicher geworden. Vorher hatte sie gedacht, er würde sich über ihre Entscheidung freuen. In dieser kurzen Minute, als er ihr seinen breiten Rücken zuwandte und der Wind sein schütteres Haar hochwehte wie eine Tüte, hatte sie sich darauf vorbereitet, daß sie streiten würden. Aber als er sich umwandte und lächelte, wußte sie Bescheid.

Sie gingen bis ans Wasser. Linda zog mit dem Fuß die Spur eines Pferdehufs nach. Kurt Wallander beobachtete eine Möwe, die unbeweglich in der Luft über seinem Kopf stand.

»Was denkst du?« fragte sie.

»Worüber? Über das Haus?«

»Darüber, daß ich bald in Uniform vor dir auftreten werde.«

»Es fällt mir schwer, mir das richtig vorzustellen. Einzusehen, daß ich wohl aufgeregt sein werde.«

»Warum aufgeregt?«

»Vielleicht weil ich weiß, wie du dich fühlen wirst. In eine Uniform zu steigen ist nicht schwer. Aber sich dann öffentlich darin zu zeigen, das ist schwer. Du merkst, daß alle dich sehen. Du bist die Polizistin, die mitten auf der Straße steht und bereit sein muß, einzugreifen und wütende Menschen auseinanderzureißen. Ich weiß, was dir bevorsteht.«

»Ich habe keine Angst.«

»Ich rede nicht von Angst. Ich rede davon, daß die Uniform von dem Tag an, an dem du sie anziehst, immer da ist.«

Sie ahnte, daß er recht hatte. »Was glaubst du, wie es geht?«

»An der Schule ging es gut. Hier geht es gut. Du selbst bestimmst, ob es gutgeht oder nicht.«

Sie wanderten am Strand entlang. Sie erzählte, daß sie in ein paar Tagen nach Stockholm fahren würde. Ihr Jahrgang wollte sich zu einem Abschiedsball treffen, bevor sie endgültig in die verschiedenen Polizeibezirke im ganzen Land verstreut wurden.

»Wir hatten keinen Ball«, sagte er. »Ich hatte so gut wie keine Ausbildung, als ich damals anfing. Ich frage mich noch immer, wie diejenigen, die damals zur Polizei wollten, auf ihre Eignung getestet wurden. Die rohe Kraft, glaube ich. Und allzu dumm durfte man nicht sein. Aber ich weiß noch, daß ich ein Bier trank, als ich meine Uniform bekommen hatte. Nicht auf der Straße natürlich, sondern bei einem Kameraden in der Södra Förstadsgata in Malmö.«

Er schüttelte den Kopf. Linda konnte nicht sagen, ob die Erinnerung ihn amüsierte oder quälte.

»Ich wohnte noch zu Hause. Ich glaubte, mein Vater würde verrückt, als ich mit der Uniform nach Hause kam.«

»Warum fand er es so schrecklich, daß du Polizist wurdest?«

»Er hat mich zum Narren gehalten. Ich habe das erst begriffen, als er tot war.«

Linda blieb wie angewurzelt stehen. »Dich zum Narren gehalten?«

Er sah sie an und lächelte. »Eigentlich fand er es ganz gut, daß ich Polizist wurde. Aber statt das zuzugeben, machte er sich einen Jux daraus, mich im ungewissen darüber zu lassen. Und das schaffte er ja auch, wie du weißt.«

»Ist das wirklich wahr?«

»Niemand kannte meinen Vater besser als ich. Ich weiß, daß ich recht habe. Der Alte war ein Schurke. Ein wunderbar schurkiger Vater. Der einzige, den ich hatte.«

Sie gingen zum Wagen zurück. Die Wolkendecke war aufgerissen. Als die Sonne durchbrach, wurde es sofort wärmer. Die beiden kartenspielenden Deutschen schauten nicht auf, als sie vorbeigingen.

Als sie zum Wagen kamen, sah er auf die Uhr. »Hast du es eilig, nach Hause zu kommen?« fragte er.

»Ich kann es nicht erwarten, endlich mit der Arbeit anzufangen. Das ist alles. Warum fragst du, ob ich es eilig habe? Ich bin ungeduldig.«

»Ich muß noch einer Sache nachgehen. Ich erzähle dir im Wagen davon.«

Sie nahmen die Straße nach Trelleborg und bogen bei der Abfahrt zum Schloß Charlottenlund ab.

»Eigentlich ist es keine richtige Ermittlung«, sagte er. »Aber da ich schon mal in der Nähe bin, kann ich ja vorbeifahren.«

»Wo vorbeifahren?«

»Am Schloß Marebo. Oder genauer gesagt am See bei Schloß Marebo.«

Die Straße war schmal und kurvenreich. Er erzählte genauso langsam und ruckhaft, wie er fuhr. Linda fragte sich, ob seine geschriebenen Berichte ähnlich schlecht waren wie die mündliche Darstellung, die er ihr gerade gab.

Das Ganze war trotzdem sehr einfach. Vorgestern abend war bei der Polizei in Ystad ein Anruf eingegangen. Ein Mann, der weder seinen Namen nennen noch sagen wollte, von wo er anrief, und der mit einem undeutlichen Dialekt sprach, sagte, daß über dem Marebosee brennende Schwäne zu sehen gewesen seien. Eine ausführlichere Aussage hatte er nicht machen können oder nicht machen wollen. Als der Wachhabende ihm Fragen stellen wollte, hatte er aufgelegt. Er hatte sich nicht wieder gemeldet. Der Anruf wurde zu Protokoll genommen, ohne daß eine Maßnahme veranlaßt wurde, weil gerade dieser Abend ungewöhnlich turbulent war mit einer schweren Körperverletzung in Svarte und zwei Einbrüchen in Geschäfte im Zentrum von Ystad. Man kam zu der Einschätzung, daß es sich um eine optische Täuschung handelte oder daß der Anruf nichts weiter war als grober Unfug. Nur er selbst, als Martinsson ihm von dem Ganzen erzählte, dachte sogleich, daß es unwahrscheinlich genug klang, um wirklich wahr zu sein.

»Brennende Schwäne? Wer tut denn so was?«

»Ein Sadist. Ein Tierquäler.«

»Glaubst du denn, daß es stimmt?«

Er hatte an der Hauptstraße angehalten. Erst nachdem er sie überquert hatte und nach Marebo abgebogen war, antwortete er. »Hast du das nicht auf der Schule gelernt? Daß Polizisten nicht soviel *glauben*. Sie wollen wissen. Gleichzeitig sind sie darauf gefaßt, daß wirklich alles geschehen kann. Unter anderem, daß jemand anruft und eine Meldung über brennende Schwäne macht. Und daß die Information sich als zutreffend erweist.«

Linda stellte keine weiteren Fragen. Sie bogen auf einen Parkplatz ein und gingen den Hügel hinab bis zum See. Linda ging unmittelbar hinter ihrem Vater und dachte, daß sie bereits eine Uniform trug, auch wenn sie noch unsichtbar war.

Sie gingen um den See herum, ohne eine Spur von toten Schwänen zu finden. Keiner von beiden bemerkte, daß jemand sie durch die Linse eines Fernglases auf ihrem Spaziergang verfolgte.

4

Ein paar Tage später, an einem klaren und ruhigen Morgen, flog Linda nach Stockholm. Zebra hatte ihr geholfen, ein Ballkleid zu nähen. Es war hellblau und vorn und am Rükken tief ausgeschnitten. Ihr Jahrgang hatte einen alten Festsaal an der Hornsgata gemietet. Alle waren gekommen, sogar der verlorene Sohn des Jahrgangs. Von den achtundsechzig Schülern, die mit Linda zusammen angefangen hatten, mußte einer die Ausbildung abbrechen, nachdem sich gezeigt hatte, daß er ein gravierendes Alkoholproblem hatte, das er weder verheimlichen noch in den Griff bekommen konnte. Niemand wußte, wer bei der Schulleitung gepetzt hatte. Wie in einer stillschweigenden Übereinkunft hatten sie entschieden, daß sie alle gleichermaßen verantwortlich waren. Linda stellte ihn sich als ihr Gespenst vor. Er würde immer da draußen im Herbstdunkel sein, mit einer bohrenden Sehnsucht danach, in Gnaden wieder in die Gemeinschaft aufgenommen zu werden.

An diesem Abend, als sie zum letztenmal mit ihren Lehrern zusammenkamen, trank Linda viel zuviel Wein. Es kam zuweilen vor, daß sie beschwipst war, doch sie meinte immer, zu wissen, wann sie genug hatte. An diesem Abend trank sie jedoch zuviel. Vielleicht weil ihre Ungeduld ihr stärker zu schaffen machte, als sie so viele ehemalige Mitschüler traf, die bereits angefangen hatten zu arbeiten. Ihr bester Freund aus der Hochschulzeit, Mattias Olsson, hatte sich entschieden, nicht nach Sundsvall zurückzugehen, wo er herkam, und arbeitete jetzt bei der Ordnungspolizei in Norrköping. Er hatte sich schon ausgezeichnet, als er einen unter dem Einfluß anaboler Steroide amoklaufenden Bodybuilder niedergerungen hatte. Linda gehörte zu den wenigen, die noch warteten.

Sie tanzten, Zebras Ballkleid erhielt viel Lob, einige hielten Reden, andere sangen ein in Maßen spöttisches Lied auf das Lehrerkollegium, und es wäre alles in allem ein gelungener Abend gewesen, wenn nicht einer der Köche einen Fernseher in der Küche gehabt hätte.

Die Spätnachrichten brachten als Hauptthema die niederschmetternde Neuigkeit, daß ein Polizist in der Nähe von Enköping auf offener Straße niedergeschossen worden war. Die Nachricht sprach sich im Nu unter den tanzenden und trinkenden Polizeiaspiranten und ihren Lehrern herum. Die Musik wurde abgestellt, der Fernseher aus der Küche hereingetragen, und es war, dachte Linda nachher, als hätten sie alle einen Tritt in den Bauch bekommen. Plötzlich war das Fest geplatzt, das Licht wurde fahl, sie saßen da in ihren Ballkleidern und Anzügen und sahen die Bilder eines Polizisten, der niedergemäht worden war wie bei einer kaltblütigen Hinrichtung, als er zusammen mit einem Kollegen versuchte, einen gestohlenen Wagen anzuhalten. Zwei Männer waren herausgesprungen und hatten aus Maschinenpistolen gefeuert. Es waren keine Warnschüsse abgegeben worden, sie hatten in eindeutiger Tötungsabsicht gehandelt. Das Fest war vorbei, die Wirklichkeit hämmerte hart an die Tür.

Spät in der Nacht, als sie auseinandergegangen waren und Linda auf dem Weg zu ihrer Tante Kristina war, bei der sie übernachtete, blieb sie am Mariatorg stehen und rief ihren Vater an. Es war drei Uhr, und sie hörte seine verschlafene Stimme. Dennoch wurde sie ärgerlich. Er sollte nicht schlafen, wenn ein paar Stunden zuvor ein Kollege ermordet worden war. Das sagte sie auch.

»Nichts wird besser davon, daß ich nicht schlafe. Wo bist du?«

»Auf dem Weg zu Kristina.«

»Habt ihr bis jetzt gefeiert? Wie spät ist es eigentlich?«

»Drei. Es war zu Ende, als wir hörten, was passiert war.«

Er atmete schwer, als habe er sich immer noch nicht entschieden, wach zu werden.

»Was sind das für Geräusche im Hintergrund?«

»Nachtverkehr. Ich warte auf ein Taxi.«

»Wer ist bei dir?«

»Niemand.«

»Du kannst doch nicht mitten in der Nacht allein durch Stockholm laufen!«

»Ich komm schon klar. Ich bin kein Kind mehr. Entschuldige, daß ich dich geweckt habe.«

Wütend drückte sie auf die Aus-Taste ihres Handys. Es passiert zu oft, dachte sie. Es macht mich rasend. Und er merkt nicht, daß er mir auf den Geist geht.

Sie winkte ein Taxi heran und fuhr hinaus nach Gärdet, wo Kristina mit ihrem Mann und ihrem achtzehnjährigen Sohn lebte, der noch zu Hause wohnte. Kristina hatte ihr im Wohnzimmer das Sofa zurechtgemacht. Das Licht einer Straßenlaterne fiel ins Zimmer. Auf einem Bücherregal stand ein Foto von ihrem Vater, ihrer Mutter und ihr selbst. Es war vor vielen Jahren aufgenommen worden. Sie war damals vierzehn, und sie erinnerte sich noch gut daran. Es war im Frühjahr gewesen, vielleicht an einem Sonntag. Sie waren nach Löderup hinausgefahren. Ihr Vater hatte den Fotoapparat bei einem Wettbewerb im Polizeipräsidium gewonnen, und als sie das Bild machen wollten, hatte ihr Großvater sich plötzlich geweigert und sich bei seinen Gemälden im Nebengebäude eingeschlossen. Ihr Vater war wütend geworden, Mona war eingeschnappt und hatte sich zurückgezogen. Linda war zu ihrem Großvater hineingegangen und hatte versucht, ihn zu überreden, herauszukommen und sich mit ihnen fotografieren zu lassen.

»Ich will nicht auf Bildern sein, auf denen Menschen, die bald auseinandergehen, dastehen und grinsen«, hatte er geantwortet.

Sie erinnerte sich noch, wie weh es getan hatte. Auch wenn sie hätte wissen müssen, wie unsensibel ihr Großvater sein konnte, hatten seine Worte sie getroffen wie eine Ohrfeige. Dann war es ihr gelungen, sich zu fassen und ihn zu fragen, ob es stimmte, ob er etwas wüßte, was ihr nicht bekannt sei.

»Nichts wird davon besser, daß du die Augen verschließt«, hatte er gesagt. »Geh jetzt raus. Du sollst mit auf das Bild. Vielleicht täusche ich mich.«

Sie saß auf dem zum Schlafen zurechtgemachten Sofa und dachte, daß ihr Großvater fast nie recht gehabt hatte. Aber diesmal hatte er gewußt, wovon er redete. Er hatte sich geweigert, mit auf dem Foto zu sein, das mit Selbstauslöser gemacht wurde. Während des folgenden Jahres, des letzten gemeinsamen Jahres ihrer Eltern, hatten die Spannungen zugenommen.

In dieser Zeit hatte sie zweimal versucht, sich das Leben zu nehmen. Das erstemal, als sie sich die Pulsadern aufgeschnitten hatte, war es der Vater gewesen, der sie gefunden hatte. Sie konnte noch immer das Bild seiner Angst vor sich sehen. Aber die Ärzte mußten ihm gesagt haben, daß zu keinem Zeitpunkt eine wirkliche Gefahr bestanden hatte. Die Eltern hatten ihr kaum Vorwürfe gemacht, und die wenigen erreichten sie nicht in Worten, sondern in Blicken und in Schweigen. Dagegen wurde bei ihren Eltern die letzte gewaltsame Eruption von Streit ausgelöst, die dazu führte, daß Mona eines Tages ihre Koffer packte und auszog.

Linda dachte später, wie seltsam es war, daß sie nicht die Verantwortung für die Scheidung ihrer Eltern auf sich genommen hatte. Aber eigentlich hatte sie ihnen einen Dienst erwiesen, sagte sie sich trotzig; sie hatte dazu beigetragen, eine Ehe zu beenden, die seit langem abgeschlossen und vorüber war. Sie hatte sich oft in Erinnerung gerufen, daß sie trotz ihres leichten Schlafs und der Hellhörigkeit der Wohnung nie von nächtlichen Geräuschen aus dem Schlafzimmer wach geworden war, die darauf schließen ließen, daß die Eltern sich liebten. Sie hatte einen Keil in die Ehe ihrer Eltern getrieben, der sie endgültig voneinander befreit hatte.

Von dem zweiten Selbstmordversuch wußte ihr Vater

nichts. Das war ihr größtes Geheimnis vor ihm. Manchmal glaubte sie, er hätte doch erfahren, was geschehen war. Aber ebenso häufig war sie davon überzeugt, daß er nichts ahnte. Diesmal war es ihr ernst gewesen. Sie sah alles noch ganz klar vor sich.

Sie war sechzehn und zu ihrer Mutter nach Malmö gefahren. Es war eine Zeit großer Niederlagen, so großer Niederlagen, wie man sie nur als Teenager erlebt. Sie mochte sich selbst nicht leiden, schrak vor ihrem Spiegelbild zurück, das sie gleichzeitig liebte, nichts an ihrem Körper war, wie es sein sollte. Die Depression kam schleichend, wie eine Krankheit, deren Symptome zunächst vage und nicht der Beachtung wert waren. Aber auf einmal war es zu spät, und sie wurde von einer unbezwingbaren Depression befallen, als ihre Mutter für all ihre Qualen nur Unverständnis aufbrachte. Was sie am meisten erschütterte, war Monas Nein, als sie sie gebeten hatte, nach Malmö ziehen zu dürfen. Sie konnte sich über das Zusammenleben mit ihrem Vater nicht beklagen, es war die Kleinstadt, aus der sie fortwollte. Aber Mona blieb hart.

Im Zorn hatte Linda die Wohnung verlassen. Es war im zeitigen Frühjahr, noch Schnee auf den Beeten und an den Straßenrändern, ein beißender Wind kam vom Sund herüber, und sie war durch die Straßen gelaufen, die endlose Regementsgata entlang zur Ausfahrt Richtung Ystad. Irgendwo hatte sie sich verlaufen. Sie hatte die gleiche Angewohnheit wie ihr Vater, beim Gehen auf den Boden zu starren. Wie er war sie bei verschiedenen Gelegenheiten gegen Laternenpfähle oder parkende Autos gelaufen. Sie war zu einer Brükke über eine Autobahn gekommen. Ohne wirklich zu wissen, warum, war sie auf das Brückengeländer geklettert, wo sie anfing, im Wind zu schwanken. Sie schaute hinab auf die heranrasenden Autos und die gleißenden Lichter, die das Dunkel zerschnitten. Wie lange sie so stand, wußte sie nicht. Es war wie eine letzte große Vorbereitung, sie hatte nicht einmal Angst oder Selbstmitleid verspürt. Sie hatte nur darauf gewartet, daß die schwere Müdigkeit oder die Kälte sie dazu brachten, den Schritt hinaus in die Leere zu tun.

Plötzlich hatte jemand hinter ihr gestanden, oder vielleicht neben ihr, und behutsam zu ihr gesprochen. Es war eine Frau, eine junge Frau mit kindlichem Aussehen, vielleicht nicht viel älter als sie selbst. Aber sie trug eine Uniform, sie war Polizistin. Weiter hinten auf der Brücke standen zwei Polizeiwagen mit kreisendem Blaulicht. Aber nur diese Polizistin mit dem kindlichen Gesicht hatte sich genähert. Im Hintergrund hatte Linda die Schatten anderer Menschen wahrgenommen, die warteten, die die Verantwortung dafür, diese Idiotin von dem Brückengeländer herunterzuholen, einer jungen Frau übertragen hatten, die nur wenig älter war als sie selbst. Sie hatte mit ihr gesprochen, hatte gesagt, daß sie Annika heiße und nur wolle, daß Linda da herunterkäme, ein Sprung ins Leere sei keine Lösung, egal, welches Problem sie habe. Linda hatte widersprochen, sie hatte das Gefühl, das, was sie tat, verteidigen zu müssen. Wie konnte Annika wissen, wovon sie sich befreien wollte? Aber Annika gab nicht nach, sie wirkte vollkommen ruhig, als sei sie mit einer unerschöpflichen Geduld ausgestattet. Als Linda schließlich vom Geländer herunterkletterte und zu weinen anfing, aus einer Enttäuschung heraus, die natürlich zum Teil Erleichterung war, hatte auch Annika geweint. Sie hatten dagestanden und sich umarmt. Linda bat darum, daß ihr Vater, der auch Polizist sei, nichts erführe. Und ihre Mutter auch nicht, aber vor allem nicht ihr Vater. Annika versprach es ihr, und das Versprechen hatte sie gehalten. Viele Male hatte Linda sich vorgenommen, sie anzurufen. Sie hatte die Hand am Telefon gehabt, um im Polizeipräsidium in Malmö anzurufen. Aber jedesmal hatte sie die Hand wieder zurückgezogen.

Sie stellte das Foto zurück aufs Bücherregal, dachte an den Polizisten, der ermordet worden war, und legte sich hin, um zu schlafen. Von der Straße waren ein paar lärmende Personen zu hören, die sich stritten. Sie dachte, daß sie bald mitten zwischen ihnen stehen würde und zu schlichten versuchen müßte. Aber war es wirklich das, was sie wollte? Die Wirklichkeit in Gestalt des ermordeten Polizisten auf einer Straße in Enköping gab ihr zu denken.

In dieser Nacht fand sie keine Ruhe. Am Morgen wurde sie von Kristina geweckt, die jedoch in Eile war, um pünktlich zur Arbeit zu kommen. Kristina war in jeder Hinsicht das Gegenteil ihres Bruders. Sie war groß und schlank, hatte ein spitzes Gesicht und sprach mit einer piepsigen, schrillen Stimme, über die Lindas Vater sich bei seiner Tochter oft lustig gemacht hatte. Aber Linda mochte ihre Tante. Sie hatte etwas Einfaches, nichts brauchte kompliziert zu sein. Auch darin war sie das Gegenteil ihres Bruders, der überall Probleme sah, unlösbare Probleme, was das Privatleben anging, Probleme, auf die er sich wie ein wütender Bär stürzte, was die Arbeit betraf.

Um kurz vor neun fuhr Linda nach Arlanda hinaus, um zu versuchen, eine Maschine nach Malmö zu bekommen. Die Zeitungsaushänger posaunten den Polizistenmord heraus. Sie bekam einen Platz in einer Maschine um zwölf Uhr und rief ihren Vater an, der sie in Sturup abholte.

»War es schön?« fragte er.

»Was glaubst du?«

»Ich weiß nicht. Ich war ja nicht da.«

»Darüber haben wir heute nacht gesprochen, falls du dich erinnerst.«

»Natürlich erinnere ich mich. Du warst unhöflich.«

»Ich war müde und verbittert. Ein Polizist ist ermordet worden. Das Fest war natürlich danach nur noch fad. Man konnte nicht mehr fröhlich sein.«

Der Vater nickte, sagte aber nichts. Er setzte sie in der Mariagata ab.

»Was macht der Sadist?«

Er verstand zuerst nicht, was sie meinte.

»Der Tierquäler. Die brennenden Schwäne.«

»Das war bestimmt nur jemand, der sich wichtig machen wollte. Es wohnen ziemlich viele Leute in der Nähe des Sees. Irgend jemand müßte doch etwas bemerkt haben. Wenn es wirklich stimmt.«

Kurt Wallander fuhr ins Präsidium zurück. Als Linda in die Wohnung hinaufkam, sah sie neben dem Telefon einen Zettel mit seiner Schrift. Es ging um Anna. Ein Anruf vom Abend vorher. *Ruf mich an. Wichtig.* Daneben hatte der Vater einen Kommentar gekritzelt, den sie nicht entziffern konnte. Sie rief ihn im Büro an:

»Warum hast du nicht gesagt, daß Anna angerufen hat?!«

»Ich habe es vergessen.«

»Was steht da? Was du daneben geschrieben hast?«

»Ich fand, daß sie besorgt wirkte.«

»Was meinst du damit?«

»Das, was ich sage. Daß sie besorgt wirkte. Am besten, du rufst sie an.«

Linda wählte Annas Nummer. Zuerst war besetzt, dann meldete sich niemand. Später versuchte sie es noch einmal, vergeblich. Gegen sieben, nachdem sie und ihr Vater zu Abend gegessen hatten, zog sie ihre Jacke an und ging zu Annas Wohnung und klingelte. Als Anna aufmachte, sah Linda sogleich, was ihr Vater gemeint hatte. Annas Gesicht war verändert. Ihre Augen flackerten unruhig. Sie zog Linda in den Flur und schlug die Tür zu.

Als habe sie es eilig, die Umwelt auszuschließen.

5

Plötzlich erinnerte sich Linda an Annas Mutter, Henrietta. Eine magere Frau, mit ruckhaften und nervösen Bewegungen. Linda hatte immer Angst vor ihr gehabt. Es war wie eine fixe Idee über sie gekommen, daß Annas Mutter wie eine leicht zerbrechliche Vase war, die zerspringen konnte, wenn jemand zu laut sprach, eine heftige Bewegung machte oder die Stille störte, die das Wichtigste in ihrem Leben zu sein schien.

Linda erinnerte sich an das erste Mal, als sie Annas Zuhause besucht hatte. Sie war acht oder neun, Anna ging in ihre Parallelklasse, und warum sie sich mochten, konnten sie nie beantworten. Wir mochten uns eben, dachte Linda. Sonst nichts. Jemand steht da und wirft unsichtbare Bänder um Menschen und verknotet sie. So war es mit Anna und mir. Wir waren unzertrennlich, bis dieser picklige Junge zwischen uns trat und wir uns beide in ihn verliebten.

Annas verschwundener Vater war für sie nur noch ein Mann auf ein paar vergilbten Fotos. Aber in ihrer Wohnung waren keine Bilder zu sehen. Henrietta hatte alle Spuren beseitigt, als wolle sie ihrer Tochter zu verstehen geben, daß ihr Vater nie mehr wiederkommen würde. Er war gegangen, um nicht zurückzukommen. Die Fotos hatte Anna in einer Schublade aufbewahrt, gut versteckt zwischen ihrer Unterwäsche. Linda erinnerte sich an einen Mann mit langen Haaren und Brille, der schaute, als sei das Bild gegen seinen Willen aufgenommen worden. Anna hatte ihr die Fotos in höchster Vertraulichkeit gezeigt. Als sie Freundinnen wurden, war ihr Vater seit zwei Jahren verschwunden. Anna leistete einen wortlosen Widerstand gegen die Art und Weise, in der ihre Mutter in der Wohnung und in ihrer beider Leben jede Spur des Vaters tilgte. Als die Mutter seine letzten Kleider in einen Papiersack gestopft und ihn zum Müll in den Keller gestellt hatte, war Anna in der Nacht hinuntergegangen und hatte sich ein Paar Schuhe und ein Hemd herausgesucht. Sie hatte die Sachen unter ihrem Bett versteckt. Für Linda hatte der verschwundene Vater etwas Abenteuerliches. Oft wünschte sie sich, es wäre umgekehrt und ihre streitenden Eltern wären verschwunden, wie graue Streifen von Rauch an einem blauen Himmel.

Sie setzten sich aufs Sofa. Anna lehnte sich zurück, so daß ihr Gesicht halb im Schatten blieb.

»Wie war euer Ball?«

»Wir bekamen zum Tanz einen toten Polizisten. Da war es vorbei. Aber das Kleid war prima.«

Ich kenne das, dachte Linda. Anna kommt nie direkt zur Sache. Wenn sie etwas Wichtiges zu sagen hat, braucht es seine Zeit. Deshalb fragte sie:

»Und wie geht es deiner Mutter?«

»Gut.«

Plötzlich stutzte Anna jedoch.

»Gut? Warum sage ich ›gut‹? Es geht ihr schlechter denn je. Seit zwei Jahren schreibt sie an einem Requiem über ihr eigenes Leben, ›Die namenlose Messe‹ nennt sie es. Zweimal hat sie die Noten ins Feuer geworfen, zweimal hat sie sie im letzten Moment wieder aus den Flammen gefischt. Ihr Selbstvertrauen ist ungefähr genauso tief abgesackt wie bei einem Menschen, der nur noch einen Zahn im Mund hat.«

»Wie klingt ihre Musik?«

»Ich habe kaum eine Ahnung. Dann und wann hat sie versucht, es mir zu erklären, indem sie etwas vorgesummt hat. In den seltenen Augenblicken, in denen sie glaubte, das, was sie schreibe, habe irgendeinen Wert. Aber ich erkenne nie eine Melodie. Gibt es Musik ohne Melodie? Ihre Musik hört sich an wie Schreie, als ob jemand nach dir sticht oder dich schlägt. Es will mir überhaupt nicht in den Kopf, daß jemand sich so etwas anhören will. Gleichzeitig bewundere ich sie, weil sie nicht aufgibt. Zweimal habe ich versucht, ihr zu raten, eine andere Richtung einzuschlagen, etwas ganz anderes zu machen. Sie ist doch noch keine Fünfzig. Beide Male ist sie auf mich losgegangen, hat gekratzt und gezerrt und gespuckt. Da war ich überzeugt, daß sie drauf und dran ist, verrückt zu werden.«

Anna unterbrach sich, als fürchtete sie, zuviel gesagt zu haben. Linda wartete auf die Fortsetzung. Ihr fiel ein, daß sie schon einmal so gesessen hatten, als sie entdeckten, daß sie beide in denselben Jungen verliebt waren. Keine hatte etwas sagen wollen. Sie hatten diesen stummen und atemlosen Schrecken geteilt, daß ihre Freundschaft auf dem Spiel stand. Damals hatte ihr Schweigen den ganzen Abend und bis tief in die Nacht gedauert. Es war in der Mariagata gewesen. Lindas Mutter war schon mit ihren Sachen ausgezogen, und ihr Vater war in den Wäldern bei Kadesjö gewesen auf der Suche nach einem Psychopathen, der einen Taxifahrer überfallen hatte. Linda wußte sogar noch, daß Anna an jenem Abend und in der Nacht schwach nach Vanille geduftet hatte. Gab es Parfüm mit Vanilleduft? Oder Seife? Sie hatte damals nicht gefragt und wollte es auch jetzt nicht tun.

Anna richtete sich auf und kam aus dem Halbschatten heraus. »Hast du jemals das Gefühl gehabt, daß du drauf und dran warst, den Verstand zu verlieren?«

»Jeden Tag.«

Anna warf irritiert den Kopf in den Nacken. »Ich mache keine Witze. Ich meine es ernst.«

Linda bereute sofort.

»Es ist vorgekommen. Du weißt, wann.«

»Du hast dir die Pulsadern aufgeschnitten. Und auf einem Brückengeländer gestanden. Aber das ist Verzweiflung. Das ist nicht dasselbe. Alle Menschen sind irgendwann einmal verzweifelt. Es ist wie ein Initiationsritus für das Erwachsenenleben. Wenn man nicht gegen das Meer oder den Mond oder seine Eltern anschreit, hat man keine Chance, erwachsen zu werden. Prinz und Prinzessin Sorgenfrei sind verfluchte Geschöpfe. Denen hat man Betäubungsspritzen in die Seele verpaßt. Wir Lebenden müssen wissen, was Trauer ist.«

Linda beneidete Anna wegen ihrer Fähigkeit, sich zu artikulieren. Sprache und Gedanke, dachte sie. Ich müßte mich erst hinsetzen und es zu Papier bringen, wenn ich versuchen wollte, so schön zu reden wie sie.

»Dann habe ich nie Angst gehabt, ich könnte verrückt werden«, antwortete sie.

Anna stand auf, ging zum Fenster und kehrte nach einer Weile zurück. Man ähnelt seinen Eltern, dachte Linda. Genau das habe ich ihre Mutter tun sehen, ständig die gleiche Bewegung, um ihre Unruhe unter Kontrolle zu behalten. Aufstehen, zum Fenster gehen und zurückkommen. Mein Vater verschränkt die Arme fest vor der Brust, und Mona reibt sich die Nase. Und was hat meine Großmutter getan? Sie starb, als ich so klein war, daß ich mich nicht an sie erinnern kann. Und Großvater? Der pfiff auf alles und malte einfach weiter seine gräßlichen Bilder.

»Ich glaube, ich habe gestern auf der Straße in Malmö meinen Vater gesehen«, sagte Anna plötzlich.

Linda runzelte die Stirn und wartete auf eine Fortsetzung, die aber ausblieb. »Du glaubst, du hättest deinen Vater in Malmö auf der Straße gesehen?«

»Ja.«

Linda überlegte. »Aber du hast ihn doch nie gesehen. Nein, das ist falsch. Du hast ihn gesehen, aber du warst so klein, als er wegging, daß du dich nicht an ihn erinnerst.«

»Ich habe die Fotos.«

Linda rechnete im Kopf nach. »Es ist fünfundzwanzig Jahre her, daß er verschwunden ist.«

»Vierundzwanzig.«

»Vierundzwanzig. Wie sieht ein Mensch nach vierundzwanzig Jahren aus? Das weiß man nicht. Man weiß nur, daß man anders aussieht.«

»Trotzdem war er es. Meine Mutter hat mir von seinem Blick erzählt. Ich bin sicher, daß er es war. Er muß es gewesen sein.«

»Ich wußte nicht einmal, daß du gestern in Malmö warst. Ich dachte, du bist in Lund, wenn du wegfährst. Wegen deiner Prüfungen oder was du nun da machst.«

Anna sah sie nachdenklich an. »Du glaubst mir nicht.«

»Du glaubst dir selbst nicht.«

»Es war mein Vater, den ich auf der Straße gesehen habe.«

Sie atmete tief durch. »Du hast recht. Ich war in Lund. Als ich in Malmö umsteigen wollte, hatte es irgendwo draußen bei Skurup einen Defekt an einer Weiche gegeben. Ein Zug fiel aus. Plötzlich hatte ich zwei Stunden freie Zeit. Es ärgerte mich, weil ich es hasse zu warten. Ich habe nie gelernt, Geduld zu haben. Nie begriffen, daß Zeit etwas ist, was man verliert oder zugute hat. Während man wartet, kann man etwas anderes tun. Aber ich ärgere mich nur. Ich ging in die Stadt, ganz planlos. Nur um diese Zeit totzuschlagen. Irgendwo kaufte ich ein Paar Strümpfe, die ich gar nicht brauchte. Vor dem Hotel St. Jörgen war eine Frau auf der Straße umgefallen. Ich ging weiter, es berührt mich immer unangenehm, wenn jemand plötzlich krank wird oder ohnmächtig wird. Ihr Rock war hochgerutscht, und es empörte mich, daß niemand ihn herunterzog. Ich war sicher, daß sie tot war. Die Menschen um sie herum standen da und schauten sie an, als wäre sie ein totes Tier, das an den Strand gespült worden war. Ich lief weiter, zum Triangel hinauf, und da ging ich ins Hotel, um den gläsernen Aufzug zum Dach hinauf zu nehmen. Ich mache das meistens, wenn ich in Malmö bin, erhebe mich wie in einem Glasballon zum Himmel. Aber diesmal ging es nicht. Man muß den Aufzug mit seinem Zimmerschlüssel öffnen. Ich war so enttäuscht. Es kam mir vor, als hätte mir jemand ein Spielzeug weggenommen. Ich setzte mich in einen der Sessel am Fenster und wollte da bleiben, bis es Zeit wäre, wieder zum Bahnhof zu gehen.

Und da entdeckte ich ihn. Er stand draußen auf der Straße, es kamen plötzliche Windböen, die das Fenster erzittern ließen. Ich blickte auf, und da stand er auf dem Bürgersteig und sah mich an. Unsere Blicke trafen sich, wir starrten uns vielleicht fünf Sekunden lang an. Dann senkte er den Blick und ging weiter. Ich war so geschockt, daß ich nicht auf den Gedanken kam, ihm zu folgen. In dem Moment glaubte ich auch nicht, daß er es war. Es mußte eine Fata Morgana gewesen sein, eine Sinnestäuschung, das kommt ja manchmal vor, daß man glaubt, in einer wildfremden Person auf der Straße einen Menschen aus der Vergangenheit zu erkennen. Als ich schließlich auf die Straße hinauslief, war er natürlich fort. Ich ging zum Bahnhof zurück, schlich mich wie ein Raubtier durch die Straßen und versuchte, Witterung aufzunehmen, um ihn aufzuspüren. Aber er war verschwunden. Ich war so erregt, so aufgewühlt, daß ich den Zug fahren ließ und noch einmal die Straßen im Zentrum durchstreifte. Aber er war nirgendwo. Dennoch war ich sicher. Es war mein Vater, der da auf der Straße gestanden hatte. Er war älter als auf den Fotos. Aber ich hatte das Gefühl, als gelänge es mir, einen weiteren Kasten mit Fotos aus der Erinnerung heraufzuholen, Bilder, die ich noch nie zuvor gesehen hatte. Da war er, und ich war total überzeugt. Mama hat einmal seinen Blick so beschrieben, daß er immer erst mit einer gleitenden Bewegung die Augen zum Himmel wandte, bevor er etwas sagte. Und das genau tat er da vor dem Fenster. Er hatte nicht so langes Haar wie damals, als er verschwand, und eine andere Brille, nicht die mit der dicken schwarzen Fassung, es war eine randlose Brille. Ich bin sicher. Ich habe dich angerufen, weil ich einfach mit jemandem sprechen mußte, um nicht verrückt zu werden. Es *war* mein Vater. Und nicht nur ich erkannte ihn, er hatte mich zuerst gesehen und war stehengeblieben, weil er mich erkannt hatte.«

Linda spürte, daß Anna wirklich überzeugt war, ihren Vater vor dem Hotelfenster beim Triangel gesehen zu haben. Sie versuchte, sich in Erinnerung zu rufen, was sie über das Gedächtnis gelernt hatte, das Erinnerungsvermögen von

Zeugen, über nachträgliche Konstruktionen und reine Einbildung. Sie dachte an das, was sie über Personenbeschreibungen und die Computerübungen wußte, die sie an der Polizeihochschule gemacht hatten. Jeder mußte ein Bild von sich selbst in zwanzig Jahren herstellen. Linda hatte gesehen, wie sie mit zunehmendem Alter ihrem Vater immer ähnlicher wurde, vielleicht sogar ihrem Großvater. Wir wandern auf den Wegen der Eltern und Großeltern, hatte sie gedacht. Irgendwo in unseren Gesichtern treten im Laufe des Lebens all unsere Ahnen in Erscheinung. Gleicht man als Kind seiner Mutter, nimmt man im Alter Gesichtszüge seines Vaters an. Wenn man sein Gesicht nicht wiedererkennt, sind es die seit langem vergessenen Vorfahren, die kurz zum Vorschein kommen. Es fiel ihr schwer zu glauben, daß es wirklich Annas Vater gewesen war. Er hätte kaum eine erwachsene Frau erkennen können, die er als kleines Kind zum letztenmal gesehen hat. Es sei denn, er hatte heimlich ihre Entwicklung verfolgt und sich neben ihr befunden, ohne daß sie davon wußte. Linda überdachte schnell noch einmal, was sie über den geheimnisvollen Erik Westin wußte. Annas Eltern waren bei der Geburt ihrer Tochter sehr jung gewesen. Sie kamen beide aus einem großstädtischen Milieu, waren aber von der Welle grüner Unschuld mitgezogen worden, die zur Entstehung von Landkommunen in entvölkerten småländischen Dörfern führte. Linda hatte eine vage Erinnerung daran, daß Erik Westin ein guter Handwerker gewesen war, der originelle und äußerst fußgerechte Sandalen anfertigte. Aber sie hatte auch gehört, daß Annas Mutter ihn einen verantwortungslosen Taugenichts nannte, einen Haschisch rauchenden Mann, der die Passivität zum Lebensstil erkoren hatte und nicht wußte, was es bedeutete, Verantwortung für ein Kind zu übernehmen. Aber warum war er eigentlich weggegangen? Es gab keinen Abschiedsbrief und auch keine Andeutungen oder Vorbereitungen einer Flucht. Die Polizei hatte nach ihm gefahndet, doch es gab keine Hinweise darauf, daß irgendein Verbrechen vorlag.

Erik Westin mußte seine Flucht sorgfältig geplant haben. Er hatte seinen Paß und das Geld, das er besaß, mitgenommen. Es konnte nicht viel gewesen sein; ihre Einkünfte waren gering. Das meiste mußte er für den Verkauf des Familienautos bekommen haben, das eigentlich Annas Mutter gehörte, denn sie war diejenige, die durch Nachtwachen im Krankenhaus Geld verdient und gespart hatte. Erik Westin war eines Tages einfach verschwunden. Es war früher schon vorgekommen, daß er verschwand, ohne Bescheid zu sagen. Deshalb hatte Annas Mutter zwei Wochen gewartet, bevor sie anfing, sich Sorgen zu machen, und zur Polizei ging und ihn als vermißt meldete.

Linda erinnerte sich daran, daß ihr Vater in irgendeiner Form mit der Nachforschung zu tun hatte. Doch weil kein Verdacht auf ein Verbrechen vorlag, war Erik Westin ein Fall unter vielen anderen geworden. Nichts belastete ihn, keine Anklage, keine Vorstrafe. Aber es ließ auch nichts darauf schließen, daß er von geistiger Verwirrung befallen worden wäre. Einige Monate vor seinem Verschwinden hatte er sich einer ärztlichen Untersuchung unterzogen und sich als vollkommen gesund erwiesen, von einem geringfügigen Blutmangel abgesehen.

Linda wußte aus der Statistik, daß die meisten Vermißten, die gesucht werden, wieder auftauchen. Unter denen, die nicht zurückkamen, waren viele Selbstmörder, und die meisten anderen blieben freiwillig weg. Nur eine kleine Anzahl fiel Verbrechen zum Opfer. Das waren die, die an unbekannten Orten vergraben oder, mit Gewichten beschwert, im Meer oder in Binnenseen versenkt worden waren.

»Hast du mit deiner Mutter gesprochen?«

»Noch nicht.«

»Warum nicht?«

»Ich weiß nicht. Es war so ein Schock für mich.«

»Im Innersten bist du nicht überzeugt, daß er es war, der da vor dem Fenster stand.«

Anna sah sie flehentlich an. »Ich weiß, daß er es war. Wenn

er es nicht war, muß es ein Kurzschluß in meinem Gehirn gewesen sein. Deshalb habe ich dich gefragt, ob du jemals Angst gehabt hättest, verrückt zu werden.«

»Warum sollte er jetzt zurückkommen? Nach vierundzwanzig Jahren? Warum steht er da und sieht dich durch ein Fenster an? Woher wußte er, daß du da warst?«

»Ich weiß es nicht.«

Anna stand erneut auf, ging zum Fenster und wieder zurück. »Manchmal habe ich gedacht, daß er gar nicht verschwunden ist. Daß er es nur vorzog, sich unsichtbar zu machen.«

»Aber warum?«

»Ich glaube, da war etwas, was er nicht ertrug. Es hatte nichts mit mir oder Mama zu tun. Ich glaube, es war das Gefühl, daß er mehr wollte. Das Leben mußte doch mehr sein. Schließlich trieb ihn das fort von uns. Vielleicht versuchte er, vor sich selbst davonzulaufen. Es gibt Menschen, die träumen davon, wie Schlangen zu sein, ein Tier, das aus seiner Haut schlüpfen kann. Aber vielleicht hat er sich die ganze Zeit hier dicht bei mir befunden, ohne daß ich etwas davon wußte.«

»Du hast mich gebeten zu kommen, damit ich dir zuhöre und dann sage, was ich meine. Auch wenn du sicher bist, daß er es war, der vor dem Fenster stand, kann ich nicht glauben, daß du recht hast. Es ist dein Wunschdenken, du möchtest, daß er zurückkommt, sich wieder sichtbar macht. Vierundzwanzig Jahre sind eine lange Zeit.«

»Ich weiß, daß er es war. Es war mein Vater, der da stand. Nach all diesen Jahren zeigt er sich mir wieder. Ich irre mich nicht.«

Ihr Gespräch war zu Ende. Linda spürte, daß Anna jetzt allein sein wollte, so wie sie vorher ihre Gesellschaft gebraucht hatte.

»Sprich mit deiner Mutter«, sagte Linda. »Entweder hast du ihn gesehen, oder du hast etwas gesehen, was du sehen wolltest.«

»Du glaubst mir nicht?«

»Es geht nicht darum, was ich glaube oder nicht. Nur du weißt, was du vor dem Hotelfenster gesehen hast. Du mußt verstehen, daß es mir schwerfällt zu glauben, daß es dein Vater war. Natürlich sage ich nicht, daß du lügst. Warum solltest du? Ich sage nur, daß Menschen, die vierundzwanzig Jahre fort waren, äußerst selten zurückkommen. Denk daran, überschlaf das Ganze noch einmal, und dann reden wir morgen weiter. Ich kann um fünf Uhr kommen. Paßt dir das?«

»Ich weiß, daß ich ihn gesehen habe.«

Linda runzelte die Stirn. In Annas Tonfall klang etwas Angespanntes und Hohles an. Vielleicht lügt sie doch, dachte Linda. Irgendwas an der Sache stimmt nicht. Aber warum sollte sie mich belügen? Sie muß doch merken, daß ich sie durchschaue.

Linda ging durch die abendlich leere Stadt nach Hause. Vor dem Kino in der Stora Östergata standen ein paar Jugendliche, in ein Kinoplakat versunken. Sie fragte sich, ob sie die unsichtbare Uniform bemerkten, die sie trug.

6

Am Tag danach verschwand Anna Westin spurlos aus ihrer Wohnung. Linda war sofort klar, daß etwas passiert war, als sie um fünf Uhr an ihrer Tür klingelte und Anna nicht aufmachte. Linda klingelte erneut und rief durch den Briefschlitz. Aber Anna war nicht da. Linda wartete eine halbe Stunde, zögerte noch eine Weile, holte aber dann ihre Dietriche aus der Jackentasche. Einer ihrer Kurskameraden hatte in den USA einen Vorrat davon gekauft und sie verschenkt, unter anderem an Linda. Heimlich hatten sie geübt, alle Türen zu öffnen, an die sie herankamen. Es gab nur wenige Standardschlösser, die Linda nicht schaffte.

Sie öffnete auch diese Tür mit einem raschen Griff und zog sie hinter sich zu. Dann ging sie durch die leeren Räume. Alles war aufgeräumt, genau wie am Tag zuvor. Die Spüle geleert, die Handtücher frisch gebügelt. Anna war pünktlich. Sie hatten einen genauen Zeitpunkt verabredet. Anna war nicht da. Also mußte etwas passiert sein. Die Frage war nur, was. Linda setzte sich aufs Sofa, auf dem sie am Abend zuvor gesessen hatte. Anna glaubt, ihren verschwundenen Vater auf der Straße gesehen zu haben, dachte sie. Und jetzt verschwindet sie selbst. Natürlich hängt das zusammen. Fragt sich nur, wie. Eine Rückkehr, die vermutlich nur Einbildung ist. Ist ihr Verschwinden auch Einbildung? Linda blieb lange sitzen und versuchte zu überlegen, was geschehen sein könnte. Aber im Grunde saß sie nur da und wartete auf Anna, in der Hoffnung, sie habe sich verspätet oder ihre Verabredung vergessen.

Annas rätselhaftes Verschwinden war wie der Höhepunkt eines Tages, der für Linda früh angefangen hatte. Um halb acht war sie ins Polizeipräsidium gegangen, um Martinsson zu treffen, einen von Kurt Wallanders ältesten Kollegen, der zu Lindas Mentor bestimmt worden war. Sie sollten nicht zusammenarbeiten, weil Linda wie alle Polizeianwärter bei der Ordnungspolizei anfing und mit verschiedenen Kollegen Streife fuhr. Aber Martinsson war der Kollege, an den sie sich wenden konnte. Linda kannte ihn, seit sie klein war. Da war Martinsson selbst noch wie ein großes Kind gewesen, der jüngste Mitarbeiter ihres Vaters. Von ihrem Vater hatte sie gehört, daß Martinsson häufig den Mut verloren hatte und bei der Polizei aufhören wollte. Mindestens dreimal in den letzten zehn Jahren war es ihrem Vater gelungen, Martinsson umzustimmen, wenn er spontan seine Kündigung einreichen wollte.

Linda hatte ihren Vater gefragt, ob er in irgendeiner Form die Hand im Spiel gehabt hätte, als die Polizeiführung mit Lisa Holgersson an der Spitze Martinsson zu ihrem Mentor bestimmt hatte. Aber er stritt das entschieden ab. Aus allen Angelegenheiten, die sie betrafen, halte er sich heraus, so gut er könne. Linda hatte seine Versicherung mit Skepsis aufgenommen. Wenn sie vor etwas Angst hatte, dann davor, daß er sich in ihre Arbeit einmischen würde. Das war auch der Grund dafür gewesen, daß sie bis zuallerletzt im Zweifel gewesen war, ob sie nach Ystad zurückkehren oder in einem anderen Teil des Landes anfangen sollte zu arbeiten. Auf ihren Bewerbungsformularen für zukünftige Arbeitsplätze hatte sie als Alternative zu Ystad Kiruna und Luleå angegeben, also möglichst weit fort von Schonen. Aber sie war nach Ystad gekommen. Alles andere wäre ihr letztlich auch als undenkbar erschienen. Sie konnte sich gut vorstellen, später einmal an einem anderen Ort in Schweden zu wohnen. Wenn sie wirklich ihr ganzes Leben bei der Polizei bliebe, was keine Selbstverständlichkeit war. Vielleicht war es für frühere Generationen so gewesen. Aber in der Zeit an der Polizeihochschule hatten sie und ihre Kameraden oft darüber gesprochen, daß man nicht sein ganzes Leben bei der Polizei bleiben mußte. Die Berufserfahrung als Polizist qualifizierte einen für alles, vom Leibwächter bis zum Sicherheitsbeauftragten eines Unternehmens.

Martinsson holte sie an der Anmeldung ab. Sie setzten sich in sein Zimmer. Auf dem Schreibtisch standen Fotos seiner beiden Kinder und seiner freundlich lächelnden Frau. Linda überlegte kurz, wessen Bild sie wohl auf ihren Schreibtisch stellen würde. Sie gingen einen Teil der Routinetätigkeiten durch, die sie erwarteten. Zunächst sollte sie mit zwei Kollegen, die schon lange bei der Ordnungspolizei in Ystad waren, Streife fahren.

»Sie sind beide gut«, sagte Martinsson. »Ekman kann manchmal ein bißchen langsam und schlapp wirken. Aber wenn es wirklich drauf ankommt, hat keiner einen besseren Überblick und besseres Handlungsvermögen. Sundin ist das genaue Gegenteil. Er kann Energie auf Unwichtiges verschwenden. Er hält immer noch Leute an, die bei Rot über die Straße gehen. Aber er weiß auch, was es bedeutet, Polizist zu sein. Du bekommst es also mit zwei guten Typen zu tun, die schon lange dabei sind.«

»Was sagen sie dazu, daß ich eine Frau bin?«

»Wenn du deinen Job machst, ist es ihnen egal. Vor zehn Jahren wäre das anders gewesen.«

»Und mein Vater?«

»Was ist mit ihm?«

»Ich bin seine Tochter.«

Martinsson überlegte, bevor er antwortete. »Es gibt bestimmt den einen oder anderen, der hofft, daß du dich blamierst. Aber das war dir sicher schon klar, als du dich hier beworben hast.«

Danach sprachen sie fast eine Stunde lang über die Lage im Polizeibezirk Ystad. ›Die Lage‹ war etwas, worüber Linda immer hatte reden hören, solange sie zurückdenken konnte, ja, seit ihrer Kindheit, wenn sie im Wohnzimmer unter dem Tisch saß und spielte und ihren Papa mit Gläsern klirren und mit einem Kollegen über die jedesmal gleich schwierige Lage reden hörte. Sie hatte noch nie von einer Lage reden hören, in der es keine Probleme gab. Es konnte sich um alles und jedes drehen. Neue Uniformen, die nicht gut waren, die Auswechslung von Polizeiautos oder Funksystemen, Neueinstellungen von Personal, Direktiven der Reichspolizeibehörde, Veränderungen in der Verbrechensstatistik; alles hatte mit der Lage zu tun, die ständig für Unruhe und Ärger sorgte. Polizistin zu sein, dachte Linda, bedeutet, jeden Tag zusammen mit seinen Kollegen im Kampf gegen Kriminalität und Unordnung eine Einschätzung vornehmen zu müssen, wie die Lage sich seit dem Vortag verändert hat und was vom nächsten Tag zu erwarten ist. Darüber haben wir in unserer Ausbildung nichts gelernt. Aber darüber, wie man auf Straßen und Plätzen für Ordnung sorgt, weiß ich ziemlich viel, zumindest theoretisch, aber wie man lernt, ›die Lage‹ einzuschätzen, hat uns niemand beigebracht.

Sie gingen in den Eßraum und tranken Kaffee. Martinsson faßte seine Sicht der ›Lage‹ ganz kurz zusammen: Immer weniger Polizeibeamte leisteten Ermittlungsarbeit im Feld.

»Ich habe mich in den letzten Jahren ein bißchen mit Geschichte beschäftigt. Es kommt mir so vor, als hätten sich Verbrechen in Schweden zu keinem Zeitpunkt so gelohnt wie heute. Wenn man etwas Entsprechendes finden will, muß man weit zurückgehen, in die Zeit, bevor Gustav Vasa das Reich einte. Damals, in der Zeit der Kleinkönige, bevor Schweden zu Schweden wurde, herrschte eine verheerende Unordnung und Gesetzlosigkeit. Heute schützen wir das Gesetz kaum noch. Was wir tun, ist, die Gesetzlosigkeit in einigermaßen erträglichen Grenzen zu halten.«

Martinsson brachte Linda zur Anmeldung.

»Ich will dich nicht entmutigen«, sagte er. »Es gibt nichts Schlimmeres als kleinmütige Polizisten. Wenn man in diesem Beruf eine einigermaßen taugliche Kraft sein will, darf man nie den Mut verlieren. Und man muß seine gute Laune behalten.«

»Wie mein Vater?«

Martinsson sah sie neugierig an. »Kurt Wallander ist ein guter Polizist«, sagte er. »Und das weißt du auch. Aber man kann ihm kaum vorwerfen, die größte Stimmungskanone hier im Haus zu sein. Was du natürlich auch schon weißt.«

Sie blieben in der Anmeldung stehen. Ein verärgerter Mann beklagte sich bei einer der Angestellten über einen eingezogenen Führerschein.

»Der ermordete Polizist«, sagte Martinsson. »Wie reagierst du darauf?«

Linda erzählte von ihrem Ball, von dem Fernseher in der Küche und dem abrupten Ende des Festes.

»Es trifft schon hart«, sagte Martinsson. »Alle sind mitgenommen und sagen sich, daß unsichtbare Waffen auf jeden von uns gerichtet sein können. Wenn Kollegen getötet werden, denken viele daran aufzuhören. Aber nur sehr wenige tun es. Sie bleiben. Ich bin einer von ihnen.«

Linda verließ das Polizeipräsidium und ging zu Fuß, gegen den Wind, zu dem Mietshaus in Öster, in dem Zebra wohnte. Unterwegs dachte sie nach über das, was Martinsson gesagt hatte, und das, was er nicht gesagt hatte. Das hatte ihr Vater ihr beigebracht, immer auf das zu achten, was nicht ausgesprochen wurde. Oft lag darin die wichtigste Mitteilung. Aber als sie das Gespräch mit Martinsson noch einmal Revue passieren ließ, fand sie nichts dergleichen. Er gehört zum einfachen und ehrlichen Typ, dachte sie. Er weiß nichts von den unsichtbaren Botschaften der Menschen.

Sie blieb nur kurz bei Zebra, weil der Junge Bauchschmerzen hatte und ununterbrochen schrie. Sie verabredeten sich für das kommende Wochenende. Dann würde Linda in aller Ruhe von dem Ball erzählen und davon, wie ihr Kleid bewundert worden war.

Doch dieser Tag, der 27. August, war der Tag, an dem Anna Westin spurlos verschwand. Als Linda sich mit dem Dietrich Zutritt verschafft hatte und in Annas Wohnzimmer saß, versuchte sie sich Anna vorzustellen, ihre Stimme zu hören, wie sie von dem Mann erzählte, der vor einem Hotelfenster auf der Straße gestanden hatte und ihrem Vater glich. Es gibt Doppelgänger, dachte Linda. Es ist nicht nur eine Legende, daß jeder Mensch irgendwo auf der Welt seine Entsprechung hat, einen Menschen, der zur gleichen Zeit geboren ist und stirbt wie er. Doppelgänger sind eine Realität. Ich selbst habe einmal in der U-Bahn in Stockholm meine Mutter gesehen. Beinah wäre ich zu ihr gegangen. Sie hörte auf, meine Mutter zu sein, als sie eine finnische Zeitung aufschlug und zu lesen begann.

Was hatte Anna eigentlich erzählt? Von einem wiederauferstandenen Vater oder seinem Doppelgänger? Sie hatte darauf bestanden, daß es wirklich ihr Vater war. Aber Anna besteht immer auf allem, dachte Linda. Sie kann Dinge behaupten, die nicht wahr sind, sondern eingebildet oder erfunden. Aber sie würde sich nie verspäten oder vergessen, daß sie Besuch bekommen soll.

Linda ging in der Wohnung umher. Sie blieb beim Bücherregal in Annas Studierecke im Eßzimmer stehen. Sie las die Buchrücken. Hauptsächlich Romane, die eine und andere Reiseschilderung. Aber kaum Fachliteratur. Linda runzelte die Stirn. Fast keine medizinischen Fachbücher. Sie ging zu den anderen Bücherregalen in der Wohnung. Was sie noch fand, war ein Nachschlagewerk über die gewöhnlichsten Volkskrankheiten. Hier war ein Bruch, dachte sie. Müßte Anna nicht massenweise medizinische Fachliteratur für ihr Studium haben?

Sie öffnete den Kühlschrank. Darin war das Übliche, nichts Unerwartetes. Die Zukunft war in Form einer ungeöffneten Milchpackung mit dem Haltbarkeitsdatum 2. September vertreten. Linda setzte sich wieder ins Wohnzimmer und versuchte, die Bruchstelle genauer zu betrachten. Wie konnte jemand, der Medizin studierte, ohne Fachliteratur auskommen? Hatte sie die Bücher an einem anderen Ort? Aber sie wohnte in Ystad und behauptete, den größten Teil ihrer Studien hier zu betreiben.

Linda wartete. Es wurde sieben. Sie rief zu Hause an.

Ihr Vater meldete sich mit vollem Mund. »Ich dachte, wir wollten heute zusammen essen?«

Linda zögerte, bevor sie antwortete. Sie wollte etwas von Anna sagen und wollte es gleichzeitig nicht. »Ich bin beschäftigt.«

»Womit denn?«

»Mit meinem eigenen Leben.«

Ihr Vater murmelte etwas Unverständliches.

»Ich habe heute Martinsson getroffen.«

»Ich weiß.«

»Was weißt du?«

»Er hat es erwähnt. Daß ihr euch getroffen habt. Mehr nicht. Du brauchst dir nicht über alles und jedes Gedanken zu machen.«

Das Gespräch endete. Linda wartete weiter. Um acht rief sie Zebra an und fragte, ob sie wüßte, wo Anna sein könnte. Zebra hatte seit einigen Tagen nichts von Anna gehört. Schließlich, als es neun Uhr geworden war und Linda etwas gegessen hatte, was sie in der Speisekammer und im Kühlschrank gefunden hatte, rief sie Henrietta an. Sie mußte es lange klingeln lassen, bevor Henrietta sich meldete. Linda ging behutsam vor. Sie wollte die zerbrechliche Frau nicht verängstigen. War Anna nach Lund gefahren? War sie in Kopenhagen oder Malmö? Linda stellte die harmlosesten Fragen, die ihr einfielen.

»Ich habe seit letzten Donnerstag nicht mit ihr gesprochen.«

Vier Tage, dachte Linda. Dann hat Anna auch nichts von dem Mann erzählt, der vor dem Hotelfenster in Malmö stand. Sie hat diese wichtige Angelegenheit nicht mit ihrer Mutter geteilt, obwohl sie sich so nahe stehen.

»Warum willst du denn wissen, wo Anna ist?«

»Ich habe sie angerufen, und sie meldet sich nicht.«

Linda hörte eine wachsende Besorgnis aus Henriettas Stimme.

»Aber du rufst doch nicht jedesmal an, wenn Anna sich nicht meldet?«

Linda war auf die Frage vorbereitet. Eine kleine Lüge, eine freundliche Lüge. »Ich hatte solche Lust zu kochen und sie zum Essen einzuladen. Sonst nichts.«

Linda gab dem Gespräch eine andere Richtung. »Weißt du, daß ich hier in Ystad bei der Polizei anfange?«

»Anna hat es erzählt. Aber wir verstehen beide nicht, warum du Polizistin wirst.«

»Wenn ich Möbelpolsterin geworden wäre, stände ich jeden Tag mit Zwecken im Mund da. Bei der Polizei ist es abwechslungsreicher.«

Irgendwo im Hintergrund läutete eine Glocke. Linda beeilte sich, das Gespräch zu beenden. Anna hat ihrer Mutter nichts von dem Mann erzählt, den sie gesehen zu haben glaubt. Sie verabredet sich heute mit mir und ist nicht da. Ohne eine Nachricht für mich zu hinterlassen.

Linda versuchte erneut sich zu sagen, daß alles Einbildung sei. Was konnte schon passiert sein? Anna ging keine Risiken ein. Im Gegensatz zu Zebra und Linda selbst war Anna übervorsichtig. Kein Typ für die Achterbahn. Sie mißtraute fremden Menschen, stieg nie in ein Taxi, ohne vorher dem Fahrer in die Augen zu sehen. Linda ging vom Einfachsten aus: Anna war aufgewühlt. War sie nach Malmö zurückgefahren, um den Mann zu suchen, der vielleicht ihr Vater war? Anna hat nie eine Verabredung verpaßt, dachte Linda. Aber sie hat auch noch nie geglaubt, ihren Vater auf der Straße gesehen zu haben.

Bis Mitternacht blieb Linda in der Wohnung.

Da war sie überzeugt. Es gab keine natürliche Erklärung dafür, daß Anna nicht zu Hause war. Es war etwas passiert. Aber was?

7

Als Linda kurz nach Mitternacht nach Hause kam, war ihr Vater eingeschlafen. Er erwachte davon, daß die Wohnungstür ins Schloß fiel.

Linda betrachtete mißbilligend seinen übergewichtigen Körper.

»Du schwillst«, sagte sie. »Eines Tages platzt du noch. Aber nicht wie ein Troll, auf den ein Sonnenstrahl fällt, sondern wie ein Ballon, der zu stark aufgeblasen wird.«

Er zog demonstrativ den Gürtel seines Morgenrocks enger.

»Ich tue, was ich kann.«

»Das tust du nicht.«

Er setzte sich schwerfällig aufs Sofa.

»Ich habe etwas Schönes geträumt«, sagte er. »Im Moment will ich nicht an mein Gewicht denken. Die Tür, die du geöffnet hast, war eigentlich in meinem Traum. Erinnerst du dich an Baiba?«

»Die Lettin? Habt ihr immer noch Kontakt?«

»Einmal im Jahr. Kaum mehr. Sie hat einen Mann gefunden, einen deutschen Ingenieur, der in Riga an der Verbesserung der kommunalen Wasserversorgung arbeitet. Sie hört sich sehr verliebt an, wenn sie von ihm spricht, dem guten Hermann aus Lübeck. Ich wundere mich darüber, daß ich nicht eifersüchtig bin.«

»Hast du von ihr geträumt?«

Er lächelte.

»Wir hatten ein Kind«, sagte er. »Einen kleinen Jungen, der ganz still für sich allein auf einem großen Sandplatz spielte. In der Nähe konnte man ein Blasorchester hören. Baiba und ich standen da und sahen ihm zu, und im Traum dachte ich, daß es kein Traum wäre, sondern vollkommen wirklich. Und ich spürte eine große Freude.«

»Und das du, der du dich immer über Alpträume beklagst.«

Er ließ sich nicht unterbrechen. »Die Tür ging auf. Deine Tür war eine Wagentür. Es war Sommer, die Sonne war unheimlich warm. Das ganze Dasein war überbelichtet, die Gesichter von Baiba und mir und dem Jungen waren ganz weiß, schattenlos. Es war ein schöner Traum. Wir wollten gerade losfahren, als ich aufwachte.«

»Das tut mir leid.«

Er zuckte die Schultern. »Was bedeutet schon ein Traum.«

Linda wollte über Anna reden. Aber ihr Vater schlurfte hinaus in die Küche und trank Wasser aus dem Wasserhahn. Linda ging ihm nach.

Er glättete sich das Haar im Nacken und sah sie an. »Warum kommst du so spät? Es geht mich ja überhaupt nichts an. Aber ich habe das bestimmte Gefühl, daß du gerade jetzt *willst*, daß ich dich frage.«

Linda erzählte. Er lehnte mit vor der Brust verschränkten Armen am Kühlschrank. So steht er immer da, wenn er zuhört, dachte sie. So kenne ich ihn schon aus meiner Kindheit. Ein Riese mit verschränkten Armen, der vor mir stand und auf mich hinuntersah. Ich dachte, daß ich einen Papa hatte, der ein Berg war. Papa Berg.

Er schüttelte den Kopf, als sie verstummt war. »Nein«, sagte er. »So läuft das nicht ab.«

»Was?«

»Wenn ein Mensch verschwindet.«

»Aber es sieht ihr nicht ähnlich. Ich kenne sie seit meinem siebten Lebensjahr. Sie ist nie zu spät gekommen, hat es nie vergessen, wenn wir uns verabredet hatten.«

»Es ist meistens idiotisch, zu sagen, daß einmal immer das erste Mal ist. Aber so ist es. Stell dir vor, sie ist aufgewühlt, weil sie glaubt, ihren Vater gesehen zu haben. Vielleicht ist es genau so, wie du denkst: Sie hat sich auf die Suche nach ihm gemacht.«

Linda nickte. Natürlich hatte er recht, das sah sie ein. Es war nicht unbedingt einleuchtend, daß ihr etwas zugestoßen sein mußte.

Der Vater setzte sich auf die Holzbank vorm Fenster. »Man lernt irgendwann, daß die Ereignisse fast immer eine große Wahrscheinlichkeit aufweisen. Menschen schlagen einander tot, lügen, begehen Einbrüche und Raubüberfälle oder verschwinden. Wenn man sich tief genug in den Brunnen hinabläßt – und ich sehe jede Ermittlung als einen Brunnen –, findet man meist eine Erklärung. Es war wahrscheinlich, daß gerade dieser Mensch verschwand, es war ebenso wahrscheinlich, daß gerade ein anderer Mensch eine Bank überfiel. Ich sage nicht, daß nicht auch das Unerwartete eintrifft. Aber selten ist es richtig, wenn jemand sagt: ›Von ihm oder ihr hätte ich das nie geglaubt.‹ Wenn man nachdenkt und die äußere Farbschicht abkratzt, findet man andere Farben und andere Antworten.«

Er gähnte und ließ die Hände schwer auf die Tischplatte fallen. »Jetzt gehen wir schlafen.«

»Bleib noch ein paar Minuten sitzen.«

Er sah sie neugierig an.

»Du bist nicht überzeugt? Du glaubst immer noch, daß Anna etwas zugestoßen ist?«

»Nein. Du hast sicher recht.«

Sie saßen schweigend da. Eine Windböe ließ ein paar Zweige ans Fenster schlagen.

»Ich träume ziemlich viel in letzter Zeit«, sagte er. »Vielleicht, weil ich so oft wach werde, wenn du nach Hause kommst. Ich träume also nicht mehr als sonst. Aber ich erinnere mich an die Träume. Gestern nacht hatte ich ein sonderbares Erlebnis. Ich ging im Traum über einen Friedhof. Plötzlich stand ich vor ein paar Grabsteinen, und ich kannte alle Namen darauf. Stefan Fredmans Name war auch dabei.«

Linda schauderte. »An den kann ich mich erinnern. Ist es wirklich wahr, daß er einmal in unsere Wohnung eingedrungen ist?«

»Ich glaube es. Aber ganz eindeutig konnten wir es nie klären. Er antwortete immer ausweichend, wenn wir ihn fragten.«

»Du warst doch auf seiner Beerdigung. Was war eigentlich passiert?«

»Er war in einer geschlossenen Anstalt. Eines Tages legte er Kriegsbemalung an, wie er es früher getan hatte, kletterte auf ein Dach und stürzte sich in die Tiefe.«

»Wie alt ist er geworden?«

»Achtzehn oder neunzehn.«

Der Wind rüttelte am Fenster.

»Und wer waren die anderen?«

»Ich erinnere mich vor allem an eine Frau, Yvonne Ander. Ich glaube, sogar ihr Todesdatum stimmte. Obwohl es eine Reihe von Jahren her ist.«

»Was hatte sie getan?«

»Erinnerst du dich daran, daß Ann-Britt Höglund niedergeschossen und schwer verletzt wurde?«

»Wie sollte ich das vergessen können! Du hast dich in Dänemark verkrochen und warst auf dem besten Wege, dich totzusaufen.«

»Na, ganz so schlimm war es nicht.«

»Es war schlimmer. Nein, an Yvonne Ander erinnere ich mich nicht.«

»Sie rächte sich an Männern, die Frauen mißhandelt und gequält hatten.«

»Ja, vielleicht erinnere ich mich. Vage.«

»Wir haben sie schließlich gefaßt. Alle glaubten, sie wäre wahnsinnig. Oder ein Monster. Ich selbst fand, daß sie einer der klügsten Menschen war, die mir begegnet sind.«

»Vielleicht ist es wie mit Ärzten und ihren Patienten.«

»Was meinst du damit?«

»Daß Polizeibeamte sich in Verbrecherinnen verlieben können, die sie gefaßt haben.«

Er knurrte einen nicht unfreundlichen Protest. »Das sind Dummheiten. Ich habe mit ihr geredet, sie verhört. Sie hatte einen Brief an mich geschrieben, bevor sie Selbstmord beging. Sie erzählte mir, daß die Gerechtigkeit wie ein Netz mit allzu weiten Maschen ist. Wir kommen an viele der Täter, für die wir uns interessieren sollten, nicht heran. Oder ziehen es vor, nicht an sie heranzukommen.«

»Und wer entscheidet das?«

Er schüttelte den Kopf. »Ich weiß es nicht. Wir alle. Die Gesetze, nach denen wir leben, kommen ja einer allgemeinen Meinung zufolge aus der Mitte des Volkes, und wir alle haben daran unseren Anteil. Aber Yvonne Ander hat mir etwas anderes gezeigt. Deshalb vergesse ich sie nicht.«

»Wie lange ist das her?«

»Sechs Jahre.«

Das Telefon klingelte.

Er fuhr zusammen. Sie sahen sich an. Es war vier Minuten vor eins. Er streckte sich nach dem Telefon, das an der Wand hing. Linda fragte sich unruhig, ob es einer ihrer Freunde wäre, der nicht wußte, daß sie noch keine eigene Wohnung hatte und bei ihrem Vater wohnte. Der Vater sagte seinen Namen und hörte zu. Linda versuchte, seine einsilbigen Fragen zu deuten. Der Anrufer war ein Polizist, soviel war ihr klar. Vielleicht war es Martinsson, vielleicht sogar Ann-Britt Höglund. In der Nähe von Rydsgård war etwas passiert. Wallander machte ihr Zeichen, ihm einen Block und einen Bleistift zu bringen, die auf der Fensterbank lagen. Er schrieb, während er den Hörer zwischen Schulter und Hals geklemmt hielt. Sie las über seine Schulter hinweg. *Rydsgård, Kreuzung nach Charlottenlund, Viks gård.* Da sind wir vorbeigefahren, dachte sie, als wir das Haus auf dem Hügel besichtigt haben, das er nicht kaufen wollte. Er schrieb wieder, sie las: *Kalbsbrand. Åkerblom.* Dann eine Telefonnummer. Er beendete das Gespräch und hängte den Hörer ein. Linda setzte sich wieder. Ihm gegenüber.

»›Kalbsbrand‹. Was ist das?«

»Das frage ich mich auch.«

Er stand auf. »Ich muß hin.«

»Was ist denn passiert?«

Er stand in der Tür und zögerte. Nach einem kurzen Augenblick faßte er seinen Entschluß. »Komm mit.«

»Du warst ja von Anfang an dabei«, sagte er, als sie im Wagen saßen. »Da kannst du ebensogut jetzt mitfahren, es sieht nach einer Fortsetzung aus.«

»Wovon?«

»Die Behauptung, daß Schwäne gebrannt hätten.«

»Ist es wieder passiert?«

»Ja und nein. Nur diesmal keine Vögel. Aber offenbar hat ein Wahnsinniger einen Jungbullen aus einem Stall freigelassen, ihn mit Benzin begossen und angezündet. Der Bauer hat im Präsidium angerufen. Eine Streife ist hingefahren. Aber ich hatte veranlaßt, informiert zu werden, wenn es wieder passiert. Ein Sadist, Tierquäler. Das gefällt mir nicht.«

Linda wußte, wenn ihr Vater einen Gedanken zurückhielt. »Du sagst nicht, was du denkst.«

»Nein.«

Er schnitt das Gespräch ab. Linda fragte sich, warum er sie eigentlich mitgenommen hatte.

Sie bogen von der Hauptstraße ab, fuhren durch das nächtlich leere Rydsgård und von da in südlicher Richtung dem Meer zu. An einer Kreuzung wartete ein Polizeiauto. Sie folgten dicht dahinter. Kurz darauf fuhren sie auf den gepflasterten Innenhof von Viks gård.

»Wer bin ich?« fragte Linda.

»Meine Tochter«, sagte er. »Niemand stört sich daran, wenn du dabei bist. Vorausgesetzt, du gibst dich nicht als mehr aus als meine Tochter. Polizistin zum Beispiel.«

Sie stiegen aus. Der böige Wind fing sich zwischen den Hauswänden. Die beiden Streifenpolizisten begrüßten sie. Der eine hieß Wahlberg, der andere Ekman. Wahlberg war stark erkältet, und Linda, die immer fürchtete sich anzustecken, zog hastig ihre Hand zurück. Ekmans Augen blinzelten kurzsichtig. Er beugte sich zu ihr vor und lächelte. »Ich dachte, du würdest erst in ein paar Wochen anfangen.«

»Sie leistet mir Gesellschaft«, sagte Kurt Wallander. »Was ist hier passiert?«

Sie gingen durch das Tor und folgten einem unbefestigten Weg, der zur Rückseite des Hauses führte, wo ein kürzlich errichteter Stall stand. Der Bauer kniete bei dem toten Tier, unmittelbar neben der Jauchegrube, ein junger Mann, vielleicht so alt wie Linda. Bauern müssen alt sein, dachte sie. In meiner Vorstellungswelt gibt es keine Bauern in meinem Alter.

Kurt Wallander streckte die Hand aus und begrüßte ihn.

»Tomas Åkerblom.«

»Dies ist meine Tochter. Sie begleitet mich.«

Als Tomas Åkerblom sich ihr zuwandte, fiel das Licht vom Stall auf sein Gesicht. Linda sah, daß seine Augen glänzten. »Wer tut so etwas?« sagte er mit bebender Stimme. »Wer tut so etwas?«

Er trat zur Seite, wie um einen unsichtbaren Vorhang vor einer makabren Installation zur Seite zu ziehen. Linda hatte den Geruch verbrannten Fleischs schon wahrgenommen. Jetzt sah sie das verkohlte Tier auf der Seite vor sich liegen. Das nach oben gewandte Auge war verbrannt. Die verkohlte Haut rauchte noch. Der Benzingeruch bereitete ihr Übelkeit. Sie trat einen Schritt zurück. Kurt Wallander beobachtete sie aufmerksam. Sie schüttelte den Kopf, sie wurde nicht ohnmächtig.

Er nickte und sah sich dann um. »Was ist passiert?« fragte er.

Tomas Åkerblom berichtete. Seine Stimme war die ganze Zeit kurz davor, zu versagen.

»Ich war gerade ins Bett gegangen und eingeschlafen. Da erwachte ich von einem Heulen. Zuerst dachte ich, ich hätte selbst geschrien, das kommt manchmal vor, wenn ich träume. Ich fuhr aus dem Bett hoch. Dann merkte ich, daß es aus dem Stall kam. Die Tiere brüllten, und eins von ihnen war in

Not. Ich riß die Gardine zur Seite und sah, wie es brannte. Äpplet brannte, obwohl ich das in dem Moment nicht sehen konnte, nur, daß es eins der Jungtiere war. Es lief direkt gegen die Stallwand, der ganze Körper und der Kopf waren in Flammen gehüllt. Ich begriff nicht, was ich da sah. Ich lief runter, zog ein Paar Stiefel an. Da lag er schon am Boden. Der Körper zuckte. Ich riß eine Persenning an mich und versuchte, das Feuer zu löschen. Aber da war er schon tot. Es war furchtbar. Ich weiß nur noch, daß ich dachte: Das gibt es nicht. Das gibt es doch nicht. Kein Mensch zündet ein Tier an.«

Tomas Åkerblom verstummte.

»Haben Sie etwas gesehen?« fragte Kurt Wallander.

»Ich habe erzählt, was ich gesehen habe.«

»Sie sagten, ›kein Mensch zündet ein Tier an‹. Warum haben Sie das gesagt? Es könnte doch ein Unglück gewesen sein?«

»Wie sollte ein Stierkalb sich mit Benzin übergießen und anzünden? Warum? Ich habe noch nie von Tieren gehört, die Selbstmord begehen.«

»Jemand muß es also getan haben. Danach frage ich. Haben Sie jemanden gesehen, als Sie die Gardine aufrissen?«

»Ich habe nur das brennende Tier gesehen.«

»Können Sie sich vorstellen, wer es getan haben könnte?«

»Ein Wahnsinniger. Nur ein Wahnsinniger kann so etwas tun.«

Kurt Wallander nickte. »Wir kommen jetzt nicht weiter«, sagte er. »Lassen Sie das Tier liegen. Wir kommen zurück, wenn es hell geworden ist, und sehen uns um.«

Sie kehrten zu den Wagen zurück.

»Nur ein Wahnsinniger kann so etwas tun«, wiederholte Tomas Åkerblom.

Wallander antwortete nicht. Linda sah, daß er müde war, die Stirn gefurcht, er wirkte auf einmal alt. Mein Alter macht sich Sorgen, dachte sie. Zuerst vielleicht brennende Schwäne, dann ein Stierkalb, das ›Apfel‹ heißt und wirklich verbrennt.

Es war, als habe er ihren Gedanken gelesen. Mit der Hand am Türgriff wandte er sich noch einmal Tomas Åkerblom zu. »Äpplet«, sagte er. »Ein sonderbarer Name für ein Tier.«

»Als ich jünger war, habe ich Tischtennis gespielt. Ein Teil der Jungtiere ist nach großen schwedischen Tischtennisspielern benannt. Ich habe zum Beispiel einen Ochsen, der Waldner heißt.«

Kurt Wallander nickte. Linda konnte sehen, wie er lächelte. Sie wußte, daß ihr Vater etwas für originelle Menschen übrig hatte.

Sie fuhren nach Ystad zurück.

»Was, glaubst du, kann es sein?« fragte Linda.

»Bestenfalls haben wir einen sadistischen Tierquäler am Hals. Einen Wahnsinnigen.«

»Bestenfalls?«

»Im schlimmsten Fall ist es jemand, der sich auf Dauer mit Tieren nicht zufriedengibt«, sagte er schließlich.

Linda verstand, was er meinte. Aber sie wußte auch, daß sie im Moment am besten keine weiteren Fragen stellte.

8

Als Linda erwachte, war sie allein in der Wohnung. Es war halb acht. Sie streckte sich und dachte daran, daß ihr Vater die Wohnungstür zugeschlagen und sie geweckt hatte. Lauter als nötig. Er versucht wohl, streng zu sein, und will nicht, daß ich im Bett bleibe und faulenze.

Sie stand auf und öffnete das Fenster. Es war ein klarer Tag, die Wärme hielt an. Die Ereignisse der Nacht zogen vorüber, der qualmende Tierkadaver und ihr Vater, der plötzlich so alt und verbraucht ausgesehen hatte. Seine Unruhe verändert ihn. Er kann fast alles vor mir verbergen, aber nicht seine Unruhe.

Sie frühstückte und zog die Sachen vom Vortag an, überlegte es sich aber anders und wechselte noch zweimal die Kleider, bevor sie zufrieden war. Dann rief sie bei Anna an. Nach dem fünften Klingeln schaltete sich der Anrufbeantworter ein. Sie rief hallo und bat Anna, ans Telefon zu gehen. Doch es war niemand da. Sie stellte sich vor den Spiegel im Flur und fragte sich, ob sie sich noch Sorgen machte, weil die selbstbewußte Anna weggegangen war, ohne ihr Bescheid zu sagen. Nein, sagte sie zu sich selbst. Ich mache mir keine Sorgen. Es gibt bestimmt eine Erklärung. Anna sucht nur diesen Mann, der auf der Straße stand und die Frechheit besaß, wie ihr Vater auszusehen.

Linda ging zum Sportboothafen hinunter und schlenderte über die Pier. Das Meer war spiegelblank. Eine Frau lag halbnackt auf dem Bug eines Boots und schnarchte. Noch dreizehn Tage, dachte Linda. Von wem ich wohl meine Rastlosigkeit habe? Kaum vom Vater, aber auch nicht von der Mutter.

Sie ging auf der Pier zurück. Auf einem Poller hatte jemand eine Zeitung liegenlassen. Sie blätterte darin bis zu den Anzeigenseiten, suchte nach gebrauchten Autos. Ein Saab für 19 000. Ihr Vater hatte versprochen, ihr 10 000 dazuzulegen. Einen Wagen wollte sie haben. Aber einen Saab für 19 000? Wie lange würde der wohl halten?

Sie steckte die Zeitung ein und ging zu Annas Wohnung. Keine Reaktion auf ihr Klingeln. Als sie die Wohnungstür wieder mit dem Dietrich geöffnet hatte und in den Flur trat, hatte sie plötzlich das Gefühl, jemand sei in der Wohnung gewesen, nachdem sie diese gegen Mitternacht verlassen hatte. Sie blieb ganz still stehen und ließ den Blick über die Wände im Flur wandern, über die Kleider, die da hingen, und die Schuhe, die in einer Reihe dastanden. War etwas verändert? Sie sah jedoch nichts, was sie davon überzeugte, daß ihr Gefühl richtig war.

Sie ging ins Wohnzimmer und setzte sich aufs Sofa. Ein leeres Zimmer, dachte sie. Wenn ich Vater wäre, würde ich versuchen, die Abdrücke dessen zu erkennen, was hier geschehen ist, würde versuchen, mir Menschen und ein dramatisches Geschehen vorzustellen. Doch ich sehe nichts, nur die Tatsache, daß Anna nicht hier ist.

Sie stand auf und ging langsam zweimal durch die Wohnung. Jetzt war sie überzeugt, daß Anna in der Nacht nicht hier gewesen war. Und auch sonst niemand.

Linda setzte sich an den Schreibtisch in Annas Schlafzimmer. Sie zögerte. Aber die Neugier gewann die Oberhand. Linda wußte, daß Anna Tagebuch führte. Das hatte sie schon immer getan. Linda erinnerte sich an Situationen in den letzten Jahren ihrer Gymnasialzeit, als Anna sich in eine Ecke zurückgezogen hatte und Tagebuch schrieb. Über einen Jungen, der es einmal an sich gerissen hatte, war sie mit einer solchen Wut hergefallen, unter anderem hatte sie ihn in die Schulter gebissen, daß niemals wieder jemand den Versuch machte, an ihre Aufzeichnungen zu kommen.

Sie zog eine der Schreibtischschubladen auf. Sie war voller abgegriffener, vollgeschriebener Tagebücher. Linda öffnete die anderen Schubladen. Überall Tagebücher. Auf den Umschlägen standen Jahreszahlen. Bis zu Annas sechzehntem Lebensjahr waren es rote Umschläge. Dann hatte sie plötzlich aufbegehrt und die Farbe gewechselt. Von da an hatte sie nur noch in Hefte mit schwarzem Umschlag geschrieben.

Linda schloß die Schubladen und hob ein paar Papiere an, die auf dem Schreibtisch lagen. Da war das Tagebuch, an dem sie gerade schrieb. Ich sehe nur auf die letzte Seite, dachte Linda. Sie entschuldigte sich damit, daß sie trotz allem besorgt war. Sie schlug die letzte, zur Hälfte beschriebene Seite auf. Das Datum des Vortags, des Tages, an dem Linda Anna hätte treffen sollen. Linda beugte sich über den Text. Anna hatte eine kleine Handschrift, als versuchte sie, die Buchstaben zu verstecken. Linda las den Text zweimal, zunächst ohne zu verstehen, dann mit wachsender Verwunderung. Was Anna schrieb, war unbegreiflich: *Meineide, Vatikan, Meineide, Vatikan.* War das ein Kode, eine Geheimsprache für Eingeweihte?

Linda brach ihren Vorsatz, nur die letzte Tagebucheintragung zu lesen. Sie blätterte zurück. Dort war der Text ganz anders. Anna hatte geschrieben: *Saxhusens Lehrbuch der klinischen Grundlagen ist eine pädagogische Katastrophe; unmöglich zu lesen und zu verstehen. Als Lehrbuch unbrauchbar. Angehende Ärzte werden abgeschreckt und wenden sich statt dessen der Forschung zu, wo sie außerdem mehr verdienen können.* Weiter hatte sie notiert: *Am Morgen leichtes Fieber, es ist windig* – stimmt genau, dachte Linda –, und weiter hatte Anna sich gefragt, wo sie *den zweiten Autoschlüssel hingelegt* haben könnte. Linda ging zurück zur letzten Eintragung und las sie noch einmal durch. Sie versuchte, sich Anna vorzustellen, während sie schrieb. Sie hatte nichts durchgestrichen, nichts geändert, nicht gezögert. Ihre Handschrift war nicht fahrig, sie war gleichbleibend resolut. *Meineide, Vatikan, Meineide, Vatikan. Ich habe dieses Jahr neunzehn Waschtage gehabt, sehe ich. Mein Traum ist es, eine anonyme Amtsärztin in irgendeinem Vor-*

ort zu werden. Vielleicht im Norden. Aber gibt es in norrländischen Städten Vororte?

Da endete der Text. Kein Wort von dem Mann, den sie auf der Straße vor dem Hotelfenster gesehen hatte. Kein Wort, keine Andeutung, nichts. Ist das nicht etwas, was man in ein Tagebuch schreibt?

Sie blätterte zurück, um eine Bestätigung dafür zu finden. Dann und wann hatte Anna etwas über sie geschrieben. *Linda ist meine Freundin,* hieß es am 20. Juli zwischen Aufzeichnungen darüber, daß ihre Mutter sie besucht hatte und sie *über nichts gestritten* hatten und daß sie am gleichen Abend *nach Malmö fahren* wollte, *um einen russischen Film zu sehen.*

Fast eine Stunde saß Linda mit wachsendem schlechtem Gewissen da und suchte nach Eintragungen über sich selbst. *Linda kann ganz schön anstrengend sein,* hieß es am 4. August. Was haben wir an dem Tag gemacht, dachte Linda, ohne daß es ihr einfiel. Der 4. August war ein Tag wie alle anderen in diesem Sommer der Ungeduld gewesen. Linda hatte nicht einmal einen Kalender. Sie organisierte ihre Zeit mit losen Zetteln und schrieb sich Telefonnummern häufig aufs Handgelenk.

Sie schlug das Tagebuch zu. Sie hatte nichts gefunden. Nur diese eigentümliche letzte Eintragung. Das sieht ihr nicht ähnlich, dachte Linda. Alles, was sie sonst schreibt, sind Aufzeichnungen eines Menschen, der ausgeglichen ist und nicht mehr Probleme hat als alle anderen. Nur am letzten Tag, als sie glaubt, ihren verschwundenen Vater nach vierundzwanzig Jahren wiedergesehen zu haben, schreibt sie etwas von Meineiden und Vatikan. Das ist Irrsinn. Warum schreibt sie nichts von ihrem Vater? Warum schreibt sie etwas, was unverständlich ist?

Linda spürte, daß ihre Unruhe und Sorge zurückkehrten. Konnte Anna Grund gehabt haben für ihre Befürchtung, verrückt zu werden? Linda trat an das Fenster, an dem Anna oft stand, wenn sie sich unterhielten. Das Sonnenlicht war gleißend, Reflexe von einem Fenster auf der anderen Straßenseite zwangen sie zu blinzeln. Kann Anna von Sinnesverwirrung befallen worden sein, dachte sie. Sie glaubt, ihren Vater zu sehen. Das erschüttert sie und bringt sie so durcheinander, daß sie die Kontrolle über sich verliert und etwas tut, was sie bereut. Aber was?

Linda fuhr zusammen. Der Wagen. Annas Wagen, der kleine rote Golf. Wenn sie weggefahren wäre, müßte der Wagen fort sein. Linda hastete hinunter auf die Straße und auf den Parkplatz im Hof. Der Wagen stand da. Sie faßte die Türen an, sie waren verschlossen. Der Wagen schien frisch gewaschen zu sein. Das erstaunte sie. Annas Wagen war meistens schmutzig, dachte sie. Jedesmal wenn wir zusammen aus waren, hat sie mich in einem ungewaschenen Auto abgeholt. Jetzt glänzt es. Sogar die Felgen funkeln.

Langsam ging sie wieder hinauf, setzte sich in die Küche und suchte nach einer plausiblen Erklärung. Das einzige unbezweifelbare Faktum war, daß Anna nicht zu Hause geblieben war, als Linda wie verabredet kam, um sie zu besuchen. Es konnte sich nicht um ein Mißverständnis handeln. Anna konnte es auch nicht vergessen haben. Also hatte sie *sich dafür entschieden,* nicht zu Hause zu sein. Etwas anderes war ihr wichtiger. Aber ihr Auto war dafür nicht erforderlich. Linda hörte den Anrufbeantworter ab, doch nur ihr eigenes Rufen war darauf. Ihr Blick wanderte weiter zur Wohnungstür. Jemand steht draußen vor der Tür und klingelt. Ich bin es nicht, es ist nicht Zebra und nicht Annas Mutter. Welche anderen Freunde hatte Anna? Erst vor kurzem, im April, behauptete sie, allein zu leben, ohne Freund. Da hatte sie gerade jemanden hinausgeworfen, den ich nie getroffen habe, einen Herrn Måns Persson, der in Lund Elektromagnetismus studierte, sich aber als weniger zuverlässig erwies, als Anna ursprünglich geglaubt hatte. Es war eine schmerzliche Erkenntnis, davon hatte sie gesprochen, und sie hatte mehrfach wiederholt, daß sie Zeit brauchte, bevor sie eine neue Beziehung einginge.

Linda verlor für einen Augenblick den Faden, der Anna hieß, und dachte an sich selbst. Auch für sie hatte es einen Måns Persson gegeben, den sie Mitte März aus ihrem Leben hinausgeworfen hatte. Er hieß Ludwig und war in gewisser Weise wie geboren für diesen Namen, eine Mischung von erhabenem Kaiser und tolpatschigem Operettenprinz. Linda hatte ihn in einem Pub getroffen, als sie mit ein paar Kollegen ihres Jahrgangs ausgegangen war. Sie waren im Gedränge aneinandergedrückt worden, zwei Cliquen, die zufällig an angrenzenden Tischen saßen. Ludwig war bei der Stadtreinigung, er fuhr eine Kehrmaschine, als sei sie ein Sportwagen, und es war für ihn die natürlichste Sache auf der Welt, auf seine Arbeit stolz zu sein. Linda war von seinem schallenden Lachen und seinen fröhlichen Augen angetan – und von der Tatsache, daß er sie nicht unterbrach, wenn sie sprach, sondern sich wirklich anstrengte, ihr trotz des ohrenbetäubenden Lärms im Lokal zuzuhören.

Sie hatten eine Beziehung begonnen, und Linda hatte fast zu glauben gewagt, unter all den Kerlen, von denen die Welt bevölkert war, einen wirklichen Mann getroffen zu haben. Doch dann hatte sie zufällig von jemandem, der jemanden kannte, der jemanden gesehen hatte, erfahren, daß Ludwig die Zeit, in der er nicht arbeitete oder mit Linda zusammen war, einer jungen Dame widmete, die in Vallentuna eine Cateringfirma besaß. Es kam zu einer heftigen Auseinandersetzung, Ludwig bat sie zu bleiben, aber sie gab ihm den Laufpaß und weinte eine Woche lang. Jetzt schob sie die Gedanken an Ludwig beiseite, sie schmerzten immer noch. Vielleicht war es für sie wie für Anna, auch wenn sie es sich nicht so klar gesagt hatte, daß sie noch nicht reif dafür war, sich schon nach einem neuen Partner umzusehen. Sie wußte, daß ihr Vater sich wegen ihrer ständig wechselnden Freunde Sorgen machte, auch wenn er sie nie darauf ansprach.

Linda ging noch einmal durch die Wohnung. Plötzlich kam ihr die ganze Situation komisch vor, wenn nicht sogar peinlich. Was sollte Anna schon passiert sein? Nichts. Sie meisterte ihr Leben besser als viele andere. Daß sie nicht wie verabredet zu Hause gewesen war, mußte nichts bedeuten. Linda blieb an einer Bank in der Küche stehen, auf der die Zweitschlüssel für Annas Wagen lagen. Sie hatte den Wagen schon ein paarmal ausgeliehen. Ich kann ihn noch einmal ausleihen, dachte Linda, und zu Annas Mutter hinausfahren und sie besuchen. Bevor sie ging, legte sie einen Zettel in die Küche, daß sie sich das Auto geliehen habe und voraussichtlich in ein paar Stunden zurück sein würde. Aber sie schrieb nichts davon, daß sie sich Sorgen machte.

Linda fuhr in die Mariagata und zog leichtere Kleidung an, weil es sehr warm geworden war. Dann verließ sie die Stadt, fuhr hinaus nach Kåseberga und hielt am Hafen. Das Wasser war spiegelblank, im Hafenbecken schwamm ein Hund. Auf einer Bank vor dem Laden, in dem es geräucherten Fisch gab, saß ein älterer Mann und nickte ihr zu. Linda nickte zurück, wußte aber nicht, wer der Mann war. Vielleicht ein pensionierter Kollege ihres Vaters?

Nicht weit entfernt von dem Ort, an dem Annas Mutter ihre eigenartige Musik komponierte, bog Linda in einen Seitenweg ein, der zu dem Haus führte, in dem ihr Großvater bis zu seinem Tod gelebt hatte. Sie hielt an und ging zum Haus. Nachdem Gertrud, die Witwe des Großvaters, zu ihrer Schwester gezogen war, gab es bereits den zweiten Besitzer. Der erste war ein junger Mann, der in Simrishamn eine Computerfirma betrieb. Als die Firma in Konkurs ging, verkaufte er das Haus an ein Keramikerpaar aus Huskvarna, das nach Schonen ziehen wollte. Am Gartentor schaukelte ein Schild mit der Aufschrift »Keramik-Werkstatt«. Die Tür des Nebengebäudes, in dem ihr Großvater gesessen und seine Bilder gemalt hatte, stand offen. Sie zögerte, öffnete aber dann das Gartentor und ging über den Vorplatz. An einem Wäschetrockner hingen Kinderkleider und flatterten im Wind.

Linda klopfte an die Tür des Nebengebäudes. Eine Frauenstimme antwortete. Linda trat ein. Es dauerte einen Augenblick, bis sie sich an das Licht im Innern gewöhnte, das im Kontrast zum blendenden Sonnenlicht stand. Eine Frau um die Vierzig saß an einer Töpferscheibe und arbeitete mit einem Messer an einem Gesicht aus Ton. Sie formte ein Ohr. Linda stellte sich vor und entschuldigte sich wegen der Störung. Die Frau legte das Messer hin und wischte sich die Hände ab. Sie gingen hinaus in die Sonne.

Das Gesicht der Frau war bleich, sie wirkte übernächtigt, aber ihre Augen waren freundlich. »Ich habe von ihm gehört. Dem Mann, der ein Bild wie das andere malte.«

»Nicht ganz. Er hatte zwei Motive. Eins war eine Landschaft mit Auerhahn, das andere war ohne den Vogel, nur Landschaft, ein See, ein Sonnenuntergang, eine Anzahl Bäume. Er benutzte Schablonen für alles, nur nicht für die Sonne. Die malte er freihändig.«

»Manchmal kommt es mir vor, als sei er noch da drinnen. War er oft wütend?«

Linda blickte sie verwundert an.

»Es hört sich manchmal an, als säße jemand da drinnen und murrte.«

»Das ist bestimmt er.«

Die Frau stellte sich als Barbro vor und bot Linda Kaffee an.

»Nein, danke, ich muß weiter. Ich habe aus reiner Neugier angehalten.«

»Wir sind von Huskvarna hierhergezogen«, sagte Barbro. »Weg von der Stadt, obwohl sie nicht groß war. Lars, mein Mann, gehört zu der neuen Generation von Alleskönnern. Er kann Fahrräder und Uhren reparieren, aber auch Diagnosen für kranke Kühe stellen und phantastische Märchen erzählen. Wir haben zwei Kinder.«

Sie bremste sich, als habe sie zuviel gesagt vor einer Fremden, und dachte nach. »Vielleicht vermissen sie das am meisten«, fuhr sie fort. »Seine phantastischen Märchen.«

Sie begleitete Linda hinaus zum Wagen.

»Er ist also nicht mehr da«, sagte Linda vorsichtig.

»Obwohl er vieles konnte, gab es doch etwas, was er nicht erkannt hatte. Daß man Kindern nie entkommt. Er bekam die Panik, nahm sein Fahrrad und fuhr davon. Jetzt wohnt er wieder in Huskvarna. Aber wir reden miteinander, und jetzt, wo er die Verantwortung nicht fühlt, kümmert er sich mehr um die Kinder.«

Sie verabschiedeten sich beim Wagen.

»Wenn man meinen Großvater lieb darum bat, nicht böse zu sein, wurde er meistens ruhig. Aber es mußte eine Frau sein, die ihn bat, sonst hörte er nicht. Das galt zu seinen Lebzeiten. Vielleicht trifft es auch jetzt zu, wo er tot ist.«

»War er glücklich?«

Linda überlegte. Das Wort paßte nicht richtig zu dem Bild, das sie von ihrem Großvater hatte.

»Seine größte Freude war es, dort drinnen im Halbdunkel zu sitzen und dasselbe zu tun, was er am Tag zuvor getan hatte. Er fand seine Ruhe in der Wiederholung. Wenn man das Glück nennen kann, war er glücklich.«

Linda schloß den Wagen auf. »Ich bin wie er«, sagte sie und lächelte. »Ich weiß also, wie man ihn nehmen muß.«

Sie fuhr davon. Im Spiegel sah sie Barbro zurückbleiben. Das passiert mir nicht, dachte sie. Mit zwei Kindern in einem alten Haus hier im windigen Österlen sitzenbleiben. Nie und nimmer.

Der Gedanke brachte sie in Rage. Ohne es zu merken, gab sie Gas. Erst als sie auf die Hauptstraße einbiegen mußte, trat sie heftig auf die Bremse.

Annas Mutter, Henrietta Westin, wohnte in einem Haus, das den Eindruck erweckte, als wolle es sich hinter mächtigen Wachposten in Gestalt dichter Baumgruppen verbergen. Linda mußte suchen und umkehren und zurücksetzen, bevor sie an die richtige Abzweigung gelangte. Neben einer rostigen Mähmaschine hielt sie an und stieg aus. Die Hitze rief ein paar flüchtige Erinnerungsbilder an eine Urlaubsreise nach

Griechenland wach, die sie mit Ludwig gemacht hatte, als ihre Beziehung noch intakt war. Sie warf den Kopf in den Nacken, schüttelte die Gedanken ab und machte sich zwischen den riesigen Bäumen auf die Suche. Eine Weile blieb sie stehen und hob die Hand zum Schutz gegen die Sonne. Ein Geräusch hatte ihre Aufmerksamkeit geweckt, ein Knattern, als wenn jemand wie besessen hämmerte. Durchs dichte Blattwerk hindurch entdeckte sie einen Specht, der grimmig seinen Rhythmus gegen den Baumstamm schlug. Vielleicht ist er ein Teil ihrer Musik, dachte Linda. Wenn ich Anna richtig verstanden habe, ist ihrer Mutter kein Geräusch fremd. Der Specht ist vielleicht ihr Trommler.

Sie verließ den trommelnden Vogel und ging an einem verwahrlosten, sicher seit Jahren nicht benutzten und gepflegten Gemüsegarten vorbei. Was weiß ich eigentlich von ihr, dachte Linda. Und was tue ich hier? Sie blieb stehen und versuchte, es zu fühlen. Genau in diesem Moment, im Schatten der hohen Bäume, war sie nicht besorgt. Es gab sicher eine plausible Erklärung dafür, daß Anna nicht da war. Linda machte kehrt und ging zurück zu ihrem Wagen.

Der Specht war plötzlich verstummt und verschwunden. Alles verschwindet, dachte sie. Menschen und Spechte, meine Träume und all die Zeit, die ich zu haben glaubte, die aber in Strömen verrinnt, die ich vergebens aufzustauen versuche. Sie zog ihre unsichtbaren Zügel an und hielt inne. Warum gehe ich zurück? Wenn sie schon einen Ausflug mit Annas Wagen machte, konnte sie ebensogut hineingehen und Henrietta besuchen. Ohne Sorge, ohne vorsätzliche Neugier, ob Henrietta wußte, wohin Anna verschwunden war. Vielleicht war sie ganz einfach nach Lund gefahren. Ich habe ihre Telefonnummer in Lund nicht, dachte sie. Darum könnte ich Henrietta jedenfalls bitten.

Sie folgte dem Pfad durch das Wäldchen und gelangte zu dem weißgekalkten Fachwerkhaus, das zwischen wilden Rosenbüschen eingebettet war. Eine Katze lag auf der Treppe und betrachtete sie mit aufmerksamen Augen. Linda ging zum Haus. Ein Fenster war offen. Gerade als sie sich hinunterbeugte, um die Katze zu streicheln, hörte sie durch das offene Fenster Geräusche. Henriettas Musik, dachte sie.

Dann erhob sie sich plötzlich und hielt den Atem an. Was sie durchs Fenster hörte, war keine Musik. Es war eine Frau, die weinte.

9

Im Haus begann ein Hund zu bellen. Linda fühlte sich ertappt und beeilte sich, an der Haustür zu klingeln. Es dauerte einen Moment, bis geöffnet wurde.

Henrietta hielt den wütend bellenden Elchhund im Nakken. »Er tut nichts«, sagte sie. »Komm herein.«

Linda fühlte sich nie ganz sicher, was fremde Hunde anging. Sie zögerte, bevor sie in den Flur trat. Doch sobald sie über die Schwelle getreten war, verstummte der Hund. Als habe sie eine unsichtbare Bellgrenze überschritten. Henrietta ließ den Hund los. Linda konnte sich nicht daran erinnern, daß Henrietta früher so klein und mager gewesen war. Was hatte Anna gesagt? Henrietta war noch keine Fünfzig. Linda dachte, daß Henriettas Körper bedeutend älter wirkte. Aber ihr Gesicht war jung. Patos, der Hund, beschnüffelte ihre Beine und ging dann zu seinem Korb, um sich dort auszustrecken.

Linda dachte an das Weinen, das sie gehört hatte. In Henriettas Gesicht waren keine Tränen zu sehen. Linda warf einen Blick über Henrietta hinweg. Doch es war niemand sonst zu sehen.

Henrietta bemerkte ihren Blick. »Suchst du nach Anna?«

»Nein.«

Henrietta mußte plötzlich lachen. »Das hatte ich nicht erwartet. Zuerst rufst du an, und dann kommst du zu Besuch. Was ist passiert? Ist Anna noch immer verschwunden?«

Linda war überrascht über Henriettas Direktheit. Zugleich war sie ihr eine Hilfe.

»Ja.«

Henrietta zuckte mit den Schultern und schob Linda in

den großen Raum, das Resultat vieler herausgeschlagener Wände, das als Wohnzimmer und Arbeitsraum diente.

»Anna ist bestimmt in Lund. Sie zieht sich ab und zu zurück. Offenbar ist das theoretische Wissen, das ein angehender Arzt sich aneignen muß, ziemlich schwierig. Anna ist keine Theoretikerin. Wem sie gleicht, weiß ich eigentlich nicht. Nicht mir, nicht ihrem Vater. Vielleicht gleicht sie nur sich selbst.«

»Hast du ihre Telefonnummer in Lund?«

»Ich weiß nicht, ob sie Telefon hat. Sie hat ein Zimmer in einer WG. Aber ich habe nicht einmal die Adresse.«

»Ist das nicht ein bißchen komisch?«

Henrietta runzelte die Stirn. »Warum? Anna ist eine geheimnisvolle Person. Wenn man sie nicht in Frieden läßt, kann sie wütend werden. Wußtest du das nicht?«

»Nein. Hat sie kein Handy?«

»Sie gehört zu den wenigen, die da nicht mitmachen«, sagte Henrietta. »Ich habe ein Handy. Ich verstehe nicht, warum man überhaupt noch ein Festnetztelefon braucht. Aber Anna, nein. Sie hat kein Handy.«

Sie verstummte, als sei ihr plötzlich ein Gedanke gekommen. Linda sah sich im Raum um. Jemand hatte geweint. Der Gedanke, Anna könnte hier sein, war ihr nicht gekommen, bis Henrietta selbst darauf hinwies. Nicht Anna, dachte Linda. Warum sollte sie hier bei ihrer Mutter sitzen und weinen? Anna ist einfach kein Mensch, der weint. Einmal, als wir noch klein waren, fiel sie von einem Klettergestell und tat sich weh. Da hat sie geweint, das weiß ich noch. Aber das ist das einzige Mal. Als wir in Tomas verliebt waren, war ich es, die weinte, und sie wurde wütend. Allerdings nicht so wütend, wie Henrietta behauptet.

Sie betrachtete Annas Mutter, die auf dem glattgeschliffenen Holzfußboden stand. Ein Sonnenstrahl huschte über ihr Gesicht. Sie hatte ein scharfes Profil, genau wie Anna.

»Ich bekomme selten Besuch«, sagte Henrietta plötzlich, als sei es das gewesen, woran sie die ganze Zeit gedacht hatte.

»Die Menschen gehen mir aus dem Weg, weil ich selbst ihnen gern aus dem Weg gehe. Außerdem glauben sie, ich sei wunderlich. Man soll nicht allein mit einem Elchhund im schonischen Lehm sitzen und Musik komponieren, die niemand hören will. Und dadurch, daß ich noch immer mit einem Mann verheiratet bin, der mich vor vierundzwanzig Jahren verlassen hat, wird die Sache auch nicht besser.«

Linda nahm einen Unterton von Einsamkeit und Bitterkeit in Henriettas Stimme wahr. »Woran arbeitest du gerade?« fragte sie.

»Du brauchst dir keine Mühe zu geben. Warum bist du hergekommen? Weil du dir wegen Anna Sorgen machst?«

»Ich habe mir Annas Auto ausgeliehen. Mein Großvater hat hier in der Nähe gewohnt. Ich bin zu dem Haus gefahren und dann zu dir. Ein Ausflug. Die Tage vergehen so langsam.«

»Bis du die Uniform anziehen kannst?«

»Ja.«

Henrietta holte Kaffeetassen und eine Thermoskanne. »Ich begreife nicht, wie ein hübsches junges Mädchen wie du sich dazu entschließen kann, sein Leben bei der Polizei zu verbringen. Ich stelle mir vor, daß Polizisten ständig in Schlägereien verwickelt sind. Als bestünden Teile der Bevölkerung unseres Landes aus Menschen, die von Rauferei zu Rauferei taumeln. Und die Polizei führt einen ewigen Kampf, diese Menschen zu trennen.«

Sie goß Kaffee ein. »Aber du hast vielleicht eine Büroarbeit«, fuhr sie fort.

»Ich werde in einem Streifenwagen sitzen und ganz bestimmt so eine sein, wie du sie dir vorstellst. Jemand, der ständig bereit ist, dazwischenzugehen.«

Henrietta setzte sich und stützte das Kinn in die Hand. »Und damit willst du dein Leben verbringen?«

Linda fühlte sich plötzlich angegriffen. Sie begann sich zu wehren. Sie wollte nicht in Henriettas Bitterkeit hineingezogen werden. »Ich bin kein hübsches Mädchen. Ich bin fast dreißig, und mein Aussehen ist höchst normal. Die Jungen finden meistens, daß ich einen hübschen Mund und einen schönen Busen habe. Das finde ich manchmal selbst auch. Auf jeden Fall in Augenblicken, in denen ich mit mir zufrieden bin. Aber ansonsten bin ich höchst normal. Ich habe nie davon geträumt, einmal Miss Sweden zu werden. Außerdem kann man sich fragen, wie es aussähe, wenn es keine Polizisten gäbe. Mein Vater ist Polizist. Und ich schäme mich nicht für das, was er tut.«

Henrietta schüttelte langsam den Kopf. »Ich wollte dich nicht verletzen.«

Linda war immer noch verärgert. Sie empfand das vage Bedürfnis, Henrietta etwas heimzuzahlen. »Ich dachte, ich hätte jemanden weinen hören, als ich hereinkam.«

Henrietta lächelte. »Ich habe das auf Band aufgenommen. Ein Entwurf für ein Requiem, in dem ich Musik mit den eingespielten Geräuschen weinender Menschen mische.«

»Ich weiß nicht, was ein Requiem ist.«

»Eine Totenmesse. Ich schreibe zur Zeit fast nichts anderes.«

Henrietta stand auf und ging zu dem großen Flügel am Fenster, durch das man über Felder und wogende Hügel bis zum Meer blicken konnte. Auf einem großen Tisch neben dem Flügel standen ein Tonbandgerät und verschiedene Keyboards und Mischpulte. Henrietta schaltete das Tonbandgerät ein. Eine Frau weinte, es war das Geräusch, das Linda durchs Fenster gehört hatte.

Ihre Neugier, was Annas wunderliche Mutter betraf, wurde aufs neue ernsthaft entfacht. »Hast du weinende Frauen aufgenommen?«

»Das ist aus einem amerikanischen Film. Weinen hole ich mir aus Filmen, von denen ich mir Videos ansehe, oder aus dem Radio. Ich habe ein Register von vierundvierzig weinenden Menschen, vom Baby bis zu einer alten Frau, die ich heimlich in einem Pflegeheim aufgenommen habe. Wenn du willst, kannst du gern ein Weinen zu meinem Archiv beisteuern.«

»Nein danke.«

Henrietta setzte sich an den Flügel und schlug ein paar einsame Töne an. Linda stellte sich neben sie. Henrietta hob die Hände, schlug einen Akkord an und trat auf eines der Pedale. Der Raum wurde von einem mächtigen Laut erfüllt, der langsam wieder verklang. Henrietta nickte Linda zu, sich zu setzen. Sie nahm einen Stapel Notenblätter von einem Schemel. Henrietta betrachtete sie mit forschenden Augen.

»Warum bist du eigentlich hergekommen? Ich hatte noch nie das Gefühl, daß du mich besonders magst.«

»Als ich kleiner war und mit Anna spielte, hatte ich wohl Angst vor dir.«

»Vor mir? Niemand hat Angst vor mir.«

Doch, dachte Linda schnell. Anna hatte auch Angst vor dir. Sie hatte nachts Alpträume deinetwegen.

»Ich bin hergekommen, weil ich Lust dazu hatte. Es war nicht geplant. Ich frage mich, wo Anna ist. Aber ich mache mir nicht solche Sorgen wie gestern. Du hast bestimmt recht damit, daß sie in Lund ist.«

Linda hielt inne, zögerte.

Henrietta bemerkte es sofort. »Was verschweigst du? Muß ich mir Sorgen machen wegen irgend etwas?«

»Anna war der Meinung, vor ein paar Tagen in Malmö ihren Vater auf der Straße gesehen zu haben. Ich sollte vielleicht nicht darüber reden. Sie sollte es selbst tun.«

»Ist das alles?«

»Reicht das nicht?«

Henrietta spielte geistesabwesend mit den Fingern ein paar Zentimeter über den Tasten.

»Anna glaubt ständig, ihren Vater auf der Straße gesehen zu haben. Seit ihrer Kindheit.«

Linda wurde sogleich hellhörig. Zu ihr hatte Anna nie gesagt, sie habe ihren Vater gesehen. Das hätte sie aber getan, wenn es häufiger vorgekommen wäre. In der Zeit, in der sie einander nahegestanden hatten, teilten sie alle wichtigen Erlebnisse. Anna war eine der wenigen, die wußten, daß Linda auf einem Brückengeländer über der Autobahn in Malmö balanciert war. Was Henrietta jetzt sagte, konnte nicht stimmen.

»Anna wird nie dieses glatte Seil loslassen. Das Seil, das ihre unmögliche Hoffnung darstellt, Erik könnte zurückkommen. Daß er überhaupt lebt.«

Linda wartete auf eine Fortsetzung, die jedoch nicht kam. »Warum ist er eigentlich weggegangen?«

Henriettas Antwort kam überraschend. »Er ging weg, weil er enttäuscht war.«

»Wovon?«

»Vom Leben. Als junger Mann hatte er schwindelerregende Vorstellungen. Mit diesen gewaltigen Träumen verführte er mich. Ich habe noch nie einen Mann getroffen, der die gleichen wunderbaren Lockrufe ausstieß wie Erik. Er wollte in unserer Welt und unserer Zeit einen Unterschied bewirken. Er war wie geschaffen für die großen Aufgaben, davon war er überzeugt. Wir begegneten uns, als er sechzehn war und ich fünfzehn. Es war früh, aber einen solchen Menschen hatte ich noch nie getroffen. Er sprühte förmlich von Träumen und Lebenskraft. Schon als wir uns begegneten, hatte er beschlossen, bis zum Alter von zwanzig Jahren nur herumzuprobieren. Wollte er die Kunst, den Sport, die Politik verändern? Er wußte es nicht. Das Leben und die Welt waren für ihn wie ein unentdecktes Höhlensystem, das er durchforschte. Ich kann mich nicht erinnern, daß er bis zum Alter von zwanzig Jahren jemals an sich selbst gezweifelt hätte. Dann wurde er plötzlich unruhig. Vorher hatte er alle Zeit der Welt gehabt. Er suchte weiter nach dem großen Sinn seines Lebens. Als ich anfing, Forderungen an ihn zu stellen, daß er dazu beitragen sollte, die Familie zu versorgen, besonders nachdem Anna geboren war, konnte er die Geduld verlieren und aus der Haut fahren. Das hatte er noch nie getan. Damals fing er an, Sandalen anzufertigen, um ein wenig Geld zu verdienen. Er war sehr geschickt. Ich glaube, er beschloß, die ›Sandalen des Leichtsinns‹, wie er sie nannte, aus

Protest dagegen anzufertigen, daß er seine wertvolle Zeit allein aus dem verachtenswerten Grund opfern mußte, Geld zu verdienen. Vermutlich begann er damals, sein Verschwinden vorzubereiten. Vielleicht sollte ich lieber von Flucht sprechen. Er floh nicht meinetwegen oder Annas wegen, er floh vor sich selbst. Er glaubte, er könnte seiner Enttäuschung davonlaufen. Vielleicht konnte er das. Auf die Frage bekomme ich wohl nie eine Antwort. Auf einmal war er weg. Es kam völlig überraschend. Ich hatte nichts geahnt. Erst nachher erkannte ich, wie sorgfältig er alles vorbereitet hatte. Sein Verschwinden entsprang nicht einfach einem Impuls. Daß er dann mein Auto verkaufte, kann ich ihm verzeihen. Was ich nicht verstehe, ist, wie er Anna aufgeben konnte. Sie standen sich nahe. Er liebte sie. Ich war nie so wichtig für ihn. Vielleicht in den ersten Jahren, als ich seine Träumereien ertrug. Aber nicht mehr, nachdem Anna geboren war. Ich kann noch immer nicht verstehen, wie er sie verlassen konnte. Wie kann die Enttäuschung eines Menschen über einen unmöglichen Traum so groß werden, daß er den wichtigsten Menschen in seinem Leben preisgibt? Das war sicher auch der Grund dafür, daß er starb, daß er nie zurückkam.«

»Ich dachte, es wüßte niemand, ob er lebt oder tot ist?«

»Natürlich ist er tot. Er ist seit vierundzwanzig Jahren fort. Wo sollte er denn jetzt noch sein?«

»Anna glaubt, sie hätte ihn auf der Straße gesehen.«

»Sie sieht ihn an jeder Straßenecke. Ich habe versucht, sie davon zu überzeugen, daß sie der Wahrheit ins Auge sehen muß. Keiner von uns weiß, was passiert ist, wie er mit seiner Enttäuschung umging. Aber daß er tot ist, halte ich für selbstverständlich. Seine Träume waren zu groß, als daß er sie hätte tragen können.«

Henrietta verstummte. Der Hund seufzte in seinem Korb.

»Was glaubst du?« fragte Linda.

»Ich weiß nicht. Ich habe versucht, ihm zu folgen, ihn mir da vorzustellen, wo er war. Manchmal glaube ich, daß er in gleißendem Sonnenlicht an einem Strand entlanggeht. Ich muß die Augen zukneifen, um ihn wirklich zu sehen. Plötzlich bleibt er stehen und watet ins Wasser hinaus, bis nur noch sein Kopf zu sehen ist. Und dann ist er verschwunden.«

Sie spielte wieder mit leeren Fingerbewegungen, rührte nur eben an die Tasten.

»Ich glaube, er hat aufgegeben. Als er einsah, daß sein Traum nur ein Traum war. Und daß Anna, die er verlassen hatte, ein wirklicher Mensch war. Aber da war es wohl zu spät. Er hatte stets ein schlechtes Gewissen, auch wenn er das zu verbergen versuchte.«

Henrietta schlug mit einem Knall den Klavierdeckel zu und stand auf. »Noch Kaffee?«

»Nein danke. Ich muß jetzt gehen.«

Henrietta wirkte unruhig. Linda betrachtete sie aufmerksam. Plötzlich ergriff sie Lindas Arm und summte eine Melodie, die Linda bekannt vorkam. Ihre Stimme bewegte sich zwischen dem Schrillen und dem Unbeherrschten und dem Sanften und dem Klaren.

»Hast du das Lied schon einmal gehört?« fragte sie, als sie geendet hatte.

»Ich kenne es. Aber ich weiß nicht, wie es heißt.«

»Buona sera.«

»Ist es spanisch?«

»Italienisch. Es heißt ›Guten Abend‹. Es war in den fünfziger Jahren populär. Es kommt häufig vor, daß die Menschen heutzutage bei alter Musik Anleihen machen oder sie stehlen oder verhunzen. Aus Bach macht man Popmusik. Ich mache es jetzt umgekehrt. Ich verwandle Bachs Choräle nicht in Popmusik, ich nehme Buona sera und mache es zu klassischer Musik.«

»Geht das?«

»Ich breche die Töne und Strukturen auf, ändere den Rhythmus, tausche Gitarrensoli gegen massive Streichersequenzen. Wenn es fertig ist, spiele ich es dir vor. Dann werden die Leute endlich verstehen, was ich in all diesen Jahren zu tun versucht habe.«

Henrietta begleitete sie hinaus. Der Hund kam mit. Die Katze war nicht mehr da. »Ich würde mich freuen, wenn du einmal wiederkommst.«

Linda versprach es. Sie fuhr los. Über dem Meer in der Richtung von Bornholm türmten sich Gewitterwolken auf. Linda fuhr an den Straßenrand und stieg aus. Sie hatte das Bedürfnis zu rauchen. Vor drei Jahren hatte sie aufgehört. Aber dann und wann bekam sie wieder Lust, obwohl es immer seltener wurde.

Manche Dinge wissen Mütter nicht über ihre Töchter, dachte sie. Zum Beispiel, wie nah Anna und ich uns kamen. Hätte sie das gewußt, hätte sie nie behauptet, daß Anna ständig davon redete, ihren Vater auf der Straße zu sehen. Anna hätte es mir erzählt. Wenn ich auch sonst nicht sicher bin, aber in dem Punkt bin ich es.

Sie blickte zu den Gewitterwolken auf, die näher kamen.

Es gab nur eine Erklärung. Henrietta hatte über ihre Tochter und den verschwundenen Vater nicht die Wahrheit gesagt.

10

Kurz nach fünf Uhr am Morgen ließ sie das Rollo im Schlafzimmer hochschnappen. Das Thermometer zeigte neun Grad plus. Der Himmel war klar, der Wimpel des Windmessers im Hof hing reglos herunter. Ein vollendeter Tag für eine Expedition, dachte sie. Sie hatte am Abend zuvor alles vorbereitet und verließ ihre Wohnung in einem Mehrfamilienhaus genau gegenüber dem alten Bahnhof von Skurup. Im Hof, unter einer eigens dafür angefertigten Abdeckplane, stand ihre Vespa. Sie besaß sie seit fast vierzig Jahren. Da sie sie stets ordentlich gepflegt hatte, war die Vespa immer noch in sehr gutem Zustand. Das Gerücht von ihrer vierzig Jahre alten Vespa hatte sogar die Fabrik in Italien erreicht, und man hatte mehrfach bei ihr angefragt, ob sie sich vorstellen könne, die Vespa ihre Tage im Museum des Herstellers beenden zu lassen, wofür sie jedes Jahr für den Rest ihres Lebens gratis mit einer neuen Vespa ausgestattet werden sollte. Aber sie hatte stets abgelehnt, mit den Jahren in immer schärferem Tonfall. Die Vespa, die sie mit zweiundzwanzig Jahren gekauft hatte, sollte sie begleiten, solange sie lebte. Was nachher damit geschah, war ihr egal. Vielleicht würde sich eins ihrer vier Enkelkinder dafür interessieren. Aber sie hatte nicht die Absicht, ein Testament aufzusetzen, damit die alte Vespa in die richtigen Hände gelangte. Sie befestigte den Rucksack auf dem Gepäckträger, setzte den Helm auf und trat aufs Startpedal. Der Motor sprang sofort an.

So früh am Morgen war die Ortschaft still und verlassen. Bald wird es Herbst, dachte sie, als sie an den Eisenbahngleisen und danach an der Baumschule vorüberfuhr, die rechts an der Ausfahrt zur Landstraße zwischen Ystad und Malmö lag. Sie sah sich gründlich um, ehe sie die Autostraße überquerte, und fuhr dann nach Norden in Richtung Rommeleåsen. Ihr Ziel war das Waldgebiet zwischen dem Ledsjö und Schloß Rannesholm. Es war eines der größten geschützten Waldgebiete in diesem Teil Schonens. Außerdem war der Wald alt, er war nie gelichtet worden und war an manchen Stellen nahezu undurchdringlich. Der Besitzer von Schloß Rannesholm war ein Börsenmakler, der bestimmt hatte, daß der alte Wald nicht angetastet werden durfte.

Sie brauchte eine gute halbe Stunde bis zu dem kleinen Parkplatz am Ledsjö. Sie rollte die Vespa in ein Gebüsch hinter einer hohen Eiche. Auf der Straße fuhr ein Wagen vorbei, dann war es wieder still.

Sie schulterte den Rucksack und war bereit, ein paar Schritte zu tun und dann die Genugtuung darüber zu verspüren, sich für die Welt unsichtbar gemacht zu haben. Gab es einen stärkeren Ausdruck für die Selbständigkeit des Menschen? Den Schritt über einen Wegrand zu wagen, sich ein paar Meter in den Urwald hineinzubegeben und aufzuhören, sichtbar zu sein. Und damit nicht länger zu existieren.

Als sie jünger war, hatte sie zuweilen gedacht, das, womit sie sich beschäftigte, sei etwas anderes als das, was sie sich vorstellte. Es war keine Stärke, sondern eine Schwäche, ein Ausdruck irgendeiner Form von Bitterkeit, die sich in ihr verbarg, ohne daß sie wußte, was es war oder warum. Eigentlich hatte ihr älterer Bruder Håkan ihr das beigebracht. Daß es zwei Sorten Menschen gab, diejenigen, die den geraden, den kürzesten und schnellsten Weg wählten, und dann die anderen, die nach dem Umweg suchten, wo die unerwarteten Ereignisse, die Kurven und die Hügel zu finden waren. Sie hatten in den Wäldern um Älmhult gespielt, wo sie aufgewachsen waren. Als ihr Vater, der im Außendienst beim Telegraphenamt arbeitete, sich beim Sturz von einem hohen Telefonmast schwer verletzte, zogen sie nach Schonen, weil ihre Mutter im Krankenhaus von Ystad Arbeit gefunden hatte. Sie war in den Teenagerjahren, anderes als Wegränder und Umwege wurde wichtiger, und erst, als sie eines Tages vor den Toren der Universität Lund stand und erkannte, daß sie überhaupt keine Vorstellung davon hatte, wozu sie ihr Leben nutzen wollte, kehrte sie zu den Erinnerungen an ihre Kindheit zurück. Ihr Bruder Håkan hatte einen Beruf gewählt, bei dem die Wege von ganz anderer Beschaffenheit waren. Er hatte auf verschiedenen Schiffen angeheuert und später eine Ausbildung zum Schiffsoffizier gemacht. Seine Wege waren jetzt die Wasserstraßen, und er schrieb dann und wann nach Hause an seine Schwester und erzählte davon, wie schön es war, des Nachts über scheinbar unendliche Meere zu navigieren. Sie war neidisch gewesen, aber zugleich ließ sie sich von ihm anspornen.

Eines Tages im Herbst des ersten mühevollen Jahres an der Universität, als sie in Ermangelung eines Besseren angefangen hatte, Jura zu studieren, war sie mit dem Fahrrad auf der Straße nach Staffanstorp gefahren und aufs Geratewohl in einen Feldweg eingebogen. Sie hatte angehalten und war einem Pfad gefolgt, der zu den zerfallenen Resten einer alten Mühle führte. Da war ihr der Gedanke gekommen. Er war wie ein Blitz in ihr Bewußtsein eingeschlagen. Was ist eigentlich ein Pfad? Warum verläuft ein Pfad auf der einen und nicht auf der anderen Seite eines Baums oder Steins? Wer ging den Pfad zum erstenmal? Wann ging jemand hier zum erstenmal?

Sie starrte auf den Pfad zu ihren Füßen und wußte, daß dies ihre Lebensaufgabe sein würde. Sie wollte die Analytikerin und große Beschützerin der schwedischen Pfade werden. Sie würde die Geschichte des schwedischen Pfads schreiben. Sie lief zu ihrem Fahrrad zurück, brach am nächsten Tag ihr Jurastudium ab und begann ein Studium der Geschichte und Kulturgeographie. Sie hatte das Glück, einem verständnisvollen Professor zu begegnen, der einsah, daß sie ein Studiengebiet gefunden hatte, das noch nicht etabliert war. Er bemerkte ihren Enthusiasmus und förderte sie.

Sie folgte dem Pfad, der sich sanft am Ufer des Ledsjö entlangschlängelte. Die Bäume waren hoch und verdeckten die Sonne. Einmal war sie am Amazonas gewesen und durch den dampfenden Regenwald gegangen. Es war wie der Eintritt in eine unendliche Kathedrale, in der das Laubwerk das Sonnenlicht filterte wie farbige Fenster. Ein wenig von diesem Gefühl erfüllte sie jetzt, als sie dem Pfad am Ufer des Ledsjö folgte.

Ebendiesen Pfad hatte sie schon vor langer Zeit kartiert. Es war ein gewöhnlicher Wanderweg, der in die 1930er Jahre zurückverfolgt werden konnte, als Rannesholm noch der Familie Haverman gehörte. Einer der Grafen, Gustav Haverman, war ein begeisterter Freiluftsportler gewesen und hatte Weiden und Buschwerk gerodet und den Pfad um den See angelegt. Aber etwas weiter entfernt von hier, dachte sie, etwas tiefer in diesem merkwürdigen Wald, wo niemand etwas anderes sieht als Moos und Steine, da werde ich abbiegen und dem Pfad folgen, den ich vor ein paar Tagen entdeckt habe. Wohin er führt, weiß ich nicht. Aber nichts ist verlokkender, als einem Pfad zum erstenmal zu folgen. Immer noch hoffe ich, einmal im Leben auf einem Pfad zu gehen, der sich am Ende als ein Kunstwerk erweist, ein Pfad ohne Ziel, ein Pfad, der nur dazu geschaffen wurde, daß es ihn gibt.

Sie hielt auf einer Anhöhe inne und atmete tief durch. Zwischen den Bäumen glänzte der spiegelglatte See. Sie war jetzt dreiundsechzig. Sie brauchte noch fünf Jahre. Fünf Jahre, um ihr Lebenswerk zu vollenden, die Geschichte des schwedischen Pfads. Mit diesem Buch würde sie allen beweisen, daß Pfade die wichtigsten Spuren früherer Generationen und Gesellschaften waren. Aber die Pfade waren nicht nur Wanderwege. Es gab, und dafür würde sie überzeugende Beweise und Argumente vorbringen, auch philosophische und religiöse Aspekte des Themas, zum Beispiel wie und wo Pfade sich durch die Landschaft schlängelten. In früheren Jahren hatte sie kleinere, häufig regionale Studien und Kartierungen von Pfaden veröffentlicht. Doch das entscheidende große Werk hatte sie noch zu schreiben.

Sie ging weiter. Die Gedanken bewegten sich frei in ihrem Kopf. So hielt sie es immer, wenn sie auf dem Weg zu einem Pfad war, den sie studieren wollte. Sie ließ ihren Gedanken freien Lauf, als machte sie Hunde von der Leine los. Dann, wenn die Arbeit begann, war sie selbst der Hund, der vorsichtig und mit geschärften Sinnen versuchte, die Geheimnisse des Pfads zu ergründen. Sie wußte, daß viele sie für verrückt hielten. Ihre beiden Kinder hatten sich als Heranwachsende oft gefragt, was ihre Mutter eigentlich machte. Ihr Mann, der vor einem Jahr gestorben war, hatte jedoch Verständnis gezeigt. Auch wenn sie ahnte, daß er im Innersten der Meinung war, eine sonderbare Frau geheiratet zu haben. Jetzt war sie allein, und in der Familie war Håkan der einzige, der sie verstand. Sie teilten die Faszination angesichts der geringsten Wege des Menschen, der Pfade, die sich über die Erde wanden.

Sie blieb stehen. Für das ungeübte Auge gab es nichts anderes als Gras und Moos rechts und links des Pfads. Doch sie hatte es erkannt. Hier begann ein anderer, überwachsener Pfad, der vielleicht viele, viele Jahre lang nicht benutzt worden war. Bevor sie zwischen den Bäumen verschwand, ging sie vorsichtig hinunter zum Strand, setzte sich auf einen Stein und holte ihre Thermoskanne hervor. Draußen auf dem See glitt ein Schwanenpaar vorüber. Sie trank Kaffee und blinzelte in die Sonne. Ich bin ein glücklicher Mensch, dachte sie. Ich habe noch nie etwas anderes getan als das, wovon ich geträumt habe. Als Kind habe ich einmal eins von Håkans Büchern geliehen, *Der Pfadfinder*. Das wurde mein Leben. Genau das habe ich gemacht, Pfade gefunden und sie verstanden. Wie andere versuchen, Inschriften auf Felsplatten und Runensteinen zu verstehen.

Sie packte die Thermoskanne ein und wusch die Tasse in dem braunen Wasser aus. Das Schwanenpaar war um die Landspitze verschwunden. Sie kletterte den steilen Hang hinauf und achtete genau darauf, wohin sie die Füße setzte. Im Jahr zuvor hatte sie sich den Fuß gebrochen, als sie südlich von Brösarp umgeknickt war. Der Unfall hatte sie zu einer längeren Ruhepause gezwungen. Es war eine schwere Zeit. Auch wenn sie sich auf ihr Schreiben konzentrieren konnte, machte die Unbeweglichkeit sie rastlos und gereizt. Ihr Mann war gerade gestorben, als das Unglück geschah, und sie war verwöhnt, weil er derjenige war, der die Hausarbeit gemacht hatte. Sie verkaufte das Haus in Rydsgård und zog in die kleine Wohnung nach Skurup.

Sie wich ein paar herabhängenden Zweigen aus und trat zwischen die Bäume. Einmal hatte sie etwas von einer Lichtung gelesen, *die nur der finden kann, der sich verirrt hat*. So stellte sie sich das große Geheimnis des Menschseins vor. Wenn man nur das Risiko in Kauf nahm, in die Irre zu gehen, wartete das Unerwartete. Wagte man, sich dem Umweg anzuvertrauen, erwarteten einen Erlebnisse, von deren Existenz diejenigen, die sich an die Autobahnen hielten, nicht einmal etwas ahnten. Ich suche nach den vergessenen Pfaden, dachte sie. Nach Wegen, die darauf warten, aus ihrem tiefen Schlaf erweckt zu werden. Unbewohnte Häuser verfallen. Genauso ist es mit Pfaden. Wege, die nicht genutzt werden, sterben.

Sie war jetzt tief im Wald. Sie hielt inne und lauschte. Irgendwo knackte ein Zweig. Dann war es wieder still. Ein Vogel flatterte auf und verschwand. Sie ging weiter, geduckt, die Pfadfinderin. Sie bewegte sich langsam, Schritt für Schritt. Der Pfad war unsichtbar. Aber sie konnte ihn sehen, die Konturen unter dem Moos, dem Gras, den heruntergefallenen Zweigen.

Doch allmählich stellte sich Enttäuschung ein. Es war kein alter Pfad, den sie entdeckt hatte. Als sie zunächst den Pfad nur geahnt hatte, dachte sie, sie habe endlich die Reste des alten Pilgerpfads gefunden, der sich irgendwo nicht weit vom Ledsjö befinden sollte. Um den Ledsjö war er verschwunden, niemand hatte seinen Verlauf ausfindig gemacht, bevor er nordwestlich von Sturup wieder sichtbar wurde. Manchmal hatte sie gedacht, daß die Pilger der Frühzeit vielleicht einen

Tunnel gegraben hatten. Sie müßte nach einer Öffnung im Boden suchen. Doch Pilger gruben keine Erdgänge, sie hatten einen Pfad, dem sie folgten. Und sie hatte ihn nicht gefunden. Bis jetzt, glaubte sie. Aber schon nach nicht einmal hundert Metern war sie überzeugt, daß der Pfad in jüngerer Zeit angelegt und genutzt worden war. Warum er aufgegeben worden war, würde sie erst sagen können, wenn sie das Ziel gefunden hatte. Sie war dreihundert Meter in den Wald hineingegangen, der an dieser Stelle sehr dicht und beinah undurchdringlich war.

Plötzlich blieb sie stehen. Etwas auf dem Boden verwirrte sie. Sie ging in die Hocke und stocherte mit dem Finger im Moos. Etwas Weißes hatte ihre Aufmerksamkeit geweckt. Sie nahm es in die Hand. Eine Feder. Eine weiße Feder. Eine Waldtaube, dachte sie. Aber gab es weiße Waldtauben? Waren sie nicht braun, oder eher noch blau? Sie kam wieder hoch und untersuchte die Feder. Eine Schwanenfeder. Aber wie konnte sie so tief im Wald gelandet sein? Schwäne gehen zwar an Land. Aber sie wandern nicht auf unbekannten Pfaden.

Sie ging weiter. Nach wenigen Metern blieb sie erneut stehen. Sie hatte etwas gesehen, was sie irritierte. Das Gras war niedergetreten. Jemand war erst kürzlich hier gegangen. Aber woher kamen die Fußspuren? Sie ging ein Stück zurück und fing noch einmal von vorn an. Nach ungefähr zehn Minuten wurde ihr klar, daß jemand aus dem Wald gekommen sein mußte und erst hier auf den Pfad gestoßen war. Vorsichtig ging sie weiter. Ihre Neugier war jetzt geringer, nachdem sie eingesehen hatte, daß der verschwundene Pilgerpfad ihr wieder einmal einen Streich spielte. Hier handelte es sich um einen Pfad, der lediglich ein Ausläufer war, vielleicht eine Verzweigung, die zu Zeiten des Freiluftsportlers Haverman angelegt worden, aber jetzt nicht mehr in Gebrauch war. Die Fußspuren auf dem Pfad vor ihr konnten die eines Jägers sein.

Sie folgte den Spuren noch einige hundert Meter. Vor ihr

lag eine Schlucht, eine Erdspalte, von Dickicht bedeckt. Der Pfad lief hinunter in die Schlucht. Sie setzte ihren Rucksack ab, nachdem sie die Taschenlampe in die Jackentasche gesteckt hatte, und stieg auf leisen Sohlen, sich zwischen den Büschen vorwärtstastend, in die Senke hinab. Sie hob einen Ast zur Seite und entdeckte, daß er abgesägt war. Sie runzelte die Stirn, nahm einen weiteren Zweig in die Hand, auch der hatte eine glatte Schnittfläche. Abgesägt oder abgeschlagen. Sie erkannte, daß sie vor etwas stand, das bewußt verdeckt war. Spielende Jungen, dachte sie. Håkan und ich haben uns auch Hütten gebaut. Sie bog weitere Zweige zur Seite. Am Boden der Schlucht war tatsächlich eine Hütte. Aber sie war viel zu groß, um von einem Kind zu stammen. Plötzlich fiel ihr etwas ein, was Håkan ihr vor einigen Jahren in einer Illustrierten, vermutlich *Se*, gezeigt hatte. Ein Unterschlupf im Wald, der einem gesuchten Einbrecher mit dem merkwürdigen Namen »der bildschöne Bengtsson« gehört hatte. Er hatte in einer großen Hütte im Wald gelebt, die nur entdeckt worden war, weil jemand sich verirrt hatte.

Sie trat näher. Die Hütte war aus Brettern gemacht und hatte ein Blechdach. Es gab keinen Schornstein. Die Rückseite der Hütte lehnte sich an eine der steilen Felswände der Schlucht. Sie faßte die Tür an. Es gab kein Schloß. Sie sah ein, wie idiotisch es war, als sie an die Tür klopfte. Wer sollte zu Hause sein, ohne gehört zu haben, wie sie Zweige zur Seite geräumt und hinunter zur Hütte gegangen war? Sie wunderte sich mehr und mehr. Wer versteckte sich im Wald von Rannesholm?

In ihrem Kopf begann ein Warnsignal zu schrillen. Zuerst schüttelte sie den Gedanken ab. Sie hatte im allgemeinen keine Angst. Bei verschiedenen Gelegenheiten waren ihr auf einsam gelegenen Pfaden unangenehme Männer begegnet. Wenn sie Angst hatte, verbarg sie die gut hinter einer Maske von barschem Auftreten. Es war noch nie etwas passiert. Auch hier würde nichts passieren. Aber sie dachte, daß sie gegen ihren gesunden Menschenverstand argumentierte. Nur jemand, der gute Gründe dafür hatte, hielt sich im Wald in einer Hütte verborgen. Es wäre besser, wenn sie ginge. Gleichzeitig konnte sie sich nicht von dem Platz losreißen. Der Pfad hatte ein Ziel. Niemand, der nicht wie sie über einen geübten Blick verfügte, hätte ihn finden können. Aber derjenige, der die Hütte benutzte, kam von einer anderen Seite auf den Pfad. Das war das Rätselhafte. War der Pfad, den sie gefunden hatte, nur ein Reserveausgang aus der Schlucht, wie bei einem Fuchsbau? Oder hatte der Pfad früher eine andere Funktion gehabt? Ihre Neugier gewann die Oberhand.

Sie öffnete die Tür. Die beiden kleinen Fenster an den Schmalseiten ließen kaum Licht herein. Sie machte die Taschenlampe an und ließ den Lichtkegel über die Wände wandern. An der einen Wand stand ein Bett, außerdem gab es einen kleinen Tisch, einen Stuhl, zwei Petroleumlampen und einen Campingkocher. Sie versuchte nachzudenken. Wie lange hatte die Hütte leergestanden? Wer hatte sie benutzt? Sie beugte sich vor und befühlte das Bettlaken. Es war nicht feucht. Die Hütte stand noch nicht lange leer. Wieder dachte sie, daß sie lieber gehen sollte. Derjenige, der die Hütte errichtet hatte, wünschte sicher keinen unerwarteten Besuch.

Gerade als sie gehen wollte, fiel der Strahl der Taschenlampe auf ein Buch, das neben dem Bett auf dem Boden lag. Sie bückte sich. Es war eine Bibel, das Alte und das Neue Testament. Sie nahm sie in die Hand und schlug sie auf. Auf der Innenseite des Deckels stand ein Name geschrieben. Aber er war durchgestrichen. Die Bibel war gründlich benutzt, die Seiten waren abgegriffen und zerfleddert. Einzelne Verse waren angestrichen. Vorsichtig legte sie das Buch zurück. Sie knipste die Lampe aus und merkte sofort, daß etwas anders war. Das Licht war stärker. Es kam nicht nur von den Fenstern. Die Tür hinter ihr mußte aufgemacht worden sein. Hastig drehte sie sich um. Aber es war zu spät. Es war, als habe ein Raubtier ihr die Pranke direkt ins Gesicht geschlagen. Sie fiel in ein tiefes Dunkel, das nie mehr enden sollte.

11

Nach dem Besuch bei Henrietta blieb Linda noch lange auf und wartete darauf, daß ihr Vater nach Hause käme. Aber als er kurz nach zwei Uhr am Morgen vorsichtig die Wohnungstür öffnete, war sie auf dem Sofa im Wohnzimmer mit einer Wolldecke über dem Kopf eingeschlafen. Ein paar Stunden später erwachte sie plötzlich aus einem Alptraum. Was sie geträumt hatte, wußte sie nicht, nur, daß sie im Begriff war zu ersticken. Schnarchgeräusche rollten durch die stille Wohnung. Sie ging ins Schlafzimmer, wo das Licht brannte, und sah ihren Vater. Er lag auf dem Rücken, ins Laken eingerollt. Er sieht aus wie ein Walroß, das sich gemütlich auf einer Felsenklippe ausgestreckt hat, fand sie. Zwischen zwei Schnarchern beugte sie sich über ihn. Er hatte eine deutliche Fahne.

Sie überlegte, wer wohl sein Trinkkumpan gewesen war. Die Hose, die auf dem Fußboden lag, war schmutzig, als sei er bis über die Knöchel im Schlamm gewatet. Er ist auf dem Land gewesen, dachte sie. Bei seinem alten Kumpel Sten Widén. Sie haben im Stall gesessen und zusammen eine Flasche Schnaps geleert.

Linda verließ das Schlafzimmer und dachte, daß sie eigentlich Lust hatte, ihn zu wecken und zur Rede zu stellen. Wofür zur Rede zu stellen? Sten Widén war einer seiner besten Freunde. Jetzt war er krank, schwer krank. Wenn ihr Vater richtig ernst war, pflegte er von sich selbst in der dritten Person zu sprechen. Wenn Sten stirbt, wird Kurt Wallander ein einsamer Mann, hatte er gesagt. Jetzt hatte Sten Widén Lungenkrebs. Linda kannte die merkwürdige Geschichte von dem Reitstall, den Sten Widén neben der Burgruine von Stjärnsund betrieb, ziemlich gut. Vor einigen Jahren hatte er seinen Betrieb abgewickelt und den Hof verkauft. Doch gerade als der neue Besitzer einziehen wollte, hatte Sten Widén alles bereut. Lindas Vater hatte von der Klausel im Kaufvertrag erzählt, die Sten das Recht einräumte, das Geschäft rückgängig zu machen. Er hatte wieder ein paar Pferde angeschafft. Dann hatte er von seiner Krankheit erfahren. Ein Gnadenjahr war bereits vergangen. Jetzt würde er seine Pferde verkaufen und in ein Hospiz für Sterbende gehen, in dem er sich einen Platz besorgt hatte. Dort würde er sein Leben beschließen. Der Hof sollte endgültig verkauft werden. Diesmal würde das Geschäft nicht rückgängig gemacht werden.

Sie zog sich aus und legte sich ins Bett. Es war ein paar Minuten vor fünf. Sie blickte an die Decke und verspürte ein schlechtes Gewissen. Gönne ich meinem Vater nicht, daß er sich mit seinem besten Freund betrinkt, der außerdem bald sterben wird? Was weiß ich davon, worüber sie miteinander reden, was sie einander bedeuten. Ich habe mir immer vorgestellt, daß mein Vater seinen Freunden ein guter Freund ist. Das bedeutet auch, daß man eine Nacht mit einem Mann, der bald sterben wird, in einem Stall zusammensitzt. Sie bekam Lust, aufzustehen und ihn zu wecken, um sich bei ihm zu entschuldigen. Das wäre das einzig Richtige. Aber er würde nur wütend werden, weil ich ihn störe. Er hat heute frei, und vielleicht unternehmen wir etwas gemeinsam.

Bevor sie einschlief, dachte sie noch einmal an die Begegnung mit Henrietta. Sie hatte nicht die Wahrheit gesagt. Sie verbarg etwas. Wußte sie, wo Anna war? Oder war da etwas anderes, worüber sie nicht sprechen wollte? Linda legte sich auf die Seite, rollte sich in Embryonalstellung zusammen und dachte schläfrig, daß sie sehr bald anfangen würde, einen Freund an ihrer Seite zu vermissen, im Schlafen wie im Wachen. Aber wo finde ich hier einen? Ich habe mich daran gewöhnt zu glauben, daß jemand, der mir auf schonisch sagt, daß er mich liebt, es wirklich ernst meint. Sie schob die Gedanken fort, glättete das Kopfkissen und schlief ein.

Um neun Uhr rüttelte jemand sie wach. Linda fuhr auf, darauf eingestellt, verschlafen zu haben, und sah direkt ins Gesicht ihres Vaters. Er wirkte nicht im geringsten verkatert. Er war schon fertig angezogen und hatte sich ausnahmsweise ordentlich gekämmt. »Frühstück«, sagte er. »Die Zeit vergeht, das Leben läuft uns davon.«

Linda duschte und zog sich an. Er legte am Frühstückstisch eine Patience, als sie sich setzte.

»Ich vermute, du warst gestern bei Sten Widén.«

»Richtig.«

»Ich glaube außerdem, daß ihr reichlich getrunken habt.«

»Falsch. Wir haben ganz entschieden zuviel getrunken.«

»Wie bist du nach Hause gekommen?«

»Taxi.«

»Wie ging es ihm?«

»Ich wollte, ich wäre ähnlich tapfer, wenn ich erfahre, daß meine Zeit ausläuft. Er sagte folgendes: Man hat im Leben eine bestimmte Anzahl von Galopprennen. Dann ist es vorbei. Das einzige, was man tun kann, ist zu versuchen, so viele von ihnen wie möglich zu gewinnen.«

»Hat er Schmerzen?«

»Bestimmt. Aber das sagt er nicht. Er ist wie Rydberg.«

»Wer?«

»Evert Rydberg. Hast du ihn vergessen? Ein alter Kollege von hier, mit einem Muttermal auf der Backe.«

Linda hatte eine vage Vorstellung. »Ja, vielleicht erinnere ich mich.«

»Er war es, der einen Polizisten aus mir gemacht hat, als ich jung war und noch von nichts eine Ahnung hatte. Er ist auch viel zu früh gestorben. Aber kein Wort der Klage, nichts. Er hatte auch seine Galopprennen und akzeptierte es, als seine Zeit um war.«

»Wer bringt mir all das bei, wovon ich keine Ahnung habe?«

»Ich dachte, du hättest Martinsson als Ausbilder.«

»Ist er gut?«

»Er ist ein ausgezeichneter Polizist.«

»Ich habe keine deutliche Erinnerung an einen, der Rydberg hieß. Aber an Martinsson erinnere ich mich. Ich weiß nicht, wie oft du nach Hause kamst und wütend warst über etwas, was er entweder getan oder nicht getan hatte.«

Er resignierte über seiner Patience und sammelte die Karten zusammen. »Rydberg hat mich angelernt. Und ich in meiner Zeit habe Martinsson das weitergegeben, was er brauchte. Da ist es doch klar, daß ich ihn manchmal verflucht habe. Außerdem war er schwer von Begriff. Aber nachdem er die Dinge einmal gelernt hatte, saßen sie wie festzementiert.«

»Das heißt mit anderen Worten, daß indirekt du mein Mentor bist.«

Er stand vom Tisch auf. »Was ein Mentor ist, weiß ich nicht. Zieh dich jetzt an, dann fahren wir.«

Sie sah ihn verblüfft an. Hatten sie etwas verabredet, was sie vergessen hatte?

»Haben wir etwas verabredet?«

»Nichts, außer daß wir rauswollten. Und das werden wir auch. Es wird ein schöner Tag. Bevor man sich versieht, legt sich der Nebel übers Dasein. Ich hasse den schonischen Nebel. Es ist, als kröche er einem in den Kopf. Ich kann nicht klar denken, wenn alles diesig und grau und wolkenverhangen ist. Aber du hast recht, wir haben ein Ziel.«

Er setzte sich wieder an den Tisch und goß sich den letzten Rest Kaffee ein, bevor er fortfuhr.

»Hansson? Erinnerst du dich an ihn?«

Linda schüttelte den Kopf.

»Er verschwand wohl, als du noch klein warst. Einer meiner Kollegen. Im letzten Jahr kam er zurück. Jetzt habe ich erfahren, daß er sein Elternhaus außerhalb von Tomelilla verkaufen will. Seine Mutter ist seit langem tot. Aber sein Vater wurde einhundertein Jahre alt. Hansson zufolge war er so klar im Kopf und so boshaft wie immer, bis zu seiner letzten Minute. Aber jetzt soll das Haus verkauft werden. Ich dachte, wir könnten es uns ansehen. Wenn Hansson nicht übertrieben hat, ist es vielleicht genau das, was ich suche.«

Sie gingen hinunter zum Wagen und fuhren aus der Stadt hinaus. Es war windig, aber warm. Sie kamen an einer Kolonne blankgeputzter Oldtimer vorbei. Linda verblüffte ihren Vater damit, daß sie die meisten Marken kannte.

»Wo hast du all das über Autos gelernt?«

»Mein letzter Freund, Magnus.«

»Ich dachte, er hätte Ludwig geheißen.«

»Du bist nicht auf dem laufenden, Vater. Übrigens, ist Tomelilla nicht völlig falsch? Ich dachte, du wolltest auf einer Bank sitzend alt werden, einen Hund streicheln und aufs Meer schauen?«

»Ich habe nicht das Geld, um mir ein Haus am Meer zu leisten. Ich muß mich mit dem Zweitbesten zufriedengeben.«

»Leih dir doch was von Mama. Ihr vorzeitig pensionierter Prokurist hat doch Kohle genug.«

»Nie im Leben.«

»Ich kann es für dich leihen.«

»Nie im Leben.«

»Dann gibt es auch kein Haus am Meer.«

Linda warf einen Blick zu ihm hinüber. War er böse geworden? Sie konnte es nicht sagen. Aber ihr kam der Gedanke, daß sie das mit ihm gemeinsam hatte. Plötzlich aufflammende Gereiztheit, eine unglückliche Neigung, durch die geringste Kleinigkeit verletzt zu sein. Die Distanz zwischen ihm und mir wechselt, dachte sie. Manchmal sind wir einander sehr nahe, aber genauso oft klaffen dramatische Schluchten zwischen uns. Und dann müssen wir unsere Brücken bauen, die häufig wackelig sind, uns aber doch meistens wieder zusammenführen.

Er zog ein gefaltetes Stück Papier aus der Jackentasche. »Die Karte«, sagte er. »Du mußt mich hinlotsen. Bald sind wir an dem Kreisverkehr, der ganz oben steht. Da biegen wir nach Kristianstad ab. Dann mußt du mir sagen, wie ich fahren soll.«

»Ich lotse dich nach Småland«, sagte sie und faltete das Papier auseinander. »Tingsryd hört sich doch gut an. Von da finden wir nie den Weg zurück.«

Hanssons Elternhaus lag sehr schön auf einer kleinen Anhöhe und war von einem Waldgebiet umgeben, dahinter erstreckten sich Felder und Sumpfwiesen. Ein Milan schwebte im Aufwind über dem Haus. Auf der Rückseite lag ein alter Obstgarten. Das Gras stand hoch, die Rosen, die an den weiß verputzten, aber unansehnlich gewordenen Wänden in die Höhe kletterten, waren verwildert und zum Teil abgebrochen. Aus einiger Entfernung war das ansteigende und wieder abfallende Geräusch eines Traktors zu hören. Linda setzte sich auf eine alte Steinbank zwischen ein paar Johannisbeerbüschen, die rot leuchteten. Sie betrachtete ihren Vater, der dastand und zum Dach hinaufblinzelte, die Festigkeit der Fallrohre prüfte und ins Innere des Hauses zu sehen versuchte. Dann verschwand er zur Vorderseite des Hauses.

Als Linda allein war, begann sie wieder an Henrietta zu denken. Jetzt, wo sie eine gewisse Distanz zu ihrer Begegnung gefunden hatte, war ihr intuitives Gefühl der Gewißheit gewichen. Henrietta hatte nicht die Wahrheit gesagt. Sie verbarg etwas, was mit Anna zu tun hatte. Linda holte ihr Handy hervor und wählte Annas Nummer. Das Klingeln ertönte, der Anrufbeantworter ging an. Linda sprach keine Nachricht aufs Band, schaltete ihr Handy aus, stand auf und ging auf die Vorderseite des Hauses. Da stand ihr Vater und betätigte den Schwengel einer quietschenden Pumpe. Braunes Wasser ergoß sich in eine rostige Wanne.

Er schüttelte den Kopf. »Wenn ich das Haus auf den Rükken nehmen und irgendwo am Meer absetzen könnte, würde ich nicht zögern. Aber hier ist mir zuviel Wald.«

»Du solltest dir einen Wohnwagen anschaffen«, sagte

Linda. »Den kannst du am Meer abstellen. Alle würden dir eine Ecke ihres Grundstücks abtreten.«

»Warum sollten sie?«

»Jeder möchte doch kostenlos einen Polizisten neben sich haben.«

Er schnitt eine Grimasse, leerte die Wanne und ging zur Straße. Linda folgte ihm. Er dreht sich nicht um, dachte sie. Das Haus hat er schon vergessen.

Sie fuhren nicht gleich los. Linda schaute dem Milan nach, der über die Felder glitt und zum Horizont hin verschwand.

»Was möchtest du machen?« fragte er.

Linda dachte an Anna. Sie mußte mit ihrem Vater darüber reden, daß sie sich Sorgen machte. »Ich muß mit dir reden. Aber nicht hier.«

»Dann weiß ich, wohin wir fahren können.«

»Wohin?«

»Du wirst schon sehen.«

Sie fuhren nach Süden, bogen links in Richtung Malmö ab und folgten dann einem Schild, das nach Kadesjö wies. Es gab einen Wald dort, einen der schönsten, die Linda kannte. Sie hatte geahnt, daß sie auf dem Weg dorthin waren. Ihr Vater und sie waren sehr oft dort spazierengegangen, besonders als sie zehn, elf Jahre alt war, noch kein Teenager. Sie hatte auch eine vage Erinnerung daran, einmal mit ihrer Mutter dort gewesen zu sein. Aber sie konnte nicht die ganze Familie zusammen vor sich sehen.

Sie ließen den Wagen an einem Holzlagerplatz stehen. Die dicken, frischgefällten Baumstämme dufteten. Sie folgten einem der Pfade durch den Wald bis zu der eigentümlichen Blechstatue, die zur Erinnerung an einen Besuch errichtet worden war, den Karl XII. möglicherweise in Kadesjö gemacht hatte. Linda wollte gerade anfangen, von Anna zu sprechen, als ihr Vater die Hand hob.

Sie standen an einer kleinen Lichtung zwischen hohen Bäumen. »Dies hier ist mein Friedhof«, sagte er. »Mein wirklicher Friedhof.«

»Was meinst du damit?«

»Ich bin gerade dabei, ein großes Geheimnis zu lüften, vielleicht eines meiner größten. Wahrscheinlich werde ich es morgen bereuen. Die Bäume, die du hier siehst, die gehören jeder einem meiner toten Freunde. Auch mein Vater ist dabei, meine Mutter, alle alten Verwandten.«

Er zeigte auf eine noch junge Eiche. »Diesen Baum habe ich Stefan Fredman gegeben. Dem verzweifelten Indianer. Auch er gehört zu meinen Toten.«

»Und die, von der du gesprochen hast?«

»Yvonne Ander? Dort drüben.«

Er zeigte auf eine andere Eiche, die ein mächtiges Astwerk entfaltete. »Ich kam ein paar Wochen nach Vaters Tod hierher. Mir war, als sei mir der Boden unter den Füßen weggezogen worden. Du warst viel stärker als ich. Ich saß im Präsidium und versuchte, die Wahrheit über einen schweren Fall von Körperverletzung ans Licht zu bringen. Es war eine Art von Ironie, daß es sich um einen jungen Mann handelte, der seinen Vater mit einem Vorschlaghammer fast totgeschlagen hatte. Dieser Junge, der log die ganze Zeit. Plötzlich hatte ich die Nase voll. Ich brach das Verhör ab und fuhr hierher. Ich nahm einen Funkstreifenwagen und schaltete die Sirene ein, um so schnell wie möglich aus der Stadt herauszukommen. Nachher bekam ich Ärger deswegen. Aber als ich hier ankam, da stellte ich mir vor, die Bäume seien die Grabsteine aller meiner Toten. Hierher, nicht zum Friedhof mußte ich kommen, um sie wiederzutreffen. Ich fühle hier eine Ruhe, wie ich sie sonst nirgendwo erlebe. Hier kann ich meine Toten umarmen, ohne daß sie mich sehen.«

»Ich werde dein Geheimnis nicht weitersagen. Danke, daß du mir davon erzählt hast.«

Sie blieben noch eine Weile unter den Bäumen. Linda wollte nicht fragen, welches der Baum ihres Großvaters war. Sie dachte, daß es wahrscheinlich die kräftige, ziemlich einsam wirkende Eiche war, die ein wenig entfernt von den anderen stand.

Die Sonne schien durchs Laubwerk herab. Es kam Wind auf, und sogleich wurde es kühler. Linda gab sich einen Ruck und erzählte davon, daß Anna verschwunden war, daß Henrietta nicht die Wahrheit sagte und daß sie das Gefühl nicht loswurde, es sei etwas passiert.

»Du kannst etwas Dummes tun«, sagte sie am Schluß. »Wenn du nämlich über das Ganze den Kopf schüttelst und sagst, ich sei überspannt und alles sei nur Einbildung. Dann werde ich wütend. Aber wenn du sagst, du glaubst, daß ich mich irre, und mir erklärst, warum, dann höre ich dir zu.«

»Du wirst als Polizistin eine grundlegende Erfahrung machen«, antwortete er. »Das Unerklärliche trifft fast nie ein. Auch für ein Verschwinden gibt es meistens eine ganz plausible, aber vielleicht unerwartete Erklärung. Als Polizistin lernst du, zwischen dem Unerklärlichen und dem Unerwarteten zu unterscheiden. Das Unerwartete kann ganz logisch, aber unmöglich herauszufinden sein, bevor man die Erklärung bekommen hat. Nicht zuletzt gilt das für die meisten Fälle von Verschwinden. Du weißt nicht, was Anna passiert ist. Du machst dir Sorgen, das ist normal. Aber meine Erfahrung sagt mir, daß du dich vielleicht auf die einzige Tugend besinnen solltest, deren ein Polizeibeamter sich rühmen kann.«

»Geduld?«

»Ganz richtig. Geduld.«

»Wie lange?«

»Ein paar Tage. Und dann ist sie sicher wieder aufgetaucht. Oder hat von sich hören lassen.«

»Ich bin trotzdem sicher, daß ihre Mutter gelogen hat.«

»Ich glaube nicht, daß Mona und ich immer die Wahrheit gesagt haben, wenn wir von dir sprachen.«

»Ich werde mich in Geduld üben. Aber auf jeden Fall sagt mir mein Gefühl, daß irgend etwas nicht stimmt.«

Sie kehrten zum Wagen zurück. Es war nach ein Uhr. Linda schlug vor, irgendwo hinzufahren und zu Mittag zu essen.

Sie fuhren zu dem Gasthaus, das den sonderbaren Namen ›Vaters Hut‹ trug. Kurt Wallander hatte eine vage Erinnerung daran, irgendwann mit seinem Vater dort gegessen und sich heftig mit ihm gestritten zu haben. Worum es dabei gegangen war, wußte er nicht mehr.

»Gasthäuser, wo ich Streit hatte«, sagte Linda. »Man kann alles mit Namen versehen. Wahrscheinlich habt ihr euch darüber gestritten, daß du Polizist geworden bist. Ich kann mich nicht erinnern, daß ihr euch über etwas anderes uneins wart.«

»Du hast keine Ahnung. Wir waren in bezug auf alles uneins. Obwohl wir eigentlich zwei trotzige Jungen waren, die nie erwachsen wurden und das ewige verbissene Spiel spielten. Er warf mir vor, ihn zu vernachlässigen, wenn ich fünf Minuten später als verabredet kam. Er konnte sogar so diabolisch sein, seine Uhr vorzustellen, um behaupten zu können, daß ich zu spät käme.«

Sie hatten gerade Kaffee bestellt, als ein Handy klingelte. Linda griff nach ihrem, aber es war das ihres Vaters, das den gleichen Klingelton hatte. Er meldete sich und lauschte, stellte ein paar einsilbige Fragen, machte eine Notiz auf der Rückseite der Rechnung, die gerade gekommen war, und beendete das Gespräch.

»Was war denn?«

»Eine vermißte Person.«

Er legte das Geld auf den Tisch, faltete die Rechnung zusammen und steckte sie ein.

»Was passiert jetzt?« fragte Linda. »Wer ist denn verschwunden?«

»Wir fahren zurück nach Ystad. Aber wir machen einen Umweg über Skurup. Eine alleinlebende Witwe, Birgitta Medberg, ist verschwunden. Ihre Tochter scheint überzeugt zu sein, daß ihr etwas zugestoßen ist.«

»Wie verschwunden?«

»Die Anruferin war sich nicht sicher. Aber anscheinend ist ihre Mutter eine Art Forscherin, die Feldarbeit betreibt und in den Wäldern nach alten Pfaden sucht. Merkwürdige Beschäftigung.«

»Vielleicht hat sie sich verirrt?«

»Genau das denke ich auch. Wir dürften es bald erfahren.«

Sie fuhren nach Skurup. Der Wind war stärker geworden. Es war neun Minuten nach drei am Mittwoch, dem 29. August.

12

Das Haus hatte ein Obergeschoß und war aus Ziegeln gebaut.

»Hast du ein solches Haus schon einmal gesehen?« fragte sie, als sie aus dem Wagen gestiegen waren und der Vater die Tür abschloß. Er warf einen Blick auf die Fassade.

»Es sieht aus wie das Haus, in dem du in Sollentuna gewohnt hast. Bevor du in das Wohnheim der Polizeihochschule gezogen bist.«

»Du hast ein gutes Gedächtnis. Was mache ich jetzt?«

»Du kommst mit. Sieh es als eine Art polizeilicher Fahrstunde an.«

»Verstößt du nicht gegen irgendwelche Regeln? Unbefugte, die bei einem Verhör anwesend sind oder so?«

»Dies hier ist kein Verhör. Nur ein Gespräch. Vielleicht hauptsächlich, um jemanden zu beruhigen, der sich unnötige Sorgen macht.«

»Aber trotzdem.«

»Es gibt kein ›aber trotzdem‹. Ich habe gegen Regeln verstoßen, seit ich bei der Polizei bin. Martinsson hat einmal ausgerechnet, daß ich vier Jahre im Knast sitzen müßte für alles, was ich angestellt habe. Aber das zählt nicht, solange ich meine Arbeit gut mache. Das ist einer der wenigen Punkte, in denen Nyberg und ich einer Meinung sind.«

»Nyberg, der von der Spurensicherung?«

»Meines Wissens ist das der einzige Nyberg, den wir in Ystad haben. Er geht bald in Pension. Keiner wird ihn vermissen. Oder es wird umgekehrt, daß allen seine ensetzlich schlechte Laune fehlen wird.«

Sie überquerten die Straße. Die starken Windböen trieben Schmutz vor sich her, der um ihre Füße wirbelte. Vor der

Haustür stand ein Fahrrad ohne Hinterrad. Der Rahmen war verbogen, als sei das Fahrrad Opfer eines sadistischen Übergriffs gewesen. Sie gingen hinein.

Wallander las das Namensschild. »Birgitta Medberg. Sie ist die mutmaßlich Verschwundene. Ihre Tochter heißt Vanja. Dem Anruf von eben zufolge war sie vollkommen hysterisch und sprach mit einer extrem schrillen Stimme.«

»Ich bin nicht im mindesten hysterisch«, schrie eine Frau aus der Etage über ihnen. Sie beugte sich übers Treppengeländer und sah auf sie hinunter.

»Ich rede offenbar zu laut in Treppenhäusern«, murmelte er.

Sie gingen die Treppe hinauf.

»Genau, was ich mir gedacht habe«, sagte er freundlich, als er der mißtrauischen und nervösen Frau die Hand reichte. »Die Jungs auf der Wache sind unerfahrene Burschen. Die haben noch nicht gelernt, zwischen Hysterie und völlig normaler Erregung zu unterscheiden.«

Die Frau namens Vanja war um die Vierzig. Sie hatte kräftiges Übergewicht, und ihre Bluse war am Hals und an den Handgelenken schmutzig. Linda dachte, daß es lange hersein mußte, daß die Frau sich die Haare gewaschen hatte. Sie traten in die Wohnung ein. Linda erkannte sogleich den Duft, der ihr entgegenschlug. Mamas Parfüm, dachte sie. Das sie nahm, wenn sie unzufrieden oder ärgerlich war. Wenn es ihr gutging, benutzte sie ein anderes.

Sie kamen ins Wohnzimmer. Vanja ließ sich schwer in einen Sessel fallen und zeigte auf Linda, die nur kurz ihren Namen genannt hatte, als sie in den Flur traten. »Wer ist sie?«

»Eine Assistentin«, sagte Kurt Wallander forsch. »Können wir jetzt hören, was passiert ist?«

Vanja erzählte, ruckartig und nervös. Sie hatte Schwierigkeiten, Worte zu finden, auf jeden Fall war sie keine Frau, die sich häufig in längeren Sätzen ausdrücken mußte. Linda spürte, daß ihre Unruhe echt war. Sie verglich sie mit ihrer eigenen Unruhe wegen Anna.

Vanjas Geschichte war kurz. Ihre Mutter Birgitta war Kulturgeographin und widmete sich der Kartierung alter Wege und Pfade in Südschweden, vor allem in Schonen und Teilen von Småland. Seit gut einem Jahr war sie Witwe. Sie hatte vier Enkelkinder, zu denen Vanja mit zwei Töchtern beigetragen hatte. Es waren die Töchter, die ihre Besorgnis ausgelöst hatten, so daß sie die Polizei angerufen hatte. Sie hatte mit ihrer Mutter verabredet, daß ihre Töchter sie um zwölf Uhr besuchen sollten. Vorher wollte die Mutter auf eine ihrer kleinen Exkursionen gehen, Pfadjagden, wie sie es nannte. Aber als Vanja mit ihren Töchtern kam, war ihre Mutter noch nicht wieder da. Sie hatte zwei Stunden gewartet und dann die Polizei angerufen.

Ihre Mutter würde ihre Enkelkinder nie enttäuschen. Es mußte also etwas passiert sein.

Sie verstummte. Linda versuchte, sich die erste Frage ihres Vaters vorzustellen: ›Wohin wollte sie?‹

»Wissen Sie, wohin sie heute morgen wollte?« fragte er.

»Nein.«

»Ich gehe davon aus, daß sie mit dem Wagen fährt.«

»Sie hat eine rote Vespa. Die ist vierzig Jahre alt.«

»Eine rote Vespa? Vierzig Jahre?«

»Vespas waren damals rot. Ich war noch nicht geboren. Aber Mama hat es mir erzählt. Sie ist Mitglied eines Clubs für alte Mopeds und Vespas. In Staffanstorp. Ich begreife nicht, warum. Aber sie liebt es, mit diesen Vespa-Narren zusammenzusein.«

»Sie sagten, sie sei vor einem Jahr Witwe geworden. Gab es Anzeichen dafür, daß sie deprimiert war?«

»Nein. Wenn Sie glauben, sie habe Selbstmord begangen, liegen Sie falsch.«

»Ich glaube gar nichts. Aber manchmal können Menschen, die uns nahestehen, sehr geschickt verbergen, wie sie sich wirklich fühlen.«

Linda starrte beharrlich ihren Vater an. Er warf ihr einen hastigen Blick zu. Wir müssen über diese Sache reden, dachte sie. Es ist falsch von mir, ihm nicht von damals zu erzählen, als ich auf dem Brückengeländer stand und schwankte. Er glaubt, das einzige Mal sei gewesen, als ich mir in die Arme geschnitten habe.

»Sie würde sich nie etwas antun. Aus einem ganz einfachen Grund. Sie würde ihre Enkelkinder nie einem solchen Schock aussetzen.«

»Es gibt niemanden, den sie besucht haben könnte?«

Vanja hatte sich eine Zigarette angezündet. Sie ließ Asche auf ihre Kleidung und auf den Fußboden fallen. Linda dachte, daß sie überhaupt nicht in die Wohnung ihrer Mutter paßte.

»Meine Mutter ist altmodisch. Sie macht keine Besuche, die nicht geplant sind.«

»Soweit ich mitbekommen habe, ist sie nicht in ein Krankenhaus eingeliefert worden. Es dürfte also kein Unglück geschehen sein. Aber leidet sie an einer Krankheit? Hat sie kein Mobiltelefon?«

»Mama ist gesund. Sie lebt gesund und einfach. Nicht wie ich. Aber als Eierverkäuferin bewegt man sich nicht genug.«

Vanja machte eine Geste mit ausgebreiteten Armen, wie um ihren Ekel vor ihrem eigenen Körper zum Ausdruck zu bringen.

»Und das Mobiltelefon?«

»Sie hat eins. Aber es ist nie eingeschaltet. Obwohl meine Schwester und ich sie bekniet haben.«

Es wurde still im Zimmer. Aus einer Wohnung nebenan war das leise Geräusch eines Radios oder Fernsehers zu hören.

»Und Sie haben keine Ahnung, wohin sie gegangen sein könnte? Gibt es jemanden, der weiß, womit sie gerade beschäftigt ist? Hat sie Tagebuch geführt?«

»Meines Wissens nicht. Mama hat allein gearbeitet.«

»Ist so etwas hier früher schon einmal vorgekommen?«

»Daß sie verschwunden ist? Nie.«

Lindas Vater holte einen Notizblock und einen Bleistift

aus der Jackentasche und ließ sich Vanjas vollen Namen, die Anschrift und die Telefonnummer geben. Linda merkte, daß er stutzte, als sie ihren Nachnamen sagte, Jorner. Er hielt inne und schaute auf den Block, bevor er den Blick hob. »Ihre Mutter heißt Medberg. Sind Sie eine verheiratete Jorner?«

»Mein Mann ist Hans Jorner. Mamas Mädchenname war Lundgren. Ist das wirklich wichtig?«

»Hans Jorner. Ist er möglicherweise ein Sohn des alten Direktors der Kiesgesellschaft in Limhamn?«

»Ja. Der jüngste Sohn. Wieso?«

»Reine Neugier. Sonst nichts.«

Wallander stand auf, Linda folgte ihm. »Haben Sie etwas dagegen, wenn wir uns umsehen? Hat Ihre Mutter ein Arbeitszimmer?«

Vanja zeigte auf das Zimmer, bevor sie einen Anfall von dröhnendem Raucherhusten bekam. Sie betraten ein Arbeitszimmer, dessen Wände von Landkarten bedeckt waren. Auf dem Schreibtisch lagen ordentliche Stapel von Papieren und Mappen.

»Was war denn?« fragte Linda leise. »Mit dem Namen?«

»Das erzähle ich dir nachher. Es ist eine unangenehme Geschichte. Sie ruft alte Erinnerungen wach.«

»Was hat sie gesagt? Eierverkäuferin?«

»Ja. Aber ihre Sorge ist echt.«

Linda hob ein paar Papiere vom Schreibtisch auf.

Sofort wies er sie zurecht. »Du darfst dabeisein, du darfst zuhören und zusehen. Aber nichts anfassen.«

»Ich habe doch nur ein Blatt Papier angefaßt.«

»Das war eins zuviel.«

Linda verließ wütend das Zimmer. Natürlich hatte er recht. Aber trotzdem mochte sie seinen Ton nicht. Sie nickte Vanja, die immer noch hustete, kurz zu und ging hinunter auf die Straße. Als sie hinaustrat in den starken Wind, verfluchte sie ihre kindische Reaktion bereits.

Zehn Minuten später kam ihr Vater aus der Haustür. »Was war los? Was habe ich falsch gemacht?«

»Nichts. Ist schon vergessen.«

Linda hob die Arme in einer entschuldigenden Geste. Er schloß den Wagen auf. Der Wind zerrte und rüttelte. Sie setzten sich in den Wagen.

Er steckte den Schlüssel ins Zündschloß, startete aber nicht. »Du hast gemerkt, daß ich gestutzt habe, als diese schreckliche Frau sagte, sie hieße Jorner. Und daß sie mit einem Sohn des alten Jorner verheiratet ist, hat es auch nicht besser gemacht.«

Er knurrte etwas vor sich hin und schloß die Hände krampfhaft ums Lenkrad. Dann erzählte er.

»Als Kristina und ich klein waren und mein Vater seine Bilder malte, kam es ja manchmal vor, daß keine Hausierer in ihren Amischlitten vorbeikamen und ihm abkauften, was er produziert hatte. Wir hatten kein Geld. Dann mußte Mutter arbeiten. Da sie keine Ausbildung hatte, gab es im großen und ganzen nur zwei Möglichkeiten, entweder in einer Fabrik zu stehen oder Haushaltshilfe zu werden. Sie entschied sich für das letztere und landete bei der Familie Jorner, wohnte aber zu Hause. Der alte Jorner, er hieß Hugo, und seine Frau Tyra waren richtig widerwärtige Menschen. Für sie hatte sich die Gesellschaft in den letzten fünfzig Jahren nicht verändert. Es gab für sie nur Oberklasse und Unterklasse, sonst nichts. Er war der Schlimmere.

Eines Abends spät kam meine Mutter völlig verweint nach Hause. Mein Vater, der sie normalerweise nie fragte, wie es ihr ging, wollte wissen, was passiert sei. Ich saß auf dem Fußboden hinterm Sofa und lauschte, und ich vergesse es nie. Es hatte ein Fest gegeben bei Jorner, nicht viele Gäste, vielleicht waren sie acht um den Tisch. Und Mutter sollte servieren. Als sie zum Kaffee kamen und schon etwas angeheitert waren, besonders Hugo, rief er Mutter herein und bat sie, eine Trittleiter zu holen. Ich weiß es noch Wort für Wort, wie Mutter mit tränenerstickter Stimme erzählte. Sie holte die Trittleiter. Die Gäste saßen am Tisch, und Hugo, sadistisch, wie er war, sagte Mutter, sie solle auf die Leiter steigen. Sie tat, was er sagte, und dann erklärte er, daß sie von da oben wohl sehen könnte, daß sie vergessen hatte, einem der Gäste einen Kaffeelöffel hinzulegen. Dann schickte er Mutter mit der Leiter wieder hinaus, und sie hörte, wie sie hinter ihr lachten und sich zuprosteten.

Mutter fing an zu weinen, als sie fertig erzählt hatte, und sagte, sie würde nie wieder einen Fuß in das Haus setzen. Und Vater war so aufgebracht, daß er schon auf dem Weg zum Schuppen war, um die Axt zu holen und sie Jorner in den Kopf zu schlagen. Aber Mutter beruhigte ihn natürlich. Ich vergesse es nie. Ich war vielleicht zehn, zwölf Jahre alt. Und jetzt treffe ich eine der Schwiegertöchter der Familie.«

Er ließ mit einer heftigen Bewegung den Motor an. Linda merkte, wie aufgewühlt er war. Sie verließen Sturup.

Linda betrachtete die Landschaft, die Wolkenschatten, die über die Felder wanderten. »Ich frage mich oft, wie Großmutter wohl war. Sie starb ja lange vor meiner Geburt. Aber am meisten frage ich mich, wie jemand mit Großvater verheiratet sein konnte.«

Er lachte laut.

»Meine Mutter sagte immer, wenn man ihn mit ein bißchen Salz einriebe, täte er, was sie sagte. Ich habe nie verstanden, wie sie das meinte. Einen Menschen mit Salz einreiben? Aber Mutter hatte eine Engelsgeduld.«

Er trat hart auf die Bremse und wich an den äußersten Straßenrand aus. Ein offener Sportwagen machte ein riskantes Überholmanöver.

Wallander fluchte. »Eigentlich sollte ich den Kerl stellen.«

»Und warum tust du es nicht?«

»Weil ich mir Sorgen mache.«

Linda betrachtete ihren Vater. Er war angespannt. »Da ist etwas mit dieser vermißten Frau, was mir nicht gefällt. Ich glaube, daß alles, was Vanja Jorner gesagt hat, richtig ist. Ihre Sorge war nicht gespielt. Ich glaube, daß Birgitta Medberg entweder krank geworden ist, von einer völlig unvorherseh-baren Sinnesverwirrung befallen irgendwo herumirrt, oder daß etwas passiert ist.«

»Ein Verbrechen?«

»Ich weiß nicht. Aber mein freier Tag ist jetzt wohl zu Ende. Ich bringe dich nach Hause.«

»Ich fahre mit zum Präsidium und gehe zu Fuß nach Hause.«

Er parkte in der Tiefgarage der Polizei. Linda ging durch den Hinterausgang hinaus, duckte sich gegen den starken Wind und war plötzlich unschlüssig, was sie tun sollte. Es war inzwischen halb vier, der Wind war kalt, als näherte der Herbst sich sehr schnell. Sie machte sich auf den Weg nach Hause, besann sich aber und bog in Annas Straße ein. Sie klingelte, wartete und öffnete.

Sie brauchte nur ein paar Sekunden, um zu erkennen, daß etwas geschehen war. Zuerst wußte sie nicht, was. Dann wurde ihr klar, daß jemand in der Wohnung gewesen war. Sie wußte es, ohne zu verstehen, warum. Dann merkte sie, daß etwas fehlte. Sie stand in der Türöffnung des Wohnzimmers und suchte nach dem, was anders war. War etwas verschwunden? Etwas an der Wand? Sie trat ans Bücherregal und fuhr mit der Hand über die Buchrücken. Nichts fehlte.

Sie setzte sich auf den Stuhl, den Anna meistens benutzte, und sah sich um. Etwas *war* verändert, da war sie sich sicher. Aber was? Sie stand auf und stellte sich ans Fenster, um den Raum aus anderer Perspektive wahrzunehmen. Da entdeckte sie es. Ein kleines Glasbild mit einem aufgespießten blauen Schmetterling hatte an einer der Seitenwände gehangen, zwischen einem Kunstposter aus Berlin und einem alten Barometer. Jetzt war das Schmetterlingsbild fort. Linda schüttelte den Kopf. Bildete sie sich etwas ein? Nein, es war fort. In ihrer Erinnerung war es noch da, als sie beim letztenmal in der Wohnung war. Konnte Henrietta dagewesen sein und es mitgenommen haben? Das kam ihr unwahrscheinlich vor. Sie zog die Jacke aus und ging langsam durch die Wohnung.

Erst als sie die Türen von Annas Kleiderschrank öffnete, war sie wirklich überzeugt, daß jemand in der Wohnung gewesen sein mußte. Es fehlten Kleidungsstücke und vielleicht auch eine Tasche. Linda wußte es, weil bei Anna die Kleiderschranktüren meistens offenstanden. Ein paar Tage vor Annas Verschwinden war Linda in Annas Schlafzimmer gewesen, um ein Telefonbuch zu holen, als sie einen Augenblick allein in der Wohnung war. Sie setzte sich aufs Bett und versuchte nachzudenken. Dann sah sie das Tagebuch, das auf dem Schreibtisch lag. Das Tagebuch ist noch da, dachte sie. Und das ist falsch. Richtiger gesagt: Es bedeutet, daß es nicht Anna sein kann, die hiergewesen ist. Sie kann Kleider geholt haben, sie kann sogar den blauen Schmetterling mitgenommen haben. Aber sie würde nie ihr Tagebuch zurücklassen. Nie im Leben.

13

Linda versuchte sich vorzustellen, was geschehen war. Sie befand sich in einem leeren Raum, durch die Tür einzutreten war, wie einen Wasserspiegel zu durchschneiden und in eine vollkommen stille und fremde Landschaft hinabzusinken. Sie rief sich Gelerntes in Erinnerung. Es gab immer Spuren an Orten, an denen sich etwas Dramatisches abgespielt hatte. Aber hatte das, was geschehen war, überhaupt etwas mit Dramatik zu tun?

Es fanden sich keine Blutflecke, keine Verwüstung, alles war so ordentlich wie immer. Abgesehen davon, daß ein kleines Schmetterlingsbild und eine Tasche sowie einige Kleidungsstücke verschwunden waren. Dennoch sollten Spuren dasein. Selbst wenn es trotz allem Anna war, die sich zwischenzeitlich in die Wohnung begeben hatte, mußte sie sich in ihrer eigenen Wohnung wie ein ungebetener Gast verhalten haben.

Linda ging langsam die Wohnung ein weiteres Mal durch, ohne etwas zu bemerken. Nichts war verändert, nichts fehlte. Dann hörte sie den Anrufbeantworter ab, dessen Blinken verriet, daß neue Nachrichten vorlagen. Drei Anrufe wurden angezeigt. Wir geben unsere Stimmen von uns, dachte Linda. Wir verstreuen sie auf Hunderte von Anrufbeantwortern in der ganzen Welt. Zahnarzt Sivertsson wollte den Termin für die jährliche Kontrolle ändern und bat um Rückruf bei der Sprechstundenhilfe. Eine Frau namens Mirre rief aus Lund an und wollte wissen, ob Anna mit nach Båstad käme oder nicht. Und zuletzt Linda selbst, ihr Hallo und das Klikken, als sie wieder auflegte.

Auf dem Tisch lag ein Adreßbuch. Linda suchte den Zahnarzt Sivertsson und wählte die Nummer.

»Zahnarztpraxis Sivertsson.«

»Ich heiße Linda Wallander. Ich habe Anna Westin versprochen, mich um ihre Anrufe zu kümmern. Sie ist ein paar Tage verreist. Ich wollte nur wissen, an welchem Tag und zu welcher Uhrzeit sie kommen sollte.«

Nach einem Moment kam die Zahnarzthelferin zurück ans Telefon. »Am 10. September um neun Uhr.«

Linda beendete das Gespräch und suchte nach der Nummer der Frau, die Mirre hieß. Sie dachte an ihr eigenes vollgekritzeltes Adreßbuch, das sie immer wieder zusammenkleben mußte. Irgend etwas hielt sie davon ab, ein neues zu kaufen. Es war wie ein Erinnerungsalbum. All diese durchgestrichenen Telefonnummern, die nirgendwo mehr hinführten, Telefonnummern, die in Frieden auf einem höchst privaten Friedhof ruhten. Für ein paar Minuten vergaß sie alles, was mit Anna zu tun hatte, und kehrte statt dessen zu dem Augenblick im Wald zurück, zu ihrem Vater und seinen Bäumen. Sie empfand eine Zärtlichkeit für ihn, als ahnte sie, wie er als Kind gewesen war. Ein kleiner Junge mit großen Gedanken, allzu großen vielleicht zuweilen. Ich weiß viel zu wenig über ihn. Was ich zu wissen glaube, erweist sich außerdem häufig als falsch. Das sagt er immer, aber ich sage es auch. Ich habe ihn mir immer als einen freundlichen Mann vorgestellt, nicht besonders scharfsinnig, aber beharrlich und mit großen intuitiven Fähigkeiten. Jetzt bin ich mir nicht mehr sicher. Ich glaube, daß er ein guter Polizist ist. Aber ich vermute, er ist ein zutiefst sentimentaler Mensch, der wahrscheinlich heimlich von der Liebe und von kleinen romantischen Begegnungen träumt und im Grunde die zumeist unbegreifliche und brutale Wirklichkeit um sich herum haßt.

Sie zog einen Stuhl ans Fenster und begann in einem Buch zu blättern, in dem Anna gelesen hatte. Es war auf Englisch und handelte von Alexander Fleming und dem Penicillin. Sie überflog eine Seite und merkte, daß sie Schwierigkeiten hatte, den Text zu verstehen. Es erstaunte Linda, daß Anna mit dem Buch zurechtkam. Vor langer Zeit hatten sie darüber gesprochen, nach England zu fahren und ihre Sprachkenntnisse zu verbessern. Vielleicht hatte Anna diesen Traum verwirklicht? Linda legte das Buch über Fleming zur Seite und blätterte langsam das umfangreiche Adreßbuch durch. Die Seiten waren wie vollgeschriebene Tafeln in einer Mathematikstunde. Überall Streichungen und Verweise. Linda lächelte wehmütig, als sie ihre eigene alte Telefonnummer fand, außerdem die von zwei Freunden, die sie schon lange vergessen hatte. Wonach suche ich? dachte sie. Ich suche nach einer Spur, die Anna hinterlassen hat. Aber warum sollte sie die in ihrem Adreßbuch haben?

Sie blätterte weiter, dann und wann von dem Gefühl gestört, unberechtigterweise in Annas geheimsten und privatesten Bereich eingedrungen zu sein. Ich bin über ihren Zaun geklettert, dachte sie. Ich tue es in guter Absicht. Aber ich fühle mich trotzdem nicht ganz wohl dabei. Verschiedene lose Zettel lagen in dem abgegriffenen Adreßbuch. Ein Zeitungsausschnitt über eine Reise zu einem Medizinmuseum in Reims, ein paar Zugfahrscheine von Ystad nach Lund und zurück.

Linda zuckte zusammen. Auf einer Seite stand in grellem Rot das Wort »Papa«, dahinter eine neunzehnstellige Telefonnummer aus lauter Einsen und Dreien. Eine Nummer, die es nicht gibt, dachte Linda. Die Nummer einer geheimen Stadt mit einer nicht weniger geheimen Vorwahl, in der all die verschwundenen Menschen versammelt waren.

Am liebsten hätte sie das Buch zugeschlagen. Sie hatte in Annas Leben nichts zu suchen. Aber sie machte weiter. Viele der Telefonnummern erstaunten sie. Anna hatte die Nummern des Ministerratsausschusses und der Sekretärin des Ministerpräsidenten aufgeschrieben. Was wollte Anna von ihm? Es gab auch eine Nummer eines Mannes in Madrid mit Namen Raoul. Neben die Nummer hatte Anna ein Herz gemalt, es aber später hitzig wieder durchgestrichen. Wir hätten Theorie und Praxis der Deutung von Adreßbüchern studieren sollen, dachte Linda.

Aber nur eine Nummer interessierte Linda noch, nachdem sie das Buch durchgegangen war. »Zu Hause in Lund«, hatte Anna geschrieben. Linda zögerte eine Weile. Dann wählte sie die Nummer. Eine männliche Stimme meldete sich sofort: »Peter.«

»Kann ich Anna sprechen?«

»Ich seh mal nach, ob sie da ist.«

Linda wartete. Im Hintergrund war Musik zu hören. Sie kannte das Stück, aber der Name des Sängers fiel ihr nicht ein.

Der Mann namens Peter kam zurück. »Sie ist nicht da.«

»Weißt du, wann sie zurückkommt?«

»Ich weiß nicht mal, ob sie hier ist. Ich habe sie eine Zeitlang nicht gesehen. Ich frag mal nach.«

Er verschwand, kam aber rasch zurück. »Niemand hier hat sie in den letzten Tagen gesehen.«

Bevor Linda ihn nach der Anschrift fragen konnte, hatte er aufgelegt. Sie blieb mit dem Hörer in der Hand stehen. Keine Anna, dachte sie. Keine Sorge, nur eine sachliche Feststellung, daß sie nicht da ist. Linda fing an, sich dumm vorzukommen. Sie zog einen Vergleich zu ihrem eigenen Verhalten. Ich kann ebenfalls einfach aufbrechen. Mein ganzes Leben lang bin ich einfach aufgebrochen, ohne Bescheid zu sagen. Mehrmals war Vater drauf und dran, mich suchen zu lassen. Aber ich habe immer ein Gefühl dafür gehabt, wann es wirklich zu weit ging, und dann von mir hören lassen. Warum sollte Anna es nicht ebenso machen?

Linda rief Zebra an und fragte, ob sie etwas von Anna gehört habe. Zebra verneinte. Anna hatte nichts von sich hören lassen. Sie verabredeten sich für den nächsten Tag.

Linda ging in die Küche und machte Tee. Während sie darauf wartete, daß das Wasser kochte, sah sie an der Wand ein paar Schlüssel. Sie wußte, zu welchen Schlössern sie paßten. Sie schaltete die Herdplatte aus und ging hinunter in den Keller. Annas mit einem Drahtgitter abgeteilter Verschlag lag am Ende des schmalen Ganges. Linda hatte Anna eines

Abends geholfen, einen Tisch hinunterzutragen. Er stand noch da, wie sie durch das Gitter sah. Sie öffnete das Vorhängeschloß und machte Licht. Sofort fühlte sie sich wieder dumm. Ich lasse Anna verschwinden, um etwas zu tun zu haben, dachte sie. In dem Moment, in dem ich diese Uniform anziehen werde und anfangen kann zu arbeiten, wird Anna wieder auftauchen. Es ist ein Spiel. Natürlich ist nichts passiert. Sie hob ein paar Flickenteppiche an, die auf dem Tisch lagen. Darunter waren einige verstaubte Zeitschriften. Sie legte die Teppiche wieder zurück, schloß ab und ging zurück in die Wohnung.

Diesmal ließ sie das Teewasser richtig kochen. Sie nahm die Tasse mit in Annas Schlafzimmer und legte sich auf die Seite des Doppelbetts, die nicht Annas war. Sie hatte schon einmal dort gelegen. Anna und sie hatten bis in die Nacht geredet und Wein getrunken, und sie hatte nicht mehr nach Hause gehen können. Da hatte sie hier geschlafen, unruhig, weil Anna sich heftig im Schlaf gewälzt und ständig umgedreht hatte. Linda stellte die Tasse ab und streckte sich aus. Kurz darauf war sie eingeschlafen.

Als sie erwachte, wußte sie im ersten Moment nicht, wo sie war. Sie sah auf die Uhr. Sie hatte eine Stunde geschlafen. Der Tee war kalt geworden. Sie trank ihn dennoch, da sie durstig war. Dann stand sie auf und glättete den Bettüberwurf. Plötzlich fühlte sie wieder, daß etwas nicht in Ordnung war.

Es dauerte eine Weile, bis ihr der Grund klar wurde. Der Bettüberwurf. Auf Annas Seite. Jemand hatte da gelegen, die Vertiefung war noch zu sehen. Und hatte ihn nachher nicht geglättet. Das paßte ganz und gar nicht zu Anna, die, was Ordnung anging, strenge Disziplin hielt. Ein Tisch mit Brotkrümeln oder ein nicht geglätteter Bettüberwurf waren bei ihr eine Unmöglichkeit, eine Niederlage in ihrem Leben.

Einer Eingebung folgend, hob Linda den Bettüberwurf an. Darunter lag ein T-Shirt. Es war eine XXL-Größe, dunkelblau mit einem Werbetext für die englische Fluggesellschaft

Virgin. Sie roch daran. Es war nicht Annas Duft. Es roch nach einem starken Waschmittel oder After Shave. Sie breitete das T-Shirt auf dem Bett aus. Anna schlief im Nachthemd. Sie war außerdem eigen und kaufte nur gute Qualität. Linda konnte sich nicht vorstellen, daß Anna auch nur eine einzige Nacht in einem billigen T-Shirt mit einem Werbeaufdruck für eine englische Fluggesellschaft schlafen würde.

Sie saß auf der Bettkante und betrachtete das Hemd. Auf der Polizeihochschule haben wir nicht gelernt, wie man sich zu fremden T-Shirts in den Betten verschwundener Freundinnen verhält, dachte sie. Sie fing an, darüber nachzugrübeln, was ihr Vater wohl täte. Es war vorgekommen, daß er ihr auf ihre immer anspruchsvolleren Fragen ausführlich geantwortet hatte, wenn sie in ihrer Zeit an der Polizeihochschule einmal für ein langes Wochenende bei ihm gewesen war. Er hatte von verschiedenen Ermittlungen erzählt, und sie wußte mittlerweile, daß er einen Ausgangspunkt hatte, zu dem er immer wieder zurückkehrte, den er wie ein Mantra wiederholte, wenn er eine Tatortuntersuchung vornahm. Es gibt immer etwas, was man nicht sieht, hatte er gesagt. Es gilt, das Detail zu lokalisieren, das man nicht sofort entdeckt hat. Sie sah sich im Schlafzimmer um. Was ist hier, ohne daß ich es sehe? Was mir Kummer macht, ist nicht das Unsichtbare, sondern das Sichtbare. Ein Bettüberwurf, der nicht ordentlich glattgezogen ist, ein T-Shirt an einer Stelle, wo eigentlich ein Nachthemd liegen sollte.

Draußen im Wohnzimmer klingelte das Telefon. Sie fuhr zusammen, stand auf und stellte sich neben den Anrufbeantworter. Sollte sie abnehmen? Sie streckte die Hand aus, zog sie aber wieder zurück. Nach dem fünften Klingeln schaltete sich der Anrufbeantworter ein. Es war Henrietta. *Ich bin es nur. Deine Freundin Linda, die komischerweise Polizistin werden will, war gestern hier und wollte wissen, wo du dich aufhältst. Das war alles. Melde dich, wenn du Zeit hast. Hej.*

Linda spielte die Nachricht noch einmal ab. Henriettas Stimme, vollkommen ruhig, keine Botschaft zwischen den

Worten, keine Besorgnis, nur das Normale. Die Kritik, vielleicht Verachtung, weil ihre Tochter eine Freundin hatte, die dumm genug war, sich in eine Uniform zu kleiden. Linda spürte, daß es sie ärgerte. Vielleicht war Anna genauso? Vielleicht betrachtete sie Lindas Berufswahl mit Widerwillen oder gar Verachtung? Sie kann mir egal sein, dachte Linda. Soll sie doch verschwunden sein, soviel sie will. Sie füllte die Gießkanne in der Küche und gab den Topfpflanzen Wasser. Dann verließ sie die Wohnung und ging nach Hause.

Als ihr Vater gegen sieben Uhr heimkam, hatte sie Essen gemacht und selbst schon gegessen. Sie wärmte ihm sein Essen auf, während er sich umzog. Als er aß, setzte sie sich zu ihm in die Küche.

»Was war denn?«

»Mit der vermißten Tante?«

»Was denn sonst?«

»Das hat der Farbenladen in die Hand genommen.«

Linda sah ihn fragend an. »Der Farbenladen?«

»Wir haben einen Kollegen namens Svartman in der Kriminalabteilung und einen, der Grönkvist heißt. Sie sind ziemlich neu hier und arbeiten oft zusammen. Schwarz und Grün, das wird in unserem internen Jargon der Farbenladen. Und daß Svartman außerdem noch mit einer Frau verheiratet ist, die Rosa heißt, macht das Bild vollkommen. Sie sollen versuchen herauszufinden, wohin Birgitta Medberg verschwunden sein kann. Nyberg wollte sich ihre Wohnung ansehen. Wir sind zu der Ansicht gelangt, daß die Angelegenheit ernst zu nehmen ist. Dann werden wir ja sehen.«

»Was glaubst du?«

Er schob den Teller von sich. »Etwas an der Sache ist beunruhigend. Aber ich kann mich ja irren.«

»Was genau beunruhigt dich?«

»Gewisse Menschen verschwinden ganz einfach nicht. Tun sie es trotzdem, ist etwas passiert. Ich nehme an, daß da meine Erfahrung spricht.«

Er erhob sich vom Tisch und setzte Kaffeewasser auf. »Vor bald zwanzig Jahren verschwand eine Immobilienmaklerin. Daran müßtest du dich erinnern. Aber vielleicht weißt du nicht, daß sie fromm war, einer freikirchlichen Gemeinde angehörte, kleine Kinder hatte. Da war mir sofort klar, daß etwas passiert war, als der Ehemann zu mir kam und sie als vermißt meldete. Sie war ermordet worden.«

»Birgitta Medberg ist Witwe, sie hat keine kleinen Kinder und gehört kaum einer Kirche an. Kannst du dir diese fette Tochter als religiös vorstellen?«

»Ich kann mir jeden Menschen als religiös vorstellen. Dich auch. Aber darum geht es nicht. Ich rede vom Unerwarteten, dem, was man nicht richtig greifen kann.«

Linda erzählte von ihrem erneuten Besuch in Annas Wohnung. Sie erzählte ausführlich, und ihr Vater betrachtete sie mit einem Gesichtsausdruck, der wachsende Mißbilligung erkennen ließ.

»Du solltest dich nicht damit abgeben«, sagte er, nachdem sie geendet hatte. »Wenn etwas passiert ist, ist das Sache der Polizei und des Staatsanwalts.«

»Ich bin doch Polizistin.«

»Du bist Polizeianwärterin und sollst bei der Ordnungspolizei anfangen und dafür sorgen, daß es auf Straßen und Plätzen und in den schönen kleinen Dörfern Schonens einigermaßen ruhig ist.«

»Ich finde es aber sehr sonderbar, daß sie nicht da ist.«

Kurt Wallander stellte seinen Teller und die Tasse in die Spüle. »Wenn du tatsächlich meinst, daß etwas passiert ist, schlage ich vor, daß du es der Polizei meldest.«

Er verließ die Küche. Der Fernseher ging an. Linda blieb sitzen. Seine Ironie ärgerte sie. Besonders, weil er natürlich recht hatte.

Sie blieb in der Küche sitzen und muffelte, bis sie sich wieder in der Lage fühlte, ihrem Vater gegenüberzutreten. Er saß im Wohnzimmer und war in seinem Sessel eingeschlafen. Als er anfing zu schnarchen, stieß Linda ihn in die Seite.

Er zuckte zusammen und hob die Hände, als sei er überfallen worden. Genau wie ich es getan hätte, dachte sie. Das ist eine weitere Gemeinsamkeit zwischen uns. Er verschwand im Badezimmer und ging danach ins Bett. Linda sah noch einen Film an, ohne sich wirklich konzentrieren zu können. Kurz vor Mitternacht ging sie schlafen. Sie träumte von Herman Mboya, der nach Kenia zurückgegangen war und in Nairobi eine eigene Praxis aufgemacht hatte.

Sie wurde von ihrem Handy geweckt. Es lag neben der Nachttischlampe und vibrierte. Sie meldete sich und schaute gleichzeitig auf die Uhr. Es war nach drei. Niemand sagte etwas. Sie hörte nur Atemzüge. Dann wurde aufgelegt. Linda war sicher. Wer auch angerufen hatte, es hatte mit Anna zu tun. Sie hatte eine wortlose Mitteilung erhalten, nur ein paar Atemzüge. Aber die Mitteilung war wichtig.

Linda schlief nicht wieder ein. Um Viertel nach sechs stand ihr Vater auf. Sie ließ ihn in Ruhe duschen und sich ankleiden. Als er sich in der Küche zu schaffen machte, ging sie zu ihm. Er war erstaunt, sie schon fix und fertig angezogen zu sehen.

»Ich fahre mit dir ins Präsidium.«

»Warum?«

»Ich habe nachgedacht über das, was du gestern gesagt hast. Daß ich die Polizei einschalten sollte, wenn ich mir Sorgen mache. Und das will ich tun. Ich gehe mit dir, um eine Vermißtenmeldung zu machen. Anna Westin ist verschwunden, und ich glaube, daß ihr etwas Ernstes zugestoßen ist.«

14

Linda wußte nie im voraus, wann ihr Vater einen seiner plötzlichen und schweren Wutanfälle bekam. Sie erinnerte sich an die Angst, die sie und ihre Mutter erlebt hatten, als sie aufwuchs. Ihr Großvater hatte einfach nur mit den Schultern gezuckt oder zurückgebrüllt. Unruhig suchte sie nach Anzeichen, daß ein Wutanfall sich anbahnte. Auf seiner Stirn, zwischen den Augenbrauen, flammte ein roter Fleck auf, aber meistens erst dann, wenn der Ausbruch schon im Gange war.

Auch an diesem Morgen, an dem Linda beschloß, Annas Verschwinden von einer privaten zu einer polizeilichen Angelegenheit zu machen, hatte sie die Reaktion, die eintrat, nicht erwartet. Ihr Vater warf einen Stapel Papierservietten auf den Fußboden. Es wirkte ein wenig komisch, weil statt des krachenden Getöses, das er beabsichtigt hatte, nur eine größere Menge Papierservietten durch die Küche flatterte. Aber Linda spürte wieder den Schrecken aus ihrer Kindheit. In einem vorüberrasenden Augenblick erinnerte sie sich an alle die Male, da sie, von kaltem Schweiß bedeckt, aus Alpträumen aufgeschreckt war, in denen ihr Vater, der gerade noch freundlich gelächelt hatte, einen plötzlichen Wutanfall bekam. Sie erinnerte sich auch an etwas, was ihre Mutter Mona gesagt hatte, als die Eltern bereits geschieden waren. *Er selbst versteht es nicht, welche Form von Terror es bedeutet, immer mit grundlosen Wutanfällen konfrontiert zu sein, wenn man am wenigsten damit rechnet. Ich glaube, er bekam diese Wutausbrüche nur zu Hause. Andere erleben ihn sicher als einen breitschultrigen, freundlichen Mann, als einen tüchtigen, wenn auch ein wenig eigensinnigen Kriminalbeamten. Wenn er auf der*

Arbeit brüllt, ist es berechtigt. Aber zu Hause ist er ein Wilder, ein Terrorist, den ich gefürchtet, aber auch gehaßt habe.

Linda mußte an Monas Worte denken, als sie ihren noch immer erregten, großgewachsenen Vater betrachtete, der mit Servietten um sich warf.

»Warum hörst du nicht auf das, was ich dir sage? Wie kannst du jemals eine gute Polizistin werden, wenn du jedesmal, wenn eine deiner Freundinnen nicht ans Telefon geht, glaubst, es sei ein Verbrechen geschehen?«

»So ist es nicht.«

Er warf die restlichen Servietten auf den Fußboden. Wie ein Kind, dachte Linda, das seinen Teller vom Tisch fegt, weil es nicht essen will.

»Unterbrich mich nicht. Habt ihr denn auf der Polizeihochschule nichts gelernt?«

»Ich habe gelernt, gewisse Dinge ernst zu nehmen. Was die anderen gelernt haben, weiß ich nicht.«

»Du machst dich lächerlich.«

»Dann tue ich das eben. Aber Anna ist verschwunden.«

Des Vaters Wut war ebenso schnell verraucht, wie sie gekommen war. Auf seiner Backe waren ein paar Schweißtropfen zu sehen. Ein kurzer Wutausbruch, dachte Linda. Ungewöhnlich kurz, und auch nicht so heftig wie früher. Entweder wagt er es nicht mehr richtig bei mir, oder er wird langsam alt. Und jetzt entschuldigt er sich gleich.

»Entschuldige bitte.«

Linda antwortete nicht, sondern sammelte die Servietten vom Fußboden auf. Sie warf sie in den Abfalleimer und merkte erst da, daß sie Herzklopfen hatte. Vor seiner Wut wird mir immer angst und bange sein, dachte sie.

Ihr Vater hatte sich auf einen Stuhl gesetzt und sah unglücklich aus. »Ich weiß nicht, was in mich gefahren ist.«

Linda starrte ihn an, wartete aber mit dem, was sie sagen wollte, bis ihre Blicke sich trafen. »Ich kenne keinen, der so dringend jemanden zum Vögeln braucht wie du.«

Er zuckte zusammen, als habe sie ihn geschlagen. Gleichzeitig wurde er rot.

Linda streichelte ihm die Wange, so freundlich sie es vermochte.

»Du weißt, daß ich recht habe. Damit es dir nicht allzu peinlich sein muß, gehe ich zu Fuß zum Präsidium. Du kannst allein fahren.«

»Ich hatte heute selbst vor, zu Fuß zu gehen.«

»Tu das morgen. Ich mag es nicht, wenn du so schreist. Ich will in Frieden gelassen werden.«

Ihr Vater verließ mit hängendem Kopf die Wohnung. Linda wechselte die Bluse, weil sie geschwitzt hatte, und überlegte, ob sie trotz allem davon absehen sollte, Anna als vermißt zu melden. Sie ging aus dem Haus, ohne sich entschieden zu haben.

Die Sonne schien, der Wind war böig. Linda blieb unten auf der Mariagata stehen, unschlüssig, was sie jetzt tun sollte. Sie pflegte sich stets ihrer Entschlußfreudigkeit zu rühmen. Aber in der Nähe ihres Vaters konnte die Entschlossenheit sie verlassen. Grimmig dachte sie, daß sie dringend die Wohnung bekommen mußte, auf die sie wartete, in einem der Häuser gleich hinter der Mariakirche. Sie konnte nicht endlos bei ihrem Vater wohnen.

Sie zweifelte jetzt nicht mehr, sondern ging zum Polizeipräsidium. Wenn Anna etwas zugestoßen war, würde sie es sich nie verzeihen, ihren Verdacht beiseite geschoben und keine polizeiliche Meldung erstattet zu haben. Dann wäre ihre Karriere bei der Polizei zu Ende, bevor sie überhaupt angefangen hatte.

Ihr Weg führte sie am Folkpark vorbei. Als sie klein war, hatte sie ihn einmal zusammen mit ihrem Vater besucht. Es war ein Sonntag, vielleicht im Frühsommer, und sie hatten einem Zauberer zugeschaut, der Goldmünzen aus den Ohren der versammelten Kinder zog. Aber das Bild wurde getrübt durch etwas, was vorher geschehen war. In dem Punkt war ihre Erinnerung vollkommen klar. Sie war in ihrem Zimmer davon aufgewacht, daß ihre Eltern sich stritten. Die Stimmen waren laut und wieder leiser geworden, sie hörte, daß die beiden um Geld stritten, das fehlte, das verschwendet worden war. Plötzlich hatte Mona aufgeschrien und angefangen zu weinen. Als Linda aus dem Bett tappte und vorsichtig die Tür zum Wohnzimmer aufschob, sah sie, daß ihre Mutter aus der Nase blutete. Ihr Vater stand mit glühendrotem Kopf am Fenster. Sie hatte sogleich begriffen, daß er ihre Mutter geschlagen hatte. Nur wegen dieses Geldes, das nicht mehr da war.

Sie hielt auf dem Bürgersteig inne und blinzelte in die Sonne. Die Erinnerung verursachte ihr einen Kloß im Hals. Sie hatte dort am Türspalt gestanden und ihre Eltern angesehen und gedacht, nur sie könnte das Problem lösen. Sie wollte nicht, daß Mona Nasenbluten hatte. Sie ging zurück in ihr Zimmer und holte ihre Spardose. Dann ging sie ins Wohnzimmer und stellte sie auf den Tisch. Es war vollkommen still gewesen. Eine einsame Wüstenwanderung mit einer kleinen Spardose in der Hand.

Sie blinzelte wieder in die Sonne, konnte aber die Tränen nicht zurückhalten. Sie rieb sich die Augen und drehte sich um, als wollte sie die Erinnerung auf Abwege führen. Sie bog in die Industriegata ein und beschloß, doch noch einen Tag zu warten, bevor sie Anna als vermißt meldete, und statt dessen wieder in ihre Wohnung zu gehen. Noch einmal, dachte sie. Wenn seit gestern abend jemand dagewesen ist, werde ich es merken. Sie klingelte an der Wohnungstür. Nichts. Nachdem sie geöffnet hatte, stand sie wiederum unter Hochspannung im Flur. Ihre Augen wanderten, alle ihre inneren Antennen waren ausgefahren. Aber es gab keine Spur. Nichts.

Sie ging weiter ins Wohnzimmer. Die Post, dachte sie. Auch wenn Anna nie Briefe oder Karten schrieb, müßte etwas durch ihren Briefschlitz geworfen worden sein. Reklame, Gemeindemitteilungen, irgend etwas. Aber hier ist nichts.

Sie ging durch die Wohnung. Das Bett war so, wie sie es am Tag zuvor verlassen hatte. Sie setzte sich ins Wohnzimmer und ging in Gedanken noch einmal alles durch. Anna war jetzt seit drei Tagen weg. Wenn man es so nennen konnte.

Ärgerlich schüttelte Linda den Kopf und ging zurück ins Schlafzimmer. Sie nahm das angefangene Tagebuch vom Schreibtisch, betete stumm um Sündenvergebung und blätterte dreißig Tage zurück. Nichts. Das Bemerkenswerteste war, daß Anna am 7. und 8. August Zahnschmerzen hatte und bei Zahnarzt Sivertsson war. Linda dachte über die Tage nach und runzelte die Stirn. Am 8. August hatten sie, Zebra und Anna, einen langen Spaziergang bei Kåseberga gemacht. Sie waren in Annas Wagen gefahren, Zebras Junge war ausnahmsweise richtig pflegeleicht, und sie hatten sich dabei abgewechselt, ihn zu tragen, wenn er nicht mehr laufen konnte.

Aber Zahnschmerzen?

Von neuem hatte Linda das Gefühl, daß es in Annas Tagebuch Dinge gab, die seltsam waren, als handelte es sich um eine chiffrierte Sprache. Aber warum? Was kann eine Notiz über Zahnschmerzen anderes bedeuten als eben Zahnschmerzen?

Sie las weiter und versuchte, Unterschiede in der Schrift festzustellen. Anna wechselte ständig den Stift, häufig mitten in einer Zeile. Linda vermutete, daß sie unterbrochen worden war, vielleicht von einem Anruf, und dann den Stift nicht wiederfand, den sie auf dem Weg zum Telefon irgendwo vergessen hatte. Linda legte das Tagebuch ab, ging in die Küche und trank Wasser.

Sie stellte das Glas zurück und ging wieder zum Tagebuch. Als sie umblätterte, stockte ihr der Atem. Zuerst dachte sie, es sei Einbildung, daß ihre Erinnerung ihr einen Streich spielte. Doch dann erkannte sie, daß sie sich nicht irrte. Am 13. August schrieb Anna: *Brief von Birgitta Medberg.*

Linda las den Text noch einmal, diesmal am Fenster stehend, wo die Sonne auf die Tagebuchseite fiel. Birgitta Medberg war kein gewöhnlicher Name. Linda legte das Tagebuch auf die Fensterbank und schlug das Telefonbuch auf. Sie brauchte nur zwei Minuten, um festzustellen, daß es in dem Teil von Schonen, den das Telefonbuch abdeckte, nur eine Birgitta Medberg gab. Sie rief die Auskunft an und fragte, wie viele Birgitta Medbergs es im ganzen Land gab. Es waren nur wenige. Und nur eine Kulturgeographin in Schonen.

Linda las weiter, jetzt aufgeregt und ungeduldig, bis zu der letzten, unbegreiflichen Aufzeichnung: *Meineide, Vatikan.* Aber nichts mehr über Birgitta Medberg.

Ein Brief, dachte sie. Anna verschwindet. Ein paar Wochen zuvor hat sie diesen Brief von Birgitta Medberg bekommen, die auch verschwunden ist. Und inmitten des Ganzen befindet sich auch der Vater, den Anna nach vierundzwanzig Jahren auf einer Straße in Malmö wiederentdeckt zu haben glaubt.

Linda durchsuchte die Wohnung. Irgendwo mußte der Brief sein. Sie betete nicht mehr um Vergebung, als sie Annas sämtliche Schubläden durchwühlte. Aber der Brief war nicht zu finden. Sie brauchte drei Stunden, um die Wohnung zu durchsuchen. Sie fand andere Briefe, doch keinen von Birgitta Medberg.

Als Linda die Wohnung verließ, nahm sie Annas Wagenschlüssel mit. Sie fuhr hinunter ins Hafencafé, aß ein belegtes Brot und trank einen Tee. Ein Mann in ihrem Alter lächelte sie an, als sie das Café verließ. Er trug einen ölverschmierten Overall. Sie brauchte einige Zeit, um darauf zu kommen, daß es einer ihrer Klassenkameraden aus der Oberstufe war. Sie begrüßten sich. Linda suchte in ihrer Erinnerung vergeblich nach seinem Namen.

Er streckte ihr die Hand hin, nachdem er sie abgewischt hatte.

»Ich segle«, sagte er. »Ein altes Kosterboot, dessen Maschine manchmal streikt. Deshalb das ganze Öl.«

»Ich habe dich sofort wiedererkannt«, sagte sie. »Ich bin nach Ystad zurückgekommen.«

»Um was zu tun?«

Linda zögerte. Sie fragte sich, warum, erinnerte sich aber an die Geschichten, die ihr Vater erzählt hatte, von Situationen im Leben, in denen er es vorgezogen hatte, sich mit einem anderen Beruf zu präsentieren als dem des Polizisten. *Alle Polizisten haben eine Geheimtür,* hatte er gesagt. *Man wählt sich eine andere Identität, in die man schlüpfen kann. Martinsson ist Immobilienmakler, und Svedberg, der nicht mehr lebt, sagte meistens, er sei Baggerführer und selbständiger Unternehmer. Ich bin mit meinem zweiten Ich Geschäftsführer einer nicht existierenden Bowlingbahn in Eslöv.*

»Ich habe eine Polizeiausbildung gemacht«, antwortete Linda.

Im gleichen Moment fiel ihr sein Name wieder ein. Er hieß Torbjörn. Er sah sie an und lächelte. »Wolltest du nicht Möbelpolsterin werden?«

»Ja, schon. Aber ich habe es mir dann anders überlegt.«

Sie machte Anstalten zu gehen.

Er streckte ihr die Hand hin. »Ystad ist klein. Wir sehen uns bestimmt mal wieder.«

Linda beeilte sich, zum Wagen zurückzukommen, den sie auf der Rückseite des alten Theaters geparkt hatte. Was denken sie sich wohl? fragte sie sich. Warum kommt Linda als Bulle hierher zurück?

Sie fuhr nach Skurup, parkte auf dem Marktplatz und ging die Straße zu dem Haus hinauf, in dem Birgitta Medberg wohnte. Im Treppenhaus hing Essensgeruch. Sie klingelte an der Wohnungstür, niemand kam. Sie horchte und rief durch den Briefschlitz. Als sie sich vergewissert hatte, daß niemand zu Hause war, holte sie ihre Dietriche heraus. Ich beginne meine Polizeikarriere mit dem Aufbrechen von

Türen, dachte sie und merkte, wie ihr der Schweiß ausbrach. Dann glitt sie hinein. Ihr Herz pochte. Sie lauschte und ging leise durch die Wohnung. Sie durchsuchte sie und fürchtete die ganze Zeit, es könnte jemand kommen. Wonach sie suchte, wußte sie eigentlich nicht, nur etwas, was bestätigte, daß es einen Kontakt gegeben hatte, ein Verbindungsglied zwischen Anna und Birgitta Medberg.

Sie wollte bereits aufgeben, als sie unter der grünen Schreibunterlage auf dem Schreibtisch ein Papier fand. Es war kein Brief, sondern ein Stück einer Landkarte. Die Fotokopie eines altertümlichen Meßtischblatts, auf der Text und Gemarkungsgrenzen schlecht zu sehen waren.

Linda knipste die Schreibtischlampe an. Nur schwer konnte sie die Schrift erkennen: *Ländereien um Rannesholm*. Es war ein Schloß, aber wo lag es? Im Bücherregal hatte sie eine Karte von Schonen gesehen. Sie faltete sie auseinander. Rannesholm lag nur ungefähr zwanzig Kilometer nördlich von Skurup. Linda sah wieder auf die andere Karte. Obwohl es eine schlechte Kopie war, meinte sie, ein paar Pfeile und Notizen zu erkennen. Sie steckte die beiden Karten ein, machte das Licht aus und lauschte lange am Briefschlitz, bevor sie auf leisen Sohlen die Wohnung verließ.

Es war vier Uhr am Nachmittag geworden, als sie auf das Freizeitgelände fuhr, das Rannesholm und zwei kleinere Seen umgab, die auf den dazugehörigen Ländereien lagen. Was mache ich hier eigentlich, fuhr es ihr durch den Kopf. Denke mir ein Abenteuer oder ein Märchen aus, damit die Zeit schneller vergeht? Sie schloß den Wagen ab und dachte, daß sie ihrer unsichtbaren Uniform überdrüssig war. Der Parkplatz war leer, bis auf Annas Wagen. Dann ging sie hinunter zum Wasser. Ein Schwanenpaar schwamm auf dem See, dessen Oberfläche vom Wind gekräuselt wurde. Von Westen zog Regen heran. Sie zog den Reißverschluß ihrer Jacke zu und schüttelte sich. Noch war Sommer, doch der Herbst näherte sich. Vom Ufer warf sie Steine ins Wasser. Es gab einen Zusammenhang zwischen Anna und Birgitta Medberg, dachte sie. Aber was sie gemeinsam haben, weiß ich nicht.

Sie warf einen neuen Stein ins Wasser. Noch etwas verbindet die beiden, spann sie den Gedanken weiter. Beide sind verschwunden. Das Verschwinden der einen nimmt die Polizei vielleicht ernst, das der anderen nicht.

Die Regenwolken waren schneller herangezogen, als sie erwartet hatte. Sie stellte sich unter eine Eiche am Rand des Parkplatzes. Die ersten Tropfen fielen. Die ganze Situation kam ihr auf einmal idiotisch vor. Sie wollte gerade durch den Regen zum Wagen laufen und davonfahren, als sie etwas zwischen den Büschen glitzern sah. Zuerst dachte sie, es sei eine Blechdose oder ein Plastikgegenstand. Sie bog einen der Büsche zur Seite und sah einen schwarzen Gummireifen. Es dauerte einen Moment, bis ihr klar wurde, was sie vor sich hatte. Mit den Händen bog sie weitere Zweige zur Seite. Ihr Herz schlug schneller. Sie lief zum Auto und wählte eine Nummer auf ihrem Handy.

Ausnahmsweise hatte ihr Vater daran gedacht, seins mitzunehmen und es sogar einzuschalten.

»Wo bist du?« fragte er.

Sie konnte hören, daß er für seine Verhältnisse ungewöhnlich sanft klang. Der Ausbruch am Morgen hatte das Seine getan.

»Ich bin bei Schloß Rannesholm. Auf dem Parkplatz.«

»Was tust du da?«

»Ich finde, du solltest herkommen.«

»Ich habe keine Zeit. Wir haben gleich eine Sitzung, auf der wir ein paar neue wahnsinnige Anordnungen der Reichspolizeibehörde besprechen wollen.«

»Laß das sausen. Komm her. Ich habe was gefunden.«

»Was?«

»Birgitta Medbergs Vespa.«

Sie hörte die schweren Atemzüge ihres Vaters. »Bist du sicher?«

»Ja.«

»Und wie ist das zugegangen?«

»Das erzähle ich dir, wenn du hergekommen bist.«

Es schnarrte in Lindas Handy. Das Gespräch wurde unterbrochen. Aber sie rief ihn nicht wieder an. Sie wußte, daß er kommen würde.

15

Der Regen nahm zu. Linda saß im Wagen und wartete. Im Autoradio sprach jemand über chinesische Teerosen. Linda dachte daran, wie oft sie schon auf ihren Vater gewartet hatte. Wie oft war er zu spät gekommen, wenn er sie am Flugplatz oder vom Zug in Malmö abholen sollte. Und wie oft war er überhaupt nicht gekommen und brachte Entschuldigungen vor, von denen eine schlechter war als die andere. Mehrmals hatte sie versucht, ihm zu erklären, daß es sie kränkte, wenn sie das Gefühl bekam, immer sei etwas anderes wichtiger als sie. Er sagte jedesmal, er verstehe, er wolle sich bessern, sie sollte nie wieder auf ihn warten müssen. Aber selten vergingen mehr als ein paar Monate, bis es wieder passierte.

Ein einziges Mal hatte sie sich gerächt. Sie war damals einundzwanzig, es war eine wilde und romantische Zeit gewesen, in der sie sich vorstellte, Talent zur Schauspielerin zu haben; ein hoffnungsloser Traum, der bald verblaßte und ihr abhanden kam. Aber damals hatte sie eiskalt einen Plan gefaßt, hatte mit ihrem Vater abgemacht, Weihnachten in Ystad zu feiern. Nur sie und er. Nicht mit dem Großvater, der damals erst seit kurzem mit Gertrud zusammenlebte. Sie hatte am Telefon lange mit dem Vater verhandelt, daß sie als Weihnachtsessen Truthahn machen wollten und wer ihn zubereiten sollte, weil sie sich damals in Stockholm befand und er ein hoffnungsloser oder eher uninteressierter Koch war.

Sie wollten die drei Weihnachtstage zusammen verbringen, mit Weihnachtsbaum und Geschenken und langen Spaziergängen in einer Landschaft, die hoffentlich tief verschneit wäre. Am Morgen des 24. Dezember sollte er sie am Flugplatz in Sturup abholen. Aber am Tag davor flog sie mit ihrem damaligen Freund Timmy, der einen argentinischen Vater und eine finnische Mutter hatte, auf die Kanarischen Inseln. Erst am Morgen des ersten Weihnachtstags hatte sie aus einer Telefonzelle am Strand in Las Palmas angerufen und ihn gefragt, ob er jetzt begriffe, wie sie sich häufig fühlte. Er war außer sich gewesen, hauptsächlich vor Sorge, aber auch, weil er nicht verstehen oder akzeptieren konnte, was sie getan hatte. Plötzlich hatte sie da am Telefon selbst angefangen zu weinen. Ihr ganzer Plan, die Rache, fiel jetzt mit voller Wucht auf sie zurück. Was wurde besser dadurch, daß sie ihren Vater imitierte? Nichts. Es kam zur Versöhnung. Sie war zerknirscht und bat ihn um Verzeihung, und er beteuerte, sie nie wieder warten zu lassen. Dann war er mit untrüglicher Präzision zwei Stunden zu spät nach Kastrup gekommen, um sie und Timmy bei ihrer Rückkehr aus Las Palmas abzuholen.

Vor dem Wagenfenster blinkte es. Linda schaltete die Scheibenwischer an, um besser sehen zu können. Es war ihr Vater. Er parkte vor ihr, lief durch den Regen und setzte sich zu ihr in den Wagen. Er war ungeduldig und in Eile. »Nun erklär mal.«

Linda sagte es genau, wie es war. Sie merkte, daß seine Ungeduld sie nervös machte.

»Hast du das Tagebuch bei dir?« unterbrach er sie.

»Warum sollte ich es mitnehmen? Es stand genau das da, was ich gesagt habe.«

Er fragte nicht mehr. Sie erzählte weiter. Als sie fertig war, starrte er nachdenklich in den Regen hinaus. »Das klingt sonderbar«, sagte er.

»Du sagst oft, man sollte immer darauf warten, daß das Unerwartete geschieht.«

Er nickte. Dann sah er sie an. »Hast du Regenzeug?«

»Nein.«

»Ich habe einen zweiten Regenmantel im Wagen.«

Er stieß die Wagentür auf und lief zu seinem eigenen Wagen zurück. Linda wunderte sich immer wieder darüber, daß ihr großer und massiger Vater so geschmeidig und schnell sein konnte. Sie folgte ihm hinaus in den Regen. Er stand am Kofferraum und zog sich Regenzeug an. Er gab ihr einen Regenmantel, der ihr fast bis zu den Knöcheln reichte. Dann suchte er eine Schirmmütze mit der Reklameaufschrift einer Kfz-Werkstatt hervor und drückte sie ihr auf den Kopf.

Er starrte zum Himmel. Das Wasser lief ihm übers Gesicht. »Das muß die Sintflut sein«, sagte er. »Ich kann mich nicht erinnern, daß es in meiner Kindheit so viel geregnet hätte.«

»Als ich klein war, hat es unheimlich wenig geregnet«, antwortete Linda.

Er trieb sie an. Sie ging vor ihm zu der Eiche und bog die Büsche auseinander. Er hatte sein Mobiltelefon in der Tasche seiner Regenjacke. Sie hörte, wie er im Präsidium anrief und zu murren begann, als Svartman nicht schnell genug an den Apparat kam. Sie verglichen die Kennzeichen. Er sagte die Nummer laut, Linda schaute auf die Vespa. Die Nummer stimmte. Er steckte das Handy wieder ein.

Im selben Augenblick ließ der Regen nach. Es kam so plötzlich, daß sie im ersten Augenblick nicht begriffen, was geschah. Es war wie bei einem Filmregen, bei dem nach einer Aufnahme der Wasserhahn zugedreht wurde.

»Die Sintflut macht Pause«, sagte er. »Du hast tatsächlich Birgitta Medbergs Vespa gefunden.«

Er sah sich um.

»Birgitta Medbergs Vespa«, wiederholte er. »Aber keine Birgitta Medberg.«

Linda zögerte. Dann zog sie die Fotokopie der Karte hervor, die sie zu Hause bei Birgitta Medberg gefunden hatte. Im selben Moment wurde ihr klar, daß sie einen Fehler gemacht hatte.

Aber er hatte schon gesehen, daß sie etwas in der Hand hielt. »Was ist das?«

»Ein Stück von einer Karte dieser Gegend.«

»Wo hast du das gefunden?«

»Es lag hier auf dem Boden.«

Er nahm das trockene Papier und sah sie fragend an. Die Frage, die er jetzt stellt, kann ich nicht beantworten, dachte sie.

Aber es kam keine Frage, warum das Papier trocken war, wo der Boden doch patschnaß war. Er studierte die Karte, blickte zum See, zur Straße, zum Parkplatz und auf die Pfade, die in den Wald führten. »Hierhin ist sie also gefahren«, sagte er. »Aber das Gelände ist groß.«

Er betrachtete den Boden bei der Eiche und dem Gebüsch, in dem die Vespa versteckt war. Linda beobachtete ihn, versuchte, seinen Gedanken zu folgen.

Plötzlich sah er sie an. »Welche Frage muß man als erstes beantworten?«

»Ob sie die Vespa versteckt oder sie nur dahin gestellt hat, damit sie nicht gestohlen würde.«

Er nickte. »Es gibt natürlich noch eine Alternative.«

Linda verstand. Sie hätte sofort daran denken müssen. »Daß jemand anders sie versteckt hat.«

Er nickte wieder.

Ein Hund kam auf einem der Waldpfade gelaufen. Er war weiß mit schwarzen Punkten. Linda kam nicht auf den Namen der Rasse. Kurz darauf kam noch ein solcher Hund, dahinter noch einer, dicht gefolgt von einer Frau in Regenzeug, die sich mit hastigen Schritten näherte, ihre Hunde zu sich rief und sie anleinte, als sie Linda und ihren Vater erblickte. Sie war in den Vierzigern, groß, blond, schön. Linda sah, wie ihr Vater seine übliche, instinktive Verwandlung durchmachte, wenn ihm eine schöne Frau über den Weg lief. Er streckte den Rücken, hob den Kopf, um den Hals weniger faltig erscheinen zu lassen, und zog den Bauch ein.

»Darf ich Sie etwas fragen«, sagte er. »Ich heiße Wallander und bin von der Polizei in Ystad.«

Die Frau musterte ihn mißtrauisch. »Kann ich Ihren Ausweis sehen?«

Er suchte nach seiner Brieftasche und hielt ihr seinen Ausweis hin, den sie sorgfältig studierte.

»Ist etwas passiert?«

»Nein. Gehen Sie öfter hier mit Ihren Hunden?«

»Zweimal am Tag.«

»Das heißt, Sie kennen die Wege hier?«

»Ziemlich gut. Wieso?«

Er überhörte ihre Frage. »Treffen Sie häufig Menschen hier?«

»Nicht mehr, wenn es Herbst wird. Im Sommer und im Frühjahr schon. Aber jetzt sind es bald nur noch ein paar Hundebesitzer, die mit ihren Tieren in diese Gegend kommen. Das ist schön. Man kann die Hunde von der Leine lassen.«

»Aber sie müssen doch angeleint sein. Das steht doch da auf dem Schild.«

Er zeigte in Richtung des Schilds. Sie sah ihn fragend an. »Sind Sie deswegen hier? Um einsame Frauen mit nichtangeleinten Hunden einzufangen?«

»Nein. Ich wollte Ihnen etwas zeigen.«

Die Hunde zerrten an ihren Leinen. Wallander bog das Buschwerk zur Seite, das die Vespa verbarg. »Haben Sie die schon einmal gesehen? Sie gehört einer Frau um die Sechzig namens Birgitta Medberg.«

Die Hunde wollten vor und schnüffeln. Doch die Frau war stark und hielt sie zurück. Ihre Antwort kam ohne jedes Zögern.

»Ja. Ich habe die Frau und auch die Vespa gesehen. Mehrfach.«

»Und wann zuletzt?«

Sie dachte nach. »Gestern.«

Er warf Linda, die neben ihm stand und zuhörte, einen Blick zu. »Sind Sie sicher?«

»Nein. Ich *glaube*, daß es gestern war.«

»Wie kommt es, daß Sie sich nicht sicher sind?«

»Ich habe sie in der letzten Zeit oft gesehen.«

»Und seit wann?«

Wieder überlegte sie, bis sie antwortete. »Seit Juli. Vielleicht auch die letzte Woche im Juni schon. Da sah ich sie zum erstenmal. Sie ging auf einem Pfad auf der anderen Seite des Sees. Wir sind sogar stehengeblieben und haben uns unterhalten. Sie erzählte, daß sie alte überwachsene Pfade auf dem Land von Rannesholm aufnehme. Sie hatte viel Interessantes zu erzählen. Weder ich noch mein Mann wußten, daß ein alter Pilgerpfad durch unser Land verläuft. Wir wohnen im Schloß«, fügte sie hinzu. »Mein Mann ist Börsenmakler. Ich bin Anita Tademan.«

Sie blickte auf die Vespa zwischen den Büschen. Ihr Gesicht wurde plötzlich ernst. »Was ist denn passiert?«

»Wir wissen es nicht. Ich habe noch eine letzte Frage, die wichtig ist. Als Sie sie zuletzt gesehen haben, wo war das, auf welchem Pfad?«

Sie zeigte über die Schulter zurück. »Auf dem Weg, auf dem ich eben gekommen bin. Wenn es stark regnet, kann man dort am besten gehen. Sie hatte einen ganz überwucherten Pfad gefunden, der ungefähr fünfhundert Meter in den Wald hineinführt. Bei einer umgestürzten Buche. Da habe ich sie gesehen.«

»Dann will ich Sie nicht weiter aufhalten. Anita Tademan? Richtig?«

»Richtig. Was ist denn passiert?«

»Möglicherweise ist Birgitta Medberg verschwunden. Aber sicher ist es nicht.«

»Wie unangenehm. Eine so freundliche Frau.«

»War sie immer allein?« fragte Linda.

Sie hatte sich nicht vorbereitet, die Frage rutschte ihr einfach so heraus, bevor sie sich bremsen konnte. Ihr Vater blickte sie erstaunt an, wurde aber nicht ärgerlich.

»Ich habe sie nie in Gesellschaft gesehen«, erwiderte sie. »Weder direkt noch indirekt.«

»Was meinen Sie damit?«

Diesmal hatte Lindas Vater nachgehakt.

»Die Zeiten sind nicht so, daß Frauen sich nach Belieben im Freien aufhalten können. Ich gehe nie ohne meine Hunde spazieren. In diesem Lande treiben sich so viele sonderbare Menschen herum. Letztes Jahr hatten wir einen Exhibitionisten hier. Soweit ich weiß, hat die Polizei ihn nie gefaßt. Aber ich wüßte natürlich gern Bescheid, was mit Birgitta Medberg ist.«

Sie ließ die Hunde frei und schlug einen Weg ein, der durch eine Allee zum Schloß führte. Linda und ihr Vater standen da und sahen den Hunden und der Frau nach.

»Sehr schön«, sagte er.

»Reich und versnobt«, sagte Linda. »Kaum eine für dich.«

»Sag das nicht«, entgegnete er. »Ich weiß, wie man sich benimmt. Sowohl Kristina als auch Mona haben mich erzogen.«

Er blickte auf die Uhr und anschließend zum Himmel. »Fünfhundert Meter«, sagte er. »Wir gehen hin und sehen nach, ob wir etwas finden.«

Er machte sich mit eiligen Schritten auf den Weg. Sie folgte ihm und mußte in Laufschritt übergehen, um nicht zu weit zurückzubleiben. Zwischen den Bäumen roch es stark nach nasser Erde. Der Pfad schlängelte sich zwischen Felsblöcken und den Wurzeln umgestürzter Bäume dahin. Eine Waldtaube flatterte von einem Baum auf. Kurz danach noch eine.

Linda war es, die den Pfad entdeckte. Ihr Vater ging so schnell, daß er nicht merkte, wie der Weg sich teilte und ein Arm in eine andere Richtung führte. Sie rief ihn. Er hielt an und kam zurück und sah ein, daß sie recht hatte.

»Ich habe mitgezählt«, sagte Linda. »Bis hierhin sind es ungefähr vierhundertfünfzig Meter.«

»Anita Tademan hat fünfhundert gesagt.«

»Wenn man nicht jeden Schritt zählt, sind fünfhundert Meter genauso richtig wie vierhundert oder sechshundert.«

Er klang gereizt, als er antwortete. »Ich weiß schon, wie man Entfernungen berechnet.«

Sie folgten dem neuen Pfad, der kaum zu erkennen war. Aber beide sahen die weichen Abdrücke von Stiefeln. *Ein Fußpaar*, dachte Linda. Ein einsamer Mensch.

Der Pfad führte sie tief in einen völlig verwilderten und anscheinend nie gepflegten Wald. Dann endete er abrupt an einer Schlucht oder einer tiefen Felsspalte, die sich durch den Wald zog. Der Vater ging in die Hocke und bohrte mit einem Finger im Moos. Linda kam ihr Vater plötzlich wie ein übergewichtiger schwedischer Indianer vor, dessen Pfadfinderinstinkte noch intakt waren. Es fehlte nicht viel, und sie hätte über ihn gekichert.

Sie stiegen vorsichtig in die Schlucht hinab. Linda blieb mit dem Fuß in ein paar Zweigen hängen und fiel hin. Als ein Zweig brach, hallte es wie ein Schuß durch den Wald. Vögel, die sie nicht sehen konnten, flogen auf und verschwanden.

»Alles in Ordnung?«

Linda klopfte sich den Schmutz ab.

»Schon gut.«

Er bog die Büsche zur Seite. Linda stand unmittelbar hinter ihm. Sie sah eine Hütte, fast wie im Märchen, ein Hexenhaus, das sich mit der Rückwand an einen Felsen lehnte. Es hatte eine Tür, ein kaputter Eimer lag halb von Erde bedeckt da. Beide horchten. Alles war still, nur vereinzelte Regentropfen fielen von den Blättern.

»Warte hier«, sagte er und ging zu der Tür.

Sie tat, was er sagte. Aber als er die Tür anfaßte, kam sie näher. Er öffnete und zuckte zusammen. Gleichzeitig glitt er aus und fiel nach hinten. Linda sprang zur Seite und landete so, daß sie durch die Tür sehen konnte. Zuerst wußte sie nicht, was es war, das sie vor sich sah.

Dann wurde ihr klar, daß sie Birgitta Medberg gefunden hatten.

Zumindest einen Teil von ihr.

Teil 2

DIE LEERE

16

Was sie durch die Tür sah und was ihren Vater hatte zusammenzucken lassen, so daß er dabei ausglitt und hinfiel, hatte sie als Kind schon einmal gesehen. In ihrem Kopf flammte ein Bild auf. Es war in einem Buch gewesen, das Mona von ihrer Mutter geerbt hatte, der Großmutter, die Linda selbst nie gesehen hatte. Es war ein großes und schweres Buch mit biblischen Geschichten. Sie erinnerte sich an die Zeichnungen hinter den dünnen Seidenblättern. Eins dieser Bilder glich genau dem, das sie gerade in der Wirklichkeit vor sich hatte, mit einem Unterschied. In dem Buch hatte das Bild den bärtigen Kopf eines Mannes mit geschlossenen Augen gezeigt, auf einem funkelnden Tablett zur Schau gestellt, und mit einer Frau im Hintergrund, Salome mit ihren Schleiern. Das Bild hatte einen fast unerträglich starken Eindruck auf sie gemacht.

Vielleicht verblaßte das starke Kindheitserlebnis erst jetzt, da das Bild aus dem Buch oder ihrer Erinnerung heraustrat und in Gestalt einer Frau wiedererstand. Linda starrte Birgitta Medbergs abgeschlagenen Kopf an, der auf der Seite auf dem Boden lag. Unmittelbar daneben waren ihre gefalteten Hände. Das war alles. Kein Körper. Linda hörte, wie ihr Vater hinter ihr aufstöhnte, und gleichzeitig spürte sie seine Faust, die sie zurückzog. »Du sollst das hier nicht sehen«, schrie er. »Geh jetzt nach Hause. Du sollst das nicht sehen.«

Er schlug heftig die Tür zu. Linda schlotterte vor Angst. Sie kletterte den Steilhang der Schlucht hinauf und riß sich ein Loch in die Hose. Ihr Vater war direkt hinter ihr. Sie liefen, bis sie zu dem großen, ausgetrampelten Pfad kamen.

»Was geht hier bloß vor?« keuchte er. »Was geht hier bloß vor?«

Er rief im Präsidium an und forderte die große Besetzung an. Sie hörte die chiffrierten Wörter, die er wählte, um zumindest einige der Journalisten und Schaulustigen fernzuhalten, die ständig den Polizeifunk abhörten. Dann kehrten sie zum Parkplatz zurück und warteten. Es dauerte vierzehn Minuten, bis sie in der Ferne die ersten Sirenen hörten. Während sie warteten, sprachen sie kein Wort miteinander. Linda war geschockt und wollte in der Nähe ihres Vaters bleiben. Aber er wandte sich ab, trat ein paar Schritte zur Seite. Linda verstand immer noch nicht ganz. Gleichzeitig kroch die andere Angst heran, die Angst um Anna. Es muß einen Zusammenhang geben, dachte sie verzweifelt. Jetzt ist die eine tot, zerstückelt. Schwindel befiel sie, sie ging in die Hocke und dachte den Gedanken nicht weiter. Ihr Vater sah sie und kam näher. Sie zwang sich, wieder aufzustehen, und schüttelte den Kopf. Es war nichts, nur eine plötzliche Schwäche, die schon vorüber war.

Jetzt wandte sie ihm den Rücken zu, versuchte zu denken. Denk klar, langsam, eindeutig, aber vor allem klar! So lautete die ständig wiederholte Ermahnung, die die Ausbildung an der Polizeihochschule geprägt hatte. In jeder Situation, sei es, daß es darum ging, betrunkene Raufbolde zu trennen, oder Menschen daran zu hindern, auf dramatische Weise Selbstmord zu begehen, mußte diese Forderung nach Klarheit gelten. Ein Polizist, der nicht denkt, ist ein schlechter Polizist. Das hatte sie sich aufgeschrieben und im Bad an den Spiegel geklebt und neben ihrem Bett angebracht. Das war es, was der Eintritt ins Polizeikorps ihr abverlangte, es war buchstäblich die Schrift an der Wand. Immer klar denken. Wie zum Teufel sollte sie jetzt klar denken können, wo sie am liebsten weinen würde? Es herrschte nicht die Spur von Klarheit in ihrem Kopf, da war nichts außer der entsetzlichen Entdeckung des abgeschlagenen Kopfs und der gefalteten Hände. Und was noch schlimmer war, das, was sich von hinten herandrängte wie ein dunkler Strom, der lautlos anschwoll und über seine Ufer trat. Was war mit Anna? Neue

Bilder, die sie am liebsten davonjagen würde, blitzten auf. Annas Kopf, Annas Hände. Der Kopf Johannes des Täufers und Annas Hände, ihr Kopf und Birgitta Medbergs Hände.

Der Regen hatte von neuem eingesetzt. Sie lief zu ihrem Vater und zerrte an seiner Jacke. »Begreifst du jetzt, daß Anna etwas passiert sein kann?«

Er packte sie, versuchte, sie sich vom Leib zu halten. »Beruhige dich. Das da draußen war Birgitta Medberg. Es war nicht Anna.«

»Anna hat in ihrem Tagebuch geschrieben, daß sie Birgitta Medberg kennt. Und Anna ist auch verschwunden. Begreifst du nicht?«

»Du mußt ruhig bleiben. Sonst nichts.«

Und sie wurde ruhig. Oder wie gelähmt, und damit still. Kurz darauf waren die Sirenen schon ganz nah, das Polizeirudel war auf dem Weg, und die Wagen schwenkten mit qietschenden Reifen auf den Parkplatz ein. Sie stiegen aus und sammelten sich um ihren Vater, nachdem sie Stiefel und Regenzeug angezogen hatten, die sie alle im Kofferraum bereitzuhalten schienen. Linda stand außerhalb des Kreises. Aber keiner erhob Einwände, als sie sich zu ihnen gesellte. Martinsson war der einzige, der ihr zunickte. Auch er hatte nichts gegen ihre Anwesenheit. Hier und jetzt, in diesem Moment auf dem verregneten Parkplatz von Schloß Rannesholm, trennte sie endgültig die Nabelschnur durch, die sie noch mit der Polizeihochschule verband. Sie ging am Rand der Karawane, die im Wald verschwand. Sie nahm die Autorität ihres Vaters wahr, aber auch seinen Widerwillen, als er verlangte, daß der gesamte Parkplatz abgesperrt wurde, um die Neugierigen fernzuhalten. Er benutzte genau die Worte, als spreche er von einem bestimmten Menschentyp, *die Neugierigen.*

Sie ging mit, sie war das letzte Glied in der langen Kette. Als ein Mann von der Spurensicherung, der vor ihr ging, ein Lampenstativ fallen ließ, hob sie es auf und nahm es mit.

Die ganze Zeit war Anna da. Die Angst drang in Form von

pochenden Stößen in Lindas Bewußtsein. Sie konnte immer noch nicht klar denken. Aber sie mußte sich an diese Kette halten. Am Ende würde jemand, vielleicht sogar ihr Vater, verstehen, daß es sich nicht allein um Birgitta Medberg handelte, sondern auch um ihre Freundin Anna.

Sie verfolgte die Arbeit, während der Tag langsam dämmerte und in den Abend überging. Regenwolken kamen und gingen, die Erde war naß, die aufgestellten Lampen warfen Licht und Schatten in die Schlucht. Die Kriminaltechniker hatten vorsichtig einen Weg zur Hütte hinunter gebahnt. Linda war sorgfältig darauf bedacht, nicht im Weg zu stehen, und sie setzte ihren Fuß nicht auf, ohne daß er in die Fußspur eines anderen paßte. Manchmal trafen sich ihre und ihres Vaters Blicke, aber es war, als sähe er sie eigentlich gar nicht. Ann-Britt Höglund war die ganze Zeit an seiner Seite. Linda hatte sie dann und wann getroffen, seit sie wieder in Ystad war, hatte sie aber nie gemocht, sondern stets das Gefühl gehabt, ihr Vater müsse sich vor ihr in acht nehmen. Ann-Britt Höglund hatte sie heute kaum eines Grußes gewürdigt, und Linda ahnte, daß es nicht ganz einfach sein würde, mit ihr zusammenzuarbeiten. Wenn es überhaupt je dazu kam. Ann-Britt Höglund war Kriminalinspektorin, Linda Polizeianwärterin, die noch nicht einmal angefangen hatte zu arbeiten und die sich noch lange mit den Kleinkriminellen auf Straßen und Plätzen herumschlagen würde, bevor sie irgendeine Möglichkeit bekam, sich um eine Spezialisierung zu bewerben.

Sie sah zu, wie die Arbeit voranging, wie sich Ordnung und Disziplin, Routine und Genauigkeit die ganze Zeit am Rande des Chaos zu bewegen schienen. Ab und zu wurde jemand lauter, vor allem der grantige Nyberg, der Verwünschungen und Flüche darüber ausstieß, daß die Leute nicht aufpaßten, wohin sie ihre Füße setzten. Drei Stunden nach dem Beginn der Arbeiten wurden der Kopf und die Hände, in Plastikbeutel verpackt, abtransportiert. Während die Leichenteile fortgebracht wurden, ruhte alle übrige Arbeit. Obwohl das Plastik dick war, ahnte Linda die Konturen von Birgitta Medbergs Gesicht und ihren Händen.

Dann ging die Arbeit weiter. Nyberg und seine Leute krochen umher, jemand sägte Äste ab oder durchsuchte das Unterholz, andre stellten Scheinwerfer auf oder reparierten ins Stottern geratene Generatoren. Leute kamen und gingen, Telefone piepten, und mitten in dem Ganzen stand ihr Vater vollkommen regungslos, als sei er mit unsichtbaren Seilen gefesselt. Er tat Linda leid, seine Einsamkeit und der Anspruch, daß er jederzeit in der Lage sein sollte, auf den ununterbrochenen Strom von Fragen zu antworten und außerdem alle Entscheidungen zu treffen, die nötig waren, damit die Untersuchung des Tatorts nicht zum Erliegen kam. Ein unsicherer Seiltänzer, dachte Linda. So kommt er mir vor. Ein unsicherer Polizist auf dem Hochseil, der etwas gegen sein Übergewicht und gegen seine Einsamkeit tun sollte.

Es war schon spät geworden, als er sie entdeckte. Er beendete ein Telefongespräch und wandte sich dann Nyberg zu, der ein paar Gegenstände unter eine der Lampen hielt, um die die Nachtinsekten schwärmten und sich verbrannten. Linda trat einen Schritt vor, um besser sehen zu können. Nyberg reichte ihrem Vater ein Paar Plastikhandschuhe, die dieser mit Mühe über seine großen Hände zog.

»Was ist das?« fragte er.

»Wenn du nicht völlig blind bist, müßtest du sehen, daß das eine Bibel ist.«

Er schien die Gereiztheit des Mannes mit dem schütteren Haar, das ihm wirr um den Kopf stand, gar nicht zur Kenntnis zu nehmen.

»Eine Bibel«, fuhr Nyberg fort. »Sie lag auf dem Fußboden, neben den Händen. Es gibt blutige Fingerabdrücke darauf. Aber es können ja die von jemand anders sein.«

»Des Täters?«

»Denkbar. Alles ist denkbar. Die ganze Hütte ist voller

Blut. Es muß gräßlich gewesen sein. Wer auch immer das getan hat, muß von oben bis unten blutverschmiert sein.«

»Keine Waffen, keine Schlagwerkzeuge?«

»Nein, nichts. Aber diese Bibel, von den Blutflecken mal abgesehen, ist eigentümlich.«

Linda trat noch einen Schritt näher, während ihr Vater seine Brille aufsetzte.

»Die Offenbarung des Johannes«, sagte Nyberg.

»Ich kenn mich mit der Bibel nicht aus. Sag schon, was du komisch findest.«

Nyberg verzog das Gesicht, ließ sich aber nicht dazu verleiten, Streit anzufangen. »Wer kennt schon die Bibel? Aber die Offenbarung des Johannes ist ein wichtiges Kapitel, oder wie das heißt.«

Und mit einem schnellen Blick zu Linda. »Weißt du das? Sagt man Kapitel?«

Linda erschrak. »Keine Ahnung.«

»Da siehst du es. Auch die Jugend weiß es nicht. Aber egal, auf jeden Fall hat sich jemand hingesetzt und sich zwischen den Zeilen zu schaffen gemacht. Siehst du?«

Nyberg zeigte es ihm. Kurt Wallander führte das Buch dichter an die Augen. »Ich sehe etwas zwischen den Zeilen, was wie graue Flusen aussieht. Was steht denn da?«

Nyberg rief nach einem Mitarbeiter mit Namen Rosén. Ein bis zu den Hüften mit Erde verschmutzter Mann kam mit einem Vergrößerungsglas herbeigestapft.

Wallander versuchte es von neuem. »Jemand hat etwas zwischen die Zeilen geschrieben. Was steht da?«

»Ich habe zwei Zeilen entziffert«, sagte Nyberg. »Es sieht so aus, als sei derjenige, der es geschrieben hat, nicht zufrieden gewesen mit dem gedruckten Text. Es scheint sich um jemanden zu handeln, der das Wort Gottes verbessern wollte.«

Kurt Wallander nahm die Brille ab. »Was soll das heißen? ›Das Wort Gottes‹? Kannst du dich nicht verständlich ausdrücken?«

»Ich dachte, die Bibel sei das Wort Gottes. Wie soll ich es

denn sonst sagen? Aber ich finde es interessant, daß jemand sich hinsetzt und den Text der Bibel umschreibt. Tut ein normaler Mensch so was? Wenn er oder sie noch alle fünf Sinne beisammen hat?«

»Ein Verrückter also. Was ist diese Hütte eigentlich? Wohnung oder Versteck?«

Nyberg schüttelte den Kopf. »Zu früh, darauf zu antworten. Aber sind Verstecke und Wohnungen nicht dasselbe für Leute, die sich zurückziehen?«

Er machte eine Armbewegung zum Wald hin, der schwarz hinter den Scheinwerfern aufragte.

»Die Hunde haben das Gelände durchsucht. Sie sind noch draußen. Die Hundeführer sagen, es sei nahezu undurchdringliches Terrain. Wenn man sich hier in der Gegend verstecken will, findet man keinen besseren Ort.«

»Könnt ihr schon was über die Person sagen?«

Nyberg schüttelte den Kopf. »Wir haben keine Kleidung gefunden. Nichts Persönliches. Wir können nicht einmal sagen, ob die Person, die sich hier aufgehalten hat, ein Mann oder eine Frau war.«

Im Dunkeln schlug ein Hund an. Nieselregen setzte ein. Ann-Britt Höglund, Martinsson und Svartman kamen aus verschiedenen Richtungen und sammelten sich um Wallander. Linda blieb im Hintergrund, genau auf der Grenze zwischen Beteiligter und Zuschauerin.

»Gebt mir eure Einschätzung«, sagte ihr Vater. »Was ist hier geschehen? Wir wissen, daß ein widerwärtiger Mord stattgefunden hat. Aber warum? Wer kann der Täter sein? Warum kommt sie her? Hatte sie eine Verabredung? Ist sie hier getötet worden? Wo ist der übrige Körper? Gebt mir ein Bild.«

Der Regen tropfte. Nyberg nieste. Einer der Scheinwerfer gab den Geist auf. Nyberg trat vor Wut das Stativ um und stellte es dann wieder auf.

»Ein Bild«, wiederholte Kurt Wallander.

»Ich habe schon manches Widerwärtige gesehen«, sagte

Martinsson. »Aber so was wie das hier noch nicht. Es muß ein total Irrer gewesen sein, der das hier getan hat. Aber wo ist der Rest der Leiche? Wer hat diese Hütte benutzt? Wir wissen nichts.«

»Nyberg hat eine Bibel gefunden«, sagte Kurt Wallander. »Wir nehmen Fingerabdrücke von allem, was wir finden. Jemand hat neue Texte zwischen die Zeilen in dem Buch geschrieben. Was hat das zu bedeuten? Wir müssen untersuchen, ob die Familie Tademan je hierherkommt. Wir müssen von Haus zu Haus gehen. Auf breiter Front, ohne Pause.«

Keiner sagte etwas.

»Wir müssen den, der das hier getan hat, fassen, und zwar so schnell wie möglich«, sagte Wallander. »Ich weiß nicht, was das hier bedeutet. Aber es macht mir angst.«

Linda trat ins Licht. Es war, wie eine Bühne zu betreten, ohne sich vorbereitet zu haben. »Ich habe auch Angst.«

Nasse und müde Gesichter umgaben sie. Nur ihr Vater sah angespannt aus. Er wird wahnsinnig, dachte Linda. Aber der Schritt, den sie tat, war notwendig.

»Ich habe auch Angst«, sagte sie und berichtete von Anna. Dabei vermied sie es, ihren Vater anzusehen. Sie versuchte, sich an alle Einzelheiten zu erinnern, ihre intuitive Furcht zu unterdrücken, nur das zu erzählen, was sie wußte, und die Schlußfolgerungen von allein kommen zu lassen.

»Wir werden das natürlich untersuchen«, sagte ihr Vater, nachdem sie geendet hatte. Seine Stimme war eisig.

In dem Moment bereute Linda, was sie getan hatte. Das wollte ich nicht, dachte sie. Ich tue es nur für Anna, nicht, um dich zu provozieren.

»Ich weiß«, sagte sie. »Ich gehe jetzt nach Hause. Ich habe hier ja nichts zu suchen.«

»Warst du es nicht, die die Vespa gefunden hat?« fragte Martinsson.

Ihr Vater nickte. Dann wandte er sich an Nyberg. »Hast du jemanden, der Linda zum Wagen leuchten kann?«

»Ich tue es selbst«, antwortete Nyberg. »Ich muß aufs Klo.

Ich kann ja nicht hier in den Wald scheißen und die empfindlichen Nasen der Hunde verwirren.«

Linda kletterte aus der Schlucht nach oben. Erst jetzt merkte sie, wie hungrig und müde sie war. Nyberg leuchtete ihr auf dem Pfad. Sie begegneten einem Hundeführer und einem Hund mit hängendem Schwanz. Lichter bewegten sich zwischen den Bäumen. Orientierungslauf bei Nacht, dachte Linda. Polizisten, die zwischen den Schatten jagen. Nyberg murmelte etwas Unverständliches, als sie den Parkplatz erreichten. Dann war er weg. Ein Blitzlicht flammte im Dunkeln auf. Linda sah ein paar Ordnungspolizisten an den Absperrungen. Sie stieg ins Auto, jemand hob das Plastikband, und sie war draußen auf der Landstraße. Es waren Schaulustige da, geparkte Wagen, Menschen, die darauf warteten, daß etwas passierte. Sie spürte, daß sie ihre unsichtbare Uniform wieder übergestreift hatte. Weg hier, dachte sie. Hier ist ein schweres Verbrechen begangen worden. Niemand darf unsere Arbeit stören. Sie verlor sich in einen Tagtraum.

An der Polizeihochschule hatten sie sich Filmpolizisten genannt. Sie erinnerte sich an lange Abende mit Wein und Bier und an die Spiele von der Zukunft, die sich hauptsächlich darum drehen würde, mit Pennern zu rangeln und junge Taschendiebe zur Vernunft zu bringen. Aber alle Berufe haben ihre Träume, hatte sie gedacht. So mußte es sein. Ärzte, die Menschen nach einem schweren Unfall das Leben retteten. Blutige Arztkittel, unschlagbare Helden. Und genauso wir, junge Spunde, die bald hinaus sollen und Uniform tragen. Die Schnellen und Harten, die Starken und Unschlagbaren.

Sie schüttelte die Gedanken ab. Noch war sie keine Polizistin.

Sie fuhr zu schnell und bremste ab. In dem Augenblick lief ein Hase über die Straße. Einen kurzen Augenblick hielt das Scheinwerferlicht die Augen des Tiers fest. Sie bremste scharf. Der Hase flitzte davon, und sie fuhr weiter. Ihr Herz hämmerte. Sie atmete tief durch. Die Lichter der Autos auf der Hauptstraße kamen näher. Sie fuhr auf einen Parkplatz, löschte das Licht und machte den Motor aus. Um sie herum Dunkelheit. Sie griff nach ihrem Handy. Bevor sie wählen konnte, klingelte es.

Es war ihr Vater. Er war in Rage. »Wie kommst du dazu, mir vorzuwerfen, ich täte meine Arbeit nicht ordentlich?«

»Ich habe dir nichts vorgeworfen«, sagte sie. »Ich fürchte nur, daß Anna etwas passiert ist.«

»Das tust du kein zweites Mal. Nie wieder. Sonst sorge ich persönlich dafür, daß deine Zeit hier in Ystad kurz wird.«

Sie kam nicht dazu, zu antworten. Er hatte das Gespräch schon abgebrochen. Er hat recht, sagte sie sich. Ich hätte mich beherrschen sollen. Sie wählte seine Nummer, um sich zu entschuldigen oder zumindest eine Erklärung zu geben. Doch dann ließ sie es bleiben. Sein Zorn war noch nicht verraucht. Erst in ein paar Stunden würde er ihr vielleicht zuhören.

Sie fühlte, daß sie mit jemandem reden mußte, und wählte die Nummer von Zebra. Besetztzeichen. Sie zählte langsam bis fünfzig und rief wieder an. Immer noch besetzt. Ohne eigentlich zu wissen, warum, wählte sie Annas Nummer. Besetzt. Sie zuckte zusammen. Versuchte es erneut. Immer noch besetzt. Freude erfüllte sie. Anna war zurückgekommen! Sie ließ den Motor an, schaltete das Licht ein und fuhr auf die Straße zurück. Guter Gott, dachte sie. Ich werde ihr erzählen, was passiert ist, nur weil sie unsere Verabredung nicht eingehalten hat.

17

Linda stieg aus und sah zu Annas Fenstern hinauf. Sie waren dunkel. Ihre Angst kehrte zurück. Das Telefon war besetzt gewesen. Linda rief Zebra an, die so schnell abnahm, als habe sie neben dem Telefon gestanden und auf das Klingeln gewartet.

Linda hatte es eilig, sie verhaspelte sich. »Ich bin es. Hast du eben mit Anna telefoniert?«

»Nein.«

»Sicher?«

»Ich weiß doch wohl, mit wem ich telefoniert habe. Hast du versucht, bei mir anzurufen? Ich habe mit meinem Bruder gequatscht wegen eines Kredits, den ich ihm nicht geben will. Er wirft sein Geld nur zum Fenster hinaus. Ich habe viertausend auf der Bank. Das ist mein ganzes Vermögen. Das will er leihen, um sich damit in einen Lastzug einzukaufen, der mit Stückgut nach Bulgarien geht ...«

»Dein Bruder ist mir egal«, unterbrach Linda. »Anna ist verschwunden. Es ist noch nie vorgekommen, daß sie eine Verabredung vergessen hat.«

»Irgendwann ist immer das erste Mal.«

»Das sagt mein Vater auch. Aber es muß etwas passiert sein. Anna ist seit drei Tagen weg.«

»Vielleicht ist sie in Lund?«

»Nein. Eigentlich spielt es gar keine Rolle, wo sie ist. Es sieht ihr nicht ähnlich, weg zu sein. Hast du jemals erlebt, daß sie nicht gekommen ist oder angerufen hat oder zu Hause gewesen ist, wenn ihr euch verabredet hattet, miteinander zu reden oder euch zu treffen?«

Zebra dachte nach.

»Nein. Tatsächlich nicht.«

»Da siehst du's.«

»Warum bist du so aus dem Häuschen?«

Linda war nahe daran, alles zu erzählen, was geschehen war, von dem Kopf und den abgeschlagenen Händen. Aber es wäre eine Todsünde gewesen, einem Außenstehenden etwas zu verraten. »Du hast bestimmt recht. Ich mache mir unnötig Sorgen.«

»Komm her.«

»Das schaff ich nicht.«

»Ich glaube, du wirst allmählich wunderlich davon, daß du darauf wartest, endlich anzufangen zu arbeiten. Du kannst herkommen und ein Mysterium lösen.«

»Was?«

»Eine Tür, die zugeschnappt ist.«

»Ich habe keine Zeit. Rede mit dem Hausmeister.«

»Du machst zuviel Streß. Beruhige dich mal.«

»Ich werd's versuchen. Hej.«

Linda klingelte an der Tür in der Hoffnung, die dunklen Fenster bedeuteten nur, daß Anna schlief. Aber die Wohnung war leer, das Bett unberührt. Linda blieb stehen und betrachtete das Telefon. Der Hörer war aufgelegt, wie es sich gehörte, die Lampe des Anrufbeantworters war dunkel. Sie setzte sich hin und ging alles durch, was in den letzten Tagen geschehen war. Jedesmal, wenn der abgetrennte Kopf wieder in ihren Gedanken auftauchte, wurde ihr übel. Oder war vielleicht der Anblick der Hände schlimmer gewesen? Wer konnte einen Menschen seiner Hände berauben? Wenn man einem Menschen den Kopf abschlug, tötete man ihn. Aber die Hände? Sie fragte sich, ob es möglich war festzustellen, ob Birgitta Medbergs Hände abgeschlagen worden waren, als sie noch lebte, oder umgekehrt. Und wo war der Rest des Körpers? Ihre Übelkeit nahm plötzlich überhand. Sie schaffte es gerade noch auf die Toilette, bevor sie sich übergeben mußte. Nachher streckte sie sich auf dem Badezimmerfußboden aus. Unter der Badewanne war eine kleine gelbe Plastikente festgeklemmt. Sie erinnerte sich daran, wußte noch, wann Anna sie vor vielen Jahren bekommen hatte.

Sie waren zwölf oder dreizehn Jahre alt gewesen. Wessen Idee es war, wußte sie nicht mehr. Aber sie hatten beschlossen, hinüber nach Kopenhagen zu fahren. Es war Frühling, Anna und Linda waren rastlos und unruhig in der Schule, und sie schlossen ständig neue Pakte, um sich gegenseitig zu schützen, wenn sie die Schule schwänzten. Mona hatte zugestimmt, daß Linda fuhr. Aber ihr Vater hatte ihr die Reise sofort verboten. Linda erinnerte sich noch immer daran, daß er Kopenhagen als eine heimtückische und bedrohliche Stadt ausgemalt hatte für zwei junge Mädchen, die viel zu wenig vom Leben wußten. Es war darauf hinausgelaufen, daß Linda und Anna trotz allem fuhren. Linda war klar, daß es reichlich Ärger geben würde, wenn sie nach Hause kam. Wie um sich schon im voraus zu rächen, stahl sie einen Hunderter aus seiner Brieftasche, bevor sie fuhren. Sie nahmen den Zug nach Malmö und dann das Tragflächenboot. In Lindas Erinnerung war es für sie und Anna der erste ernsthafte Besuch in der Welt der Erwachsenen.

Es war ein Tag voller Kichern und Gackern gewesen, windig, aber sonnig, und der Frühling war im Anzug. Im Tivoli hatte Anna bei einer Tombola die Plastikente gewonnen.

Zuerst war alles strahlend und hell gewesen. Freiheit, Abenteuer, unsichtbare Mauern stürzten ein, wo sie auch gingen. Dann verdunkelten sich die Bilder. Etwas war passiert, das erste schwere Torpedo gegen ihre Freundschaft. Damals ging es noch einmal gut. Aber als sie sich dann in denselben Jungen verliebten, war die Schlacht von Anfang an schon verloren. Der unsichtbare Riß in ihrer Freundschaft weitete sich und trieb sie auseinander. Eine grüne Bank, dachte Linda, da saßen wir. Anna, die sich immerzu Geld von mir lieh, weil sie nichts hätte, bat mich, auf ihre Tasche aufzupassen, während sie zur Toilette ging. Irgendwo im Tivoli spielte ein Orchester, der Trompeter blies ständig haarscharf an den richtigen Tönen vorbei.

An all das erinnerte sich Linda, als sie in Annas Badezimmer auf dem Fußboden lag. Die Fußbodenheizung wärmte ihr den Rücken. Die grüne Bank und die Tasche. Auch jetzt, nach all den Jahren, konnte sie nicht erklären, warum sie die Tasche geöffnet und Annas Portemonnaie herausgenommen hatte. Es waren zwei Hunderter darin. Ganz offen, nicht zusammengefaltet in einem Geheimfach. Sie hatte auf das Geld gestarrt und gespürt, wie Annas Falschheit sie mit gewaltiger Wucht traf. Dann hatte sie das Portemonnaie zurückgesteckt und sich entschieden, nichts zu sagen. Doch als Anna zurückkam und fragte, ob Linda etwas zu trinken kaufen könnte, war sie explodiert. Sie hatten dagestanden und sich angeschrieen; was für ein Argument Anna vorgebracht hatte, wußte sie nicht mehr. Aber sie hatten sich getrennt und waren ihrer eigenen Wege gegangen. Auf der Rückfahrt nach Malmö hatte Anna an einer anderen Stelle im Schiff gesessen. Als sie am Bahnhof auf den Zug nach Ystad warteten, waren sie sich auch aus dem Weg gegangen. Es hatte lange gedauert, bis sie wieder miteinander sprachen. Sie hatten den Vorfall in Kopenhagen später nie mehr erwähnt, nur versucht, die zerbrochene Freundschaft wiederherzustellen. Und das war ihnen auch gelungen.

Linda setzte sich auf. Ein Lügengespinst, dachte sie. Ich bin überzeugt, daß Henrietta etwas verbarg, als ich bei ihr war. Und Anna lügt, das habe ich damals in Kopenhagen gelernt. Und auch später habe ich sie beim Lügen ertappt. Aber ich kenne sie so gut, daß ich auch sicher sein kann, wenn sie die Wahrheit sagt. Und was in Malmö geschehen ist, daß sie ihren Vater gesehen hat oder zumindest davon überzeugt ist, ihn gesehen zu haben, das ist keine Erfindung. Doch was steckt dahinter? Was hat sie mir nicht erzählt? Das Ungesagte kann die größte aller Lügen sein.

In ihrer Tasche klingelte das Handy. Sie wußte sofort, daß

es ihr Vater war. Um sich dagegen zu wappnen, daß er immer noch verärgert war, stand sie vom Fußboden auf, bevor sie sich meldete.

Doch seine Stimme klang nur müde und abgespannt. Ihr Vater hatte viele verschiedene Stimmen, mehr als alle anderen Menschen, die sie kannte. »Wo bist du?«

»In Annas Wohnung.«

Er schwieg einen Augenblick. Sie konnte hören, daß er noch immer draußen im Wald war. Stimmen im Hintergrund wurden lauter und wieder leiser, schnarrende Funksprechgeräte, ein Hund, der bellte.

»Was tust du da?«

»Ich habe jetzt noch mehr Angst als vorher.«

Zu ihrer Verblüffung sagte er: »Ich verstehe. Deshalb rufe ich an. Ich komme.«

»Wohin?«

»In die Wohnung. Wo du bist. Ich muß das alles noch einmal im Detail hören. Natürlich gibt es keinen Grund dafür, daß du dir Sorgen machen müßtest. Aber ich nehme das, was du gesagt hast, jetzt ernst.«

»Warum sollte ich mir keine Sorgen machen. Es ist nicht natürlich, daß sie weg ist. Das habe ich von Anfang an gesagt. Wenn du nicht verstehst, daß ich mir Sorgen mache, brauchst du auch nicht zu sagen, daß du meine Angst verstehst. Außerdem war ihr Telefon besetzt. Aber sie ist nicht hier. Es war jemand anders hier. Da bin ich sicher.«

»Ich will alles noch einmal im einzelnen hören, wenn ich komme. Wie ist die Adresse?«

Linda nannte sie ihm. »Wie geht es?«

»Ich glaube, etwas Vergleichbares ist mir noch nie begegnet.«

»Habt ihr den Körper gefunden?«

»Nein. Wir haben nichts gefunden. Und am wenigsten eine Erklärung für das, was geschehen ist. Ich hupe, wenn ich da bin.«

Linda spülte den Mund mit Wasser aus. Um den Geschmack

des Erbrochenen loszuwerden, nahm sie Annas Zahnbürste. Einer Eingebung folgend öffnete sie das Badezimmerschränkchen. Da entdeckte sie etwas, was sie erstaunte. Das zweite zurückgelassene Tagebuch, dachte sie.

Anna litt unter Ekzemen am Hals. Nur einige Wochen zuvor, als sie eines Abends mit Zebra zusammensaßen und mit Gedanken an eine Traumreise spielten, hatte Anna gesagt, das erste, was sie in ihre Tasche, ins Handgepäck stecken würde, sei die einzige Salbe, die ihr Ekzem in Schach hielt. Linda erinnerte sich genau an Annas Worte. Ich hole mir immer nur eine Tube, damit sie so frisch wie möglich ist. Jetzt lag sie zwischen Pillenschachteln und Zahnbürsten. Anna hatte eine Manie, was Zahnbürsten anging. Linda zählte neunzehn Stück, elf davon unbenutzt. Aber die Salbentube lag da. Ohne die wäre sie nicht verreist, dachte Linda. Nicht freiwillig. Weder die Salbe noch ihr Tagebuch hätte sie zurückgelassen. Sie schloß die Tür des Spiegelschränkchens und verließ das Bad. Aber was konnte eigentlich passiert sein? Nichts ließ darauf schließen, daß Anna unter Zwang weggebracht worden war. Auf jeden Fall nicht aus ihrer Wohnung. Natürlich konnte auf der Straße etwas geschehen sein. Sie konnte angefahren oder in ein Auto gezerrt worden sein.

Linda stellte sich ans Fenster und wartete darauf, daß ihr Vater auftauchte. Sie merkte, daß sie müde war. Ihre unsichtbare Uniform spannte. Sie hatte plötzlich das Gefühl, getäuscht worden zu sein. Wie waren sie in ihrer Zeit an der Polizeihochschule auf das hier vorbereitet worden? Konnte man überhaupt einen angehenden Polizisten vorbereiten auf das, was ihn erwartete, wenn sich die Tür der Wirklichkeit öffnete? Einen kurzen Moment verspürte sie Lust, sich die Uniform herunterzureißen, bevor sie sie überhaupt angezogen hatte. Sie sollte den Entschluß, Polizistin zu werden, jetzt revidieren und so bald wie möglich gegen einen anderen Lebenstraum tauschen. Sie war nicht geeignet, sie taugte nicht zur Polizistin.

Wer hatte ihr gesagt, daß sie jederzeit darauf gefaßt sein

mußte, eine Tür zu öffnen und einen abgeschlagenen grauhaarigen Frauenkopf und gefaltete Hände zu erblicken. Jetzt, wo ihr Magen leer war, kam die Übelkeit nicht zurück.

Die Hände waren gefaltet, dachte sie von neuem. Betende Hände, die abgeschlagen werden. Sie schüttelte den Kopf. Was war unmittelbar vorher geschehen? Der dramatische Augenblick, in dem zwei unsichtbare Hände mit einer ebenso unsichtbaren Axt zum Schlag ausholen. Was hatte Birgitta Medberg gesehen in diesen letzten Momenten ihres Lebens? Hatte sie in die Augen eines anderen Menschen geblickt, hatte sie begriffen, was geschehen würde? Oder war ihr vergönnt gewesen, nicht wahrzunehmen, was mit ihr geschah? Linda starrte eine im Wind schaukelnde Straßenlampe an. Es gab ein Drama, das sie nur ahnen konnte. Gefaltete Hände, ein Flehen um Gnade. Die von einem brutalen Hohenpriester mit einer Axt in der Hand nicht gewährt wurde. Birgitta Medberg wußte es, dachte Linda. Sie verstand, was geschehen sollte, und bat um Gnade.

Das Scheinwerferlicht eines Wagens erleuchtete eine dunkle Hauswand. Ihr Vater bremste. Er stieg aus und schaute sich unschlüssig um, bevor er Linda entdeckte, die ihm winkte. Sie warf ihm den Schlüssel hinunter. Dann öffnete sie die Wohnungstür und hörte seine schweren Schritte im Treppenhaus. Er weckt das ganze Haus auf, dachte sie. Mein Vater dröhnt durchs Leben wie ein Zug wütender Infanteristen. Er war verschwitzt und erschöpft, seine Augen flackerten, seine Kleidung war durchnäßt.

»Gibt es hier etwas zu essen?« fragte er, als er in den Flur trat und aus den Stiefeln stieg.

»Gibt es.«

»Und hast du ein Handtuch?«

»Da ist das Badezimmer. Im unteren Regal liegen Handtücher.«

Als er aus dem Bad kam, hatte er seine Sachen ausgezogen und setzte sich in Unterhemd und Unterhose an den Tisch. Das nasse Zeug hatte er über die Wärmerohre im Bad gehängt. Linda hatte den Tisch mit dem gedeckt, was sie in Annas Kühlschrank fand. Sie wußte, daß er in Ruhe essen wollte, schweigend. Als sie Kind war, war es fast eine Todsünde gewesen, am Frühstückstisch zu reden oder Lärm zu machen. Mona hatte es nicht ausgehalten, ihrem stummen Mann gegenüberzusitzen. Sie frühstückte, wenn er gegangen war. Aber Linda hatte dagesessen und sein Schweigen geteilt. Manchmal hatte er die Zeitung sinken lassen, meistens *Ystads Allehanda*, und ihr zugezwinkert. Das Schweigen am Morgen war heilig.

Er biß in ein Butterbrot. Plötzlich war es, als sei ihm der Bissen im Hals steckengeblieben. »Ich hätte dich natürlich nicht mitnehmen sollen«, sagte er. »Das war unverantwortlich. Du hättest das da draußen in der Hütte nicht zu sehen brauchen.«

»Wie kommt ihr weiter?«

»Wir haben keine Spuren und keine Erklärung für das, was da geschehen ist.«

»Aber der Rest des Körpers?«

»Auch davon keine Spur. Die Hunde wittern nichts. Wir wissen, daß Birgitta Medberg in der Gegend Pfade kartiert hat. Es besteht kein Grund, etwas anderes anzunehmen, als daß sie aus reinem Zufall zu der Hütte gekommen ist. Aber wer war in der Hütte? Warum dieser brutale Mord? Warum ist der Körper zerstückelt und zum größten Teil verschwunden?«

Er aß sein Butterbrot auf, strich sich ein neues und ließ es halb gegessen liegen. »Jetzt laß mich hören. Anna Westin. Deine Freundin. Was macht sie? Studiert sie? Was?«

»Medizin. Das weißt du doch.«

»Ich vertraue meinem Gedächtnis immer weniger. Du hast dich also mit ihr verabredet. Wolltet ihr euch hier treffen?«

»Ja.«

»Und sie war nicht zu Hause?«

»Nein.«

»Ein Mißverständnis kann nicht vorliegen?«

»Nein.«

»Außerdem ist sie immer pünktlich. Stimmt das?«

»Immer.«

»Erzähl mir noch einmal das von ihrem Vater. Er war vierundzwanzig Jahre weg. Nie von sich hören lassen? Und dann sieht sie ihn durch ein Fenster in Malmö?«

Linda erzählte so detailliert wie möglich. Als sie endete, schwieg er eine Weile.

»An einem Tag kommt ein verschwundener Mensch zurück. Am nächsten verschwindet ein anderer Mensch, der den Zurückgekehrten gerade entdeckt hat. Einer kommt und einer geht.«

Er schüttelte den Kopf. Linda erzählte von dem Tagebuch und der Tube mit Salbe. Und am Schluß von ihrem Besuch bei Annas Mutter. Sie sah, daß er sehr aufmerksam zuhörte.

»Warum glaubst du, daß sie gelogen hat?«

»Anna hätte es mir erzählt, wenn sie wirklich häufig geglaubt hätte, ihren Vater gesehen zu haben.«

»Wie kannst du da so sicher sein?«

»Ich kenne sie.«

»Menschen verändern sich. Außerdem kennt man nie etwas anderes als Teile von einem anderen Menschen.«

»Gilt das auch für mich?«

»Das gilt für mich, das gilt für dich, das gilt für deine Mutter, und das gilt für Anna. Außerdem gibt es Menschen, die man überhaupt nicht kennt. Mein Vater war ein glänzendes Beispiel für die personifizierte Unbegreiflichkeit.«

»Ich kannte ihn.«

»Du kanntest ihn nicht.«

»Nur weil ihr euch nicht aufeinander einstellen konntet, muß das nicht auch für mich gelten. Außerdem reden wir von Anna.«

»Ich habe gehört, daß du ihr Verschwinden noch nicht gemeldet hast.«

»Ich habe mich nach dem gerichtet, was du gesagt hast.«

»Ausnahmsweise.«

»Jetzt hör auf.«

»Zeig mir das Tagebuch.«

Linda holte es und schlug die Seite auf, wo Anna den Brief von Birgitta Medberg erwähnt hatte.

»Kannst du dich daran erinnern, daß sie jemals Birgitta Medbergs Namen genannt hat?«

»Nein, nie.«

»Hast du ihre Mutter gefragt, ob es eine Verbindung zu Birgitta Medberg gab?«

»Ich habe das von Birgitta Medberg im Tagebuch erst nach meinem Besuch bei ihr gelesen.«

Er stand auf, holte einen Block aus seiner Jackentasche und machte eine Notiz. »Ich werde jemanden bitten, morgen bei ihr anzurufen.«

»Das kann ich doch tun.«

»Nein«, entgegnete er schroff. »Das kannst du nicht. Du bist noch keine Polizistin. Ich bitte Svartman oder sonst jemand. Und du unternimmst nichts auf eigene Faust.«

»Warum bist du so vergrätzt?«

»Ich bin nicht vergrätzt. Ich bin müde. Ich weiß nicht, was in dieser Hütte passiert ist, außer daß es entsetzlich ist. Und ebensowenig weiß ich, ob es der Anfang von etwas war oder das Ende.«

Er sah auf die Uhr und stand auf. »Ich muß zurück in den Wald.«

Er blieb unentschlossen stehen. »Ich weigere mich zu glauben, daß es ein Zufall war«, sagte er. »Daß Birgitta Medberg zufällig auf eine böse Hexe in einem Pfefferkuchenhaus gestoßen ist. Ich weigere mich zu glauben, daß man einen solchen Mord begeht, weil jemand an die falsche Tür klopft. In schwedischen Wäldern leben keine Monster. Da leben nicht einmal Trolle. Sie hätte sich lieber an ihre Schmetterlinge halten sollen.«

Er ging ins Bad und zog sich an. Linda ging ihm nach. Was hatte er da gerade gesagt? Die Tür zum Bad war angelehnt.

»Was hast du gerade gesagt?«

»Daß in schwedischen Wäldern keine Monster leben.«

»Nein, danach.«

»Mehr habe ich nicht gesagt.«

»Danach. Nach den Monstern und den Trollen. Das von Birgitta Medberg.«

»Sie hätte sich lieber an die Schmetterlinge halten sollen, statt alte Pilgerpfade zu suchen.«

»Was für Schmetterlinge denn?«

»Ann-Britt hat mit der Tochter gesprochen. Jemand mußte ihr ja die Nachricht überbringen, daß ihre Mutter tot ist. Die Tochter erzählte, ihre Mutter habe eine große Schmetterlingssammlung gehabt. Die sie vor einigen Jahren verkauft hatte, um Vanja und ihrem Kind zu helfen, eine Wohnung zu kaufen. Jetzt, wo die Mutter tot ist, hatte Vanja ein schlechtes Gewissen, weil sie glaubte, daß ihre Mutter die Schmetterlinge vermißt hatte. Menschen reagieren häufig seltsam, wenn plötzlich jemand stirbt. Mir ging es ebenso, als mein Vater starb. Ich konnte anfangen zu weinen, wenn ich daran dachte, daß er sich manchmal Strümpfe anzog, die nicht zusammenpaßten.«

Linda hielt den Atem an. Er spürte sofort, daß etwas war.

»Was ist denn?«

»Komm.«

Sie gingen ins Wohnzimmer. Linda machte Licht und zeigte auf die leere Tapete.

»Ich habe versucht zu erkennen, ob sich etwas verändert hat. Das habe ich dir schon erzählt. Aber ich habe vergessen zu sagen, daß hier etwas fehlt.«

»Was?«

»Ein kleines Bild. Oder ein kleines Kästchen hinter Glas. Mit einem Schmetterling. Ich bin mir ganz sicher. Er verschwand einen Tag nach dem, an dem Anna nicht zu Hause war.«

Er legte die Stirn in Falten. »Bist du sicher?«

»Ja«, antwortete sie. »Außerdem bin ich sicher, daß der Schmetterling blau war.«

18

In dieser Nacht dachte Linda, daß es eines blauen Schmetterlings bedurft hatte, damit ihr Vater sie ernst zu nehmen begann. Sie war kein Kind mehr, keine rotznasige Polizeianwärterin, aus der vielleicht einmal etwas werden würde, sondern ein erwachsener Mensch, der Urteilsfähigkeit und Wahrnehmungsvermögen besaß. Am Ende war es ihr gelungen, seine festgemauerte Auffassung einzureißen, daß sie immer noch nur seine Tochter war und nichts anderes.

Es war sehr schnell gegangen. Er hatte nur gefragt, ob sie sicher sei, daß es wirklich ein Bild mit einem blauen Schmetterling war und daß es gleichzeitig mit oder kurz nach Annas Verschwinden entfernt worden war. Linda zögerte nicht. Sie konnte sich an die nächtlichen Spiele mit ihren Kurskameradinnen an der Polizeihochschule erinnern, Lilian, die aus Arvidsjaur kam und Stockholm haßte, weil es da keine Schneescooter gab, und natürlich Julia aus Lund. Sie übten ihr Gedächtnis und ihr Beobachtungsvermögen, stellten Tabletts mit zwanzig Gegenständen auf den Tisch und nahmen dann einen davon fort, um zu sehen, ob fünfzehn Sekunden Beobachtungszeit ausreichten. Linda gewann jedesmal. Ihr größtes Bravourstück war, als sie nach nur zehn Sekunden Beobachtungszeit bei einem Tablett mit neunzehn Gegenständen gemerkt hatte, daß eine Büroklammer entfernt worden war. Sie war die inoffizielle Weltmeisterin im Wahrnehmungsvermögen.

Sie war sich sicher. Der blaue Schmetterling war zugleich mit Anna verschwunden. Oder unmittelbar danach. Das gab den Ausschlag. Ihr Vater rief im Wald an und bat Ann-Britt Höglund zu kommen, wobei er gleichzeitig nach Neuigkeiten vom Fundort fragte. Linda konnte zuerst den kratzborstigen Nyberg hören, dann Martinsson, der nieste, daß es durchs Telefon zu spritzen schien, und am Schluß Lisa Holgersson, die Polizeipräsidentin, die jetzt persönlich draußen im Wald eingetroffen war. Er legte das Handy auf den Tisch.

»Ich will Ann-Britt hierhaben«, sagte er. »Ich bin so müde, daß ich mich nicht mehr auf mein Urteil verlasse. Hast du jetzt alles gesagt, was wichtig ist?«

»Ich glaube schon.«

Er schüttelte zweifelnd den Kopf. »Es fällt mir immer noch schwer, das alles zu glauben. Ich frage mich, ob es nicht ein so großer Zufall ist, daß er ganz einfach nicht vorkommen kann.«

»Vor ein paar Tagen sagtest du, man müßte immer damit rechnen, daß das Unerwartete geschieht.«

»Ich gebe soviel Mist von mir«, sagte er nachdenklich. »Glaubst du, es gibt Kaffee hier im Haus?«

Das Wasser sprudelte, als Ann-Britt Höglund unten auf der Straße hupte.

»Sie fährt viel zu schnell«, sagte er. »Sie hat zwei Kinder. Stell dir vor, sie fährt sich eines Tages tot. Wirf ihr den Schlüssel runter.«

Ann-Britt Höglund fing das Schlüsselbund mit einer Hand und erschien kurz darauf in der Wohnung. Linda fand immer noch, daß Ann-Britt sie mißbilligend betrachtete. Linda bemerkte, daß sie in einem Strumpf ein Loch hatte. Aber sie war geschminkt, kräftig sogar. Wann hatte sie dafür Zeit? Oder schlief sie mit der Schminke im Gesicht?

»Möchtest du Kaffee?«

»Ja, danke.«

Linda glaubte, ihr Vater würde erzählen. Aber als sie mit dem Kaffee hereinkam und ihn auf den Tisch neben Ann-Britts Stuhl stellte, nickte er ihr zu.

»Es ist besser, wenn es aus dem Mund des Propheten kommt. Jedes Detail. Frau Höglund ist eine gute Zuhörerin.«

Linda ging die Geschichte von allen Seiten an und entfaltete sie so, wie sie sich daran erinnerte, außerdem in der richtigen Ordnung, sie zeigte das Tagebuch und die Seite mit Birgitta Medbergs Namen. Ihr Vater mischte sich erst ein, als der blaue Schmetterling zur Sprache kam. Da übernahm er, da wurde ihre Erzählung in etwas verwandelt, was vielleicht die Einleitung einer Verbrechensermittlung war. Er stand vom Sofa auf und klopfte an die Tapete, wo das Bild gehangen hatte.

»Hier kommt es zusammen«, sagte er. »Zwei Punkte, nein, drei. Zuerst steht Birgitta Medbergs Name in Annas Tagebuch. Mindestens ein Brief wurde geschrieben. Doch der Brief ist nicht auffindbar. Außerdem spielen in beider Leben Schmetterlinge eine Rolle. Was das bedeutet, wissen wir auch nicht. Und dann das Wichtigste. Beide sind verschwunden.«

»Komisch, das Ganze«, sagte Ann-Britt Höglund. »Wer kennt Anna am besten?«

»Ich weiß nicht.«

»Hat sie keinen Freund?«

»Im Moment nicht.«

»Aber gehabt?«

»Das hat doch wohl jeder. Ich würde tippen, ihre Mutter.«

Ann-Britt Höglund gähnte und raufte sich das Haar. »Was bedeutet das mit ihrem Vater, den sie gesehen zu haben glaubt? Warum ist er verschwunden? Hatte er was angestellt?«

»Annas Mutter meint, er sei geflohen.«

»Wovor?«

»Vor der Verantwortung.«

»Aber jetzt kommt er zurück? Und dann verschwindet sie? Und Birgitta Medberg wird ermordet?«

»Nein«, unterbrach Wallander. »Nicht ermordet. Das reicht nicht, das trifft nicht das, was geschehen ist. Sie ist geschlachtet worden. Abgeschlagene Hände, die zum Gebet gefaltet sind, der Kopf abgetrennt, der Rest des Körpers weg. Eine kleine Hütte wie in einem Märchen, ein lebensgefährliches Pfefferkuchenhaus am Fuß einer Schlucht im unberührten Wald von Rannesholm. Martinsson hat die Tademans aufgescheucht, alle beide. Der Börsenmakler war übrigens stark betrunken, obwohl er schlief, behauptete Martinsson. Interessant. Mit Anita Tademan, die Linda und ich getroffen haben, war laut Martinsson bedeutend leichter zu reden. Keine seltsamen Individuen sind in der Nähe des Schlosses oder auf den Straßen der Umgebung gesehen worden, keiner hat etwas von einer Hütte gewußt. Sie rief an und weckte einen Jäger, der viel in dem Wald ist. Er hatte nie eine Hütte gesehen, seltsamerweise auch keine Schlucht. Wer also auch immer der Mensch in der Hütte war, er wußte, wie man sich versteckt und unsichtbar hält. Aber sehr nahe bei anderen Menschen. Ich habe eine Ahnung, daß dies Letzte wichtig sein kann. Unsichtbar, aber in der Nähe.«

»Wovon?«

»Weiß nicht.«

»Wir müssen mit der Mutter anfangen«, sagte Ann-Britt Höglund. »Wollen wir sie jetzt wecken?«

»Das machen wir morgen früh«, antwortete Kurt Wallander, nachdem er einen Moment gezögert hatte. »Wir haben noch genug zu tun mit dem da draußen im Wald.«

Linda fühlte, wie ihre Wangen heiß wurden. Sie wurde wütend. »Stell dir vor, es stößt Anna etwas zu, weil wir warten.«

»Stell dir vor, ihre Mutter vergißt etwas, weil wir sie mitten in der Nacht aus dem Schlaf reißen. Außerdem jagen wir ihr einen tödlichen Schrecken ein.«

Er stand auf. »Wir bleiben dabei. Geh du jetzt nach Hause und schlaf. Aber morgen früh gehst du mit zu ihrer Mutter.«

Sie überließen sie sich selbst, zogen ihre Stiefel und Jacken an und verschwanden. Linda schaute ihnen durchs Fenster nach. Der Wind hatte an Stärke zugenommen, er war immer noch böig und kam mal aus Osten, mal aus Süden. Sie wusch die Tassen ab und dachte, daß sie schlafen sollte. Aber wie sollte sie schlafen können? Anna fort, Henrietta, die log, Birgitta Medbergs Name im Tagebuch. Sie begann die Wohnung von neuem zu durchsuchen. Warum fand sie Birgitta Medbergs Brief nicht?

Diesmal grub sie tiefer, löste die Rückseiten von Bilderrahmen, zog Regale von den Wänden, um zu sehen, ob etwas dahintergerutscht war. Sie zog und wühlte, bis es plötzlich an der Tür klingelte. Es war nach ein Uhr. Wer klingelte da? Sie machte auf. Ein Mann mit dicken Brillengläsern, in einem braunen Morgenrock und mit verschlissenen rosa Pantoffeln an den Füßen stand vor ihr.

Er stellte sich als August Brogren vor. »Dieser schreckliche Lärm mitten in der Nacht, Fräulein Westin«, sagte er verärgert. »Ich muß Sie doch bitten, etwas leiser zu sein.«

»Entschuldigen Sie«, sagte Linda. »Ab jetzt wird es still sein.«

August Brogren trat energisch einen Schritt näher. »Sie hören sich nicht an wie Fräulein Westin«, sagte er. »Sie sind nicht Fräulein Westin. Wer sind Sie?«

»Ihre Freundin.«

»Wenn man nicht mehr gut sieht, muß man lernen, Menschen an ihrer Stimme zu erkennen«, sagte August Brogren streng. »Fräulein Westin hat eine weiche Stimme, Ihre ist hart und rauh. Es ist wie der Unterschied von weichem Brot und Knäckebrot. Wenn Sie verstehen, was ich meine.«

August Brogren tastete sich zum Treppengeländer und schlurfte die Treppe hinunter. Linda lauschte in ihrem Innern nach Annas Stimme und verstand, was er mit seiner Beschreibung gemeint hatte. Sie schloß die Tür und machte sich fertig, um nach Hause zu gehen. Plötzlich war ihr nach Weinen zumute. Anna ist tot, dachte sie. Anna gibt es nicht mehr. Aber sie schüttelte heftig den Kopf. Sie wollte sich das Leben so nicht vorstellen, ohne Anna. Sie legte den Wagenschlüssel auf den Küchentisch, schloß die Wohnung ab und ging durch die leere Stadt nach Hause. Dort legte sie sich aufs Bett und rollte sich in eine Wolldecke ein.

Sie erwachte mit einem Ruck. Die Zeiger des Weckers funkelten im Dunkeln. Es war Viertel vor drei. Sie hatte nur gut eine Stunde geschlafen. Wovon war sie wach geworden? Sie stand auf und ging ins andere Schlafzimmer. Das Bett war leer. Dann setzte sie sich ins Wohnzimmer. Warum war sie wach geworden? Sie hatte etwas geträumt, eine drohende Gefahr, etwas, was sich im Dunkeln näherte, von oben, ein unsichtbarer Vogel auf lautlosen Flügeln, der auf ihren Kopf herunterschoß. Ein Schnabel, scharf wie eine Rasierklinge. Der Vogel hatte sie geweckt.

Obwohl sie nur so kurz geschlafen hatte, fühlte sie sich klar im Kopf. Sie fragte sich, was draußen im Wald passierte, sah die Scheinwerfer vor sich, Menschen, die sich in der Schlucht hin und her bewegten, Insekten, die um die Lichtflecken schwärmten und ihre Flügel verbrannten. Sie hatte das Gefühl, aufgewacht zu sein, weil sie keine Zeit hatte zu schlafen. Hatte Anna nach ihr gerufen? Sie horchte. Die Stimme war fort. Vielleicht war sie in dem Traum mit dem Vogel gewesen? Vielleicht war der Vogel durch die Luft gesunken, lautlos, mit immer größerer Geschwindigkeit auf einen Kopf zu, der nicht ihrer war, sondern Annas? Sie schaute zur Uhr. Drei vor drei. Anna hat gerufen, dachte sie wieder. Und entschied sich im selben Augenblick. Sie zog ihre Schuhe an, nahm ihre Jacke und verließ das Haus.

Die Wagenschlüssel lagen auf dem Tisch, wo sie sie hingelegt hatte. Um in Zukunft nicht jedesmal die Tür mit dem Dietrich öffnen zu müssen, nahm sie ein Reserveschlüsselpaar aus einer Schublade im Flur mit. Sie nahm den Wagen und verließ die Stadt. Es war inzwischen zwanzig nach drei. Sie fuhr in nördlicher Richtung und parkte auf einem Feldweg, der in einer Senke verlief und von Henriettas Haus aus nicht zu sehen war. Sie stieg aus, horchte und drückte vorsichtig die Wagentür zu. Die Nacht war kalt. Sie zog die Jacke enger um sich und ärgerte sich, weil sie nicht daran gedacht hatte, eine Taschenlampe mitzunehmen. Sie ging ein paar Schritte vom

Auto weg und blickte um sich. Alles war dunkel, in einiger Entfernung war der Himmel heller vom Widerschein der Lichter von Ystad. Es war bewölkt, der Wind weiter böig.

Sie ging den Feldweg entlang, vorsichtig, um nicht zu stolpern. Was sie tun wollte, wußte sie nicht. Aber Anna hatte gerufen. Man ließ eine Freundin, die nach einem rief, nicht im Stich. Sie blieb stehen und horchte. Irgendwo schrie ein Nachtvogel. Sie ging weiter, bis sie zu einem Pfad kam, der zur Rückseite von Henriettas Haus führte. Sie sah drei erleuchtete Fenster. Das Wohnzimmer, dachte sie. Henrietta kann wach sein. Aber vielleicht schläft sie auch und hat das Licht angelassen.

Linda verzog das Gesicht beim Gedanken an ihre eigene Angst im Dunkeln. In den Jahren bevor ihre Eltern sich scheiden ließen und sich nachts häufig stritten, hatte sie nicht in dunklen Räumen schlafen können. Eine brennende Lampe war wie eine Beschwörung. Sie brauchte viele Jahre, um ihre Angst im Dunkeln zu überwinden. Manchmal, wenn sie sich Sorgen machte, konnte die alte Angst jedoch zurückkommen.

Sie ging auf das Licht zu, machte einen Bogen um eine verrostete Egge und näherte sich dem Garten. Sie blieb wieder stehen und lauschte. War Henrietta wach und komponierte? Sie ging bis zum Zaun und kletterte hinüber. Der Hund, fiel ihr ein. Henriettas Hund. Was mache ich, wenn er anschlägt? Warum bin ich überhaupt hier draußen in der Dunkelheit? In ein paar Stunden kommen Vater und vielleicht Ann-Britt Höglund und ich sowieso her. Was glaube ich, auf eigene Faust entdecken zu können? Aber darum ging es gar nicht. Es war das andere, daß sie aus einem Alptraum erwacht war, der ihr eigentlich die Botschaft übermittelt hatte, daß Anna nach ihr gerufen hatte.

Vorsichtig ging sie bis zur Hauswand und zu den erleuchteten Fenstern. Sie erstarrte. Hörte Stimmen. Zuerst konnte sie nicht entscheiden, woher sie kamen. Dann sah sie, daß eins der Fenster nur angelehnt war. Annas Stimme war weich, hatte der Mann im Treppenhaus gesagt. Aber es war nicht Annas Stimme, sondern Henriettas. Henrietta und ein Mann. Linda lauschte, versuchte, die unsichtbaren Antennen ihrer Ohren auszufahren. Sie trat noch näher heran und konnte durchs Fenster nach drinnen sehen. Henrietta saß mit halb abgewandtem Gesicht auf einem Stuhl. Auf dem Sofa, mit dem Rücken zum Fenster, saß ein Mann. Linda ging näher heran. Was der Mann sagte, konnte sie nicht verstehen. Henrietta sprach von einer Komposition, etwas von zwölf Geigen und einem einsamen Cello, ein letztes Abendmahl, die apostolische Musik. Linda begriff nicht, was Henrietta meinte. Sie versuchte, ganz leise zu sein. Irgendwo da drinnen war der Hund. Sie versuchte zu verstehen, mit wem Henrietta sprach. Warum mitten in der Nacht?

Plötzlich, langsam, wandte Henrietta den Blick zu dem Fenster, vor dem Linda stand und hineinschaute. Sie schrak zusammen. Henrietta sah ihr direkt in die Augen. Sie kann mich nicht gesehen haben, dachte Linda. Das ist unmöglich. Aber etwas an dem Blick machte ihr angst. Sie drehte sich um und lief davon, trat aber dabei auf die Steineinfassung einer Wasserpumpe. Es schepperte im eisernen Fundament der Pumpe. Der Hund begann zu bellen.

Linda lief den gleichen Weg zurück, den sie gekommen war. Sie stolperte und fiel, schrammte sich das Gesicht auf und stolperte weiter. In dem Moment, in dem sie sich über den Zaun warf und den Pfad hinunterlief, der zu ihrem Wagen führte, hörte sie, wie weit hinter ihr auf der Rückseite des Hauses eine Tür geöffnet wurde. Aber irgendwo kam sie vom Pfad ab. Plötzlich wußte sie nicht mehr, wo sie war. Sie blieb stehen, rang keuchend nach Atem, horchte. Henrietta hatte den Hund nicht losgelassen. Dann hätte er sie schon gefunden. Sie horchte ins Dunkel hinaus. Es war niemand da. Aber sie hatte solche Angst, daß es sie am ganzen Körper schüttelte. Stück für Stück suchte sie den Weg zurück zu der Stelle, an der der Pfad zu dem Feldweg und ihrem Wagen hin abbog. Aber sie ging wieder falsch, weil sie sich im Dunkeln fürchtete und Schatten sich in Bäume und Bäume sich in Schatten verwandelten. Sie stolperte erneut und fiel.

Als sie wieder hochkam, fuhr ein heftiger Schmerz in ihr linkes Bein. Als ob ein Messer tief ins Fleisch schnitte. Sie schrie auf und versuchte, sich von dem Schmerz loszureißen. Doch sie konnte das Bein nicht bewegen. Es fühlte sich an, als habe ein Raubtier seine Zähne in ihr Bein geschlagen. Aber das Tier atmete nicht, machte keine Geräusche. Sie tastete mit der Hand am Bein hinab. Stieß an etwas Kaltes, Eisen, und eine Kette. Da verstand sie. Eine Falle war um ihr Bein zugeschnappt.

Ihre Hand wurde naß vom Blut. Sie rief um Hilfe. Aber niemand hörte sie, niemand kam.

19

Einmal hatte sie davon geträumt, daß sie sterben müßte, allein in einer kalten Winternacht.

Sie war im Mondschein auf einem einsam gelegenen Waldsee Schlittschuh gelaufen. Plötzlich stürzte sie und brach sich ein Bein. Sie rief, aber niemand hörte sie. Sie war dabei, dort auf dem Eis zu erfrieren, und gerade als ihr Herz aufhörte zu schlagen, fuhr sie mit einem Ruck aus dem Schlaf hoch.

An diesen Traum dachte sie, während sie versuchte, sich von der Falle zu befreien, die um ihren Unterschenkel zugeschnappt war. Zuerst wollte sie ihren Vater nicht anrufen und um Hilfe bitten. Aber die eiserne Kralle gab nicht nach. Sie zog ihr Handy aus der Tasche und rief ihn an. Sie erklärte, wo sie sich befand, und daß sie Hilfe brauchte.

»Was ist denn passiert?«

»Ich bin in eine Art Falle getreten.«

»Was meinst du damit?«

»Daß ich eine Art Eisenkralle ums Bein habe.«

»Ich komme.«

Linda wartete. Sie begann zu frieren, und es kam ihr wie eine Ewigkeit vor, bis sie die Wagenlichter sah. Sie hielten beim Haus. Linda rief. Die Tür wurde geöffnet. Der Hund bellte. Sie kamen durch die Dunkelheit. Eine Taschenlampe leuchtete. Es waren ihr Vater, Henrietta und der Hund. Es befand sich noch eine weitere Person in der Gruppe, aber sie blieb im Hintergrund, im Schatten.

»Du bist in eine alte Fuchsfalle getreten. Wer hat die ausgelegt?«

»Ich nicht«, sagte Henrietta. »Es muß der Grundbesitzer gewesen sein.«

»Mit dem werden wir ein Wörtchen zu reden haben.« Ihr Vater bog die Eisenklammer auseinander.

»Am besten bringen wir dich ins Krankenhaus«, sagte er.

Linda trat probeweise mit dem Fuß auf. Es tat weh, aber sie konnte ihn belasten. Der Mann, der sich bisher im Hintergrund gehalten hatte, trat vor.

»Ein neuer Kollege, den du noch nicht kennst«, sagte ihr Vater. »Stefan Lindman. Er hat vor ein paar Wochen bei uns angefangen.«

Linda sah ihn an. Sie mochte sein Gesicht, das vom Schein der Taschenlampe beleuchtet wurde, sofort.

»Was hast du hier gemacht?« fragte Henrietta.

»Das kann ich Ihnen erklären«, sagte Stefan Lindman.

Er sprach Dialekt. Woher kam er? Konnte es värmländisch sein? Als sie im Wagen saßen und Richtung Ystad fuhren, fragte sie ihren Vater.

»Er kommt aus Västergötland«, sagte er. »Da reden sie so. Komische Sprache. Schwer, sich Respekt zu verschaffen, wenn man so spricht. Die aus Östergötland, Västergötland und aus Gotland haben es am schwersten. Am leichtesten, sich Respekt zu verschaffen, haben es anscheinend Norrbottninger. Wieso auch immer.«

»Und wie will er erklären, was ich da draußen gemacht habe?«

»Irgendwas läßt er sich schon einfallen. Aber vielleicht kannst du mir erklären, was du da draußen zu tun hattest?«

»Ich habe von Anna geträumt.«

»Was hast du geträumt?«

»Sie rief nach mir. Ich wurde wach. Und fuhr zu Henriettas Haus. Ich wußte nicht, was ich dort sollte. Ich sah Henrietta im Haus. Und einen Mann. Dann sah sie mich an, und ich bin weggelaufen, und dann bin ich in diese Falle getreten.«

»Jetzt weiß ich jedenfalls, daß du nicht mitten in der Nacht in privater Mission unterwegs bist«, sagte er.

»Begreifst du nicht, daß es ernst ist?« schrie sie. »Daß Anna wirklich verschwunden ist?«

»Ich nehme dich ernst. Ich nehme es ernst, daß sie verschwunden ist. Ich nehme mein Leben ernst, und ich nehme deins ernst. Der Schmetterling hat den Ausschlag gegeben.«

»Was tut ihr denn?«

»Alles, was getan werden muß. Wir drehen jeden Stein um, sind auf der Jagd nach Auskünften und Informationen. Ein abwartendes Treiben wird zu einem kleinen Treiben, das zum großen Treiben führt. Wir tun alles, was wir tun müssen. Und jetzt kein Wort mehr davon, bevor wir dein Bein im Krankenhaus vorgeführt haben.«

Es dauerte eine Stunde, das Bein zu versorgen und zu verbinden. Als sie losfahren wollten, kam Stefan Lindman. Linda sah jetzt, daß er kurzgeschnittene Haare und blaue Augen hatte.

»Ich habe ihr erzählt, daß du im Dunkeln ganz schlecht siehst«, sagte er heiter. »Das mußte reichen als Erklärung dafür, daß du dort in der Nacht umhergeirrt bist.«

»Ich habe einen Mann im Haus gesehen«, sagte Linda.

»Henrietta Westin erzählte, sie habe Besuch von einem Mann gehabt, der mit ihr über die Vertonung eines Versdramas verhandeln wollte. Es klang vollkommen glaubwürdig.«

Linda zog die Jacke an. Sie bereute, ihren Vater angeschrien zu haben. Es war ein Zeichen von Schwäche. Nie schreien, immer die Kontrolle behalten. Aber sie hatte sich dumm benommen, jetzt mußte sie die Aufmerksamkeit auf die Dummheiten anderer lenken. Dennoch war ihre Erleichterung am wichtigsten. Annas Verschwinden war jetzt wirklich, nicht mehr etwas, was sie sich einbildete. Ein blauer Schmetterling hatte den Ausschlag gegeben. Der Preis war ein bohrender Schmerz im Bein.

»Stefan fährt dich nach Hause. Ich muß fort.«

Linda ging in eine Toilette und kämmte sich. Stefan Lindman wartete im Flur. Er trug eine schwarze Lederjacke und war auf der einen Backe schlecht rasiert. Das gefiel ihr nicht, schlechtrasierte Männer waren mit das Schlimmste, was sie sich vorstellen konnte. Sie zog es vor, auf seiner gutrasierten Seite zu gehen.

»Wie fühlst du dich?«

»Was glaubst du?«

»Du hast Schmerzen, nehme ich an. Ich weiß, wie das ist.«

»Was?«

»Schmerzen.«

»Bist du schon mal in eine Bärenfalle getreten?«

»Es war eine Fuchsfalle. Aber ich bin noch nie in eine getreten.«

»Dann weißt du auch nicht, wie es sich anfühlt.«

Er hielt ihr die Tür auf. Sie war immer noch irritiert. Die unrasierte Seite hatte sie gestört. Ihr Gespräch endete. Stefan Lindman war offenbar ein Mensch, der keine unnötigen Worte machte. Es war wie an der Polizeihochschule, dachte Linda. Es gab einen redenden Volksstamm und einen stummen Volksstamm, es gab solche, die über alles lachten, und es gab andere, die alles in ihrem großen Schweigen versinken ließen. Die meisten waren Mitglieder der größten Familie, des redenden und lärmenden Volksstamms, der die Kunst, die Klappe zu halten, nicht beherrschte.

Sie kamen an der Rückseite des Krankenhauses heraus. Er zeigte auf einen rostigen Ford. Als er die Wagentür aufschloß, trat der Fahrer eines Krankenwagens auf ihn zu und fragte, was ihm einfiele, mit seinem Wagen den Eingang der Unfallambulanz zu blockieren.

»Ich hole eine verletzte Polizistin ab«, sagte Stefan und zeigte auf Linda.

Der Krankenwagenfahrer nickte und ging. Linda fühlte, wie die unsichtbare Uniform ihr wieder paßte. Sie manövrierte sich auf den Beifahrersitz.

»Mariagatan«, hat dein Vater gesagt. »Wo liegt die?«

Linda erklärte es. Im Wagen roch es kräftig nach Farbe.

»Ich bin dabei, draußen in Knickarp ein Haus zu renovieren«, sagte Stefan Lindman.

Sie bogen in die Mariagata ein. Linda zeigte auf die Tür. Er stieg aus und öffnete ihr.

»Bis bald«, sagte er. »Ich habe Krebs gehabt. Ich weiß, was es heißt, Schmerzen zu haben. Ob man nun einen Tumor hat oder eine Eisenkralle ums Bein.«

Linda sah ihm nach, als er wegfuhr. Ihr kam in den Sinn, daß sie nicht einmal nach seinem Nachnamen gefragt hatte.

Als sie in die Wohnung kam, spürte sie die Müdigkeit. Als sie sich aufs Sofa im Wohnzimmer legen wollte, klingelte das Telefon. Es war ihr Vater. »Ich habe gehört, daß du jetzt zu Hause bist.«

»Wie heißt der Mann, der mich nach Hause gefahren hat?«

»Stefan.«

»Hat er keinen Nachnamen?«

»Lindman. Er kommt aus Borås, glaube ich. Oder war es Skövde? Ruh dich jetzt aus.«

»Ich will wissen, was Henrietta gesagt hat. Ich nehme an, du hast mit ihr gesprochen.«

»Ich habe jetzt keine Zeit.«

»So viel Zeit mußt du haben. Nur das Wichtigste.«

»Warte einen Moment.«

Seine Stimme verschwand. Linda ahnte, daß er im Präsidium war, aber auf dem Weg nach draußen. Türen schlugen, Telefonklingeln mischte sich mit dem Geräusch startender Autos.

Er kam wieder, seine Stimme war gepreßt. »Bist du noch da?«

»Ja, ich bin noch da.«

»Ganz kurz. Manchmal wünschte ich, es gäbe eine Art Stenographie für Stimmen. Henrietta sagte, sie wüßte nicht, wo Anna sei. Sie hatte nichts von ihr gehört, nichts deutete darauf hin, daß sie deprimiert war. Anna hatte nichts von ihrem Vater gesagt, aber Henrietta besteht darauf, es sei immer wieder vorgekommen, daß ihre Tochter meinte, ihn auf der Straße gesehen zu haben. Da steht Aussage gegen Aussage.

Sie konnte uns keine Hinweise geben. Sie wußte auch nichts von Birgitta Medberg. Es hat also nicht viel gebracht.«

»Hast du gemerkt, daß sie log?«

»Wie kommst du darauf?«

»Du sagst doch immer, daß du Menschen nur anzuhauchen brauchst, um zu merken, ob sie die Wahrheit sagen oder lügen.«

»Ich glaube nicht, daß sie die Unwahrheit gesagt hat.«

»Sie lügt.«

»Ich kann jetzt nicht weiterreden. Aber Stefan, der dich nach Hause gefahren hat, konzentriert sich darauf, eine Verbindung zwischen Birgitta Medberg und Anna zu finden. Wir haben auch eine Suchmeldung nach ihr herausgegeben. Mehr können wir nicht tun.«

»Und wie geht es draußen im Wald?«

»Langsam. Da finden wir jetzt nichts mehr.«

Das Gespäch war zu Ende. Linda, die nicht allein sein wollte, rief Zebra an. Sie hatte Glück. Zebras Sohn war bei ihrer Kusine Titchka, und Zebra selbst saß zu Hause und langweilte sich. Sie versprach, sofort zu kommen.

»Bring von unterwegs was zu essen mit«, sagte Linda. »Ich habe Hunger. Aus dem Chinarestaurant am Torg. Es ist ein Umweg für dich, aber ich verspreche dir, daß ich es auch für dich tue, wenn du einmal in eine Tierfalle getreten bist.«

Nachdem sie gegessen hatten, erzählte Linda, was passiert war. Zebra hatte im Radio von dem makabren Leichenfund gehört. Aber es fiel ihr trotzdem schwer, Lindas Befürchtung, Anna könne etwas zugestoßen sein, zu teilen.

»Wenn ich ein mieser Typ wäre und eine Frau überfallen wollte, würde ich mich vor Anna in acht nehmen. Weißt du nicht, daß sie einen Kurs in einer Kampfsportart gemacht hat? Ich weiß nicht, wie es heißt. Aber ich glaube, daß alles erlaubt ist. Außer vielleicht, Menschen zu töten. Keiner wagt sich ungestraft an Anna heran.«

Linda bereute es, Zebra gegenüber von Anna angefangen

zu haben. Zebra blieb noch eine Stunde, bevor es Zeit wurde, daß sie ihren Sohn abholte.

Linda war wieder allein. Der Schmerz im Bein ließ allmählich nach. Sie humpelte ins Schlafzimmer. Das Fenster war angelehnt, die Gardine bewegte sich langsam. Sie versuchte, alles, was geschehen war, zu überdenken, besonders um zu verstehen, warum sie sich mitten in der Nacht hinaus zu Henriettas Haus begeben hatte. Aber sie konnte ihre Gedanken nicht sammeln, die Müdigkeit machte sie schwerfällig.

Sie schreckte aus dem Schlaf hoch, als es an der Tür klingelte. Zuerst wollte sie es ignorieren, doch dann änderte sie ihre Meinung und humpelte in den Flur.

Es war Stefan Lindman, der neue Kollege ihres Vaters. »Es tut mir leid, wenn ich dich geweckt habe.«

»Ich habe nicht geschlafen.«

Dann erblickte sie sich im Flurspiegel. Ihre Haare standen wirr nach allen Seiten ab.

»Doch«, sagte sie, »ich habe geschlafen. Warum sollte ich etwas anderes behaupten? Mir tut das Bein weh.«

»Ich brauche deine Schlüssel für Anna Westins Wohnung«, sagte er. »Du hast deinem Vater gesagt, du hättest einen Reserveschlüssel.«

»Dann komme ich mit.«

Er schien erstaunt zu sein über ihre Reaktion. »Ich dachte, dir tut das Bein weh?«

»Das tut es auch. Was willst du denn in der Wohnung?«

»Ich versuche, mir ein Bild zu machen.«

»Wenn es ein Bild von Anna sein soll, bin ich es, mit der du sprechen solltest.«

»Ich gehe lieber erst allein ein wenig herum. Danach können wir uns unterhalten.«

Linda zeigte auf die Schlüssel, die auf dem Tisch im Flur lagen. Den Schlüsselring zierte das Bild eines ägyptischen Pharaos.

»Woher kommst du?« fragte sie.

»Aus Kinna.«

»Mein Vater meinte, Skövde oder Borås.«

»Ich habe in Borås gearbeitet. Aber ich fand, es war Zeit für einen Wechsel.«

»Was hast du damit gemeint, als du von Krebs geredet hast?«

»Ich hatte Krebs. An der Zunge, ausgerechnet. Die Prognose war ziemlich schlecht. Aber ich habe überlebt und bin jetzt geheilt.«

Zum erstenmal sah er ihr in die Augen. »Wie du siehst, habe ich meine Zunge noch. Sonst könnte ich nicht mit dir reden. Mit den Haaren ist es schlimmer.«

Er tippte sich mit einem Finger in den Nacken.

»Da ist es ausgefallen.«

Er lief die Treppe hinunter. Linda ging wieder ins Bett.

Krebs an der Zunge. Es schauderte sie bei dem Gedanken. Ihre Angst vor dem Tod kam und ging. Gerade im Moment war ihr Lebensgefühl sehr stark. Doch sie hatte nie vergessen, was sie auf dem Brückengeländer gedacht hatte, als sie dicht davor war, in den Tod zu springen. Das Leben kam nicht von allein. Es gab schwarze Löcher, in die man fallen konnte. Und auf deren Grund waren spitze Stäbe, und man wurde durchbohrt wie in einer von einem Ungeheuer konstruierten Falle.

Sie rollte sich auf die Seite und versuchte zu schlafen. Im Moment ertrug sie keine schwarzen Löcher. Dann fuhr sie aus dem Halbschlaf hoch. Es war etwas mit Stefan Lindman. Sie setzte sich im Bett auf. Jetzt wußte sie, welcher Gedanke sie verfolgt hatte. Sie ging zum Telefon und wählte eine Nummer. Besetzt. Beim dritten Versuch meldete sich ihr Vater.

»Ich bin es.«

»Wie geht es dir?«

»Besser. Ich wollte dich etwas fragen. Dieser Mann, der heute nacht bei Henrietta war. Hat sie etwas darüber gesagt, wie er aussah?«

»Warum hätte ich danach fragen sollen? Sie sagte nur seinen Namen. Ich habe seine Adresse notiert. Wieso?«

»Tu mir einen Gefallen. Ruf sie an und frag sie nach seiner Haarfarbe.«

»Und warum?«

»Weil es das einzige ist, was ich gesehen habe.«

»Gut, mach ich. Aber eigentlich habe ich keine Zeit. Wir werden weggeregnet hier draußen.«

»Rufst du mich zurück?«

»Wenn ich sie erreiche.«

Nach neunzehn Minuten rief er zurück. »Peter Stigström, der möchte, daß Henrietta Westin seine Verse über die schwedischen Jahreszeiten vertont, hat schulterlanges dunkles Haar mit grauen Strähnen hier und da. Reicht das?«

»Das reicht voll und ganz.«

»Erklärst du es mir jetzt oder wenn ich nach Hause komme?«

»Das hängt davon ab, wann du kommst.«

»Ziemlich bald. Ich muß mir trockene Sachen anziehen.«

»Möchtest du etwas essen?«

»Wir haben hier draußen im Wald Essen bekommen. Es gibt da ein paar pfiffige Kosovoalbaner, die an Tatorten und bei Bränden Imbißzelte aufschlagen. Wie sie herausbekommen, wo wir sind, weiß ich nicht. Vermutlich jemand von der Polizei, der ihnen Tips gibt und ein paar Prozent vom Umsatz dafür einstreicht. Ich bin in einer Stunde da.«

Das Gespräch war vorüber. Linda blieb mit dem Telefon in der Hand sitzen. Der Mann, den sie durchs Fenster gesehen hatte, der ihr zugewandte Hinterkopf, war nicht von dunklem Haar mit grauen Strähnen bedeckt gewesen. Der Nacken, den sie gesehen hatte, war kurz geschnitten.

20

Kurt Wallander betrat die Wohnung. Er war klatschnaß, seine Stiefel waren lehmverschmiert, doch er kam mit großen Neuigkeiten. Nyberg hatte beim Tower der Flugüberwachung in Sturup angerufen und dort erfahren, daß es aufklaren und für die nächsten achtundvierzig Stunden niederschlagsfrei sein würde. Wallander zog sich um, lehnte Lindas Fürsorge ab und machte sich selbst in der Küche ein Omelett.

Sie wartete auf den richtigen Augenblick, um von den zwei Nacken zu sprechen, die nicht übereinstimmten. Sie verstand nicht, warum sie wartete. War es noch ein Rest der alten Angst vor der Launenhaftigkeit des Vaters? Sie wußte es nicht, sie wartete einfach. Und dann, als er den Teller von sich schob und sie sich auf den Stuhl ihm gegenüber fallen ließ, war er es, der das Wort ergriff. »Ich habe über diese Sache mit meinem Vater nachgedacht«, sagte er unerwartet.

»Welche Sache?«

»Wie er war. Und wie er nicht war. Ich glaube, du und ich, wir kannten ihn jeder auf unsere Weise. So mußte es ja auch sein. Ich suchte die ganze Zeit nach mir selbst in ihm, vor allem in Sorge darum, was ich finden würde. Ich glaube auch, daß ich ihm immer ähnlicher geworden bin, je älter ich werde. Wenn ich so lange lebe wie er, setze ich mich vielleicht eines Tages auch in einen undichten Schuppen und fange an, Bilder mit Auerhähnen und Sonnenuntergängen zu malen.«

»Das tust du nie.«

»Da solltest du nicht zu sicher sein. Aber da draußen in der blutbespritzten Hütte habe ich angefangen nachzudenken. Ich dachte an Vater und etwas, was er immer wieder erzählt hat, von einer Kränkung, die ihm in jungen Jahren widerfahren war. Ich versuchte ihm zu sagen, daß es sinnlos sei, herumzulaufen und eine Kränkung wiederzukäuen, die ein Menschenalter zurücklag, ein kleiner unbedeutender Vorfall vor über fünfzig Jahren. Aber er weigerte sich, mir zuzuhören. Weißt du, wovon ich spreche?«

»Nein.«

»Ein umgekipptes Glas, das zu einer lebenslangen Anklage wegen der Ungerechtigkeit des Lebens wurde. Hat er dir nie davon erzählt?«

»Nein.«

Er holte ein Glas Wasser und trank es, als wollte er sich Kraft holen zum Erzählen.

»Vater war ja einmal jung, auch wenn es einem schwerfiel, das zu glauben. Jung und ledig und ein Wilder, der die Welt sehen wollte. Er wurde auf Vikbolandet in der Nähe von Norrköping geboren. Sein Vater schlug ihn ständig, er war Stallknecht bei einem Grafen Sigenstam, und vermutlich war er ein religiöser Grübler, denn er versuchte meinem Vater die Sünde aus dem Leib zu prügeln, mit einem Lederriemen, den er aus einem alten Pferdezaumzeug herausgeschnitten hatte. Meine Großmutter, die ich nie kennengelernt habe, war eine verschüchterte Frau, die nie etwas anderes tat, als die Hände vors Gesicht zu schlagen. Du hast die Fotografie von Großvater und Großmutter gesehen, die drinnen im Regal steht. Sieh dir meine Großmutter an. Sie macht den Eindruck, als versuche sie, aus dem Bild zu verschwinden. Es ist nicht das Foto, das verblaßt. Es ist sie, die versucht, sich selbst verblassen zu lassen. Mit vierzehn lief Vater von zu Hause weg und ging zur See, arbeitete zuerst auf Roslagsbooten und später auf größeren Schiffen. Und auf einer dieser Fahrten, im Alter von zwanzig Jahren, ging er einmal an Land, als sie in Bristol lagen.

Zu jener Zeit soff er, das versäumte er nie zu erwähnen. Mein Vater war einer, der *soff*, es war irgendwie schicker, als nur dazusitzen und Bier zu trinken. Die, die soffen, hatten einen anderen Rausch. Sie torkelten nicht auf den Straßen umher und gerieten in Schlägereien. Es war eine Art Seemannsaristokratie, die mit Sinn und Verstand und mit Maß soff. Es gelang ihm nie, mir das zu erklären. Wenn er und ich zusammensaßen und becherten, fand ich, daß er genauso betrunken wurde wie alle anderen auch. Rot im Gesicht, lallend, ein bißchen böse oder sentimental, meistens aber alles zusammen in einer wilden Mischung. Ich muß zugeben, daß mir das fehlt, all die Male, die wir in seiner Küche saßen und uns einen antranken und er anfing, alte italienische Schlager zu grölen, die er über alles liebte. Wenn man den Alten *Volare* hat grölen hören, dann hat man etwas gehört, was man nie vergißt, das kann ich dir sagen. Wenn es einen Himmel gibt, sitzt er auf einer Wolke und schmeißt Apfelgriepsche auf den Petersdom und brüllt *Volare*.

Mein Vater saß also in einem Pub im Hafen von Bristol, und jemand am Tresen stieß an sein Glas, so daß es umkippte. Und dieser Jemand bat nicht um Entschuldigung. Er schaute nur auf das umgefallene Glas und bot Vater an, ein neues zu bestellen. Darüber kam mein Vater nie hinweg. In Augenblicken, in denen man es am wenigsten erwartete, konnte er anfangen, von diesem Glas und der ausgebliebenen Entschuldigung zu schwafeln. Einmal, als er und ich auf dem Finanzamt waren, um irgendwelchen Papierkram zu erledigen, fing er plötzlich an, dem Beamten von dem Glas zu erzählen, und der fragte sich natürlich, ob mein Alter verrückt geworden sei. Er konnte eine ganze Schlange in einem Lebensmittelgeschäft aufhalten, wenn es ihm in den Sinn kam, die junge Kassiererin müßte von der fünfzig Jahre zurückliegenden Kränkung erfahren. Es war, als verliefe bei diesem Glas eine Zäsur. Das Leben vor der ausgebliebenen Entschuldigung und das Leben danach. Wie zwei verschiedene Epochen. Als habe mein Vater den Glauben an das Gute im Menschen verloren, als ein Unbekannter sein Glas umwarf und sich nicht entschuldigte. Diese ausgebliebene Entschuldigung schien eine viel stärkere Kränkung zu sein als all die Prügel, bei denen sein Vater ihn mit dem Lederriemen blutig schlug. Ich wollte ihn ein paarmal dazu bringen, doch zu erklären, vielleicht weniger mir als sich selbst, wieso das umgeworfene Glas und die ausgebliebene Entschuldigung zum großen Dämon seines Lebens werden konnte.

Er erzählte manchmal, daß er nachts schweißgebadet aufwachte und dort an der Theke gestanden und keine Entschuldigung bekommen hatte. Das war der Dreh- und Angelpunkt in der Welt, die heilige Schraube, die alles zusammenhielt. In gewisser Weise glaube ich, daß dieser Vorfall ihn zu dem Menschen gemacht hat, der er dann geworden ist. Ein Mann, der in einem Schuppen saß und immer und immer wieder das gleiche Bild malte. Er wollte nicht mehr als nötig mit einer Welt zu tun haben, in der Menschen sich nicht entschuldigten, wenn sie ein Glas umgeworfen hatten.

Sogar auf unserer Italienreise fing er davon an. Wir hatten einen traumhaften Abend in einem Restaurant in der Nähe der Villa Borghese. Wunderbares Essen, guter Wein, der Alte leicht beschwipst und sentimental, schöne Frauen an den anderen Tischen, der Alte spreizte sich richtig ein bißchen vor ihnen, mußte sogar eine Zigarre rauchen, und mitten in dem Ganzen verdunkelte sich plötzlich seine Miene, und er fing an, davon zu erzählen, wie ihm damals in Bristol der Boden unter den Füßen weggezogen wurde. Ich versuchte, ihn von dem Thema abzubringen, aber er ließ nicht lokker. Ein umgeworfenes Glas und eine ausgebliebene Entschuldigung. Daran mußte ich heute abend denken, mir ist, als wäre ich der Träger von Vaters Geschichte geworden, als hätte er sie an mich weitergegeben, als Teil eines Erbes, das ich ganz und gar nicht haben möchte.«

Er verstummte und füllte sein Wasserglas nach. »So war mein Vater«, sagte er. »Aber für dich war er bestimmt ein anderer.«

»Alle sind für alle anders«, sagte Linda.

Er schob das Glas von sich und sah sie an. Seine Augen waren jetzt weniger müde. Die Geschichte von dem umgeworfenen Glas hatte ihm neue Energie gegeben. Eigentlich geht es darum, dachte Linda. Kränkungen können quälend sein. Aber sie können auch Kraft geben.

Sie erzählte von den Nacken, die nicht übereinstimmten. Er hörte aufmerksam zu. Als sie geendet hatte, fragte er nicht, ob sie auch sicher sei mit dem, was sie durch das Fenster gesehen habe. Er merkte von Anfang an, daß sie überzeugt war. Er streckte sich nach dem Telefon und wählte eine Nummer, zuerst die falsche, dann die richtige, und bekam Stefan Lindman an den Apparat. Linda hörte, wie er kurz wiedergab, was sie gesagt hatte. Und was die Konsequenz daraus war: daß sie einen weiteren Besuch bei Henrietta Westin machen mußten.

»Wir haben keine Zeit für Lügen«, sagte er zum Abschluß des Gesprächs, »weder für Lügen noch für Halbwahrheiten oder Ausweichmanöver wie Erinnerungslücken.«

Er legte auf und sah sie an. »Eigentlich ist es nicht richtig«, sagte er. »Nicht einmal notwendig. Aber ich möchte dich bitten, mich zu begleiten. Wenn du kannst.«

Linda wurde froh. »Ich kann.«

»Und dein Bein?«

»Es geht schon besser.«

Sie sah, daß er ihr nicht glaubte. »Weiß Henrietta, warum ich mitten in der Nacht da draußen war? Was Stefan ihr erzählt hat, kann sie ja kaum klüger gemacht haben.«

»Wir wollen nur wissen, wer eigentlich da war. Wir können sagen, daß wir einen Zeugen haben, aber wir erwähnen dich nicht.«

Sie gingen auf die Straße hinunter und warteten. Die Flugüberwachung hatte recht gehabt. Das Wetter war schon umgeschlagen. Der Regen war trockenen Winden aus südlichen Richtungen gewichen.

»Wann kommt der Schnee?« fragte Linda.

Er sah sie amüsiert an. »Bestimmt nicht morgen. Wieso fragst du?«

»Weil ich mich nicht erinnern kann. Ich habe den größten

Teil meines Lebens hier in Ystad verbracht. Aber ich kann mich fast gar nicht an Schnee erinnern.«

»Der kommt, wenn er kommt.«

Stefan Lindman bremste vor ihnen. Sie stiegen ein, Linda setzte sich nach hinten. Kurt Wallander hatte Probleme, sich den Sicherheitsgurt anzulegen, der sich verheddert hatte.

Sie fuhren nach Malmö. Zu ihrer Linken sah Linda das Meer schimmern. Ich will hier nicht sterben, dachte sie. Der Gedanke kam völlig überraschend, wie aus dem Nichts. Ich will nicht nur hier leben. Nicht wie Zebra werden, eine alleinstehende Mutter unter tausend anderen, deren Leben ein einziges Gehetze ist, damit das Geld reicht und die Babysitter pünktlich kommen. Und ich will auch nicht wie Vater werden, der nie das richtige Haus findet, und nie den richtigen Hund und nie die richtige Frau.

»Was hast du gesagt?« fragte Kurt Wallander.

»Hab ich was gesagt?«

»Du hast vor dich hin gemurmelt. Es klang, als ob du fluchtest.«

»Davon hab ich nichts gemerkt.«

»Ich habe eine wunderliche Tochter«, sagte er zu Stefan Lindman. »Sie flucht, ohne es zu merken.«

Sie bogen in den Seitenweg ein, der zu Henriettas Haus führte. Die Erinnerung an die Fuchsfalle ließ sofort die Schmerzen wiederkommen. Linda fragte, was mit dem Mann passieren würde, der die Fallen ausgebracht hatte.

»Er wurde ziemlich blaß, als er hörte, daß eine Polizeianwärterin hineingetreten war. Ich nehme an, er bekommt eine saftige Geldstrafe.«

»Ich habe einen guten Freund in Östersund«, sagte Stefan Lindman. »Kripo. Giuseppe Larsson.«

»Wo kommt er her?«

»Östersund. Aber er hatte anscheinend einen italienischen Schnulzensänger als Traumpapa.«

»Wie soll man sich das denn vorstellen?« fragte Linda und

beugte sich zwischen die beiden Vordersitze. Sie verspürte plötzlich Lust, Stefans Gesicht zu berühren.

»Seine Mutter träumte davon, daß nicht sein Vater sein Vater wäre, sondern jemand, der im Folkpark aufgetreten war. Und der war Italiener. Nicht nur Männer haben ihre Traumfrauen.«

»Man kann sich fragen, ob Mona ähnliche Gedanken hatte«, meinte Kurt Wallander. »Aber dann wäre es wohl ein schwarzer Papa geworden, weil sie für Hosh White schwärmte.«

»Nicht Hosh«, sagte Stefan Lindman. »Josh.«

Linda überlegte zerstreut, was es bedeutet hätte, einen schwarzen Vater zu haben.

»Giuseppe hat eine alte Bärenfalle an der Wand hängen«, fuhr Stefan Lindman fort. »Sie sieht aus wie ein robustes Folterwerkzeug aus dem Mittelalter. Er sagt, wenn ein Mensch darin hängenbliebe, gingen die Eisenkrallen glatt durchs Bein. Bären oder Füchse, die darin hängenblieben, bissen sich manchmal die eigenen Beine ab, um freizukommen.«

Sie hielten und stiegen aus. Der Wind war böig. Sie gingen zum Haus hinauf, dessen Fenster erleuchtet waren. Linda humpelte, wenn sie den linken Fuß aufsetzte. Als sie den Hof betraten, fragten alle drei fast gleichzeitig, warum der Hund nicht bellte. Stefan Lindman klopfte an die Haustür. Keiner antwortete, kein Hund reagierte. Kurt Wallander schaute durch ein Fenster, Stefan Lindman faßte an die Tür. Sie war nicht verschlossen.

»Wir können ja immer sagen, wir glaubten, jemand hätte ›Herein‹ gesagt«, meinte er vorsichtig.

Sie öffneten die Tür und gingen ins Haus. Linda blieb in dem engen Flur hinter den zwei breiten Rücken stehen. Sie versuchte, sich auf die Zehenspitzen zu stellen, doch da fuhr ihr sofort ein stechender Schmerz durchs Bein.

»Ist jemand da?« rief Kurt Wallander.

»Keiner da«, antwortete Stefan Lindman.

Sie gingen weiter. Das Haus sah genauso aus wie bei Lindas letztem Besuch. Notenblätter, Papiere, Zeitungen, Kaffeetassen. Die Freßnäpfe des Hundes. Nach dem ersten Eindruck von Schlampigkeit und Unordnung zeichnete sich jedoch ein Haus ab, in dem alles auf Henrietta Westins Bedürfnisse abgestimmt war.

»Unverschlossene Tür«, sagte Stefan Lindman. »Kein Hund. Also macht sie einen Abendspaziergang. Wir geben ihr eine Viertelstunde. Wenn wir die Tür offenstehen lassen, weiß sie gleich, daß jemand hier ist.«

»Vielleicht ruft sie die Polizei an«, sagte Linda. »Wenn sie glaubt, daß wir Einbrecher sind.«

»Einbrecher lassen die Tür nicht offenstehen«, antwortete ihr Vater entschlossen.

Er setzte sich in den bequemsten Sessel im Zimmer, faltete die Hände über der Brust und schloß die Augen. Stefan Lindman stellte einen Stiefel in den Türspalt. Linda schlug ein Fotoalbum auf, das Henrietta aufs Klavier gelegt hatte. Ihr Vater atmete schwer aus seinem Sessel. Stefan Lindman summte an der Tür vor sich hin. Linda blätterte. Die ersten Bilder waren aus den siebziger Jahren. Die Farben verblaßten bereits. Anna saß auf der Erde, umgeben von pickenden Hühnern und gähnenden Katzen. Linda dachte an das, was Anna ihr erzählt hatte. Die Erinnerungen an die Landkommune bei Markaryd, in der sie und ihre Eltern in ihren ersten Lebensjahren gewohnt hatten. Auf einem anderen Bild hielt Henrietta ihre Tochter im Arm. Sie trug Clogs, Schlotterhosen und ein Palästinensertuch um den Hals. Wer steht hinter der Kamera? fragte sich Linda. Vermutlich Erik Westin, der bald spurlos verschwinden wird.

Stefan Lindman hatte seinen Platz an der Tür verlassen und war neben sie getreten. Linda zeigte und erklärte ihm, was sie wußte. Die Landkommune, die grüne Welle, der Sandalenmacher, der verschwand.

»Es hört sich an wie ein Märchen«, sagte er. »Aus Tausendundeiner Nacht. ›Der Sandalenmacher, der verschwand‹.«

Sie blätterten weiter.

»Ist er auf einem Bild?«

»Die einzigen Fotos von ihm, die ich gesehen habe, waren bei Anna zu Hause. Jetzt sind sie weg.«

Stefan Lindman furchte die Stirn. »Sie nimmt Fotos mit, läßt aber ihr Tagebuch zurück? Stimmt das?«

»Das stimmt. Aber etwas daran stimmt eben nicht.«

Sie blätterten weiter. Anstelle der Kommune mit Hühnern und gähnenden Katzen jetzt eine Wohnung in Ystad. Grauer Beton, ein steriler Spielplatz. Anna jetzt ein paar Jahre älter.

»Als dieses Bild aufgenommen wurde, war er schon ein paar Jahre verschwunden«, sagte Linda. »Die Person, die das Bild gemacht hat, ist dichter an Anna herangegangen. Auf den früheren Bildern war der Abstand größer.«

»Der Vater hat die ersten Bilder gemacht. Jetzt fotografiert Henrietta. Ist es das, was du meinst?«

»Ja.«

Sie gingen das Album weiter durch. Nirgendwo war ein Bild von Annas Vater. Eines der letzten Bilder zeigte Anna am Tag ihres Abiturs. Am Bildrand war Zebra zu erkennen. Linda war auch dabeigewesen. Aber auf dem Bild war sie nicht zu sehen.

Sie wollte gerade umblättern, als das Licht flackerte und dann erlosch. Das Haus war schwarz. Ihr Vater fuhr mit einem Ruck hoch.

Alles war dunkel. Von draußen hörte man einen Hund bellen. Linda dachte, daß dort draußen im Dunkeln auch Menschen waren. Die nicht hervortraten und sich zeigten, die nicht das Licht suchten, sondern sich immer tiefer in die Welt der Schatten zurückzogen.

21

Im tiefsten Dunkel fühlte er sich am sichersten. Er hatte nie verstanden, warum die Pastoren immer vom Licht redeten, das ständig die große Gnade umgab, die Ewigkeit, das Bild Gottes. Warum konnte ein Wunder nicht im Dunkeln geschehen? War es für den Teufel und seine Dämonen nicht schwerer, einen in der Welt der Schatten zu finden als auf einem erleuchteten Feld, wo weiße Gestalten sich langsam bewegten wie Schaum auf einer Meereswelle? Ihm hatte Gott sich stets als ein großes und sicheres Dunkel offenbart. So war es auch jetzt, als er im Dunkeln vor dem Haus mit den erleuchteten Fenstern stehenblieb. Er sah drinnen Gestalten, die sich bewegten. Als dann alles Licht erlosch und die letzte dunkle Tür sich schloß, war es, als habe Gott ihm ein Zeichen gegeben. Im Dunkeln hatte er ein Königreich. Und das war größer als jenes Reich des Lichts in den Predigten. Ich bin sein Diener im Dunkeln, dachte er. Aus diesem Dunkel kommt kein Licht, sondern die heiligen Schatten, die ich aussende, um die Leere der Menschen zu füllen. Was sie nicht sehen, vermissen sie nicht. Ich werde ihnen die Augen öffnen und sie lehren, daß die Wahrheit sich in Bildern in der Welt des Dunkeln verbirgt. Er dachte an das, was im zweiten Brief des Johannes steht: »Es sind ja viele Verführer in die Welt ausgezogen, die nicht bekennen, Christus sei ein wirklicher, irdischer Mensch mit Leib und Blut gewesen, und hinter ihnen steht der eine große Verführer, der Feind des Christus, der Antichrist.« Das war sein heiligster Schlüssel zum Verständnis.

Nach der Begegnung mit Jim Jones und nach den schrecklichen Ereignissen im Dschungel von Guyana wußte er, was ein Verführer war. Ein falscher Prophet mit ordentlich gekämmtem Haar, der mit ebenmäßigen weißen Zähnen lächelte und sich stets mit Licht umgab. Jim Jones hatte das Dunkel gefürchtet. Wie oft hatte er sich selbst verflucht, daß er nicht schon damals den falschen Propheten durchschaut hatte, der sie nicht führen, sondern verführen wollte, hinaus in einen Dschungel, in dem sie auch alle sterben sollten. Alle bis auf ihn, der davongekommen war. Das war der erste Auftrag, den Gott ihm gegeben hatte. Er sollte überleben, um der Welt von dem falschen Propheten zu berichten. Er sollte die Lehre vom Dunkel verbreiten, das, was die Einleitung des fünften Evangeliums werden sollte, das er zu schreiben hatte, um die Heilige Schrift zu vollenden. Auch darüber hatte er im zweiten Brief des Johannes etwas gelesen, den Abschiedsgruß: »Ich hätte euch vieles zu schreiben, möchte es euch aber nicht mit Papier und Tinte sagen. Ich hoffe vielmehr, euch besuchen zu können und mündlich mit euch zu reden, so daß wir uns ganz und ungeteilt miteinander freuen können.«

Im Dunkel war Gott ihm stets nah. Am hellichten Tag, bei Sonnenschein, konnte er ihn zuweilen aus dem Blick verlieren. Doch im Dunkel war er immer nah. Dann konnte er Gottes Atem im Gesicht spüren. Der Atem war jede Nacht anders. Er konnte ihm als ein Wind entgegenkommen oder als ein hechelnder Hund, aber meistens war es nur ein schwacher Duft eines unbekannten Gewürzes. Gott war ihm im Dunkel nah, und seine Erinnerungen waren auch immer klar und deutlich, wenn kein Licht seine Ruhe störte.

In dieser Nacht begann er an all die Jahre zu denken, die vergangen waren, seit er zum letztenmal hiergewesen war. Vierundzwanzig Jahre, ein großer Teil seines Lebens. Als er aufbrach, war er noch jung gewesen. Jetzt hatte das Alter schon begonnen, von seinem Körper Besitz zu ergreifen. Es fanden sich kleine Anzeichen für die verschiedenen Gebrechen des Alterns. Er pflegte seinen Körper, wählte sorgfältig aus, was er aß und trank, und er bewegte sich ständig. Aber das Altern ließ sich nicht aufhalten, darum kam niemand herum. Gott läßt uns altern, damit wir einsehen, daß wir ganz und gar in seiner Hand sind. Er hat uns dieses merkwürdige Leben gegeben. Aber er hat es zu einer Tragödie gemacht, damit wir begreifen, daß allein er uns die Gnade gewähren kann.

Er stand dort in der Dunkelheit und dachte zurück. Bis zu dem Zeitpunkt, an dem er Jim getroffen hatte und ihm in den Dschungel von Guyana gefolgt war, war alles so gewesen, wie er es sich erträumt hatte. Er vermißte die Menschen, die er verlassen hatte, doch Jim hatte ihn davon überzeugt, daß Gott seinen Auftrag, einer von Jims Gefolgsleuten zu werden, als ein wichtigeres Ziel angesehen hatte, als in der Nähe seiner Frau und seines Kindes zu sein. Er hatte auf Jim gehört, und manchmal waren Wochen vergangen, ohne daß er an die beiden dachte. Erst nach dem Zusammenbruch, als alle tot auf den Feldern lagen und verfaulten, waren sie wieder in sein Bewußtsein zurückgekehrt. Doch da war es zu spät, seine Verwirrung war so groß, die Leere so entsetzlich, nachdem Jim ihm Gott genommen hatte, daß er keine andere Bürde zu tragen vermochte als sich selbst.

Er erinnerte sich an die Flucht aus Caracas, wo er seine Dokumente und das Geld, das er beiseite gelegt hatte, abholte. Es war wie eine lange Flucht gewesen, von der er hoffte, sie würde sich in eine Pilgerfahrt verwandeln, eine Reise durch dunkle oder von der Sonne verbrannte Landschaften, in verschiedenen Bussen mit endlosen Stops weit draußen in der Wildnis, wenn Motoren oder Räder defekt gewesen waren. Nur vage erinnerte er sich noch an die Namen von Orten, durch die er gekommen war, von Grenzstationen oder Flugplätzen. Von Caracas war er mit dem Bus nach Kolumbien gefahren, in eine Stadt mit Namen Barranquilla. Er erinnerte sich an die lange Nacht auf der Grenzstation zwischen Venezuela und Kolumbien, die Stadt Puerto Pãez mit ihren bewaffneten Männern, die wie die Habichte über allen lauerten, die die Grenze überschritten. In jener Nacht, in der es ihm gelungen war, die mißtrauischen Grenzwachen davon zu überzeugen, daß er wirklich John Lifton war, wie es in seinen falschen Papieren stand, und daß er wirklich keinerlei Geld hatte, hatte er tief und schwer geschlafen, an eine alte Indianerin gelehnt, die einen Käfig mit zwei Hühnern auf dem Schoß hatte. Sie hatten keine Worte gewechselt, nur Blicke, und sie hatte sein Elend und seine Erschöpfung gesehen und ihm ihre Schulter und ihren runzligen Hals geliehen, um den Kopf anzulehnen. In der Nacht träumte er von denen, die er zurückgelassen hatte. Er erwachte schweißgebadet. Die alte Indianerin war wach. Sie sah ihn an, und er sank wieder zurück an ihre Schulter. Als er am nächsten Morgen wieder wach wurde, war sie fort. Er tastete mit den Fingern in seinen Strumpf. Das dicke Bündel mit Dollarscheinen war noch da. In ihm war eine Sehnsucht nach der alten Frau, die ihn hatte schlafen lassen. Er wollte zurück zu ihr, wollte für den Rest des Lebens, der ihm blieb, den Kopf an ihre Schulter und ihren Hals lehnen.

Von Barranquilla flog er nach Mexiko City. Er nahm das billigste Ticket, was bedeutete, daß er auf dem schmutzigen Flugplatz warten mußte, bis ein Platz frei war. Auf einer Toilette wusch er sich den schlimmsten Schmutz ab. Er kaufte ein neues Hemd und eine kleine Bibel. Es war verwirrend, so viele Menschen vorbeigehen zu sehen, all diese Eile, das Leben, das er sich bei Jim abgewöhnt hatte. Er kam an den Zeitungsständen vorbei und sah, daß das, was geschehen war, eine Weltneuigkeit war. Alle waren tot, las er. Man glaubte, daß niemand überlebt habe. Das bedeutete, daß auch er tot war. Er war noch da, aber er gehörte nicht länger zu den Lebenden, weil angenommen wurde, daß er zwischen den faulenden Körpern dort im Dschungel von Guyana lag.

Am Morgen des fünften Tages bekam er einen Platz in einer Maschine nach Mexiko City. Er hatte noch keinen Plan. Er besaß noch dreitausend Dollar, nachdem das Flugticket bezahlt war. Damit konnte er ziemlich lange auskommen, wenn er sparsam lebte. Aber wohin sollte er gehen? Wo konnte er den ersten Schritt tun, um zu Gott zurückzufinden?

Wohin sollte er gehen, damit Gott ihn fand? Wo würde er aus der unerträglichen Leere heraustreten können, die ihn umgab? Er wußte es nicht. Er blieb in Mexiko City, nahm ein Zimmer in einer Pension und widmete die Tage dem Besuch von Kirchen. Er vermied die großen Kathedralen, in denen fand er nicht den Gott, den er suchte, auch nicht in den neonglitzernden Tabernakeln, die von den machtbesessenen und gierigen Priestern verwaltet wurden, die Erlösung auf Raten verkauften und manchmal Ausverkauf abhielten und billige Restposten von Gottes Wort feilboten. Er suchte die kleinen Erweckungsgemeinden auf, bei denen die Liebe und die Leidenschaft lebendig waren und wo man Priester und Zuhörer kaum voneinander unterscheiden konnte. Dies war der Weg, den er gehen mußte, das hatte er erkannt.

Jim war der mystische und selbstherrliche Führer gewesen, der weit von allen anderen entfernt lebte. Er war der Betrüger, der sich in seiner Unsichtbarkeit glaubwürdig machte. Er hatte sich im Licht versteckt, dachte er. Jetzt will ich den Gott finden, der mich in das heilige Dunkel führen kann. Er wanderte zwischen den kleinen Erweckungshäusern hin und her, nahm teil an Gebet und Gesang, doch die Leere, die er mit sich herumtrug, schien sich unaufhaltsam zu einem Punkt hin auszuweiten, an dem er eines Tages zerbrechen würde. Jeden Morgen erwachte er mit dem stärker werdenden Gefühl, daß er aufbrechen mußte. In Mexiko City fand er keine Spur von Gott. Er hatte die rechte Spur, der er folgen konnte, noch nicht gefunden.

Eines Tages verließ er die Stadt und machte sich auf den Weg nach Norden. Um Geld zu sparen, nahm er verschiedene lokale Busse. Manche Strecken legte er auf Lastwagen zurück. Bei Laredo ging er über die Grenze nach Texas. Er wohnte im billigsten Motel, das er finden konnte, und saß dann fast eine ganze Woche in einer Bibliothek und schlug im Zeitungsarchiv alles nach, was über die große Katastrophe geschrieben worden war. Zu seinem Erstaunen gab es dort Aussagen früherer Anhänger der Volkstempelsekte, in denen das FBI oder die CIA oder die amerikanische Regierung beschuldigt wurden, hinter dem großen Selbstmord und der Hetze gegen Jim und seine Anhänger zu stecken. Ihm brach der Schweiß aus. Warum gab es Menschen, die den Betrüger decken wollten? Ertrugen sie es vielleicht nicht, daß man ihnen ihre Lebenslüge genommen hatte? In seinen langen schlaflosen Nächten dachte er, daß er alles, was geschehen war, niederschreiben sollte. Er war der einzige lebende Zeuge. Er müßte die Geschichte der Volkstempelsekte erzählen, davon erzählen, daß Jim ein Betrüger war, der sich am Ende, als er einsah, daß er seine Macht zu verlieren begann, die Maske der Liebe herunterriß und sein wahres Gesicht zeigte, den Totenschädel mit den leeren Augenhöhlen. Er kaufte ein Schreibheft und begann, Notizen zu machen. Gleichzeitig überkamen ihn Zweifel. Wenn er die wahre Geschichte schreiben wollte, mußte er sagen, wer er war. Nicht John Lifton, sondern ein Mann, der einst eine ganz andere Nationalität und einen anderen Namen gehabt hatte. Wollte er das? Er zögerte immer noch.

In jenen Wochen, nachdem er die Grenze nach Texas überschritten hatte, trug er sich ernsthaft mit dem Gedanken, Selbstmord zu begehen. Wenn die Leere in ihm nicht von einem Gott gefüllt werden konnte, blieb ihm nur, sie mit seinem eigenen Blut zu füllen. Die Seele war ein Behälter, nichts anderes. Er hatte schon eine Stelle ausgesucht, an der er sich von einem Eisenbahnwall auf die Schienen stürzen konnte. Er war fast entschlossen, als er einen letzten Besuch in der Bibliothek machte, um zu sehen, ob es etwas Neues über den Massenselbstmord in Guyana gab.

In einer der am meisten gelesenen Zeitungen in Texas, im *Houston Chronicle*, entdeckte er ein Interview mit einer Frau namens Sue-Mary Legrande, dem ein Foto von ihr beigefügt war. Sie war in den Vierzigern, hatte dunkles Haar und ein schmales, fast spitzes Gesicht. Sie erzählte von Jim Jones und behauptete, sein Geheimnis zu kennen. Er las das Interview und erkannte, daß sie eine entfernte geistige Verwandte von Jim war. Sie war ihm oft begegnet in den Jahren, als Jim behauptete, die Offenbarungen gehabt zu haben, die später zur Gründung der Volkstempelsekte führten.

Ich kenne Jims Geheimnisse, sagte Sue-Mary Legrande. Doch was bedeuteten sie? Darüber erzählte sie nichts. Er starrte auf das Foto. Sue-Marys Augen schienen auf ihn gerichtet zu sein. Sie war geschieden, hatte einen erwachsenen Sohn und besaß jetzt eine kleine Postversandfirma in Cleveland, die etwas vertrieb, was als »Manual der Selbstverwirklichung« bezeichnet wurde. Er hatte von seiner Schulzeit her eine vage Erinnerung, daß Cleveland eine Stadt in Ohio war, die gewissermaßen im Zusammenhang mit dem Bau der großen amerikanischen Eisenbahnlinien geschaffen worden war, nicht nur, weil die Stadt, wenn er sich denn richtig erinnerte, ein Eisenbahnknotenpunkt war, sondern auch, weil dort Stahlwerke lagen, in denen die Schienen hergestellt wurden, die sich über die amerikanischen Prärien erstreckten. Es gab also in Cleveland sowohl Bahnwälle als auch Schienen. Und da gab es auch die Frau, die behauptete, Jim Jones' Geheimnis zu kennen.

Er faltete die Zeitung zusammen und legte sie ins Fach zurück, nickte der freundlichen Bibliothekarin zu und trat auf die Straße. Es war ein ungewöhnlich milder Tag dafür, daß es Dezember war und kurz vor Weihnachten. Er stellte sich in den Schatten eines Baums. Wenn Sue-Mary Legrande in Cleveland mir etwas über Jims Geheimnis erzählen kann, werde ich verstehen, warum ich mich habe täuschen lassen. Dann wird mich diese Schwäche nie wieder befallen.

Er kam spät am Heiligen Abend mit dem Zug in Cleveland an. Da war er seit über dreißig Stunden unterwegs und suchte in einem heruntergekommenen Stadtteil in der Nähe des Bahnhofs ein billiges Hotel. In einem chinesischen Lebensmittelgeschäft, in dem auch Essen serviert wurde, aß er sich satt und kehrte anschließend ins Hotel zurück. In der Rezeption stand eine grüne Plastiktanne und blinkte. Aus dem

Fernseher klangen Weihnachtslieder, während gleichzeitig Reklamespots vorbeiflimmerten. Plötzlich spürte er einen gewaltigen Zorn. Jim war nicht nur ein Betrüger, der seine Seele geleert und ihm statt Gott ein großes Loch in seinem Innern gegeben hatte. Jim hatte ihn auch um andere Seiten seines Lebens betrogen. Jim hatte stets gesagt, der wahre Glaube bedeute Entsagung. Aber welcher Gott hatte jemals den Menschen aufgefordert, seinem Kind oder seiner Ehefrau zu entsagen. Er hatte einen Glauben gesucht, um zu denen, die er verlassen hatte, zurückkehren zu können. Aber Jim hatte ihn betrogen. Jetzt war er noch orientierungsloser als zuvor.

Er legte sich in seinem dunklen Hotelzimmer aufs Bett. Ich bin nichts anderes als ein Mensch in diesem Hotelzimmer, dachte er. Wenn ich jetzt stürbe oder einfach verschwände, würde mich niemand vermissen. In meinem Strumpf würde man Geld finden, um das Zimmer und die Beerdigung zu bezahlen. Wenn nicht jemand das Geld stähle, so daß ich in ein Armengrab geworfen würde. Man würde vielleicht herausfinden, daß es keinen Menschen namens John Lifton gibt. Zumindest keinen, der meine Gestalt hat. Aber vielleicht würde die Sache einfach zur Seite gelegt, wie ein Papier, von dem man nicht richtig weiß, warum man es aufhebt. Und mehr nicht. Ich bin nichts anderes als ein einsamer Mensch in diesem Hotel, von dem ich mir nicht einmal den Namen gemerkt habe.

Am Weihnachtstag schneite es in Cleveland. Er aß beim Chinesen heiße Nudeln, Gemüse und Reis und lag danach reglos auf dem Bett in seinem Zimmer. Am folgenden Tag, dem 26. Dezember, hatte es aufgehört zu schneien. Es lag nur eine dünne Schneedecke auf den Straßen und Bürgersteigen, es war drei Grad kalt und windstill. Das Wasser des Eriesees lag spiegelblank da. Er hatte mit Hilfe des Telefonbuchs und eines Stadtplans Sue-Mary Legrandes Adresse am südlichen Stadtrand von Cleveland ausfindig gemacht und dachte, es sei Gottes Absicht, daß er sie an ebendiesem Tag träfe. Er wusch sich sorgfältig, rasierte sich und zog frische Sachen an, die er in einem Second-Hand-Laden in Texas gekauft hatte, bevor er die Reise nach Ohio antrat. Was denkt ein Mensch, der seine Tür aufmacht und mein Gesicht sieht, fragte er sich vor seinem Spiegelbild. Ein Mensch, der noch nicht ganz aufgegeben hat, ein Mensch, der durch großes Leiden hindurchgegangen ist. Er schüttelte den Kopf über beides, seine Gedanken wie sein Spiegelbild. Ich erwecke keine Angst, dachte er. Möglicherweise kann ich Mitleid erwecken, etwas anderes kaum.

Er verließ das Hotel und nahm vom Bahnhof einen Bus, der am Eriesee entlangfuhr. Sue-Mary Legrande wohnte in 1024 Madison. Er brauchte eine knappe halbe Stunde bis dorthin. Sie lebte in einem Steinhaus, das verborgen hinter hohen Bäumen lag. Er zögerte, bevor er sich ein Herz faßte und zwischen die Bäume trat und an der Tür klingelte. Sue-Mary Legrande sah genauso aus wie auf dem Foto im *Houston Chronicle*. Sie war magerer, als er es sich vorgestellt hatte. Sie sah ihn abwartend an, bereit, die Tür zuzuschlagen.

»Ich habe überlebt«, sagte er. »Alle sind in Guyana nicht gestorben. Ich habe überlebt. Ich bin hergekommen, weil ich wissen möchte, was es mit Jim Jones' Geheimnis auf sich hat. Ich will wissen, warum er uns betrogen hat.«

Sie sah ihn lange an, bevor sie antwortete. Sie ließ kein Erstaunen erkennen, überhaupt kein Gefühl. »Ich wußte es«, sagte sie schließlich. »Ich wußte, daß jemand kommen würde.«

Sie öffnete die Tür ein wenig mehr und trat zur Seite. Er folgte ihr hinein und blieb fast zwanzig Jahre in ihrem Haus. Durch sie lernte er den Jim Jones kennen, den zu durchschauen ihm nie gelungen war. Sue-Mary konnte mit ihrer milden Stimme von dem berichten, was Jim Jones' Geheimnis war. Er war nicht Gottes Bote, er hatte Gottes Platz eingenommen. Sue-Mary meinte, Jim Jones habe im Innersten erkannt, daß sein frevelhafter Übermut eines Tages alles zerstören würde, doch habe er nicht vermocht, den einmal eingeschlagenen Kurs zu ändern.

»War Jim Jones wahnsinnig?« hatte er gefragt.

Aber Sue-Mary war entschieden anderer Meinung: Jim Jones war alles andere, nur kein Wahnsinniger. Er hatte es gut gemeint. Er wollte eine weltweite christliche Erwekkungsbewegung schaffen. Nur sein Hochmut hatte ihm im Weg gestanden und seine Liebe in Haß verwandelt. Aber wahnsinnig war Jim Jones nie gewesen. Deshalb mußte ihm auch jemand nachfolgen und seine Erweckungsbewegung weiterführen. Es mußte jemand sein, der die Kraft hatte, die Hybris zu vermeiden, der jedoch gleichzeitig nicht davor zurückschreckte, rücksichtslos zu sein, wenn es notwendig war. Die christliche Erweckung mußte mit Blut geschrieben werden.

Er blieb und half ihr, ihre Postversandfirma zu betreiben, die sie Gottes Schlüssel nannte. Sie stellte die seltsamen Manuale selbst zusammen, die Menschen bestellen konnten, wenn sie Hilfe bei der Selbstverwirklichung suchten. Ihm wurde rasch klar, daß sie Jim Jones verstand, weil sie selbst eine Betrügerin war. Er studierte die Manuale, die sie versandten, und es war alles ein Chaos von suggestiven Andeutungen über die Wege der Selbständigkeit, häufig mit Bibelzitaten gespickt, teils richtigen, teils falschen oder veränderten. Doch er blieb bei ihr, weil sie ihn aufgenommen hatte. Er brauchte Zeit, um seine Leere zu überwinden. Er brauchte Zeit, um das, was seine Lebensaufgabe werden sollte, zu planen. Er würde dort weitermachen, wo Jim Jones gescheitert war. Er würde die Hybris vermeiden, aber nie vergessen, daß die christliche Erweckung nach Opfern und Blut verlangte.

Mit der Zeit wurden die entsetzlichen Erinnerungen aus dem Dschungel von Guyana immer schwächer und unschärfer. Zwischen Sue-Mary und ihm war eine Liebe, von der er lange glaubte, sie sei die Gnade, die er gesucht hatte, um seine Leere zu füllen. Gott war in Sue-Mary. Er war angekommen. Der Gedanke, seinen Bericht über die Zeit mit Jim niederzuschreiben, verließ ihn nie ganz. Jemand mußte die Geschichte des Betrügers und Antichristen schreiben. Aber er schob es von sich.

Sue-Marys Postversandfirma ging gut. Sie hatten immer zu tun. Besonders nachdem sie etwas geschaffen hatte, was sie das ›Schmerzpunktpaket‹ nannte und für neunundvierzig Dollar zuzüglich Versandkosten verkaufte. Es wurde ein phantastischer Erfolg. Sie wurden allmählich reich, verließen das Haus in Madison und zogen aufs Land, in ein großes Haus in Middleburg Heights. Sue-Marys Sohn Richard kam nach seinem Studium von Minneapolis herüber und ließ sich in der Nachbarschaft nieder. Er war ein Einzelgänger, doch immer freundlich. Es hatte den Anschein, als sei er erfreut darüber, sich nicht selbst um seine einsame Mutter kümmern zu müssen.

Das Ende kam schnell und unerwartet. Eines Tages fuhr Sue-Mary nach Cleveland. Er nahm an, sie habe Erledigungen zu machen. Als sie zurückkam, setzte sie sich ihm gegenüber an seinen Schreibtisch und sagte, daß sie sterben würde. Sie sprach die Worte mit einer eigentümlichen Leichtigkeit aus, als sei es eine Befreiung für sie, es so zu sagen, wie es war.

»Ich habe Krebs und werde sterben«, sagte sie. »Mein Körper ist voller Metastasen. Es gibt keine Hoffnung auf Heilung. Es wird ungefähr drei Monate dauern.«

Sie starb am siebenundachtzigsten Tag nach ihrem Besuch beim Arzt. Es war ein Tag im Frühjahr 1999. Weil sie nicht verheiratet waren, erbte Richard ihr gesamtes Vermögen. Am Abend nach der Beerdigung fuhren sie hinaus an den Eriesee und machten einen langen Spaziergang. Richard wollte, daß er bliebe, daß sie die Postversandfirma und die Einkünfte daraus teilten. Aber er hatte sich schon entschieden. Die Leere in seinem Innern war in all den Jahren, die er mit Sue-Mary zusammengelebt hatte, nur überdeckt gewesen. Er hatte einen Auftrag auszuführen. Die Gedanken und der große Plan waren gereift. Es war, als erkenne er jetzt, daß Gott eine prophetische Vision in ihn versenkt hatte, die zu verwirklichen seine Pflicht war. Er würde das Schwert erheben gegen die große Leere, die ihn umgab, die Leere, die sich dadurch ausbreitete, daß Gott immer schwerer zu entdecken war. Doch das sagte er Richard nicht. Er wollte nur einen Teil des Geldes haben, so viel, wie Richard meinte, entbehren zu können, ohne die Existenz der Firma zu gefährden. Dann würde er aufbrechen. Er hatte einen Auftrag. Richard stellte keine Fragen.

Er verließ Cleveland am 19. Mai 2001 und flog über New York nach Kopenhagen. Spät am Abend des 21. Mai kam er in Helsingborg an. Er stand eine Weile ganz still, als er nach so vielen Jahren wieder schwedischen Boden betreten hatte. Es war, als wären die letzten Reste der Erinnerung an Jim Jones jetzt endlich verschwunden.

22

Kurt Wallander war gerade im Begriff, beim Elektrizitätswerk anzurufen, als der Strom zurückkam. Nur wenige Sekunden nachdem das Licht wieder angegangen war, zuckten sie zusammen. Durch die Tür kamen ein Hund und Henrietta Westin. Der Hund sprang mit lehmigen Pfoten an Wallander hoch und machte seinen Pullover schmutzig. Henrietta schrie den Hund an, der sich sofort in seinen Korb legte.

Dann warf sie wütend die Leine in die Ecke und sah Linda an. »Ich weiß nicht, was euch das Recht gibt, mein Haus zu betreten, wenn ich nicht da bin. Ich mag keine Menschen, die herumschnüffeln.«

»Wenn der Strom nicht ausgefallen wäre, wären wir wieder draußen«, sagte Kurt Wallander.

Linda merkte, daß er kurz davor war, aus der Haut zu fahren.

»Das ist keine Antwort auf meine Frage, warum Sie überhaupt hier hereinkommen, ohne daß ich die Tür aufgemacht habe«, fuhr Henrietta Westin fort.

Linda fühlte, daß die Gefahr eines Ausbruchs wuchs. »Wir möchten nur wissen, wo Anna ist«, sagte sie.

Henrietta schien gar nicht zu hören, was Linda sagte. Sie ging durchs Zimmer und sah sich prüfend um. »Ich hoffe, Sie haben nichts angefaßt«, sagte sie.

»Wir haben nichts angefaßt«, sagte Wallander. »Wir haben ein paar Dinge, die wir klären müssen. Dann gehen wir.«

Henrietta hielt abrupt inne und fixierte ihn. »Was muß geklärt werden? Klären Sie. Ich höre.«

»Können wir uns vielleicht setzen?«

»Nein.«

Jetzt explodiert er, dachte Linda und schloß die Augen.

Aber ihr Vater beherrschte sich, vielleicht weil er ihre Reaktion wahrgenommen hatte.

»Wir müssen Kontakt zu Anna aufnehmen. Sie ist nicht in ihrer Wohnung. Wissen Sie, wo sie ist?«

»Nein.«

»Gibt es jemanden, der weiß, wo sie ist?«

»Linda ist eine ihrer Freundinnen. Haben Sie sie gefragt? Aber sie hat vielleicht keine Zeit, weil sie mir nachspionieren muß.«

Kurt Wallander wurde wütend. Henrietta hat seine unsichtbare Grenze überschritten, dachte Linda. Er brüllte so, daß der Hund sich in seinem Korb aufsetzte. Über dieses Brüllen weiß ich alles, dachte Linda. Es durchzieht mein ganzes Leben. Gott weiß, ob nicht meine früheste Erinnerung die an seine Wut ist.

»Jetzt antworten Sie klar und deutlich auf meine Fragen. Und wenn das nicht geht, nehmen wir Sie mit nach Ystad. Wir müssen mit Anna in Kontakt kommen, weil sie uns möglicherweise über Birgitta Medberg Auskunft geben kann.«

Er machte eine Pause und fuhr dann fort: »Außerdem wollen wir uns dessen versichern, daß ihr nichts passiert ist.«

»Was sollte ihr passiert sein? Anna studiert in Lund. Das weiß Linda. Warum fragen Sie nicht jemand von ihren Mitbewohnern?«

»Das werden wir tun. Sie können sich nicht vorstellen, daß sie anderswo ist?«

»Nein.«

»Dann kommen wir zur Frage nach dem Mann, der Sie besucht hat.«

»Sie meinen Peter Stigström?«

»Können Sie uns seine Frisur beschreiben?«

»Das habe ich doch schon getan.«

»Wir können Herrn Stigström natürlich besuchen. Aber im Moment wäre mir lieber, wenn Sie antworteten.«

»Er hat langes Haar, bis auf die Schultern. Dunkelbraun. Die eine oder andere graue Strähne. Reicht das?«

»Können Sie seinen Nacken beschreiben?«

»Herrgott! Wenn man schulterlanges Haar hat, hat man es auch im Nacken.«

»Und da sind Sie sicher?«

»Natürlich.«

»Dann danke ich Ihnen.«

Er verließ den Raum und schlug die Haustür laut hinter sich zu. Stefan Lindman eilte ihm nach. Linda war verwirrt. Warum hatte ihr Vater Henrietta nicht mit der Tatsache konfrontiert, daß Linda durchs Fenster einen kurzgeschorenen Nacken gesehen hatte?

Als sie gehen wollte, stellte Henrietta sich ihr in den Weg. »Ich will nicht, daß jemand hier hereinkommt, wenn ich nicht da bin. Ich will nicht das Gefühl haben, abschließen zu müssen, wenn ich mit dem Hund rausgehe. Verstehst du?«

»Ich verstehe.«

Henrietta wandte ihr den Rücken zu. »Was macht dein Bein?«

»Es geht besser.«

»Irgendwann erzählst du mir vielleicht, was du da draußen im Dunkeln gemacht hast.«

Linda verließ das Haus. Jetzt war sie sicher, warum Henrietta sich keine Sorgen um ihre Tochter machte. Obwohl ein brutaler Mord begangen worden war. Es konnte nur bedeuten, daß Henrietta wußte, wo Anna war.

Stefan Lindman und ihr Vater warteten im Wagen.

»Was macht sie?« fragte Stefan Lindman. »All die Notenblätter. Schreibt sie Schlager?«

»Sie komponiert Musik, die niemand spielen will«, sagte Kurt Wallander.

Er wandte sich zu Linda um. »Stimmt das nicht?«

»Doch, vielleicht.«

Ein Handy klingelte. Alle griffen an ihre Taschen. Es war Kurt Wallanders. Er hörte zu und sah auf die Uhr. »Ich komme.«

Er steckte das Handy wieder ein. »Wir müssen nach Rannesholm fahren«, sagte er. »Es gibt anscheinend doch Informationen darüber, daß in den letzten Tagen im Wald Personen gesehen wurden. Wir bringen dich erst nach Hause.«

Linda fragte, warum er Henrietta wegen Peter Stigströms Haar nicht härter zugesetzt habe.

»Damit warte ich noch«, sagte er. »Manchmal braucht eine Frage Zeit, um zu reifen.«

Dann sprachen sie darüber, daß Henrietta Westin sich keine Sorge wegen ihrer Tochter machte.

»Es gibt keine andere Erklärung«, sagte Kurt Wallander. »Sie weiß, wo Anna ist. Warum sie lügt, können wir uns nur fragen. Früher oder später bekommen wir wohl eine Antwort. Wenn wir uns anstrengen. Aber das ist im Augenblick kaum unsere größte Sorge.«

Sie näherten sich Ystad schweigend. Linda hatte Lust zu fragen, was draußen in Rannesholm geschehen sei. Aber sie spürte, daß sie es besser bleiben ließ. Sie hielten in der Mariagata.

»Mach einen Moment den Motor aus«, sagte ihr Vater und wandte sich halb zu ihr um. »Ich wiederhole noch einmal, was ich vorhin schon gesagt habe. Ich bin davon überzeugt, daß Anna nichts passiert ist. Ihre Mutter weiß, wo sie ist und warum sie wegbleibt. Wir haben nicht genügend Personal, jetzt jemanden für sie abzustellen. Aber nichts hindert dich daran, nach Lund zu fahren und mit ihren Freunden zu reden. Solange du nicht als Polizistin auftrittst.«

Sie stieg aus und winkte ihnen nach, als sie fuhren. Kaum hatte sie die Haustür geöffnet, hielt sie inne. Da war etwas, was Anna gesagt hatte. Vielleicht bei ihrem letzten Treffen. Sie suchte nach dem Gedanken, ohne ihn zu finden.

Linda stand früh auf am nächsten Tag. Die Wohnung war leer. Ihr Vater war in der Nacht nicht zu Hause gewesen. Kurz nach acht machte sie sich auf den Weg. Die Sonne schien, es war warm und windstill. Weil sie es nicht eilig hatte, fuhr sie auf der Küstenstraße in Richtung Trelleborg und bog erst in Anderslöv in nördlicher Richtung nach Lund ab. Sie hörte die Nachrichten im Radio. Nichts über Birgitta Medberg. Sie suchte einen dänischen Sender mit Discomusik, stellte sie laut und trat aufs Gas. Kurz vor Staffanstorp wurde sie von einem Polizeiwagen an den Straßenrand gewinkt. Sie fluchte, stellte die Musik leiser und kurbelte das Seitenfenster herunter.

»Dreizehn Kilometer zu schnell«, sagte der Polizist entzückt, als überreichte er einen Blumenstrauß.

»Nie im Leben«, erwiderte Linda. »Höchstens zehn.«

»Wir haben Sie auf dem Radar. Wenn Sie Schwierigkeiten machen, mache ich auch Schwierigkeiten. Und ich gewinne.«

Er setzte sich auf den Beifahrersitz und kontrollierte ihren Führerschein. »Warum so eilig?«

»Ich bin Polizeianwärterin«, sagte sie und bereute es sofort.

Er sah sie an. »Ich habe nicht danach gefragt, was Sie machen«, sagte er. »Ich habe gefragt, warum Sie es so eilig haben. Aber Sie brauchen nicht zu antworten. Ein Bußgeld bekommen Sie auf jeden Fall.«

Er beendete seine Aufzeichnungen, stieg aus und winkte sie auf die Fahrbahn zurück. Sie kam sich idiotisch vor, vor allem aber ärgerte sie sich über ihr Pech.

In der Innenstadt von Lund suchte sie die Adresse, parkte den Wagen und kaufte sich ein Eis. Sie war noch immer verärgert wegen des Strafzettels. Sie setzte sich auf eine Bank und versuchte, die Gedanken daran abzuschütteln. Noch neun Tage, dachte sie. Vielleicht besser, daß es jetzt passiert ist, wenn es schon passieren mußte.

In ihrer Tasche klingelte das Handy. Es war ihr Vater. »Wo bist du?«

»In Lund.«

»Hast du sie gefunden?«

»Ich bin gerade erst angekommen. Ich bin unterwegs erwischt worden.«

»Erwischt? Wobei?«

»Zu schnell gefahren.«

Er kicherte genüßlich. »Und wie fühlt man sich?«

»Was glaubst du?«

»Ich glaube, daß du dir dumm vorkommst.«

Irritiert lenkte sie das Gespräch in eine andere Richtung. »Warum rufst du an?«

»Um zu sehen, ob ich dich wecken müßte.«

»Du brauchst mich nicht zu wecken, das weißt du doch. Du warst heute nacht nicht zu Hause, hab ich gesehen.«

»Ich habe eine Weile im Schloß draußen geschlafen. Wir haben da ein paar Zimmer geliehen.«

»Und wie geht es?«

»Darauf kann ich so schnell nicht antworten. Tschüß.«

Sie steckte das Handy wieder ein. Warum hatte er angerufen? Er kontrolliert mich, dachte sie und stand auf.

Es war ein Holzhaus mit einem Obergeschoß und lag in einem kleinen Garten. Das Gartentor war verrostet und hing nur noch notdürftig in den Angeln. Sie klingelte an der Tür. Niemand öffnete. Sie klingelte noch einmal und horchte. Sie konnte kein Klingelgeräusch hören. Sie klopfte laut und lange. Ein Schatten erschien hinter der Glasscheibe. Ein etwa zwanzigjähriger Junge öffnete. Sein Gesicht war voller Pikkel. Er trug Jeans, ein Unterhemd und einen großen braunen Bademantel mit Löchern.

Linda nahm seinen Schweißgeruch wahr. »Ich suche Anna Westin«, sagte sie.

»Sie ist nicht hier.«

»Aber sie wohnt hier im Haus?«

Er trat einen Schritt zur Seite und ließ sie herein. Sie fühlte seinen Blick im Nacken, als sie an ihm vorbeiging.

»Ihr Zimmer ist hinter der Küche«, sagte er.

Linda streckte widerwillig die Hand aus und stellte sich vor. Es schauderte sie, als er ihr eine schlappe und schweißfeuchte Hand hinhielt.

»Zacharias«, sagte er. »Ich weiß nicht, ob sie abgeschlossen hat.«

Die Küche war unaufgeräumt. In der Spüle stapelten sich schmutziges Geschirr, Besteck und Töpfe. Wie kann sie in einem solchen Dreck leben, dachte Linda. Sie drückte die Türklinke, die Tür war unverschlossen. Zacharias stand in der Küchentür und starrte sie an. Sie fühlte sich unwohl. Sein Blick war lüstern. Sie öffnete die Tür.

Zacharias tat einen Schritt in die Küche. Er setzte eine Brille auf, als wollte er sie mit dem Blick näher an sich ziehen. »Sie mag es nicht, wenn jemand in ihr Zimmer geht.«

»Ich bin eine ihrer engsten Freundinnen. Wenn sie nicht wollte, daß ich hineinginge, hätte sie die Tür abgeschlossen.«

»Und woher soll ich wissen, daß du ihre Freundin bist?«

Linda verspürte eine wachsende Lust, den übelriechenden jungen Mann aus der Küche zu schubsen. Doch sie beherrschte sich. Sie ging nicht ins Zimmer. »Wann hast du sie zuletzt gesehen?«

Er machte einen Schritt zurück. »Ist das hier eine Art Verhör?«

»Ganz und gar nicht. Ich habe nur versucht, sie anzurufen. Ich erreiche sie nicht.«

Er starrte sie weiter an. »Wir können uns ins Wohnzimmer setzen«, sagte er.

Sie folgte ihm. Das Wohnzimmer stand voll mit abgenutzten Möbeln, die nicht zusammenpaßten. An einer Wand hing ein zerrissenes Plakat mit dem Kopf Che Guevaras, an einer anderen eine Stickerei mit dem Spruch ›Trautes Heim, Glück allein‹. Zacharias setzte sich an einen Tisch, auf dem ein Schachspiel stand. Linda setzte sich auf die andere Seite des Tischs, so weit von ihm weg wie möglich.

»Was studierst du?« fragte sie.

»Ich studiere nicht. Ich spiele Schach.«

»Kann man davon leben?«

»Das weiß ich nicht. Ich weiß nur, daß ich nicht ohne leben kann.«

»Ich weiß nicht einmal, wie man die Figuren bewegt.«

»Wenn du willst, kann ich es dir zeigen.«

Nein, dachte Linda. Ich will so schnell wie möglich raus hier. »Wie viele seid ihr hier?«

»Das wechselt. Im Moment sind wir vier. Margareta Olsson studiert Betriebswirtschaft, ich spiele Schach, Peter Engbom will Physiker werden, hat sich aber im Augenblick in die Religionsgeschichte verbissen, und Anna.«

»Die Medizin studiert«, sagte Linda.

Die Bewegung war beinah unmerklich, aber sie nahm sie dennoch wahr. Er war verwundert. Gleichzeitig fiel ihr der Gedanke ein, der sie am Vortag beunruhigt hatte.

»Wann hast du sie zuletzt gesehen?«

»Ich habe ein schlechtes Gedächtnis. Es kann gestern gewesen sein oder vor einer Woche. Ich lese gerade eine Studie von Capablancas virtuosesten Endspielen. Manchmal glaube ich, es wäre möglich, eine Form zu finden, um Schachzüge mit Noten zu transkribieren. Dann wären Capablancas Partien wie Fugen oder große Messen.«

Noch ein Irrer, der sich mit unspielbarer Musik beschäftigt, dachte Linda. »Klingt interessant«, sagte sie und stand auf. »Ist jemand von den anderen da?«

»Nein. Ich bin allein.«

Sie kehrte in die Küche zurück. Er kam ihr nach. Sie blieb stehen und sah ihm fest in die Augen.

»Ich gehe jetzt in Annas Zimmer, egal, was du sagst.«

»Ich glaube nicht, daß ihr das gefallen würde.«

»Du kannst ja versuchen, mich daran zu hindern.«

Er stand unbeweglich in der Küchentür und starrte sie an, als sie die Tür von Annas Zimmer aufmachte. Es war eine ehemalige Dienstmädchenkammer, klein und eng. Es gab ein Bett, einen kleinen Schreibtisch und ein Bücherregal. Linda setzte sich aufs Bett und sah sich um. Zacharias tauchte in der Tür auf. Linda bekam plötzlich das Gefühl, daß er sich auf sie stürzen wollte. Sie stand auf. Er tat einen Schritt zurück, ließ sie aber nicht aus den Augen. Ihr war, als habe sie Flöhe unterm Hemd. Sie wollte die Schreibtischschubladen herausziehen. Aber solange er da stand und starrte, mochte sie nicht. Sie konnte es genausogut aufgeben. »Wann kommt jemand von den anderen?«

»Ich weiß nicht.«

Linda machte die Tür hinter sich zu und ging in die Küche. Er zog sich zurück, ohne den Blick von ihr abzuwenden. Er lächelte. Dabei öffnete er den Mund und zeigte zwei Reihen gelber Zähne. Linda wurde übel. Sie mußte so schnell wie möglich raus hier.

»Ich zeig dir gern, wie man Schach spielt«, sagte er.

Sie öffnete die Haustür und trat auf die Treppe hinaus. Dann faßte sie sich ein Herz und drehte sich zu ihm um: »Ich an deiner Stelle würde mal unter die Dusche gehen«, sagte sie, wandte sich um und ging zum Gartentor.

Sie hörte, wie hinter ihr die Tür zuschlug. Die ganze Expedition war ein Reinfall, dachte sie wütend. Das einzige, was sie geschafft hatte, war, sich selbst ihre Schwächen zu demonstrieren. Sie trat das Gartentor auf, es schlug gegen den Briefkasten, der am Zaun hing. Sie drehte sich um. Die Tür war geschlossen, kein Gesicht hinter einem der Fenster zu erkennen. Sie machte den Briefkasten auf. Ganz unten lagen zwei Briefe. Sie holte sie heraus. Der erste war an Margareta Olsson von einem Reisebüro in Göteborg. Der zweite hatte eine handgeschriebene Adresse. Er war an Anna. Linda zögerte, doch dann nahm sie den Brief mit ins Auto. Ich habe ihr Tagebuch gelesen, dachte sie. Jetzt mache ich ihre Briefe auf. Ich tue das, weil ich mir Sorgen mache, aus keinem anderen Grund. In dem Umschlag steckte ein zweimal gefaltetes Blatt. Als sie es auseinanderfaltete, fuhr sie zurück. Zwischen den Seiten lag eine gepreßte und getrocknete Spinne.

Der Text war mit der Hand geschrieben, ohne Schlußformel und Unterschrift.

Wir sind jetzt in dem neuen Haus, in Lestarp, hinter der Kirche, der erste Weg rechts, ein rotes Zeichen an einer alten Eiche, dahinter. Laß uns nie vergessen, daß Satan große Macht hat. Aber wir sehen einen anderen mächtigen Engel vom Himmel herabkommen, in eine Wolke gekleidet …

Linda legte den Brief auf den Beifahrersitz. Der Gedanke, nach dem sie gesucht hatte, war aufgetaucht. Dafür zumindest konnte sie dem glotzenden Schachspieler dankbar sein. Alle außer Anna hatte er mit der Information über das, was sie taten, vorgestellt. Aber Anna war nur Anna. Und sie studierte Medizin, um Ärztin zu werden. Aber was hatte sie noch gesagt in dem Gespräch, als sie Linda erzählte, sie habe ihren Vater auf der Straße gesehen? Sie hatte jemanden gesehen, der umgefallen war, jemanden, der Hilfe brauchte. Sie ertrage keine Unfälle und kein Blut, hatte sie gesagt. Eine seltsame Voraussetzung, um Ärztin zu werden, dachte Linda. Sie sah auf den Brief neben sich. Was bedeutete das? *Wir sehen einen anderen mächtigen Engel vom Himmel herabkommen, in eine Wolke gekleidet.*

Das Sonnenlicht war scharf; obwohl es Anfang September war, war es einer der wärmsten Tage dieses Sommers. Sie nahm eine Karte von Schonen aus dem Handschuhfach. Lestarp lag zwischen Lund und Sjöbo. Linda klappte die Sonnenblende herunter. Es ist zu kindisch, dachte sie. Briefe mit einer toten und getrockneten Spinne, die herausfällt, wie wenn man einen Lampenschirm leert. Aber Anna ist weg. Die kindische Vorstellung existiert unmittelbar neben der Wirklichkeit. Dem Pfefferkuchenhaus der Wirklichkeit. Mit gefalteten Händen und einem abgeschlagenen Kopf.

Es war, als erkenne Linda erst jetzt, was sie in der Hütte im Wald gesehen hatte. Und Anna war ein Mensch, den sie nicht mehr klar und deutlich vor sich sehen konnte. Vielleicht studiert sie gar nicht Medizin, dachte sie. Es kommt mir so vor, als entdeckte ich heute, am wärmsten Tag dieses Sommers, daß ich nichts von Anna Westin weiß. Sie wird zu einer eigentümlichen, nebelhaften Gestalt. Oder vielleicht ist sie es, die in eine Wolke gekleidet ist.

Sie kam zu keinem Entschluß. Sie fuhr einfach nach Lestarp. An diesem Tag stieg die Temperatur in Schonen fast bis auf dreißig Grad.

23

Linda parkte vor der Kirche in Lestarp.

Die Kirche war kürzlich restauriert worden. Die frischgestrichene Tür glänzte. Darüber hing eine schwarze Tafel mit goldfarbenem Rahmen, auf der zu lesen war, daß die Kirche im Jahre 1851 in der Regierungszeit König Oscars I. erbaut worden war. Linda hatte eine vage Erinnerung daran, daß ihr Großvater von seinem Großvater erzählt hatte, der im gleichen Jahr auf See ums Leben gekommen war. Linda versuchte sich zu erinnern, während sie im Kirchenvorraum nach einer Toilette suchte. Ihr Ururgroßvater war ertrunken, als auf einem Segelschiff das Ruder brach und das Schiff in einem schweren nordwestlichen Sturm auf die Reede von Skagen trieb. Die ganze Besatzung war umgekommen, die Leichen fand man, als der Sturm zwei Tage später abflaute. Ihr Ururgroßvater war in einem namenlosen Grab beerdigt worden. Sie ging die Treppe in die Krypta hinunter. Ihre Schritte hallten, und die Kühle erfrischte. Sie öffnete die Toilettentür und stellte sich plötzlich vor, daß Anna hinter der Tür stände und auf sie wartete. Doch die Toilette war leer. Sie erinnerte sich an das, was ihr Großvater gesagt hatte. *Mich interessieren nur die wichtigen Jahreszahlen, wie wenn jemand ertrinkt oder jemand wie du geboren wird.*

Als sie fertig war, wusch sie sich ausgiebig die Hände, wie um die letzten Reste des schlaffen Händedrucks des unangenehmen Schachspielers loszuwerden. Dann betrachtete sie ihr Gesicht im Spiegel, strich sich das Haar zurecht und nahm eine Wertung vor. Es war in Ordnung. Der Mund wie üblich zu streng, die Nase ein wenig bucklig, aber die Augen klar, und die Ebenmäßigkeit ihrer Zähne konnte Menschen neidisch machen. Es schauderte sie bei dem Gedanken, daß der Schachspieler versucht haben könnte, sie zu küssen, und sie eilte die Treppe wieder hinauf. Ein älterer Mann, der eine Kiste mit Kerzen trug, kam gerade herein. Sie hielt ihm die Tür auf und ging ihm nach ins Kircheninnere.

Der Mann stellte die Kiste auf einem Tisch ab und drückte die Hände an den Rücken. »Gott sollte einen getreuen Diener vor Schmerzen bewahren«, sagte er.

Er sprach leise. Linda begriff, warum. Sie waren nicht allein in der Kirche. In einer Bank saß eine einsame Person. Linda glaubte, einen sich zusammenkauernden Mann zu sehen, doch sie irrte sich.

»Gudrun trauert um ihre Kinder«, flüsterte er. »Sie kommt jeden Tag her, das ganze Jahr. Wir mußten im Kirchenrat extra einen Beschluß fassen, hier offenzuhalten, damit sie hereinkommen kann. Ich glaube, es sind jetzt schon neunzehn Jahre.«

»Was ist denn geschehen?«

»Sie hatte zwei Jungen, die vom Zug überfahren wurden. Es war eine schreckliche Tragödie. Einer der Rettungssanitäter, die kamen und die Reste aufsammelten, verlor nachher den Verstand, habe ich gehört. Sie waren bei einem Einsatz. Plötzlich bat er den Fahrer, anzuhalten. Er stieg aus dem Wagen, ging geradeaus in den Wald und verschwand. Seinen Körper fanden sie erst drei Jahre später. Gudrun wird hierher kommen, bis sie stirbt. Wahrscheinlich stirbt sie da in der Bank.«

Er nahm die Kiste mit den Kerzen wieder auf und verschwand den Mittelgang hinunter zum Altar. Linda ging hinaus in die Sonne. Der Tod ist überall, dachte sie. Er lockt mich und versucht, mich zu täuschen. Ich mag keine Kirchen, ich ertrage auch keine weinenden Frauen, die allein in Kirchen sitzen. Wie verträgt sich das mit meiner Entscheidung, Polizistin zu werden? Auch nicht besser als Annas Feststellung, daß sie kein Blut sehen kann oder Menschen, die auf der Straße umfallen. Vielleicht wird man aus dem gleichen Grund Ärztin, aus dem man Polizistin wird. Um zu sehen, ob man etwas taugt.

Taugt wozu, dachte sie und ging auf den Friedhof. Zwischen Grabsteinen umherzuwandern war, wie zwischen den Regalen in einer Bibliothek zu gehen. Jeder Stein war wie der Deckel oder der Umschlag eines Buchs. Hier lag seit siebenundneunzig Jahren der Landwirt Johan Ludde begraben, zusammen mit seiner Ehefrau Linnea. Aber Linnea war nur einundvierzig, als sie starb, und Johan Ludde war sechsundsiebzig. In diesem ungepflegten Grab, vor dessen Stein die braunen Reste eines Blumenstraußes lagen, verbarg sich eine Geschichte. Sie blätterte zwischen den Buchtiteln und Umschlägen. Stellte sich einen eigenen Stein vor, den Stein ihres Vaters, die Steine aller ihrer Freunde. Aber nicht Birgitta Medbergs, das ging nicht.

Ein Stein lag im Gras, fast überwachsen. Linda kniete nieder und strich Moos und Erde von dem Stein. Sofia, 1854–1869. Fünfzehn Jahre alt war sie geworden. Hatte sie auch auf einem Brückengeländer gestanden und geschwankt, aber niemanden gehabt, der ihr wieder herunterhalf?

Linda ging weiter über den Friedhof. Sie dachte an das Wäldchen, das ihr Vater ihr gezeigt hatte, wo die Steine durch Bäume ersetzt waren. Wie sah ihr eigener Friedhof aus? Sie stellte sich vor, daß er wie die Landschaft war, die sie bei einem Ausflug in die Stockholmer Schären gesehen hatte. Das äußerste Schärenmeer, jenseits von Möja, wo Riffe, Holme und Schären nur wenig über die Wasseroberfläche hinausragten. Ein Archipel. Jeder Stein, jedes Riff wie die Bäume ihres Vaters. Ein Stein, ein Holm, ein Toter. Die Fahrrinne und die blinkenden Leuchttürme weisen den Weg.

Sie machte auf dem Absatz kehrt und lief beinah, fort vom Friedhof. Sie mußte dem Tod ausweichen; rief man nach ihm, so kam er. Die Kirchentür ging auf. Doch nicht der Tod kam heraus, sondern der Küster, jetzt mit Jacke und Mütze.

»Wer war Sofia?«

»Wir haben vier Tote mit Namen Sofia. Zwei, die uralt wurden, eine Dreißigjährige, die im Kindbett starb, und eine Fünfzehnjährige.«

»Ich meine die Jüngste.«

»Ich wußte es einmal, habe es aber fast wieder vergessen. Ich glaube, sie starb an der Schwindsucht. Die Eltern arm, der Vater war ein Krüppel, glaube ich. Sie waren Armenhäusler. Aber der Stein wurde von einem der Kaufleute bezahlt, die es damals hier in Lestarp gab. Es gingen natürlich Gerüchte um.«

»Was für Gerüchte?«

»Daß er das Mädchen geschwängert hätte. Und sein Gewissen damit beruhigen wollte, daß er ihr einen Stein setzte. Aber das kann man ja nicht mehr beweisen.«

Linda begleitete ihn zu seinem Wagen. »Kennen Sie die Namen aller Toten? Alle Geschichten?«

»Nein. Aber viele. Und vergessen Sie nicht, daß die Gräber ja neu belegt werden. Unter den kürzlich begrabenen Toten liegen andere, die alten Toten. Auch bei den Toten gibt es verschiedene Generationen, verschiedene Etagen im Garten der Toten. Aber die Stimmen flüstern.«

»Was meinen Sie damit?«

»Ich glaube nicht an Gespenster. Aber ich kann dennoch hören, wie es zwischen den Steinen flüstert. Ich finde, daß man wählen sollte, wer neben einem liegt. Denn tot ist man ja lange, um es mal so zu sagen. Wer will ein schnatterndes Weib neben sich liegen haben? Oder einen Alten, der nie still sein kann oder eine Geschichte gut erzählen kann. Man hört an den Stimmen, wie sie flüstern. Und ganz bestimmt ist es so, daß manche Tote mehr Spaß haben als andere.«

Er schloß seine Wagentür auf und schirmte die Augen gegen das Sonnenlicht ab, als er sie ansah. »Wer sind Sie?«

»Ich suche nach einer guten Freundin.«

»Das ist was Feines. Nach einer guten Freundin suchen, wenn die Sonne scheint und es ein schöner Tag ist. Ich hoffe, Sie finden sie.«

Er lächelte. »Aber, wie gesagt, an Gespenster glaube ich nicht.«

Linda sah ihm nach, als er davonfuhr.

Ich glaube an Gespenster, dachte sie. Aber genau deswegen, weil ich daran glaube, weiß ich, daß es keine gibt.

Sie ließ den Wagen stehen und folgte dem Weg, der auf der Rückseite der Kirche und des Friedhofs entlangführte. Fast sofort entdeckte sie den Baum mit dem roten Zeichen. Sie bog in einen Weg ein, der einen Hang hinunterführte. Das Haus war alt und heruntergekommen. Ein Seitenflügel war aus rotgestrichenem Holz, der Rest des Hauses war aus Stein und weiß gekalkt. Das Dach war mit Schieferplatten in unterschiedlichen Farben ausgebessert. Linda blieb stehen und schaute sich um. Es war ganz still. Ein rostiger Traktor stand halb überwachsen unter ein paar Apfelbäumen. Die Haustür ging auf. Eine Frau in weißen Kleidern kam heraus und ging direkt auf Linda zu. Hatte man sie entdeckt? Sie verstand nicht, wie. Niemand war ihr begegnet, und jetzt stand sie verborgen zwischen den Bäumen.

Aber die Frau kam direkt auf sie zu. Sie lächelte. Sie war in Lindas Alter. »Ich habe gesehen, daß du Hilfe brauchst«, sagte die Frau, als sie stehenblieb. Sie sprach eine Mischung aus Dänisch und Englisch.

»Ich suche eine gute Freundin«, sagte Linda. »Anna Westin.«

Die Frau lächelte. »Wir haben keine Namen hier. Komm mit ins Haus. Vielleicht findest du da deine Freundin.«

Ihre sanfte Stimme verunsicherte Linda. Sie hatte das Gefühl, in eine Falle zu gehen, folgte der Frau aber trotzdem. Sie traten in ein kühlendes Dunkel ein. Sämtliche Innenwände waren herausgenommen worden, der Raum weiß gekalkt, kalt, auf dem Boden breite Dielen, keine Teppiche. Auch keine Möbel, aber an der einen Schmalseite, zwischen zwei Rundbogenfenstern mit schweren Eisenbeschlägen, hing ein Kreuz aus schwarzem Holz. An den Wänden, direkt auf dem Fußboden, saßen Menschen. Lindas Augen brauchten Zeit, um sich an das Dunkel zu gewöhnen. Es war eine der physischen Schwächen, die sie während der Ausbildung an der Polizeihochschule an sich entdeckt hatte. Die Umstellung ihrer Augen von Dunkel zu Hell dauerte lange. Sie hatte mit einem Arzt darüber gesprochen und ihre Augen untersuchen lassen. Aber es fehlte ihnen nichts. Sie benötigte nur ungewöhnlich lange Start- und Landebahnen, wenn sie aus dem Licht in die Dunkelheit ging oder umgekehrt.

Die Menschen, die an den Wänden saßen, viele von ihnen mit um die Knie geschlungenen Armen, waren unterschiedlichen Alters. Bis auf die Tatsache, daß sie sich im selben Raum befanden und schweigend dasaßen, gab es nichts, was sie äußerlich einte. Ihre Kleidung war unterschiedlich. Ein Mann mit kurzgeschnittenem Haar trug einen dunklen Anzug und Schlips, neben ihm saß eine ältere Frau, die einfach gekleidet war. Lindas Blicke wanderten durch den Raum. Anna war nicht da. Die Frau, die sie hereingeführt hatte, sah sie fragend an. Linda schüttelte den Kopf.

»Es gibt noch einen Raum«, sagte die Frau.

Linda folgte ihr. Die Holzwände waren weiß gestrichen, die Fenster rechtwinklig, ohne Eisenbeschläge. Auch hier saßen Menschen an den Wänden. Linda ließ den Blick durch den Raum schweifen. Keine Anna. Aber was ging hier im Haus eigentlich vor sich? Was stand in dem Brief, den sie heimlich gelesen hatte? *Ein Engel, in eine Wolke gekleidet?*

Was passiert hier? dachte sie.

Gleichzeitig fragte sie sich immer noch, wie es kam, daß man sie entdeckt hatte. Gab es Wachen unter den Bäumen um das Haus?

»Gehen wir hinaus«, sagte die Frau, die sie geleitete.

Sie gingen auf den Hof und um das Haus herum zu einer steinernen Sitzgruppe im Schatten einer Buche. Linda war ernsthaft neugierig geworden. Auf irgendeine Weise hatten diese Menschen mit Anna zu tun.

Sie beschloß, offen zu reden. »Ich suche eine Anna Westin. Sie ist verschwunden. In ihrem Briefkasten habe ich einen Brief gefunden, der mich hergeführt hat. Nun verstehe ich, daß hier keiner einen Namen hat. Aber für mich ist sie Anna Westin.«

»Kannst du sagen, wie sie aussieht?«

Das hier gefällt mir nicht, dachte Linda. Ihr Lächeln, diese Ruhe. Es ist nicht echt. Und es juckt mich am ganzen Körper vor Ekel. Wie vorhin, als ich diesem Schachspieler die Hand gegeben habe.

Linda beschrieb Annas Aussehen.

Die Frau lächelte weiter. »Ich glaube nicht, daß ich sie gesehen habe. Hast du den Brief bei dir?«

»Ich habe ihn im Wagen.«

»Und wo steht der Wagen?«

»Ich habe ihn hinter der Kirche geparkt. Ein roter Golf. Der Brief liegt auf dem Beifahrersitz. Der Wagen ist nicht verschlossen. Dummerweise.«

Es wurde still. Lindas Beklemmung nahm zu. »Was macht ihr hier?« fragte sie.

»Das muß deine Freundin dir erzählt haben. Alle, die hier dabei sind, sollen andere zu unserem Tempel mitbringen.«

»Ist das hier ein Tempel?«

»Was sollte es sonst sein?«

Nein, dachte Linda ironisch. Was sollte es sonst sein? Natürlich ist dies ein Tempel und kein ehemaliger Bauernhof, wo einst Häusler und Kleinbauern lebten und für ihr Auskommen schuften mußten.

»Wie nennt ihr euch denn?«

»Wir benutzen keine Namen. Unsere Gemeinschaft kommt von innen heraus, durch die Luft, die wir teilen und einatmen.«

»Das hört sich seltsam an.«

»Das Selbstverständliche ist immer das Rätselhafteste. Ein Riß in einem Klangkörper verändert die Akustik. Wenn der Boden ganz herausfällt, gibt es keine Musik mehr. Genauso ist es mit den Menschen. Man kann nicht leben, ohne daß es einen höheren Sinn gibt.«

Linda verstand die Antworten nicht, die sie auf ihre Fragen erhielt. Es gefiel ihr nicht, nicht zu verstehen. Deshalb fragte sie nichts mehr. »Ich glaube, ich gehe jetzt«, sagte sie und stand auf.

Sie ging schnell davon, ohne sich umzuschauen, und blieb erst stehen, als sie beim Auto angekommen war. Doch statt loszufahren, blieb sie im Wagen sitzen. Die Sonne schien durchs Laub und blendete sie. Sie wollte gerade starten, als sie einen Mann über den Kiesplatz kommen sah.

Zuerst nahm sie nur seine Konturen wahr. Aber als er in den Schatten der hohen Bäume an der Friedhofsmauer trat, war ihr, als atmete sie eiskalte Luft ein. Sie kannte diesen Nacken. Aber nicht nur den. In dem kurzen Augenblick, in dem sie ihn sah, bevor er wieder ins Sonnenlicht eintauchte, hörte sie in ihrem Innern Annas Stimme. Eine klare und deutliche Stimme, die von einem Mann erzählte, den Anna durch ein Hotelfenster in Malmö gesehen hatte. Ich sitze an einem anderen Fenster, dachte Linda. Einem Wagenfenster. Und ich habe plötzlich das Gefühl, daß der Mann, den ich eben gesehen habe, Annas Vater ist. Es ist ein unsinniger Gedanke. Aber trotzdem denke ich ihn.

24

Der Mann verschwand im gleißenden Sonnenlicht. Was erzählte ein Nacken eigentlich? Sie fragte sich, warum sie für einen Moment so überzeugt von etwas gewesen war, das zu wissen sie keinerlei Voraussetzungen hatte. Man erkennt keinen Menschen, den man nie gesehen hat. Was halfen schon Annas Fotos und das Bild, das sie von ihm gegeben hatte, als sie meinte, ihn vor dem Hotel in Malmö gesehen zu haben?

Sie schüttelte den Gedanken ab und warf einen Blick in den Rückspiegel. Der Kirchenvorplatz war leer. Sie wartete eine Minute, ohne zu wissen, worauf. Dann fuhr sie zurück nach Lund. Es war Nachmittag geworden. Die Sonne schien immer noch unvermindert, die Hitze stand still. Sie parkte vor dem Haus, das sie schon am Vormittag besucht hatte, wappnete sich gegen eine erneute Begegnung mit dem Schachspieler und ging durchs Tor.

Aber als die Tür aufgemacht wurde, stand eine Frau da. Sie war ein paar Jahre jünger als Linda, hatte feuerrotes Haar mit blauen Schleifen, und von einem Nasenloch zum Ohr führte eine Kette. Sie trug schwarze Sachen aus einem Material, das wie eine Kombination aus Plastik und Leder wirkte. An einem Fuß trug sie einen schwarzen Schuh, am anderen einen weißen. »Wir haben kein Zimmer frei«, sagte sie gereizt. »Wenn beim Studentenwerk ein Anschlag hängt, ist er falsch. Wer hat gesagt, wir hätten Zimmer frei?«

»Niemand. Ich suche Anna Westin. Ich bin eine Freundin von ihr. Ich heiße Linda.«

»Ich glaube nicht, daß sie da ist. Aber du kannst ja selbst nachsehen.«

Sie trat zur Seite und ließ Linda herein, die rasch einen

Blick ins Wohnzimmer warf. Das Schachspiel war noch da. Aber der Spieler nicht.

»Ich war vor ein paar Stunden hier«, sagte Linda. »Aber da habe ich mit einem geredet, der Schach spielt.«

»Du kannst doch reden, mit wem du willst«, erwiderte die Frau abweisend.

»Bist du Margareta Olsson?«

»Das ist mein Künstlername.«

Linda verschlug es die Sprache.

Margareta sah sie belustigt an. »Eigentlich heiße ich Johanna von Lööf. Aber ich ziehe einen gewöhnlichen Namen vor. Also habe ich mich umbenannt in Margareta Olsson. In diesem Land gibt es nur eine Johanna von Lööf. Aber tausende Margareta Olssons. Ich meine, wer will schon allein sein?«

»Nein, wer will das schon. Habe ich richtig gehört, daß du Jura studierst?«

»Falsch. Betriebswirtschaft.«

Margareta zeigte auf die Küche. »Willst du nicht nachsehen, ob sie da ist?«

»Du weißt, daß sie nicht hier ist. Richtig?«

»Klar weiß ich es. Aber ich hindere niemanden daran, die Wirklichkeit mit eigenen Augen zu kontrollieren.«

»Hast du einen Moment Zeit?«

»Ich habe Zeit en masse. Du etwa nicht?«

Sie setzten sich in die Küche. Margareta trank Tee. Aber sie machte sich nicht die Mühe zu fragen, ob Linda auch einen wollte.

»Betriebswirtschaft. Das hört sich schwer an.«

»Es ist schwer. Das Leben soll schwer sein. Aber ich habe einen Plan. Willst du ihn hören?«

»Gern.«

»Wenn es sich angeberisch anhört, als ob ich hochnäsig wäre, dann ist das vollkommen richtig. Keiner glaubt, daß eine Tussi mit Ketten in der Nase einen Sinn für Geschäfte hat. Schon damit habe ich ziemlich viele getäuscht. Aber mein Plan sieht folgendermaßen aus: Ich studiere fünf Jahre

Betriebswirtschaft. Dann praktiziere ich bei ein paar ausländischen Banken und Maklerfirmen. Zwei Jahre, nicht länger. Da habe ich natürlich die Ketten abgenommen. Aber ich habe sie nur zur Seite gelegt. Wenn ich für mich selbst anfange, lege ich sie wieder an. Vielleicht feiere ich meinen Studienabschluß damit, daß ich mir ein paar neue Löcher in meinen Körper machen lasse? Ich rechne damit, daß es sieben Jahre dauert. In der Zeit will ich mir ein Kapital von ein paar Millionen angelegt haben.«

»Ist Johanna von Lööf reich?«

»Ihr Vater hat im selben Jahr, in dem Johanna geboren wurde, durch Spekulationen ein Sägewerk an der Norrlandsküste verloren. Danach war alles hauptsächlich Mist. Kein Geld, Dreizimmerwohnung in Trelleborg, mein Alter eine Art Hafenaufseher. Aber ich habe meine Aktien. Ich kenne den Markt, gehe rein und lege die Gewinne zurück. Es reicht, vorm Fernseher zu sitzen und zuzuhören, Teletext, die Börsenbewegungen, dann weiß man, wann die Lage günstig ist.«

»Ich dachte, Fernsehen hätte mit *Sehen* zu tun?«

»Man muß ebenso aufmerksam sehen, wie man zuhört. Sonst findet man nicht die günstigen Momente, die man sucht, um zuzuschlagen. Ich bin ein schwarzgekleideter und frecher Hecht, der im Schilfdickicht lauert und hart zuschlägt, wenn die Beute auftaucht. Es wird sieben plus drei, zehn Jahre dauern, ein Vermögen aufzubauen. Dann hat das Studium sich gelohnt. Wenn ich Schluß mache, bin ich zweiunddreißig. Und danach werde ich mein ganzes Leben nicht mehr arbeiten.«

»Und was willst du dann tun?«

»Nach Schottland ziehen und Sonnenaufgänge und -untergänge ansehen.«

Linda war sich nicht sicher, ob Margareta sie zum Narren hielt. Die junge Frau schien ihre Gedanken zu lesen. »Du glaubst mir nicht? Deine Sache. Wir können uns in zehn Jahren hier treffen und sehen, ob ich recht hatte oder nicht.«

»Ich glaube dir.«

Margareta schüttelte irritiert den Kopf. »Nein, tust du nicht. Was wolltest du wissen?«

»Ich bin auf der Suche nach Anna. Sie ist meine Freundin. Ich frage mich, ob ihr etwas passiert ist. Sie meldet sich nicht, obwohl wir verabredet waren.«

»Und was, meinst du, soll ich dabei tun?«

»Wann hast du sie zuletzt gesehen? Kennst du sie?«

Die Antwort kam prompt und sehr bestimmt. »Ich mag sie nicht. Ich versuche, so wenig wie möglich mit ihr zu reden.«

Linda hatte das noch nie gehört, jemand, der Anna nicht mochte. Erinnerungen schossen ihr durch den Kopf: Sie selbst hatte oft Streit mit Klassenkameraden gehabt, aber Anna nie.

»Warum?«

»Ich finde, sie ist eingebildet. Weil ich es auch bin, kann ich in der Regel Nachsicht üben mit anderen, die sich genauso schlecht benehmen wie ich. Aber bei ihr nicht. Sie ist auf eine Weise eingebildet, die ich nicht ertragen kann.«

Sie stand auf und wusch ihre Tasse aus. »Aber du magst es vielleicht gar nicht hören, wenn jemand schlecht über deine Freundin spricht?«

»Jeder hat doch ein Recht auf seine Meinung.«

Margareta setzte sich wieder an den Tisch. »Da ist noch eine Sache«, sagte sie. »Oder zwei. Eins ist, daß sie geizig ist. Das zweite, daß sie nicht ehrlich ist. Man kann sich nicht auf sie verlassen. Nicht auf das, was sie sagt, oder daß sie nicht an meine Milch geht oder an die Äpfel von jemand anders.«

»Das hört sich gar nicht nach Anna an.«

»Vielleicht ist die, die hier wohnt, eine andere Anna. Ich mag sie nicht. Sie mag mich nicht. Das gleicht sich aus. Wir haben uns arrangiert. Ich esse, wenn sie nicht ißt, und es gibt zwei Badezimmer, so daß wir nie zusammenzustoßen brauchen.«

Margaretas Handy klingelte. Sie meldete sich und verließ die Küche. Linda versuchte sich klarzumachen, was sie erfahren hatte. Sie sah mehr und mehr, daß die Anna, mit der sie jetzt den Kontakt wiederaufgenommen hatte, ganz und gar nicht mehr die war, mit der sie aufgewachsen war. Auch wenn Margareta oder Johanna einen seltsam widerspruchsvollen Eindruck machte, verstand Linda, daß das, was sie über Anna gesagt hatte, stimmte. Ich habe hier nichts mehr zu tun, dachte sie. Anna hält sich fern. Es gibt eine Erklärung dafür, genauso, wie es eine Erklärung dafür gibt, daß sie und Birgitta Medberg Kontakt miteinander hatten.

Sie stand auf, um zu gehen.

Margareta kam zurück. »Bist du sauer?«

»Warum sollte ich sauer sein?«

»Weil jemand schlecht über eine deiner Freundinnen spricht.«

»Ich bin nicht sauer.«

»Vielleicht macht es dir dann nichts aus, noch schlimmere Sachen zu hören?«

Sie setzten sich wieder. Lindas Spannung stieg.

»Weißt du, was sie studiert?« fragte Margareta.

»Medizin.«

»Das habe ich auch geglaubt. Das haben wir alle geglaubt. Aber dann hörte ich von jemandem, sie sei vom Medizinstudium ausgeschlossen worden. Es gingen Gerüchte um, sie habe gepfuscht. Ob es stimmt, weiß ich nicht. Vielleicht hat sie aus anderen Gründen Schluß gemacht. Aber sie sagte nichts über das, was geschehen war. Sie tat so, als studierte sie Medizin. Aber das tut sie nicht mehr. Sie beschäftigt sich mit völlig anderen Dingen.«

»Womit?«

Margareta überlegte, bevor sie fortfuhr. »Sie macht etwas, was ich als die gute Seite an ihr betrachten kann. Die einzige gute Seite.«

»Und was ist das?«

»Sie betet.«

»Betet?«

»Du hast das Wort vielleicht schon mal gehört?« sagte Margareta. »›Betet‹. Was man in Kirchen tut.«

Linda riß plötzlich die Geduld. »Wofür hältst du dich eigentlich? Es ist doch wohl klar, daß ich weiß, was beten ist. Anna betet, sagst du? Aber wo? Wie? Wann? Warum?«

Margareta schien sich überhaupt nichts daraus zu machen, daß Linda wütend war. Linda wunderte sich mit einem Anflug von Neid über diese Selbstkontrolle, die sie selbst ganz und gar nicht besaß.

»Ich glaube, daß sie es ernst meint. Sie sucht etwas, das ist keine Lüge oder Wichtigtuerei. Ich kann sie verstehen. Ich habe keine Schwierigkeiten, mir vorzustellen, daß es Menschen gibt, die auf die gleiche Weise einen inneren Reichtum suchen wie ich einen äußeren.«

»Woher weißt du das alles, wenn du nicht mit ihr redest?«

Margareta beugte sich über den Tisch zu ihr hin. »Ich schnüffle herum und belausche sie heimlich. Ich bin der Mensch, der hinter allen Vorhängen steht und alles, was in Heimlichkeit geschieht, sieht und hört. Das schlimmste ist, daß ich nicht scherze. Es hat mit meiner Auffassung von der wirtschaftlichen Realität zu tun. Da, wenn irgendwo, in der großen Kathedrale der Marktwirtschaft, muß man wissen, hinter welchen Pfeilern man sich verstecken kann, um die bestmöglichen Informationen zu ergaunern.«

»Sie hat hier also jemand, der ihr Vertrauter ist?«

»Komisches Wort, Vertrauter. Was heißt das? Ich habe keinen Vertrauten, und Anna auch nicht. Wenn ich weiter ehrlich sein soll, muß ich sagen, daß ich sie unglaublich bescheuert finde. Ich dachte, Gott, bewahre mich davor, von so einer Ärztin untersucht und behandelt zu werden. Das war, als ich noch glaubte, sie studiere Medizin. Anna Westin redet laut und über Gott und die Welt. Wir alle finden, daß ihre Gespräche hier in der Küche wie naive und wirkungslose Predigten sind. Sie moralisiert. Das kann keiner von uns ab. Außer möglicherweise unser Freund, der Schachspieler. Er hängt wohl dem eitlen Traum nach, sie eines Tages mit in sein Bett zu kriegen.«

»Und wird er es schaffen?«

»Wohl kaum.«

»Was meinst du damit, daß sie moralisiert?«

»Sie redet über unsere armseligen Leben. Daß wir uns nicht um unsere innere Welt kümmern. Ich weiß nicht richtig, woran sie glaubt. Sie ist Christin. Ich habe einmal versucht, mit ihr über den Islam zu diskutieren. Aber da ist sie aus der Haut gefahren. Sie ist christlich, konservativ christlich, glaube ich. Weiter bin ich nicht gekommen. Aber etwas hat sie, einen Kern von etwas, das echt ist, wenn sie ihre religiösen Gedanken beschreibt. Manchmal kann man sie hinter ihrer Tür beten hören. Es klingt aufrichtig, ehrlich. Dann lügt sie nicht, stiehlt nicht. Sie ist, wie sie ist. Mehr weiß ich nicht.«

Das Gespräch war zu Ende. Margareta sah sie an. »Ist etwas passiert?«

Linda schüttelte den Kopf. »Ich weiß nicht. Vielleicht.«

»Machst du dir Sorgen?«

»Ja.«

Margareta stand auf. »Anna Westin hat einen Gott, der sie beschützt. Zumindest sagt sie das, damit prahlt sie. Einen Gott und einen Schutzheiligen, den sie Gabriel nennt. War das nicht ein Engel? Ich weiß das alles nicht mehr so genau. Aber mit so vielen überirdischen Leibwächtern muß sie einfach auf der sicheren Seite sein.«

Margareta streckte die Hand aus. »Ich muß jetzt gehen. Bist du Studentin?«

»Ich bin Polizistin. Ich werde Polizistin.«

Margareta betrachtete sie forschend. »Das wirst du bestimmt. So viele Fragen, wie du hast.«

Linda fiel noch eine Frage ein. »Kennst du eine Frau, die Mirre heißt?«

»Nein.«

»Weißt du, ob Anna eine kennt? Sie ist auf ihrem Anrufbeantworter.«

»Ich kann die anderen fragen.«

Linda gab ihr ihre Telefonnummer und verließ das Haus. Auch jetzt noch empfand sie einen unklaren Neid auf Margareta Olsson, wegen ihrer Art, sich zu geben, ihrer Selbstsicherheit. Was hatte sie, das Linda fehlte? Sie wußte es nicht.

Sie fuhr nach Hause, parkte den Wagen, kaufte ein und merkte, daß sie müde war. Schon um zehn war sie eingeschlafen.

Am Montagmorgen erwachte Linda davon, daß die Wohnungstür zuschlug. Sie setzte sich verschlafen im Bett auf. Es war sechs Uhr. Sie legte sich wieder hin und versuchte, wieder einzuschlafen. Regentropfen trommelten aufs Fensterblech. Es war ein Geräusch, an das sie sich aus ihrer Kindheit erinnerte. Die Regentropfen, Monas schlurfende Pantoffeln und die energischen Schritte ihres Vaters. Früher war es für sie die höchste Form von Geborgenheit gewesen, vor der Schlafzimmertür ihrer Eltern zu lauschen. Sie schüttelte die Erinnerungen ab und stand auf. Das Rollo sauste mit einem Knall hoch. Draußen regnete es in Strömen. Das Thermometer im Küchenfenster zeigte zwölf Grad an. Das Wetter war umgeschlagen. Ihr Vater hatte vergessen, eine Herdplatte auszumachen. Seine Kaffeetasse war nur halb geleert. Er ist besorgt, und er ist gehetzt, dachte sie.

Sie zog die Zeitung heran und blätterte bis zum Bericht über die Ereignisse im Wald von Rannesholm vor. Es gab ein kurzes Interview mit ihrem Vater. Es war noch zu früh, sie wußten nicht, sie hatten keine Spur, aber vielleicht hatten sie trotz allem ein paar Spuren, sie konnten zum gegenwärtigen Zeitpunkt nicht mehr sagen. Sie legte die Zeitung weg und begann an Anna zu denken. Wenn Margareta Olsson recht hatte, und es gab keinen Grund, daran zu zweifeln, hatte Anna sich in den Jahren, in denen sie sich aus den Augen verloren hatten, zu einer ganz anderen Persönlichkeit entwikkelt. Aber warum hielt sie sich fern? Warum behauptete sie, ihren Vater gesehen zu haben? Warum sagte Henrietta nicht die Wahrheit? Und der Mann, der in dem gleißenden Sonnenlicht über den Kirchenvorplatz gegangen war; warum glaubte sie, daß er Annas Vater war?

Es gab noch eine andere entscheidende Frage. Welche Verbindung bestand zwischen Anna und Birgitta Medberg?

Es fiel Linda schwer, ihre Gedanken auseinanderzuhalten. Sie wärmte den Kaffee und schrieb das, was sie gerade gedacht hatte, auf einen Notizblock. Dann knüllte sie das Papier zusammen und warf es in den Papierkorb. Ich muß mit Zebra reden, dachte sie. Bei ihr kann ich genau das sagen, was ich denke. Zebra ist klug. Sie kommt nie aus dem Gleichgewicht. Sie wird mir sagen, was ich tun soll. Sie duschte, zog sich an und rief bei Zebra an. Der Anrufbeantworter bat um die Hinterlassung einer Mitteilung. Sie rief Zebra auf ihrem Handy an. Keine Verbindung. Weil es regnete, war Zebra kaum mit ihrem Jungen draußen. Vielleicht besuchte sie ihre Kusine.

Linda war ungeduldig und gereizt. Sie überlegte, ob sie ihren Vater anrufen sollte, vielleicht sogar ihre Mutter, um mit jemandem reden zu können. Aber sie sagte sich, daß sie ihren Vater nicht stören wollte. Ein Gespräch mit Mona konnte ewig dauern. Das wollte sie nicht. Sie stieg in ihre Stiefel, zog die Regenjacke über und ging hinunter zum Wagen. Sie begann sich daran zu gewöhnen, ein Auto zur Verfügung zu haben. Das war gefährlich. Wenn Anna zurückkam, würde sie wieder zu Fuß gehen, wenn sie nicht den Wagen ihres Vaters leihen konnte. Sie verließ die Stadt und hielt an, um zu tanken. Ein Mann, der an einer Zapfsäule stand, nickte ihr zu. Sie kannte ihn, ohne darauf zu kommen, wer er war, aber als sie vor der Kasse drinnen zusammenstießen, wußte sie, wer er war. Sten Widén. Der Krebs hatte und bald sterben würde.

»Du bist doch Linda, nicht wahr?«

Seine Stimme klang heiser und müde.

»Ja. Und du bist Sten?«

Er lachte, es war ein gequältes Lachen, das ihn große Anstrengung zu kosten schien. »Ich kann mich noch an dich erinnern, als du klein warst. Auf einmal bist du groß. Und Polizistin.«

»Was machen die Pferde?«

Er antwortete erst, als sie bezahlt hatten und ins Freie traten. »Dein Vater hat dir sicher erzählt, was mit mir los ist. Daß ich Krebs habe und bald sterben werde. Die letzten Pferde gehen nächste Woche weg. Tja, so ist das. Viel Glück im Leben.«

Er wartete keine Antwort ab, setzte sich nur in seinen schäbigen Volvo und fuhr davon. Linda sah ihm nach und konnte nichts anderes denken, als daß sie dankbar war, nicht diejenige zu sein, die ihre Pferde verkaufen mußte.

Sie fuhr nach Lestarp und parkte an der Kirche. Jemand muß es wissen, dachte sie. Wenn Anna nicht da ist, wo ist sie dann? Sie zog die Kapuze der alten Regenjacke über den Kopf und hastete den Weg hinter der Kirche entlang. Der Hofplatz war verlassen, an dem rostigen Traktor glitzerte der Regen. Sie klopfte an die Tür. Die Tür glitt auf. Aber es hatte niemand geöffnet, die Tür war nur angelehnt gewesen. Sie rief hallo, erhielt aber keine Antwort. Als sie hineinging, sah sie sofort, daß das Haus leer war. Es war niemand da. Nichts. Das Haus war nicht nur leer. Es war verlassen. Sie sah, daß das schwarze Kreuz von der Wand verschwunden war. Es wirkte, als stehe das Haus schon seit langem leer.

Linda stand in der Mitte des Raums, ohne sich zu rühren. Der Mann im Gegenlicht, dachte sie. Den ich gestern gesehen habe und für Annas Vater hielt. Er ist hergekommen. Und heute sind alle fort.

Sie verließ das Haus und fuhr nach Rannesholm. Dort erfuhr sie, daß ihr Vater sich im Schloß mit seinen engsten Mitarbeitern zu einer Besprechung zusammengesetzt hatte. Sie ging durch den Regen dorthin und setzte sich in die untere Halle, um zu warten. Sie dachte an Margareta Olssons Worte: Anna Westin brauchte sich keine Sorgen zu machen, weil sie Beschützer hatte. Einen Gott und einen Schutzheiligen namens Gabriel. Sie hielt es für eine wichtige Information, vermochte aber nicht zu sagen, wieso.

25

Linda hörte nie auf, sich über ihren Vater zu wundern. Genauer gesagt, sie hörte nicht auf, sich darüber zu wundern, daß sie nie ganz verstanden hatte, warum ihr Vater mitten in all seiner strikten Routine so wechselhaft sein konnte. Wie jetzt, als sie ihn durch eine Tür in der großen Eingangshalle von Schloß Rannesholm treten und auf sich zukommen sah. Er ist müde, dachte sie, müde und sauer und besorgt. Aber er war bei guter Laune. Er setzte sich neben sie auf die Couch und erzählte eine nichtssagende Geschichte darüber, wie er einmal in einem Restaurant ein Paar Handschuhe vergessen hatte und als Ersatz dafür einen kaputten Schirm angeboten bekam. Dreht er jetzt durch? dachte sie. Doch als Martinsson sich zu ihnen gesellte und ihr Vater auf die Toilette ging, sagte Martinsson, Kurt Wallander scheine gegenwärtig bei guter Laune zu sein, wahrscheinlich weil sie, seine Tochter, wieder in ihre Heimatstadt zurückgekehrt sei. Martinsson ging, als ihr Vater zurückkam. Er ließ sich auf die Couch plumpsen, daß die alten Federn quietschten. Sie erzählte ihm von ihrer Begegnung mit Sten Widén.

»Er zeigt eine bewundernswerte Stärke angesichts seines Schicksals«, sagte er, als sie geendet hatte. »Er erinnert mich an Rydberg, der mit der gleichen Ruhe dem begegnete, was auf ihn zukam. Manchmal denke ich, es ist vielleicht eine Gnade, auf die man hoffen kann, daß man sich, wenn der Augenblick gekommen ist, als stärker erweist, als man vorher glauben mag.«

Ein paar Ordnungspolizisten trugen geräuschvoll einige Kisten mit kriminaltechnischer Ausrüstung vorbei. Dann war es wieder still.

»Wie geht es voran?« fragte Linda vorsichtig.

»Schlecht. Oder eher langsam. Die Ungeduld wächst, je schlimmer das Verbrechen ist, vor dem man steht. Ich kannte einmal einen Kollegen in Malmö, Birch hieß er, der Verbrechensermittler mit Ärzten zu vergleichen pflegte. Man dämpft vor einer schwierigen Operation seine Ungeduld. Dann ist Ruhe erforderlich, Zeit, Geduld. Ein bißchen so ist es bei uns. Birch ist auch tot. Er ist in einem Waldsee ertrunken. Er schwamm, bekam einen Krampf, niemand hörte ihn. Was hatte er auch da in dem See zu suchen. Er hätte es besser wissen können, sollte man meinen. Aber jetzt ist er tot. Es sterben die ganze Zeit so viele Leute. Das ist natürlich ein idiotischer Gedanke. Ununterbrochen werden Menschen geboren und sterben Menschen. Nur merkt man es deutlicher, wenn man in der Schlange nach vorn rückt. Als Vater starb, war ich derjenige, der in die vorderste Reihe geschubst wurde.«

Er verstummte und sah auf seine Hände. Dann wandte er sich ihr zu. Er lächelte. »Was hattest du gefragt?«

»Wie es vorangeht.«

»Wir haben weder die Spur eines Motivs noch eines Täters. Und wir haben keine Ahnung, wer in der Hütte gehaust hat.«

»Und was glaubst du?«

»Du weißt, daß du mich nie fragen sollst, was ich glaube. Nur was ich weiß, oder was ich ahne.«

»Ich bin neugierig.«

Er seufzte demonstrativ. »Ich mache also eine Ausnahme. Ich *glaube*, daß Birgitta Medberg bei ihrer Jagd nach alten Pilgerpfaden rein zufällig auf die Hütte stieß. Da war jemand, der entweder die Panik bekam oder wütend wurde und sie erschlug. Aber daß er sie zerstückelte, macht das Bild komplizierter.«

»Habt ihr den Rest der Leiche gefunden?«

»Wir suchen den See ab. Die Hunde durchkämmen den Wald. Bisher nichts. Es wird dauern.«

Er richtete sich auf der Couch auf, als sei die Gesprächszeit gleich um.

»Ich nehme an, du willst etwas erzählen?«

Linda berichtete ihm von ihrer Begegnung mit dem Schachspieler und Margareta Olsson. Sie erzählte von dem Haus hinter der Kirche in Lestarp und bemühte sich, keine Details auszulassen.

»Zu viele Worte«, sagte er, nachdem sie geendet hatte. »Du hättest es mit weniger Wörtern besser ausdrücken können.«

»Ich übe noch. Hast du verstanden, was ich gesagt habe?«

»Ja.«

»Dann muß ich immerhin so erzählt haben, daß es nicht ganz mangelhaft war.«

»Befriedigend minus«, sagte er.

»Und was soll ich deiner Meinung nach tun?«

»Du sollst aufhören, dir Sorgen zu machen. Du hörst mir nicht zu. Birgitta Medberg ist etwas zugestoßen, weil ihr ein Fehler unterlaufen ist. Ihr selbst. Ein Fehler von nahezu biblischen Proportionen. Sie hat den falschen Weg eingeschlagen. Die ganze Geschichte des Christentums ist voller falscher und richtiger Wege, schmaler und breiter, gewundener und verräterischer Wege. Birgitta Medberg hatte, wenn ich mich nicht irre, ein grauenhaftes Pech. Und demnach entfallen sämtliche denkbaren Ursachen für die Befürchtung, daß Anna etwas zugestoßen sein könnte. Es gibt eine Verbindung zwischen den beiden, wie das Tagebuch zeigt. Aber nichts, was uns im Moment nützt.«

Ann-Britt Höglund und Lisa Holgersson kamen vorbei. Sie waren in Eile. Lisa nickte Linda freundlich zu, Ann-Britt Höglund schien sie nicht zu bemerken.

Kurt Wallander stand auf. »Fahr nach Hause«, sagte er zu Linda.

»Wir könnten dich schon jetzt brauchen«, sagte Lisa Holgersson. »Aber das Geld reicht nicht. Wann fängst du an?«

»Nächsten Montag.«

»Gut.«

Linda sah ihnen nach. Dann verließ sie das Schloß. Es regnete und war kälter geworden. Es war, als könnte das Wetter sich nicht entscheiden. Auf dem Rückweg zum Wagen fiel ihr ein Spiel ein, das Anna und sie gespielt hatten. Die Temperatur zu raten, drinnen wie draußen. Anna war sehr gut darin gewesen, sie war immer dichter dran. Linda blieb vor dem Auto stehen. Die Erinnerung hatte noch einen Zusatz, den sie weniger gern an die Oberfläche kommen ließ. Linda hatte sich über Annas bemerkenswerte Fähigkeit, die Temperatur zu raten, gewundert. Es hatte Momente gegeben, in denen sie Anna im Verdacht hatte, zu mogeln. Aber wie hätte Anna das anstellen sollen? Hatte sie ein Thermometer in ihren Kleidern versteckt? Ich muß sie fragen, dachte Linda. An dem Tag, an dem Anna zurückkommt, habe ich eine Menge Fragen an sie. Das kann bedeuten, daß diese kurze Zeit, in der wir versucht haben, eine verlorene alte Freundschaft neu zu beleben, wirklich nur kurz war, und sonst nichts.

Sie saß im Wagen und überlegte. Warum sollte sie nach Hause fahren? Was ihr Vater gesagt hatte, beruhigte sie und ließ sie ernstlich glauben, daß Anna nichts passiert war. Aber das Haus hinter der Kirche hatte ihre Neugier geweckt. Warum waren alle verschwunden? Ich kann auf jeden Fall untersuchen, wem das Haus gehört, dachte sie. Dazu brauche ich weder eine Erlaubnis noch eine Polizeiuniform. Sie fuhr zurück nach Lestarp und parkte an der gewohnten Stelle. Die Kirchentür stand halb offen. Sie zögerte, dann ging sie hinein. Im Vorraum stand der Küster.

Er erkannte sie.

»Sie kommen nicht von unserer schönen Kirche los?«

»Eigentlich bin ich hier, um etwas zu fragen.«

»Tun wir das nicht alle? In Kirchen gehen und Fragen stellen?«

»So habe ich es nicht gemeint. Ich dachte an dieses Haus da hinter der Kirche. Wem gehört es?«

»Das ist schon durch so viele Hände gegangen. Als ich jung war, wohnte da ein hinkender Häusler. Johannes Pälsson hieß er. Er arbeitete als Tagelöhner auf Stiby Gård und verstand sich darauf, Porzellan zu reparieren. In den letzten Jahren wohnte er allein da. Er hielt die Schweine im Saal und die Hühner in der Küche. So konnte es sein, damals. Nach seinem Tod ging das Haus an jemand, der es eine Zeit als Getreidelager benutzte. Dann kam ein Pferdehändler, das war in den sechziger Jahren, und danach hat das Haus den Besitzer gewechselt, ohne daß ich mir noch die Namen gemerkt hätte.«

»Sie wissen also nicht, wem das Haus jetzt gehört?«

»Ich habe in jüngster Zeit Menschen kommen und gehen sehen. Still und bescheiden. Jemand hat gesagt, daß sie dort meditierten. Uns haben sie nie gestört. Aber von einem Besitzer habe ich nichts gehört. Darüber müßte Ihnen doch das Liegenschaftsamt Auskunft geben können.«

Linda überlegte. Was würde ihr Vater tun? »Wer kennt den meisten Klatsch im Dorf?« fragte sie.

Er sah sie fragend an. »Das bin wohl ich?«

»Aber von Ihnen abgesehen. Wenn es jemanden hier gäbe, der vielleicht wüßte, wem das Haus gehört, wer könnte das sein?«

»Vielleicht Sara Edén. Die Lehrerin, die in dem kleinen Haus neben der Kfz-Werkstatt wohnt. Sie verbringt ihre alten Tage am Telefon. Sie weiß alles, was hier los ist. Leider weiß sie auch ziemlich viel, was nicht los ist. Sie denkt sich aus, was ihrer Meinung nach fehlt, wenn Sie verstehen, was ich meine. Aber im Grunde ist sie nett, nur unglaublich neugierig.«

»Was wäre, wenn ich mal bei ihr anklingelte?«

»Sie würden einer alten Frau eine Freude machen.«

Die Außentür ging auf. Die Frau namens Gudrun kam herein. Sie begegnete Lindas Blick, bevor sie ins Kircheninnere trat.

»Jeden Tag«, sagte er. »Die gleiche Zeit, die gleiche Trauer, das gleiche Gesicht.«

Linda verließ die Kirche und ging hinunter zu dem Haus. Sie blieb stehen und schaute sich um. Es war immer noch verlassen. Sie kehrte zur Kirche zurück, ließ den Wagen stehen und ging hinunter zur Autowerkstatt, die von einem Schild mit der Aufschrift *Runes Bil & Traktor* geziert wurde. Auf der einen Seite der Werkstatt waren ausgeschlachtete Autos, auf der anderen war ein hoher Holzzaun. Linda vermutete, daß die alte Lehrerin, die sie besuchen wollte, keine Aussicht auf Schrottautos haben wollte. Linda öffnete das Gartentor und betrat einen gepflegten Garten. Eine Frau stand über ein Beet gebeugt. Sie richtete sich auf, als sie Lindas Schritte hörte. Linda sagte sich, daß Sara Edén, die Frau zu der sie wollte, vor ihr stand.

»Wer sind Sie?« fragte Sara Edén streng.

»Ich heiße Linda Wallander. Darf ich Ihnen ein paar Fragen stellen?«

Sara Edén kam mit erhobenem Spaten auf Linda zu. Es gab Menschen, dachte Linda, die waren wie bissige Hunde. »Warum sollten Sie Fragen stellen dürfen?«

»Ich suche nach einer Freundin, die verschwunden ist.«

Sara Edén betrachtete sie mißtrauisch. »Ist das nicht die Aufgabe der Polizei? Nach verschwundenen Menschen zu suchen?«

»Ich bin bei der Polizei.«

»Dann darf ich vielleicht Ihren Ausweis sehen. Dazu hat man ein Recht, das hat mein älterer Bruder mir gesagt. Er war viele Jahre lang Direktor eines Gymnasiums in Stockholm. Obwohl er sich mit widerspenstigen Lehrerkollegien und noch widerspenstigeren Schülern abgeplagt hat, wurde er einhunderteins Jahre alt.«

»Ich habe noch keinen Ausweis. Ich fange erst an. Polizeianwärterin.«

»Ich nehme an, daß man bei so etwas nicht lügt. Sind Sie stark?«

»Ziemlich.«

Sara Edén zeigte auf die Schubkarre, die bis zum Rand mit

Gemüseresten und Unkraut gefüllt war. »Hinterm Haus habe ich einen Komposthaufen. Aber heute tut mir der Rükken weh. Das tut er sonst nicht. Vielleicht habe ich die Nacht falsch gelegen.«

Linda packte die Griffe der Schubkarre. Sie war schwer, doch es gelang ihr, sie zum Kompost zu schieben. Dort leerte sie sie aus.

Sara Edén zeigte eine freundlichere Seite. In einer kleinen Gartenlaube standen ein paar altmodische Caféstühle und ein Tisch. »Möchten Sie eine Tasse Kaffee?« fragte sie.

»Gern.«

»Dann tut es mir leid, daß ich sie an den Kaffeeautomaten im Möbelkaufhaus an der Straße nach Ystad verweisen muß. Ich trinke keinen Kaffee. Auch keinen Tee. Aber Mineralwasser kann ich Ihnen anbieten.«

»Nein, danke. Nicht nötig.«

Sie setzten sich. Linda fiel es nicht schwer, sich vorzustellen, daß Sara Edén ihr ganzes Leben Lehrerin gewesen war. Sie betrachtete Linda vermutlich als eine potentiell widerspenstige Schulklasse.

»Wollen Sie jetzt erzählen?«

Linda sagte es, wie es war. Annas Spuren führten zu dem Haus hinter der Kirche. Linda bemühte sich, jede Andeutung zu vermeiden, daß sie sich Sorgen machte oder glaubte, es sei etwas Ernstes passiert.

»Wir wollten uns treffen. Aber irgend etwas ist dazwischengekommen.«

Sara Edén hörte Lindas Erzählung mit wachsendem Zweifel zu. »Und womit, glauben Sie, kann ich Ihnen helfen?«

»Ich versuche herauszufinden, wem das Haus gehört.«

»Früher wußte man immer, in wessen Besitz sich ein Gebäude befand. Heute, in unserer unruhigen Welt, weiß man nicht mehr, wer ein Haus gekauft oder verkauft hat. Plötzlich stellt man fest, daß der nächste Nachbar ein gesuchter Verbrecher ist.«

»Ich dachte, daß man in einem so kleinen Ort vielleicht etwas weiß.«

»Ich habe gehört, daß in letzter Zeit in diesem Haus Menschen ein und aus gegangen sind. Aber es scheint nichts Störendes vorgefallen zu sein. Wenn ich es richtig verstanden habe, so gehörten die, die das Haus hatten, einer Form von Gesundheitsbewegung an. Weil mir meine Gesundheit am Herzen liegt und ich nicht beabsichtige, meinen Bruder im Himmel darüber frohlocken zu lassen, daß ich nicht ebenso lange lebe wie er, interessiere ich mich dafür, was ich esse und was ich tue. Ich bin auch nicht so konservativ, daß ich nicht wagte, auf alternative Methoden der Gesundheitspflege neugierig zu sein. Ich bin einmal zu dem Haus gegangen. Eine freundliche Dame, die Englisch sprach, gab mir ein Informationsblatt. Wie die Bewegung hieß, weiß ich nicht mehr. Aber es hatte etwas mit Meditation zu tun und damit, daß gewisse Formen von Natursäften große Bedeutung für die Gesundheit eines Menschen haben.«

»Sind Sie danach nicht mehr hingegangen?«

»Ich fand, daß das Ganze viel zu unklar klang.«

»Haben Sie den Zettel noch?«

Sara Edén nickte zum Komposthaufen hinüber. »Ich glaube kaum, daß von dem Papier noch etwas übrig ist. Nicht nur Menschen werden zu Staub, auch Papier stirbt.«

Linda überlegte, wonach sie noch fragen konnte. Aber die gesamte Situation erschien ihr immer sinnloser. Sie stand auf.

»Keine weiteren Fragen?«

»Nein.«

Sie gingen wieder zur Vorderseite des Hauses.

»Ich fürchte den Herbst«, sagte Sara Edén plötzlich. »Ich habe Angst vor all dem Nebel, der herankriecht, all dem Regen und all den Krähen, die in den Baumwipfeln krächzen. Das einzige, was hilft, nicht den Mut zu verlieren, ist der Gedanke an die Frühlingsblumen, die ich jetzt schon pflanze.«

Linda ging durchs Gartentor.

»Vielleicht erinnere ich mich doch noch an etwas«, sagte Sara Edén.

Sie standen sich jetzt gegenüber, zwischen ihnen das Gartentor. »Ein Norweger«, fuhr sie fort. »Manchmal gehe ich zu Rune hinüber und schimpfe mit ihm, wenn sie sonntags in der Werkstatt Krach machen. Rune hat ein bißchen Angst vor mir. Er gehört zu der Sorte Mensch, die nie die Angst vor ihren Lehrern verliert. Und der Krach hört auf. Aber Rune sagte einmal, er habe gerade einen Norweger dagehabt, der getankt und mit einem Tausender bezahlt habe. Rune hat nicht häufig mit Tausendern zu tun. Und er sagte etwas davon, daß dem Norweger vielleicht das Haus gehöre.«

»Also muß ich Rune fragen?«

»Wenn Sie Zeit haben zu warten. Er macht Urlaub in Thailand. Ich will mir lieber nicht vorstellen, was er da macht.«

Linda überlegte. »Ein Norweger? Ohne Namen?«

»Ja.«

»Und kein Aussehen?«

»Nein. Wenn ich Sie wäre, würde ich die Leute fragen, die das Haus wahrscheinlich verkauft haben. Die übliche Maklerfirma hier in der Gegend ist Sparbankernas Fastighetsförmedling. Weil sie hier eine Filiale haben. Vielleicht wissen die etwas.«

Sie verabschiedeten sich. Linda dachte, daß Sara Edén ein Mensch war, über den sie gern mehr wüßte. Sie überquerte die Straße, ging am Damenfrisiersalon vorbei und betrat die kleine Sparkassenfiliale. Ein einsamer Angestellter blickte zu ihr auf. Sie brachte ihr Anliegen vor.

Die Antwort kam, ohne daß der Mann hinter dem Pult in der Erinnerung oder in Mappen suchen mußte. »Ganz richtig. Wir haben den Hauskauf vermittelt. Der Verkäufer war ein in Malmö wohnhafter Zahnarzt namens Sved, der das Haus als Sommerhaus genutzt, aber offenbar die Lust verloren hatte. Wir haben das Haus im Internet und in *Ystads Allehanda* annonciert. Es kam ein Mann aus Norwegen zu uns und wollte das Haus sehen. Ich bat einen der Makler in Skurup, sich um ihn zu kümmern. Wir halten das so, weil ich hier nur die Bankfiliale betreue und für Immobiliengeschäfte nicht zuständig bin. Zwei Tage später war das Geschäft klar. Soweit ich mich erinnerte, hat dieser Norweger bar bezahlt. Denen geht es ja nicht schlecht im Moment.«

Der letzte Satz verriet eine vage Unzufriedenheit mit der guten wirtschaftlichen Stellung des norwegischen Volkes. Aber Linda wollte nur den Namen des Norwegers wissen.

»Ich habe die Unterlagen nicht hier, aber ich kann in Skurup anrufen.«

Ein Kunde betrat die Bank, ein alter Mann, der sich auf zwei Stöcke stützte.

»Ich muß erst einmal Herrn Alfredsson drannehmen«, sagte der Mann hinter dem Pult.

Linda wartete. Es fiel ihr schwer, ihre Ungeduld zu verbergen. Es dauerte eine Unendlichkeit, bis der alte Mann fertig war. Linda hielt ihm die Tür auf. Der Mann hinterm Pult telefonierte. Nach einer Minute bekam er eine Antwort und schrieb sie auf einen Zettel. Er legte auf und schob ihr den Zettel hin. Linda las: *Torgeir Langås.*

»Möglicherweise schreibt er sich mit zwei a, also *Langaas.*«

»Haben Sie auch seine Adresse?«

»Sie haben nur nach seinem Namen gefragt.«

Linda nickte.

»Alles Weitere können Sie in Skurup erfahren. Darf ich fragen, warum Sie so daran interessiert sind, den Namen des Besitzers zu erfahren?«

»Ich will vielleicht das Haus kaufen«, erwiderte Linda und verließ die Sparkasse.

Sie hastete zum Auto. Jetzt hatte sie einen Namen. Ein Norweger und ein Name. Als sie die Wagentür öffnete, merkte sie, daß etwas anders war. Eine Quittung, die auf dem Armaturenbrett gelegen hatte, lag auf dem Boden, eine Streichholzschachtel lag anders als vorher. Sie hatte den Wagen nicht abgeschlossen. Jemand hatte den Wagen durchsucht, während sie weg war.

Bestimmt kein Dieb, dachte sie. Das Autoradio war noch da. Aber wer war in dem Wagen gewesen? Und warum?

26

Ihr erster Gedanke war unsinnig. *Mutter hat das getan. Es war Mona, die das Auto durchsucht hat, als hätte sie eine meiner Schreibtischschubladen durchwühlt.* Linda setzte sich vorsichtig in den Wagen. Sie zögerte für den Bruchteil einer Sekunde, ein Frösteln durchfuhr sie: eine Bombe. Etwas würde explodieren und ihr Leben auslöschen. Aber natürlich gab es keine Bombe. Ein Vogel hatte auf die Windschutzscheibe geschissen, das war alles. Jetzt merkte sie auch, daß der Sitz anders eingestellt war. Eine Kerbe weiter zurück. Die Person, die hier gesessen hatte, war größer als sie. So groß, daß es notwendig war, den Sitz zu verstellen, um überhaupt hinters Steuer zu kommen. Sie schnüffelte im Innern des Wagens, konnte jedoch keine fremden Gerüche wahrnehmen, kein Rasierwasser, kein Parfüm. Sie sah überall nach. In dem schwarzen Plastikbecher mit Parkmünzen, den Anna hinter dem Schalthebel festgeklebt hatte, war etwas verändert, doch sie konnte nicht sagen, was.

Linda dachte wieder an Mona. Es war in den Jahren ihres Heranwachsens wie ein Katz-und-Maus-Spiel gewesen. Sie konnte sich nicht mehr exakt an den Zeitpunkt erinnern, als ihr klar wurde, daß ihre Mutter ständig ihre Sachen durchsuchte, auf der Jagd nach unbekannten Geheimnissen. Vielleicht war sie acht oder neun Jahre alt, als sie merkte, daß jedesmal, wenn sie aus der Schule kam, etwas verändert war. Zuerst hatte sie natürlich gedacht, sie habe sich falsch erinnert. Daß die rote Jacke mit dem einen Ärmel über der grünen gehangen hatte und nicht umgekehrt. Sie hatte sogar Mona gefragt, die böse geworden war. Das hatte ihren ersten Verdacht erweckt. Dann hatte das Katz-und-Maus-Spiel im Ernst angefangen. Sie hatte zwischen ihren Anziehsachen, ihrem Spielzeug und ihren Büchern Fallen arrangiert. Aber es war, als habe ihre Mutter sofort verstanden, daß sie im Begriff war, ertappt zu werden. Linda mußte immer kompliziertere Fallen bauen. Sie hatte immer noch ein Notizbuch, in dem sie sich aufgeschrieben und zuweilen sogar eine Zeichnung gemacht hatte, welche Falle sie angelegt hatte, um sicher zu sein, nicht das exakte Muster zu vergessen, das ihre Mutter durcheinanderbringen sollte, um sich selbst zu entlarven.

Sie blickte sich weiter im Wagen um. Eine Mutter war hier und hat spioniert. Eine Mutter, die ein Mann oder eine Frau gewesen sein kann. Es gibt männliche Mütter und weibliche Väter; im Leben seiner Kinder zu spionieren, um etwas von seinem eigenen zu verstehen, ist gewöhnlicher, als man denkt. Unter meinen Freundinnen ist kaum eine, die nicht mindestens ein spionierendes Elternteil hatte. Sie dachte an ihren Vater. Er hatte nie in ihren Sachen herumgewühlt. Dann und wann hatte sie wachgelegen und gemerkt, wie er vorsichtig durch den Türspalt äugte, um zu kontrollieren, ob sie wirklich zu Hause war. Aber er hatte sich nie auf unerlaubte Expeditionen in die Welt ihrer Geheimnisse begeben. Das war immer Mona gewesen.

Linda beugte sich neben dem Steuerrad vor und schaute unter den Sitz. Dort sollte eine kleine Bürste liegen, die Anna für die Sitze benutzte. Sie war da. Aber Linda sah sofort, daß jemand sie anders hingelegt hatte. Sie öffnete das Handschuhfach und ging systematisch den Inhalt durch. Es fehlte nichts. Was besagte das? Daß die Person, die gesucht hatte, nichts Wertvolles gefunden hatte. Das Radio war nicht wertvoll. Es war etwas anderes. Aber man konnte den Gedanken noch einen Schritt weiterverfolgen und die Mutter, die dem Auto einen Besuch abgestattet hatte, besser kennenlernen. Das Radio mitzunehmen wäre eine einfache Methode gewesen, den Vorsatz, das Spionieren, zu verschleiern. Dann hätte Linda es für einen gewöhnlichen Einbruch gehalten und den Umstand verflucht, daß sie zu faul gewesen war, den Wagen abzuschließen.

Ich habe es mit keiner besonders schlauen Mutter zu tun, dachte sie.

Weiter kam sie nicht. Sie gelangte zu keiner Schlußfolgerung. Keiner Antwort auf die Fragen: Wer und warum? Sie stieg aus dem Auto, rückte den Sitz in die richtige Position und sah sich um. *Ein Mann war im Gegenlicht auf sie zugekommen. Sie hatte einen Nacken gesehen und gedacht, daß es Annas Vater sei.* Aber jetzt schüttelte sie irritiert den Kopf zu dem Spiel. Anna hatte sich eingebildet, es sei ihr Vater gewesen, den sie auf der Straße gesehen hatte. Vielleicht war sie so enttäuscht gewesen, daß sie einfach weggefahren war. Das hatte sie auch früher schon getan, plötzliche Aufbrüche, und nachher wußte niemand, wo sie gewesen war. Zebra hatte davon erzählt. Zebra hatte die Lücken in Lindas Wissen über Anna in den Jahren, in denen sie keinen Kontakt hatten, ausgefüllt. Aber Zebra hatte auch gesagt, daß zumindest irgend jemand immer wußte, daß Anna fort war. Ganz spurlos verschwand sie nie.

Wem hat sie diesmal die Spur hinterlassen? Da liegt der Fehler, dachte Linda, daß ich die Person nicht finde, der sie etwas erzählt hat.

Sie ging zurück über den Kirchenvorplatz, warf einen Blick zum Kirchturm hinauf, wo ein paar Tauben flatterten, und schlug den Weg zum Haus ein. Es war leer und verlassen wie zuvor. *Ein Mann namens Torgeir Langaas hat das Haus gekauft*, dachte sie. *Er hat bar bezahlt.*

Sie ging auf die Rückseite des Hauses und sah nachdenklich und geistesabwesend zugleich auf die steinerne Sitzgruppe. Da standen Johannisbeersträucher, schwarze und rote. Sie pflückte eine Handvoll Beeren und aß. Der Gedanke an Mona kehrte wieder. Warum hatte sie immer solche Angst gehabt? Sie spionierte nicht aus Neugier, ihre Triebkraft war Angst. Aber wovor? Daß ich mich als jemand anders zeigte als die, die ich war? Eine Neunjährige kann ein doppeltes Spiel spielen, kann Geheimnisse haben, aber sie kann kaum eine so ausgeklügelte Doppelnatur sein, daß eine

Mutter es nötig hätte, zwischen Pullis und Unterwäsche herumzuschnüffeln, um zu verstehen, wer das eigene Kind ist.

Erst als Mona ihr Tagebuch gefunden und heimlich gelesen hatte, war es zu einem offenen Konflikt zwischen ihnen gekommen. Sie war damals dreizehn, ihr Tagebuch hatte sie hinter einer losen Holzverkleidung in einem Wandschrank versteckt. Anfangs war sie überzeugt, daß es dort sicher war. Aber eines Tages hatte sie gemerkt, daß die Mutter ihr Geheimfach entdeckt hatte. Das Tagebuch lag ein paar Zentimeter zu tief in der Aushöhlung. Linda war sich sofort sicher. Ihr Geheimfach war nicht mehr geheim. Mona machte sich dort zu schaffen, wenn ihre Tochter nicht zu Hause war. Sie erinnerte sich noch gut an ihre maßlose Empörung. Damals hatte sie ihre Mutter wirklich gehaßt. Sie streifte noch ein paar Johannisbeeren ab und dachte, daß sie später im Leben nie wieder einen so intensiven Haß empfunden hatte wie damals, als sie dreizehn war und den Vertrauensbruch entdeckte, den ihre Mutter begangen hatte.

Die Erinnerung hatte eine Fortsetzung und einen Schluß. Linda hatte beschlossen, ihre Mutter in die Falle gehen zu lassen, was bedeutete, daß sie auf frischer Tat ertappt wurde. Linda schrieb auf die erste leere Seite im Tagebuch, sie wisse, daß Mona das Tagebuch lese und in ihren Sachen herumspioniere. Sie legte das Tagebuch an seinen Platz und machte sich auf den Weg zur Schule. Doch auf halbem Weg bog sie ab, sie schwänzte, weil sie wußte, daß sie sich sowieso nicht konzentrieren konnte, und trieb sich den Tag über in den Läden der Stadt herum. Als sie nach Hause kam, brach ihr der kalte Schweiß aus. Aber ihre Mutter sah sie an, als sei nichts geschehen. Spät in der Nacht, als ihre Eltern schliefen, stand sie auf, holte das Tagebuch heraus und sah, daß ihre Mutter nach Lindas eigenen letzten Worten zwei Zeilen geschrieben hatte. Kein Wort der Entschuldigung, nichts darüber, daß sie sich schämte. Sondern nur ein Versprechen: *Ich werde nicht mehr lesen, ich verspreche es.*

Linda riß ein paar letzte Johannisbeeren ab. Wir haben nie

darüber gesprochen, dachte sie. Danach hat sie aufgehört zu spionieren, glaube ich. Aber sicher war ich nie. Vielleicht wurde sie geschickter im Verbergen ihres Eindringens, vielleicht machte es mir nichts mehr aus. Aber wir haben nie darüber gesprochen.

Als sie gerade den Garten verlassen wollte, fiel ihr Blick auf etwas, was hinter zwei hohen Kastanien lag. Sie ging näher heran, um zu sehen, was es war. Sie fuhr zusammen. Es sah aus wie ein Körper, der dort lag, ein Bündel von Kleidern, Arme und Beine ausgestreckt. Ihr Herz hämmerte. Sie versuchte, ihre Augen zu einem Fernglas zu machen, das den Gegenstand vergrößerte. Wie lange sie so stand, ohne sich zu rühren, wußte sie nicht. Schließlich war sie sicher. Es konnte kein Mensch sein. Sie trat näher. Es war eine Vogelscheuche, die hinter den hohen Bäumen lag. Auf einer kleinen Erhebung stand ein Kirschbaum. Linda vermutete, daß die Vogelscheuche dort gestanden hatte und umgefallen war, sich aber niemand die Mühe gemacht hatte, sie wieder aufzurichten. Es sah aus wie eine Leiche, dachte sie. Vergammelte Kleider, ein gekreuzigter Mensch, der nie begraben worden ist. Das Gerippe der Vogelscheuche war aus weißem Plastikmaterial zurechtgeschnitten. Die Kleider waren zusammengestückelt. Das Oberteil war ein Herrenjackett, das Unterteil ein Rock. Das Gesicht unter einem alten braunen Hut bestand aus einem grasgefüllten weißen Leinenbeutel, auf den Nase, Mund und Augen aufgemalt waren.

Linda ging in die Hocke und betrachtete den Rock. Er war rostbraun und weniger verschlissen als die übrigen Kleidungsstücke. Die Einsicht kam aus ihrem Bauch, nicht aus dem Kopf. Anna hatte auch so einen Rock. Aber war der nicht im Kleiderschrank, als sie dort nachgesehen hatte? Plötzlich war sie unsicher. Sie richtete sich auf. Heftige Übelkeit überkam sie. Konnte es Annas Rock sein, der an der Vogelscheuche hing? Sie konnte nur noch einen Gedanken weiter denken. Wenn es Annas Rock war, mußte das bedeuten, daß Anna tot war.

Sie lief zur Kirche und zum Auto zurück und fuhr in einem Tempo, das jeder Geschwindigkeitsbegrenzung spottete, nach Ystad. Sie parkte nachlässig vor Annas Haus und lief in die Wohnung hinauf. Ich glaube nicht an Gott, dachte sie. Ich bete auch nicht. Aber, lieber Gott, mach, daß der Rock im Kleiderschrank hängt. Sie riß die Türen auf. Der Rock war nicht da. Sie wühlte zwischen den Kleidern, zerrte Teile heraus. Kein rostbrauner Rock. Sie merkte, daß sie vor Angst zitterte. Die Angst war wie Kälte. Sie lief ins Badezimmer und kippte den Wäschekorb aus. Kein Rock. Dann sah sie ihn. Er lag im Wäschetrockner zwischen anderen Kleidungsstükken. Ihre Erleichterung war so groß, daß sie sich auf den Fußboden setzte und sie laut aus sich herausschrie.

Hinterher sah sie ihr Gesicht im Badezimmerspiegel und beschloß, daß es jetzt reichte. Sie durfte sich nicht weiter einbilden, daß Anna etwas zugestoßen war. Statt mit Annas Auto in der Gegend herumzufahren, würde sie mit Zebra reden. Irgendwo gab es jemanden, der wußte, wo Anna sich befand.

Sie ging auf die Straße hinunter. Sollte sie ihre sinnlose Nachforschung nicht trotz allem damit abschließen, daß sie den Immobilienmakler in Skurup aufsuchte? Ohne sich eigentlich entschieden zu haben, setzte sie sich ins Auto und fuhr nach Westen.

Der Makler hieß Ture Magnusson und verhandelte gerade mit einem deutschen Pensionärspaar über ein Haus in Trunnerup. Linda setzte sich und blätterte in einer Mappe mit Hausangeboten, während sie wartete. Sie konnte hören, daß Ture Magnusson sehr schlecht Deutsch sprach. Seinen Namen hatte sie an der Wand unter seinem Foto gesehen. Es gab offenbar zwei Angestellte, doch nur Ture Magnusson war anwesend. Sie blätterte in der Mappe, war entsetzt über die Preise und fragte sich, was aus ihrem alten Traum geworden war, aufs Land zu ziehen und ein paar Pferde zu halten. Bis zum Ende ihrer Teenagerjahre war das eines ihrer Lebensziele gewesen. Aber dann war der Traum auf einmal verschwunden. Jetzt fiel es ihr schwer, sich vorzustellen, auf einem Hof draußen im Lehm zu wohnen, wenn der Herbst in den Winter überging und der Schnee über die Ebene trieb. Irgendwo unterwegs habe ich mich, ohne es zu bemerken, in einen Stadtmenschen verwandelt, dachte sie. Das kleine Ystad ist nur eine Station auf dem Weg zu einer größeren Stadt. Vielleicht Malmö, vielleicht Göteborg. Vielleicht sogar Stockholm.

Ture Magnusson stand auf und kam zu ihr herüber. Er lächelte freundlich. »Die beiden müssen sich noch einmal miteinander besprechen«, sagte er und stellte sich vor. »So etwas pflegt zu dauern. Womit kann ich Ihnen helfen?«

Linda erklärte ihr Anliegen, diesmal ohne Polizistin zu spielen.

Ture Magnusson begann zu nicken, bevor sie geendet hatte. Er schien sich an die Transaktion zu erinnern, ohne seine Unterlagen zu Rate zu ziehen. »Das Haus hinter der Kirche in Lestarp wurde von einem Norweger gekauft. Ein angenehmer Mann, entschlußfreudig. Er war das, was ich einen idealen Kunden nennen würde. Barzahlung, keine lange Bedenkzeit, kein Hin und Her.«

»Wie kann ich Kontakt zu ihm aufnehmen? Das Haus interessiert mich.«

Ture Magnusson musterte sie eingehend. Sein Stuhl knackte, als er sich nach hinten abstieß und gegen die Wand lehnte. »Ehrlich gesagt, hat er für das Haus zu viel bezahlt. Das dürfte ich natürlich nicht sagen. Aber ich kann auf der Stelle drei Häuser nennen, die bedeutend besser in Schuß sind, eine schönere Umgebung haben und weniger kosten.«

»Aber dies ist das Haus, auf das ich es abgesehen habe. Ich möchte diesen Norweger zumindest fragen, ob er verkaufen will.«

»Natürlich können Sie das. Torgeir Langaas war sein Name.«

Den letzten Satz sang Ture Magnusson. Linda merkte, daß

er eine schöne Stimme hatte. Er stand auf und verschwand in einem angrenzenden Raum. Als er zurückkam, hatte er eine aufgeschlagene Mappe in der Hand. »Torgeir Langaas«, las er. »Er schreibt seinen Nachnamen mit drei a. Geboren in einem Ort namens Bærum, dreiundvierzig Jahre alt.«

»Wie ist seine Adresse in Norwegen?«

»Es gibt keine. Er wohnt in Kopenhagen.«

Ture Magnusson legte Linda die Mappe hin, damit sie selbst lesen konnte. *Nedergade 12.*

»Wie war er denn?«

»Warum wollen Sie das wissen?«

»Glauben Sie, daß es einen Sinn hat, wenn ich nach Kopenhagen fahre?«

Ture Magnusson lehnte sich wieder an die Wand zurück. »Ich versuche immer, mich auf Menschen zu verstehen«, sagte er. »Das ist fast eine Voraussetzung für die Arbeit hier. Als erstes muß man lernen, all die auszusortieren, die nie ein Haus kaufen werden, obwohl sie ihre ganze Zeit damit verbringen, Makler zu nerven und Besichtigungen zu vereinbaren. Torgeir Langaas war ein Mann, der ein Geschäft abschließen wollte, das war mir sofort klar, als er durch diese Tür kam. Sehr freundlich. Er hatte sich das Haus ausgesucht. Wir fuhren hin, er ging herum, stellte keine Fragen. Dann fuhren wir hierher zurück. Er zog Bündel mit Geldscheinen aus einer Schultertasche. Das ist recht ungewöhnlich. Ich hatte es vorher nur zweimal erlebt. Einer unserer jungen reichen Tennisspieler, der mit einem Koffer voll Hunderter ankam und einen Riesenhof in Västra Vemmenhög kaufte. Soweit ich weiß, ist er nie dagewesen. Dann eine ältere und sehr exzentrische Witwe eines reichen Gummistiefels, sie hatte einen Diener bei sich. Der bezahlte. Es war ein kleines häßliches Haus an der Straße nach Rydsgård, auf dem vor vielen Jahren anscheinend ein Verwandter von ihr gelebt hatte.«

»Was meinen Sie mit Witwe eines Gummistiefels?«

»Der Mann hatte eine Stiefelfabrik in Höganäs. Aber gegen Dunkers in Helsingborg kam er natürlich nicht an.«

Linda hatte keine Ahnung, wer Dunker in Helsingborg war. Sie schrieb die Adresse in Kopenhagen auf und machte Anstalten zu gehen. Ture Magnusson hob die Hand und hielt sie zurück.

»Jetzt, wo ich darüber nachdenke, fällt mir ein, daß da noch etwas war, etwas, was mir auffiel, was ich mir aber sozusagen nicht gemerkt habe, weil das Geschäft so schnell abgewickelt war.«

»Und was war das?«

Ture Magnusson schüttelte langsam den Kopf. »Nicht leicht zu sagen. Ich fand, daß er sich oft umdrehte. Als sei er beunruhigt, daß jemand auftauchen könnte, dem er am liebsten nicht begegnete. Außerdem ging er mehrfach zur Toilette, während wir hier saßen. Ich erinnere mich noch, daß seine Augen glänzten, als er das letztemal zurückkam.«

»Hatte er geweint?«

»Nein. Er stand unter dem Einfluß von irgendwas.«

»Hatte er getrunken?«

»Er roch nicht. Aber er kann natürlich Wodka getrunken haben.«

Linda überlegte, was sie noch fragen konnte.

»Vor allem war er freundlich«, unterbrach Ture Magnusson ihre Gedanken. »Vielleicht verkauft er Ihnen das Haus. Wer weiß?«

»Wie sah er denn aus?«

»Ziemlich normales Gesicht. Woran ich mich erinnere, sind seine Augen. Nicht nur, weil sie glänzten. Sie hatten etwas Stechendes. Ich könnte mir vorstellen, daß es Menschen gibt, die sagen würden, daß seine Augen bedrohlich waren.«

»Aber er war nicht bedrohlich?«

»Er war sehr freundlich. Ein idealer Kunde. Ich kaufte an dem Abend, nachdem das Geschäft abgeschlossen war, eine gute Flasche Wein. Um zu feiern, daß es ein guter Tag gewesen war, mit einem guten Resultat bei geringer Anstrengung.«

Linda verließ das Maklerbüro. Ein Schritt weiter, dachte sie. Ich werde nach Kopenhagen fahren und Torgeir Langaas aufsuchen. Warum, weiß ich nicht. Vielleicht als eine Beschwörung? Daß an Annas Abwesenheit nichts Sonderbares ist. Sie ist nicht verschwunden, sie ist nur nicht da, und sie hat vergessen, mir davon zu erzählen. Alles, was im Moment geschieht, dreht sich ja nur darum, daß ich an allen meinen inneren Wänden hochlaufe, aus schierer Ungeduld, endlich anfangen können zu arbeiten.

Sie fuhr nach Malmö. Kurz vor der Abfahrt nach Jägersro und zur Öresundbrücke beschloß sie, einen kurzen Aufenthalt in Malmö einzulegen. Sie suchte den Weg zu dem Haus, das in Limhamn lag, parkte den Wagen und ging durchs Gartentor. In der Auffahrt stand ein Wagen. Sie nahm an, daß jemand zu Hause war. Gerade als sie klingeln wollte, zog sie die Hand zurück. Warum, wußte sie nicht. Sie ging ums Haus herum, öffnete die Tür zum Innenhof und ging zur verglasten Veranda. Der Garten war gepflegt, der Kiesweg in geraden Linien geharkt. Die Verandatür war angelehnt. Sie öffnete und lauschte. Es war still. Aber jemand war zu Hause. Sonst wäre die Tür geschlossen gewesen. Die Menschen, die sie hier besuchte, verwendeten viel Zeit und Sorgfalt darauf, Türen zu verschließen und Alarmanlagen zu kontrollieren. Sie ging hinein. Das Bild über dem Sofa kannte sie. Als Kind hatte sie oft davor gestanden und den braunen Bären betrachtet, der von einer Flamme zerrissen zu werden schien und langsam in Stücke zerbarst. Es war ein grausames Bild, jetzt ebenso wie damals. Sie wußte noch, daß es ins Haus gekommen war, weil ihr Vater es bei einer Lotterie gewonnen und ihrer Mutter zum Geburtstag geschenkt hatte. Aus der Küche kamen Geräusche. Linda ging ihnen nach.

Sie wollte ihr gerade ›Hej‹ zurufen, als sie wie angewurzelt stehenblieb. Mona stand an der Spüle. Sie war nackt und hob eine Schnapsflasche an den Mund.

27

Später sollte Linda das Gefühl haben, als hätte sie auf ein Bild in ihrer Erinnerung gestarrt. Es war nicht ihre Mutter, die dort nackt mit einer Schnapsflasche stand, es war nicht einmal ein Mensch, sondern ein Abguß von etwas anderem, eine Erinnerung, die zu vergegenwärtigen ihr nur gelang, indem sie tief durchatmete. Einmal hatte sie selbst das gleiche erlebt. Aber sie war nicht nackt gewesen und hatte auch keine Schnapsflasche in der Hand. Sie war vierzehn damals, es waren die schlimmsten Teenagerjahre, in denen nichts möglich und begreiflich erschien, wo aber gleichzeitig alles klar war, leicht zu durchschauen, alle Teile des Körpers vibrierten in einem ganz neuartigen Hunger. Es war während einer Periode ihres Lebens, einer der richtig kurzen, da nicht nur ihr Vater zu den sonderbarsten Zeiten zur Arbeit trabte, sondern auch ihre Mutter sich aus ihrem trostlosen Hausfrauendasein aufgerafft und eine Arbeit im Büro einer Spedition angenommen hatte. Linda war glücklich, endlich hatte sie die Möglichkeit, nach der Schule ein paar Stunden allein in der Wohnung zu verbringen oder auch Freunde mit nach Hause zu nehmen.

Linda wurde kühner, es kam vor, daß an den Nachmittagen kleine Feste bei ihr veranstaltet wurden. Sie war plötzlich eine populäre Person geworden, weil sie mit einer elternfreien Wohnung aufwarten konnte. Sie rief täglich ihren Vater an, um zu kontrollieren, daß er nicht auf dem Nachhauseweg war, sondern bis spätabends arbeitete, was die Regel war. Mona kam immer zwischen sechs und halb sieben nach Hause. In dieser Zeit trat auch Torbjörn in ihr Leben. Ihr erster richtiger Freund, der manchmal Tomas Ledin ähnelte, manchmal so aussah, wie Linda sich Clint Eastwood als

Fünfzehnjährigen vorstellte. Torbjörn Rackestad war halber Däne und außerdem zu einem Viertel Schwede und zu einem Viertel Indianer, was ihm nicht nur ein schönes Aussehen, sondern auch eine irgendwie mystische Aura verlieh.

Zusammen mit ihm begann Linda ernstlich zu erforschen, was sich hinter dem Begriff Liebe verbarg. Zumindest näherten sie sich dem großen Augenblick, auch wenn Linda sich noch sträubte. Eines Tages lagen sie in ihrem Bett, halb ausgezogen, als die Tür aufgerissen wurde. Da stand Mona, sie hatte sich mit ihrem Chef gestritten und war früher nach Hause gekommen. Der Gedanke an den Schock verursachte Linda noch immer Schweißausbrüche. Sie hatte einen hysterischen Lachanfall bekommen. Was Torbjörn getan hatte, ahnte sie nur, weil sie es vorgezogen hatte, der Situation dadurch zu entgehen, daß sie die Augen zumachte. Aber er mußte sich in rasendem Tempo angezogen und das Weite gesucht haben.

Mona war nicht in der Tür stehengeblieben. Sie hatte sie nur mit einem Blick angesehen, über den Linda sich nie ganz hatte klarwerden können. Er drückte alles von Verzweiflung bis zu einer merkwürdigen Art von Heiterkeit darüber aus, ihre Tochter endlich ertappt und den Beweis erbracht zu haben, daß sie genauso unberechenbar war, wie Mona immer vermutet hatte. Wie lange Linda selbst in ihrem Zimmer blieb, wußte sie nicht. Schließlich war sie jedoch ins Wohnzimmer gegangen, wo Mona auf dem Sofa saß und rauchte. Es hatte eine Szene gegeben, sie hatten sich angeschrieen, Linda konnte sich noch immer an einen Ausruf erinnern, den Mona ein übers andere Mal wiederholte: *Mir ist scheißegal, was ihr tut, wenn du nur kein Kind kriegst.* Linda konnte auch ein Echo ihrer eigenen erregten und panischen Stimme hören. Aber es war nur ein Heulen, keine Worte. Sie erinnerte sich an das Gefühl, die Peinlichkeit, die Wut, die Kränkung.

Mitten in dem wüsten Auftritt hatte ihr Vater die Wohnungstür aufgemacht. Er hatte als erstes gefürchtet, daß ein

Unglück passiert wäre. Dann hatte er versucht, zwischen ihnen zu vermitteln, war aber am Ende selbst ausgerastet und hatte eine Glasschale zerschlagen, die Mona und er zur Hochzeit geschenkt bekommen hatten.

Daran mußte sie denken, als sie die nackte Frau mit der Flasche in der Hand sah. Und weiter dachte sie, daß sie ihre Mutter nicht nackt gesehen hatte, seit sie klein war. Aber der Körper, den sie jetzt vor sich sah, war ganz anders. Mona war dick geworden, ihr Übergewicht bildete Wülste. Linda verzog angewidert das Gesicht, es war eine unbewußte Reaktion, doch sie war hinreichend deutlich, daß Mona sie bemerkte und aus ihrem Schock darüber, von ihrer Tochter ertappt worden zu sein, herauskam. Nachher sollte Linda denken, daß die Tatsache, daß sie beide unvorbereitet waren, das einzige war, was sie in diesem Augenblick gemeinsam hatten. Mona setzte die Flasche hart auf dem Tisch ab und riß als Schutz gegen ihre Nacktheit die Kühlschranktür auf. Linda mußte unwillkürlich kichern, als sie den Kopf ihrer Mutter über der Kühlschranktür aufragen sah.

»Was fällt dir ein, hier hereinzukommen, ohne zu klingeln?«

»Ich wollte dich überraschen.«

»Du kannst doch nicht einfach reinkommen, ohne zu klingeln.«

»Wie sollte ich sonst herausfinden, daß meine Mutter am hellichten Tage säuft?«

Mona knallte die Kühlschranktür zu. »Ich saufe nicht«, schrie sie.

»Du hattest eine Wodkaflasche am Mund.«

»In der Flasche ist Wasser. Ich kühle es vor dem Trinken.«

Beide warfen sich gleichzeitig über die Flasche, Mona, um die Wahrheit zu verbergen, Linda, um sie aufzudekken.

Linda war schneller und roch daran. »Das hier ist kein Wasser. Das ist reiner Wodka. Geh und zieh dir was an. Hast du gesehen, wie du aussiehst? Bald bist du genauso dick wie Vater. Aber du bist fett, er ist nur dick.«

Mona riß die Flasche an sich. Linda ließ es geschehen. Sie kehrte Mona den Rücken zu. »Zieh dir was an.«

»In meinem eigenen Haus gehe ich nackt, sooft ich will.«

»Es ist nicht dein Haus. Es gehört dem Prokuristen.«

»Er heißt Olof und ist mein Mann. Das Haus gehört uns beiden.«

»Das tut es überhaupt nicht. Ihr habt Gütertrennung. Wenn ihr euch scheiden laßt, behält er das Haus.«

»Woher weißt du das?«

»Das hat Großvater erzählt.«

»Der Scheißkerl. Was wußte der schon.«

Linda drehte sich blitzschnell um und gab Mona eine Ohrfeige, die aber ihre Wange nur streifte.

»Rede nicht so über meinen Großvater.«

Mona machte einen Schritt rückwärts, schwankte, aber nicht von dem Schlag, sondern vom Alkohol, und sah sie wie rasend an. »Du bist genau wie dein Vater. Der hat mich geschlagen, und jetzt kommst du und tust das gleiche.«

»Zieh dir was über.«

Linda sah, wie ihre nackte Mama einen tiefen Schluck aus der Flasche nahm. Das kann nicht wahr sein, dachte sie. Was ich hier sehe, passiert nicht wirklich. Warum bin ich hergekommen? Warum bin ich nicht durchgefahren nach Kopenhagen?

Mona stolperte und fiel. Linda wollte ihr aufhelfen, wurde jedoch abgewiesen. Mona zog sich an einem Stuhl hoch und setzte sich.

Linda ging ins Badezimmer und holte einen Morgenrock. Doch Mona weigerte sich, ihn anzuziehen.

Linda verspürte Übelkeit. »Kannst du dir nicht was anziehen?«

»Alle Sachen fühlen sich zu eng an.«

»Dann geh ich jetzt.«

»Willst du nicht wenigstens einen Kaffee trinken?«

»Nur wenn du dir was anziehst.«

»Olof liebt es, mich nackt zu sehen. Wir sind hier im Haus immer nackt.«

Jetzt werde ich zur Mutter meiner Mutter, dachte Linda und zog ihr mit energischen Bewegungen den Morgenrock an. Mona leistete keinen Widerstand. Als sie sich nach der Flasche streckte, stellte Linda sie weg. Dann machte sie Kaffee.

Mona verfolgte ihre Bewegungen mit trüben Augen. »Wie geht es Kurt?«

»Gut.«

»Kurt ist es in seinem ganzen Leben nicht gutgegangen.«

»Im Moment geht es ihm gut. Besser als je zuvor.«

»Das muß daran liegen, daß er endlich seinen Vater los ist, der ihn gehaßt hat.«

Linda hob den Arm. Mona verstummte und hielt entschuldigend die Hände hoch.

»Du hast keine Ahnung davon, wie Vater um ihn trauert. Keine Ahnung.«

»Hat er jetzt einen Hund gekauft?«

»Nein.«

»Ist er noch mit dieser Russin zusammen?«

»Baiba war aus Lettland. Das ist aus.«

Mona stand auf, schwankte, hielt sich aber aufrecht. Sie ging ins Badezimmer. Linda legte das Ohr an die Tür und horchte. Sie hörte einen Wasserhahn, der aufgedreht wurde, keine Flaschen, die aus einem Versteck gezogen wurden.

Als Mona wieder in die Küche trat, hatte sie sich gekämmt und gewaschen. Sie suchte mit dem Blick die Flasche, die Linda in den Ausguß entleert hatte. Sie goß Kaffee ein. Linda fühlte plötzlich Mitleid mit ihr. Ich will nie so werden wie sie. Nie diese spionierende, nervöse, unselbständige Frau werden, die sich eigentlich nicht von Papa scheiden lassen wollte, aber ihrer selbst so wenig sicher war, daß sie gerade das tat, was sie nicht wollte.

»Ich bin sonst nicht so«, murmelte Mona.

»Eben habe ich gehört, daß Olof und du hier nackt herumlauft.«

»Ich trinke nicht soviel, wie du glaubst.«

»Ich glaube gar nichts. Früher hast du fast nie getrunken. Jetzt seh ich dich nackt mit der Flasche am Mund dastehen, am hellichten Tag.«

»Mir geht es nicht gut.«

»Bist du krank?«

Mona begann zu weinen. Linda war ratlos. Wann hatte sie ihre Mutter zuletzt weinen sehen? Ein nervöses, beinah rastloses Weinen, das sie überkommen konnte, wenn ein Essen ihr nicht gelungen war oder sie etwas vergessen hatte. Sie konnte weinen, wenn sie sich mit Lindas Vater stritt. Aber dieses Weinen war etwas anderes. Linda beschloß abzuwarten. Es endete ebenso schnell, wie es begonnen hatte.

Mona putzte sich die Nase und trank ihren Kaffee. »Es tut mir leid.«

»Erzähl mir lieber, was los ist.«

»Was sollte denn los sein?«

»Das weiß ich doch nicht, sondern du. Aber etwas ist doch.«

»Ich glaube, Olof hat eine andere. Er sagt, es stimme nicht. Aber eins habe ich gelernt im Leben, zu wissen, wenn jemand lügt. Das habe ich von deinem Vater gelernt.«

Linda spürte sogleich das Bedürfnis, ihn zu verteidigen. »Ich glaube nicht, daß er mehr lügt als andere. Auf jeden Fall nicht mehr als ich.«

»Du ahnst ja nicht, was ich dir erzählen könnte.«

»Und du ahnst nicht, wie wenig mich das interessiert.«

»Warum mußt du so garstig sein?«

»Ich sage nur, was ich meine.«

»Im Moment könnte ich eher jemanden brauchen, der ein bißchen freundlich zu mir ist.«

Lindas Gefühle hatten die ganze Zeit gewechselt, Mitleid, Zorn, aber keins war so stark wie das, was sie jetzt empfand. Ich mag sie nicht, sagte sie zu sich selbst. Meine Mutter ist eine Frau, die um eine Liebe bittet, die ich ihr nicht geben kann. Ich muß hier weg. Sie stellte ihre Tasse neben die Spüle.

»Willst du schon gehen?«

»Ich muß nach Kopenhagen.«

»Was hast du denn in Kopenhagen zu tun?«

»Das kann ich dir so schnell nicht erklären.«

»Ich hasse Olof für das, was er tut.«

»Ich kann zurückkommen, wenn du nüchtern bist.«

»Warum bist du so garstig?«

»Ich bin nicht garstig. Ich ruf dich an.«

»Ich kann so nicht weitermachen.«

»Dann mußt du wohl noch einmal neu anfangen. Das hast du doch schon einmal getan.«

»Du brauchst mir nicht zu erzählen, was ich in meinem Leben getan habe.«

Sie begann sich wieder zu erhitzen. Linda wandte sich um und ging. Sie hörte Monas Stimme hinter sich: *Bleib noch ein bißchen.* Und dann, gerade als sie die Tür zuschlagen wollte: *Dann geh und komm nie wieder.*

Als sie sich ins Auto setzte, war sie naßgeschwitzt. Blöde Alte, dachte sie. Doch sie wußte, daß sie es, noch bevor sie die Mitte der Öresundbrücke erreicht hatte, bereuen würde. Sie hätte eine gute Tochter sein und bei ihrer Mutter bleiben und ihre Klagen anhören sollen.

Linda suchte die Auffahrt zur Brücke, kaufte ihr Ticket und fuhr durch die Sperre. Sie fuhr langsam. Schon kam ihr schlechtes Gewissen angekrochen. Sie empfand eine plötzliche Sehnsucht danach, nicht das einzige Kind zu sein. Ein Bruder oder eine Schwester, dachte sie. Das hätte alles verändert. Jetzt bin ich ständig in der Unterzahl, ich habe zwei Eltern und bin selbst allein. Ich werde mich ihrer annehmen müssen, wenn sie nicht mehr allein zurechtkommen. Bei dem Gedanken schauderte es sie. Gleichzeitig beschloß sie, mit ihrem Vater über das Vorgefallene zu sprechen. War es früher schon vorgekommen, daß Mona zuviel getrunken hatte? Gab es ein Alkoholproblem, von dem Linda nichts wußte?

Sie erreichte die dänische Seite der Brücke und schob die Gedanken an Mona beiseite. Der Entschluß, mit ihrem Vater zu sprechen, ließ das schlechte Gewissen verblassen. Es war richtig, daß sie nicht bei ihrer Mutter geblieben war. Nur wenn sie nüchtern war, hatte es Sinn, mit ihr zu sprechen. Wenn sie geblieben wäre, hätten sie sich nur weiter angeschrieen.

Linda fuhr auf einen Parkplatz und stieg aus dem Wagen. Sie setzte sich auf eine Bank und blickte hinaus auf den Sund, die Brücke, drüben im Dunst Schweden. Dort lebten ihre beiden Eltern, die Lindas Leben in der gesamten Zeit ihres Heranwachsens in einen eigentümlichen Nebel gehüllt hatten. Am schlimmsten ist mein Vater, dachte sie. Der fähige, doch so finstere Kriminalbeamte, der lachen könnte, wenn er es sich aus einem unerfindlichen Grund nicht selbst verboten hätte. Mein Vater, dem es nicht gelingt, eine neue Frau zu finden und mit ihr zu leben, weil er noch immer Mona liebt. Baiba in Riga verstand das und versuchte, es ihm zu erklären. Aber er wollte nicht zuhören. ›Ich habe Mona vergessen‹, pflegte er zu sagen, das hat Baiba mir erzählt. Aber er hat sie nicht vergessen, er wird sie nicht vergessen, sie war die große Liebe seines Lebens. Jetzt finde ich sie, wie sie nackt in der Küche steht und Schnaps aus der Flasche trinkt. Sie wandert auch in diesem finsteren Nebel umher, und ich habe es noch immer nicht geschafft, mich davon zu befreien, obwohl ich bald dreißig bin.

Wütend trat sie in den Kies, nahm einen Stein auf und warf ihn nach einer Möwe. Das elfte Gebot, dachte sie, das wichtigste, das mir sagt: *Ich soll nicht werden wie sie*. Jenseits des Nebels gibt es eine andere Welt, mit der sie den Kontakt verloren haben. Meine Mutter stirbt daran, daß sie mit einem blutarmen Prokuristen lebt. Mein Vater daran, daß er nicht begreift, daß er die große Liebe seines Lebens schon getroffen und verloren hat, und sich danach richtet. Er wird weiter seine unsichtbaren Hunde ausführen und seine Häuser kaufen, die nicht existieren, bis er eines Tages entdeckt, daß etwas zu spät ist. Aber was ist dieses Etwas?

Sie stand auf und ging zum Wagen zurück. Mit der Hand an der Wagentür brach sie in Lachen aus. Ein paar Möwen flogen auf. So bin ich, dachte sie. Keiner lockt mich in den Nebel und führt mich in die Irre, so daß ich nie wieder herausfinde. Der Nebel kann schon ein lockendes Labyrinth sein. Aber ich werde mich nicht von ihm einfangen lassen. Sie lachte weiter, als sie zur Stadt fuhr. In Nyhavn hielt sie an, und auf einer großen Informationstafel für Touristen fand sie heraus, wo die Nedergade lag.

Es war schon dämmerig geworden, als sie ankam. Die Nedergade lag in einem verfallenen Viertel mit Reihen hoher und einförmiger Mietshäuser. Sie fühlte sich sofort unsicher und war unschlüssig, ob sie versuchen sollte, Torgeir Langaas zu finden, oder ob sie an einem anderen Tag wiederkommen sollte. Doch das Brückenticket war teuer, sie konnte es sich nicht zweimal leisten. Sie schloß den Wagen ab, stampfte mit dem Fuß auf die Straße, um sich Mut zu machen, und versuchte, in dem schlechten Licht die Namen an der Türsprechanlage zu entziffern. Die Tür ging auf, ein Mann mit einer Narbe auf der Stirn kam heraus. Er fuhr zusammen, als er sie erblickte. Bevor die Tür zuschlug, war sie hineingegangen. Im Treppenhaus hing eine andere Tafel mit den Namen der Mieter. Doch keiner hieß Langaas, keiner hieß Torgeir. Eine Frau in Lindas Alter kam mit einer Mülltüte. Sie lächelte.

»Entschuldigung«, sagte Linda. »Ich suche einen Mann namens Torgeir Langaas.«

Die Frau blieb stehen. »Wohnt der hier?«

»Das ist die Adresse, die ich bekommen habe.«

»Wie hieß er? Torgeir Langaas? Ist er Däne?«

»Nein, Norweger.«

Die Frau schüttelte den Kopf. Linda merkte, daß sie ihr wirklich helfen wollte. »Ich kenne niemanden aus Norwegen hier im Haus. Wir haben ein paar Schweden und ein paar aus anderen Ländern. Aber keinen Norweger.«

Die Haustür ging auf, ein Mann kam herein. Die Frau mit der Mülltüte fragte, ob er jemanden namens Torgeir Langaas kenne. Er schüttelte den Kopf. Er hatte die Kapuze seines Sweatshirts über den Kopf gezogen. Linda konnte sein Gesicht nicht sehen.

»Ich kann Ihnen nicht helfen. Tut mir leid. Aber versuchen Sie es doch mal bei Frau Andersen im ersten Stock. Sie kennt jeden, der hier wohnt.«

Linda bedankte sich und ging die hallende Treppe hinauf. Irgendwo schlug eine Tür zu, laute lateinamerikanische Musik drang ins Treppenhaus. Vor Frau Andersens Wohnungstür stand ein Blumentopf auf einem Schemel, eine Orchidee. Linda klingelte. Im Flur bellte es. Frau Andersen war eine der kleinsten Frauen, die Linda je gesehen hatte. Sie war krumm und gebeugt, zu ihren Füßen, die in abgetragenen Pantoffeln steckten, kläffte ein Hund, der auch zu den Kleinsten gehörte, die Linda je gesehen hatte. Linda brachte ihr Anliegen vor.

Frau Andersen zeigte auf ihr linkes Ohr. »Lauter. Ich höre schlecht. Sie müssen rufen.«

Linda schrie ihre Frage. »Ein Norweger mit Namen Torgeir Langaas! Gab es den im Haus?«

»Ich höre schlecht, aber mein Gedächtnis ist gut«, rief Frau Andersen zurück. »Hier gibt es keinen Torgeir Langaas.«

»Vielleicht wohnt er bei jemand anders zur Untermiete?«

»Ich weiß, wer hier wohnt. Ob sie einen Mietvertrag haben oder zur Untermiete wohnen. Ich wohne hier seit neunundvierzig Jahren, seit es das Haus gibt. Jetzt wohnen hier alle möglichen Leute. Man muß wissen, mit wem man sich umgibt.«

Sie beugte sich zu Linda vor und zischelte: »Hier im Haus werden Drogen verkauft. Und niemand tut etwas.«

Frau Andersen bestand darauf, Linda zu einer Tasse Kaffee einzuladen, der fertig in einer Thermoskanne in der engen Küche stand. Nach einer halben Stunde gelang es Linda, sich zu verabschieden. Da wußte sie alles darüber, was für einen vortrefflichen Mann Frau Andersen gehabt hatte, der jedoch leider viel zu früh verstorben war.

Linda ging die Treppe hinunter. Die lateinamerikanische Musik war verstummt. Irgendwo schrie ein Kind. Linda ging durch die Haustür und blickte sich um, bevor sie die Straße überquerte.

Sie nahm vage wahr, daß jemand aus dem Dunkel auftauchen würde. Der vermummte Mann. Er packte ihr Haar. Sie versuchte, sich loszureißen, aber der Schmerz war zu stark.

»Es gibt keinen Torgeir«, fauchte der Mann. »Kein Torgeir Langaas, nichts. Vergiß ihn.«

»Laß mich los«, schrie sie.

Er ließ ihr Haar los. Und versetzte ihr einen harten Schlag an die Schläfe. Sie sank tief in ein großes Dunkel.

28

Sie schwamm unter Aufbietung ihrer allerletzten Kräfte. Hinter ihr kam die gewaltige Brandungswelle immer näher und hatte sie fast eingeholt. Vor sich sah sie plötzlich Klippen, schwarze Spitzen, bereit, sie aufzuspießen. Ihre Kräfte schwanden, sie schrie auf und schlug die Augen auf. Sie spürte einen hämmernden Schmerz im Kopf und fragte sich, warum das Licht im Schlafzimmer so verändert war. Dann sah sie das Gesicht ihres Vaters, er beugte sich über sie, und sie fragte sich, ob sie verschlafen hatte. Aber was wollte sie heute tun? Sie hatte es vergessen.

Dann fiel es ihr ein. Es waren nicht die Brandungswellen, die sie eingeholt hatten, es war die Erinnerung an den Augenblick, unmittelbar bevor alles schwarz wurde. Das Treppenhaus, die Straße, der Mann, der aus dem Schatten trat, die Drohung und dann der Schlag. Sie zuckte zusammen.

Ihr Vater legte seine Hand auf ihren Arm. »Es wird schon gut. Alles wird gut.«

Sie blickte sich im Raum um. Ein Krankenhaus, gedämpftes Licht, Trennwände, zischende Frischluftzufuhr. »Jetzt weiß ich wieder«, sagte sie. »Aber wie bin ich hierhergekommen? Bin ich verletzt?«

Sie versuchte sich aufzusetzen, bewegte gleichzeitig Arme und Beine, um zu kontrollieren, ob etwas steif war. Er hinderte sie daran, hochzukommen. »Es ist besser, wenn du liegen bleibst. Du bist bewußtlos gewesen. Aber keine inneren Verletzungen, nicht einmal eine Gehirnerschütterung.«

»Wie bist du hergekommen?« fragte sie und schloß die Augen. »Erzähl mal.«

»Wenn es stimmt, was ich von meinen dänischen Kollegen und einem der Ärzte hier in der Notfallambulanz im

Rikshospital gehört habe, dann hattest du Glück. Ein Streifenwagen, der vorbeifuhr, sah dich und den Mann, der dich niederschlug. Es dauerte nur ein paar Minuten, bis der Krankenwagen da war. Sie fanden deinen Führerschein und deinen Ausweis von der Polizeihochschule. Nach einer halben Stunde hatten sie mich erreicht. Ich bin sofort hergefahren. Stefan ist mitgekommen.«

Linda schlug die Augen auf und sah nur ihren Vater. Sie dachte unklar, daß sie in Stefan verliebt war, obwohl sie ihn noch kaum kennengelernt hatte. Kann das stimmen? Ich wache auf, nachdem ein Idiot mich bedroht und überfallen hat, und das erste, was ich denke, ist, daß ich mich verliebt habe, aber viel zu schnell.

»Woran denkst du?«

»Wo ist Stefan?«

»Er ißt. Ich habe ihm gesagt, er sollte nach Hause fahren. Aber er wollte bleiben.«

»Ich habe Durst.«

Er gab ihr Wasser.

Linda konnte jetzt klarer denken, die Bilder von dem Augenblick, bevor alles dunkel wurde, nahmen immer deutlichere Konturen an. »Was ist mit dem, der mich überfallen hat?«

»Den haben sie gefaßt.«

Linda setzte sich so heftig im Bett auf, daß ihr Vater sie nicht mehr hindern konnte.

»Leg dich wieder hin.«

»Er weiß, wo Anna ist. Nein, vielleicht weiß er es nicht, aber er muß etwas sagen können.«

»Ganz ruhig.«

Sie ließ sich widerwillig zurückfallen.

»Ich weiß nicht, wie er heißt, vielleicht Torgeir Langaas, aber das muß nicht unbedingt sein. Er weiß etwas von Anna.«

Ihr Vater setzte sich auf einen Stuhl neben dem Bett. Sie sah auf seine Armbanduhr. Viertel nach drei.

»Nacht oder Tag?«

»Nacht.«

»Er hat mich bedroht. Dann packte er mich an den Haaren.«

»Was ich nicht begreife, ist, was du hier zu suchen hattest. In Kopenhagen?«

»Es dauert zu lange, das jetzt alles zu erzählen. Aber der Mann, der mich überfallen hat, kann wissen, wo Anna ist. Er kann ja mit ihr das gleiche gemacht haben. Außerdem kann er etwas mit Birgitta Medberg zu tun haben.«

Er schüttelte den Kopf. »Du bist erschöpft. Der Arzt hat gesagt, daß deine Erinnerungen ein bißchen sprunghaft und durcheinander sein würden.«

»Hörst du nicht, was ich sage?«

»Ich höre, was du sagst. Sobald der Arzt hiergewesen ist, können wir nach Hause fahren. Du fährst mit mir, und Stefan nimmt deinen Wagen.«

Die Wahrheit begann ihr zu dämmern. »Du glaubst nicht an das, was ich sage? Daß er mich bedroht hat?«

»Ich glaube ganz bestimmt, daß er dich bedroht hat. Das hat er gestanden.«

»Was hat er gestanden?«

»Daß er dich bedroht hat, damit du ihm das Rauschgift gibst, das du seiner Meinung nach in dem Haus gekauft hattest.«

Linda starrte ihren Vater an und versuchte zu verstehen, was er gesagt hatte. »Er hat mir gedroht und gesagt, es sei das beste, wenn ich nicht nach einem Mann namens Torgeir Langaas fragte. Von Rauschgift hat er kein Wort gesagt.«

»Wir wollen froh sein, daß die Sache sich aufgeklärt hat. Daß die Polizei zur Stelle war. Er wird wegen Körperverletzung und versuchten Raubes angezeigt.«

»Es war kein Raubüberfall. Es handelt sich um den Mann, dem das Haus hinter der Kirche in Lestarp gehört.«

Er runzelte die Stirn. »Was für ein Haus?«

»Ich hatte noch keine Zeit, dir davon zu erzählen. Ich habe in Lund das Haus gesucht, in dem Anna wohnt. Das führte mich nach Lestarp und zu einem Haus hinter der Kirche. Als ich da nach Anna fragte, verschwanden alle. Das einzige, was ich herausbekommen konnte, war, daß das Haus einem Norweger gehört, der Torgeir Langaas heißt und eine Adresse hier in Kopenhagen hat.«

Ihr Vater sah sie lange an. Dann zog er einen Notizblock aus der Tasche und blätterte eine Seite auf. »Der Mann, der dich überfallen hat, heißt Ulrik Larsen. Wenn ich dem dänischen Kollegen, mit dem ich gesprochen habe, glauben soll, dann ist Ulrik Larsen kaum jemand, der besonders viele Häuser besitzt.«

»Du hörst ja gar nicht zu, was ich sage.«

»Ich höre zu. Aber was du nicht begreifst, ist, daß es einen Mann gibt, der gestanden hat, dich niedergeschlagen zu haben, um dir Rauschgift abzunehmen.«

Linda schüttelte verzweifelt den Kopf. Es hämmerte hinter ihrer linken Schläfe. Warum verstand er nicht, was sie ihm zu sagen versuchte? »Ich bin klar im Kopf. Ich weiß, daß ich überfallen worden bin. Aber jetzt erzähle ich dir genau, was passiert ist.«

»Du *glaubst*, daß du das tust. Was ich immer noch nicht verstehe, ist, was du hier in Kopenhagen zu suchen hattest. Nachdem du bei Mona zu Hause warst und sie unglücklich gemacht hast.«

Linda wurde ganz kalt. »Woher weißt du das?«

»Sie hat angerufen. Es war ein ziemlich grauenhaftes Gespräch. Sie schniefte und redete so undeutlich, daß ich fast geglaubt habe, sie wäre betrunken.«

»Sie *war* betrunken. Was hat sie gesagt?«

»Daß du sie mit Vorwürfen überschüttet und dann schlecht von ihr und von mir geredet hättest. Sie war am Boden zerstört. Und dieser Prokurist, mit dem sie verheiratet ist, war offenbar verreist und konnte ihr nicht helfen.«

»Mutter stand nackt mit einer Flasche in der Hand da, als ich reinkam.«

»Sie sagt, du hättest dich eingeschlichen.«

»Ich bin durch die Verandatür gegangen. Ich bin nicht geschlichen. Sie war betrunken, sie torkelte und fiel. Was sie am Telefon auch gesagt hat, es stimmt nicht.«

»Wir werden später darüber reden.«

»Danke.«

»Was hast du hier in Kopenhagen gemacht?«

»Das habe ich schon gesagt.«

Er schüttelte den Kopf. »Kannst du mir dann erklären, wieso ein Mann festgenommen wurde, weil er versucht hat, dich zu berauben?«

»Nein. Und ich kann auch nicht erklären, warum du nicht glaubst, daß das, was ich sage, die Wahrheit ist.«

Er beugte sich zu ihr vor. »Kannst du verstehen, wie ich mich gefühlt habe, als sie anriefen? Und erzählten, daß du nach einem Überfall in einem Krankenhaus in Kopenhagen liegst? Verstehst du das?«

»Es tut mir leid, wenn du dir Sorgen gemacht hast.«

»Sorgen gemacht? Ich habe seit vielen, vielen Jahren nicht mehr solche Angst gehabt.«

Vielleicht hast du nicht solche Angst gehabt, seit ich versucht habe, mir das Leben zu nehmen, dachte Linda. Sie wußte, daß die größte Furcht ihres Vaters immer war, ihr könnte etwas zustoßen. »Tut mir leid.«

»Ich frage mich natürlich, wie es werden soll, wenn du anfängst zu arbeiten«, fuhr er fort. »Werde ich ein ängstlicher Alter, der nicht schlafen kann, wenn du Nachtschicht hast?«

Sie machte einen neuen Versuch, sprach langsam, beinah überdeutlich. Aber er schien ihr noch immer nicht zu glauben.

Sie war gerade zum Ende gekommen, als Stefan Lindman ins Zimmer trat. Er hatte belegte Brote in einer Papiertüte bei sich. Er nickte munter, als er sah, daß sie wach war. »Na, wie geht's?«

»Gut.«

Stefan reichte die Tüte ihrem Vater, der sich sofort darüber hermachte.

»Was für einen Wagen hast du? Ich dachte, ich hole ihn«, sagte Stefan Lindman.

»Einen roten Golf. Er ist schräg gegenüber dem Haus in der Nedergade geparkt. Soweit ich mich erinnere, vor einem Tabakladen.«

Er hielt den Schlüssel hoch. »Ich habe ihn aus deiner Jacke genommen. Du kannst von Glück sagen, daß es so glimpflich abgelaufen ist. Wahnsinnige Rauschgiftsüchtige sind mit das Schlimmste, was einem passieren kann.«

»Es war kein Rauschgiftsüchtiger.«

»Erzähl Stefan, was du mir erzählt hast«, sagte ihr Vater mit vollem Mund.

Sie redete ruhig, methodisch, überzeugend. Genau, wie sie es gelernt hatte. Ihr Vater kaute seine belegten Brote.

Stefan Lindman stand auf der anderen Seite des Bettes und schaute auf den Fußboden. »Das hier stimmt nicht richtig überein mit dem, was die dänischen Kollegen berichtet haben«, sagte er, nachdem sie geendet hatte. »Auch nicht mit dem Geständnis des Mannes, der dich überfallen hat.«

»Was ich sage, ist wahr.«

Ihr Vater wischte sich die Hände sorgfältig mit einer Serviette ab. »Laß mich das mal von einer anderen Seite her betrachten«, sagte er. »Es ist nachweislich äußerst ungewöhnlich, daß Menschen Verbrechen gestehen, die sie nicht begangen haben. Es kommt zwar vor, das stimmt, aber nicht oft. Und besonders nicht unter Menschen, die ein schweres Suchtproblem haben. Weil die vor nichts einen solchen Horror haben wie davor, eingesperrt zu werden und den Zugang zu der Rettungsleine zu verlieren, die die Drogen für sie darstellen. Verstehst du, was ich meine?«

Linda antwortete nicht.

Ein Arzt kam herein. Er fragte sie, wie sie sich fühlte.

»Sie können nach Hause fahren«, sagte er dann. »Aber lassen Sie es ein paar Tage ruhig angehen. Und wenn die Kopfschmerzen nicht nachlassen, müssen Sie zum Arzt.«

Linda setzte sich auf. Ihr kam ein Gedanke. »Wie sieht Ulrik Larsen aus?«

Weder ihr Vater noch Stefan Lindman hatten ihn gesehen.

»Ich gehe hier nicht weg, bevor ich nicht weiß, wie er aussieht.«

Ihr Vater verlor die Geduld. »Findest du nicht, daß du schon genug Durcheinander verursacht hast? Jetzt fahren wir nach Hause.«

»Es kann doch wohl nicht so schwierig sein, nachzufragen, wie er aussieht? Du mit allen deinen dänischen Kollegen.«

Linda merkte, daß sie fast schrie.

Eine Krankenschwester kam herein und sah sie streng an. »Wir brauchen jetzt das Zimmer.«

Auf einer Liege draußen im Gang lag eine blutende Frau und schlug mit einer Hand an die Wand. Ein Warteraum war leer. Sie gingen hinein.

»Der Mann, der mich überfallen hat, war ungefähr einsachtzig groß. Ich konnte sein Gesicht nicht sehen, weil er einen Kapuzenpulli trug. Der Pulli war schwarz oder blau. Er trug dunkle Hosen und braune Stiefel. Er war mager. Er sprach Dänisch und hatte eine helle Stimme. Außerdem roch er nach Zimt.«

»Zimt«, sagte Stefan Lindman erstaunt.

»Vielleicht hatte er eine Zimtschnecke gegessen«, fauchte Linda. »Ruft jetzt eure Kollegen an und fragt, ob der Festgenommene so aussieht wie der Mann, den ich beschrieben habe. Wenn ich das weiß, gebe ich bis auf weiteres Ruhe.«

»Nein«, sagte ihr Vater. »Wir fahren jetzt nach Hause.«

Linda sah Stefan Lindman an. Er nickte vorsichtig, als Kurt Wallander ihm den Rücken zukehrte.

Sie fuhren über die Brücke, nachdem sie sich vor dem Krankenhaus getrennt hatten. Stefan Lindman nahm ein Taxi, um den roten Golf zu holen. Linda kauerte auf dem Rücksitz. Sie sah, daß ihr Vater dann und wann im Rückspiegel einen Blick auf sie warf. Gerade als sie einen der Türme passiert hatten, begann der Wagen zu rütteln. Wallander fluchte und bremste.

»Bleib sitzen«, sagte er und stieg aus. Er ging um den Wagen herum und blieb vor dem rechten Hinterrad stehen.

Er öffnete ihre Tür. »Du steigst besser doch aus. Es ist, als sollte ich diese Nacht überhaupt keinen Schlaf mehr kriegen.«

Linda blickte auf den platten Reifen und verspürte ein unklares Gefühl von Schuld. »Ich kann nichts dafür«, sagte sie.

Ihr Vater gab ihr ein Warndreieck, das sie aufstellte.

Der nächtliche Verkehr über die Brücke war gering. Linda stand da und sah zum klaren Nachthimmel auf. Ihr Vater ächzte und fluchte, während er mit dem Rad hantierte. Aber schließlich war er fertig. Er wischte sich den Schweiß von der Stirn und nahm eine halbleere Wasserflasche aus dem Kofferraum.

Er trat neben sie und blickte über den Sund. »Wenn ich nicht so kaputt wäre, wäre es bestimmt ein großes Erlebnis, mitten in der Nacht hier zu stehen«, sagte er. »Aber ich brauche Schlaf.«

»Wir werden es nicht mehr diskutieren«, gab Linda zurück. »Zumindest nicht heute nacht. Aber ich will, daß du weißt, daß es kein Drogensüchtiger war, der mich niedergeschlagen hat. Zumindest versuchte er nicht, mich zu berauben, solange ich bei Bewußtsein war. Aber er drohte mir. Er sagte, ich sollte nicht weiter nach einem Mann namens Torgeir Langaas suchen. Ich möchte nur, daß du das weißt. Und daß ich glaube, daß es eine Verbindung gibt zwischen diesem Mann und Anna. Ich bin nach Kopenhagen gefahren, weil ich mir Sorgen gemacht habe. Und jetzt mache ich mir noch mehr Sorgen als heute morgen, als ich in die entgegengesetzte Richtung fuhr.«

»Wir fahren jetzt nach Hause«, sagte ihr Vater. »Ich höre, was du sagst, und ich finde es sonderbar. Aber Tatsache ist, daß ein Mann auf frischer Tat ertappt wurde. Und sein Geständnis war glaubwürdig.«

Unter Schweigen fuhren sie nach Ystad zurück. Es war fast halb fünf, als sie zu Hause ankamen. Der Schlüssel des Golfs lag auf dem Fußboden unter dem Briefschlitz.

»Hast du gemerkt, daß er auf der Brücke an uns vorbeigefahren ist?« fragte Linda.

»Vielleicht hatte er keine Lust, beim Reifenwechseln mit anzufassen.«

»Ist die Haustür nachts nicht verschlossen?«

»Das Schloß sitzt locker. Aber jetzt hast du deinen Wagen wieder.«

»Es ist nicht mein Wagen. Es ist Annas.«

Sie folgte ihm, als er in die Küche ging und ein Bier aus dem Kühlschrank holte. »Wie kommt ihr voran?«

»Keine Fragen mehr jetzt«, sagte er. »Ich bin zu müde. Ich muß schlafen. Und du auch.«

Sie erwachte davon, daß es an der Tür klingelte. Schlaftrunken setzte sie sich auf und sah auf den Wecker. Viertel nach elf. Sie stand auf und zog den Bademantel über. Ihr Kopf war noch sehr empfindlich, doch der pochende Schmerz hatte nachgelassen. Sie öffnete die Wohnungstür einen Spalt.

Draußen stand Stefan Lindman. »Tut mir leid, wenn ich dich geweckt habe.«

Sie ließ ihn herein. »Warte im Wohnzimmer«, sagte sie. »Ich komme gleich.«

Sie lief ins Badezimmer, wusch sich das Gesicht, putzte die Zähne und kämmte sich.

Als sie wieder herauskam, stand er vor der offenen Balkontür. »Wie geht es dir heute?«

»Gut. Möchtest du Kaffee?«

»Ich habe keine Zeit. Ich will nur von einem Telefongespräch erzählen, das ich vor einer Stunde geführt habe.«

Linda verstand. Er hatte also geglaubt, was sie in der Nacht im Krankenhaus erzählt hatte.

»Und was haben sie gesagt?«

»Es dauerte ein bißchen, bis ich den richtigen Kollegen an

der Strippe hatte. Ich habe jemanden geweckt, der Ole Hedtoft hieß und letzte Nacht Dienst hatte. Er war einer von denen, die dich gefunden haben. Und die den Typ festgenommen haben, der dich überfallen hat.«

Er holte ein gefaltetes Stück Papier aus seiner Lederjacke und sah sie an. »Gib mir noch einmal die Personenbeschreibung von Ulrik Larsen.«

»Ob er Ulrik Larsen heißt, weiß ich nicht. Aber der Mann, der mir gedroht und mich niedergeschlagen hat, war einsachtzig groß, mager, hatte einen schwarzen oder blauen Kapuzenpulli und trug eine dunkle Hose und braune Schuhe.«

Stefan Lindman nickte und strich sich nachdenklich mit Daumen und Zeigefinger über die Nase.

»Ole Hedtoft bestätigt diese Beschreibung. Aber du kannst das mit der Drohung mißverstanden haben.«

Linda schüttelte den Kopf. »Er hat mich bedroht. Er sprach von dem Mann, nach dem ich suchte, Torgeir Langaas.«

»Irgendwie muß ein Mißverständnis vorliegen.«

»Was für ein Mißverständnis? Ich weiß, was ich sage. Und ich bin mehr und mehr überzeugt, daß Anna etwas passiert ist.«

»Dann gib eine Vermißtenmeldung auf. Rede mit ihrer Mutter. Warum macht sie keine Anzeige?«

»Ich weiß es nicht.«

»Müßte sie sich nicht Sorgen machen?«

»Ich weiß nicht, was da läuft. Ich weiß nicht, warum sie sich keine Sorgen macht. Ich weiß nur, daß Anna wahrscheinlich in Gefahr ist.«

Stefan Lindman ging zum Flur. »Mach eine Meldung. Und laß uns die Sache in die Hand nehmen.«

»Aber ihr tut ja nichts.«

Stefan Lindman stoppte abrupt. Er war verärgert, als er antwortete. »Wir arbeiten Tag und Nacht. An einem richtigen Mord. Außerdem einem richtig abscheulichen Mord. Von dem wir nichts begreifen.«

»Dann sind wir in der gleichen Situation«, erwiderte sie

ruhig. »Ich habe eine Freundin, die Anna heißt und die nicht zu Hause ist, wenn ich bei ihr anrufe oder an ihre Tür klopfe. Das begreife ich nicht.«

Linda machte die Tür auf. »Vielen Dank, daß du jedenfalls etwas von dem, was ich gesagt habe, geglaubt hast.«

»Unter uns. Es gibt keinen Grund, etwas hiervon deinem Vater zu erzählen.«

Er lief die Treppe hinab. Linda frühstückte hastig, zog sich an und rief Zebra an. Sie meldete sich nicht. Linda fuhr in Annas Wohnung. Diesmal sah sie keine Spuren, daß jemand dagewesen war. Wo bist du, rief Linda bei sich. Du hast vieles klarzustellen, wenn du wiederkommst.

Sie öffnete ein Fenster, zog einen Stuhl heran und holte Annas Tagebuch. Irgendeine Spur mußte sich finden, dachte sie. Die erklären kann, was passiert ist.

Sie fing an zu lesen und blätterte einen Monat zurück. Plötzlich stutzte sie. Da stand ein Name im Tagebuch, am Rand, hingeworfen wie eine Notiz, um sich zu erinnern. Linda furchte die Stirn. Sie kannte den Namen. Sie hatte ihn kürzlich erst gesehen. Oder hatte sie ihn gehört? Sie legte das Tagebuch zur Seite. In der Ferne begann ein Gewitter zu grollen. Die Hitze war drückend. Ein Name, den sie gesehen oder gehört hatte. Die Frage war nur, wo oder von wem? Sie machte Kaffee und versuchte, ihre Gedanken abzulenken, um ihrem Gedächtnis so zu entlocken, wo der Name ihr schon begegnet war. Nichts geschah.

Erst als sie schon aufgeben wollte, fiel ihr ein, wo sie auf den Namen gestoßen war.

Es war keine vierundzwanzig Stunden her. Auf einer Namentafel in einem dänischen Mietshaus.

29

Vigsten. Sie wußte, daß sie sich nicht irrte. Der Name hatte auf der Namentafel im Hauseingang in der Nedergade gestanden. Ob es das Vorderhaus oder das Hinterhaus war, wußte sie nicht, aber des Namens war sie sich sicher. Vielleicht hatte ein D oder ein O davorgestanden. Aber der Nachname war Vigsten. Was tue ich jetzt, dachte sie. Ich arbeite mich vor bis zu dem Punkt, an dem tatsächlich etwas zusammenhängt. Aber ich bin die einzige, die es ernst nimmt, es gibt niemanden, den ich überzeugen könnte, daß dies hier in eine bestimmte Richtung weist. Doch welche Richtung? Von neuem spürte sie die nagende Angst. Anna hatte geglaubt, ihren Vater zu sehen, und danach war sie verschwunden. Der Gedanke ließ ihr keine Ruhe. Zuerst kehrt ein seit langem verschwundener Vater zurück, anschließend verschwindet seine Tochter. Zwei Verschwinden, die sich decken, die sich aufheben oder sich ergänzen. Sie fühlte plötzlich, daß sie ihre Gedanken mit jemandem teilen mußte. Es gab niemanden außer Zebra. Sie lief die Treppen in Annas Haus hinunter und fuhr zu Zebra, die gerade mit ihrem Sohn das Haus verließ. Linda begleitete sie zu einem Spielplatz in der Nähe. Der Junge machte sich auf den Weg zum Sandkasten. Daneben stand eine Bank, die aber verschmutzt und voller Kaugummis war.

Sie setzten sich auf die äußerste Kante. Der Junge warf mit Sand um sich, voller Begeisterung. Linda sah Zebra an und wurde wie üblich neidisch: Zebra war ganz unverschämt schön; sie hatte etwas Arrogantes und Lockendes an sich. Linda hatte einst davon geträumt, eine Frau zu werden, wie Zebra eine war. Aber ich bin Polizistin geworden, dachte sie. Eine Polizistin, die hofft, daß sie sich nicht im Innersten als Angsthase erweist.

»Anna«, sagte Zebra. »Ich habe versucht, sie anzurufen. Aber sie war nicht zu Hause. Hast du mit ihr gesprochen?«

Linda wurde ärgerlich. »Sag mal, begreifst du nichts? Daß sie verschwunden ist, daß ich mir Sorgen mache, daß etwas passiert sein muß?«

»Du weißt doch, wie sie ist.«

»Weiß ich das? Offenbar nicht. Wie ist sie denn?«

Zebra zog die Stirn in Falten. »Warum bist du eigentlich so genervt?«

»Weil ich mir Sorgen mache.«

»Was sollte denn passiert sein?«

Linda beschloß, im einzelnen zu erzählen. Zebra hörte schweigend zu. Der Junge spielte.

»Das hätte ich dir auch sagen können«, meinte Zebra, nachdem Linda geendet hatte. »Daß Anna religiös ist.«

Linda sah sie groß an. »Religiös?«

»Ja.«

»Zu mir hat sie nie ein Wort darüber gesagt.«

»Ihr seid euch ja erst vor kurzem wiederbegegnet, nach vielen Jahren. Außerdem ist Anna jemand, der verschiedenen Menschen verschiedene Dinge erzählt. Sie lügt viel.«

»Wirklich?«

»Ich hatte schon überlegt, ob ich es dir sagen sollte. Aber ich fand, es wäre besser, wenn du es selbst merkst. Anna ist eine Mythomanin. Sie kann alles mögliche erfinden.«

»Als wir uns früher kannten, war sie nicht so.«

»Menschen verändern sich eben, nicht wahr?«

Linda empfand eine deutliche Ironie in Zebras letztem Kommentar.

»Daß ich es mit Anna überhaupt aushalte, liegt daran, daß sie auch ihre guten Seiten hat«, fuhr Zebra fort. »Meistens ist sie fröhlich, sie ist nett zu dem Jungen, hilfsbereit. Aber wenn sie anfängt, ihre Geschichten zu erzählen, nehme ich sie nicht mehr ernst. Weißt du, daß sie letztes Jahr mit dir zusammen Weihnachten gefeiert hat?«

»Da war ich doch noch in Stockholm.«

»Sie erzählte, sie hätte dich besucht. Unter anderem hättet ihr eine Reise nach Helsinki gemacht.«

»Aber das stimmt doch gar nicht.«

»Nein. Aber Anna hat es gesagt. Sie hat gelogen. Warum, weiß ich nicht. Vielleicht ist es eine Art Krankheit? Oder ihre Wirklichkeit ist so langweilig, daß sie ein anderes Dasein erfinden muß.«

Linda war sprachlos. Lange saß sie schweigend da. »Du meinst also, es könnte eine Lüge gewesen sein, daß sie ihren Vater in Malmö gesehen hat?«

»Ich bin davon überzeugt, daß sie sich das ausgedacht hat. Es wäre so typisch für sie, plötzlich ihren Vater zu finden, der seit langem tot ist.«

»Warum hast du mir von all dem nichts gesagt?«

»Ich fand, du solltest von selbst darauf kommen.«

»Du glaubst also nicht, daß Anna etwas zugestoßen ist?«

Zebra sah sie belustigt an. »Was denn schon? Es ist schon früher vorgekommen, daß sie verschwunden ist. Und nachher gibt sie eine phantastische Geschichte zum besten, die natürlich nicht stimmt.«

»Ist denn nichts von dem, was sie sagt, wahr?«

»Die Voraussetzung dafür, daß ein Mythomane Erfolg hat, ist, daß er oder sie eine Lüge präsentiert, die zum größten Teil aus einer Wahrheit besteht. Dann geht sie durch, und wir glauben sie. Bis wir erkennen, daß der Lügner in einer Welt lebt, die ganz und gar zusammengedichtet ist.«

Linda schüttelte ungläubig den Kopf. »Und ihr Medizinstudium?«

»Davon glaube ich kein Wort.«

»Aber woher hat sie das Geld? Was tut sie?«

»Das habe ich mich auch gefragt. Manchmal habe ich sogar gedacht, daß sie vielleicht eine Gaunerin ist, die Menschen um ihr Geld betrügt. Aber ich weiß nicht.«

Der Junge im Sandkasten rief nach seiner Mama. Linda folgte Zebra mit dem Blick, als sie zu ihm lief. Ein Mann, der vorüberging, sah sich nach ihr um. Linda dachte über

Zebras Worte nach. Aber das erklärt nicht alles, sagte sie sich. Es erklärt einen Teil, es verringert meine Sorge und empört mich, weil mir klar wird, daß Anna mir etwas vorgemacht hat. Ich mag es nicht, wenn Menschen behaupten, sie wären mit mir zusammen nach Helsinki gefahren. »Vieles findet seine Erklärung«, sagte sie laut zu sich selbst. »Aber nicht alles.«

Zebra kam zurück. »Was hast du gesagt?«

»Ich habe nichts gesagt.«

»Du hast hier gesessen und laut mit dir selbst geredet. Ich habe es bis zum Sandkasten gehört.«

»Du mußt verstehen, daß ich ziemlich durcheinander bin.«

»Hattest du nichts gemerkt?«

»Nein. Aber jetzt verstehe ich.«

»Ich finde, du solltest Anna erzählen, daß du dir Sorgen gemacht hast. Ich glaube, ich selbst werde sie eines Tages nicht mehr ertragen können. Ich werde von ihr verlangen, daß sie anfängt, die Wahrheit zu sagen. Dann wird sie sich zurückziehen. Ihre letzte Lüge wird dann sein, daß ich diejenige war, die sich ihr gegenüber schäbig verhalten hat.«

Der Junge verlor die Lust am Spielen. Sie gingen ein paar Runden im Park.

»Wie viele Tage noch?« fragte Zebra.

»Sechs«, antwortete Linda. »Dann fange ich an zu arbeiten.«

Als sie sich getrennt hatten, ging Linda hinunter ins Zentrum und holte sich Geld an einem Automaten. Sie war sparsam und immer ängstlich, in eine Situation zu geraten, in der sie ohne Geld dastand. Ich bin wie mein Vater, dachte sie. Wir sind beide sparsam und geizig.

Sie ging nach Hause, putzte die Wohnung und rief dann das Unternehmen an, das ihr eine Wohnung versprochen hatte. Nach mehreren Versuchen gelang es ihr endlich, den Mann an den Apparat zu bekommen, der ihren Fall bearbeitete. Sie fragte, ob es möglich sei, früher als geplant einzuziehen. Doch die Antwort war negativ. Sie legte sich in ihrem Zimmer aufs Bett und dachte über das nach, was Zebra gesagt hatte. Ihre Sorge um Anna hatte sich verflüchtigt. Dagegen ärgerte sie sich darüber, sie nicht durchschaut zu haben. Aber was hätte sie eigentlich sehen sollen? Wie entdeckt man, daß ein Mensch lügt? Nicht über etwas Besonderes, sondern über ganz alltägliche Dinge.

Sie ging hinaus in die Küche und rief bei Zebra an. »Ich habe gar nicht zu Ende gefragt wegen Annas Religiosität.«

»Warum sprichst du nicht mit ihr selbst, wenn sie zurückkommt? Anna glaubt an Gott.«

»Welchen Gott?«

»Den christlichen. Sie geht manchmal in die Kirche. Sagt sie. Aber sie betet, das glaube ich ihr. Ich habe sie ein paarmal beim Beten angetroffen. Sie kniet nieder und betet.«

»Weißt du, ob sie irgendeiner Gemeinde angehört? Oder einer Sekte?«

»Nein. Tut sie das?«

»Ich weiß es nicht. Habt ihr viel hierüber gesprochen?«

»Sie hat es ein paarmal versucht. Aber ich habe sie gebremst. Gott und ich haben nie ein gutes Verhältnis miteinander gehabt.«

Ein gräßliches Geschrei dröhnte durchs Telefon.

»Aua. Jetzt hat er sich weh getan. Tschüß.«

Linda ging zurück zum Bett und starrte weiter an die Decke. Was weiß man über Menschen? In ihren Gedanken stand Anna vor ihr. Aber sie schien eine vollkommen fremde Person zu sein. Mona war auch da, ohne Kleider und mit einer Flasche in der Hand. Linda setzte sich im Bett auf. Ich bin von Verrückten umgeben, dachte sie. Der einzig völlig Normale ist Vater.

Sie trat auf den Balkon. Es war noch immer warm. Ich nehme mir hier und jetzt vor, mir keine Sorgen mehr um Anna zu machen, sagte sie zu sich selbst. Ich sollte lieber das schöne Wetter genießen.

In der Zeitung las sie über die Ermittlung im Mordfall

Birgitta Medberg. Ihr Vater äußerte sich. Sie hatte die gleichen Wendungen schon dutzendmal gelesen. *Keine sicheren Spuren, Vorgehen auf breiter Front, braucht seine Zeit.* Sie warf die Zeitung zur Seite und dachte an den Namen in Annas Tagebuch. *Vigsten.* Die zweite Person im Tagebuch, die Lindas Spur kreuzte. Die erste war Birgitta Medberg gewesen.

Noch einmal, dachte sie. Eine Fahrt über die Brücke. Es ist viel zu teuer. Aber eines Tages werde ich das Geld von Anna zurückverlangen. Als Entschädigung für all die Sorgen, die sie mir bereitet hat.

Diesmal werde ich nicht im Dunkeln in der Nedergade umherlaufen, dachte sie, als sie über die Brücke nach Kopenhagen fuhr. Ich werde den Mann – wenn es denn ein Mann ist – namens Vigsten aufsuchen und ihn fragen, ob er weiß, wo Anna ist. Mehr nicht. Dann fahre ich nach Hause und mache meinem Papa Essen.

Sie parkte an der gleichen Stelle wie beim vorigen Mal und fühlte sich unwohl, als sie aus dem Wagen stieg. Sie hatte bis jetzt die Tatsache verdrängt, daß sie hier am Vortag niedergeschlagen worden war.

Als diese Einsicht sie jetzt überfiel, setzte sie sich wieder ins Auto und verriegelte die Türen. Ganz ruhig, dachte sie. Ich steige aus, niemand ist da, der mich angreift. Ich gehe rein und suche den Mieter, der Vigsten heißt.

Sie redete sich ein, ganz ruhig zu sein, aber sie lief über die Straße. Ein Radfahrer kam ins Schlingern und rief ihr etwas nach. Die Tür ging auf, als sie dagegen drückte. Sie sah den Namen sofort. Im dritten Stock des Vorderhauses. F. Vigsten. Der Anfangsbuchstabe des Vornamens war in ihrer Erinnerung falsch gewesen. Sie machte sich auf den Weg die Treppen hinauf. Was für Musik hatte sie zuletzt gehört? Lateinamerikanische. Jetzt war alles sehr still. Frederik Vigsten, dachte sie. In Dänemark heißt man Frederik. Wenn man ein Mann ist. Sonst vielleicht Frederike. Sie blieb stehen und atmete tief durch, als sie den dritten Stock erreichte. Dann klingelte sie an der Tür. Aus dem Flur dahinter erklang ein Glockenspiel. Sie wartete und zählte langsam bis zehn. Dann klingelte sie noch einmal. Im selben Moment ging die Tür auf. Ein alter Mann mit gesträubtem Haar und einer Brille an einer Schnur um den Hals musterte sie streng. »Ich kann nicht schneller gehen«, sagte er. »Warum haben junge Menschen heutzutage keine Geduld?«

Ohne nach ihrem Namen oder Anliegen zu fragen, trat er zur Seite und zog sie beinah in den Flur. »Ich muß vergessen haben, daß sich eine neue Schülerin angemeldet hat. Aber ich führe mein Journal nicht mehr so sorgfältig, wie ich es tun müßte. Bitte legen Sie ab. Ich bin im hinteren Zimmer.«

Er entfernte sich mit kurzen, fast hüpfenden Schritten den langen Flur hinunter. Schülerin, dachte Linda. Worin denn? Sie hängte ihre Jacke auf und folgte dem Mann, der nicht mehr zu sehen war. Die Wohnung war weitläufig. Linda bekam den Eindruck, daß sie mit einer zweiten Wohnung zusammengelegt worden sein mußte. Im letzten Zimmer stand ein schwarzer Flügel.

Der weißhaarige Mann stand an einem kleinen Tisch neben dem Fenster und blätterte in einem Kalender. »Ich finde keine Schülerin«, sagte er klagend. »Wie heißen Sie?«

»Ich bin keine Schülerin. Ich möchte Ihnen nur ein paar Fragen stellen.«

»Ich habe mein ganzes Leben Fragen beantwortet«, sagte der Mann, der nach Lindas Meinung Vigsten sein mußte. »Ich habe darauf geantwortet, warum es so wichtig ist, richtig zu sitzen, wenn man Klavier spielt. Ich habe versucht, jungen Pianisten zu erklären, warum nicht jeder lernen kann, Chopin mit der erforderlichen Kombination von Behutsamkeit und Kraft zu spielen. Aber vor allem habe ich versucht, unzählige Opernsänger dazu zu bringen, ordentlich zu stehen und nicht zu versuchen, die schwierigsten Partien ohne ordentliche Schuhe an den Füßen zu singen. Ist Ihnen das klar? Das wichtigste für einen Opernsänger sind gute Schuhe. Und für einen Pianisten, daß er keine Hämorrhoiden hat. Wie ist Ihr Name?«

»Ich heiße Linda und bin weder Pianistin noch Opernsängerin. Ich bin hier, um etwas zu fragen, was nichts mit der Musik zu tun hat.«

»Dann sind Sie hier falsch. Ich kann nur auf Fragen antworten, die mit Musik zu tun haben. Die Welt im übrigen ist mir völlig unbegreiflich.«

Linda war verwirrt von dem Mann, der seinerseits nicht vollkommen klar im Kopf zu sein schien. »Heißen Sie Frederik Vigsten?«

»Nicht Frederik, sondern Frans. Aber der Nachname ist richtig.«

Er hatte sich auf einen Klavierhocker gesetzt und blätterte in einem Notenheft. Linda hatte das Gefühl, daß er sie dann und wann völlig vergaß. Als befinde sie sich nur kurze Augenblicke im Raum.

»Ich habe Ihren Namen in Anna Westins Tagebuch gefunden«, sagte sie.

Er trommelte rhythmisch mit einem Finger in dem Notenheft und schien sie nicht zu hören.

»Anna Westin«, wiederholte sie, jetzt mit lauterer Stimme.

Er blickte rasch zu ihr auf. »Wer?«

»Anna Westin. Eine Schwedin mit Namen Anna Westin.«

»Ich hatte früher viele schwedische Schüler«, sagte Frans Vigsten. »Jetzt kommt es mir vor, als hätten mich alle vergessen.«

»Denken Sie doch einmal nach. Anna Westin.«

»Es sind so viele Namen«, antwortete er träumerisch. »So viele Namen, so viele wunderbare Augenblicke, wenn die Musik wirklich zu singen begonnen hat. Können Sie das verstehen? Daß die Musik zum Singen gebracht werden muß. Das haben nicht viele verstanden. Bach, der alte Meister, der hat es verstanden. Es war Gottes Stimme, die in seiner Musik sang. Und Mozart und Verdi und vielleicht sogar der eher unbekannte Roman brachten zwischendurch die Musik zum Singen …«

Er unterbrach sich und sah Linda an. »Haben Sie mir Ihren Namen gesagt?«

»Ich sage ihn gern noch einmal. Ich heiße Linda.«

»Und Sie sind keine Schülerin? Nicht Pianistin, nicht Opernsängerin?«

»Nein.«

»Sie fragen nach einer Anna?«

»Anna Westin.«

»Ich kenne keine Anna Westin. Meine Frau dagegen war eine Vestalin. Aber sie starb vor neununddreißig Jahren. Können Sie verstehen, was es bedeutet, fast vierzig Jahre lang Witwer zu sein?«

Er streckte seine dünne Hand mit den feinen blauen Adern aus und rührte an ihr Handgelenk. »Allein«, wiederholte er. »Es ging gut, solange ich meine tägliche Arbeit als Repetitor an der Königlichen Oper hatte. Und eines Tages fanden sie, daß ich zu alt sei. Oder vielleicht war es, weil ich an den alten und strengen Ansprüchen festhielt. Ich konnte nicht tolerieren, daß gepfuscht wurde.«

Er unterbrach sich wieder und begann, mit einer Fliegenklatsche, die zwischen den Notenheften lag, nach einer Fliege zu schlagen. Er jagte im Zimmer umher, als dirigiere er mit seiner Klatsche ein unsichtbares Orchester oder einen unsichtbaren Chor.

Dann setzte er sich wieder. Ohne daß er es merkte, ließ sich die Fliege auf seiner Stirn nieder.

Eine lästige Fliege, dachte Linda. So sieht das Alter aus.

»Ich habe Ihren Namen im Tagebuch meiner Freundin gefunden«, wiederholte sie.

Sie hatte seine Hand gefaßt und spürte, daß seine Finger, die gierig nach ihren griffen, stark waren.

»Anna Westin, nicht wahr?«

»Ja.«

»Ich habe nie eine Schülerin dieses Namens gehabt. Ich bin

alt und vergeßlich. Aber an die Namen meiner Schüler will ich mich erinnern. Die gaben diesem Leben eine Art Sinn, nachdem Mariana ins Reich der Götter aufstieg.«

Linda wußte nicht mehr, wonach sie noch fragen sollte. Eigentlich gab es nur eins. »Torgeir Langaas«, sagte sie. »Ich suche einen Mann dieses Namens.«

Jetzt war er wieder abwesend. Mit der freien Hand schlug er am Flügel ein paar Töne an.

»Torgeir Langaas«, sagte sie noch einmal. »Ein Norweger.«

»Ich habe viele norwegische Schüler gehabt. Am besten erinnere ich mich an einen bemerkenswerten Mann, der Trond Ørje hieß. Er kam aus Rauland und hatte einen wunderbaren Bariton. Aber er war so unglaublich schüchtern, daß er nur im Plattenstudio singen konnte. Er war der bemerkenswerteste Bariton und der bemerkenswerteste Mann, der mir je begegnet ist. Er weinte vor Entsetzen, als ich sagte, daß er begabt sei. Ein sehr bemerkenswerter Mann. Andere dagegen ...«

Er erhob sich heftig. »Es ist einsam, das Leben. Die Musik und die Meister, die sie schrieben, und die Fliegen. Und noch der eine oder andere Schüler. Ansonsten gehe ich in dieser Welt umher und sehne mich nach Mariana. Sie starb zu früh. Ich habe solche Angst, daß sie es müde wird, auf mich zu warten. Ich habe zu lange gelebt.«

Linda stand auf. Sie wußte, daß sie nie eine vernünftige Antwort aus ihm herausbekommen würde. Noch unbegreiflicher war es jetzt auch, daß Anna Kontakt mit ihm gehabt haben sollte.

Sie verließ das Zimmer, ohne sich zu verabschieden. Als sie zum Flur ging, hörte sie ihn spielen. Sie warf einen Blick in die anderen Zimmer. Es war unaufgeräumt und roch muffig. Ein alter Mann mit seiner Musik, dachte sie. Wie Großvater mit seinen Bildern. Was werde ich haben, wenn ich alt bin? Was wird Vater haben? Und Mutter? Eine Flasche Schnaps?

Im Flur griff sie nach ihrer Jacke. Die Klänge des Flügels erfüllten die Wohnung. Sie stand unbeweglich da und betrachtete die Kleider, die im Flur hingen. Ein einsamer alter Mann. Doch da waren eine Jacke und ein Paar Schuhe, die keinem alten Mann gehörten. Sie blickte zurück in die Wohnung. Sie war leer. Aber Linda wußte bereits, daß Frans Vigsten in der Wohnung nicht allein war. Da war noch jemand. Die Angst überkam sie so schnell, daß sie zusammenzuckte. Die Musik verstummte. Sie lauschte. Dann verließ sie hastig die Wohnung. Sie lief über die Straße und fuhr davon, so schnell sie konnte. Erst als sie über die Öresundbrücke fuhr, wurde sie wieder ruhig.

Zur gleichen Zeit, als Linda über die Brücke fuhr, brach ein Mann in die Tierhandlung in Ystad ein und übergoß die Vogel- und Kleintierkäfige mit Benzin. Er warf ein brennendes Streichholz auf den Fußboden und verließ den Laden, während hinter ihm die Tiere in den Flammen verendeten.

Teil 3

DAS TAU

30

Er wählte die Orte für die Zeremonien immer mit großer Sorgfalt aus. Das hatte er auf seiner Flucht gelernt oder, besser gesagt, bei seinem einsamen Auszug aus Jonestown. Wo wählte er seinen Ruheplatz, an welchen Orten konnte er sich sicher fühlen? Damals gab es in seiner Welt keine Zeremonien. Die kamen erst später hinzu, als er Gott wiedergefunden hatte, der ihm endlich helfen konnte, die Leere zu füllen, die ihn von innen heraus aufzuzehren drohte.

Zu dieser Zeit, als er schon in Cleveland gewesen war und viele Jahre lang mit Sue-Mary zusammengelebt hatte, begann sein ständiges Suchen nach Orten, an denen er sich sicher fühlte, sich zu einem Teil der Religion zu entwickeln, die er sich jetzt schuf. Die Zeremonien wurden seine Begleiter, eine Art tägliches Taufbecken, in das er seine Stirn tauchen und sich vorbereiten konnte, um die Botschaften zu empfangen, die Gott ihm sandte, sowie die Instruktionen für die Aufgabe, die ihn erwartete. Es war jetzt noch wichtiger geworden, daß er keine Fehler beging bei der Auswahl der Orte, an denen seine Helfer auf ihre Aufgaben vorbereitet werden sollten.

Bis jetzt war es auch gutgegangen. Bis zu dem unglücklichen Vorfall, als eine einsame Frau eins ihrer Verstecke gefunden hatte und von seinem ersten Jünger, Torgeir, erschlagen worden war.

Ich habe Torgeirs Schwäche nie ganz erkannt, dachte er. Der verwöhnte Reederssohn, den ich in Cleveland aus der Gosse aufgelesen habe, hatte ein Temperament, das unter Kontrolle zu bringen mir nie ganz gelungen ist. Ich erwies ihm Milde und eine unendliche Geduld. Ich ließ ihn reden und hörte ihm zu. Aber es steckte eine Wut tief in seinem Innern, eine Wut hinter verschlossenen Türen, die ich nicht zu entdecken vermochte.

Er hatte versucht, Torgeir eine Erklärung abzuverlangen. Warum er von dieser besinnungslosen Raserei gepackt worden war, als die Frau den Pfad entlanggekommen war und seine Tür geöffnet hatte. Sie hatten darüber gesprochen, daß dies passieren konnte, nichts war unmöglich, ein noch so selten benutzter Pfad konnte eines Tages wieder in Gebrauch genommen werden. Sie mußten stets darauf gefaßt sein, daß das Unerwartete eintraf. Torgeir hatte ihm keine Antwort geben können. Er hatte Torgeir gefragt, ob er von einer plötzlichen Angst befallen worden sei. Aber er erhielt keine Antwort. Es gab keine Antwort. Nur die Einsicht, daß Torgeir sein Leben nicht ganz in seine Hand gelegt hatte. Sie waren übereingekommen, daß unerwartete Begegnungen mit Unbekannten in der Nähe ihrer Verstecke in Freundlichkeit abgewickelt werden sollten. Danach sollte das Versteck bei der nächsten Gelegenheit aufgegeben werden. Torgeir hatte den entgegengesetzten Weg gewählt. Ein Kurzschluß in seinem Gehirn. Anstatt Freundlichkeit zu zeigen, hatte er in einem Anfall besinnungsloser Gewalt zu einer Axt gegriffen. Warum er die Frau zerteilt hatte, konnte er nicht beantworten, ebensowenig, warum er ihren Kopf aufbewahrt und ihre Hände wie zum Gebet gefaltet hatte. Danach hatte er die übrigen Körperteile zusammen mit Steinen in einen Sack gepackt, hatte sich ausgezogen und war mit dem Sack auf den nächsten Waldsee hinausgeschwommen und hatte ihn dort auf den Grund sinken lassen.

Torgeir war stark, das war eine seiner ersten Erfahrungen mit ihm, als er in einem der schlimmsten Slums von Cleveland über den in der Gosse liegenden Mann gestolpert war. Er wollte schon weitergehen, als er zu hören meinte, daß der wimmernde Mann etwas lallte. Er war stehengeblieben und hatte sich hinabgebeugt. Es klang wie Dänisch oder Norwegisch. Da hatte er verstanden, daß Gott ihm diesen Mann in den Weg gelegt hatte. Torgeir Langaas war dem Tod nah gewesen. Der Arzt, der ihn später untersuchte und das Rehabilitierungsprogramm aufstellte, das notwendig war, hatte sich sehr deutlich ausgedrückt. In Torgeir Langaas' Körper war kein Platz mehr für Alkohol oder Drogen. Seine gute Physis hatte ihn gerettet. Aber jetzt arbeiteten seine Organe mit den letzten Kraftreserven. Sein Gehirn war vielleicht beeinträchtigt. Es war nicht sicher, daß sich seine umfangreichen Erinnerungslücken wieder schließen würden.

Er erinnerte sich noch immer an jenen Augenblick auf der Straße in Cleveland. An den Tag, an dem ein norwegischer Pennbruder mit Namen Torgeir Langaas zu ihm aufsah mit Augen, die so blutunterlaufen waren, daß die Pupillen leuchteten wie bei einem wütenden Hund. Doch nicht der Blick war das Wichtige gewesen, sondern das, was er gesagt hatte. In Torgeir Langaas' verwirrtem Geist war es Gott, der sich über ihn beugte. Er hatte mit einer seiner mächtigen Hände seine Jacke ergriffen und seinen gräßlichen Atem geradewegs in das Gesicht des neuen Erlösers gerichtet.

»Bist du Gott?« hatte er gefragt.

Nach einem kurzen Augenblick, in dem sich alles, was bisher unklar gewesen war in seinem Leben – alle seine Niederlagen, aber auch Träume und Hoffnungen –, wie in einem einzigen Punkt sammelte, hatte er geantwortet: »Ja, ich bin dein Gott.«

Im nächsten Augenblick waren ihm Zweifel gekommen. Der erste Jünger konnte wohl einer der Verworfensten sein. Aber wer war dieser Mann? Wie war er hier gelandet?

Er war davongegangen und hatte Torgeir Langaas zurückgelassen – er kannte damals noch nicht seinen Namen, wußte nur, daß er ein norwegischer Alkoholiker war, der aus irgendeinem Grund in einer schmutzigen Straße in Cleveland in der Gosse gelandet war. Aber seine Neugier war nicht verflogen. Am Tag danach war er in den Slum zurückgekehrt. Es war wie ein Abstieg in die Hölle, dachte er. Um ihn her krochen die Verdammten, die hoffnungslos Verlorenen. Er hatte nach dem Mann gesucht, war mehrmals fast überfallen und beraubt worden, doch schließlich hatte ein alter Mann mit einer eitrigen und stinkenden Wunde an der Stelle, wo einst sein rechtes Auge gewesen war, ihm Auskunft geben können, daß ein Norweger mit großen Händen in einen verrosteten Brückenpfeiler zu kriechen pflegte, wo er Schutz suchte gegen Regen und Schnee. Und dort fand er ihn. Torgeir Langaas schlief, er schnarchte, er stank, sein Gesicht war von Wunden und entzündeten Beulen übersät. Aus der Jacke zog er eine kleine gefaltete Plastikhülle, in der Torgeir Langaas seinen roten norwegischen Paß aufbewahrte, der vor sieben Jahren abgelaufen war. In der Zeile, die den Beruf angab, stand *skipsreder*. Schiffsreeder. Das stachelte seine Neugier weiter an. Und sie wurde nicht geringer dadurch, daß in der Plastikhülle auch ein Bankausweis steckte. Er schob die Dokumente zurück, nachdem er sich die Nummer des Passes notiert hatte, und verließ den Brückenpfeiler.

Sue-Mary hatte einen Bruder namens Jack, der ein seltsames Doppelleben führte. Er war in seiner Freizeit Sonntagsschullehrer, verkaufte als Angestellter einer der angesehensten Maklerfirmen Clevelands Häuser und verwandte im übrigen seine Zeit darauf, für die ortsansässige Ganovenschaft alle möglichen Dokumente zu fälschen. Am nächsten Tag suchte er Jack in der Sonntagsschule auf und fragte ihn, ob er ihm helfen könne, ein paar Informationen über einen Norweger zu beschaffen, der ihm über den Weg gelaufen war.

»Ich versuche, einem in Not geratenen Bruder zu helfen«, sagte er.

»An Paßauskünfte von europäischen Botschaften ist schwer heranzukommen«, sagte Jack. »Gerade deshalb ist es eine Herausforderung.«

»Ich werde dich natürlich bezahlen.«

Jack lachte. Seine Zähne waren so weiß, daß sie fast ihren

Glanz verloren hatten und zu Kreide geworden waren. »Von Sue-Marys Mann nehme ich kein Geld«, gab er zurück. »Auch wenn ich der Meinung bin, ihr solltet heiraten. Die Sünde wird weder größer noch kleiner dadurch, daß sie von Jahr zu Jahr weitergeht. Sie ist immer gleich verwerflich.«

Drei Wochen später kam Jack mit verblüffenden Auskünften. Wie er sie erhalten hatte, fragte er nicht.

»Die Herausforderung war wohltuend. Besonders als es mir gelungen war, alle Kodes zu knacken und mir Zugang zu den geheimsten Räumen des Königreichs Norwegen zu verschaffen.«

Er erinnerte sich noch immer daran, wie er auf dem Weg zum Sessel vor dem offenen Kamin, wo er mit seinen Gedanken und seinen Büchern zu sitzen pflegte, den Brief geöffnet hatte. Er ließ sich in den Sessel sinken und begann, die Papiere zu überfliegen. Doch er hielt sogleich inne, machte die Leselampe an, obwohl es erst früher Nachmittag war, und las dann die fragmentarische, aber dennoch sehr deutliche Biographie des Torgeir Langaas sorgfältig durch.

Er war 1948 in Bærum als Erbe der großen Langaas-Reederei geboren, die sich auf Öl- und Autotransporte spezialisiert hatte. Die Langaas-Reederei war nach einem Konflikt als Ableger der traditionsreichen Refsvold-Reederei entstanden. Woher Torgeir Langaas' Vater, Kapitän Anton Helge Langaas, der, nachdem er das Reedereiwesen von verschiedenen Kommandobrücken aus studiert hatte und dann an Land gegangen war, das Kapital und den großen Aktienposten hatte, die einen widerwilligen Vorstand der Refsvold-Reederei zwangen, ihm einen Sitz im Vorstand einzuräumen, war nicht bekannt. Im Verlauf des Konflikts verbreitete die Familie Refsvold das Gerücht, Anton Helge Langaas' Kapital stamme aus widerwärtigen Geschäften mit den Nazis. Es wurde von illegalen Fluchtwegen gemunkelt, über die Naziverbrecher sich mit U-Booten in Sicherheit brachten, die nachts den La-Plata-Sund zwischen Argentinien und Uruguay anliefen und dort ihre Fracht von KZ-Kommandanten und Folterern löschten. Aber es ließ sich nichts beweisen, und die Familie Refsvold hatte auch ihre Leichen im Keller gehabt.

Anton Helge Langaas hatte erst geheiratet, als er meinte, seine Reederei, die eine rot-grüne Flagge mit dem Bild eines fliegenden Fischs führte, sei hinreichend etabliert und wirtschaftlich gesichert. In einer Geste der Verachtung gegenüber dem Reederadel wählte er eine Frau aus einem Ort so weit vom Meer entfernt, wie es in Norwegen überhaupt ging, nämlich aus einer Waldgemeinde östlich von Røros, tief in der Wildnis, die sich nach Härjedalen hin erstreckt. Dort fand er eine Frau, die Maigrim hieß und auf einsamen Waldwegen die Post zu den entlegenen Höfen brachte. Sie bauten in Bærum bei Oslo ein großes Haus und bekamen in rascher Folge drei Kinder, zuerst Torgeir und danach zwei Mädchen, Aniken und Hege.

Torgeir Langaas hatte früh erkannt, was von ihm gefordert wurde, aber ebenso, daß er nie den Erwartungen, die in ihn gesetzt wurden, entsprechen könnte. Er verstand sich weder auf die Rolle, die er zu spielen hatte, noch begriff er, wovon das Schauspiel handelte oder warum gerade er die unbegreifliche Hauptrolle spielen sollte. Schon in den Teenagerjahren hatten der Protest und der Widerwille sich geregt. Anton Helge Langaas hatte einen von Anfang an verlorenen Kampf gekämpft. Am Ende hatte er resigniert und eingesehen, daß Torgeir nicht sein Nachfolger werden würde. Statt dessen wurde eins der Mädchen seine Rettung. Hege glich ihrem Vater, zeigte früh Anzeichen eines zielgerichteten Willens und nahm mit zweiundzwanzig einen Direktorenposten im Familienkonzern ein. Da hatte Torgeir mit einer verzweifelten Zielgerichtetheit, doch von ganz anderer Art als der Heges, die lange Reise ins Abseits angetreten. Er hatte bereits verschiedene Formen von Mißbrauch entwickelt, und obwohl Maigrim es zu ihrer Lebensaufgabe machte, ihn wieder auf die Füße zu bringen, blieben all die teuren Kliniken und die mindestens ebenso teuren Psychologen und Therapeuten erfolglos.

Schließlich kam der große Zusammenbruch. An einem Heiligabend verteilte Torgeir Weihnachtsgeschenke in Form von verfaulten Kotelettknochen, alten Autoreifen und schmutzigen Pflastersteinen. Danach machte er einen Versuch, sich selbst, seine Schwestern und seine Eltern anzuzünden. Er floh von zu Hause, um nie zurückzukehren. Er hatte Geld zur Verfügung und verschwand hinaus in die Welt. Als sein Paß ablief und nicht erneuert wurde, wurde weltweit nach ihm gefahndet. Doch niemand fand ihn in den Straßen von Cleveland, wo er sich herumtrieb. Er verheimlichte, daß er Zugang zu Geld hatte, wechselte die Bank, wechselte alles, außer seinem Namen, und hatte noch immer ein Vermögen von fast fünf Millionen norwegischen Kronen, als er dem Mann begegnete, der sich als sein Erlöser und Gott offenbarte.

Das meiste hiervon stand natürlich nicht in den Papieren, die Jack ihm übergeben hatte. Doch es waren nicht mehr als zwei Sitzungen im Innern des Brückenpfeilers nötig, Torgeir dazu zu bringen, ihm die vollständige Geschichte zu erzählen. Danach hatte er als der Erlöser, der er jetzt war, Torgeir Langaas aus der Gosse aufgehoben. Er hatte seinen ersten Jünger bekommen.

Aber ich sah seine Schwäche nicht, dachte er noch einmal. Die Wut, die zu der unbeherrschten Gewalttat führte. Er wurde vom Wahnsinn gepackt und schlug die Frau in Stücke. Aber es lag auch etwas Positives in Torgeirs unerwarteter Reaktion. Tiere zu verbrennen war eine Sache, Menschen zu töten eine ganz andere. Offenbar würde Torgeir nicht zögern. Jetzt, da alle Tiere bald geopfert waren, würde er ihn auf die nächste Ebene heben, wo das Menschenopfer wartete.

Sie trafen sich am Bahnhof in Ystad. Torgeir hatte von Kopenhagen herüber den Zug genommen, weil es vorkam, daß er beim Autofahren manchmal die Konzentration verlor. Sein Erlöser hatte sich häufig über die rationale Logik, die Urteilskraft und Klugheit gewundert, die all die Jahre in der Gosse überlebt hatten.

Torgeir hatte gebadet, das gehörte zu dem Reinigungsprozeß, der ihren Opferritualen stets vorausging. Er hatte Torgeir erklärt, daß alles in der Bibel zu lesen war, sie war ihre Karte, ihr Fahrwasser. Es war wichtig, rein zu sein. Jesus wusch stets seine Füße. Nirgendwo war zu lesen, daß er ständig seinen ganzen Körper badete. Aber die Botschaft war dennoch vollkommen klar. Man sollte mit reinem Körper an seine Aufgabe gehen, und stets wohlriechend.

Torgeir hielt seine kleine schwarze Tasche in der Hand. Er wußte, was darin war, er brauchte nicht zu fragen. Torgeir hatte schon seit langem bewiesen, daß er in der Lage war, Verantwortung zu übernehmen. Das einzige war diese Frau, die er zerstückelt hatte. Das hatte unnötiges Aufsehen erregt. Die Zeitungen und das Fernsehen überschlugen sich mit ihren Berichten über die Geschichte. Was jetzt geschehen würde, hatten sie bereits um zwei Tage verschieben müssen. Aber er hatte es für das Beste gehalten, daß Torgeir sein Versteck in Kopenhagen aufsuchte, während sie stillhielten und warteten.

Sie gingen zum Zentrum, bogen bei der Post ab und blieben an der Tierhandlung stehen. Es waren keine Kunden im Laden. Die Verkäuferin war jung, sie packte Katzenfutter in ein Regal, als sie eintraten. Käfige mit Hamstern, Kätzchen und Vögeln standen neben- und übereinander. Torgeir lächelte, sagte aber nichts. Es war unnötig, die Menschen seinen norwegischen Akzent hören zu lassen. Während Torgeir sich im Laden umsah und plante, wie er vorgehen würde, kaufte sein Erlöser ein kleines Päckchen Vogelfutter. Dann verließen sie den Laden und gingen hinunter zum Theater und weiter zum Sportboothafen. Es war ein warmer Tag;

noch jetzt, Anfang September, fuhren Boote durch die Hafeneinfahrt ein und aus.

Das war der zweite Teil der Zeremonie, in der Nähe von Wasser zu sein. Einst hatten sie sich am Eriesee getroffen. Seitdem suchten sie immer Strände auf, wenn sie wichtige Vorbereitungen zu treffen hatten.

»Die Käfige stehen eng zusammen«, sagte Torgeir. »Ich sprühe mit beiden Händen nach verschiedenen Seiten, werfe das Streichholz hinein, und in wenigen Sekunden wird alles in Flammen stehen.«

»Und dann?«

»Ich rufe: *Gott hat gefordert.*«

»Und dann?«

»Ich gehe nach links und dann nach rechts, nicht zu schnell, nicht zu langsam. Ich bleibe auf dem Marktplatz stehen und kontrolliere, ob mir jemand folgt. Dann gehe ich zu dem Kiosk gegenüber vom Krankenhaus, wo du wartest.«

Sie unterbrachen ihr Gespräch und folgten mit den Blikken einem Holzboot, das soeben einlief. Der Motor war sehr laut und stotterte.

»Dies sind die letzten Tiere. Wir haben unser erstes Ziel erreicht.«

Torgeir Langaas schickte sich an, dort auf der Pier niederzuknieen.

Blitzschnell packte er Torgeirs Arm und zog ihn hoch. »Nie, wenn jemand zusieht.«

»Ich vergaß.«

»Aber bist du ruhig?«

»Ich bin ruhig.«

»Wer bin ich?«

»Mein Vater, mein Hirte, mein Erlöser, mein Gott.«

»Wer bist du?«

»Ich bin der erste Jünger. Aufgegriffen auf einer Straße in Cleveland, gerettet zum Leben. Ich bin der erste Jünger.«

»Was bist du mehr?«

»Der erste Priester.«

Einst war ich Sandalenmacher, dachte er. Ich träumte von etwas anderem und floh schließlich vor dem Gefühl von Scham, dem Gefühl, verloren zu haben, alle meine Träume mit meiner Unfähigkeit, ihnen zu entsprechen, zunichte gemacht zu haben. Jetzt forme ich Menschen auf die gleiche Art und Weise, wie ich einst Sohlen, Einlagen und Riemen geformt habe.

Es war vier Uhr geworden. Sie gingen durch die Stadt und setzten sich hin und wieder auf eine Bank. Die ganze Zeit unter Schweigen. Jetzt gab es keine Worte mehr. Dann und wann warf er einen Blick auf Torgeir. Er wirkte jetzt völlig ruhig, auf seine Aufgabe konzentriert.

Ich mache einen Menschen froh, dachte er. Einen Mann, der als reiches und verwöhntes, doch gleichzeitig als geschundenes und verzweifeltes kleines Kind heranwuchs. Jetzt mache ich ihn froh, indem ich ihm Vertrauen erweise.

Sie wanderten von Bank zu Bank, bis es sieben schlug. Der Laden schloß um sechs. Er folgte Torgeir bis zum Postamt an der Ecke. Der Abend war lau, und es waren viele Menschen auf den Straßen. Das war ein Vorteil. In dem Chaos, das der Brand auslösen würde, würde sich keiner an ein einzelnes Gesicht erinnern.

Sie trennten sich. Er ging schnell zum Marktplatz und drehte sich um. In seinem Kopf lief ein Zeitplan ab. Jetzt brach Torgeir mit einem kräftigen Ruck des Brecheisens die Ladentür auf. Jetzt war er im Laden, schob die aufgebrochene Tür zu und lauschte auf Geräusche. Die Tasche auf dem Fußboden, die Sprayflaschen mit Benzin, dann das Streichholz. Er hörte einen Knall, meinte, ein Licht hinter den Häusern zu sehen, die zwischen dem Marktplatz und der Tierhandlung lagen. Dann kam die Rauchsäule. Er wandte sich um und ging davon. Bevor er noch den Treffpunkt erreicht hatte, hörte er die ersten Sirenen.

Es ist vorbei, dachte er. Jetzt richten wir den christlichen Glauben wieder auf, die christliche Forderung, wie ein Mensch sein Leben leben soll. Die lange Zeit in der Wüste ist vorüber.

Jetzt geht es nicht mehr um die unbeseelte Kreatur, die nur einen Schmerz verspürt, den sie nicht versteht.

Jetzt geht es um den Menschen.

31

Als Linda in der Mariagata aus dem Wagen stieg, spürte sie einen Geruch, der sie an Marokko erinnerte. Herman Mboya und sie hatten einmal eine einwöchige Charterreise dahin gemacht. Sie hatten das billigste Angebot gewählt, das Hotel war voller Kakerlaken, und im Laufe der Woche hatte Linda allmählich eingesehen, daß ihre Zukunft vielleicht nicht so deutlich war, wie sie es sich vorgestellt hatte. Im Jahr danach trennten sich ihre Wege; Herman zog es zu guter Letzt zurück nach Afrika, sie folgte einem verschlungenen Weg, der sie schließlich zur Polizeihochschule führte.

Der Geruch weckte Erinnerungen. Brandgeruch. Sie erinnerte sich an die nächtlich brennenden Müllberge in Marokko. Aber keiner verbrennt Müll in Ystad, dachte sie. Dann hörte sie Feuerwehrwagen und Polizeisirenen. Sie verstand. Es brannte irgendwo im Zentrum. Sie begann zu laufen.

Es brannte noch, als sie keuchend zur Brandstelle gelangte. Wo war ihre Kondition geblieben? Sie war wie ein altes Weib, das aufgehört hatte, sich zu bewegen. Jetzt sah sie hohe Flammen aus einem Dach schlagen, ein paar Familien in den Obergeschossen waren evakuiert worden. Ein angekohlter Kinderwagen stand verlassen auf dem Bürgersteig. Die Feuerwehrleute waren damit beschäftigt, angrenzende Gebäude zu schützen. Sie trat an eine der Absperrungen.

Ihr Vater stand da und machte Svartman Vorwürfe, weil eine Zeugin nicht gründlich vernommen worden war, und dann hatte man sie noch laufenlassen.

»Wir werden diesen Irren nie zu fassen kriegen, wenn wir nicht einmal die einfachste Routine einhalten.«

»Martinsson hatte die Sache in der Hand.«

»Er sagt, er hätte zweimal an dich übergeben. Jetzt sieh zu, wie du diese Zeugin herschaffst.«

Svartman ging. Er war auch wütend. Gereizte Büffel, die herumlaufen, dachte sie. Schade um die Zeit, die dabei draufgeht, Reviere zu markieren.

Ein Feuerwehrauto fuhr rückwärts an den Brandherd heran; im selben Moment löste sich ein Wasserschlauch und verspritzte peitschend Wasser. Wallander hüpfte zur Seite und entdeckte gleichzeitig, daß Linda gekommen war.

»Was ist denn passiert?«

»Eine oder mehrere Brandbomben im Laden. Wieder Benzin. Genau wie mit den Schwänen und dem Stierkalb.«

»Keine Spuren?«

»Es gab eine Zeugin, aber sie haben es vermasselt und sie laufenlassen.«

Er war so ärgerlich, daß er bebte. So wird er sterben, dachte sie plötzlich. Erschöpft und empört wegen einer Schlamperei bei irgendeiner dramatischen Mordermittlung. So sehen seine letzten Tanzschritte aus, wenn es stimmt, was Zebra gesagt hat, daß jeder Mensch nach dem schönsten Sprung sucht, um sein Leben zu verlassen.

»Wir müssen die kriegen, die das hier machen«, unterbrach er ihre Gedanken.

»Die? Das hier ist etwas anderes.«

»Was?«

Er sah sie an, als müsse sie die Antwort wissen.

»Ich weiß nicht. Es ist, als ginge es eigentlich um etwas anderes.«

Ann-Britt Höglund rief nach ihm.

Linda sah ihn davongehen, einen großen Mann, den Kopf tief zwischen die Schultern gezogen, der mit vorsichtigen Schritten über Wasserschläuche und zwischen die zusammengestürzten rauchenden Trümmer trat, die noch vor kurzem eine Tierhandlung gewesen waren.

Sie betrachtete eine verweinte junge Frau, die auf den

Brand starrte. Die Besitzerin, dachte sie. Oder nur eine Tierfreundin? Linda erinnerte sich an ein kleines Holzhaus, das abbrannte, als sie klein war. Es war an einem Sonntagmorgen gewesen, im Haus war ein Uhrengeschäft, und sie erinnerte sich, wie leid ihr all die Uhren getan hatten, deren Herzen und Zeiger und Uhrwerke schmolzen und starben. Sie bewegte sich vor der Absperrung auf und ab. Viele standen schweigend da und schauten zu. Brennende Häuser wecken immer Entsetzen, dachte sie. Ein brennendes Haus ist immer eine Mahnung, daß auch die eigene Wohnung in Flammen aufgehen kann.

»Ich begreife nicht, warum sie mich nicht fragen«, hörte Linda jemanden sagen.

Sie blickte sich um. Eine junge Frau um die Zwanzig stand mit einer Freundin an eine Hauswand gedrückt. Rauchschwaden zogen vorüber, und die Frauen rückten dichter zusammen.

»Sag ihnen doch einfach, was du gesehen hast«, sagte die Freundin.

»Ich dränge mich der Polizei doch nicht auf.«

Die Zeugin, dachte Linda. Die sie haben laufenlassen.

Sie trat einen Schritt näher. »Was hast du denn gesehen?« fragte sie.

Die junge Frau sah sie prüfend an. Linda sah, daß sie schielte.

»Wer bist du denn?«

»Ich bin Polizistin. Ich heiße Linda Wallander.«

Es ist fast wahr, dachte sie. Keine Lüge, die mich in Schwierigkeiten bringen kann.

»Wie kann man all diese Tiere töten? Stimmt es, daß da drin auch ein Pferd war?«

»Nein«, sagte Linda. »Pferde dürfen in Zoohandlungen nicht verkauft werden, wenn sie keinen Stall haben. Man hält Pferde nicht in Käfigen, sondern in Stallboxen. Was hast du denn gesehen?«

»Einen Mann.«

»Der was tat?«

»Der das Geschäft angezündet hat, so daß alle Tiere verbrannten. Ich kam vom Theater herüber und wollte ein paar Briefe einwerfen. Als ich schon halb bei der Post war, ungefähr eine Straßenecke vor der Zoohandlung, merkte ich, daß jemand hinter mir ging. Ich fuhr zusammen, weil er sich fast lautlos bewegte. Ich trat zur Seite und ließ ihn vorbei. Dann ging ich hinter ihm her. Aus irgendeinem komischen Grund versuchte ich, genauso leise zu gehen. Aber nach ein paar Metern merkte ich, daß ich einen Brief im Wagen liegengelassen hatte. Ich ging zurück und holte ihn. Dann ging ich zur Post.«

Linda hob die Hand. »Wie lange hat es gedauert, zurückzugehen und den Brief zu holen?«

»Drei, vier Minuten. Der Wagen stand in der Ladezone beim Theater.«

»Was geschah, als du wieder zur Post gegangen bist? Hast du den Mann wiedergesehen?«

»Nein.«

»Und als du an der Tierhandlung vorbeikamst? Was hast du getan?«

»Ich habe vielleicht einen Blick ins Fenster geworfen. Ich bin nicht so interessiert an Schildkröten und Hamstern.«

»Was hast du gesehen?«

»Ein blaues Licht im Laden. Das ist immer da.«

»Woher weißt du das?«

»Ich werfe mehrmals in der Woche Briefe ein. Ich parke immer am Theater, jedesmal gehe ich an der Tierhandlung vorbei und sehe eine blaue Lampe. Ich nehme an, sie hat mit der Temperatur zu tun. Es macht mir einen Riesenspaß, zu der antielektronischen Mafia zu gehören, die beharrlich weiter Briefe schreibt. Mit der Hand noch dazu.«

»Was passierte dann?«

»Ich warf die Briefe ein und ging zurück zum Wagen. Es dauerte vielleicht noch einmal drei Minuten.«

»Und dann?«

»Das Geschäft explodierte. Zumindest kam es mir so vor. Ich war gerade vorbeigekommen, als es knallte. Ich zuckte zusammen von dem Knall. Es war ein greller Lichtschein um mich. Ich warf mich auf den Boden. Dann sah ich, daß das Zoogeschäft brannte. Und da sauste schon ein Tier mit brennendem Fell an mir vorbei. Es war schrecklich.«

»Und dann?«

»Es ging alles so schnell. Aber ich sah einen Mann auf der anderen Straßenseite stehen. Das Licht war so hell, daß ich mir ganz sicher war. Es war der Mann, den ich vorbeigelassen hatte. Außerdem trug er eine Tasche in der Hand.«

»Hatte er die auch in der Hand, als du ihn vorbeigelassen hast?«

»Ja, das hab ich zu sagen vergessen. Eine schwarze Tasche. Eine altmodische Arzttasche.«

Linda wußte, wie eine solche Tasche aussah.

»Und wie ging es weiter?«

»Ich habe ihm zugerufen, er sollte mir helfen.«

»Warst du verletzt?«

»Ich glaubte es. Dieser Knall und das grelle Licht waren furchtbar.«

»Hat er dir geholfen?«

»Er sah mich nur an und ging weg.«

»In welche Richtung ging er?«

»Hinauf zum Marktplatz.«

»Hast du ihn früher schon mal gesehen?«

»Nie.«

»Kannst du ihn beschreiben?«

»Er war groß und kräftig. Außerdem hatte er eine Glatze, oder kurzgeschnittene Haare.«

»Wie war er gekleidet?«

»Dunkelblaue Jacke, dunkle Hosen, die Schuhe hatte ich vorher gesehen, als ich mich gefragt hatte, warum er so leise ging. Sie waren braun und hatten eine dicke Gummisohle. Aber es waren keine Joggingschuhe.«

»Fällt dir noch was ein?«

»Er rief etwas.«

»Zu wem denn?«

»Ich weiß nicht.«

»War noch jemand da?«

»Gesehen habe ich keinen.«

»Und was rief er?«

»Es hörte sich an wie ›Gott hat gefordert‹.«

»›Gott hat gefordert‹?«

»Beim ersten Wort bin ich mir sicher. ›Gott‹. Danach sagte er ›hat gefordert‹, glaube ich. Aber es hörte sich an, als spräche er es anders aus.«

»Wie, anders?«

»Dänisch, vielleicht. Oder eher noch norwegisch. Ja, das muß es sein. Der Mann, der das gesagt hat, der das Geschäft in Brand gesteckt hat, hat Norwegisch gesprochen.«

Linda fühlte, daß ihr Puls schneller zu schlagen begann. Es muß derselbe Norweger sein, dachte sie. Wenn es sich nicht um eine Verschwörung von Norwegern handelt.

»Hat er noch mehr gesagt?«

»Nein.«

»Und wie heißt du?«

»Amy Lindberg.«

Linda suchte einen Kugelschreiber aus der Tasche und schrieb sich ihre Telefonnummer aufs Handgelenk.

Sie gaben sich die Hand.

»Vielen Dank, daß du zugehört hast«, sagte Amy Lindberg.

Sie verschwand in Richtung der Buchhandlung.

Es gibt einen Mann, der Torgeir Langaas heißt, dachte Linda. Er bewegt sich wie ein seltsamer Schatten dicht in meiner Nähe.

Die Löscharbeiten waren jetzt in eine neue Phase getreten, die Bewegungen waren langsamer, als wolle man bekräftigen, daß der Brand unter Kontrolle war. Sie sah ihren Vater mit dem Brandmeister reden. Als er das Gesicht in ihre Richtung wandte, duckte sie sich, obwohl er sie im Dunkeln, wo sie stand, unmöglich sehen konnte. Stefan Lindman kam in Begleitung der jungen Frau, die Linda zuvor hatte weinen sehen. Er macht sich gut neben weinenden Frauen, dachte sie. Aber ich weine selten, das habe ich abgeschüttelt, als ich erwachsen wurde. Sie folgte ihnen mit dem Blick. Stefan Lindman führte die Frau zu einem Polizeiwagen, sie wechselten ein paar Worte, dann öffnete er die Tür und schloß sie hinter ihr.

Das Gespräch mit Amy Lindberg ging Linda unentwegt durch den Kopf. *Gud krevet*. Gott hat gefordert. Was gefordert? Daß eine Zoohandlung zerstört werden sollte, daß hilflose Tiere unter unbeschreiblichen Qualen sterben sollten? Erst die Schwäne, dachte sie. Dann ein Jungbulle auf einem Hof an der Straße nach Malmö. Allein, verkohlt, tot. Und jetzt ein ganzer Laden. Bestimmt war es derselbe Täter. Der ruhig, ohne Eile, davongegangen war und gerufen hatte, daß Gott etwas gefordert habe.

Es gibt einen Norweger in all dem, dachte sie. Tote Tiere, verschwundene Menschen, auferstandene Väter und meine Freundin Anna, die weg ist. Sie blickte sich unter den Umherstehenden diesseits der Absperrbänder um, in der eitlen Hoffnung, Anna könne sich unter ihn befinden.

Linda trat zu Stefan Lindman. Er sah sie erstaunt an. »Was machst du hier?«

»Ich gehöre zu den Schaulustigen. Aber ich muß mit jemandem reden.«

»Worüber?«

»Über den Brand.«

Er überlegte. »Ich fahre nach Hause und esse was. Du kannst mitkommen.«

Sein Wagen stand beim Hotel Continental. Sie fuhren nach Westen. Er wohnte in einem von drei Wohnblöcken, die dem Anschein nach planlos zwischen Einfamilienhäusern und einer Recyclinganlage für Altpapier ausgestreut worden waren.

Nummer 4 war das mittlere Haus. Die Glasscheibe der Haustür war zerbrochen und zum Teil durch Pappe ersetzt, die ihrerseits zertreten worden war. Linda las einen Spruch, den jemand mit Filzstift an die Hauswand geschrieben hatte. *Das Leben ist verkäuflich. Ruf das Fernsehen an und erzähle.*

»Ich grüble jeden Tag darüber nach«, sagte er. »Ein bedenkenswerter Text.«

Hinter einer Tür im Erdgeschoß war das hysterische Lachen einer Frau zu hören. Stefan Lindman wohnte ganz oben. An der Tür klebte ein gelb-schwarzer Wimpel mit der Aufschrift ›IF Elfsborg‹. Linda meinte zu wissen, daß es eine Fußballmannschaft war. Unter dem Wimpel hing ein abgerissenes Stück Papier mit seinem Namen.

Er schloß auf und gab ihr einen Kleiderbügel für ihre Jacke. Sie gingen ins Wohnzimmer. Es standen einzelne Möbelstücke herum, als seien sie zufällig an ihrem Platz gelandet.

»Ich kann dir nicht viel anbieten«, sagte er. »Wasser, ein Bier. Ich habe fast nichts im Haus. Dies ist nur eine provisorische Wohnung.«

»Wohin willst du ziehen? Du hast etwas von Knickarp gesagt.«

»Ich renoviere da ein Haus. Es hat einen großen Garten. Da werde ich mich wohl fühlen.«

»Ich wohne zu Hause«, sagte Linda. »Ich zähle die Tage, bis ich ausziehen kann.«

»Dein Vater ist doch in Ordnung.«

Sie sah ihn fragend an. Es kam unerwartet. »Was meinst du damit?«

»Genau das, was ich sage. Dein Vater ist in Ordnung. Meiner war es nicht.«

Auf einem Tisch lagen Zeitungen und weitere gelb-schwarze Wimpel. Sie zog eine der Zeitungen heran. *Borås Tidning.*

»Ich habe alles andere als Heimweh«, sagte er. »Aber es macht mir Spaß, über all das zu lesen, was mir jetzt erspart bleibt.«

»War es so schlimm?«

»Ich fühlte, daß ich wegmußte, als mir klar wurde, daß ich den Krebs überleben würde.«

»Und warum Ystad?«

»Ich habe eine Vorstellung, daß es etwas Besonderes sein muß, in einem Grenzland zu leben. Mit dem Rest von Schweden im Rücken. Schonen ist ein Grenzland. Besser kann ich es nicht ausdrücken. Jetzt bin ich hier.«

Er verstummte. Linda wußte nicht, wie sie anfangen sollte. Er stand hastig vom Sofa auf. »Ich hole auf jeden Fall das Bier und ein paar Brote.«

Als er zurückkam, brachte er zwei Gläser mit. Nur er aß.

Linda erzählte, wie sie zufällig neben Amy Lindberg gelandet war, und gab ihr Gespräch wieder. Er hörte aufmerksam zu, stellte keine Fragen, hob nur einmal die Hand, damit sie eine Pause machte, und verstellte eine Stehlampe, deren Licht seine Augen irritierte. Eine Gardine bewegte sich. Linda nahm an, daß es ein Windstoß war. Draußen war es drükkend. Sie folgte seinem Blick zur Gardine.

»Ich glaube, es gibt ein Gewitter. Ich habe so einen Druck hinter den Schläfen. Ein Erbteil von meiner Mutter. Es bedeutet Gewitter. Ich habe einen Freund, der Giuseppe Larsson heißt und bei der Polizei in Östersund ist.«

»Du hast schon von ihm gesprochen«, unterbrach Linda ihn.

»Also er behauptet, mächtigen Appetit auf eingelegten Hering und einen Schnaps zu bekommen, wenn Gewitter aufzieht. Aber ehrlich gesagt, glaube ich nicht, daß es wahr ist.«

»Was ich sage, ist wahr.«

Er nickte. »Ich hatte nicht vor, dich zu unterbrechen.«

»Ich habe Angst, die Konzentration zu verlieren.«

Sie erzählte weiter, ging ganz zurück bis zu dem, was vielleicht der Anfang von allem war, daß Anna meinte, ihren Vater auf einer Straße in Malmö gesehen zu haben. Und mitten in allem, was sie erzählte, bewegte sich eine schemenhafte Gestalt, ein Norweger, der vielleicht Torgeir Langaas hieß.

»Jemand tötet Tiere«, schloß sie. »Immer mehr, brutaler, vielleicht kühner. Wenn man das Wort kühn für einen Irren überhaupt benutzen kann. Jemand tötet auch einen Menschen, zerstückelt ihn. Und Anna ist verschwunden.«

»Ich kann verstehen, daß du dir Sorgen machst«, sagte er. »Schon deshalb, weil es nicht nur einen bedrohlichen Schatten von jemandem gibt, der vielleicht Annas Vater ist. Wir haben eine weitere unbekannte Person, die neben der anderen hergeht und *Gott hat gefordert* ruft. Vielleicht nicht immer so laut, daß wir es hören können. Aber die Worte stehen im Raum. Du sagst, du hättest von deiner Freundin erfahren, daß Anna religiös ist. Es gibt weitere Teile in diesem zerhackten Puzzle, das vielleicht gar kein Puzzle ist, sondern nur so wirkt, ein Puzzle als optische Täuschung. Und da ist die unfaßbare Grausamkeit, zwei abgeschlagene Hände ein stummes Gebet um Gnade beten zu lassen. Alles, was du erzählt hast, und alles, was ich selbst gesehen habe, macht deutlich, daß es eine religiöse Dimension gibt, die wir vielleicht nicht so ernst genommen haben, wie wir sollten.«

Er leerte das Glas. Aus der Ferne war Donnergrollen zu hören.

»Über Bornholm«, sagte Linda. »Da sind viele Gewitter.«

»Der Wind kommt aus Ost. Das bedeutet, daß das Gewitter auf dem Weg hierher ist.«

»Was hältst du von dem, was ich erzählt habe?«

»Ich glaube, daß es wahr ist. Und daß du hergekommen bist und etwas erzählt hast, was Auswirkungen auf die Ermittlung haben wird.«

»Auf welche der Ermittlungen?«

»Birgitta Medberg. Deine Freundin ist bisher lediglich ein Fall unter Beobachtung. Das dürfte sich jetzt ändern, nehme ich an.«

»Muß ich Angst haben?«

Er schüttelte zweifelnd den Kopf. »Ich weiß es nicht. Ich setze mich hin und schreibe alles auf, was du gesagt hast. Das solltest du vielleicht auch tun. Morgen früh spreche ich mit den Kollegen darüber.«

Linda schüttelte sich. »Mein Vater wird wahnsinnig, weil ich zuerst mit dir geredet habe.«

»Du kannst es doch damit begründen, daß er mit dem Brand beschäftigt war.«

»Er meint, daß er nie zu beschäftigt sein kann, wenn es um etwas geht, was mich betrifft.«

Stefan half ihr in die Jacke. Das Gefühl, daß sie ihn mochte, brachte sich wieder in Erinnerung. Seine Hände auf ihren Schultern waren behutsam.

Sie ging nach Hause in die Mariagata. Ihr Vater saß am Küchentisch und wartete auf sie. Als sie sein Gesicht sah, war ihr sofort klar, daß er verärgert war. Dieser verdammte Stefan, dachte sie. Muß er Vater anrufen, bevor ich noch zu Hause bin?

Sie setzte sich ihm gegenüber und stemmte sich gegen den Tisch. »Wenn du vorhast, loszubrüllen, gehe ich ins Bett. Nein, ich gehe aus dem Haus. Ich schlafe im Wagen.«

»Du hättest ja wohl mit mir reden können. Das ist nicht gerade ein Vertrauensbeweis. Ganz und gar kein Vertrauensbeweis.«

»Aber Herrgott! Du warst doch mit den toten Tieren beschäftigt. Das ganze Viertel brannte.«

»Du hättest auch nicht selbst mit dieser Frau sprechen sollen. Wie oft muß ich dir noch sagen, daß das nicht deine Angelegenheit ist? Du hast noch nicht einmal angefangen zu arbeiten.«

Linda streckte den Arm aus, zog den Ärmel hoch und zeigte ihm Amy Lindbergs Telefonnummer.

»Gut so? Jetzt gehe ich ins Bett und schlafe.«

»Ich finde es traurig, daß du nicht mal so viel Respekt vor mir hast, daß du nicht hinter meinem Rücken agierst.«

Linda war fassungslos. »Hinter deinem Rücken? Wovon redest du?«

»Du weißt ganz genau, was ich meine.«

Linda fegte einen Salzstreuer und eine Blumenvase mit verwelkten Rosen vom Tisch. Jetzt war er zu weit gegangen. Sie stürzte hinaus in den Flur, riß ihre Jacke vom Haken und lief aus der Wohnung. Ich hasse ihn, dachte sie, als sie in den Jackentaschen nach dem Wagenschlüssel suchte. Ich hasse sein unglaubliches Gelaber. Ich schlafe keine Nacht mehr in dieser Wohnung.

Sie setzte sich in den Wagen und versuchte sich zu beruhigen. Jetzt glaubt er, daß mein schlechtes Gewissen sich meldet, dachte sie. Er sitzt da und wartet, er ist sicher, daß ich zurückkomme, überzeugt davon, daß Tochter Linda Caroline nur einen kleinen Aufruhr gestartet hat, den sie sofort bereut.

Ich gehe nicht zurück, sagte sie laut. Ich schlafe bei Zebra. Als sie den Wagen anlassen wollte, entschied sie sich anders. Zebra würde anfangen zu reden, Fragen zu stellen, sich zu wundern. Das ertrug sie jetzt nicht. Statt dessen fuhr sie in Annas Wohnung. Ihr Vater konnte an seinem Küchentisch sitzen und warten, bis er grau wurde.

Sie steckte den Schlüssel ins Schloß, drehte um und öffnete.

Im Flur stand Anna und sah sie lächelnd an.

32

»Ich kenne keinen Menschen wie dich, der jederzeit bei mir zu Besuch kommen kann, wie ein Dieb in der Nacht. Ich glaube, es ist so, als hätte ich dich geweckt. Plötzlich bist du aus dem Schlaf hochgefahren und hast gedacht, daß ich zurückgekommen bin. War es nicht so?« sagte Anna heiter.

Linda glitten die Schlüssel aus der Hand und fielen auf den Boden. »Ich verstehe nicht. Bist du es wirklich?«

»Ich bin es.«

»Soll ich froh sein oder erleichtert?«

Anna runzelte die Stirn. »Warum solltest du erleichtert sein?«

»Begreifst du nicht, welche Sorgen ich mir gemacht habe?«

Anna hob die Hände in einer Unterwerfungsgeste. »Ich bin schuldig. Das ist wahr. Ich weiß. Soll ich um Entschuldigung bitten oder erklären, was passiert ist?«

»Du brauchst weder das eine noch das andere zu tun. Es reicht, daß du wieder da bist.«

Sie gingen ins Wohnzimmer. Obwohl Linda noch nicht glauben konnte, daß es wirklich Anna war, die sich gerade auf ihren Lieblingsstuhl setzte, registrierte sie mit einem Zipfel ihres Bewußtseins, daß das Bild mit dem blauen Schmetterling immer noch weg war.

»Ich bin hergekommen, weil mein Vater und ich uns gestritten haben«, erklärte sie. »Weil du nicht hier warst, wollte ich auf deinem Sofa schlafen.«

»Du kannst immer noch hier schlafen, auch wenn ich wieder da bin.«

»Als ich kam, war ich müde. Wütend und müde. Mein Vater und ich sind wie zwei Hähne, die auf einem Misthaufen miteinander kämpfen. Er ist zu klein für uns beide. Wir kommen uns in die Quere und fangen an zu streiten. Tatsächlich haben wir über dich gesprochen.«

»Über mich?«

Linda streckte die Hand aus und berührte Annas nackten Oberarm. Sie trug einen Bademantel, dessen Ärmel aus irgendeinem Grund abgeschnitten waren. Annas Haut war kalt. Es gab keinen Zweifel, daß es Anna war, die zurückgekehrt war, nicht jemand, der ihren Körper geliehen hatte. Annas Haut war immer kalt. Linda wußte das von früher, wenn sie mit dem erschreckenden Gefühl, verbotenes Gelände zu betreten, Totstellen gespielt hatten. Linda war nur heiß geworden und verschwitzt. Anna dagegen war kalt geworden, so kalt, daß sie das Spiel abbrachen, weil die kalte Haut ihnen beiden angst machte. Linda erinnerte sich deutlich, daß damals die große Frage nach dem Tod entschieden wurde. Was überwog, das Verlockende oder das Erschreckende? Seit dem Augenblick, in dem sie das Spiel abgebrochen hatten, war der Tod für Linda immer etwas gewesen, was sich ständig in der Nähe eines Menschen befand, wie geruchloses Gas, fremd, bedrohlich, abwartend.

»Du mußt doch verstehen, daß ich mir Sorgen gemacht habe«, sagte Linda. »Es sieht dir gar nicht ähnlich, zu verschwinden und nicht zu Hause zu sein, wenn du eigentlich eine Verabredung hast.«

»Es war alles ganz verändert. Ich glaubte, meinen Vater gesehen zu haben. Ich hatte ihn durch ein Fenster gesehen. Er war zurückgekommen.«

Sie hielt inne und sah auf ihre Hände. Sie ist genauso zurückgekommen, wie sie verschwunden ist, dachte Linda. Sie ist ruhig, nicht besorgt, nichts ist anders. Die Tage, in denen sie fort war, könnten aus ihrem Leben geschnitten werden, ohne daß es zu merken wäre.

»Was war denn?« fragte Linda.

»Ich habe nach ihm gesucht. Natürlich hatte ich nicht vergessen, daß du und ich uns treffen wollten. Aber diesmal ging es nicht anders, ich mußte unsere Verabredung sausen lassen. Ich dachte wohl, du würdest es verstehen. Ich hatte vor einem Hotelfenster in Malmö meinen Vater gesehen. Ich hatte das Gefühl, ihn finden zu müssen. Ich war so durcheinander, ich zitterte, ich konnte nicht Auto fahren. Also nahm ich den Zug nach Malmö und fing an, wieder nach ihm zu suchen. Es war ein vollkommen unbeschreibliches Erlebnis, dort durch die Straßen zu gehen und nach ihm zu suchen. Ich suchte ihn mit allen Sinnen, es mußte irgendwo einen Geruch von ihm geben, ein Geräusch. Ich ging langsam, als sei ich ein einsamer Kundschafter vor einer großen Kavallerie, die irgendwo im Hintergrund wartete. Ich wollte den richtigen Weg zum Ziel finden, und das Ziel war mein Vater.

Ich brauchte mehrere Stunden, um vom Bahnhof zu dem Hotel zu gehen, vor dessen Fenster ich ihn zum erstenmal gesehen hatte. Als ich in die Rezeption kam, saß eine dicke Dame in dem Sessel und döste vor sich hin. Ich wurde wütend. Sie hatte meinen Platz eingenommen, niemand durfte sich in den heiligen Sessel setzen, in dem ich meinen Vater und er mich gesehen hatte. Im Vorbeigehen stieß ich die schnarchende Dame an. Sie fuhr auf. Ich sagte ihr, sie müsse sich woanders hinsetzen, weil die Möbel gleich ausgewechselt würden. Und sie tat, was ich sagte. Wie sie glauben konnte, daß ich etwas mit dem Hotel zu tun hatte, im Regenmantel und mit nassen und verklebten Haaren, ist mir noch immer ein Rätsel. Jetzt setzte ich mich in den Sessel und schaute hinaus. Es war niemand da. Doch ich dachte, er würde zurückkommen, wenn ich nur lange genug sitzen bliebe.«

Anna machte eine Pause und ging zur Toilette. In der Ferne grollte der Donner. Anna kam zurück und erzählte weiter:

»Ich saß also in dem Sessel am Fenster. Als die Angestellten in der Rezeption mich mißtrauisch beäugten, buchte ich ein Zimmer. Ich versuchte, mich so wenig wie möglich im Zimmer aufzuhalten. Um nicht zu verraten, daß ich eigentlich nur dasaß und wartete, daß jemand vor dem Fenster auftauchte, kaufte ich in einem Schreibwarenladen ein Heft und tat so, als ob ich mir Notizen machte. Am zweiten Tag kam die dicke Dame wieder. Ich hatte sie nicht bemerkt. Aber sie mußte sich angeschlichen und mir nachspioniert haben und glaubte jetzt, mich entlarvt zu haben. Für sie war ich eine Diebin. Ich hatte unter Vorspiegelung der falschen Tatsache, daß die Möbel ausgewechselt würden, ihren Platz gestohlen. ›Sie sind eine Diebin. Sie haben meinen Platz gestohlen‹, sagte sie. Sie war so erregt, daß ich fürchtete, sie würde in Ohnmacht fallen. Ich dachte, niemand lügt in einer solchen Sache, niemand erfindet, daß man in einem Sessel sitzt, weil man hofft, seinen Vater vor dem Fenster auftauchen zu sehen, der über zwanzig Jahre verschwunden war. Man kann fast alles zusammenlügen, aber nicht das. Also sagte ich es, genau wie es war. Sie glaubte mir sofort. Sie zweifelte keinen Augenblick. Sie setzte sich in einen anderen Sessel und sagte, sie wolle mir gern Gesellschaft leisten, während ich wartete. Es war vollkommen wahnsinnig. Sie redete ununterbrochen. Ihr Mann nahm an einer Konferenz über Herrenhüte teil. Du kannst lachen, ich habe nicht gelacht, aber es stimmte wirklich, sie beschrieb es in allen Einzelheiten, wie düstere Männer in einem engen Konferenzraum zusammensaßen und Absprachen trafen, auf welche Art von Hüten man in der nächsten Saison setzen wollte. Sie saß da im Sessel und plapperte, es war, als hielte sie eine unbegreifliche Messe, die einem bis dahin unbekannten Herrenhutgott geweiht war. Ich überlegte, ob ich sie ermorden, erwürgen sollte. Aber es war, als zögen ihre Worte am Ende nur wie ein Geruch an mir vorbei, den man eigentlich nicht bemerkt. Dann kam ihr Mann und holte sie ab. Er war genauso dick wie sie, aber er trug einen sicher sehr teuren Hut mit breiter Krempe. Sie, die dicke Dame, und ich hatten uns einander vorgestellt. Jetzt, als sie gehen wollten, sagte sie: ›Hier sitzt eine junge Dame und wartet auf ihren Vater. Sie hat lange gewartet.‹ ›Wie lange?‹ fragte der Mann und hob gleichzeitig seinen schönen Hut. ›Fast fünfundzwanzig Jahre‹, sagte sie. Er sah mich an, nachdenklich und prüfend, aber vor allem andächtig. Die Hotelrezeption mit ihren glänzenden, eiskalten Flächen und dem Geruch von Reinigungsmittel in viel zu hoher Konzentration verwandelte sich für einen kurzen Moment in einen Kirchenraum. Er sagte: ›Man kann nie lange genug warten.‹ Dann setzte er seinen Hut auf, und ich sah, wie sie das Hotel verließen. Ich dachte, daß die ganze Situation unbegreiflich und absurd war, aber damit auch vollkommen glaubwürdig.

Fast zwei Tage und Nächte saß ich in dem Sessel. Dann und wann ging ich in mein Zimmer und schlief. In der Minibar im Zimmer waren kleine Flaschen mit Schnaps, Bier und Packungen mit Nüssen. Ich glaube, in der ganzen Zeit habe ich nichts anderes gegessen oder getrunken. Dann wurde mir klar, daß mein Vater überhaupt nicht die Absicht hatte, zu diesem Fenster zurückzukehren. Ich verließ das Hotel, behielt aber das Zimmer. Ich hatte keinen Plan für meine Suche, ich ging durch die Parks, an den Kanälen entlang und durch die verschiedenen Hafenanlagen. Mein Vater war einst fortgegangen, weil er eine Freiheit suchte, die Henrietta und ich ihm nicht geben konnten. Deshalb wollte ich auf den offenen Plätzen nach ihm suchen. Mehrmals glaubte ich, ihn entdeckt zu haben. Mir wurde schwindelig, ich mußte an einer Hauswand oder an einem Baum Halt suchen. Aber er war es nie. Ich dachte, daß mein Vater immer ein anderer war. Das führte dazu, daß all die Sehnsucht, die ich in mir getragen hatte, sich auf einmal in Wut verwandelte. Da ging ich und sehnte mich nach ihm, und er tat nichts, als mich weiterhin zu kränken, indem er sich zuerst gezeigt hatte und dann von neuem verschwunden war. Ich begann natürlich zu zweifeln. Wie konnte ich sicher sein, daß er es war? Alles sprach dafür, daß er es nicht war. Ich lief durch alle Parks von Malmö, es regnete ununterbrochen, und ich war hin und her gerissen zwischen Zweifel und einer absoluten Sicherheit, daß er es wirklich gewesen war. Die zwei letzten Tage schlief ich und war des Nachts draußen. Mehrmals meinte ich ihn zwischen den Schatten erkennen zu können. Die letzte Nacht stand ich draußen im Pildammspark, es war drei Uhr in der Früh, und ich rief in die Dunkelheit hinaus: Papa, wo bist du? Doch niemand kam. Ich blieb bis zur Morgendämmerung im Park. Plötzlich konnte ich ganz deutlich und klar denken, daß ich die letzte große Prüfung im Verhältnis zu meinem Vater hinter mich gebracht hatte. Ich war bis dahin in der nebelhaften Vorstellung befangen, daß er sich mir trotz allem zeigen würde, und schließlich durch die Gewißheit daraus befreit worden, daß er nicht existierte. Doch, vielleicht existiert er, vielleicht ist er trotz allem nicht tot. Aber für mich würde er von nun an eine Phantasiegestalt sein, die ich dann und wann hervorholen konnte, um von ihr zu träumen. Er war kein lebendiger Mensch mehr, keiner, auf den ich warten, ja nicht einmal wütend werden würde. Endlich war er voll und ganz verschwunden. Alles ist gestern morgen dort im Park mit einem Schlag anders geworden. Vierundzwanzig Jahre lang hatte ich in meinem Innersten gedacht, er sei nicht verschwunden. Jetzt, als ich glaubte, er sei wirklich zurückgekommen, verstand ich, daß er fort war und nie zurückkehren würde.«

Das Gewitter zog nach Westen ab. Anna war verstummt und betrachtete wieder ihre Finger. Für Linda sah es so aus, als ob sie sie unentwegt zählte, um zu kontrollieren, daß keiner fehlte. Sie versuchte sich vorzustellen, wie es wäre, wenn ihr eigener Vater verschwunden wäre. Der Gedanke war unmöglich. Er würde immer da sein, ein großer, geduckter Schatten, mal warm, mal kalt, der sie umkreiste und die ganze Zeit beobachtete, was sie tat. Linda wurde plötzlich von dem Gefühl befallen, den größten Fehler ihres Lebens begangen zu haben, als sie sich entschied, in die Fußspuren ihres Vaters zu treten und zur Polizei zu gehen. Warum habe ich das getan? dachte sie. Er wird mich erdrücken mit seiner Freundlichkeit, seinem Verständnis und der ganzen Liebe, die er eigentlich einer anderen Frau zuwenden sollte, nicht seiner Tochter.

Sie schob die Gedanken zur Seite. Jetzt war sie ungerecht, nicht nur ihrem Vater, sondern auch sich selbst gegenüber.

Anna sah von ihren Fingern auf.

»Jetzt ist es vorbei«, sagte sie. »Mein Vater war nur ein Reflex in einem Fenster. Jetzt ist er fort und kommt nie mehr zurück. Ich kann wieder anfangen zu studieren. Reden wir nicht mehr von mir. Es tut mir leid, wenn du dir meinetwegen Sorgen gemacht hast.«

Linda fragte sich, ob Anna von dem Mord an Birgitta Medberg wußte. Die Frage, welche Verbindung zwischen Anna und Birgitta Medberg bestanden hatte, war noch nicht beantwortet. Und Vigsten in Kopenhagen? Fand sich der Name Torgeir Langaas in einem ihrer Tagebücher? Ich hätte sie durchkämmen sollen, dachte Linda boshaft. Ob man eine Seite liest oder tausend, macht keinen Unterschied. Es ist, wie eins der Siegel aufzubrechen, die Papa unermüdlich mit Lack auf den Weihnachtspäckchen anbrachte, als ich klein war. Einmal aufgebrochen, und alle Türen stehen sperrangelweit offen.

Aber etwas nagte in ihr. Ein Splitter der früheren Unruhe steckte immer noch. Sie beschloß jedoch, zunächst keine Fragen zu stellen.

»Ich habe deine Mutter besucht«, sagte sie statt dessen. »Sie schien sich keine Sorgen zu machen. Das habe ich als ein Zeichen dafür angesehen, daß sie wußte, wo du warst. Aber daß sie nichts sagen wollte.«

»Ich habe ihr nicht erzählt, daß ich glaubte, meinen Vater gesehen zu haben.«

Linda dachte an Henriettas Worte, daß der verschwundene Vater immer in Annas Bewußtsein gewesen sei. Aber wer lügt, wer übertreibt? Linda entschied, daß das im Augenblick unwichtig war.

»Ich habe gestern meine Mutter besucht«, sagte sie. »Ich wollte sie überraschen. Und das ist mir auch gelungen.«

»Hat sie sich gefreut?«

»Nicht besonders. Ich traf sie mitten am Tag nackt in der Küche an, als sie Schnaps aus der Flasche trank.«

»Du wußtest also nichts davon, daß sie ein Alkoholproblem hat?«

»Ich weiß auch jetzt nicht, ob sie eins hat. Jeder kann vielleicht mal am hellichten Tag einen trinken.«

»Da hast du bestimmt recht«, sagte Anna. »Aber ich muß jetzt schlafen. Ich mach dir die Couch zurecht.«

»Ich gehe nach Hause«, sagte Linda. »Jetzt, wo ich weiß, daß du wieder da bist, kann ich in meinem eigenen Bett schlafen. Obwohl ich morgen früh bestimmt mit meinem Vater aneinandergerate.«

Linda stand auf und ging in den Flur.

Anna blieb in der Wohnzimmertür stehen. Das Gewitter hatte sich verzogen. »Ich habe dir nicht vom Ende der Reise erzählt«, sagte Anna. »Von dem, was heute morgen passiert ist, nachdem ich beschlossen hatte, daß mein Vater nie zurückkommen würde. Ich habe jemand anders gesehen. Ich ging zum Bahnhof, um nach Ystad zurückzufahren. Während ich wartete, trank ich am Bahnhof einen Kaffee. Plötzlich setzte sich jemand neben mich. Du rätst nie, wer.«

»Weil ich es nicht raten kann, muß es die dicke Dame gewesen sein.«

»Sie war es. Ihr Mann stand im Hintergrund und bewachte einen altmodischen Koffer. Ich weiß noch, daß ich dachte, daß er sicher voller geheimnisvoller Hüte war, die die kommende Mode bestimmen würden. Seine dicke Frau schwitzte und hatte rote Hitzeflecken auf den Wangen. Als ich ihn ansah, lüftete er seinen schönen Hut. Es war, als wären die beiden und ich Teil einer geheimen Verschwörung. Sie beugte sich zu mir hin und fragte, ob ich ihn getroffen hätte. Zuerst wußte ich nicht, wen sie meinte. Ich war müde und hatte meinen Vater ja gerade für immer abgeschafft. Ich hatte ihn ins Kanonenrohr gestopft und den Schuß ins Vergessen abgefeuert. Aber ich wollte sie nicht traurig stimmen. Also sagte ich, ja, ich hätte ihn getroffen. Alles wäre gutgegangen. Ihre Augen fingen an zu glänzen. Dann stand sie auf und sagte: ›Darf ich es meinem Mann erzählen? Wir fahren jetzt nach Halmstad zurück. Es wird eine Erinnerung fürs ganze Leben sein, ein Mädchen getroffen zu haben, das seinen Vater wiedergefunden hat.‹ Dann ging sie zu ihrem Mann und dem Koffer. Ich sah, wie sie anfingen, über etwas zu diskutieren, hörte aber natürlich nicht, worüber. Als ich gerade aufstehen wollte, um zu meinem Zug zu gehen, kam sie noch einmal zurück. ›Ich weiß nicht einmal, wie Sie heißen‹, sagte sie. ›Anna‹, sagte ich. Dann ging ich, und ich drehte mich nicht um. Und jetzt bist du hier.«

»Ich komme morgen wieder«, sagte Linda. »Laß uns das nachholen, woraus vor einer Woche nichts geworden ist.«

Sie verabredeten sich für zwölf Uhr. Linda gab Anna die Wagenschlüssel. »Ich habe dein Auto geliehen. Weil ich nach dir gesucht habe. Morgen fülle ich Benzin nach.«

»Du sollst nicht dafür zahlen müssen, daß du dir Sorgen gemacht hast, es wäre mir etwas passiert.«

Linda ging im Nieselregen nach Hause. Das Gewitter war abgezogen, der Wind war eingeschlafen. Der nasse Asphalt duftete. Linda blieb stehen und sog die Luft tief in die Lungen. Alles ist gut, dachte sie. Ich habe mich geirrt, nichts ist passiert.

Der Splitter, der noch in ihr steckte, der kleine Splitter der Unruhe, war fast nicht mehr zu spüren. Nur noch ein bißchen. Sie dachte an das, was Anna gesagt hatte. *Ich habe jemand anders gesehen.*

33

Linda erwachte mit einem Ruck. Das Rollo hing schief, ein Streifen Morgensonne wurde von einem Dach auf der anderen Straßenseite reflektiert und fiel auf ihren Nachttisch. Sie streckte die Hand aus und legte sie in den Sonnenstrahl. Wie fängt ein Tag an? dachte sie. Sie hatte immer das Gefühl, daß kurz vor dem Erwachen ein Traum ihr sagte, daß es Zeit war. Jetzt fing der Tag an. Durch die Jahre hatte sie mit verschiedenen Bildern des Übergangs zwischen Tag und Nacht gespielt. ›Wenn die Dämmerung und der Traum sich über einen Sieger geeinigt haben‹, hatte sie vor ein paar Jahren gedacht. Sie hatte sich die Zeile auf ein Blatt Papier geschrieben und eingesehen, daß dies der Gipfel dessen war, was sie an Poesie zustande bringen würde. Aber der Tag konnte auch sein wie das Aufbrechen einer verschlossenen Tür, mit der man die ganze Nacht gekämpft hatte. Sie hatte viele Bilder.

Sie setzte sich im Bett auf. Anna war zurückgekommen. Sie hielt einen kurzen Augenblick den Atem an, wie um sich zu vergewissern, daß es kein trügerischer Traum gewesen war. Aber Anna hatte in ihrem Bademantel mit den abgeschnittenen Ärmeln im Flur gestanden. Sie ließ sich aufs Bett zurückfallen und streckte sich. Ihre Hand ließ sie in dem Sonnenstrahl liegen. Bald ist Herbst, dachte sie. Im Moment ist mein Leben ausgerichtet auf eine Anzahl kurz bevorstehender Ereignisse. Bald und am wichtigsten: In fünf Tagen kann ich die unsichtbare Uniform gegen eine sichtbare tauschen. Dann die Wohnung, damit mein Vater und ich uns nicht länger auf die Nerven gehen. Bald Herbst, bald der erste Morgen mit Frost. Sie sah auf ihre Hand im Sonnenstrahl. In Gedanken schüttelte es sie jetzt schon. Wegen dem Frost, dachte sie. Oder wegen des Frostes? Wie hieß es eigentlich?

Als sie ihren Vater im Badezimmer rumoren hörte, stand sie auf und fing an zu lachen. Sie kannte keinen, der im Badezimmer solchen Lärm veranstaltete wie er. Als habe er da drinnen einen wütenden Kampf gegen widerspenstige Seifen, Wasserhähne und Handtücher auszufechten. Sie zog den Morgenrock an und ging in die Küche. Es war sieben Uhr. Sie überlegte, ob sie Zebra anrufen und ihr sagen sollte, daß Anna zurückgekommen war. Aber Zebra schlief vielleicht noch. Ihr Sohn war nachts sehr unruhig, und Zebra konnte sehr ärgerlich werden, wenn sie geweckt wurde, nachdem es ihr endlich gelungen war einzuschlafen. Stefan Lindman, dachte Linda. Ihn müßte ich auch anrufen. Aber er kann es aus dem Mund des wütenden Badezimmertigers erfahren.

Ihr Vater kam in die Küche, während er sich noch die Haare trocknete. »Tut mir leid wegen gestern abend«, sagte er.

Ohne eine Antwort abzuwarten, trat er auf sie zu und beugte den Kopf zu ihr runter. »Kannst du sehen, ob ich Haare verliere?«

Sie fühlte mit den Fingern in den nassen Haaren an seinem Hinterkopf. »Da ist eine kleine Stelle.«

»Verdammt. Ich will keine Glatze kriegen.«

»Großvater hatte doch fast überhaupt keine Haare mehr. Das ist Familienerbe. Du wirst aussehen wie ein amerikanischer Offizier, wenn du sie kurz schneidest.«

»Ich will nicht aussehen wie ein amerikanischer Offizier.«

»Anna ist zurückgekommen.«

Er war gerade dabei, Wasser in einen Topf laufen zu lassen, jetzt stutzte er und drehte den Hahn zu. »Anna Westin?«

»Ich weiß von keiner anderen Anna, die weg war. Gestern abend, als ich so sauer war und wegging, fuhr ich zu ihr, um dort zu schlafen. Da stand sie im Flur.«

»Und was ist los gewesen?«

»Sie ist nach Malmö gefahren, hat sich ein Hotelzimmer genommen und nach ihrem Vater gesucht.«

»Hat sie ihn gefunden?«

»Nein. Am Ende sah sie ein, daß sie sich alles nur eingebildet hat. Da ist sie nach Hause gekommen. Das war gestern.«

Er setzte sich an den Tisch. »Sie verbringt eine Reihe von Tagen in Malmö damit, nach ihrem Vater zu suchen. Sie wohnt im Hotel und erzählt niemandem davon, weder dir noch ihrer Mutter. Richtig?«

»Ja.«

»Hast du einen Grund, nicht zu glauben, was sie sagt?«

»Eigentlich nicht.«

»Was meinst du damit? ›Eigentlich‹? Ja oder nein?«

»Nein.«

Er ging zurück zum Wasserhahn und ließ mehr Wasser in den Topf laufen. »Dann hatte ich also recht. Es ist nichts passiert.«

»Birgitta Medbergs Name stand in ihrem Tagebuch. Ebenso der Name dieses Herrn Vigsten. Ich weiß nicht, wieviel Stefan Lindman dir schon erzählt hat, als er dich gestern anrief, um zu klatschen.«

»Er hat nicht geklatscht. Außerdem war er sehr ausführlich. Er ist ein neuer Martinsson, was das Anfertigen klarer und deutlicher Berichte angeht. Spätestens morgen werde ich Anna ins Präsidium bitten, um mich mit ihr zu unterhalten. Das kannst du ihr sagen. Aber keine Fragen nach Birgitta Medberg, keine private Ermittlung, ist das klar?«

»Jetzt hörst du dich an wie ein hochnäsiger Polizist«, erwiderte Linda.

Er sah sie erstaunt an. »Ich bin Polizist«, sagte er. »Wußtest du das nicht? Man hat mir in meinem Leben schon manches vorgeworfen, aber daß ich hochnäsig wäre, noch nie.«

Sie frühstückten unter Schweigen und lasen jeder einen Teil von *Ystads Allehanda*. Es wurde halb acht.

Er stand auf, um zu gehen. Aber dann setzte er sich wieder. »Du hast dieser Tage etwas gesagt«, begann er verlegen.

Linda wußte sofort, was er meinte. Es belustigte sie, zu sehen, wenn er verlegen wurde. »Du meinst, als ich gesagt habe, ich wüßte keinen, der dringender jemanden zum Vögeln brauchte als du?«

»Was hast du damit eigentlich gemeint?«

»Was glaubst du denn? Kann ich damit denn so viel Verschiedenes gemeint haben?«

»Ich möchte, daß du mein Sexualleben in Frieden läßt.«

»Du hast doch gar kein Sexualleben.«

»Ich möchte auf jeden Fall, daß du es in Frieden läßt.«

»Mir ist egal, wie du es anstellst, ein nicht existentes in Frieden gelassenes Sexualleben zu haben. Aber ich glaube nicht, daß es gut für dich ist, die ganze Zeit allein zu sein. Mit jeder Woche, in der du niemanden zum Vögeln hast, nimmst du weiter zu. Das ganze Fett, das du mit dir herumschleppst, ist wie ein großes Schild, das in grellen Lettern verkündet, daß hier ein Mann mit einem dringenden erotischen Bedürfnis kommt.«

»Du brauchst nicht zu schreien.«

»Wer könnte es denn hören?«

Er stand auf, hastig, als habe er beschlossen zu fliehen. »Vergiß es«, sagte er. »Ich geh jetzt.«

Sie folgte ihm mit dem Blick, als er seine Tasse ausspülte. Setze ich ihm zu hart zu? dachte sie. Aber wenn ich es nicht tue, wer dann?

Sie folgte ihm in den Flur. »Wie sagt man«, fragte sie. »Wegen *dem Frost* oder wegen *des Frostes*?«

»Ist das nicht das gleiche?«

»Ich glaube, daß das eine falsch und das andere richtig ist.«

»Denk darüber nach«, sagte er. »Berichte mir vom Ergebnis, wenn ich heute abend nach Hause komme.«

Die Tür schlug mit einem Knall zu.

Linda dachte an Gertrud, die Frau, mit der ihr Großvater in den letzten Jahren seines Lebens verheiratet war. Sie wohnte jetzt mit ihrer Schwester Elvira zusammen, die Schwedischlehrerin gewesen war. Es war ein guter Anlaß, Gertrud einmal anzurufen, dachte Linda. Dann und wann sprachen sie miteinander, meistens war Linda diejenige, die anrief. Sie schlug die Nummer in ihrem Adreßbuch nach. Die Schwestern waren Frühaufsteherinnen. Sie pflegten schon um fünf zu frühstücken. Gertrud kam ans Telefon. Wie immer klang sie heiter. Linda hatte sich oft gefragt, wie sie es geschafft hatte, mit einem so garstigen und in sich gekehrten Menschen wie ihrem Großvater zusammenzuleben.

»Bist du schon Polizistin?« fragte Gertrud.

»Am Montag.«

»Ich nehme an, du bist vorsichtig.«

»Ich bin immer vorsichtig.

»Ich hoffe, du hast dir die Haare geschnitten.«

»Warum das denn?«

»Damit sie dich nicht an den Haaren packen können.«

»Du brauchst dir keine Sorgen zu machen.«

»Mit irgendwas muß man sich auf seine alten Tage doch beschäftigen. Wenn man nichts anderes mehr hat, kann man seine Tage immer noch damit verbringen, daß man sich Sorgen macht. Elvira und ich machen uns jeden Tag kleine Sorgenmomente zum Geschenk. Das hält uns fit.«

»Eigentlich wollte ich auch mit Elvira sprechen. Ich habe eine Frage.«

»Wie geht es deinem Vater?«

»Wie immer.«

»Und was ist mit der Frau in Lettland?«

»Baiba? Das ist schon lange vorbei. Wußtest du das nicht?«

»Ich spreche höchstens einmal im Jahr mit Kurt. Und nie über etwas, was sein Privatleben betrifft.«

»Er hat kein Privatleben. Das ist sein Fehler.«

»Ich rufe Elvira.«

Sie kam ans Telefon. Linda fand, daß die Stimmen der Schwestern sich zum Verwechseln ähnlich waren.

»Was ist richtig?« fragte Linda. »Wegen *dem* Frost oder wegen *des* Frostes?«

»Wegen *des* Frostes«, sagte Elvira prompt. »Warum fragst du?«

»Ich bin heute morgen wach geworden und dachte, daß bald der Herbst kommt. Und es schüttelte mich, wegen des Frostes.«

»Ja, man muß wegen des Frostes sagen.«

»Dann weiß ich das. Danke für die Hilfe.«

»Heute wollen wir Johannisbeeren pflücken«, sagte Elvira. »Du hast recht damit, daß bald der Herbst kommt, und der Frost. Da tun ein paar Johannisbeeren gut.«

Linda räumte den Frühstückstisch ab. Sie hatte geduscht und sich angezogen, als das Telefon klingelte. Es war Elvira.

»Ich hatte unrecht. Es kann im heutigen Sprachgebrauch sowohl wegen *dem* Frost als auch wegen *des* Frostes heißen. Ich habe mit einem guten Freund gesprochen, der Sprachprofessor ist und Kontakte zur Schwedischen Akademie hat. Es zeigt sich, daß die Umgangssprache sich immer mehr durchsetzt. Leider ist es heute nicht mehr falsch, wegen dem Frost zu sagen. Die Sprache wird aufgeweicht, verliert ihre Prägnanz. Ich mag es nicht, wenn Wörter wie stumpfe Messer werden. Das wollte ich dir nur sagen. Und jetzt geht es an die Johannisbeeren.«

»Danke nochmals für die Hilfe.«

Um neun rief Linda bei Anna an.

»Ich wollte nur sichergehen, daß ich nicht geträumt habe.«

»Ich sehe jetzt ein, daß ich euch Sorgen bereitet habe. Aber mit Zebra habe ich gesprochen. Sie weiß, daß ich wieder da bin.«

»Und Henrietta?«

»Die rufe ich an, wenn ich Lust habe. Kommst du um zwölf?«

»Ich bin immer pünktlich.«

Als sie aufgelegt hatten, blieb Linda mit der Hand auf dem Hörer sitzen.

Irgendwo saß dieser kleine Splitter, eine vage Unruhe. Das ist eine Mitteilung, dachte sie. Ein Splitter im Körper will etwas erzählen. Es ist wie ein Traum. Kuriere kommen mit geheimen Meldungen geritten, die stets von einem selbst handeln, obwohl man vielleicht von jemand anderem träumt. Jetzt habe ich diesen Splitter. Anna ist zurückgekommen. Sie ist unversehrt, alles wirkt normal. Aber ich frage mich weiterhin nach diesen zwei Namen im Tagebuch. Birgitta Medberg und Vigsten. Daneben gibt es eine dritte Person, einen Norweger mit Namen Torgeir Langaas. Es sind noch Fragen offen. Bevor ich die Antworten nicht weiß, wird der Splitter nicht verschwinden.

Sie trat auf den Balkon und setzte sich. Nach dem nächtlichen Gewitter war die Luft frisch. In der Zeitung hatte sie gelesen, daß ein Wolkenbruch in Rydsgård die Kanalisation zum Überlaufen gebracht hatte. Auf dem Fußboden lag ein toter Schmetterling. Danach muß ich auch fragen, dachte Linda. Nach dem Bild mit dem blauen Schmetterling.

Sie legte die Beine auf das Balkongeländer. Noch fünf Tage, dachte sie. Dann ist dieser komische Wartezustand endlich vorbei.

Woher ihr der Gedanke kam, konnte sie nicht erklären. Sie ging hinein und rief die Auskunft an. Das Hotel, nach dessen Nummer sie fragte, gehörte inzwischen zum Scandic-Konzern. Sie wurde verbunden. Eine fröhliche Männerstimme meldete sich. Sie ahnte vage einen dänischen Akzent.

»Ich würde gern mit einem ihrer Gäste sprechen, mit Anna Westin.«

»Einen Augenblick, bitte.«

Einmal lügen ist leicht, dachte sie. Der zweite Schritt wird schwieriger.

Die heitere Stimme kam zurück. »Leider haben wir keinen Gast unter diesem Namen.«

»Dann ist sie vielleicht abgereist. Ich weiß nur, daß sie kürzlich bei Ihnen gewohnt hat.«

»Anna Westin?«

»Ja.«

»Einen Augenblick, bitte.«

Er war schon kurz darauf wieder am Apparat. »Wir haben

in den letzten zwei Wochen keinen Gast unter dem Namen Westin gehabt. Sind Sie sicher, daß der Name richtig ist?«

»Es ist meine Freundin. Sie schreibt sich mit W.«

»Wir hatten Wagner, Werner, Wiktor mit W, Williamsson, Wallander ...«

Linda faßte den Hörer fester.

»Entschuldigung. Der letzte Name?«

»Williamsson?«

»Nein, Wallander.«

Die fröhliche Stimme klang immer weniger wohlwollend. »Ich dachte, Sie wollten mit einem Gast namens Westin sprechen?«

»Ihr Mann heißt Wallander. Vielleicht hatten sie das Zimmer unter seinem Namen gebucht.«

»Einen Moment, ich sehe nach.«

Das ist unmöglich, dachte sie. So etwas gibt es nicht.

»Das stimmt leider auch nicht. Unter dem Namen Wallander haben wir nur eine alleinreisende Dame.«

Linda brachte kein Wort heraus.

»Hallo? Sind Sie noch da? Hallo?«

»Ich nehme an, sie hieß Linda mit Vornamen?«

»Ganz richtig. Mehr kann ich leider nicht für Sie tun. Vielleicht hat Ihre Freundin in einem anderen Hotel in Malmö gewohnt. Wir haben ja außerdem noch unser eigenes ausgezeichnetes Hotel bei Lund.«

»Danke.«

Linda knallte den Hörer auf. Zuerst war es Verblüffung, dann Zorn. Sie dachte, daß sie sofort mit ihrem Vater reden müßte, nicht auf eigene Faust weitermachen durfte. Von jetzt an interessiert mich nur, warum sie meinen Namen benutzt, wenn sie in Malmö ins Hotel geht, um nach ihrem Vater zu suchen.

Am Küchentisch riß sie ein Blatt von einem Block ab und strich das Wort ›Spargel‹ durch, das ihr Vater aufgeschrieben hatte. Er ißt doch keinen Spargel, dachte sie irritiert. Aber als sie anfangen wollte, alle wichtigen Punkte, Namen und Ereignisse seit Annas Verschwinden aufzuschreiben, wußte sie nicht mehr, was sie notieren sollte. Es endete damit, daß sie einen Schmetterling zeichnete und blau ausmalte. Der Kugelschreiber war leer. Sie suchte einen anderen. Der erste Flügel wurde blau, der zweite schwarz. So einen Schmetterling gibt es nicht, dachte sie. Genausowenig wie Annas Vater. Was wirklich ist, sind ganz andere Dinge. Brennende Tiere, die sterben, ein zerstückelter Mensch in einer Waldhütte, Überfälle in Kopenhagen.

Um elf Uhr machte sie einen Spaziergang zum Hafen, ging hinaus auf die Pier und setzte sich auf einen Poller. Sie versuchte, eine plausible Erklärung dafür zu finden, warum Anna einen anderen Namen angegeben hatte. Wichtig war nicht, daß sie gerade ihren gewählt hatte. Es hätte auch Zebras oder irgendein erfundener Name sein können. Das Wichtige, dachte Linda, und es gelang ihr, sich davon zu überzeugen, daß sie recht hatte, war, daß Anna sich unter falschem Namen auf die Suche nach ihrem Vater begeben hatte.

Eine tote Ente trieb im trüben Wasser am Stenkaj. Als Linda schließlich aufstand, hatte sie noch keine plausible Erklärung gefunden. Es muß eine geben, dachte sie. Ich finde sie nur nicht.

Um Punkt zwölf klingelte sie an Annas Tür. Ihre Unruhe von vorher hatte sich gelegt. Jetzt war sie nur auf der Hut.

34

Torgeir Langaas schlug die Augen auf. Jeden Morgen wunderte er sich darüber, daß er noch lebte. Zwei Bilder flossen stets ineinander, wenn er aufwachte. Er sah sich selbst mit seinen eigenen und gleichzeitig mit den Augen des anderen, der ihn einst dazu gebracht hatte, sich von der Straße und aus dem Suff und der Drogenabhängigkeit zu erheben und den Weg zu wandern, der zu einem fernen, doch nicht unerreichbaren Paradies führte. Er hatte dort in der Gosse gelegen, vollgekotzt, stinkend, jenseits aller Hoffnung, eines Tages vielleicht frei zu sein von allen Giften. Es war das Ende der langen Reise gewesen, vom verwöhnten Erben eines der größten Reedereivermögen in Norwegen bis zu einem von Alkohol und Drogen verwüsteten Wrack in der Gosse in Cleveland. Dort hätte die Reise mit dem Tod in einer Gasse enden sollen, und dann ein Armenbegräbnis auf Kosten des Staates Ohio.

Er lag wach in Vigstens Wohnung in der Nedergade in der Dienstmädchenkammer, deren Existenz Vigsten vergessen hatte. Aus der Wohnung war das eintönige Klimpern eines Klavierstimmers zu hören, der am Flügel arbeitete. Jeden Mittwoch kam er und stimmte das Instrument. Torgeir Langaas war musikalisch genug, um hören zu können, daß der Klavierstimmer nur äußerst geringe Korrekturen vornehmen mußte. Er konnte auch vor sich sehen, wie der alte Vigsten reglos auf einem Stuhl am Fenster saß und alle Bewegungen des Klavierstimmers verfolgte. Torgeir Langaas streckte sich. Am Abend zuvor war alles wie geplant verlaufen. Die Tierhandlung war abgebrannt, nicht eine Maus, nicht ein einziger Hamster hatte überlebt. Erik hatte ihm erklärt, wie wichtig es war, daß dieses letzte Tieropfer nicht mißlang. Erik kam immer wieder darauf zu sprechen. Daß Gott keine Fehler zuließ. Der Mensch, den er nach seinem Bilde geschaffen hatte, durfte nicht nachlässig an seine Aufgaben herangehen. Es galt, sein Leben zu leben, sich für den Aufstieg zu der Herrlichkeit zu rüsten, die Gott den Auserwählten vorbehalten hatte, denen, die zurückkehren und die Erde erneut bevölkern würden, wenn die große Erwekkung gesiegt hatte.

Torgeir Langaas tat jeden Morgen, was Erik ihn gelehrt hatte. Er war der führende und der erste Jünger. Nur noch kurze Zeit würde Torgeir für Erik das wichtigste Werkzeug sein. Jeden Morgen mußte Torgeir den Treueeid wiederholen, den er Erik und Gott geschworen hatte. »Es ist meine Aufgabe, jeden Tag im Gehorsam gegen Gott und seinen Meister die Befehle zu befolgen, die ich erhalte, und nicht zu zögern, die Handlungen auszuführen, die erforderlich sind, damit die Menschen verstehen, was diejenigen, die von Gott abfallen, treffen wird. Nur in der Rückkehr zu Gott und in der Beherzigung der Worte, die sein einziger und wahrer Prophet über die Welt verbreiten wird, liegt die Hoffnung auf Errettung, die Hoffnung, eines Tages zur Schar derer zu gehören, die zurückkommen, wenn der große Übergang abgeschlossen ist.«

Er blieb mit gefalteten Händen im Bett liegen und murmelte die Zeilen aus dem Brief des Judas, die Erik ihn gelehrt hatte: »Als der Herr sein Volk aus Ägypten befreite, überließ er dennoch in einer späteren Zeit diejenigen dem Verderben, die ihm nicht glaubten.« Du kannst jeden Raum in eine Kathedrale verwandeln, hatte Erik gesagt. Die Kirche existiert in dir und um dich her.

Er flüsterte seinen Eid, schloß die Augen und zog die Decke hoch bis ans Kinn. Der Klavierstimmer schlug immer wieder denselben hohen Ton an. Die Kirche existiert in dir und um dich her. Das waren die Worte, die ihm die Eingebung vermittelt hatten, einen neuen Typ von Verstecken zu beschaffen. Sie benötigten nicht nur die Hütten im Wald oder ein Haus wie das hinter der Kirche in Lestarp. Er konnte sich auch ein Wirtstier, einen Organismus suchen, wo er sich verstecken konnte, ohne daß der Wirt von seiner Existenz auch nur etwas ahnte. Er hatte an seinen eigenen Großvater gedacht, der in seinen letzten Jahren allein in seinem Haus bei Femunden gewohnt hatte, obwohl er verwirrt und vergeßlich war. Einmal hatte eine von Torgeirs Schwestern in den Ferien eine Woche bei ihm gewohnt, ohne daß er es bemerkt hatte. Torgeir hatte mit Erik über seine Idee gesprochen und die Antwort bekommen, wenn er meine, daß sie durchführbar sei, ohne daß er dadurch den großen Plan in Gefahr brachte, könne er es versuchen. Frans Vigsten war wie aus dem Nichts aufgetaucht. Torgeir hatte gedacht, daß er ihm vielleicht sogar von Erik über den Weg geschickt worden war. Es war in einer Kneipe in Nyhavn gewesen, in die Torgeir gegangen war, um sich die Menschen anzusehen, die dort saßen und tranken. Er wollte sich selbst beweisen, daß er allen Versuchungen zu widerstehen vermochte. Frans Vigsten hatte dort gesessen und Wein getrunken. Plötzlich war er aufgestanden und auf Torgeir zugekommen und hatte gefragt: »Können Sie mir sagen, wo ich bin?«

Torgeir hatte sogleich erfaßt, daß der alte Mann nicht betrunken war, sondern verwirrt. »In einer Kneipe in Nyhavn.«

Der Mann war ihm gegenüber auf einen Stuhl gesunken, hatte lange geschwiegen und dann gefragt:

»Wo liegt das?«

»Nyhavn? Das liegt in Kopenhagen.«

»Ich habe vergessen, wo ich wohne.«

Auf einem Papier in seiner Brieftasche fanden sie die Adresse: Nedergade. Aber Frans Vigsten konnte sich nicht daran erinnern, dort zu wohnen.

»Es kommt und geht«, sagte er. »Vielleicht wohne ich dort, wo ich auch meinen Flügel habe und meine Schüler empfange.«

Torgeir war mit ihm nach draußen gegangen, hatte ein

Taxi herangewinkt und war mitgefahren in die Nedergade. Auf einer Tafel im Hausflur stand der Name Vigsten. Torgeir begleitete ihn nach oben, und Frans Vigsten erkannte seine Wohnung an dem muffigen Geruch, als sie eingetreten waren.

»Hier wohne ich«, sagte er. »So riecht es in meinem Flur.«

Dann war er in der weitläufigen Wohnung verschwunden und schien vollkommen vergessen zu haben, daß Torgeir Langaas ihn herbegleitet hatte. Bevor Torgeir die Wohnung verließ, suchte er einen zweiten Wohnungsschlüssel. Ein paar Tage später richtete er sich in der Dienstmädchenkammer ein, die ungenutzt dalag, und bisher hatte Frans Vigsten nicht erkannt, daß er als Wirtstier für einen Mann diente, der auf einen Bescheid wartete, wann er in einem höheren Zustand aufgehen sollte. Ein einziges Mal waren sie in der Wohnung zusammengestoßen. Er hatte an Frans Vigstens Augen gesehen, daß die Erinnerung an ihre Begegnung in Nyhavn längst erloschen war. Vigsten glaubte, einen seiner Schüler vor sich zu haben. Torgeir Langaas sagte, er sei nicht gekommen, um Klavier zu spielen, sondern um die Heizkörper zu entlüften. Frans Vigsten hatte ihn allein gelassen und seine Anwesenheit im selben Moment vergessen, in dem er sich umdrehte.

Torgeir Langaas betrachtete seine Hände. Sie waren groß und kräftig. Aber das wichtigste war, daß die Finger nicht mehr zitterten. Es waren viele Jahre vergangen, seit er aus der Gosse emporgehoben wurde, und danach hatte er nie wieder einen Tropfen Alkohol getrunken oder irgendwelche Drogen genommen. Er hatte nur eine vage Erinnerung an die Zeit, als er langsam wieder ins Leben zurückkehrte. Es waren groteske Tage und Nächte mit Wahnvorstellungen gewesen, Ameisen, die ihn unter der Haut bissen, Eidechsen mit bedrohlichen Gesichtern, die aus den Tapeten an den Wänden krochen. Die ganze Zeit war Erik dagewesen und hatte ihn unter den Armen gehalten. Torgeir wußte, daß er ohne Erik verloren gewesen wäre. Durch ihn hatte er den Glauben bekommen, der die Kraft war, die er brauchte, um zu leben.

Er setzte sich im Bett auf und lehnte sich mit dem Rükken an die Wand. Der Klavierstimmer würde bald fertig sein. Frans Vigsten würde ihn in den Flur begleiten und, noch bevor die Wohnungstür zuschlug, vergessen haben, daß er dagewesen war.

Die Kraft, dachte er. Sie ist mein. Ich warte in meinen verschiedenen Verstecken, um meine Befehle entgegenzunehmen. Ich führe sie aus und gehe zurück in die Unsichtbarkeit. Erik weiß nie genau, wo ich bin, aber ich höre seine Stimme in meinem Innern, wenn er mich braucht. Ich weiß immer, wann er will, daß ich Kontakt zu ihm aufnehme.

All diese Kraft, die ich von Erik bekommen habe, dachte er. Und nur von einer kleinen Schwäche habe ich mich noch nicht befreien können. Deshalb empfand er auch ein Gefühl von Scham darüber, daß er noch immer ein Geheimnis vor Erik hatte. Zu ihm, dem Mann aus der Gosse, hatte der Prophet ganz offen gesprochen. Er hatte nichts von sich selbst verborgen, und das gleiche hatte er von ihm verlangt, der sein erster Jünger werden sollte. Als Erik ihn gefragt hatte, ob er jetzt frei sei von allen Geheimnissen und Schwächen, hatte er ja gesagt. Aber das stimmte nicht. Es gab noch immer ein Verbindungsglied zu dem Leben, das er früher gelebt hatte. Bis zuallerletzt hatte er die Entscheidung, die ihm bevorstand, aufgeschoben. Als er an diesem Morgen erwachte, wußte er, daß er sie jetzt nicht mehr weiter aufschieben konnte. Der brennende Laden am Abend zuvor war der letzte Schritt gewesen, bevor er auf die höhere Ebene gehoben wurde. Jetzt konnte er nicht länger warten. Wenn Erik seine Schwäche nicht entdeckte, würde Gott ihm seinen Zorn entgegenschleudern. Der Zorn würde auch Erik treffen, und der Gedanke war unerträglich.

Der Klavierstimmer war fertig. Torgeir wartete, bis er die Wohnungstür zuschlagen hörte. Kurz darauf begann Frans

Vigsten zu spielen. Eine Mazurka von Chopin, konnte er hören. Frans Vigsten spielte, ohne auch nur einen Blick auf irgendwelche Noten zu werfen. Tief in der großen Verwirrung leuchtete das Licht der Musik noch unvermindert stark. Torgeir Langaas dachte, daß Erik recht hatte. Gott hatte die Musik als die größte geistige Versuchung geschaffen. Nur wenn die Musik tot war, konnte der Mensch ganz in den Vorbereitungen für das Leben aufgehen, das jenseits der bemessenen Erdenzeit wartete. Er lauschte. Vage erinnerte er sich, wie er als Kind in Oslo zu einem Klavierkonzert in der Aula der Universität mitgegangen war. Gerade diese Mazurka war eine von zwei Zugaben gewesen. Er erinnerte sich sogar an die erste, Mozarts Türkischen Marsch. Er war mit seinem Vater im Konzert gewesen, und hinterher war er gefragt worden, ob er je etwas Schöneres gehört habe. Die Macht der Musik ist groß, dachte er. Gott ist raffiniert in seiner Kunst, Versuchungen zu schaffen. Eines Tages werden tausend Klaviere aufeinandergestapelt und auf dem Scheiterhaufen verbrannt werden. Die Saiten werden reißen, die Töne verstummen.

Er stand auf und kleidete sich an. Durchs Fenster sah er, daß es bewölkt und windig war. Er zögerte, ob er die Lederjacke oder den langen Mantel nehmen sollte, entschied sich aber für die Lederjacke und verließ die Wohnung. In den Taschen fühlte er die Federn von Tauben und Schwänen, die er von den Straßen, durch die er ging, aufgelesen hatte. Das Aufsammeln von Federn ist vielleicht auch eine Schwäche, dachte er. Aber eine Schwäche, die Gott mir verzeiht. Als er aus dem Haus trat, hatte er das Glück, gerade einen Bus zu erwischen. Am Rådhusplads stieg er aus, ging zum Hauptbahnhof und kaufte eine schonische Zeitung. Der Bericht über die brennende Tierhandlung stand auf der ersten Seite. Ein Polizist aus Ystad äußerte sich. *Nur ein kranker Mensch kann so etwas tun. Ein kranker Mensch mit sadistischen Neigungen.*

Erik hatte ihn gelehrt, die Ruhe zu bewahren, was er auch

dachte. Doch zu wissen, daß Menschen seine Taten als Auswuchs von Sadismus betrachteten, empörte ihn. Er knüllte die Zeitung zusammen und warf sie in einen Papierkorb. Um für seine Schwäche, sich zu empören, Buße zu tun, gab er einem betrunkenen Bettler fünfzig Kronen. Der Mann sah ihm mit offenem Mund nach. Eines Tages komme ich zurück und schlage dich tot, dachte Torgeir Langaas. In Jesu Namen, im Namen der gesamten christlichen Welt werde ich dein Gesicht mit einem einzigen Hieb meiner Faust zerschmettern. Dein auf dem Boden vergossenes Blut wird zu dem roten Teppich werden, der uns zum Paradies führt.

Es war zehn Uhr. Er setzte sich in ein Café und frühstückte. Erik hatte gesagt, an diesem Tag sollte alles still bleiben. Er sollte sich in einem seiner Verstecke aufhalten und warten. Vielleicht hat Erik erkannt, daß ich noch immer eine Schwäche habe, dachte er. Vielleicht hat er mich durchschaut, will aber warten, ob ich die Kraft habe, mich von diesem letzten schwachen Verbindungsglied zu meinem früheren Leben zu befreien.

Aber es gab noch eine andere Verbindung, sein letztes verbliebenes Besitzstück. Er schob das Frühstückstablett zur Seite und holte die Diamantnadel aus der Tasche. Die Geschichte von der Diamantnadel war wie ein Märchen, das niemand glaubte. Niemand außer Erik. Er hatte sie angehört und gesagt, daß ›Menschen für Diamanten sterben. Sie opfern ihr Leben in Gruben, um sie zu finden. Sie morden, um unrechtmäßig das an sich zu bringen, was sie selbst nicht gefunden haben. Diamanten machen die Menschen gierig und falsch. Sie lassen sich von ihrer Schönheit betäuben, begreifen aber nicht, daß es Gottes Absicht war, dem Menschen zu zeigen, daß Härte und Schönheit zusammenhängen.‹

Er hatte die Diamantnadel von seinem Onkel Oluf Bessum bekommen, der eine merkwürdige und ganz und gar wahre Geschichte darüber erzählt hatte, wie er in ihren Besitz gelangt war. Oluf Bessum behauptete, daß er mit Dreißig aufgehört habe zu saufen, mit Fünfzig aufgehört habe, den Mädchen nachzulaufen, und mit Siebzig aufhören würde zu lügen. Als er Torgeir die Geschichte von der Diamantnadel erzählte, war er achtundvierzig. Während einiger Jahre Anfang der 1930er Jahre, als Oluf sehr jung war, hatte er auf einem Walfänger gearbeitet, dann hatte er in Kapstadt abgemustert und war nach Norden aufgebrochen, teils zu Fuß, teils mit dem Zug oder auf Pferdefuhrwerken mitfahrend, um in jenes Afrika zu gelangen, wo es keine Straßen gab, nur die Unendlichkeit. In Johannesburg war er in einer engen Straße von einem Wagen angefahren worden, der zum großen Diamantensyndikat De Beers gehörte. Es war Ernest Oppenheimers privater Wagen, und Oluf war in ein Privatkrankenhaus eingeliefert worden. Später, während seiner Genesung, hatte Oluf sich auf einem der großen Güter der Familie Oppenheimer aufgehalten. Ernest Oppenheimer hatte sich für den jungen norwegischen Walfänger interessiert und ihm eine Arbeit in seinem Unternehmen angeboten. Oluf wollte weiter auf seiner Reise zur Unendlichkeit, beschloß jedoch, für eine begrenzte Zeit zu bleiben.

An einem diesigen und nebligen Septembermorgen 1933, zwei Monate nach dem Unglück, begleitete er Ernest Oppenheimer zu einem kleinen Flugplatz in der Nähe von Johannesburg, um Ernests Neffen Michael zum Abschied zu winken, der nach Nordrhodesien fliegen sollte, um einige Gruben der Familie zu inspizieren. Die Maschine hob ab, drehte eine Runde über dem Flugplatz und wollte sich gerade auf Kurs nach Norden begeben, als sich die Katastrophe ereignete. Oluf selbst war sich nie sicher, ob es an einer plötzlichen seitlichen Windbö lag oder an einem Motordefekt. Die Maschine verlor an Geschwindigkeit und stürzte senkrecht zu Boden. Der Pilot, Major Cochrane-Patrick, und Michael waren auf der Stelle tot. Oluf war klar, daß die Trauer, die Ernest Oppenheimer erfuhr – Michael war wie sein eigener Sohn gewesen –, es nicht zuließ, daß er der Familie noch länger zur Last fiel. Ernest Oppenheimer schenkte ihm zum Abschied die Diamantnadel, und er setzte seine Reise fort. Und dann, als Oluf Bessum alt war, gab er die Nadel an Torgeir weiter. Sie hatte ihn seitdem begleitet, und Torgeir konnte noch immer nicht verstehen, daß sie ihm in all den Jahren, in denen er auf dem Boden seines eigenen Elends umherkroch, nicht abhanden gekommen oder gestohlen worden war.

Er ritzte mit der Diamantnadel in den Tisch. Die Zeit war gekommen, sich von seinem letzten Besitzstück zu trennen. Er verließ das Café und sah sich in der großen Bahnhofshalle um. Der Betrunkene saß auf einer Bank und schlief. Er trat zu ihm und steckte ihm die Diamantnadel in die Tasche. Jetzt blieb nur noch eins, sich von der letzten Schwäche zu befreien. Gott plant alles gut, dachte er. Gott und sein Diener Erik sind keine Träumer. Erik hat erklärt, daß das Leben, der Mensch, bis ins kleinste Detail organisiert und durchdacht ist. Deshalb habe ich auch diesen Tag bekommen, um mich von der Schwäche zu befreien und mich bereit zu machen.

Sylvi Rasmussen war Anfang der neunziger Jahre mit einem Schiff nach Dänemark gekommen, das an der Westküste Jütlands seine Last von illegalen Flüchtlingen gelöscht hatte. Da hatte sie eine lange und streckenweise entsetzliche Reise von Bulgarien hinter sich, wo sie geboren war. Sie war in Lastwagen und auf Traktoranhängern gefahren und hatte zwei grauenvolle Tage und Nächte in einem Container eingeschlossen verbracht, in dem die Luft knapp wurde. Damals hieß sie nicht Sylvi Rasmussen, sondern Nina Barovska. Sie hatte ihre Reise bezahlt, indem sie sich verpfändete, und als sie zu dem einsamen Strand in Jütland kam, hatten zwei Männer auf sie gewartet. Sie hatten sie in eine Wohnung in Aarhus gebracht und eine Woche vergewaltigt und geschlagen und dann, als sie gebrochen war, nach Kopenhagen gebracht und in einer Wohnung als Prostituierte eingesperrt gehalten. Nach einem Monat hatte sie versucht zu fliehen. Doch da hatten die Männer ihr an beiden Händen den kleinen Finger abgeschnitten und ihr mit noch schlimmeren Strafen gedroht, falls sie ihren Fluchtversuch wiederholte. Das tat sie nicht. Um ihr Leben ertragen zu können, begann sie Drogen zu nehmen und hoffte, nicht allzulange leben zu müssen.

Eines Tages hatte ein Mann namens Torgeir Langaas die Wohnung besucht und ihre Dienste in Anspruch genommen. Er kam wieder und wurde einer ihrer festen Kunden. Dann und wann versuchte sie mit ihm zu reden, ihre kurzen Begegnungen in eine Art verzweifelten menschlichen Zusammenhang zu bringen. Aber er schüttelte nur den Kopf und murmelte etwas Unverständliches. Obwohl er freundlich war und ihr nicht weh tat, schauderte es sie zuweilen nach seinen Besuchen. Der Mann, der ihr treuester und freundlichster Kunde war, strahlte etwas Bedrohliches, etwas Unheimliches aus. Seine großen Hände berührten sie behutsam. Dennoch machte er ihr angst.

Es war elf, als er an der Tür klingelte und ihre Wohnung betrat. Er besuchte sie immer vormittags. Um ihr den Augenblick der Furcht, der Einsicht, daß sie an diesem Vormittag Anfang September sterben sollte, zu ersparen, griff er sie von hinten an, als sie auf dem Weg ins Schlafzimmer waren. Mit seinen großen Händen faßte er sie an der Stirn und im Nacken und brach ihr mit einem schnellen Ruck das Genick. Er legte sie aufs Bett, zog ihr die Kleider aus und arrangierte alles so, daß es nach einem Sexualmord aussah. Er blickte sich um und dachte, daß Sylvi ein besseres Schicksal verdient gehabt hätte. Unter anderen Umständen hätte er sie gern mitgenommen ins Paradies. Aber Erik bestimmte. Für ihn war es wichtiger, daß die Jünger ohne Schwäche waren. Jetzt war er es. Die Frau, der Trieb waren fort.

Er verließ die Wohnung. Jetzt war er bereit. Erik wartete, Gott wartete.

35

Linda erinnerte sich an das Bild eines lästigen Menschen, das ihr Großvater ihr einmal beschrieben hatte. Für ihn waren im Grunde alle Menschen lästig, aber meistens konnte er es ganz einfach vermeiden, sie an sich heranzulassen. Es war jedoch nicht möglich, ganz und gar von der Gegenwart der Lästigen befreit zu sein. Die lästigsten Menschen in der Welt ihres Großvaters waren diejenigen, die in sein Atelier kamen und sich über seine Bilder äußerten. Manche glaubten, sie inspirierten ihn, wenn sie vorschlugen, daß er vielleicht versuchen könnte, die Abendsonne eine Ahnung höher über die Landschaft zu setzen, um eine bessere Ausgewogenheit des Bildes zu erreichen. Oder vielleicht könnte ein Fuchsjunges links im Vordergrund liegen und den Auerhahn betrachten, der mitten im rotgestreiften Lichtstrahl thronte, den die untergehende Sonne durch den Wald warf.

»Ich hebe die Sonne nicht an«, hatte er gesagt. Immer wieder, bis der Vorschlag gestorben war. Er machte sich nie die Mühe zu argumentieren. Die lästigen Menschen hörten sowieso nicht zu. Sie waren nicht nur ketzerhaft, sondern auch hochmütig, sie glaubten, daß er ihnen für die idiotischen Ideen, die sie vorbrachten, auch noch dankbar sein sollte.

»Ein Fuchsjunges liegt nicht da und sieht einen Auerhahn an«, sagte er. »Das Fuchsjunge versucht vielleicht, den Auerhahn zu fressen. Aber vermutlich zieht es sich zurück.«

Es gab eine Gruppe von Menschen, bei denen ihr Großvater jedoch gezwungenermaßen zuhörte. Das machte sie zu den lästigsten von allen. Das waren die Seidenritter, die Einkäufer, die in ihren funkelnden, protzigen Amischlitten daherkamen und seine Bilder für ein Spottgeld aufkauften, bevor sie in den ewigen schwedischen Kreislauf von Märkten eintauchten, die mit dem Wetter von Norden nach Süden und wieder zurück zogen. Sie konnten zu ihm kommen und sagen, sie glaubten, die halbnackten, etwas dunkelhäutigen Damen – nicht zu dunkel, nicht zu klein – würden in diesem Jahr in Mode sein. Ein andermal konnten sie der festen Meinung sein, daß eine Morgensonne einer Abendsonne vorzuziehen sei.

Zuweilen erdreistete er sich dann, die Frage zu stellen: »Und warum wird die Morgensonne dieses Jahr populärer?«

Es gab keine Antworten, keine Argumente, nur die großen und schweren Brieftaschen dieser lästigen Menschen. Die Existenz der ganzen Familie stand auf dem Spiel, wenn ein Geldscheinbündel nicht hervorgeholt und der Wagen nicht mit Landschaften mit oder ohne Auerhahn vollgepackt wurde.

Ein Mensch konnte der Gegenwart der Lästigen nie ganz entgehen, hatte ihr Großvater gesagt. »Sie sind wie Aale. Man versucht, sie zu packen, aber sie winden sich einem immer wieder aus dem Griff. Außerdem bewegen sich Aale immer nur im Dunkeln. Das bedeutet nicht, daß die lästigen Menschen, wenn ich sie nun einmal mit Aalen vergleiche, nur nachts in Bewegung sind. Im Gegenteil, sie kommen oft morgens mit ihren idiotischen Vorschlägen. Ihr Dunkel ist ein anderes. Es ist das große Dunkel, das sie in sich tragen; daß sie nicht einsehen, wie lästig sie sind, wenn sie sich in die Angelegenheiten anderer einmischen. Ich habe mich nie in die Angelegenheiten anderer eingemischt.«

Dieses Letzte war die große Lebenslüge ihres Großvaters gewesen. Damit war er gestorben, in Unwissenheit darum, daß er sich in seinem ganzen Leben, und mehr als andere, in die Entscheidungen anderer eingemischt hatte, in ihre Träume und ihre Handlungen. Dabei war es nicht um das Einfügen von Fuchsjungen oder die Anhebung von Abendsonnen gegangen, sondern es war ein ständiges Manövrieren gewesen, mit dem Ziel, daß seine beiden Kinder seinen Willen befolgten.

Die Erinnerung an die lästigen Menschen überkam sie gerade in dem Moment, als sie an Annas Wohnungstür klingeln wollte. Sie verharrte mit dem Finger ein paar Zentimeter vom Klingelknopf entfernt, wie erstarrt in der Erinnerung an ihren Großvater, wie er mit seiner schmutzigen Kaffeetasse in der Hand dasaß und von irgendeinem unseligen Menschen erzählte, der zufällig sein Atelier betreten hatte. Ist Anna ein lästiger Mensch? Sie hat Unordnung in mein Leben gebracht, und ich habe mir Sorgen gemacht. Es ist unbegreiflich, daß sie überhaupt nicht einzusehen scheint, was sie angerichtet hat.

Sie klingelte. Anna öffnete, lächelnd, in weißer Bluse und dunkler Hose, barfuß. Sie hatte das Haar im Nacken zu einem Knoten zusammengeschlungen.

Linda hatte sich vorgenommen, nicht zu warten, dann würde alles nur noch schwerer werden. Sie legte ihre Jacke über einen Stuhl und sagte: »Ich will dir sagen, daß ich die letzten Seiten in deinem Tagebuch gelesen habe. Um zu sehen, ob ich irgendeine Erklärung dafür finden konnte, daß du verschwunden warst.«

Anna zuckte zusammen. »Dann war es das, was ich gemerkt habe«, sagte sie. »Es schlug mir wie ein fremder Duft aus dem Tagebuch entgegen, als ich es öffnete.«

»Ich bitte dich um Entschuldigung. Aber ich war so unruhig deinetwegen. Ich habe nur die letzten Seiten gelesen, sonst nichts«, sagte Linda.

Man lügt, damit das, was nicht ganz wahr ist, sich plausibel anhört, dachte sie. Aber Anna durchschaut mich vielleicht. Dieses Tagebuch wird immer zwischen uns stehen. Was habe ich gelesen und was nicht? wird sie sich fragen.

Sie gingen ins Wohnzimmer. Anna blieb mit dem Rücken zu Linda am Fenster stehen.

In diesem Augenblick wurde Linda klar, daß sie Anna überhaupt nicht kannte. Kinder kennen einander auf eine besondere Art und Weise, dachte sie. Sie treffen keine Vereinbarungen wie Erwachsene, sie vertrauen einander, oder sie tun es nicht. Man wird genauso plötzlich zum Feind, wie man entdeckt, daß man der beste Freund von jemand ist. Linda sah ein, daß es jetzt keine Fortsetzung der Gemeinschaft geben konnte, die existiert hatte, als sie Kinder und Teenager waren. Der Versuch, auf dem alten Grund ein neues Haus zu errichten, war zum Scheitern verurteilt. Sie wußte nicht, wer Anna war. Sie betrachtete Annas Rücken wie einen Feind, der sich ihr plötzlich offenbart hatte.

Symbolisch warf sie diesem Rücken den Fehdehandschuh hin. »Eine Frage mußt du mir beantworten.«

Anna drehte sich nicht um.

Linda wartete auf eine Bewegung, die nicht kam. »Ich hasse es, mich mit einem Rücken zu unterhalten.«

Immer noch keine Reaktion. Ein lästiger Mensch, dachte Linda. Was hätte Großvater mit diesem Exemplar gemacht? Er hätte nicht versucht, den Aal festzuhalten, sondern hätte ihn ins Feuer geworfen und ihn sich in den Flammen zu Tode winden lassen. Lästige Menschen können eine Grenze überschreiten, und dann erwartet sie keine Gnade.

»Warum hast du meinen Namen benutzt, als du in Malmö im Hotel gewohnt hast?«

Linda versuchte, etwas von Annas Rücken abzulesen, während sie sich den Schweiß vom Hals wischte. Das wird mein Fluch, hatte sie schon in den ersten Monaten an der Polizeihochschule gedacht. Es gibt lachende Polizisten und weinende Polizisten, aber ich werde die erste schwitzende Polizistin.

Anna brach in ein Lachen aus und drehte sich um. Linda versuchte, sich als Deuterin des Lachens zu betätigen; war das Gefühl, das Anna in ihr Lachen pumpte, echt oder nicht?

»Wie hast du das denn herausgefunden?«

»Ich habe angerufen und gefragt.«

»Warum denn?«

»Ich weiß nicht.«

»Wonach hast du gefragt?«

»Das dürfte ja nicht schwer auszurechnen sein.«

»Du rechnest besser als ich.«

»Ich habe nach Anna Westin gefragt. Ob sie im Hotel wohnte oder nicht. Keine Westin, dagegen eine Wallander. Das war nicht schwer. Warum hast du das getan?«

»Was würdest du sagen, wenn ich dir antworte, daß ich nicht weiß, warum ich deinen Namen benutzt habe? Vielleicht fürchtete ich, mein Vater würde sich verstecken, wenn er entdeckte, daß ich in dem Hotel wohnte, in dem wir uns gesehen hatten, jeder auf einer Seite der Glasscheibe. Wenn du eine Antwort willst, die wahr ist, dann lautet sie: Ich weiß es nicht.«

Das Telefon klingelte. Anna machte keine Anstalten abzunehmen. Sie warteten, bis der Anrufbeantworter ansprang. Es war Zebras zwitschernde Stimme. Sie wollte nichts Besonderes.

»Ich liebe Menschen, die mit so viel Energie und guter Laune nichts Besonderes wollen«, sagte Anna.

Linda antwortete nichts. Zebra war im Moment nicht in ihrem Kopf.

»Ich habe in deinem Tagebuch den Namen Birgitta Medberg gelesen. Weißt du, was mit ihr passiert ist?«

»Nein.«

»Hast du keine Zeitungen gelesen?«

»Ich habe nach meinem Vater gesucht.«

»Sie ist ermordet worden.«

Anna betrachtete sie aufmerksam. »Und warum?«

»Das weiß ich nicht.«

»Was meinst du damit?«

»Das, was ich sage. Es ist ein Mord. Ein unaufgeklärter Mord. Die Polizei weiß nicht, wer der Täter ist. Sie werden dich vernehmen, um dich zu fragen, welcher Art deine Beziehung zu Birgitta Medberg war.«

Anna schüttelte den Kopf. »Was ist denn passiert? Wer sollte ihr etwas Böses gewollt haben?«

Linda entschloß sich, keine Details des makabren Verbrechens zu enthüllen. Sie sagte nur, wo es passiert war.

Annas Betroffenheit wirkte vollkommen echt. »Und wann war das?«

»Vor ein paar Tagen.«

»Soll ich mit deinem Vater sprechen?«

»Vielleicht. Aber es arbeiten viele an der Ermittlung.«

Anna schüttelte sich, trat vom Fenster zurück und setzte sich.

»Woher kanntest du sie?« fragte Linda.

Anna betrachtete sie plötzlich irritiert. »Ist das hier ein Verhör?«

»Ich bin nur neugierig.«

»Wir sind zusammen geritten. Wie wir uns kennengelernt haben, weiß ich nicht mehr. Aber jemand hatte zwei norwegische Fjordpferde, die bewegt werden mußten. Das machten sie und ich. Ich kann nicht sagen, daß ich sie besonders gut kannte. Eigentlich überhaupt nicht. Sie sagte nie besonders viel. Ich weiß, daß sie damit beschäftigt war, alte Wege und Pilgerpfade zu kartieren. Außerdem hatten wir ein gemeinsames Interesse für Schmetterlinge. Mehr weiß ich nicht. Vor kurzem schrieb sie mir und fragte, ob wir uns gemeinsam ein Pferd kaufen sollten. Ich habe ihr nicht geantwortet.«

Linda suchte nach einem Indiz dafür, daß Anna log, fand aber keins. So etwas soll ich auch nicht tun, dachte sie. Ich soll einen Streifenwagen fahren und Betrunkene aufsammeln, die sich selbst nicht mehr helfen können. Papa soll mit Anna reden, nicht ich. Da war nur das mit dem Schmetterling. Der leere Fleck an der Wand.

Anna war ihrem Blick gefolgt und hatte Lindas Gedanken schon gelesen. Sie antwortete, ohne daß Linda ihre Frage zu stellen brauchte. »Ich habe den Schmetterling mitgenommen, um ihn meinem Vater zu schenken, wenn wir uns träfen. Als mir aufging, daß alles nur Einbildung war, habe ich ihn in den Kanal geworfen.«

Es kann stimmen, dachte Linda. Oder sie lügt so geschickt, daß es mir nicht möglich ist, das Falsche zu durchdringen.

Es klingelte von neuem. Jetzt war Ann-Britt Höglund auf dem Anrufbeantworter. Anna sah Linda fragend an, die nickte. Anna nahm ab. Das Gespräch war kurz, Annas Kommentare einsilbig.

Sie legte auf und sah Linda an. »Sie wollen, daß ich jetzt komme.«

Linda stand auf. »Dann ist es das beste, du gehst.«

»Ich möchte, daß du mitkommst.«

»Warum denn?«

»Dann würde ich mich sicherer fühlen.«

Linda war skeptisch. »Ich glaube nicht, daß das besonders passend ist.«

»Aber ich stehe unter keinem Verdacht. Das hat sie gesagt, die eben anrief. Sie wollen nur ein Gespräch mit mir, sonst nichts. Und du bist Polizistin und außerdem meine Freundin.«

»Ich kann ja mit dir gehen. Aber ich bin nicht sicher, daß sie mich mit hineinlassen.«

Ann-Britt Höglund kam zur Anmeldung, um Anna zu holen. Sie sah Linda mißbilligend an. Sie kann mich nicht leiden, dachte Linda wieder. Sie ist bestimmt eine Frau, die junge Männer mit Ringen in den Ohren und flotten Ansichten vorzieht. Sie merkte, daß Ann-Britt zugenommen hatte. Bald sind die Fettpolster da, dachte sie mit Genugtuung. Aber ich frage mich, was mein Alter in dir gesehen hat, als er dir vor ein paar Jahren den Hof gemacht hat.

»Ich möchte, daß Linda dabei ist«, sagte Anna.

»Ich weiß nicht, ob das geht«, sagte Ann-Britt Höglund. »Warum denn?«

»Ich komme vielleicht durcheinander«, sagte Anna. »Ich möchte nur, daß sie dabeisitzt. Sonst nichts.«

Genau, dachte Linda. Ein lästiger Mensch ist genau das, was jetzt gebraucht wird.

Ann-Britt Höglund zuckte mit den Schultern und sah Linda an. »Du kannst ja mit deinem Vater reden, ob er dich dabeihaben will«, sagte sie. »Du kennst ja sein Zimmer. Zwei Türen weiter, der kleine Sitzungsraum.«

Ann-Britt Höglund ließ sie stehen und marschierte in eine andere Richtung davon.

»Sollst du hier arbeiten?« fragte Anna.

»Kaum. Für mich kommen wohl fürs erste die Garage und die Vordersitze in verschiedenen Autos in Frage.«

Die Tür des Sitzungsraums stand halb offen. Linda sah ihren Vater mit einer Kaffeetasse in der Hand auf einem Stuhl sitzen und wippen. Er wird diesen Stuhl zermalmen, dachte sie. Müssen alle Polizisten so fett werden? Dann höre ich vorzeitig auf. Sie schob die Tür auf. Er schien nicht verwundert zu sein, sie in Annas Gesellschaft zu sehen. Er gab Anna die Hand.

»Ich möchte, daß Linda dabei ist«, sagte sie.

»Das ist kein Problem.«

Er warf einen Blick in den Flur. »Wo ist Ann-Britt?«

»Ich glaube, sie wollte nicht dabeisein«, sagte Linda und setzte sich an eine Schmalseite des Tischs, so weit weg von ihrem Vater wie möglich.

An diesem Tag lernte Linda etwas Entscheidendes über polizeiliche Arbeit. Nicht nur ihr Vater, auch Anna trug dazu bei. Ihr Vater dadurch, daß er unmerklich das Gespräch in die Richtung lenkte, die er wünschte. Er ging nie direkt auf Anna los, begleitete sie statt dessen, hörte auf ihre Antworten, war die ganze Zeit positiv, auch wenn sie sich widersprach. Er schien unbegrenzt Zeit zu haben, aber er ließ sie nicht entwischen. Linda dachte, daß Anna der Aal war, den er ruhig und methodisch an den Leitnetzen entlang zur innersten Reuse lenkte, aus der es keine Rückkehr in die Freiheit mehr gab.

Annas Beitrag waren ihre Lügen. Sowohl Linda als auch ihr Vater merkten, daß sie sich nicht an die Wahrheit hielt. Sie schien zu versuchen, die Lügen auf ein Minimum zu reduzieren, ohne daß es ihr gelang. Ein einziges Mal, als Anna sich nach einem Bleistift bückte, der auf den Fußboden gefallen war, tauschten Linda und ihr Vater einen raschen Blick.

Hinterher, als das Gespräch beendet und Anna nach Hause gegangen war, setzte Linda sich in der Mariagata an den Küchentisch und versuchte den Gang des Gesprächs niederzuschreiben, wie in Form eines Theaterdialogs. Ihr Vater hatte einen Block vor sich gehabt und dann und wann etwas notiert, aber das meiste hatte er im Kopf gesammelt. Vor ein paar Jahren hatte er ihr einmal erzählt, daß es als eine schlechte Angewohnheit begonnen habe, eine Schlampigkeit, die sich nicht abschütteln ließ, daß er sich nie Notizen machte, außer es war absolut notwendig. Aber die schlechte Angewohnheit war eine Gewohnheit geworden; er hatte jetzt gelernt, welche Stichworte er während eines Gesprächs notieren mußte, um sich hinterher genau erinnern zu können. Dies betraf natürlich nur die informellen Gespräche, nicht die regelrechten Verhöre, bei denen stets ein Tonband mitlief, mit den Zeitangaben, wann ein Verhör begann und endete.

Was hatte Anna gesagt? Linda schrieb, der Dialog nahm langsam Form an.

KW: Danke, daß du gekommen bist. Ich bin natürlich froh, daß nichts passiert ist. Linda hat sich Sorgen gemacht. Ich mir auch.

AW: Ich brauche nicht zu erzählen, wen ich auf einer Straße in Malmö gesehen zu haben glaubte.

KW: Nein, das brauchst du nicht. Möchtest du etwas zu trinken haben?

AW: Orangensaft.

KW: Den haben wir leider nicht. Kaffee, Tee oder Leitungswasser.

AW: Dann nichts.

Ruhig und methodisch, dachte Linda. Jede Menge Zeit.

KW: Wieviel weißt du von dem, was Birgitta Medberg passiert ist?

AW: Linda hat erzählt, daß sie ermordet worden ist. Schrecklich. Unfaßbar. Ich weiß auch, daß Sie ihren Namen in meinem Tagebuch gefunden haben.

KW: Nicht wir haben ihn gefunden. Linda hat ihn entdeckt, als sie zu verstehen versuchte, was mit dir geschehen war.

AW: Ich mag es nicht, wenn jemand in meinem Tagebuch liest.

KW: Das kann ich verstehen. Aber Birgitta Medbergs Name stand da, nicht wahr?

AW: Ja.

KW: Wir versuchen, uns von allen ihren Kontakten und den Menschen in ihrer Umgebung ein Bild zu machen. Ein Gespräch, wie ich es gerade mit dir führe, führen meine Kollegen in anderen Zimmern mit anderen Menschen.

AW: Wir haben gemeinsam zwei norwegische Fjordpferde geritten. Die Pferde gehören einem Mann namens Jörlander. Er wohnt auf einem abgeteilten Hof in der Nähe von Charlottenlund. Er war früher Jongleur. Er hat steife Beine und kann nicht reiten. Wir haben für ihn die Pferde bewegt.

KW: Wann hast du Birgitta Medberg kennengelernt?

AW: Vor sieben Jahren und drei Monaten.

KW: Wieso weißt du das so genau?

AW: Weil ich nachgedacht habe. Ich habe mir gedacht, daß Sie danach fragen würden.

KW: Wie habt ihr euch getroffen?

AW: Auf dem Rücken der Pferde, könnte man sagen. Sie hatte irgendwo gehört, daß Jörlander Reiter suchte, die seine Pferde bewegten, und ich habe es woanders gehört. Wir ritten dreimal die Woche, ab und zu zweimal. Wir redeten über Pferde, fast über nichts anderes.

KW: Ihr habt sonst keinen Kontakt gehabt?

AW: Ehrlich gesagt fand ich sie ziemlich langweilig. Bis auf die Schmetterlinge.

KW: Wie meinst du das?

AW: Eines Tages beim Reiten kamen wir darauf, daß wir beide eine Leidenschaft für Schmetterlinge hatten. Da hatten wir etwas, worüber wir reden konnten.

KW: Hat sie jemals davon gesprochen, daß sie vor etwas Angst habe?

AW: Sie hatte jedesmal Angst, wenn wir mit den Pferden eine befahrene Straße überqueren mußten.

KW: Und davon abgesehen?

AW: Nein.

KW: War sie jemals in Begleitung?

AW: Nein, sie kam immer allein auf ihrer alten Vespa.

KW: Ihr hattet also sonst keinen Kontakt?

AW: Nein. Nur daß sie mir einmal einen Brief geschrieben hat. Sonst nichts.

Eine kleine Erschütterung, dachte Linda, während sie schrieb. Wie ein Erdbeben, das man eigentlich nicht bemerkt. Aber hier geriet sie ins Straucheln. Sie verheimlicht etwas, was ihr Verhältnis zu Birgitta Medberg betrifft. Aber was? Sie mußte wieder an die Waldhütte denken und merkte, wie ihr der Schweiß ausbrach.

KW: Wann hast du Birgitta Medberg zum letztenmal getroffen?

AW: Vor zwei Wochen.

KW: Und was habt ihr da gemacht?

AW: Herrgott, wir sind geritten! Wie oft soll ich das noch wiederholen?

KW: Öfter nicht. Ich will nur sichergehen, daß alles richtig ist. Was war übrigens, während du in Malmö warst und nach deinem Vater suchtest?

AW: Inwiefern?

KW: Wer ritt dein Pferd? Wer ritt Birgitta Medbergs Pferd?

AW: Jörlander hatte ein paar kleine Mädchen in Reserve, die er lieber nicht haben wollte, falls etwas passierte. Aber es muß eine von ihnen gewesen sein. Fragen Sie ihn.

KW: Das werden wir auch tun. Kannst du dich erinnern, ob sie beim letztenmal, als ihr euch getroffen habt, irgendwie anders war?

AW: Wer? Eins von den kleinen Mädchen?

KW: Ich denke eher an Birgitta Medberg.

AW: Sie war wie immer.

KW: Kannst du dich erinnern, worüber ihr geredet habt?

AW: Ich habe schon mehrmals gesagt, daß wir nicht soviel geredet haben. Pferde, das Wetter, Schmetterlinge, das war's im großen und ganzen, sonst nichts.

An diesem Punkt, erinnerte sich Linda, hatte er sich überraschend auf dem Stuhl aufgerichtet, ein pädagogischer Trick, eine Warnung für Anna, den lässigen Polizisten nicht für allzu selbstverständlich zu nehmen.

KW: Wir haben noch einen Namen aus deinem Tagebuch. Vigsten. Nedergade. Kopenhagen.

Anna hatte verblüfft Linda angesehen, die diesen Namen nicht erwähnt hatte. Ihre Augen wurden schmal. Damit war *die* Freundschaft gelaufen, dachte Linda. Wenn denn überhaupt je eine Chance bestanden hat, sie neu zu beleben.

AW: Anscheinend hat jemand mehr in meinem Tagebuch gelesen, als ich wußte.

KW: Das lassen wir mal beiseite. Vigsten. Ein Name.

AW: Warum ist das wichtig?

KW: Ich weiß nicht, ob es wichtig ist.

AW: Hat er etwas mit Birgitta Medberg zu tun?

KW: Vielleicht.

AW: Er ist Klavierlehrer. Ich habe einmal bei ihm Unterricht gehabt. Seitdem haben wir den Kontakt aufrechterhalten.

KW: Ist das alles?

AW: Ja.

KW: Weißt du noch, wann du bei ihm Unterricht hattest?

AW: 1997, im Herbst.

KW: Nur da?

AW: Ja.

KW: Darf ich fragen, warum du aufgehört hast?

AW: Ich spielte zu schlecht.

KW: Hat er das gesagt?

AW: Ich habe es gesagt. Nicht zu ihm. Aber zu mir selbst.

KW: Es kann nicht billig gewesen sein, einen Klavierlehrer in Kopenhagen zu haben, mit den Fahrten und allem.

AW: Es ist nur eine Frage der Entscheidung, wie man sein Geld ausgeben will.

KW: Du willst Ärztin werden, nicht wahr?

AW: Ja.

KW: Und wie geht es?

AW: Womit?

KW: Mit dem Studium.

AW: Es geht mal besser und mal schlechter.

Hier hatte ihr Vater umgeschaltet und sich über den Tisch zu Anna vorgebeugt, immer noch freundlich, aber doch anders, bestimmter.

KW: Birgitta Medberg wurde im Wald von Rannesholm auf eine extrem grausame Weise ermordet. Jemand hat ihr den Kopf und die Hände abgeschlagen. Kannst du dir denken, wer so etwas getan haben könnte?

AW: Nein.

Anna war immer noch vollkommen ruhig, dachte Linda. Zu ruhig. So ruhig, wie man nur sein kann, wenn man schon weiß, was kommt. Sie zog diese Schlußfolgerung schnell zurück. Sie war möglich, doch sie hatte sie viel zu früh gezogen.

KW: Kannst du verstehen, warum jemand ihr so etwas antun konnte?

AW: Nein.

Und dann sein schneller Abschluß. Nach ihrer letzten Antwort seine Hände, die auf den Tisch fielen.

KW: Das war alles. Vielen Dank, daß du gekommen bist. Es war sehr wertvoll.

AW: Aber ich habe Ihnen doch mit nichts helfen können.

KW: Sag das nicht. Vielen Dank, daß du gekommen bist. Vielleicht lassen wir noch einmal von uns hören.

Er hatte sie zur Anmeldung hinausbegleitet. Linda hatte gemerkt, daß Anna angespannt war. Was hatte sie gesagt, ohne daß es ihr bewußt war? Mein Vater verhört sie weiter, dachte Linda. Aber er tut es in ihrem Kopf. Und wartet nur darauf, was dabei herauskommt.

Sie schob ihre Blätter von sich und streckte den Rücken. Dann rief sie ihren Vater auf seinem Handy an.

»Ich habe jetzt keine Zeit zum Reden. Ich hoffe, daß es lehrreich für dich war.«

»Absolut. Aber ich glaube, sie hat ein paarmal gelogen.«

»Wir können davon ausgehen, daß sie nicht ganz die Wahrheit sagt. Aber die Frage ist, warum? Weißt du, was ich glaube?«

»Nein.«

»Ich glaube, daß ihr Vater tatsächlich zurückgekommen ist. Aber darüber können wir heute abend ausführlich sprechen.«

Um kurz nach sieben kam Kurt Wallander nach Hause in die Mariagata. Linda hatte gekocht. Sie hatten sich gerade zum Essen hingesetzt, und er hatte angefangen, seine Gedanken zu entwickeln, warum er glaubte, daß Annas Vater zurückgekehrt war, als das Telefon klingelte.

Als er den Hörer auflegte, wußte sie sofort, daß etwas Ernstes passiert war.

36

Sie hatten verabredet, sich auf einem Parkplatz auf halbem Weg zwischen Malmö und Ystad zu treffen. In seiner Schulzeit hatte Erik Westin einmal ein Gedicht gelesen, von dem er nur noch zwei Worte kannte: verkleideter Gott. Aber diese beiden Worte waren nie ganz aus seinem Bewußtsein gewichen, und eines Tages im letzten Jahr in Cleveland, als er ernstlich zu begreifen begann, welchen Auftrag Gott ihm gegeben hatte, waren sie ihm wieder in den Sinn gekommen, und er hatte beschlossen, daß dies der Weg war, den sie gehen mußten. Die Auserwählten, die Götter waren, sollten sich als Menschen verkleiden. Erik Westin hatte denen, die er zu seinen Kriegern erwählt hatte, die Worte eingeprägt: ›In diesem heiligen Krieg sind wir schon Gottes Werkzeug. Aber wir sollen die ganze Zeit als Menschen verkleidet sein.‹ Deshalb hatte er auch einen normalen Parkplatz zu ihrem Treffpunkt bestimmt. Auch ein Parkplatz konnte für diejenigen, die sich dafür entschieden, sie zu sehen, eine Kathedrale sein. Die warme Septemberluft, die vom Boden aufstieg, bildete die Säulen, die den mächtigen, aber unsichtbaren Kirchenraum trugen.

Er hatte das Treffen auf drei Uhr am Nachmittag festgesetzt. Sie sollten alle gewöhnliche Verkleidung tragen, als Touristen, Polen auf Einkaufsreise in Schweden, allein oder in Gruppen. Sie sollten aus verschiedenen Richtungen kommen und von Erik, an dessen Seite Torgeir Langaas sich befinden würde, letzte Instruktionen erhalten.

Erik hatte die letzten Wochen in einem Wohnwagen auf einem Campingplatz in Höör verbracht. Aus der Wohnung, die er zuvor in Helsingborg gemietet hatte, war er ausgezogen. Den gebrauchten Wohnwagen hatte er billig in Svedala gekauft und mit seinem altersschwachen Volvo zu dem Campingplatz gezogen. Abgesehen von seinen Treffen mit Torgeir und den Aufgaben, die sie gemeinsam durchführten, hatte er seine Zeit mit Beten und anderen Vorbereitungen im Wohnwagen verbracht. Jeden Morgen hatte er in dem kleinen Rasierspiegel an der Wand sein Gesicht betrachtet und sich gefragt, ob es die Augen eines Wahnsinnigen waren, die ihm entgegenstarrten. Niemand konnte Prophet werden, dachte er zuweilen, in dessen geistlichem Rüstzeug die Demut nicht einen entscheidenden Platz einnahm. Stärke zu besitzen hieß, sich selbst die schwierigsten aller Fragen zu stellen. Auch wenn er nie in seiner Überzeugung schwankend wurde, was die große Aufgabe betraf, die Gott ihm auferlegt hatte, wollte er sich dessen versichern, daß er nicht von seiner eigenen Hybris betrogen wurde. Doch die Augen, die ihm jeden Morgen im Spiegel begegneten, verrieten nur, daß er der war, für den er sich hielt. Der auserwählte Führer. Es lag kein Wahnsinn in der großen Aufgabe, die ihnen bevorstand, alles war bereits in der Bibel ausgelegt. Das Christentum war in einen Sumpf von Wahnvorstellungen gesunken und hatte Gott all seiner Kraft beraubt, so daß er nichts anderes mehr schaffte, als auf denjenigen zu warten, der erkannte, was vorging, und sich als das Werkzeug zur Verfügung stellte, das die Entwicklung ein für allemal umkehren würde.

Erik Westin hatte in seinem Wohnwagen gesessen und gedacht, daß Gott ein logisch denkendes Wesen war. Er war der große Mathematiker jenseits der äußersten Grenze; aus seinem Bewußtsein würde immer der Geist kommen, auf den jeder Mensch ein Recht hatte. ›Es gibt nur einen Gott‹, begann Erik Westin alle seine Gebete. ›Es gibt nur einen Gott, und seinen einzigen Sohn, den wir kreuzigen ließen. Dieses Kreuz ist unsere einzige Hoffnung. Das Kreuz ist aus einfachem Holz, nicht aus Gold oder kostbarem Marmor. Die Wahrheit liegt in der Armut und Einfachheit. Die große Leere, die wir in uns haben, kann nur mit der Kraft des Heiligen

Geistes ausgefüllt werden, nie mit materiellem Besitz und Kostbarkeiten, wie sehr diese uns auch mit ihrem verführerischen Glanz locken.‹

Die letzten Wochen waren eine Zeit des Wartens gewesen, des Kräftesammelns, der Konzentration. Täglich hatte er lange Zwiesprache mit Gott gehalten. In dieser letzten Zeit hatte er auch die Bestätigung dafür erhalten, daß er zum richtigen Zeitpunkt zurückgekehrt war. Die Menschen, die er einst verlassen hatte, hatten ihn noch nicht vergessen. Er war da, und sie verstanden, warum er fort gewesen und warum er zurückgekommen war. Wenn eines Tages alles vorbei war, würde er sich von der Welt zurückziehen und enden, wie er angefangen hatte, mit dem Anfertigen von Sandalen. Er würde seine Tochter an seiner Seite haben, und alles wäre vollbracht.

In dieser Zeit dachte er auch viel an Jim Jones. Den Mann, der ihn einst betrogen hatte, den falschen Propheten, der nichts anderes war als ein gefallener Engel. Immer noch konnte ihn eine Mischung von Wut und Verzweiflung überkommen, wenn er an die Zeit zurückdachte, die er mit Jim zusammen, als Mitglied in seiner Gemeinde, gelebt hatte. Er dachte an den Auszug aus den USA in den Dschungel von Guyana, die erste Zeit des Glücks und dann den furchtbaren Verrat, der dazu geführt hatte, daß alle zum Selbstmord gezwungen oder ermordet worden waren. In seinen Gedanken und Gebeten war immer ein Platz für diejenigen, die dort im Dschungel gestorben waren. Eines Tages würden sie von all dem Bösen, das Jim Jones getan hatte, befreit und auf die höchste Stufe gehoben werden, wo Gott und das Paradies warteten.

Der Campingplatz lag an einem See. Jeden Abend ging er um den See herum. Es duftete nach Moos und Bäumen. Draußen auf dem Wasser sah er manchmal Schwäne, die sich langsam zum anderen Ufer hin bewegten. Alle Opfer werden gebracht, um Leben zu schaffen, dachte er. Niemand weiß, ob wir diejenigen sind, die leben sollen, oder die, die geopfert werden. Jetzt hatte er die alten Opferzeremonien aus der entlegenen Zeit, als das Christentum sich ausbildete, wieder eingeführt. Leben und Tod hingen immer zusammen. Gott war logisch, er war klug. Zu töten, um zu leben, war ein wichtiger Teil des Wegs hin zu einem Zustand, in dem die Leere im Innern des Menschen verschwunden war.

Eines Nachts, als ein Gewitter über den See zog, lag Erik Westin wach und dachte über all die gottlosen Religionen nach, die in der langen Zeit des Verfalls des Christentums entstanden waren. Es war wie ein Schiff, das sich langsam mit Wasser füllte, dachte er. Ein sinkendes Schiff. Alle diese gottlosen Lehren waren wie Piraten gewesen. Die Juden, die Moslems, alle, die versuchten, sich in den Herzen der Menschen einzunisten und sie dazu zu bringen, Götter anzubeten, die nicht existierten, oder die den wahren Gott leugneten.

Jetzt war der Augenblick gekommen. Gott hatte sich ihm offenbart. Er war das Feuer gewesen, dessen Flammen von den Flügeln der brennenden Schwäne, den Augen des Stierkalbs und all den aus ihren Käfigen befreiten Mäusen aufgestiegen waren. Die Feuer waren jetzt angezündet. Der Augenblick war gekommen.

Am Morgen des Tages, an dem sie sich auf dem Parkplatz treffen sollten, ging Erik Westin hinunter ins dunkle Wasser des Sees, das noch ein wenig von der Sommerwärme gespeichert hatte. Er wusch sich gründlich, schnitt sich die Nägel, rasierte sich. Er war allein auf dem einsam gelegenen Campingplatz. Nachdem Torgeir angerufen hatte, warf er das Handy in den See. Dann kleidete er sich an, legte seine Bibel und sein Geld in den Volvo und fuhr ihn auf die Straße. Danach war nur noch eins zu tun. Er setzte den Wohnwagen in Brand und fuhr davon.

Sie waren sechsundzwanzig, sie kamen aus verschiedenen Ländern und hatten ein Kreuz auf die Brust neben dem Herzen tätowiert. Außer Erik Westin und Torgeir Langaas waren es siebzehn Männer und neun Frauen. Die Männer kamen aus Uganda, Frankreich, England, Spanien, Ungarn, Griechenland, Italien und den USA. Die Frauen waren Amerikanerinnen, eine Kanadierin und eine Britin, die lange in Dänemark gelebt und die Sprache gelernt hatte. Es gab keine Ehepaare unter ihnen, sie alle waren sich vorher noch nie begegnet. Erik hatte seine Kontakte mit Hilfe eines heiligen Stafettenprinzips aufgebaut. Durch Torgeir Langaas war er mit der Kanadierin Allison in Kontakt gekommen. Sie hatte einmal einen Artikel über ihre religiöse Sehnsucht geschrieben. Die Zeitschrift war Torgeir in die Hände gefallen, bevor er an seinen Tiefpunkt gelangt war. Der Artikel hatte etwas, was ihn ansprach, und er riß ihn heraus und hob ihn auf. Und Allison ihrerseits hatte, nachdem sie eine überzeugte Jüngerin Eriks geworden war, einen Mann in Maryland, USA, vorgeschlagen, den sie kannte.

Erik hatte vier Jahre gebraucht, um den Kern der christlichen Armee aufzubauen, die er in die Schlacht führen wollte. Er war umhergereist und hatte all diese Menschen getroffen, nicht einmal, sondern mehrmals, und er hatte ihre Entwicklung genau verfolgt. Vielleicht hatte er trotz allem etwas Gutes von Jim Jones gelernt, die Fähigkeit, Menschen zu lesen, zu entdecken, wenn sie noch zweifelten, auch wenn sie versuchten, diesen Zweifel zu verbergen oder zu leugnen. Erik Westin wußte, daß er sehen konnte, wann ein Mensch die endgültige Grenze überschritten hatte, sich von seinem früheren Leben befreit hatte und ganz in seiner Aufgabe aufging.

Jetzt trafen sie sich zum erstenmal auf dem Parkplatz. Ein milder Nieselregen fiel auf ihre Köpfe. Erik hatte seinen Wagen an einem Hügel gegenüber dem Parkplatz abgestellt, von wo er durch ein Fernglas die Ankommenden beobachten konnte. Torgeir war da, um sie in Empfang zu nehmen. Er sollte sagen, er wisse nicht, wo Erik sei. Erik hatte Torgeir erklärt, daß geheime Absprachen die Auffassung der Heiligkeit des Auftrags, der sie erwartete, stärken konnten. Erik blickte durch das Fernglas. Jetzt kamen sie, einer nach dem anderen, manche in Autos, andere zu Fuß, ein paar auf Fahrrädern, einer hatte ein Motorrad, und einige tauchten aus einem kleinen Waldstück hinter dem Parkplatz auf, als hätten sie dort gewohnt, vielleicht ihre Zelte aufgeschlagen. Jeder hatte nur einen kleinen Rucksack. In dem Punkt war Erik streng gewesen. Kein lästiges Gepäck, keine auffallende Kleidung. Seine Armee war die der verkleideten Götter, die niemand beachten würde.

Er richtete das Fernglas auf Torgeirs Gesicht. Der Mann lehnte an der Informationstafel des Parkplatzes. Ohne ihn wäre es kaum möglich gewesen, dachte er. Wäre ich nicht in jener schmutzigen Straße in Cleveland über ihn gestolpert und wäre es mir nicht gelungen, aus einem fast erloschenen Menschenwrack diesen absolut und vorbehaltlos ergebenen Jünger zu formen, dann wäre ich jetzt noch nicht soweit, daß ich meine Armee marschieren lassen könnte. An diesem Morgen hatte Torgeir angerufen und ihm mitgeteilt, daß er mit den letzten Vorbereitungen fertig sei. Jetzt konnten sie den unsichtbaren Schlagbaum beseitigen und über die Grenze in die erste all der Kriegszonen einziehen, die auf sie warteten.

Torgeir Langaas wandte das Gesicht in die Richtung, die sie abgesprochen hatten. Dann strich er sich mit dem linken Zeigefinger zweimal über die Nase. Alles war klar. Erik packte das Fernglas ein und machte sich auf den Weg zum Parkplatz. Es gab eine Senke, durch die er sich ungesehen fast bis an die Straße begeben konnte. Wie aus dem Nichts würde er dann zu denen kommen, die auf ihn warteten. Als er sichtbar wurde, hielt alles inne. Aber keiner äußerte ein einziges Wort, genau, wie er es bestimmt hatte.

Torgeir Langaas war in einem Lastwagen mit einer Persenning über der Ladefläche gekommen. Sie luden die Fahrräder und die beiden Motorräder auf, ließen die Autos stehen und krochen unter die Plane. Erik fuhr, Torgeir saß an seiner Seite. Sie bogen nach rechts ab und suchten den Weg nach Mossby Strand. Dort hielten sie an und gingen zum Strand hinunter. Torgeir trug zwei große Körbe mit Essen. Sie setzten sich zwischen die Dünen, dicht zusammengepreßt, wie eine Schar Touristen, denen es allzu kalt war.

Bevor sie zu essen begannen, sprach Erik die erforderlichen Worte: »Gott fordert unsere Anwesenheit. Gott fordert den Kampf.«

Sie packten die Körbe aus und aßen. Anschließend legten sie sich auf Eriks Geheiß hin, um zu ruhen. Torgeir und Erik gingen zum Strand. Ein letztes Mal besprachen sie, was geschehen sollte.

Eine große Wolke verdunkelte den Himmel. »Wir bekommen das Aaldunkel, das wir haben wollen«, sagte Torgeir Langaas.

»Wir bekommen das, was wir brauchen, weil wir recht haben«, erwiderte Erik Westin.

Sie warteten am Strand, bis der Abend anbrach. Dann kletterten sie wieder auf die Ladefläche des Lastwagens. Es war halb acht, als Erik auf die Landstraße einbog und nach Osten fuhr, Richtung Ystad. Vor Svarte bog er nach Norden ab, überquerte die Hauptstraße zwischen Malmö und Ystad und fuhr auf einer Straße weiter, die westlich an Schloß Rannesholm vorbeiführte. Zwei Kilometer vor Harup bog er in einen Feldweg ein, hielt an und machte das Licht aus. Torgeir kletterte aus dem Wagen. Im Rückspiegel konnte Erik Westin sehen, wie zwei der Männer aus den USA, der ehemalige Friseur Pieter Buchanan aus New Jersey und der Allroundman Edison Lambert aus Des Moines, von der Ladefläche kletterten.

Erik Westin spürte, daß sein Puls schneller schlug. Konnte etwas schiefgehen? Er bereute sogleich die stumme Frage, die er sich selbst gestellt hatte. Ich bin kein Irrer, dachte er. Ich vertraue auf Gott, der mein Handeln lenkt. Er startete den Lastwagen und fuhr wieder auf die Fahrbahn. Ein Motorrad überholte ihn, kurz darauf noch eins. Er fuhr weiter nach Norden, warf einen Blick hinüber zur Kirche von Hurup, zu der Torgeir und die beiden Männer aus den USA unterwegs waren. Fünf Kilometer nördlich von Hurup bog er nach links in Richtung Staffanstorp ab. Zehn Minuten später bog er erneut links ab und hielt auf der Rückseite eines eingestürzten Stallgebäudes, das zu einem aufgelassenen Hof gehörte. Er stieg aus und ließ die anderen von der Ladefläche herunterklettern.

Er sah auf die Uhr. Sie waren im Zeitplan. Sie gingen langsam, damit niemand fiel oder zurückblieb. Ein Teil derer, die ihm folgten, war nicht mehr ganz jung, einige waren krank, die Frau aus England war sechs Monate zuvor wegen Krebs operiert worden. Er hatte gezögert, ob er sie mitnehmen sollte, und Gott um Rat gefragt, und die Antwort war gewesen, sie habe ihre Krankheit überlebt, damit sie ihren Auftrag zu Ende bringen sollte. Sie gelangten zu einem Weg, der zur Rückseite von Frennestads Kirche führte. Er fühlte in seiner Tasche nach, ob er den Schlüssel der Kirchentür auch wirklich eingesteckt hatte. Vor zwei Wochen hatte er die Kopie ausprobiert, die Torgeir ihm beschafft hatte. Es hatte nicht einmal geknirscht, als er die Tür aufschloß. Bei der Mauer angekommen, blieben sie stehen. Keiner sagte etwas. Alles, was er hörte, waren Menschen, die neben ihm atmeten. Ruhige Atemzüge, dachte er, keiner keucht, keiner ist unruhig. Am wenigsten sie, die bald sterben wird.

Er schaute wieder auf die Uhr. In dreiundvierzig Minuten würden Torgeir, Buchanan und Lambert die Kirche in Hurup in Brand stecken. Sie gingen los. Das Tor in der Friedhofsmauer wurde ohne einen Laut geöffnet. Torgeir hatte die Angeln erst gestern geölt. Sie folgten ihm in einer langen Reihe zwischen den Grabsteinen. Erik schloß auf. Im Innern der Kirche war es kühl. Hinter ihm schüttelte sich jemand. Er leuchtete mit der abgeschirmten Taschenlampe. Sie setzten sich in die ersten Bankreihen, wie es ihnen befohlen worden war. Die letzte Instruktion, die Erik ausgesandt hatte, enthielt einhundertdreiundzwanzig Einzelanweisungen, die sie auswendig lernen mußten. Er zweifelte nicht daran, daß sie es getan hatten.

Erik zündete die Kerzen an, die Torgeir am Altar aufgestellt hatte. Er ließ den Strahl der Taschenlampe über die Gesichter in der ersten Reihe gleiten. Als vorletzte links neben dem Taufbecken saß Harriet Bolson, die Frau aus Tulsa. Erik verweilte einige Sekunden länger bei ihrem Gesicht. Sie war vollkommen ruhig. Gottes Wege sind unergründlich, dachte er. Doch nur für die, die nicht zu verstehen brauchen. Er sah erneut auf die Uhr. Es war wichtig, daß alles zusammenfiel, der Brand in Hurup und das, was hier vor dem Altar in der Kirche von Frennestad geschehen sollte. Noch einmal sah er Harriet Bolson an. Ein mageres Gesicht, vielleicht ausgezehrt, obwohl sie erst dreißig Jahre alt war. Aber die Sünde, die sie begangen hatte, mußte ihre Spuren hinterlassen, dachte er. Durch das Feuer kann sie gereinigt werden, nur so. Er löschte die Taschenlampe und trat ins Dunkel hinter der Treppe, die zur Kanzel hinaufführte. Aus dem Rucksack holte er das Tau, das Torgeir in einem Laden für Schiffsbedarf in Kopenhagen gekauft hatte. Er legte es neben den Altar. Noch einmal sah er zur Uhr. Es war soweit. Er trat neben den Altar und gab das Zeichen, daß alle sich erheben sollten. Nacheinander rief er sie nach vorn. Dem ersten gab er das eine Ende des Taus.

»Wir sind untrennbar zusammengebunden«, sagte er. »Vom heutigen Abend an werden wir nie mehr ein Tau benötigen. Wir sind verbunden durch unsere Treue zu Gott und zu unserem Auftrag. Wir können nicht länger tolerieren, daß unsere Welt, die christliche Welt, immer tiefer in Erniedrigung versinkt. In Feuer muß die Welt gereinigt werden, und wir müssen mit uns selbst beginnen.«

Während er die letzten Worte sprach, hatte er sich fast unmerklich bewegt und stand jetzt vor Harriet Bolson. Im selben Augenblick, als er das Seil um ihren Hals legte, begriff sie, was geschehen würde. Es war, als entleerte sich ihr Bewußtsein durch den plötzlichen Schrecken. Sie schrie nicht, leistete keinen Widerstand. Ihre Augen schlossen sich. Für Erik Westin waren all die Jahre des Wartens endlich vorüber.

Die Kirche in Hurup begann um Viertel nach neun zu brennen. Als die Feuerwehr auf dem Weg war, ging die Meldung ein, daß auch die Kirche in Frennestad in Flammen stand. Torgeir und die beiden Amerikaner waren schon eingetroffen. Torgeir übernahm das Steuer, und der Lastwagen verschwand zu dem neuen Versteck.

Erik Westin blieb im Dunkeln. Er stieg auf einen Hügel in der Nähe der Kirche von Frennestad. Da saß er und sah zu, wie die Feuerwehrleute vergeblich versuchten, die Kirche zu retten. Er fragte sich, ob die Polizei es schaffen würde, in die Kirche zu gelangen, bevor das Dach einstürzte.

Er saß dort im Dunkeln und sah zu den Flammen hinüber. Eines Tages würde seine Tochter kommen und ihm Gesellschaft leisten, wenn die Feuer brannten, dachte er.

37

An diesem Abend und in der Nacht brannten zwei Kirchen in Schonen bis auf den Grund nieder. Die Hitze war so stark, daß in der Morgendämmerung des folgenden Tages nur zwei leere, verkohlte Ruinen übrig waren. In Hurup stürzte der Glockenturm ein. Die Menschen, die sich in der Nähe befanden, meinten, das Dröhnen der Glocken wie einen Schrei in äußerster Not gehört zu haben. Die Kirchen lagen in der gleichen Gegend von Schonen, in einem Dreieck zwischen Staffanstorp, Anderstorp und Ystad.

Doch es brannten nicht nur zwei Kirchen. In Frennestad machte der Küster, der nebenan wohnte und der erste war, der in die Kirche lief, um wenn möglich die wertvollen mittelalterlichen Meßgewänder zu retten, eine Entdeckung, die ihn fortan für immer verfolgen sollte. Vor dem Altar lag eine Frau von etwa dreißig Jahren. Sie war mit einem Tau erdrosselt worden, das jemand so fest um ihren Hals zusammengezogen hatte, daß der Kopf fast vom Rumpf abgetrennt war. Schreiend lief er hinaus und fiel vor der Tür der brennenden Kirche in Ohnmacht.

Das erste Feuerwehrauto aus Staffanstorp erreichte die Kirche ein paar Minuten später. Es war eigentlich auf dem Weg nach Hurup gewesen, als die Männer einen neuen Einsatzbefehl erhielten. Keiner der Feuerwehrmänner begriff richtig, was geschehen war. War der erste Alarm ein Irrtum, oder waren es zwei verschiedene Kirchen, die brannten? Der Brandmeister Mats Olsson war ein besonnener Mann, er fand den Küster vor der Kirchentür. Er ging selbst in die Kirche, um nachzusehen, ob noch andere Menschen im Innern waren. Als er die tote Frau vor dem Altar fand, faßte er einen Entschluß, für den die Polizei ihm noch dankbar sein sollte.

Das Natürliche wäre gewesen, die Tote hinauszubringen, bevor die ganze Kirche in Flammen stand. Doch Mats Olsson sah, daß es sich um nichts anderes handeln konnte als Mord. Deshalb mußte die Polizei den Tatort sehen, wie er war. Er hatte natürlich auch den Verdacht, daß der Mord von dem Mann begangen worden sein konnte, der ohnmächtig vor der Tür lag und jetzt langsam wieder zu sich kam.

In den Minuten, in denen die beiden Notrufe die Polizei erreichten, herrschten Ungewißheit und Verwirrung. In dem Augenblick, in dem Kurt Wallander sich vom Eßtisch erhob, glaubte er, er würde nach Hurup fahren, weil die Meldung eingegangen war, dort liege eine tote Frau vor dem Altar. Er hatte Wein zum Essen getrunken und forderte einen Wagen an, der ihn fuhr. Er ging hinunter auf die Straße, wo kurz darauf das Polizeiauto bremste.

Gerade als sie Ystad verließen, kam die Mitteilung, es liege ein Mißverständnis vor. In Hurup brannte die Kirche, aber die tote Frau war nicht dort, sondern in der Kirche von Frennestad. Martinsson, der fuhr, fing an, den Mann am Notruftelefon anzuschreien, um herauszufinden, wie viele Kirchen eigentlich brannten.

Kurt Wallander hatte während der gesamten Autofahrt vollkommen reglos und schweigend dagesessen. Nicht nur, weil Martinsson wie üblich miserabel fuhr. Er dachte, daß das, was er befürchtet hatte, jetzt eingetreten war, daß die Tiere, die verbrannt worden waren, nur einen Eröffnungszug darstellten. Irre, dachte er, Satanisten, Verrückte. Aber es gelang ihm nicht, sich zu überzeugen. Während sie durch die Dunkelheit fuhren, ahnte er eine Logik in allem, was geschah, ohne schon klar sagen zu können, was dies eigentlich bedeutete.

Als sie vor der brennenden Kirche in Frennestad eintrafen, war das Bild klar. Zwei Kirchen hatten fast gleichzeitig zu brennen angefangen. In Frennestad lag außerdem eine tote Frau vor dem Altar. Sie begrüßten Mats Olsson. Martinsson war irgendwie mit ihm verwandt. In der großen Verwirrung und der Hitze durch die Flammen hörte Kurt Wallander zu seiner Verblüffung, wie die beiden rasch Grüße an ihre Frauen austauschten. Dann gingen sie hinein. Martinsson ließ Kurt Wallander immer als ersten gehen, wenn sie zu einem Tatort kamen. Die Frau lag mit dem Tau um den Hals vor dem Altar. Kurt Wallander fixierte das Bild, das er vor sich hatte. Etwas sagte ihm, daß es arrangiert war.

Er wandte sich zu Mats Olsson um, der im Hintergrund stand. »Wie lange können wir hier drinnen sein?«

»Wir gehen davon aus, daß wir das Dach nicht retten können, es wird einstürzen.«

»Wann?«

»Bald.«

»Wieviel Zeit haben wir?«

»Zehn Minuten. Höchstens. Mehr wage ich nicht zu sagen.«

Wallander sah ein, daß kein Techniker es schaffen würde, herzukommen. Er setzte einen Helm auf, den jemand ihm reichte. »Geh raus und sieh nach, ob einer der Schaulustigen einen Fotoapparat oder eine Videokamera hat. Wenn ja, konfiszierst du sie. Wir müssen das hier dokumentieren.«

Martinsson verschwand. Wallander betrachtete weiter die Tote. Das Tau war grob, fast wie eine Schiffstrosse, es lag in einer Schlinge um den Hals. Die Enden des Taus zeigten in entgegengesetzte Richtungen vom Körper fort. Zwei Personen, dachte er, jeder hat nach seiner Seite gezogen. Wie früher, als man Menschen in Stücke riß, indem man sie mit Armen und Beinen an Pferde band, die in unterschiedliche Richtungen zogen.

Er warf einen Blick zum Dach hinauf. Die ersten Flammen schlugen bereits durch. Menschen liefen um ihn her und trugen Gegenstände hinaus. Ein älterer Mann im Schlafanzug mühte sich mit einem schönen alten Altarschrein ab. Die Situation hatte etwas Ergreifendes, dachte er. Menschen entdecken, daß sie im Begriff sind, etwas zu verlieren, was sie nicht verlieren wollen.

Martinsson kam mit einer Videokamera zurück.

»Verstehst du dich darauf?«

»Ich glaube schon«, erwiderte Martinsson.

»Dann bist du jetzt Fotograf. Nimm die Totale auf und die Details, von allen Seiten.«

»Fünf Minuten«, sagte Mats Olsson. »Keinen Augenblick länger.«

Wallander ging neben der Toten in die Hocke. Sie war blond, ähnelte auf eine erschreckende Weise seiner Schwester Kristina. Eine Hinrichtung, dachte er. Kürzlich brannten Tiere, jetzt sterben Menschen in brennenden Kirchen. Was hatte Amy Lindberg zu hören geglaubt? *Gott hat gefordert?*

Hastig durchsuchte er die Taschen der Frau. Sie waren leer. Er blickte sich um. Auch keine Handtasche. Er wollte gerade aufgeben, als er entdeckte, daß ihre Bluse eine Brusttasche hatte. Darin steckte ein handgeschriebener Zettel mit Namen und Adresse. *Harriet Bolson, 5th Avenue, Tulsa.*

Er erhob sich.

»Die Zeit ist um«, sagte Mats Olsson. »Jetzt gehen wir.«

Er jagte alle, die in der Kirche waren, hinaus. Die Tote wurde hinausgetragen. Kurt Wallander nahm selbst das Tau an sich. Hinter der Absperrung türmten sich Sachen, die aus der Kirche gerettet worden waren. Eine ältere Frau stand mit einem rußigen Leuchter in den Händen da. Viele Menschen waren da, viele weinten, und ständig trafen neue ein.

Martinsson rief in Ystad an. »Schickt eine Suchmeldung nach einer Frau aus Tulsa in den USA raus«, sagte er. »Schlagt in sämtlichen Registern nach, hiesige, europäische, internationale. Höchste Priorität.«

Linda schaltete ungeduldig den Fernseher aus. Sie holte den zweiten Autoschlüssel, den ihr Vater auf einem Bücherregal im Wohnzimmer aufbewahrte. Dann machte sie sich auf den Weg und joggte hinauf zum Parkplatz des Polizeipräsidiums.

Der Wagen stand in einer Ecke des Parkplatzes. Sie kannte den Wagen, der daneben stand. Er gehörte Ann-Britt Höglund. Sie fühlte in der Tasche nach ihrem Taschenmesser. Aber heute abend würde sie keine Reifen zerstechen. Hurup, hatte sie ihn sagen hören. Und Frennestad. Sie öffnete die Wagentür und fuhr los. Beim Wasserturm hielt sie an und suchte im Handschuhfach nach einer Karte. Wo Frennestad lag, wußte sie, aber Hurup kannte sie nicht. Sie fand es, löschte die Deckenleuchte und verließ die Stadt. Auf halber Strecke nach Hörby bog sie nach links ab, und nach einigen Kilometern sah sie die brennende Kirche von Hurup. Sie fuhr heran, so nah sie konnte, stellte den Wagen ab und ging zur Kirche. Ihr Vater war nicht da, es waren nur Ordnungspolizisten, und ihr kam der Gedanke, daß sie hier vor den Absperrungen hätte stehen können, wenn die Kirche ein paar Tage später gebrannt hätte. Sie sagte, wer sie war, und fragte, ob ihr Vater irgendwo in der Nähe sei.

»Es brennt noch eine Kirche«, bekam sie zur Antwort. »In Frennestad. Und dort gibt es Tote.«

»Was ist denn passiert?«

»Man kann wohl davon ausgehen, daß die Brände gelegt wurden. Zwei Kirchen fangen nicht gleichzeitig Feuer. Was in der Kirche von Frennestad passiert ist, wissen wir nicht. Aber dort gibt es Tote.«

Linda nickte und ging davon. Plötzlich hörte sie ein Krachen hinter sich. Sie fuhr zusammen und drehte sich um. Teile des Kirchendachs stürzten ein. Der Funkenregen stieg zum Nachthimmel auf. Wer steckt Kirchen an? dachte sie. Sie konnte darauf ebensowenig eine Antwort geben wie auf die Frage, warum Menschen Schwäne oder Tiere in einer Zoohandlung in Brand steckten.

Sie kehrte zum Wagen zurück und fuhr nach Frennestad. Auch dort sah sie schon von weitem die brennende Kirche. Brennende Kirchen sieht man nur im Krieg, dachte sie. Aber hier brennen die Kirchen mitten in einem friedlichen Land in einem ebenso friedlichen September. Kann ein Land von einem Feind okkupiert werden, den man nicht sieht? Sie vermochte ihren unklaren Gedanken nicht zu Ende zu denken.

Der Weg zur Kirche war von geparkten Wagen blockiert. Als sie im Licht des Feuers ihren Vater sah, blieb sie stehen. Er sprach mit einem Feuerwehrmann. Sie versuchte zu erkennen, was er in der Hand hielt. Einen Wasserschlauch? Sie ging näher heran, drängte sich zwischen den Menschen vor der Absperrung nach vorn. Es war ein Tau. Eine Trosse.

Neben ihr stand ein Mann und sprach erregt in ein Mobiltelefon. Sie hörte zu. Er beschrieb einer Person, die schlaftrunken zu sein schien, was gerade passierte. Linda lauschte besonders intensiv, als sie hörte, daß er von einer Toten in der Kirche sprach. *Eine Frau. Aus Trosa. Aber nur vielleicht. Warum sie aus Trosa ist? Wie soll ich das wissen? Jemand hat gehört, daß einer der Polizeibeamten telefonierte und eine Nachforschung angekurbelt hat. Harriet aus Trosa.* Das Gespräch brach ab.

»Ist jemand umgekommen?« fragte Linda.

Sie wußte, daß es zwei Gelegenheiten gibt, bei denen ein Schwede mit seiner Gewohnheit bricht, seiner Umgebung reserviert zu begegnen. Entweder wenn ein Schneesturm eine Großstadt lahmgelegt hat oder wenn es ein Unglück gegeben hat.

»Es hat anscheinend eine Tote am Altar gelegen«, sagte der Mann.

»Aus Trosa?«

»Das ist das, was ich gehört habe. Aber es kann ja falsch sein. Obwohl, wenn man mitten in der Nacht tot in einer Kirche liegt, dann ist man umgebracht worden. Es kann natürlich auch Selbstmord sein. Die Leute sind ja so komisch heutzutage.«

Linda kam sich auf einmal wie eine Hyäne vor, eine Voyeurin, die sich am Elend anderer ergötzt.

Nyberg ging hinauf zur Kirche. Er sah wie gewöhnlich grimmig und gereizt aus. Aber Wallander wie Martinsson hatten großen Respekt vor seinem fachlichen Können. Nyberg würde bald in Pension gehen. Vor allem Martinsson fürchtete, daß sie nie einen Nachfolger mit ähnlichen Qualifikationen und ähnlicher Geduld finden würden.

»Ihr solltet euch das hier einmal ansehen«, sagte Nyberg und streckte eine Hand vor.

Darin lag eine kleine Halskette. Wallander suchte seine Brille. Als er sie aufsetzen wollte, ging ein Bügel ab. Er fluchte und hielt die Brille vor die Augen. »Sieht aus wie ein Schuh«, sagte er. »Ein Anhänger in Form eines Schuhs.«

»Sie trug die Kette um den Hals«, sagte Nyberg. »Als das Tau festgezogen wurde, muß der Verschluß aufgegangen sein. Die Kette lag in ihrer Bluse. Der Arzt hat sie gefunden.«

Martinsson hatte die Kette in die Hand genommen und drehte sich zum Licht des Feuers. »Seltsames Motiv für einen Anhänger. Es sieht wirklich aus wie ein Schuh.«

»Es kann eine Fußspur sein«, schlug Nyberg vor. »Oder eine Fußsohle. Ich habe mal einen Anhänger in Form einer Möhre gesehen. Mit einem Diamanten in dem Teil, der das Kraut vorstellte. Schmuck kann die sonderbarsten Motive haben. Diese Möhre war vierhunderttausend Kronen wert.«

»Es kann uns helfen, die Tote zu identifizieren«, sagte Kurt Wallander. »Das ist im Augenblick das wichtigste.«

Nyberg verschwand zu einer Ecke der Friedhofsmauer und begann sofort, mit einem Fotografen zu streiten, der Bilder von der brennenden Kirche machte. Wallander und Martinsson gingen zu den Absperrbändern.

Sie sahen Linda und winkten sie zu sich. »Du konntest dich also nicht fernhalten«, sagte ihr Vater. »Komm mit uns, wo du schon da bist.«

»Wie geht es?« fragte Linda.

»Wir wissen nicht, wonach wir suchen sollen«, sagte Kurt Wallander langsam. »Aber keine dieser beiden Kirchen hat von selbst angefangen zu brennen.«

»Sie durchsuchen jetzt alle Register nach dieser Harriet Bolson«, sagte Martinsson. »Sobald etwas auftaucht, melden sie sich direkt bei mir.«

»Ich versuche, das mit dem Tau zu verstehen«, sagte

Wallander. »Und warum in einer Kirche, und eine Amerikanerin? Was bedeutet das?«

»Eine Anzahl Menschen, mindestens drei, aber wahrscheinlich mehr, kommen nachts in eine Kirche«, sagte Martinsson.

Kurt Wallander stoppte ihn. »Warum mehr als drei? Zwei, die morden, und einer, der ermordet wird. Reicht das nicht?«

»Vielleicht. Ich bin mir nicht sicher. Deshalb denke ich, daß es mindestens drei sind. Aber es können mehr sein, sogar viel mehr. Sie haben die Tür mit einem Schlüssel aufgeschlossen. Es existieren nur zwei Schlüssel, einer ist auf dem Pfarrhof, und den zweiten hat der Küster, der in Ohnmacht gefallen ist. Beide Schlüssel sind an ihrem Platz. Also hat jemand einen raffinierten Dietrich oder eine Dublette benutzt«, sagte Martinsson. »Eine Gesellschaft«, fuhr er fort, »die diese Kirche zum Hinrichtungsplatz für eine Frau namens Harriet Bolson ausgewählt hat. Hat sie sich irgendeiner Sache schuldig gemacht? Ist sie ein religiöses Opfer? Sind es Satanisten oder andere Verrückte, mit denen wir es zu tun haben? Darauf können wir keine Antwort geben.«

»Noch eins«, sagte Wallander. »Der Zettel mit ihrem Namen, den ich gefunden habe. Warum war alles andere weg, aber der nicht?«

»Vielleicht, damit wir sie leicht identifizieren können. Es ist eine Mitteilung an uns.«

»Wir müssen ihre Identität bestätigen«, sagte Kurt Wallander. »Wenn sie auch nur einen Zahnarzt hier im Lande besucht hat, dann kriegen wir raus, wer sie ist.«

»Wir sind schon dabei.«

Kurt Wallander hörte, daß Martinsson gekränkt war. »Ich wollte dir nicht auf die Zehen treten. Was sagt die Umwelt?«

»Bisher nichts.«

»Und die Priorität gilt?«

»Ich habe Stockholm um Hilfe gebeten. Sie haben da oben ein richtig giftiges Ekel sitzen, der Kollegen weltweit in Angst und Schrecken versetzen kann.«

»Wer denn?«

»Hast du noch nichts von Tobias Hjalmarsson gehört?«

»Vielleicht. Hauptsache, er sieht ein, daß er jetzt richtig giftig sein muß.«

»Hoffen wir's«, sagte Martinsson. »Und das nächste: Wer hat jemals einen Kettenanhänger in Form eines Schuhs gesehen? Oder einer Sandale?«

Er schüttelte den Kopf und ging davon.

Linda stockte der Atem. Hatte sie richtig gehört? »Was hat er gesagt? Was habt ihr gefunden?«

»Einen Zettel mit ihrem Namen und ihrer Anschrift.«

»Nicht das. Etwas anderes.«

»Eine Halskette mit Anhänger.«

»Und der glich etwas?«

»Einer Fußspur.«

»Das hat er nicht gesagt. Er hat was anderes gesagt.«

»Einem Schuh. Wieso fragst du?«

Sie überhörte seine Frage. »Was für ein Schuh?«

»Eine Sandale vielleicht.«

Dann und wann, wenn eine Windbö vorüberzog, schlugen die Flammen hoch und erleuchteten die Brandstätte.

»Ich möchte dich nur daran erinnern, daß Annas Vater Sandalen angefertigt hat, bevor er verschwand. Das ist alles.«

Er brauchte einen Moment, um zu verstehen. Er nickte langsam. »Gut«, sagte er. »Sehr gut. Das kann vielleicht der Durchbruch sein, den wir so dringend benötigen. Die Frage ist nur, wohin er uns führt.«

38

Kurt Wallander hatte versucht, Linda nach Hause zu schikken, um zu schlafen. Doch sie hatte darauf bestanden, dazubleiben. Sie hatte zwei Stunden auf der Rückbank eines Polizeiwagens geschlafen und erwachte im Morgengrauen davon, daß er an die Scheibe klopfte. Er hat es nie gelernt, einen Menschen behutsam zu wecken, dachte sie. Er klopft zu fest ans Fenster oder schüttelt eine Schulter viel zu heftig. Mein Vater weckt Menschen nicht. Mein Vater reißt sie mit einem Ruck aus ihren Träumen.

Sie stieg aus und erschauerte fröstelnd. Es war kühl. Zerfetzte Nebelschwaden zogen über die Felder. Die Kirche war jetzt ausgebrannt, nur die nackten rußigen Wände standen noch. Von dem eingestürzten Dach stieg immer noch dicker, quellender Rauch auf. Schweigend standen die Menschen da und betrachteten das, was von ihrer Kirche übriggeblieben war. Linda sah einen alten Mann, der mit langsamen Bewegungen Ruß von einem Grabstein auf dem Friedhof wischte. Sie dachte, daß sie dieses Bild nie vergessen würde. Die meisten Feuerwehrwagen waren abgefahren, nur eine kleine Gruppe war noch da und bewachte die Brandstätte. Martinsson war nicht da. Dagegen war Stefan Lindman gekommen. Er reichte ihr einen Pappbecher mit Kaffee. Ihr Vater sprach vor der Absperrung mit einem Journalisten.

»Diese Landschaft gleicht nichts von dem, was ich bisher gesehen habe«, sagte Stefan Lindman. »Nicht Västergötland, nicht Härjedalen. Hier ist es, als endete Schweden, als fiele es einfach zum Meer hin ab und verschwände. Und dieser ganze Lehm, dieser Nebel. Es ist sehr seltsam. Ich versuche, meinen Platz in einer Landschaft zu finden, die mir vollkommen fremd ist.«

Linda murmelte etwas Unverständliches. Nebel war Nebel, Lehm war Lehm, na und?

»Wie geht es?« fragte sie statt dessen. »Mit der Frau?«

»Wir warten auf Nachricht aus den USA. Wir sind sicher, daß sie keine Schwedin ist.«

»Gibt es Grund zu glauben, daß sie nicht die ist, deren Name auf dem Zettel stand?«

»Nein. Daß derjenige, der sie getötet hat, einen Zettel mit einem falschen Namen hinterlassen hätte, ist kaum anzunehmen.«

Kurt Wallander kam von der Absperrung zurück. Der Journalist lief den Hügel hinunter.

»Ich habe mit Lisa Holgersson geredet«, sagte Wallander. »Weil du sowieso am Rande dieser Ermittlung in Erscheinung trittst, kannst du genausogut die ganze Zeit dabeisein. Es ist, als hätte ich einen springenden Ball neben mir.«

Linda glaubte, er wäre ironisch. »Ich kann jedenfalls noch springen. Aber du nicht.«

Stefan Lindman prustete los. Linda sah, daß ihr Vater ärgerlich wurde, doch er beherrschte sich. »Paß auf, daß du nie Kinder kriegst«, sagte er nur. »Du siehst ja, wie es mir geht.«

Ein Auto bog in die Auffahrt zur Kirche ein. Nyberg stieg aus.

»Nyberg, frisch geduscht«, sagte Kurt Wallander. »Bereit für einen Tag voller Widerwärtigkeiten. Bald wird er pensioniert. Er geht ein, wenn er merkt, daß er nicht mehr bis zu den Knien im Regen stehen und im Lehm buddeln kann.«

»Er sieht aus wie ein Hund«, sagte Stefan Lindman mit leiser Stimme. »Ist dir das schon mal aufgefallen? Er geht herum, als nähme er Witterung auf und würde am liebsten auf allen vieren gehen.«

Linda sah, daß er recht hatte. Nyberg bewegte sich wirklich wie ein Tier.

Nyberg roch stark nach Rasierwasser. Er schien nicht zu bemerken, daß Linda dabei war. Sie murmelten ihre Begrüßungen, sagten etwas übers Wetter.

»Habt ihr eine Ahnung von einer denkbaren Brandursache?« fragte Kurt Wallander. »Ich habe mit Mats Olsson gesprochen. Er meint, beide Kirchen hätten an mehreren Stellen gleichzeitig zu brennen angefangen. Der Küster, der als erster hier war, sagt, es habe gebrannt wie in einem Ring. Was heißen würde, daß das Feuer an vielen Stellen gleichzeitig angefangen hat.«

»Ich habe noch nichts gefunden«, sagte Nyberg. »Aber natürlich ist der Brand gelegt worden.«

»Es gibt einen Unterschied«, fuhr Wallander fort. »Der Brand in Hurup scheint eher explosionsartig ausgebrochen zu sein. Ein Nachbar ist von einer Erschütterung erwacht, als wäre eine Bombe explodiert. Die Brände scheinen also auf verschiedene Art und Weise gelegt, aber zeitlich aufeinander abgestimmt.«

»Das Muster ist klar«, meinte Stefan Lindman. »Man zündet eine Kirche an, um von einem Mord abzulenken.«

»Aber warum Kirchen?« sagte Kurt Wallander. »Warum erdrosselt man einen Menschen mit einem Tau?«

Er sah plötzlich Linda an. »Was meinst du? Was siehst du in dem Ganzen hier?«

Sie wurde rot. Die Frage war zu schnell gekommen. Sie war unvorbereitet. »Hat man eine Kirche gewählt, ist es genau eine Kirche, die man gewählt hat«, antwortete sie unsicher. »Jemanden mit einem Tau zu erdrosseln, das sieht nach Folter aus. Aber auch nach etwas, das mit Religion zu tun haben kann. Man schlägt Menschen die Hände ab, man steinigt Menschen, begräbt Menschen bei lebendigem Leib. Warum nicht mit einem Tau erdrosseln?«

Bevor jemand ihre Äußerung kommentieren konnte, klingelte Stefan Lindmans Handy. Er lauschte und reichte es dann Kurt Wallander, der eine Mitteilung entgegennahm.

»Es sind erste Informationen aus den USA gekommen«, sagte er. »Wir fahren nach Ystad.«

»Braucht ihr mich?« wollte Nyberg wissen.

»Wenn es so sein sollte, rufe ich dich an«, antwortete

Wallander. Dann wandte er sich an Linda. »Aber du sollst mitkommen. Es sei denn, du willst nach Hause und schlafen.«

»Das brauchst du mich nicht zu fragen«, entgegnete sie.

Er warf ihr einen Blick zu. »Es war nur Fürsorge.«

»Betrachte mich als Polizistin. Nicht als deine Tochter.«

Im Wagen schwiegen sie beide, aus Müdigkeit und aus Angst, etwas zu sagen, was unpassend war oder die Irritation des anderen wecken konnte.

Als sie vor dem Präsidium parkten, nahm Kurt Wallander Kurs auf den Eingang der Staatsanwaltschaft. Stefan Lindman holte sie vor dem Eingang ein. »Ich erinnere mich noch an meinen ersten Tag als Polizist«, sagte er. »Ich war damals in Borås. Am Abend vorher hatte ich mit Freunden gefeiert. Das erste, was ich tat, nachdem ich das Präsidium betreten hatte, war, auf die Toilette zu sausen und zu kotzen. Und was willst du tun?«

»Das jedenfalls nicht«, entgegnete Linda.

Ann-Britt Höglund stand an der Anmeldung. Sie schien weiterhin entschlossen zu sein, Linda nur notgedrungen zu grüßen, und Linda nahm sich vor, es umgekehrt von jetzt an ebenso zu halten.

An der Anmeldung lag eine Mitteilung für Linda: Lisa Holgersson wollte mit ihr sprechen. »Habe ich etwas Falsches gemacht?« fragte Linda.

»Bestimmt nicht«, entgegnete Stefan Lindman und ging.

Ich mag ihn, dachte Linda. Mehr und mehr.

Lisa Holgersson kam gerade aus ihrem Zimmer, als Linda zu ihr wollte. »Kurt hat es mir erklärt«, sagte sie. »Wir lassen dich mitmachen. Ein eigentümlicher Zufall, daß eine deiner Freundinnen in die Sache verwickelt ist.«

»Das wissen wir nicht«, erwiderte Linda. »Es kann sein. Aber wir wissen es nicht.«

Um neun Uhr wurde die Tür des Sitzungsraums geschlossen. Linda hatte sich auf den Stuhl gesetzt, den ihr Vater ihr angewiesen hatte. Neben ihr saß Stefan Lindman. Sie sah auf ihren Vater, der an einer Schmalseite des Tischs stand und Mineralwasser trank. Genauso hatte sie sich ihn immer vorgestellt, allein an einem Tischende, wie immer durstig, die Haare zerzaust, bereit, einen neuen Tag mit einer komplizierten Verbrechensermittlung zu beginnen. Doch das Bild war romantisch und deshalb falsch, das war ihr bewußt. Sie verzog das Gesicht und schüttelte es ab.

Sie war immer überzeugt gewesen, daß er ein guter Polizeibeamter war, ein gewiefter Ermittler, doch jetzt, als sie mit am Tisch saß, wurde ihr klar, daß er noch eine ganze Reihe unbekannter Kaninchen aus dem Hut zaubern konnte, von denen sie nicht das geringste ahnte. Vor allem imponierte ihr seine Fähigkeit, eine große Menge von Fakten im Gedächtnis zu behalten, und zwar genau in ihren verschiedenen Zeit- und Ereigniszusammenhängen. Während sie zuhörte, lief in der Tiefe ihres Bewußtseins ein anderes Spiel ab. Erst jetzt schien sie zu begreifen, warum er so selten für sie und für Mona Zeit gehabt hatte. Es hatte dafür ganz einfach keinen Raum gegeben. Ich muß mit ihm darüber reden, dachte sie. Wenn alle diese Ereignisse ihre Erklärung gefunden haben und alles vorüber ist, müssen wir darüber sprechen, daß er sich gegen Mona und mich entschieden hat.

Als die Sitzung, die fast zwei Stunden gedauert hatte, vorüber war, blieb Linda im Raum zurück. Sie machte ein Fenster auf und dachte alles, was gesagt worden war, noch einmal durch. Ihr Vater hatte einen Ausgangspunkt gehabt, als er die Flasche abstellte und eine Zusammenfassung der sehr unklaren Lage zu geben begann, vor der sie standen. ›*Zwei Frauen sind ermordet worden. Dies alles fängt mit zwei Frauen an. Vielleicht ist das, was ich jetzt tue, allzu kühn, nämlich einfach alle anderen denkbaren Erklärungen auszuschließen und davon auszugehen, daß es derselbe Täter ist, der hinter dem Tod dieser beiden Frauen steckt. Es gibt keine offensichtlichen Zusammenhänge, es gibt kein Motiv, es gibt nicht einmal Ähnlichkeiten. Birgitta Medberg wurde in einer Hütte in einer Schlucht tief im Wald von Rannesholm getötet, und jetzt finden wir eine andere Frau, wahrscheinlich ausländischer Herkunft, mit einem groben Tau erdrosselt in einer brennenden Kirche. Die Zusammenhänge, die wir bisher gefunden haben, sind dunkel, zufälliger Art, es ist sogar zweifelhaft, ob wir überhaupt von Zusammenhängen sprechen können. Am Rande dieser Geschichte gibt es noch ein weiteres unklares Geschehen. Das ist der Grund, warum Linda hier sitzt.‹*

Langsam, suchend, als habe er sämtliche Antennen zur gleichen Zeit nach verschiedenen Seiten ausgefahren, tastete er sich vorwärts durch ein Gelände, das sich von brennenden Schwänen zu abgeschlagenen Händen erstreckte. Er brauchte eine Stunde und zwölf Minuten, ohne Pause, um zu einem Schlußsatz zu gelangen, der eigentlich nichts weiter besagte als: ›*Wir wissen einfach nicht, was passiert ist. Hinter den beiden toten Frauen, den brennenden Tieren und den brennenden Kirchen gibt es etwas, auf das wir nicht den Finger legen können. Wir wissen auch nicht, ob das, was wir sehen, das Ende von etwas ist oder nur ein Anfang.‹*

Da, bei den Worten ›oder nur ein Anfang‹, waren also genau eine Stunde und zwölf Minuten vergangen. Er hatte während seines Vortrags gestanden.

Jetzt setzte er sich, bevor er fortfuhr. »Wir warten immer noch darauf, daß Informationen eingehen über die Person, die nach unseren Erkenntnissen Harriet Bolson ist. Während wir warten, gebe ich das Wort frei. Laßt mich vorher nur noch eine letzte Vermutung äußern. Es gibt ein wiederkehrendes Moment in dem, was geschehen ist. Ich habe das Gefühl, daß die brennenden Tiere vielleicht nicht sterben, weil ein Sadist seine Gelüste ausleben will. Vielleicht handelt es sich um eine Form von Opfer, mit einer wahnsinnigen Logik im Hintergrund. Wir haben Birgitta Medbergs abgeschlagene Hände und außerdem eine Bibel, mit der sich jemand hingesetzt hat, um sie umzuschreiben. Und jetzt etwas, was aussieht wie ein

Ritualmord in einer Kirche. Wir haben eine Aussage, daß der Mann, der die Kleintierhandlung in Brand gesteckt hat, gerufen haben soll: ›Gott hat gefordert‹ oder etwas Ähnliches. All das zusammengenommen kann auf eine religiöse Botschaft schließen lassen. Vielleicht eine Sekte, vielleicht ein paar einzelne Irre. Aber das bezweifle ich. Es gibt da eine Art Organisation der Brutalität. Auf mich macht es nicht den Eindruck, daß eine Einzelperson hinter dem Ganzen steckt. Aber sind es zwei oder tausend? Das wissen wir nicht. Deshalb möchte ich auch, daß wir uns die Zeit nehmen für eine unbefangene Diskussion, bevor wir weitermachen. Ich glaube, daß wir uns im Moment am schnellsten bewegen, wenn wir uns erlauben, einen Augenblick vollkommen still zu stehen.«

Doch die Diskussion kam gar nicht erst richtig in Gang. Die Tür des Sitzungszimmers wurde geöffnet, und eine Bürokraft sagte, es kämen Faxe von der amerikanischen Polizei über Harriet Bolson herein. Martinsson verließ das Zimmer und kehrte kurz darauf mit ein paar Papieren in der Hand zurück. Es gab auch ein unscharfes Porträt einer Frau. Kurt Wallander hielt seine kaputte Brille vors Gesicht und nickte: Das war sie. Die Tote war wirklich Harriet Bolson.

»Mein Englisch ist nicht so gut, wie es sein sollte«, sagte Martinsson und reichte die Papiere an Ann-Britt Höglund weiter, die zu lesen begann.

Linda hatte sich einen Block geschnappt, als sie in den Raum getreten war. Jetzt fing sie an, sich Notizen zu machen, ohne daß sie wußte, warum. Sie nahm an etwas teil, ohne eigentlich beteiligt zu sein. Doch sie ahnte, daß ihr Vater eine Aufgabe für sie hatte, die zu nennen er aus verschiedenen Gründen jedoch noch zögerte.

Ann-Britt Höglund stellte fest, daß die amerikanische Polizei gründliche Arbeit geleistet hatte. Doch das war vielleicht nicht so schwer gewesen, weil Harriet Bolson – oder Harriet Jane Bolson, wie sie eigentlich hieß – seit dem 12. Januar 1997 als *missing person* im Polizeiregister aufgeführt war. Damals hatte ihre Schwester Mary Jane Bolson sie bei der Polizeizentrale in Tulsa als vermißt gemeldet. Sie hatte seit über einer Woche vergeblich versucht, sie telefonisch zu erreichen. Mary Jane hatte sich daraufhin in ihren Wagen gesetzt und war dreihundert Kilometer von ihrem Wohnort nach Tulsa gefahren, wo ihre Schwester wohnte und als Bibliothekarin und Sekretärin eines privaten Kunstsammlers gearbeitet hatte. Mary Jane hatte die Wohnung ihrer Schwester verlassen vorgefunden. Auch an ihrem Arbeitsplatz war sie nicht. Sie schien spurlos verschwunden zu sein. Mary Jane und sämtliche Freunde von Harriet hatten sie als verschlossene, aber pflichtbewußte und freundliche Person beschrieben, die weder irgendein Suchtproblem noch andere dunkle Seiten zu haben schien, die ihr Verschwinden erklären konnten. Die Polizei in Tulsa hatte Nachforschungen angestellt und den Fall unter Beobachtung gehalten. Aber Tatsache war, daß in den vier Jahren, die seitdem vergangen waren, nichts ans Tageslicht gekommen war, was den Fall erklärte. Keine Spuren, kein Lebenszeichen, nichts.

»Ein Polizeiinspektor namens Clark Richardson wartet begierig darauf, ob wir bekräftigen können, daß die Frau, die wir gefunden haben, wirklich Harriet Jane ist. Er möchte natürlich über das weitere Geschehen auf dem laufenden gehalten werden.«

»Den Gefallen können wir ihm sofort tun«, sagte Kurt Wallander. »Sie ist es. Gar kein Zweifel. Gibt es wirklich keinerlei Theorie, warum sie verschwunden ist?«

Ann-Britt studierte weiter die Papiere. »Harriet Jane war ledig«, sagte sie. »Sie war sechsundzwanzig, als sie verschwand. Sie und ihre Schwester sind Töchter eines Methodistenpastors in Cleveland, Ohio – in der ursprünglichen Vermißtenmeldung wird er als *bedeutend* beschrieben. Glückliche Kindheit und Jugend, keine Dummheiten, Studien an verschiedenen Unis, sehr gut bezahlte Anstellung bei dem privaten Kunstsammler. Sie lebte einfach, hielt regelmäßige Gewohnheiten ein, Arbeit an Werktagen und Kirche an Sonntagen.«

Ann-Britt verstummte.

»Ist das alles?« fragte Kurt Wallander verwundert.

»Das ist alles.«

Er schüttelte den Kopf. »Es muß doch noch mehr geben«, sagte er. »Wir müssen alles über sie wissen. Das übernimmst du. Clark Richardson muß auf die bestmögliche Weise hofiert werden. Versuch ihm das Gefühl zu vermitteln, daß dies zum gegenwärtigen Zeitpunkt die wichtigste Ermittlung ist, die in Schweden läuft. Was sie vielleicht auch ist«, fügte er hinzu.

Jetzt folgte eine offene Diskussion. Linda hörte gespannt zu. Nach einer halben Stunde klopfte ihr Vater mit dem Bleistift auf die Tischplatte und beendete die Sitzung. Alle verließen den Raum, und am Ende waren nur Linda und ihr Vater noch da.

»Ich möchte, daß du mir einen Gefallen tust«, sagte er. »Rede mit Anna, besuch sie, aber stell keine Fragen. Versuche nur herauszufinden, warum Birgitta Medbergs Name eigentlich in ihrem Tagebuch steht. Und dieser Vigsten in Kopenhagen. Ich habe die Kollegen dort gebeten, ihn einmal ein bißchen genauer unter die Lupe zu nehmen.«

»Nicht ihn«, sagte Linda. »Er ist nur alt und verwirrt. Aber es gab da noch jemanden. Der sich nicht zeigte.«

»Das wissen wir nicht«, sagte er irritiert. »Verstehst du, worum ich dich bitte?«

»So zu tun, als ob nichts wäre«, antwortete Linda. »Und gleichzeitig zu versuchen, Antwort auf wichtige Fragen zu bekommen.«

Er nickte und stand auf. »Ich mache mir Sorgen«, sagte er. »Ich verstehe nicht, was da geschieht. Und ich fürchte das, was noch kommt.«

Dann sah er sie an, strich ihr rasch, fast schüchtern, über die Wange und verließ den Raum.

Am selben Tag lud Linda Anna und Zebra ins Café unten am Hafen ein. Gerade als sie sich setzten, begann es zu regnen.

39

Der Junge saß auf dem Fußboden und spielte still mit einem Auto, das kräftig quietschte, weil ihm zwei Räder fehlten. Linda betrachtete ihn. Manchmal konnte er unerträglich quakig sein und Aufmerksamkeit heischen, dann wieder, wie jetzt, war er ganz ruhig, versunken in die geheimnisvollen Straßen, auf denen er sein kleines gelbes Auto über den Fußboden fahren ließ.

Das Café war zu dieser Tageszeit fast leer. Ein paar dänische Segler saßen an einem Tisch in der Ecke und studierten eine Seekarte, die Bedienung hinter der Theke gähnte.

»Frauengespräche«, sagte Zebra plötzlich. »Warum haben wir nie Zeit dafür?«

»Schieß los«, sagte Linda. »Ich höre zu.«

»Und du?« fragte Zebra, zu Anna gewandt. »Hörst du zu?«

»Na klar.«

Es trat Stille ein. Anna rührte in ihrer Teetasse, Zebra stopfte eine Prise Kautabak unter die Oberlippe, und Linda nippte an ihrem Kaffee.

»Ist das hier eigentlich alles?« sagte Zebra. »Ist es nicht mehr als das? Das Leben?«

»Was meinst du?« fragte Linda.

»Das, was ich sage. Wo sind all die Träume geblieben, die man hatte?«

»Ich kann mich nicht erinnern, daß du von etwas anderem geträumt hast, als daß du Kinder kriegen wolltest«, sagte Anna. »Jedenfalls war das der wichtigste Traum.«

»Richtig. Aber all das andere. Ich bin immer eine maßlose Träumerin gewesen. Ich war zwar nicht besonders oft so stockbetrunken, wie man nur als Teenager sein kann. So daß man in einem Beet lag und kotzte und sich all der Kerle erwehren mußte, die die Situation ausnutzen und sich bedienen wollten. Aber an meinen Träumen habe ich nicht einmal genippt. Ich habe sie versoffen, könnte man sagen. Herrgott, was sollte nicht alles aus mir werden! Modedesignerin, Rockstar, Flugkapitänin in den größten Düsenjets.«

»Es ist doch noch nicht zu spät«, sagte Linda.

Zebra stützte den Kopf in die Hände und sah sie an.

»Klar ist es zu spät. Hast du wirklich davon geträumt, Polizistin zu werden?«

»Nie. Ich wollte Möbelpolsterin werden. Was kaum ein besonders erregender Traum war.«

Zebra wandte sich an Anna. »Und du?«

»Ich stellte mir vor, einen Sinn zu finden.«

»Und hast du ihn gefunden?«

»Ja.«

»Welchen denn?«

Anna schüttelte abweisend den Kopf. »Das kann man nicht erzählen. Das hat man in sich. Oder nicht.«

Linda dachte, daß Anna auf der Hut zu sein schien. Dann und wann sah sie Linda an, als wollte sie sagen: ›Ich weiß, daß du versuchst, mich zu durchschauen.‹ Ich kann nicht sicher sein, dachte Linda.

Die beiden dänischen Segler standen auf und gingen. Einer von ihnen tätschelte dem Jungen den Kopf.

»Es hätte nicht viel gefehlt, und ihn hätte es auch nicht gegeben«, sagte Zebra.

Linda schüttelte verständnislos den Kopf. »Wie meinst du das?«

»Ich war kurz davor abzutreiben. Manchmal wache ich nachts schweißgebadet auf. Ich habe geträumt, ich hätte abgetrieben, den Jungen gäbe es nicht.«

»Ich dachte, du wolltest das Kind.«

»Das wollte ich auch. Aber ich hatte solche Angst. Ich glaubte nicht, daß ich es schaffen würde.«

»Ein Glück, daß du es nicht getan hast«, sagte Anna.

Zebra und Linda reagierten beide auf ihren Tonfall. Er klang streng, vielleicht verärgert. Zebra nahm sofort Verteidigungshaltung ein. »Ich weiß nicht, ob das Wort ›Glück‹ wirklich paßt. Das begreifst du vielleicht, wenn du selbst schwanger wirst.«

»Ich bin gegen Abtreibungen«, sagte Anna. »So ist es einfach.«

»Abzutreiben bedeutet nicht, daß man ›dafür‹ ist«, sagte Zebra ruhig. »Es kann andere Gründe geben.«

»Welche?«

»Daß man zu jung ist, daß man krank ist.«

»Ich bin gegen Abtreibungen«, wiederholte Anna.

»Ich bin froh, daß ich den Jungen habe«, sagte Zebra. »Aber ich bereue nicht, daß ich mit fünfzehn abgetrieben habe.«

Linda war überrascht. Auch Anna, konnte sie sehen. Sie schien wie versteinert und starrte Zebra an.

»Herrgott«, sagte Zebra. »Warum starrt ihr so? Ich war damals fünfzehn. Was hättet ihr denn getan?«

»Vermutlich nichts anderes«, antwortete Linda.

»Ich nicht«, sagte Anna. »Abtreibung ist Sünde.«

»Jetzt hörst du dich an wie ein Pastor.«

»Ich sage nur, was ich meine.«

Zebra zuckte die Schultern. »Ich dachte, dies sei ein Frauengespräch. Wenn man mit seinen Freundinnen nicht über Abtreibung sprechen kann, mit wem dann?«

Anna stand abrupt auf. »Ich muß gehen«, sagte sie. »Ich habe etwas vergessen.«

Sie verließ das Café. Linda fand es sonderbar, daß sie nicht einmal dem Jungen tschüß sagte, der auf dem Fußboden saß.

»Was ist denn in sie gefahren?« sagte Zebra. »Man könnte meinen, daß sie selbst eine Abtreibung hinter sich hat, aber nicht darüber reden will.«

»Vielleicht ist es so«, sagte Linda. »Was weiß man eigentlich über die Menschen? Man glaubt, daß man etwas weiß. Aber die Wahrheit ist häufig eine Überraschung.«

Zebra und Linda blieben länger, als sie vorgehabt hatten. Die Stimmung war verändert, nachdem Anna gegangen war. Sie kicherten und tuschelten, als wären sie wieder Teenager. Linda begleitete Zebra und den Jungen nach Hause. Sie trennten sich vor ihrer Haustür.

»Was wird Anna tun, glaubst du?« fragte Zebra. »Die Freundschaft aufkündigen?«

»Sie sieht bestimmt noch ein, daß sie komisch reagiert hat.«

»Ich bin mir da nicht so sicher«, sagte Zebra. »Aber ich hoffe, du hast recht.«

Linda ging nach Hause. Sie legte sich aufs Bett und schloß die Augen. Langsam begann sie wegzudämmern. Ihre Gedanken wanderten. Jetzt war sie wieder auf dem Weg zu dem See, wo jemand brennende Schwäne gesehen zu haben meinte und bei der Polizei anrief. Plötzlich fuhr sie hoch. Sie hatte Martinsson sagen hören, daß sie einen Anruf kontrollieren wollten, der in der Notrufzentrale eingegangen war. Alle Anrufe wurden auf Band aufgenommen. Das hieß, daß auch der Anruf wegen der brennenden Schwäne auf einem Band sein mußte. Linda konnte sich nicht erinnern, einen Kommentar darüber gehört zu haben, wie der Mann gesprochen hatte. *Es gab einen Norweger, der Torgeir Langaas hieß.* Amy Lindberg hatte auch jemanden gehört, der Dänisch oder Norwegisch sprach. Linda sprang aus dem Bett. Wenn der Anrufer mit einem Akzent spricht, wissen wir, daß es eine Verbindung gibt zwischen den brennenden Tieren und dem Mann, der das Haus hinter der Kirche in Lestarp gekauft hat.

Sie trat auf den Balkon. Es war zehn Uhr. Die Luft war kühl. Bald Herbst, dachte sie, bald Frost. Dann wird es unter meinen Füßen klirren, wenn ich endlich Polizistin geworden bin.

Das Telefon klingelte. Es war ihr Vater. »Ich wollte nur sagen, daß ich zum Essen nicht nach Hause komme.«

»Es ist zehn Uhr! Ich habe schon lange gegessen.«

»Ich bleibe wohl noch ein paar Stunden hier.«

»Hast du Zeit für mich?«

»Was meinst du damit?«

»Ich hatte vor, einen Spaziergang zum Präsidium hinauf zu machen.«

»Ist es wichtig?«

»Vielleicht.«

»Fünf Minuten. Mehr nicht.«

»Ich brauche zwei Minuten. Es werden doch alle Gespräche, die bei der Notrufzentrale eingehen, auf Band aufgenommen?«

»Ja.«

»Wie lange werden die Bänder aufgehoben?«

»Ein Jahr. Warum fragst du?«

»Das sage ich dir, wenn ich komme.«

Als Linda das Präsidium betrat, war es zwanzig vor elf. Ihr Vater holte sie in der verwaisten Anmeldung ab. Sein Zimmer war völlig verqualmt.

»Wer ist denn hier gewesen?«

»Boman.«

»Wer ist das?«

»Der Staatsanwalt.«

Linda erinnerte sich plötzlich an eine Staatsanwältin.

»Und wohin ist sie verschwunden?«

»Wer?«

»Die, in die du verliebt warst. Die Staatsanwältin.«

»Das ist lange her. Ich habe mich damals blamiert.«

»Erzähl.«

»Seine schlimmsten Peinlichkeiten soll man für sich behalten. Wir haben jetzt andere Staatsanwälte. Boman ist einer von ihnen. Ich bin der einzige, der ihn in seinem Zimmer rauchen läßt.«

»Man kriegt ja kaum Luft hier drin!«

Sie öffnete ein Fenster. Eine kleine Porzellanfigur, die auf der Fensterbank stand, fiel auf den Boden und zerbrach.

»Oh, das tut mir leid.«

Sie hob die Scherben auf. Sie meinte, die kleine Skulptur schon vor langer Zeit einmal gesehen zu haben. Sie stellte einen schwarzen Stier in Angriffsstellung dar.

»Vielleicht kann man ihn kleben.«

»Ich habe schon oft daran gedacht, ihn wegzuwerfen. Er weckt keine angenehmen Erinnerungen.«

»Welche denn?«

Er schüttelte abwehrend den Kopf. »Nicht jetzt. Was wolltest du denn?«

Linda erklärte ihm, warum sie gekommen war. Die Porzellanscherben legte sie auf seinen Schreibtisch.

»Du hast recht«, sagte er, nachdem sie geendet hatte.

Er stand auf und machte ihr ein Zeichen mitzukommen. Im Flur stießen sie mit Stefan Lindman zusammen, der einen Stapel mit Aktenmappen trug.

»Leg die Mappen weg und komm mit«, sagte Wallander.

Sie gingen ins Archiv, wo die Bänder aufbewahrt wurden. Kurt Wallander rief einen der Kollegen zu sich, die die eingehenden Anrufe entgegennahmen. »Am 21. August«, sagte er. »Abends. Ein Mann ruft an und erklärt, über dem Marebosjö brennende Schwäne gesehen zu haben.«

»Da hatte ich keinen Dienst«, sagte der Kollege, nachdem er ein Journal durchgesehen hatte, das auf einem Regal lag. »An dem Abend waren Underskóld und Sundin hier.«

»Ruf sie an.«

Der Kollege schüttelte den Kopf. »Underskóld ist in Thailand«, sagte er. »Und Sundin nimmt an einem Seminar über Satellitenfahndung in Deutschland teil. Die zu erreichen dürfte schwer werden.«

»Und das Band?«

»Das kann ich dir raussuchen.«

Sie sammelten sich um das Tonbandgerät. Zwischen einem Bericht über einen mutmaßlichen Autodieb und dem Lallen eines Betrunkenen, der wissen wollte, ob man ihm helfen könne, seine Mutter zu suchen, befand sich der Anruf wegen der brennenden Schwäne. Linda zuckte zusammen, als sie die Stimme hörte. Der Mann versuchte, Schwedisch ohne Akzent zu sprechen. Aber es gelang ihm nicht. Sie ließen das Band immer wieder vor und zurück laufen.

Notrufzentrale: *Polizei.*

Anrufer: *Ich will nur mitteilen, daß brennende Schwäne über dem Marebosjö fliegen.*

Notrufzentrale: *Brennende Schwäne?*

Anrufer: *Ja.*

Notrufzentrale: *Brennende was?*

Anrufer: *Brennende Schwäne über dem Marebosjö.*

Dann war das Gespräch vorüber. Kurt Wallander hatte Kopfhörer bekommen. Er reichte sie an Stefan Lindman weiter. »Der Mann spricht mit einem Akzent. Kein Zweifel. Ich finde, es hört sich wie Dänisch an.«

Oder Norwegisch, dachte Linda. Was ist eigentlich der Unterschied?

»Ich kann nicht sagen, ob es Dänisch ist«, meinte Stefan Lindman, als er die Kopfhörer an Linda weitergab.

»Er sagt ›brinnende Sweene‹«, sagte Linda, als sie die Kopfhörer abnahm. »Ist das Dänisch oder Norwegisch? Oder beides?«

»Das müssen wir klären«, sagte Kurt Wallander. »Aber es ist unglaublich peinlich, daß eine Polizeiaspirantin uns daran erinnern mußte.«

Sie verließen den Raum, nachdem Kurt Wallander Anweisung gegeben hatte, daß das Band zugänglich bleiben sollte. Dann zog er mit den anderen im Schlepptau in den Eßraum. An einem der Tische hockten ein paar Verkehrspolizisten, an einem anderen Nyberg mit zweien seiner Techniker.

Kurt Wallander nahm eine Tasse Kaffee und setzte sich an eins der Telefone. »Aus irgendeinem Grund habe ich diese Nummer im Kopf«, sagte er.

Er wartete mit dem Hörer am Ohr. Jemand meldete sich. Das Gespräch war kurz. Er bat seinen Gesprächspartner, sofort ins Präsidium zu kommen. Linda hatte den Eindruck, daß die Person am anderen Ende der Leitung nicht die geringste Lust hatte, das zu tun.

»Dann schicke ich dir einen Wagen mit Blaulicht und eingeschalteten Sirenen«, sagte Kurt Wallander. »Und laß dir Handschellen anlegen, damit deine Nachbarn sich fragen, was du angestellt hast.«

Er legte auf.

»Christian Thomassen, Steuermann auf einer der Polenfähren«, sagte er. »Er ist Quartalssäufer. Aber wir haben Glück, er ist auf Antabus. Er ist Norweger und dürfte in der Lage sein, den Akzent zu erkennen.«

Siebzehn Minuten später trat einer der größten Männer, die Linda je gesehen hatte, durch die Eingangstür des Polizeipräsidiums. Er hatte enorme Füße, die in riesigen Gummistiefeln steckten. Er war an die zwei Meter groß, hatte einen Bart bis auf die Brust und eine Tätowierung auf dem kahlen Schädel. Als er sich setzte, stand Linda auf, um sehen zu können, was die Tätowierung darstellte. Es war eine Kompaßrose.

Christian Thomassen lachte sie an. »Die Nadel weist genau in südsüdwestliche Richtung«, sagte er. »Dann fährt man direkt in den Sonnenuntergang. Wenn der Tod mich einholt, soll er sich nicht nach der Richtung fragen müssen.«

»Dies hier ist meine Tochter«, sagte Kurt Wallander. »Kannst du dich an sie erinnern?«

»Vielleicht. Ich erinnere mich nicht an so viele Menschen. Auch wenn ich selbst noch nicht im Schnaps ertrunken bin, sind die meisten meiner Erinnerungen untergegangen.«

Er streckte ihr die Hand hin und grüßte sie. Linda fürchtete, er würde ihre Hand zerquetschen. Gleichzeitig dachte sie, daß seine Art zu sprechen sie an den Mann auf dem Tonband erinnerte.

»Dann gehen wir«, sagte Wallander. »Ich möchte, daß du dir ein Tonband anhörst.«

Christian Thomassen horchte aufmerksam. Viermal bat er, die Stimme noch einmal hören zu können. Als Stefan Lindman zum fünften Mal zurückspulen wollte, hob er die Hand. Es war nicht mehr nötig. »Der Mann auf dem Band ist Norweger«, sagte er. »Nicht Däne. Ich versuche herauszuhören, aus welcher Gegend in Norwegen er stammt. Aber das kann ich nicht. Vermutlich lebt er schon lange nicht mehr in Norwegen.«

»Heißt das, daß er lange in Schweden gewesen ist?«

»Nicht unbedingt.«

»Aber du bist sicher, daß er Norweger ist?«

»Auch wenn ich seit neunzehn Jahren in Ystad wohne und ungefähr acht davon gesoffen habe, meinen Ursprung habe ich noch nicht ganz vergessen.«

»Dann danken wir dir«, sagte Kurt Wallander. »Sollen wir dich nach Hause fahren?«

»Ich bin mit dem Rad da«, sagte Christian Thomassen und lachte. »Wenn ich saufe, kann ich das nicht. Dann kipp ich um und brech mir was.«

»Ein merkwürdiger Mann«, sagte Wallander, als sie wieder allein waren. »Er hat eine sehr schöne Baßstimme. Wäre er nicht so faul und hätte er nicht so viel getrunken, hätte er eine Karriere als Opernsänger machen können. Ich vermute, er könnte als größter Baß der Welt bekannt geworden sein, zumindest körperlich.«

Sie gingen in Wallanders Zimmer. Stefan Lindman betrachtete die Porzellanscherben, ohne etwas dazu zu sagen.

»Ein Norweger«, sagte Kurt Wallander. »Damit wissen wir, daß der Mann, der die Schwäne verbrannte, auch den Laden in Brand gesteckt hat. Auch wenn wir es vorher schon geahnt haben. Es dürfte kein Zweifel bestehen, daß er auch das Kalb getötet hat. Die Frage ist nur, ob er es auch war, der in einer Waldhütte saß, als Birgitta Medberg vorbeikam.«

»Die Bibel«, sagte Stefan Lindman.

Kurt Wallander schüttelte den Kopf. »Die ist schwedisch. Außerdem ist es unseren Leuten gelungen, einen Teil des zwischen den Zeilen geschriebenen Textes zu entziffern. Es ist Schwedisch.«

Es wurde still im Zimmer. Linda wartete. Stefan Lindman schüttelte den Kopf. »Ich muß schlafen«, sagte er. »Ich kann überhaupt nicht mehr denken.«

»Morgen früh um acht«, sagte Wallander.

Stefans Schritte verhallten im Flur. Lindas Vater gähnte.

»Du mußt auch schlafen«, sagte Linda.

Er nickte. Dann streckte er sich nach den Porzellanscherben. »Vielleicht ist es richtig so, daß er kaputtgegangen ist«, sagte er. »Ich habe ihn vor mehr als dreißig Jahren gekauft. Es war in einem Sommer, als ein Freund und ich nach Spanien gefahren sind. Ich hatte Mona schon getroffen, und es war mein letzter Sommer in Freiheit. Wir kauften einen alten Wagen und fuhren nach Spanien, um hübsche Carmencitas zu jagen. Wir wollten nach Südspanien. Doch in der Nähe von Barcelona gab der Wagen den Geist auf. Ich glaube, wir hatten fünfhundert Kronen dafür bezahlt. Wir ließen ihn in einem staubigen Dorf stehen und nahmen einen Bus nach Barcelona. An die folgenden vierzehn Tage habe ich nur sehr vage Erinnerungen. Ich habe meinen Freund gefragt, aber er hatte womöglich noch weniger Erinnerungen als ich. Wir haben ununterbrochen gesoffen, von morgens bis abends. Abgesehen von ein paar Huren kann ich mich nicht erinnern, daß wir je in die Nähe der schönen Carmencitas kamen, von denen wir geträumt hatten. Als das Geld zur Neige ging, sind wir schließlich nach Schweden zurückgetrampt. Diesen Stier, den kaufte ich, kurz bevor wir Spanien verließen. Ich hatte vor, ihn Mona zu schenken. Aber sie war so böse auf mich, daß ich ihn ihr nie schenkte. Ich fand ihn in einer Schublade, als wir uns trennten. Da nahm ich ihn mit hierher. Und jetzt ist er kaputt. Vielleicht ist es richtig so.«

Er verstummte. Linda hatte das Gefühl, daß die Geschichte noch nicht zu Ende war.

»Der Freund damals, das war Sten Widén«, sagte er. »Jetzt stirbt er an Krebs, und der schwarze Stier geht kaputt.«

Linda wußte nicht, was sie sagen sollte. Sie schwiegen beide. Sie versuchte, sich ihn vor dreißig Jahren vorzustellen, kurz bevor sie geboren wurde. Damals hat er wohl mehr gelacht, dachte sie. Ein Glück, daß ich nicht so trübsinnig geworden bin wie er.

Kurt Wallander stand auf. »Du hast recht. Wir brauchen Schlaf. Ich brauche Schlaf. Es ist schon Mitternacht.«

Es klopfte an der Tür. Einer der Kollegen aus der Notrufzentrale kam herein. »Dies ist gerade gekommen«, sagte er.

Er reichte Kurt Wallander ein Fax.

»Aus Kopenhagen. Jemand mit Namen Knud Pedersen.«

»Ja, den kenne ich.«

Der Polizist ging. Lindas Vater überflog das Fax, setzte sich dann aber auf den Tisch und las es gründlich. Linda sah ihm an, daß es wichtig war.

»Eigentümlich«, sagte er. »Knud Pedersen, den ich seit langem kenne, ist ein wacher Polizist. Sie haben dort einen Mordfall, eine Prostituierte, Sylvi Rasmussen. Ihr wurde das Genick gebrochen. Das Seltsame war, daß sie die Hände gefaltet hatte wie zum Gebet. Sie waren nicht abgeschlagen. Aber Pedersen, der davon gelesen hat, womit wir es hier zu tun haben, dachte, ich sollte das wissen.«

Er ließ das Fax auf den Schreibtisch fallen. »Wieder Kopenhagen«, sagte er.

Linda wollte noch eine Frage stellen. Er hob die Hand. »Wir müssen schlafen«, sagte er. »Müde Polizisten geben denen, die sie jagen, immer einen unnötigen Vorsprung.«

Sie verließen das Polizeipräsidium.

Kurt Wallander schlug vor, zu Fuß nach Hause zu gehen. »Laß uns über etwas ganz anderes reden«, sagte er. »Etwas, was die Gedanken reinigt.«

Sie gingen nach Hause in die Mariagata, ohne ein einziges Wort zueinander zu sagen.

40

Jedesmal wenn er seine Tochter sah, war ihm, als würde ihm plötzlich der Boden unter den Füßen weggezogen, er begann zu fallen, und es konnte Minuten dauern, bis er sein Gleichgewicht wiedergefunden hatte.

Bilder aus seinem früheren Leben flimmerten in seinem Gehirn vorüber. Er hatte schon in Cleveland beschlossen, sein Leben als in drei Phasen eingeteilt zu betrachten, oder Räume vielleicht, die voneinander getrennt waren. Das erste Leben war die Zeit, bevor er aufgebrochen war und alles hinter sich ließ. Er nannte es selbst die Zeit der Leere, es war vor seiner Begegnung mit dem gefallenen Engel, den er für Gott gehalten hatte. Das zweite Leben, die Zeit des gefallenen Engels, waren die Jahre, in denen er Jim Jones auf der Auswanderung ins Paradies gefolgt war, das im Dschungel von Guyana wartete. Da war die Leere durch eine zur Wahrheit verkleidete Lüge ersetzt worden. Dann folgte die Zeit, in der er sich jetzt befand, die wahre Zeit, die bald vollendet werden sollte. Gott hatte ihn auf die Probe gestellt und ihn für würdig befunden, die Wahrheit wiederaufzurichten.

Für gewöhnlich trug er die Erinnerung an all das, was gewesen war, mit einer großen Ruhe. Er kontrollierte häufig seinen Puls, und der war immer gleich, wie erregt er auch sein mochte. ›Wie das federbekleidete Tier sollst du den Haß und die Lüge und den Zorn von dir abschütteln‹, hatte Gott in einem Traum zu ihm gesagt. Nur wenn er seine Tochter traf, überkam ihn Schwäche. Wenn er sie vor sich sah, traten auch die anderen Gesichter vor sein inneres Auge. Vor allem Maria und das Kind. Die in dem dampfenden Morast zurückgeblieben und verfault waren, den der wahnsinnige Jim Jones zum Paradies auserwählt hatte. Er spürte zuweilen eine brennende Sehnsucht nach den beiden Toten und empfand zugleich eine Schuld, weil er sie nicht hatte retten können.

Gott hat diese Opfer gefordert, um mich auf die Probe zu stellen, dachte er. Im Gesicht seiner Tochter sah er auch Sue-Mary in Cleveland, er sah den alten Mann in Caracas, der über seine Papiere gewacht hatte. Er sah die beiden Leben, die er durchschritten hatte, und der Boden unter seinen Füßen fühlte sich erst wieder fest an, wenn all diese Bilder vorübergezogen waren. ›Deine Erinnerungen sollen sein wie ein Vogelzug, der sich mit lautlosen Schwingen über den Himmel bewegt‹, hatte Gott gesagt. ›Du siehst sie kommen und du siehst sie verschwinden. Mehr ist die Erinnerung nicht.‹

Er traf seine Tochter zu verschiedenen Zeiten und an verschiedenen Orten. Seit dem Tag, an dem er sich ihr gezeigt hatte und aus seiner Unsichtbarkeit getreten war, hatte er ständig darüber gewacht, daß sie ihm nicht wieder abhanden kam. Oft hatte er sie überrascht. Einmal hatte er ihr Auto gewaschen, gerade als sie sich wiedergefunden hatten. Er hatte einen Brief an ihre Adresse in Lund geschickt, als er sie im Versteck hinter der Kirche in Lestarp treffen wollte. Manchmal hatte er ihre Wohnung benutzt, um wichtige Telefonate zu führen, und einmal hatte er sogar dort übernachtet.

Einst habe ich sie verlassen, hatte er gedacht. Jetzt muß ich der Stärkere sein, damit sie mich nicht verläßt. Er hatte zunächst mit der Möglichkeit gerechnet, daß sie ihm nicht würde folgen wollen. Dann hätte er sich wieder unsichtbar gemacht. Doch schon nach den drei ersten Tagen hatte er erkannt, daß er sie zu einer der Auserwählten machen könnte. Was ihn vor allem anderen überzeugte, das war der eigenartige Zufall, daß seine Tochter die Frau kannte, die Torgeir, als sie eins der geheimen Verstecke entdeckte, getötet hatte. Da hatte er begriffen, daß sie in all den Jahren seiner Abwesenheit auf ihn gewartet hatte.

Jetzt traf er sie erneut, diesmal in ihrer Wohnung. Mehrmals hatte er die Wohnung besucht, ohne daß sie davon wußte. Einmal hatte er auch dort geschlafen. Sie stellte einen Blumentopf ins Fenster als Zeichen, daß er hereinkommen konnte. Aber ein paarmal hatte er die Tür mit den Schlüsseln, die sie ihm gegeben hatte, aufgeschlossen, ohne sich um den Blumentopf zu kümmern. Gott sagte ihm, wann er ohne Risiko die Welt seiner Tochter besuchen konnte. Er hatte ihr erklärt, wie wichtig es war, daß sie sich ihren Freundinnen gegenüber wie immer verhielt. Nach außen hin war nichts geschehen, sagte er. Der Glaube wächst in dir bis zu dem Tag, an dem ich sagen kann, daß er aus deinem Körper hervortreten soll.

Jedesmal wenn er sie traf, tat er, was Jim Jones ihn gelehrt hatte – das einzige, was in seiner Erinnerung nicht von Verrat und Haß beschmutzt war. Man sollte immer auf den Atem eines Menschen hören. Vor allem sollte man bei denjenigen genau hinhören, die neu waren und sich vielleicht noch nicht ganz in Demut gebeugt und ihr Leben in die Hände des Führers gelegt hatten.

Er betrat die Wohnung, sie fiel im Flur auf die Knie, und er legte seine Hand auf ihre Stirn und flüsterte die Worte, die sie nach Gottes Willen hören sollte. Gleichzeitig tastete er vorsichtig mit den Fingerspitzen nach einer Ader, an der er ihren Puls fühlen konnte. Sie zitterte, hatte aber jetzt weniger Angst. Es begann, natürlich für sie zu werden, all das, was ihr Leben veränderte.

»Ich bin hier«, flüsterte er.

»Ich bin hier«, antwortete sie.

»Was sagt der Herr?«

»Er fordert meine Anwesenheit.«

Er streichelte ihre Wange. Sie standen auf und gingen in die Küche. Sie hatte das Essen, das er sich wünschte, auf den Tisch gestellt, Salat, Knäckebrot, zwei Stück Fleisch. Er aß langsam und schweigend. Als er fertig war, trug sie die Schale mit Wasser herbei, wusch seine Hände und gab ihm eine

Tasse Tee. Er sah sie an und fragte, wie es ihr seit ihrem letzten Treffen ergangen sei. Besonders ihre Freundinnen interessierten ihn, vor allem die junge Frau, die nach ihr gesucht hatte.

Er hatte nur eben einen Schluck Tee getrunken und ihren ersten Worten gelauscht, als er spürte, daß sie nervös war. Er sah sie an und lächelte. »Was quält dich?«

»Nichts.«

Er faßte ihre Hand und drückte zwei ihrer Finger in den heißen Tee. Sie zuckte zusammen, doch er hielt ihre Hand fest, bis er sicher war, daß sie Brandblasen bekommen würde. Sie fing an zu weinen.

Er hob die Hand. »Gott fordert Wahrheit«, sagte er. »Du weißt, daß ich recht habe, wenn ich sage, daß dich etwas beunruhigt. Ich muß wissen, was es ist.«

Da erzählte sie, was Zebra gesagt hatte, als sie im Café gesessen hatten und der Junge auf dem Fußboden spielte. Er merkte, daß sie nicht sicher war, ob sie richtig handelte, die Schwäche war noch da, ihre Freundinnen waren immer noch wichtig. Er fand das nicht merkwürdig, es war eher verwunderlich, daß es so schnell gegangen war, sie zu verändern.

»Es ist richtig von dir, dies zu erzählen«, sagte er, als sie verstummt war, »und es ist gleichzeitig richtig, zu zeigen, daß du im Zweifel bist. Im Zweifel zu sein bedeutet, sich zu rüsten für den Kampf für die Wahrheit, sie nicht für selbstverständlich zu halten. Verstehst du, was ich dir sage?«

»Ja.«

Er sah sie an, lange, forschend. Sie ist meine Tochter, dachte er. Sie hat meine Ernsthaftigkeit geerbt.

Er blieb noch eine Weile und erzählte ihr von seinem Leben. Er wollte die große Lücke füllen, all die Jahre, die er fort gewesen war. Es würde ihm nie gelingen, sie dazu zu bewegen, ihm zu folgen, wenn er ihr nicht klarmachen konnte, daß seine Abwesenheit von Gott beschlossen worden war. *Das war meine Wüste*, sagte er mehrfach. *Ich wurde nicht dreißig Tage hinausgesandt, sondern vierundzwanzig Jahre.*

Als er ihre Wohnung verließ, war er sicher, daß sie ihm folgen würde. Außerdem hatte sie ihm das Wichtigste von allem gegeben, die Möglichkeit, eine Sünderin zu strafen. Er drehte sich noch einmal um, als er auf die Straße trat. Hinter dem Küchenfenster ahnte er ihr Gesicht.

Torgeir wartete wie abgesprochen am Postamt. Sie hatten sich angewöhnt, für ihre Treffen stets öffentliche Plätze zu wählen. Das Gespräch war kurz. Bevor sie sich trennten, senkte Torgeir die Stirn und hielt sie ihm hin. Er fühlte mit den Fingerspitzen, daß sein Puls normal war. Es verwunderte ihn jedesmal von neuem, auch wenn er wußte, daß Gottes Hand ein Wunder gewirkt hatte, als es ihm gelungen war, Torgeir zu retten. Der zittrige, gebrochene Mann, den er in Cleveland aus der Gosse geholt hatte, war sein bester Organisator, sein erster Jünger geworden.

Sie trafen sich am selben Abend auf dem Parkplatz. Der Abend war mild, bewölkt, es würde zur Nacht hin wohl regnen. Der Lastwagen war gegen einen Bus ausgetauscht worden, den Torgeir bei einer Firma in Malmö gestohlen und mit einem anderen Nummernschild versehen hatte. Sie fuhren nach Osten, an Ystad vorbei, und gelangten auf Nebenstraßen nach Klavestrand. Sie hielten bei der Kirche, die auf einem Hügel lag. Das nächste Wohnhaus war vierhundert Meter entfernt, auf der anderen Seite der Straße nach Tomelilla. Niemand würde den Bus beachten, der dort abgestellt war. Torgeir schloß mit dem Schlüssel, den er beschafft hatte, die Kirchentür auf. Sie benutzten abgeblendete Taschenlampen, als sie Leitern aufstellten und die Fenster, die zur Straße wiesen, mit aufgeschnittenen schwarzen Plastiksäcken abdeckten. Dann entzündeten sie Kerzen am Altar. Ihre Schritte waren lautlos, das Schweigen vollkommen.

Torgeir kam zu ihm in die Sakristei, als er sich vorbereitete. Torgeir sagte, daß alles fertig sei.

»Ich lasse sie heute nacht warten«, sagte Erik.

Er reichte Torgeir das Tau. »Leg es vor den Altar. Das Tau flößt Furcht ein. Die Furcht flößt Treue ein.«

Torgeir ließ ihn allein.

Er saß am Tisch des Pastors, vor sich eine brennende Kerze. Wenn er die Augen schloß, meinte er, wieder zurück im Dschungel zu sein. Jim Jones kam von seiner Hütte herüber, der einzigen, die über einen Generator für elektrischen Strom verfügte. Jim war immer ordentlich gekämmt. Die Zähne weiß, das Lächeln wie eine ins Gesicht geschnittene Öffnung. Jim war ein schöner Engel, dachte er. Auch wenn er ein gefallener Engel war, ein schwarzer Engel. Ich kann nicht verhehlen, daß es Augenblicke zusammen mit ihm gab, in denen ich vollkommen glücklich war. Ich kann auch nicht verhehlen, daß ich das, was ich von Jim bekam, oder das, was ich mir von ihm erträumte, daß ich das jetzt den Menschen geben will, die mir folgen. Ich habe den gefallenen Engel gesehen, ich weiß, was ich tun muß.

Er legte die Arme auf den Tisch und ließ den Kopf darauf ruhen. Sie sollten dort draußen sitzen und auf ihn warten. Das Tau vor dem Altar war eine Erinnerung an die Furcht, die sie vor ihm empfanden. Wenn Gottes Wege unergründlich waren, mußten es auch die seines irdischen Meisters sein. Er wußte, daß Torgeir nicht wieder hereinkommen würde. Er begann zu träumen, sich langsam in den Traum zu versenken. Es war wie ein Abstieg in die Unterwelt, eine Unterwelt, in der die Hitze des Dschungels durch die kalten Steinwände der schonischen Kirche drang. Er dachte an Maria und das Kind; er schlief.

Es war vier Uhr am Morgen, als er mit einem Ruck erwachte. Zuerst wußte er nicht, wo er sich befand. Er stand auf und lockerte seinen von der unbequemen Stellung steif gewordenen Körper. Dann wartete er einige Minuten und betrat die Kirche. Sie saßen in den vordersten Bänken aufgereiht, steif, verängstigt, wartend. Er blieb stehen und sah sie an, bevor sie ihn bemerkten. Ich könnte sie alle töten, dachte er. Ich könnte sie dazu bringen, sich die Hände abzuhacken und sich selbst zu essen. Immer noch habe ich auch diese Schwäche, dachte er. Nicht nur meine Erinnerungen sind meine Schwäche. Auch daß ich nicht wirklich wage, den Menschen, die meine Gefolgsleute sind, ganz zu vertrauen. Ich fürchte die Gedanken, die sie, wie ich glaube, haben, die Gedanken, die ich nicht kontrollieren kann. Er stellte sich vor den Altar. In dieser Nacht würde er von den Zugvögeln sprechen. Er würde jetzt anfangen, von dem großen Auftrag zu sprechen, der auf sie wartete, dem Grund dafür, daß sie die lange Reise nach Schweden gemacht hatten. Heute nacht würde er die ersten Worte dessen aussprechen, was das fünfte Evangelium werden würde.

Er nickte Torgeir zu, der den braunen heiligen Koffer öffnete, der am Boden neben dem zusammengerollten Tau stand. Es war ein alter Koffer mit verzierten Eisenbeschlägen. Torgeir ging an der Reihe von Menschen vorbei und teilte die Totenmasken aus. Sie waren weiß wie die Masken der Pantomime, ganz befreit vom Ausdruck der Freude oder der Trauer.

Die Idee mit den Masken war ihm eines Nachmittags bei einer Offenbarung gekommen, als er an Sue-Marys Sterbebett gewacht hatte. Er hatte ihr Gesicht betrachtet. Sie schlief, der Kopf war ins Kissen gesunken. Plötzlich war ihm, als verwandelte es sich in eine Maske, ein weißes, erstarrtes Gesicht. Gott schuf den Menschen zu seinem Ebenbild, dachte er, aber niemand kennt Gottes Gesicht. Unsere Leben sind sein Atem, die Luft, die wir atmen. Aber niemand kennt sein Gesicht. Die weiße Maske müssen wir tragen, um uns selbst auszulöschen und in ihm aufzugehen, in ihm, der uns erschaffen hat.

Er sah, wie sie die Masken anlegten. Er wurde stets vom gleichen Gefühl der Kraft und der Macht erfüllt, wenn er sah, wie sie ihre Gesichter verbargen.

Als letzter von allen legte Torgeir die Maske an. Der einzige, der keine Maske trug, war er selbst.

Auch das hatte er von Jim gelernt. In der ersten Zeit war es vorgekommen, daß eine der Frauen, die mit Jim lebten und seine Dienerinnen waren, mitten in der Nacht zur Hütte kam und ihn weckte und sagte, daß Jim mit ihm sprechen wolle. Er sprang aus dem Bett, schlaftrunken und auch ein bißchen ängstlich. Er fürchtete Jim, fühlte sich in seiner Nähe immer klein und unbedeutend. Jim pflegte in einer Hängematte auf seiner Veranda zu sitzen, die mit Mückennetzen verhängt war. Neben ihm stand ein Stuhl, auf dem seine Gäste Platz nahmen. In der Dunkelheit begann Jim von all dem zu sprechen, was geschehen würde. Niemand wagte es, seine Monologe, die oft erst endeten, wenn die Sonne aufging, zu unterbrechen. In einer dieser Nächte, als er Jim noch liebte und nie etwas anderes hätte glauben können, als daß dieser Mann Gottes Diener war, hatte Jim gesagt, daß der Lehrer immer daneben stehen müsse. Die Jünger müssen immer wissen, wo der Meister sich befindet. Er ist der einzige, der keine Maske tragen soll.

Er trat vor sie. Der Augenblick, auf den er so lange gewartet hatte, war da. Er faltete die Hände und drückte den rechten Daumen an die Adern des linken Handgelenks. Sein Puls war normal. Alles war unter Kontrolle. Einmal wird diese Kirche ein Wallfahrtsort werden, dachte er. Die ersten Christen, die in Roms Katakomben starben, sind zurückgekehrt. Die Zeit der gefallenen Engel ist endlich vorüber. Eine Religion, die lange geschlafen hat, betäubt von all dem vergifteten Glauben, der den Menschen in die Adern gespritzt worden ist, ist wieder zum Leben erweckt worden.

Er sprach von den Zugvögeln. Der Mensch hatte keine Flügel. Dennoch konnte er sich über große Entfernungen bewegen, als ob er flöge. Jetzt waren sie lange weg gewesen. Sie hatten in dem großen Dunkel, das über der Erde lag, überwintern müssen. Aber das Licht war nie ganz erloschen. Es war ihnen gelungen, das Licht im Dunkeln am Leben zu erhalten, sie hatten gesehen, daß dort, weit drinnen in den tiefsten und dunkelsten Grotten, die Wahrheit wartete. Jetzt waren sie zurückgekehrt. Sie waren der erste Vogelschwarm, der nach Hause zurückkehrte. Bald würden andere Schwärme folgen. Der Himmel würde bedeckt sein von Zugvogelschwärmen, und jetzt gab es nichts mehr, was sie aufhalten konnte. Gottes Reich auf Erden würde wieder errichtet werden. Sie hatten eine lange Zeit heiliger Kriege vor sich. Gottes Reich sollte von innen heraus erbaut werden. Der erste Schritt war, die Verräter zu entlarven, die sich im Tempel versammelt hatten. Sie würden die gottlosen Häuser niederreißen und von vorn anfangen. Später würden die Kriege gegen die falschen Götter beginnen, die die Welt besudelten. Die Zeit war reif, jetzt würden sie den ersten Schritt tun.

Sie warteten bis zum Morgengrauen in der Kirche. Torgeir stand draußen, ein einsamer Wachposten in dieser, der letzten Stunde der alten Zeit, dachte er. Als sich der erste Streifen grauen Lichts am Horizont zeigte, kam Torgeir zurück in die Kirche. Er sammelte die Masken wieder ein und legte sie in den Koffer.

Der 8. September war der Tag, den er ausersehen hatte. Auch das war ein Traum. Er hatte sich in einer verlassenen Fabrik befunden, Regenwasser und braunes Laub hatten sich auf dem Fußboden gesammelt. An einer Wand hing ein Kalender. Als er erwachte, konnte er sich erinnern, daß das Datum im Traum der 8. September war. Der Tag, an dem alles endet und alles von neuem beginnt.

Im Licht der Dämmerung betrachtete er ihre blassen, verschlossenen Gesichter. Ich sehe Augen, die mich sehen, dachte er. In mir sehen sie, was ich zu sehen glaubte, als ich vor Jim Jones stand. Der Unterschied ist nur, daß ich wirklich der bin, für den ich mich ausgebe. Ich bin der auserwählte Heerführer. Er suchte nach Zeichen, konnte jedoch nicht entdekken, daß einer von ihnen zu zweifeln schien.

Er trat einen Schritt näher und begann wieder zu sprechen. »Die Zeit des Aufbruchs ist gekommen. Die Zugvögel sind gelandet. Ich hatte nicht gedacht, daß wir uns vor dem

Tag sehen, an dem ihr euren großen Auftrag ausführen sollt. Aber heute nacht hat Gott zu mir gesprochen und gesagt, daß noch ein Opfer gebracht werden muß. Wenn wir uns das nächste Mal treffen, wird noch ein Sünder sterben.«

Er griff nach dem Tau und hob es über seinen Kopf. »Wir wissen, was von uns gefordert wird«, fuhr er fort. »Die alten Bücher lehren uns, daß die Strafe Aug um Auge und Zahn um Zahn sein soll. Wer tötet, muß selbst sterben. Wir dürfen keinem Zweifel in uns Raum geben. Gottes Atem ist aus Stahl, er fordert Härte von uns. Wir sind wie die Schlangen, die nach dem langen Winterschlaf aufgetaut sind. Wir sind wie die Eidechsen, die sich hastig in den Felsspalten bewegen und die Farbe wechseln, wenn sie bedroht sind. Auf keine andere Weise als durch Hingabe und Härte werden wir die Leere besiegen können, die die Menschen erfüllt. Die große Finsternis, die lange Zeit des Verfalls und der Ohnmacht, ist endlich vorbei.«

Er verstummte und sah, daß sie verstanden. Er schritt an der Reihe entlang und strich mit der Hand über ihre gesenkten Stirnen. Er gab das Zeichen, daß sie sich erheben sollten. Gemeinsam sprachen sie die heiligen Worte. Er hatte ihnen erzählt, daß die Worte in einer Offenbarung zu ihm gekommen waren. Sie brauchten nicht zu wissen, daß er sie in Wahrheit in seiner Jugend irgendwo gelesen hatte. Oder waren die Worte vielleicht trotzdem in einem Traum zu ihm gekommen? Er wußte es nicht, und es war auch nicht wichtig.

Befreit und von mächtiger Schwingen Gebraus emporgehoben zum Licht

Mit ihm wir verschmelzen und werden zu Licht von seinem heiligen Licht.

Danach verließen sie die Kirche, schlossen ab und bestiegen den Bus. Eine Frau, die am Nachmittag zum Putzen kam, merkte nicht, daß jemand dagewesen war.

Teil 4

DER DREIZEHNTE TURM

41

Linda erwachte vom Klingeln des Telefons. Sie sah auf den Wecker. Viertel vor sechs.

Aus dem Badezimmer kamen Geräusche. Ihr Vater war schon aufgestanden, hörte aber das Telefon nicht. Sie lief in die Küche und nahm ab.

Es war eine Frauenstimme, die sie nicht kannte. »Erreiche ich unter dieser Nummer einen Kriminalbeamten namens Wallander?«

»Wie ist denn Ihr Name?«

»Erreiche ich ihn oder nicht?«

Die Frau sprach ein gepflegtes Schonisch mit Rachen-R. Es ist kaum eine Putzfrau aus dem Präsidium, dachte Linda.

»Er ist gerade nicht zu sprechen. Von wem soll ich ihm etwas ausrichten?«

»Anita Tademan auf Schloß Rannesholm.«

»Wir sind uns schon einmal begegnet. Ich bin seine Tochter.«

Die Frau überhörte ihren Kommentar völlig. »Wann kann ich ihn sprechen?«

»Sobald er aus dem Badezimmer kommt.«

»Es ist dringend.«

Linda notierte die Telefonnummer. Und setzte Kaffeewasser auf. Als das Wasser kochte, kam er in die Küche. Er war so in seine Gedanken vertieft, daß er nicht einmal erstaunt war, sie zu sehen.

»Anita Tademan hat angerufen. Sie sagte, es sei wichtig.«

Er warf einen Blick auf die Uhr. »Das muß es sein. Um diese Uhrzeit.«

Sie wählte die Nummer und reichte ihm den Hörer.

Während er mit Anita Tademan sprach, durchsuchte Linda

den Küchenschrank und stellte fest, daß kein Kaffee mehr da war.

Linda hörte, daß ihr Vater eine Zeit verabredete. Dann legte er auf.

»Was wollte sie denn?«

»Mich treffen.«

»Warum?«

»Um mir etwas zu erzählen, was sie von einem Verwandten gehört hat, der in einem Haus auf den Ländereien von Rannesholm wohnt. Sie wollte nicht am Telefon darüber sprechen, sondern ich soll zum Schloß hinauskommen. Sie hält sich wohl für zu fein, auf dem Polizeipräsidium zu erscheinen. Aber da habe ich ihr die Meinung gesagt. Das hast du vielleicht gehört.«

»Nein.«

Er murmelte etwas Undeutliches und begann, im Schrank nach Kaffee zu suchen.

»Es ist keiner mehr da«, sagte Linda.

»Bin ich eigentlich der einzige hier, der darauf achten muß, daß wir Kaffee im Haus haben?«

Linda wurde sofort ärgerlich. »Ich glaube, du kannst dir gar nicht vorstellen, wie schön es für mich sein wird, hier auszuziehen. Ich hätte nie zurückkommen sollen.«

Er machte eine entschuldigende Geste mit den Armen. »Es ist vielleicht am besten so«, sagte er. »Eltern und Kinder sollten nicht zu eng aufeinanderhocken. Aber wir haben jetzt keine Zeit, uns zu streiten. Beide nicht.«

Sie tranken Tee und blätterten jeder einen Teil der Morgenzeitung durch. Keiner von beiden konnte sich konzentrieren.

»Ich möchte, daß du mitkommst«, sagte er. »Zieh dich an. Ich will dich in der Nähe haben.«

Linda duschte und zog sich so schnell wie möglich an. Aber als sie fertig war, hatte er das Haus schon verlassen. Eine Nachricht war auf den Zeitungsrand gekritzelt. Sie entnahm ihr, daß er in Eile sei. Er ist genauso ungeduldig wie ich, dachte sie.

Sie schaute aus dem Fenster. Das Thermometer zeigte noch immer Hundstagetemperatur an. Zweiundzwanzig Grad. Es regnete. Sie hastete im Laufschritt zum Präsidium. Es ist wie auf dem Schulweg, dachte sie. Die gleiche Angst, zu spät zu kommen.

Ihr Vater telefonierte. Er winkte sie in sein Zimmer. Linda setzte sich auf den Besucherstuhl. Die Porzellanscherben lagen noch auf dem Tisch. Er legte den Hörer auf und erhob sich. »Komm mit.«

Sie gingen zu Stefan Lindman hinein. Ann-Britt Höglund lehnte mit einem Kaffeebecher in der Hand an der Wand. Ausnahmsweise schien sie von Linda Notiz zu nehmen. Jemand hat es ihr gesagt, dachte Linda. Mein Vater wohl kaum. Vielleicht Stefan Lindman.

»Wo ist Martinsson?« fragte Ann-Britt Höglund.

»Er hat gerade angerufen. Eins seiner Kinder ist krank, er kommt etwas später. Aber er wollte von zu Hause aus telefonieren und versuchen, mehr über diese Sylvi Rasmussen in Erfahrung zu bringen.«

»Über wen?« fragte Ann-Britt Höglund.

»Warum drängen wir uns hier?« sagte Kurt Wallander. »Wir setzen uns ins Sitzungszimmer. Weiß jemand, wo Nyberg ist?«

»Er hat noch mit den Kirchen zu tun.«

»Was glaubt er wohl, da noch finden zu können?«

Der letzte Kommentar kam von Ann-Britt. Linda ahnte, daß sie zu denen gehörte, die sich auf den Tag freuten, an dem Nyberg pensioniert würde.

Ihre Besprechung dauerte drei Stunden und zehn Minuten, bis jemand an die Tür klopfte und sagte, daß Wallander Besuch von Anita Tademan habe. Linda fragte sich, ob die Sitzung damit ihren Abschluß gefunden hatte. Aber niemand zeigte sich erstaunt oder unzufrieden, als ihr Vater aufstand.

Auf dem Weg hinaus blieb er neben ihrem Stuhl stehen. »Anna«, sagte er. »Rede weiter mit ihr, besuch sie, hör ihr zu.«

»Ich weiß nicht, worüber ich reden und was ich tun soll. Sie wird mich durchschauen, sie merkt bestimmt, daß ich sie überwache.«

»Du mußt einfach sein wie immer.«

»Ist es nicht besser, wenn du noch einmal mit ihr redest?«

»Doch, aber nicht im Moment.«

Linda verließ das Präsidium. Der Regen hatte etwas nachgelassen. Ein Wagen hupte direkt hinter ihr, so nah, daß sie erschrak. Stefan Lindman bremste und öffnete die Wagentür. »Ich fahr dich nach Hause.«

»Danke.«

Er hatte seine Stereoanlage an. Jazz.

»Magst du Musik?«

»Sehr.«

»Jazz?«

»Lars Gullin. Saxophonspieler. Einer von Schwedens größten Jazzmusikern überhaupt. Viel zu früh gestorben.«

»Ich habe seinen Namen nie gehört. Außerdem mag ich solche Musik nicht.«

»In meinem Wagen bestimme ich, was gespielt wird.« Er schien gekränkt zu sein.

Linda bereute ihre Worte. Auch das habe ich von Vater geerbt, dachte sie. Das Talent, tolpatschige und unsensible Kommentare abzugeben.

»Wohin fährst du?« fragte sie, um die Situation zu glätten.

Er antwortete einsilbig. Immer noch gekränkt.

»Sjöbo. Ein Schlosser.«

»Dauert es lange?«

»Ich weiß nicht. Wieso?«

»Ich dachte, ich könnte vielleicht mitfahren. Wenn ich darf.«

»Wenn du die Musik ertragen kannst.«

»Ab sofort liebe ich Jazz.«

Die angespannte Situation hatte sich gelöst. Stefan Lindman lachte und fuhr nach Norden. Er fuhr schnell. Linda verspürte Lust, ihn zu berühren, mit den Fingern über seine Schulter oder seine Wange zu streichen. Sie spürte eine Lust wie schon lange nicht mehr. Ein idiotischer Gedanke fuhr ihr durch den Kopf: daß sie in Sjöbo in ein Hotel gehen würden. Doch da gab es bestimmt kein Hotel. Sie versuchte den Gedanken abzuschütteln, ohne Erfolg. Der Regen sprühte gegen die Windschutzscheibe. Der Saxophonist spielte jetzt hohe, schrille und schnelle Tonfolgen. Linda versuchte eine Melodie auszumachen, aber sie fand keine.

»Wenn du nach Sjöbo fährst, um mit einem Schlosser zu reden, muß es mit der Ermittlung zu tun haben. Einer der Ermittlungen. Wie viele laufen eigentlich?«

»Birgitta Medberg eine, Harriet Bolson eine, die verbrannten Tiere eine, und dazu die abgebrannten Kirchen. Dein Vater will sie zusammenfassen. Und der Staatsanwalt hat zugestimmt. Bis auf weiteres.«

»Und der Schlosser?«

»Er heißt Håkan Holmberg. Er ist kein gewöhnlicher Schlosser, der ganz allgemein Zweitschlüssel anfertigt, sondern er macht Kopien von alten Schlüsseln. Als er hörte, daß die Polizei sich fragt, wie die abgebrannten Kirchen geöffnet worden waren, fiel ihm ein, daß er vor einigen Monaten zwei Schlüssel angefertigt hatte, die sehr wohl für Kirchentüren passen konnten. Ich will sehen, ob ihm noch mehr einfällt. Seine Werkstatt liegt im Zentrum von Sjöbo. Martinsson kennt ihn vom Hörensagen. Er hat Preise gewonnen für schöne Schlüssel, die er gemacht hat. Außerdem ist er offenbar sehr belesen und hält Sommerkurse in Philosophie ab.«

»In der Werkstatt?«

»Es ist anscheinend ein Hof. Martinsson hat selbst einmal überlegt mitzumachen. Die Teilnehmer müssen die Hälfte der Zeit in der Schmiede arbeiten, und die übrige Zeit diskutieren sie über philosophische Fragen.«

»Kaum was für mich«, sagte Linda.

»Aber vielleicht für deinen Vater?«

»Noch weniger.«

Die Musik hatte den Charakter gewechselt. Es war jetzt eine langsame Ballade. Linda fand plötzlich die Melodie, die ihr bisher gefehlt hatte. Sie lauschte und dachte von neuem an das Hotel, in das sie nicht gehen würden.

Sie kamen nach Sjöbo und hielten vor einem roten Backsteinhaus, an dessen einem Giebel als Schild ein großer Eisenschlüssel hing.

»Ich sollte vielleicht nicht mit reinkommen?«

»Wenn ich recht verstanden habe, hast du doch schon angefangen zu arbeiten.«

Sie gingen hinein. Ein Mann stand vor einer Esse und nickte ihnen zu. Es war heiß hier drinnen. Er nahm ein Stück glühendes Eisen aus dem Feuer und begann, es zu bearbeiten. »Ich mache nur noch diesen Schlüssel fertig«, sagte er. »Man kann die Arbeit an einem Schlüssel nicht unterbrechen. Dann entsteht eine Zwiespältigkeit im Eisen. Der Schlüssel wird in seinem Schloß nie glücklich werden.«

Sie sahen ihm fasziniert bei der Arbeit zu. Am Ende lag der Schlüssel auf dem Amboß. Håkan Holmberg wischte sich den Schweiß von der Stirn und wusch sich die Hände. Sie gingen hinaus in einen Innenhof, wo Stühle und ein Tisch standen, darauf eine Thermoskanne und Tassen. Sie gaben sich die Hand. Linda fühlte sich albern geschmeichelt, als Stefan Lindman sie als Kollegin vorstellte. Håkan Holmberg servierte Kaffee und setzte einen alten Strohhut auf.

Er bemerkte, daß Linda neugierig die etwas mitgenommene Kopfbedeckung betrachtete. »Das ist einer der wenigen Diebstähle, die ich begangen habe«, sagte er. »Ich verreise jedes Jahr ins Ausland. Vor ein paar Jahren war ich in der Lombardei. Eines Nachmittags befand ich mich irgendwo in der Nähe von Mantua, wo ich ein paar Tage verbrachte, um das Andenken des großen Vergil zu ehren, der dort geboren wurde. Auf einem Acker sah ich eine Vogelscheuche. Welche Beeren oder Früchte sie gegen Vögel schützen sollte, weiß ich nicht. Ich blieb stehen und dachte, daß ich zum erstenmal in meinem Leben Lust bekam, eine kriminelle Handlung zu begehen. Ich wollte mich kurz und gut in einen diebischen Schmied verwandeln. Also schlich ich mich hinaus auf den Acker und stahl der Vogelscheuche den Hut. Manchmal träume ich nachts, daß es keine Vogelscheuche war, sondern ein lebendiger Mensch, der reglos da auf dem Acker stand. Er muß verstanden haben, daß ich ein harmloser und hasenfüßiger Mensch war, der in seinem Leben nie wieder etwas von einem Mitmenschen stehlen würde. Deshalb ließ er sich aus Erbarmen bestehlen. Vielleicht war es ein zurückgebliebener Franziskanermönch, der in der verzweifelten Hoffnung, eine gute Tat tun zu können, da draußen auf dem Acker stand? Auf jeden Fall war es ein großes und umwälzendes Erlebnis, diese Tat zu begehen.«

Linda schielte zu Stefan Lindman hinüber und fragte sich, ob er wohl wußte, wer Vergil war. Und Mantua? Wo lag das? War es eine Landschaft oder eine Stadt? Es mußte in Italien sein. Wäre Zebra in der Nähe, sie hätte die Antwort gewußt. Sie konnte Stunden damit verbringen, in ihren Atlanten zu schwelgen.

»Die Schlüssel«, sagte Stefan Lindman. »Erzählen Sie.«

»Da ist nicht so viel zu erzählen, außer daß es reiner Zufall war, daß ich überhaupt auf die abgebrannten Kirchen aufmerksam wurde.«

»Wie sollte man denn nicht auf sie aufmerksam werden?« fragte Stefan verwundert. »Es waren doch die wichtigsten Nachrichten in den Medien.«

Håkan Holmberg schaukelte auf seinem Stuhl und holte eine Pfeife aus der Brusttasche seines blauen Overalls. »Indem man weder Fernsehen schaut noch Zeitung liest oder Radio hört«, antwortete er, nachdem er die Pfeife angezündet hatte. »Manche Menschen geben sich selbst ein paar weiße Wochen im Jahr, in denen sie keinen Alkohol trinken. Das ist bestimmt vernünftig. Ich meinerseits habe ein paar Wochen im Jahr, Sie können sie weiß oder schwarz nennen, in denen ich der Umwelt keinerlei Interesse widme. Nachher, wenn ich dieses Informationszölibat beendet habe, zeigt sich immer, daß ich nichts von Bedeutung verpasst habe. Wir leben unter einem Platzregen von Fehlinformation, Gerüchten und sehr wenigen entscheidenden Neuigkeiten. In meinen abstinenten Wochen suche ich Zugang zu einer anderen Form von Information, der, die ich in mir selbst trage.«

Linda fragte sich, ob Håkan Holmberg beabsichtigte, alle seine Antworten zu Vorlesungen auszuweiten. Gleichzeitig konnte sie nicht umhin anzuerkennen, daß er sich gut ausdrückte, er hatte eine Sprachgewandtheit, um die sie ihn beneidete, alle diese Wörter, die sich ganz selbstverständlich einstellten, wenn er sie brauchte.

Stefan Lindman wirkte nicht ungeduldig. »Es war also ein Zufall«, sagte er.

»Einer meiner Kunden kam, um einen Schlüssel zu einer alten Seemannskiste abzuholen, die im 19. Jahrhundert einem Schiff der Admiralität der britischen Flotte gehört hatte. Er erzählte mir von den Bränden und von der Vermutung der Polizei, daß Schlüsseldubletten benutzt worden seien. Da erinnerte ich mich, daß ich ein paar Monate zuvor zwei Schlüssel nach Vorlagen gemacht hatte, die gut und gern von Kirchentüren gewesen sein konnten. Ich sage nicht, daß es so sein muß. Aber ich hatte den Verdacht.«

»Warum?«

»Erfahrung. Kirchenschlüssel haben häufig ein bestimmtes Aussehen. Außerdem gibt es heutzutage nicht so viele andere Türen, die noch mit den Schlössern und Schlüsseln der alten Meister bedient werden. Ich entschloß mich also, die Polizei anzurufen.«

»Und wer hat die Schlüssel bestellt?«

»Er stellte sich als Lukas vor.«

»Nur das?«

»Ja. Herr Lukas. Er war sehr freundlich. Es war eilig, und er bezahlte einen ordentlichen Vorschuß.«

Stefan Lindman holte ein Paket aus der Tasche. Als er es aufschlug, lagen darin zwei Schlüssel.

Håkan Holmberg erkannte sie sofort. »Das sind die Schlüssel, von denen ich Dubletten angefertigt habe.«

Er stand auf und verschwand in der Schmiede.

»Das könnte was bringen«, sagte Stefan Lindman. »Ein seltsamer Mann. Aber er scheint ein gutes Gedächtnis und eine gute Beobachtungsgabe zu haben.«

Håkan Holmberg kam zurück. Er hatte ein altmodisches Journal in der Hand und blätterte darin rückwärts bis zur richtigen Seite. »Hier, am 12. Juni. Herr Lukas liefert zwei Schlüssel ab. Er bittet um Dubletten bis spätestens zum 25. Es ist knapp, weil ich eine Menge anderer Dinge zu tun habe. Aber er bezahlt gut. Auch ich muß Geld verdienen, einerseits, um die Schmiede betreiben zu können, andererseits, um mir einmal im Jahr eine Reise leisten zu können.«

»Was für eine Adresse hat er angegeben?«

»Gar keine.«

»Telefonnummer?«

Håkan Holmberg drehte das Journal zu Stefan um. Der nahm ein Handy und wählte eine Nummer. Er lauschte und schaltete das Handy aus.

»Ein Blumengeschäft in Bjärred«, sagte er. »Wir können davon ausgehen, daß Herr Lukas nichts mit ihm zu tun hat. Und was geschah dann?«

Holmberg blätterte vorwärts. »Ich führe es wie ein Logbuch«, sagte er. »Diese Schmiede ist zwar kein Schiff. Aber die Hammerschläge auf den Amboß klingen trotzdem wie eine Schiffsmaschine. Am 25. Juni holte er die Schlüssel ab und verschwand.«

»Wie bezahlte er?«

»Bar.«

»Was für eine Quittung haben Sie ihm geschrieben?«

»Gar keine. Nur für meine eigene Buchführung. Ich habe es mir zur Regel gemacht, meine Steuern zu bezahlen. Auch wenn dies eine ideale Gelegenheit gewesen wäre, sie zu unterschlagen.«

»Beschreiben Sie den Mann.«

»Groß, blond, etwas schütteres Haar in der Stirn. Freundlich, sehr freundlich. Als er die Schlüssel abgab, trug er einen Anzug, als er sie abholte, ebenso, aber einen anderen.«

»Wie kam er her?«

»Ich kann von der Werkstatt aus die Straße nicht sehen. Ich nehme an, daß er mit dem Wagen kam.«

Linda sah, daß Stefan Lindman zur nächsten Frage ansetzte. Sie ahnte, was er fragen würde.

»Können Sie beschreiben, wie der Mann sprach?«

»Er sprach mit einem Akzent.«

»Was für einem?«

»Skandinavisch. Nicht finnisch, auch kaum isländisch. Also dänisch oder norwegisch.«

»Wie können Sie sicher sein, daß es nicht isländisch war? Finnisch, das leuchtet mir ein, aber isländisch? Ich weiß nicht einmal, wie es sich anhört.«

»Aber ich weiß es. Ich besitze eine wunderbare Aufnahme von einem isländischen Schauspieler, Pitur Einarson, der die isländischen Sagas in der Originalsprache liest.«

»Können Sie über den Mann noch mehr sagen?«

»Nein.«

»Sagte er, daß es Kirchenschlüssel wären?«

»Er sagte, es seien Schlüssel für einen Keller in einem Schloß.«

»In welchem Schloß?«

Håkan Holmberg klopfte die Pfeife aus und runzelte die Stirn.

»Ich glaube, er hat den Namen gesagt, aber er fällt mir nicht mehr ein.«

Sie warteten. Holmberg schüttelte den Kopf.

»Kann es Rannesholm gewesen sein?« fragte Linda. Jetzt war es wieder passiert. Die Frage war ihr einfach so herausgerutscht.

»Richtig«, sagte Håkan Holmberg. »Eine alte Brennerei auf Rannesholm. Jetzt erinnere ich mich. Das hat er gesagt.«

Stefan Lindman hatte es plötzlich eilig. Er trank seinen

Kaffee aus und stand auf. »Dann bedanken wir uns«, sagte er. »Sie haben uns wertvolle Hinweise gegeben.«

»Wenn man mit Schlüsseln arbeitet, kann das Leben nie inhaltsleer werden«, sagte Holmberg und lachte. »Zu verschließen und zu öffnen ist die eigentliche Aufgabe des Menschen auf der Erde. Durch die ganze Geschichte hindurch klirren Schlüsselbunde. Jeder Schlüssel, jedes Schloß hat seine Geschichte. Und jetzt haben wir einander wieder eine zu erzählen.«

Er begleitete sie hinaus.

»Wer war Vergil?« fragte Linda.

»Dantes Begleiter«, antwortete er. »Und selbst ein großer Dichter.«

Er lüpfte seinen lädierten Hut zum Abschied und verschwand wieder durch die Haustür. Sie setzten sich ins Auto.

»Meistens trifft man ängstliche, erschütterte, verärgerte Menschen«, sagte Stefan Lindman. »Doch es gibt auch Lichtblicke. Wie diesen Mann. Ich stecke ihn mir in mein Archiv von Personen, an die ich mich erinnern will, wenn ich alt werde.«

Sie verließen Sjöbo. Linda sah ein Schild, das zu einem kleinen Hotel wies. Sie kicherte. Er sah sie an, fragte aber nichts. Das Handy klingelte.

Er meldete sich, lauschte, schaltete aus und erhöhte das Tempo. »Dein Vater hat mit Anita Tademan gesprochen«, sagte er. »Offenbar ist dabei etwas Wichtiges herausgekommen.«

»Du sagst ihm besser nicht, daß ich mitgewesen bin«, sagte Linda. »Er war ja wohl der Meinung, daß ich heute etwas ganz anderes tun sollte.«

»Was?«

»Mit Anna reden.«

»Das schaffst du auch noch.«

Stefan Lindman setzte sie im Zentrum von Ystad ab. Als sie zu Anna kam, sah sie sofort, daß etwas passiert war. Anna hatte Tränen in den Augen.

»Zebra ist verschwunden«, sagte sie. »Der Junge hat so geschrien, daß die Nachbarn anfingen, sich Sorgen zu machen. Er war allein in der Wohnung. Und Zebra war verschwunden.«

Linda hielt den Atem an. Die Angst kam über sie wie ein plötzlicher Schmerz. Jetzt wußte sie, daß sie einer schrecklichen Wahrheit sehr nahe war, die sie schon früher hätte verstehen sollen.

Sie blickte in Annas Augen. Da sah sie ihre eigene Angst.

42

Die Situation war für Linda glasklar und verwirrend zugleich. Zebra würde freiwillig, aus Nachlässigkeit oder Vergeßlichkeit, nie ihren Sohn allein lassen. Also war etwas passiert. Aber was konnte passiert sein? Es war etwas, was sie verstehen müßte, etwas ganz dicht vor ihr, ohne daß sie es begriff. Das, wovon ihr Vater immer sprach: man mußte den Zusammenhang suchen. Sie fand nichts.

Da Anna noch verwirrter zu sein schien als sie selbst, sofern das überhaupt möglich war, übernahm Linda das Kommando. Sie schob Anna in die Küche, drückte sie auf einen Stuhl und ließ sie erzählen. Obwohl Anna ruckhaft und unzusammenhängend sprach, brauchte Linda nicht lange, um zu verstehen, was geschehen war.

Die Nachbarin, die häufig auf den Jungen aufpaßte, hatte ihn durch die dünne Wand ungewöhnlich lange weinen hören, ohne daß Zebra eingriff. Sie rief bei Zebra an, bekam aber keine Antwort und klingelte deshalb an der Tür, doch nur einmal, weil sie jetzt sicher war, daß Zebra nicht in der Wohnung war. Sie hatte einen Schlüssel, öffnete und fand den Jungen allein. Als er sie sah, hörte er auf zu weinen.

Die Nachbarin, Aina Rosberg, hatte in der Wohnung nichts Ungewöhnliches bemerkt. Die Zimmer waren unaufgeräumt wie immer, aber es herrschte kein Chaos, sagte Anna. Genau die Worte hatte die Nachbarin benutzt, ›kein Chaos‹. Dann hatte Aina Rosberg eine von Zebras Kusinen angerufen, Titchka, die aber nicht zu Hause war, und anschließend Anna. So hatten Zebra und sie es verabredet; wenn etwas passierte, zuerst die Kusine, dann Anna.

»Wie lange ist das her?« fragte Linda, als Anna geendet hatte.

»Zwei Stunden.«

»Hat Aina Rosberg nicht wieder angerufen?«

»Ich habe sie angerufen. Aber Zebra ist noch nicht zurückgekommen.«

Linda überlegte. Am liebsten würde sie jetzt mit ihrem Vater sprechen. Andererseits wußte sie schon, was er sagen würde: Zwei Stunden waren zuwenig. Es gab mit Sicherheit eine natürliche Erklärung. Aber warum sollte Zebra verschwinden?

»Wir fahren hin«, sagte Linda. »Ich will ihre Wohnung sehen.«

Anna erhob keine Einwände. Zehn Minuten später öffnete Aina Rosberg ihnen die Tür von Zebras Wohnung.

»Wo kann sie nur sein?« sagte Aina Rosberg erregt. »Das sieht ihr überhaupt nicht ähnlich. Niemand tut so etwas, keine Mutter verläßt ihr Kind. Was wäre passiert, wenn ich ihn nicht gehört hätte?«

»Sie kommt bestimmt bald zurück«, sagte Linda. »Am besten wäre es, wenn der Junge solange bei Ihnen bleiben könnte.«

»Natürlich kann er bei mir bleiben«, sagte Aina Rosberg.

Als Linda Zebras Wohnung betrat, nahm sie einen eigentümlichen Geruch wahr. Eine kalte Hand legte sich um ihr Herz; sie verstand, daß etwas Ernstes geschehen war. Zebra war nicht freiwillig verschwunden.

»Riechst du das?« fragte Linda.

Anna schüttelte den Kopf.

»Stark und beißend, wie Essig.«

»Ich rieche nichts.«

Linda setzte sich in die Küche, Anna ins Wohnzimmer. Linda konnte sie durch die offene Tür sehen. Sie war nervös und kniff sich ständig in die Arme. Linda versuchte, ruhig und klar zu denken. Sie stellte sich ans Fenster und sah hinaus auf die Straße. Sie versuchte Zebra vor sich zu sehen, wie sie unten aus der Haustür trat. In welche Richtung ging sie, rechts oder links? War sie allein? Linda betrachtete den Tabakladen schräg gegenüber. Ein kräftiger Mann stand in der Tür und rauchte. Wenn ein Kunde kam, ging er mit hinein und kam anschließend wieder heraus. Linda dachte, es könnte einen Versuch wert sein.

Anna saß immer noch reglos auf dem Sofa.

Linda streichelte ihr den Arm.

»Zebra kommt bestimmt zurück«, sagte sie. »Es ist sicher nichts passiert. Ich gehe nur für ein paar Minuten hinunter in den Tabakladen. Ich bin gleich zurück.«

Ein Aufkleber an der Ladenkasse hieß alle Kunden willkommen in Jassars Geschäft. Linda kaufte Kaugummi.

»Gegenüber wohnt eine junge Frau«, sagte sie. »Zeba. Kennen Sie sie?«

»Zebra? Klar. Ich gebe ihrem Jungen immer was, wenn ich sie sehe.«

»Haben Sie Zebra heute gesehen?«

Seine Antwort kam ohne jedes Zögern. »Vor ein paar Stunden. Ungefähr um zehn. Ich steckte gerade eine der Flaggen wieder auf, die heruntergeweht war. Ich begreife nicht, wie Flaggen herunterwehen können, wenn kein Wind ist …«

»War sie allein?« unterbrach Linda ihn.

»Sie war mit einem Mann zusammen.«

Lindas Herz schlug schneller. »Haben Sie ihn schon früher gesehen?«

Jassar machte plötzlich eine sorgenvolle Miene. Anstatt zu antworten, stellte er selbst Fragen. »Warum wollen Sie das wissen? Wer sind Sie?«

»Sie müssen mich schon gesehen haben. Ich bin eine Freundin von Zebra.«

»Warum stellen Sie all diese Fragen?«

»Ich muß es wissen.«

»Ist etwas passiert?«

»Es ist nichts passiert. Haben Sie den Mann früher schon einmal gesehen?«

»Nein. Er hatte ein kleines graues Auto. Er war groß, und hinterher dachte ich, daß Zebra sich an ihn angelehnt hatte.«

»Wie meinen Sie das?«

»Ich meine es so, wie ich es sage. Sie lehnte sich an ihn, klammerte sich an ihn, als müsse sie sich stützen.«

»Können Sie den Mann beschreiben?«

»Er war groß, mehr nicht. Er trug einen Hut. Und einen langen Mantel.«

»Einen Hut?«

»Einen grauen Hut. Oder blau. Langer Mantel, auch grau. Oder blau. Alles an ihm war grau oder blau.«

»Und die Wagennummer?«

»Weiß ich nicht.«

»Marke?«

»Weiß ich nicht. Warum stellen Sie all diese Fragen? Sie kommen hier herein und machen mir angst, als wären Sie von der Polizei.«

»Ich bin von der Polizei«, sagte Linda und verließ den Laden.

Als sie wieder in die Wohnung hinaufkam, saß Anna immer noch wie gelähmt auf dem Sofa. Wieder hatte Linda das Gefühl, daß da etwas war, was sie sehen, einsehen, durchschauen müßte, sie konnte nur nicht erkennen, was.

Sie setzte sich neben Anna.

»Du mußt zu Hause bleiben. Falls Zebra anruft. Ich fahre ins Polizeipräsidium und spreche mit meinem Vater. Du mußt mich hinfahren.«

Anna drückte plötzlich Lindas Arm so fest, daß Linda zusammenzuckte. Ebenso unvermittelt, wie Anna zugedrückt hatte, ließ sie Lindas Arm wieder los. Linda fand Annas Reaktion sonderbar. Vielleicht nicht die Reaktion an sich, aber daß sie so heftig war.

Als Linda in die Anmeldung kam, rief ihr jemand zu, ihr Vater sei bei der Staatsanwaltschaft, auf der anderen Seite. Sie ging hinüber. Die Tür war verschlossen.

Eine Schreibkraft, die sie kannte, ließ sie herein. »Ich nehme an, Sie suchen Ihren Vater? Er ist im kleinen Konferenzraum.«

Sie zeigte den Flur hinunter. An der Tür leuchtete ein rotes Licht. Linda setzte sich in einen kleinen Warteraum daneben. Die Gedanken rasten nur so durch ihren Kopf. Sie vermochte nicht, langsam und systematisch zu denken und alle Fragmente zu einer haltbaren Kette zusammenzusetzen.

Sie wartete gut zehn Minuten. Da trat Ann-Britt Höglund aus der Tür und sah sie erstaunt an. Sie wandte sich in den Raum zurück. »Du hast wichtigen Besuch«, sagte sie und ging.

Ihr Vater kam zusammen mit einem sehr jungen Staatsanwalt heraus. Kurt Wallander stellte seine Tochter vor. Der Staatsanwalt ging. Linda zeigte auf einen Stuhl im Warteraum. Er setzte sich. Sie erzählte, was geschehen war, und versuchte nicht einmal, es systematisch und mit allen Details in der richtigen Reihenfolge zu tun. Er schwieg lange, nachdem sie geendet hatte. Dann stellte er ein paar Fragen, vor allem in bezug auf die Beobachtungen, die Jassar gemacht hatte. Er kehrte mehrmals zu dem Punkt zurück, daß Jassar gesagt hatte, Zebra habe sich an den Mann ›geklammert‹.

»Ist Zebra eine Frau, die sich an jemanden klammert?«

»Eher sind es die Männer, die sich an sie klammern. Sie ist hart und vermeidet es, ihre Schwächen zu zeigen, auch wenn sie ziemlich viele hat.«

»Was ist deine Erklärung für das, was passiert ist?«

»Genau, was du sagst. Daß etwas passiert ist.«

»Der Mann, in dessen Gesellschaft sie aus dem Haus kam, sollte sie also gegen ihren Willen fortgebracht haben?«

»Ich weiß nicht. Vielleicht.«

»Warum hat sie nicht um Hilfe gerufen?«

Linda schüttelte den Kopf.

Kurt Wallander beantwortete die Frage selbst und stand auf. »Vielleicht konnte sie nicht rufen.«

»Du meinst, daß sie sich nicht an ihn klammerte? Daß sie unter Drogen stand? Daß sie zusammengeklappt wäre, wenn er sie nicht gehalten hätte? Daß es also statt ›sich klammern‹ ›hängen‹ heißen müßte?«

»So stelle ich es mir vor.«

Er eilte zu seinem Zimmer, Linda hatte Schwierigkeiten, mit ihm Schritt zu halten. Unterwegs klopfte er an Stefan Lindmans halboffene Tür und schob sie auf. Das Zimmer war leer. Martinsson kam über den Flur, er hatte einen großen Teddy im Arm.

»Was soll das denn?« fragte Wallander irritiert.

»Ein Bär made in Taiwan. Er hat eine Partie Amphetamin im Bauch.«

»Darum soll sich jemand anders kümmern.«

»Ich bin gerade auf dem Weg, ihn an Svartman weiterzureichen«, erwiderte Martinsson und verbarg nicht, daß er seinerseits irritiert war.

»Versuche, so viele wie möglich in einer halben Stunde zu einer Besprechung zusammenzutrommeln.«

Martinsson verschwand. Die Porzellanscherben lagen noch immer auf dem Tisch, das war das erste, was sie sah, als sie ins Zimmer trat.

»Ich habe nicht vor, den Stier zu kleben«, sagte er. »Aber ich habe mir gedacht, daß ich die Scherben liegen lasse, bis all dies hier eine Lösung gefunden hat.«

Er beugte sich über den Tisch zu ihr hin. »Du hast Jassar nicht gefragt, ob er diesen Mann etwas hat sagen hören?«

»Daran habe ich nicht gedacht.«

Er hielt ihr den Telefonhörer hin. »Ruf ihn an.«

»Ich weiß nicht, welche Telefonnummer der Laden hat.«

Er wählte die Nummer der Auskunft, und Linda ließ sich sofort mit dem Laden verbinden. Jassar war am Apparat. Er hatte den Mann nichts sagen hören.

»Ich fange wirklich an, mir Sorgen zu machen«, sagte er. »Was ist eigentlich passiert?«

»Nichts«, antwortete Linda. »Danke für die Hilfe.«

Sie reichte den Hörer zurück. »Kein Wort.«

Ihr Vater saß da, schaukelte auf dem Stuhl vor und zurück

und betrachtete seine Hände. Draußen im Flur erklangen Stimmen und entfernten sich wieder.

»Die Sache gefällt mir nicht«, sagte er schließlich. »Die Nachbarin hat natürlich recht. Niemand läßt ein so kleines Kind allein in einer Wohnung zurück.«

»Da ist etwas, was ich fühle«, sagte Linda. »Etwas, worauf ich kommen müßte, etwas, was ganz in meiner Nähe ist. Ich sollte einen Zusammenhang sehen, das, wovon du immer redest, aber ich sehe nichts.«

Er betrachtete sie aufmerksam. »Als ob du eigentlich schon verstehst, was geschehen ist? Und warum?«

Sie schüttelte unschlüssig den Kopf. »Eher so, daß ich es auf eine Weise erwartet habe. Ich weiß nicht, wie ich es erklären soll. Aber es ist, als wäre nicht Zebra verschwunden, sondern Anna zum zweitenmal.«

Er sah sie lange an, bevor er redete. »Kannst du erklären, was du meinst?«

»Nein.«

»Wir geben dir und Zebra ein paar Stunden«, sagte er. »Wenn sie nicht zurückkehrt und du nicht darauf kommst, was du weißt, ohne es zu verstehen, müssen wir reagieren. Ich möchte, daß du bis dahin hierbleibst.«

Sie folgte ihm zum Besprechungsraum. Als alle versammelt waren und die Tür geschlossen war, berichtete er als erstes von Zebras Verschwinden. Die Stimmung in der Runde war angespannt.

»Es verschwinden zu viele«, endete Kurt Wallander. »Verschwinden, kommen zurück, verschwinden wieder. Sei es durch Zufall oder aufgrund von Ursachen, die wir noch nicht begreifen, spielen sich diese Dinge um meine Tochter herum ab. Was natürlich bedeutet, daß mir das Ganze noch weniger gefällt.«

Er ließ das Bleistiftende auf den Tisch fallen und wieder hochspringen und erzählte von seinem Gespräch mit Anita Tademan. Linda versuchte sich zu konzentrieren, aber es gelang ihr nicht. Sie schüttelte sich. Stefan Lindman sah sie mit einem leichten Lächeln an. Sie lächelte zurück und hörte wieder ihrem Vater zu.

»Anita Tademan ist kaum das, was man eine freundliche Frau nennen würde. Sie könnte eher als gutes Beispiel für die arroganteste und eingebildetste schonische Oberklasse dienen, die immer noch auf Schlössern und Gütern hier in der Gegend sitzt. Aber sie hat recht daran getan, herzukommen, denn sie hatte wichtige Dinge mitzuteilen. Einer ihrer Verwandten, der auf dem Grund und Boden von Rannesholm wohnt, hat Menschen gesehen, die sich in der Nähe des Waldes aufgehalten haben. Eine Gesellschaft von mindestens zwanzig Personen. Sie sind plötzlich aufgetaucht und auch wieder verschwunden. Es kann eine Schar Touristen gewesen sein, aber ihre Art, sich zu verhalten, vor allem, daß sie äußerst scheu waren, kann auch darauf schließen lassen, daß sie eine andere Gruppe waren.«

»Was für eine?« unterbrach Ann-Britt Höglund.

»Das wissen wir nicht. Aber es gab in dem Wald ein Versteck, und eine Frau ist dort ermordet worden.«

»Die Hütte ist kaum so groß, daß zwanzig Personen dort geschlafen haben können.«

»Das ist mir klar. Dennoch ist diese Information wichtig. Wir waren sicher, auf jeden Fall nach dem Mord in der Kirche von Frennestad, daß es sich um mehr als einen Täter handelt. Dieser neue Hinweis kann bedeuten, daß es sich um eine größere Anzahl von Tätern handeln kann.«

»Das klingt nicht plausibel«, sagte Martinsson. »Haben wir es mit einer Mörderbande zu tun?«

»Es kann eine Sekte sein«, sagte Stefan Lindman.

»Oder beides«, sagte Wallander. »Oder etwas, worauf wir noch gar nicht gekommen sind. Es kann sogar eine Spur sein, die in die Irre führt. Aber wir ziehen noch keine Schlußfolgerungen. Noch nicht, nicht einmal provisorische. Wir machen weiter und lassen Frau Tademans Hinweis zunächst auf sich beruhen.«

Stefan Lindman berichtete von dem Treffen mit Håkan Holmberg und seinen Schlüsseln. Daß Linda dabeigewesen war, erwähnte er nicht.

»Der Mann mit dem Akzent«, sagte Wallander. »Unsere norwegische connection. Oder unsere norwegisch-dänische connection. Hier taucht er wieder auf. Wir können davon ausgehen, daß es die Kirchenschlüssel von Frennestad und Hurup waren.«

»Das wissen wir schon«, warf Nyberg ein. »Wir haben sie verglichen.«

Es wurde still im Raum.

»Ein Norweger bestellt Kirchenschlüssel«, sagte Kurt Wallander. »Eine Amerikanerin wird in einer Kirche erdrosselt. Von wem und warum? Darauf brauchen wir eine Antwort.«

Er wandte sich an Ann-Britt Höglund. »Was sagen unsere dänischen Kollegen über den Mann mit Namen Vigsten?«

»Er ist Klavierlehrer. Er hat früher als Repetitor an der Königlichen Oper gearbeitet und war offenbar sehr tüchtig und beliebt. Jetzt scheint er in zunehmendem Maße in einem Dämmerzustand zu leben, und es fällt ihm immer schwerer, allein zurechtzukommen. Aber niemand weiß etwas davon, daß jemand in seiner Wohnung lebt, und er selbst am wenigsten.«

»Und Larsen?«

»Er bleibt bei seinem Geständnis.«

Kurt Wallander warf seiner Tochter einen schnellen Blick zu, bevor er fortfuhr. »Bleiben wir in Dänemark«, sagte er. »Diese Frau, Sylvi Rasmussen, was wissen wir über sie?«

Martinsson suchte in seinen Papieren. »Sie hieß anders, als sie nach dem Zusammenbruch im Osten als Flüchtling nach Dänemark kam. Drogenmißbrauch, die Straße, das altbekannte Lied, wie man in die Prostitution abrutscht. Sie war bei Kunden und Freunden anscheinend beliebt. Keiner hat etwas Schlechtes über sie gesagt. Es findet sich nichts Bemerkenswertes in ihrem Leben, außer daß es eine aussichtslose Tragödie war.«

Martinssons Blick glitt noch einmal über die Papiere, bevor er sie zur Seite legte. »Keiner weiß, wer ihr letzter Kunde war. Aber wir können davon ausgehen, daß er ihr Mörder war.«

»Hatte sie keinen Terminkalender?«

»Nein. Man hat die Fingerabdrücke von zwölf verschiedenen Personen in ihrer Wohnung gefunden. Sie werden noch untersucht, und wenn etwas Interessantes dabei ist, melden die Kollegen sich.«

Linda merkte, daß ihr Vater das Tempo vorantrieb. Er versuchte unermüdlich, die Informationen, die auf den Tisch kamen, zu deuten und zu interpretieren. Nichts nahm er gleichgültig auf, er suchte bewußt nach versteckten Botschaften, die nicht gleich sichtbar wurden.

»Die Frau in der Kirche«, sagte er. »Es sind ergänzende Informationen von unseren äußerst hilfsbereiten Kollegen in Tulsa eingegangen. Clark Richardson übertrifft sich weiterhin selbst. Er schickt uns pausenlos Faxe und Mails. Schade nur, daß bisher nichts dabei ist, was uns weiterbringt. Wie und warum sie in einer unserer Kirchen gelandet und dort erdrosselt worden ist, können wir immer noch nicht sagen.«

Er gab das Wort frei. Linda war die einzige, die sich nicht äußerte. Nach einer halben Stunde machten sie eine kurze Pause, um frische Luft hereinzulassen und Kaffee zu holen. Linda wurde schnell zur Fensterwache ausersehen.

Ein Windstoß wehte einige von Martinssons dänischen Papieren vom Tisch. Sie sammelte sie auf und entdeckte dabei ein Foto von Sylvi Rasmussen. Eingehend betrachtete sie ihr Gesicht. Aus ihren Augen sprach ein Schrecken. Linda lief es kalt den Rücken hinunter beim Gedanken an Sylvi Rasmussens tragisches Schicksal.

Als sie die Papiere zurücklegen wollte, blieb ihr Blick an ein paar Zeilen auf einer der Seiten hängen. Sylvi Rasmussen hatte dem Gerichtsmediziner zufolge zwei oder drei Abtreibungen hinter sich. Linda starrte auf das Papier. Sie dachte an zwei dänische Segler an einem Ecktisch, den Jungen, der am Boden spielte, und Zebra, die plötzlich anfing, von ihrer Abtreibung zu sprechen. Sie dachte auch an Annas heftige Reaktion. Sie stand ganz still am Tisch, hielt den Atem an und starrte auf das Foto von Sylvi Rasmussen.

Ihr Vater kam zurück ins Zimmer.

»Ich glaube, ich verstehe«, sagte sie.

»Was verstehst du?«

»Ich habe eine Frage. Diese Frau aus Tulsa.«

»Was ist mit ihr?«

Sie schüttelte den Kopf und zeigte auf die Tür. »Ich möchte, daß du sie zumachst.«

»Wir sind mitten in einer Besprechung.«

»Ich kann nicht denken, wenn alle dabei sind. Aber ich glaube, ich habe etwas Wichtiges zu sagen.«

Er sah sie an und spürte, daß es ihr ernst war. Er machte die Tür hinter sich zu.

43

Es war das erste Mal, dachte Linda, daß ihr Vater sie ganz vorbehaltlos und ohne Skepsis zu zeigen ernst nahm. Zumindest seit sie erwachsen war. Als sie noch ein Kind war, in den schwersten Zeiten der Ehe ihrer Eltern, hatte sie in der unbewußten, aber dennoch absolut sicheren Art des Kindes gespürt, daß er sie ernst nahm. Dann kam eine Periode, in der er mehr zu dem reizbaren Bruder geworden war, nach dem sie sich im Innersten vielleicht sehnte. Danach waren andere, scharf voneinander getrennte, sehr unterschiedliche, doch stets schwerwiegende Verhaltensweisen gekommen. Noch immer erinnerte sie sich mit einem Schaudern an die Male, als er auf ihre Freunde eifersüchtig gewesen war.

Bei mindestens zwei Gelegenheiten hatte er ihre unschuldigen Verehrer handgreiflich hinausgeworfen, bei einer anderen Gelegenheit hatte er ihr eines späten Abends im Sportboothafen von Ystad nachspioniert.

Die Gedanken rasten ihr durch den Kopf. Ihr Vater spürte, wie ernst es ihr war, steckte den Kopf durch die Tür nach draußen und sagte jemandem, die Sitzung sei für eine Weile unterbrochen. Jemand protestierte, aber er schloß einfach die Tür.

Sie setzten sich einander gegenüber an den Tisch. »Was wolltest du fragen?«

»Hat diese Frau namens Harriet Bolson einmal eine Abtreibung gehabt? Hat Birgitta Medberg abgetrieben? Wenn es so ist, wie ich glaube, lautet die Antwort ›ja‹ für die Frau aus Tulsa, aber ›nein‹ bei Birgitta Medberg.«

Er runzelte die Stirn, zuerst verständnislos, dann ungeduldig. Er zog seine Papiere an sich und blätterte sie mit wachsender Irritation durch. Er warf die Mappe zur Seite. »Kein Wort von einer Abtreibung.«

»Steht da alles über sie?«

»Natürlich nicht. Die Lebensbeschreibung eines Menschen, wie uninteressant oder unbedeutend dieses Leben auch gewesen sein mag, füllt entschieden mehr Seiten, als in diese Mappe passen. Harriet Bolson scheint nicht der spannendste Mensch gewesen zu sein, den man sich denken kann. Aber ob sie eine so dramatische Handlung begangen hat wie eine Abtreibung, kann ich dem Material, das Clark Richardson aus den USA geschickt hat, nicht entnehmen.«

»Und Birgitta Medberg?«

»Das weiß ich nicht. Aber es kann nicht schwer sein, das herauszufinden. Wir brauchen ja nur ihre widerwärtige Tochter anzurufen. Aber so etwas erzählt man seinen Kindern vielleicht nicht? Mona hat meines Wissens nie abgetrieben. Weißt du etwas davon?«

»Nein.«

»Heißt das, daß du es nicht weißt, oder daß sie es nie getan hat?«

»Mama hat nie abgetrieben. Das würde ich wissen.«

»Ich verstehe das hier nicht, ich begreife nicht, was daran so wichtig ist.«

Linda versuchte nachzudenken. Sie konnte sich natürlich irren, aber gleichzeitig war sie überzeugt davon, daß sie recht hatte. »Kann man versuchen, herauszubekommen, ob sie eine Abtreibung hatte oder nicht?«

»Ich tue es, wenn du mir erklärst, warum es wichtig ist.«

Linda spürte, daß etwas riß. Sie fing an zu weinen und schlug mit den Fäusten hart auf die Tischplatte. Sie haßte es, vor ihrem Vater zu weinen. Nicht nur vor ihm, vor allen. Der einzige, vor dem sie hatte weinen können, ohne daß es sie gequält hatte, war Großvater gewesen.

»Ich werde sie bitten, es herauszufinden«, sagte Wallander und stand auf. »Aber wenn ich zurückkomme, mußt du erklären, warum es so wichtig war, daß ich deshalb die Sitzung unterbrechen sollte. Wir haben es hier mit getöteten Menschen zu tun, nicht mit Übungen an der Polizeihochschule.«

Linda nahm einen Glasteller, der auf dem Tisch stand, und warf damit nach ihm. Der Teller traf ihn an der Stirn und brachte ihm eine Platzwunde an der Augenbraue bei. Es begann sofort zu bluten. Das Blut tropfte auf die Mappe mit Harriet Bolsons Namen.

»Das wollte ich nicht.«

Er drückte Papierservietten gegen das Auge.

»Ich ertrage es nicht, wenn du mich so reizt.«

Er verließ den Raum. Linda hob die Glasscherben auf. Sie war so aufgewühlt, daß sie bebte. Er kochte vor Wut, das war ihr klar. Keiner von ihnen konnte Demütigungen ertragen. Aber sie bereute nichts.

Es dauerte eine Viertelstunde, bis er zurückkam. Er hatte ein Pflaster über dem Auge und getrocknetes Blut auf der Wange. Linda war darauf vorbereitet, daß er sie anbrüllen würde. Aber er setzte sich nur wieder auf seinen Stuhl.

»Bist du okay?« fragte sie.

Er überhörte ihre Frage. »Ann-Britt Höglund hat Vanja Jorner angerufen, Birgitta Medbergs Tochter. Sie wurde rasend wegen der Frage und drohte damit, die Boulevardpresse anzurufen und sie darüber zu informieren, daß die blöde Polizei nicht ordentlich ihre Arbeit tut. Aber Ann-Britt ist es trotzdem gelungen, ihr die Auskunft abzuringen, daß Birgitta Medberg mit höchster Wahrscheinlichkeit nie eine Abtreibung hat machen lassen.«

»Wie ich es mir gedacht habe«, murmelte Linda. »Und die andere? Die aus Tulsa?«

»Ann-Britt telefoniert gerade mit den USA«, sagte er. »Wir sind uns nicht ganz einig, wie spät es da drüben ist. Aber damit es nicht zu lange dauert, ruft sie an, statt zu faxen.«

Er befühlte das Pflaster. »Jetzt bist du dran.«

Linda sprach langsam, um ihre Stimme unter Kontrolle

zu halten, aber auch, um nichts Wichtiges auszulassen. »Ich sehe fünf Frauen vor mir. Drei von ihnen sind tot, eine von ihnen ist verschwunden, und die letzte war verschwunden, ist aber wieder aufgetaucht. Plötzlich ahne ich einen Zusammenhang. Ihr habt die ganze Zeit geglaubt, daß Birgitta Medberg ermordet wurde, weil sie sich verirrt hatte. Sie hat nichts mit dem zu tun, was meines Erachtens zumindest teilweise erklärt, was hier geschieht. Sylvi Rasmussen wird ermordet. Aus den Unterlagen, die aus Kopenhagen gekommen sind, geht hervor, daß sie mehrfach abgetrieben hat. Nehmen wir an, daß die Antwort aus den USA besagt, auch Harriet Bolson habe eine oder mehrere Abtreibungen hinter sich. Das trifft auch für die vierte Frau zu, die jetzt verschwunden ist, Zebra. Vor ein, zwei Tagen erzählte sie mir, daß sie einmal abgetrieben habe. Vielleicht ist es das, was diese Frauen miteinander verbindet.«

Sie verstummte und trank einen Schluck Wasser. Ihr Vater trommelte mit den Fingerspitzen auf den Tisch und sah an die Wand. »Ich verstehe trotzdem nicht.«

»Ich bin noch nicht fertig. Zebra erzählte nicht nur mir von ihrer Abtreibung. Anna Westin hatte dasselbe gehört wie ich, aber sie hat eigentümlich reagiert. Sie war auf eine Art und Weise empört, die ich nicht nachvollziehen konnte. Zebra auch nicht. Anna distanzierte sich, beinah im Zorn, von Frauen, die abtreiben. Sie stand auf und ging. Und als Anna erfuhr, daß Zebra verschwunden war, weinte sie, packte mich am Arm und schüttelte ihn. Aber es war, als ängstigte sie sich nicht Zebras wegen, sondern um ihrer selbst willen.«

Linda verstummte. Ihr Vater befingerte seine verpflasterte Stirn. »Was meinst du damit, daß Anna sich hauptsächlich um ihrer selbst willen geängstigt habe?«

»Ich weiß es nicht.«

»Du mußt versuchen, es zu erklären.«

»Ich sage es, wie es ist. Ich bin sicher und zugleich nicht sicher, beides auf einmal.«

»Wie kannst du das sein?«

»Ich weiß es nicht.«

Er blickte wie abwesend an die Wand über ihrem Kopf. Linda wußte, daß sein Blick auf eine leere Fläche immer höchste Konzentration bedeutete. »Ich möchte, daß du es den anderen erzählst«, sagte er.

»Das kann ich nicht.«

»Warum nicht?«

»Ich werde nervös. Ich kann mich irren. Vielleicht hat die Frau aus Tulsa gar nicht abgetrieben.«

»Ich gebe dir eine Stunde, um dich vorzubereiten«, sagte er und stand auf. »Ich sage den anderen Bescheid.«

Er ging hinaus und schlug die Tür zu. Linda hatte das Gefühl, den Raum nicht verlassen zu können. Er hatte sie eingeschlossen, nicht mit einem Schlüssel, sondern mit der Vorbereitungszeit, die er ihr gegeben hatte. Eine Stunde, nicht mehr. Sie versuchte, das, was sie dachte, aufzuschreiben. Sie zog einen Notizblock heran, der verlassen auf dem Tisch lag. Als sie ihn aufschlug, starrte sie auf die schlechte Zeichnung einer nackten Frau, die sich in einer aufreizenden Pose darbot. Zu ihrer Verwunderung entdeckte Linda, daß es sich um Martinssons Block handelte. Aber warum verwundert es mich, dachte sie. Alle Männer, die ich kenne, verwenden enorm viel Zeit darauf, in ihrer Phantasie Frauen auszuziehen.

Sie holte sich einen unbenutzten Block, der neben dem Overhead-Projektor lag, schrieb die Namen der fünf Frauen auf und zog einen Kreis um Zebra.

Es waren fünfundvierzig Minuten vergangen, als die Tür aufgestoßen wurde und sie aus ihrem Gefängnis befreit wurde. Es war, als käme eine ganze Delegation hereinmarschiert, angeführt von ihrem Vater.

Er wedelte mit einem Blatt Papier. »Harriet Bolson hatte zwei Abtreibungen.«

Mit der Brille in der Hand, der, an der ein Bügel fehlte, las er laut:

We do not talk easily and openly about these matters over here. I had to raise my voice, and it helped. Yes, Sir, indeed that woman did twice what you thought. I guess it is important. Why?

Er setzte sich, die anderen folgten ihm.

»Clark Richardsons Frage ist natürlich entscheidend. *Warum?* Das müssen wir herausfinden. Bitte, Linda, erzähle von deiner Theorie.«

Linda holte tief Luft, und es gelang ihr, ihren Verdacht darzulegen, ohne sich ein einziges Mal zu verhaspeln.

Ihr Vater übernahm. »Anscheinend ist Linda einer Sache auf die Spur gekommen, die wichtig sein kann. Wir wissen es noch nicht ganz sicher, wir bewegen uns weiter mit größter Vorsicht, denn das Gelände ist unübersichtlich. Aber es kann durchaus sein, daß an der Sache mehr dran ist, als uns bisher auszugraben gelungen ist.«

Die Tür öffnete sich. Lisa Holgersson glitt herein und setzte sich an den Tisch. Kurt Wallander ließ das Papier fallen und hob die Hände, als wolle er im nächsten Moment ansetzen, ein Orchester zu dirigieren. »Ich glaube, wir sehen etwas, von dem wir nicht richtig wissen, was es darstellt, aber es ist dennoch da.«

Er stand auf und zog ein Stativ mit einem Block zum Umblättern heran, auf den jemand ›Mehr Lohn, verflucht‹ geschrieben hatte. Das löste im Raum eine gewisse Heiterkeit aus, selbst Lisa Holgersson lachte.

Kurt Wallander blätterte weiter bis zu einem leeren Blatt. Er lächelte freundlich. »Wie ihr wißt, lasse ich mich nicht gern unterbrechen. Buhrufe bitte nachher.«

»Ich habe Tomaten mit«, sagte Martinsson heiter. »Ann-Britt hat faule Eier mitgebracht, die anderen schießen scharf auf den Pianisten. Deine Tochter scheint sich schon eingeschossen zu haben. Im übrigen ist dein Verband durchgeblutet. Du siehst aus wie Döbeln bei Jutas.«

»Wer ist das denn?« fragte Stefan Lindman.

»Ein Mann, der in Finnland eine Brücke bewachte«, sagte Martinsson. »Hast du in der Schule nicht aufgepaßt?«

»Der, der die Brücke bewachte, hieß anders«, meinte Ann-Britt Höglund. »Wir haben es in der Schule gelesen. Es war ein russischer Autor.«

»Ein finnischer«, sagte Linda zu ihrer eigenen Überraschung. »Er hieß Sibelius.«

»Ich fasse es nicht«, sagte Kurt Wallander.

Martinsson stand auf.

»Das muß geklärt werden. Ich rufe Albin an, meinen Bruder. Der ist Lehrer«, sagte er und verließ den Raum.

»Ich glaube nicht, daß er Sibelius hieß«, sagte Lisa Holgersson, »aber ähnlich.«

Sie schwiegen ein paar Minuten, bis Martinsson zurückkam.

»Topelius«, sagte er. »Döbeln bei Jutas hatte aber einen großen Verband. Darin hatte ich immerhin recht.«

»Aber er hat keine Brücke bewacht«, sagte Ann-Britt Höglund.

Es wurde wieder still im Raum.

»Also, ich fasse zusammen«, sagte Kurt Wallander und ging alles, was sie wußten, noch einmal ausführlich durch. Dann setzte er sich und sagte: »Wir haben einen Fehler gemacht. Warum haben wir dem Makler in Skurup, der das Haus in Lestarp verkauft hat, nicht das Tonband mit der Stimme vorgespielt, die wegen der brennenden Schwäne angerufen hat? Er soll so schnell wie möglich herkommen. Arrangiert das.«

Martinsson verließ den Raum. Stefan Lindman öffnete ein Fenster einen Spalt weit.

»Haben wir in Norwegen angefragt, ob sie etwas über einen Torgeir Langaas haben?« wollte Lisa Holgersson wissen.

Kurt Wallander sah Ann-Britt Höglund an.

»Noch keine Antwort«, sagte sie.

»Schlußfolgerungen«, sagte Wallander und machte mit einem Blick auf seine Armbanduhr klar, daß die Besprechung ihrem Ende zuging. »Zu früh, aber es ist nötig, daß wir auf zwei Seiten gleichzeitig angreifen. Möglich, daß alles zusammenhängt, möglich, daß es das nicht tut. Aber daß die erste Alternative der Ausgangspunkt ist. Wir haben es mit Menschen zu tun, die etwas planen und durchführen, was an der Oberfläche wie der reine Wahnsinn aussieht, vielleicht aber nicht für die Täter. Opfer, Brände, Ritualmorde. Ich denke an diese Bibel, da sitzt einer und ändert den Text. Es ist leicht zu rufen: Das ist ein Verrückter. Vielleicht stimmt das nicht. Ein bewußter Plan, bewußte Menschen, aber mit verdrehten und unbegreiflich brutalen Verhaltensweisen ihren Mitmenschen gegenüber. Ich habe außerdem immer stärker das Gefühl, daß wir nur wenig Zeit haben. Das Geschehen unterliegt einer Temposteigerung, es beschleunigt sich. Jetzt müssen wir Zebra finden. Und mit Anna Westin reden.«

Er wandte sich an Linda. »Ich dachte, du könntest sie herholen. Zu einem freundlichen, aber notwendigen Gespräch. Weil wir alle uns wegen Zebras Verschwinden Sorgen machen.«

»Wer kümmert sich um den Jungen?« Ann-Britt Höglund richtete die Frage direkt an Linda. Ausnahmsweise wirkte sie einmal nicht schnippisch.

»Eine Nachbarin, die öfter auf ihn aufpaßt.«

Kurt Wallander knallte die Handfläche auf die Tischplatte zum Zeichen des Aufbruchs. »Torgeir Langaas«, sagte er, als er aufgestanden war. »Macht den norwegischen Kollegen ein bißchen Dampf. Und wir anderen suchen nach Zebra.«

Zusammen mit ihrem Vater ging Linda in den Eßraum und trank Kaffee. Nach einer Viertelstunde hatten sie noch kein Wort miteinander gesprochen.

Das Schweigen wurde gebrochen, als Svartman sich zu ihnen an den Tisch setzte.

»Västerås hat Fingerabdrücke gefunden, die mit Eslöv übereinstimmen. Möglicherweise gibt es auch identische Reifenspuren. Also nicht zwischen Västerås und Eslöv, sondern zwischen Sölvesborg und Trelleborg. Ich dachte, du würdest das wissen wollen.«

»Das will ich ganz und gar nicht. Ich weiß nicht einmal, wovon du redest.«

Svartman sah unglücklich aus. Linda wußte nur zu gut, daß ihr Vater ein Ekel sein konnte, wenn er schlechter Laune war.

»Das Dynamit«, sagte Svartman. »Die Diebstähle.«

»Dafür hab ich jetzt keine Zeit. Gibt es sonst niemand, der die Sache in die Hand nehmen kann?«

»Ich hab sie in der Hand. Du hast selbst gesagt, daß du informiert werden wolltest.«

»Hab ich das? Das hab ich vergessen. Aber dann weiß ich ja, daß die Sache läuft.«

Svartman stand auf und ging.

»Wovon redet er?«

»Wir hatten vor etwa einem Monat eine Reihe anscheinend organisierter Dynamitdiebstähle. Noch nie ist in Schweden auf einmal soviel Dynamit gestohlen worden. Das ist alles.«

Sie gingen in sein Büro. Nach zwanzig Minuten klopfte Martinsson an die Tür und riß sie im selben Moment auf.

Er fuhr zurück, als er sah, daß Linda im Zimmer war. »Entschuldigung.«

»Was gibt's denn?«

»Ture Magnusson ist hier, um das Tonband anzuhören.«

Linda sah, wie ihr Vater vom Stuhl hochschoß. Er griff sie am Arm und zog sie mit sich. Ture Magnusson wirkte nervös. Martinsson ging, um das Band zu holen. Weil ihr Vater ein Gespräch von Nyberg bekam und sich sofort mit ihm über ›verlorene Bremsspuren‹ zu streiten begann, mußte Linda sich des nervösen Grundstücksmaklers annehmen.

»Haben Sie diesen Norweger gefunden?«

»Nein.«

»Ich bin keineswegs sicher, daß ich die Stimme wiedererkenne.«

»Das erwartet auch keiner von ihnen. Wir können nur hoffen.«

Das Telefongespräch war beendet. Im selben Moment kam Martinsson zurück. Er wirkte bedrückt. »Das Band muß noch hier sein«, sagte er. »Im Archiv ist es nicht.«

»Hat es keiner zurückgebracht?« fragte Wallander gereizt.

»Ich nicht«, sagte Martinsson. Er suchte im Regal hinter den Tonbandgeräten.

Linda sah, wie ihr Vater den Kopf in die Tür der Alarmbereitschaft steckte. »Uns fehlt ein Band«, brüllte er. »Kann uns hier vielleicht jemand helfen?«

Ann-Britt Höglund kam dazu. Aber keiner fand ein Band. Linda sah ihren Vater röter und röter im Gesicht werden.

Aber nicht er explodierte schließlich, sondern Martinsson.

»Wie soll man verdammt noch mal vernünftige Polizeiarbeit leisten, wenn Archivbänder einfach so verschwinden?«

Er warf eine Gebrauchsanleitung für Tonbandgeräte, die er gerade in der Hand hielt, an die Wand, um den Schlußpunkt unter seinen Ausbruch zu setzen. Sie suchten weiter. Linda bekam schließlich den Eindruck, der gesamte Polizeibezirk Ystad sei mit der Suche nach dem Tonband beschäftigt. Doch es blieb verschwunden.

Linda sah ihren Vater an. Er wirkte müde, vielleicht resigniert. Aber sie wußte, daß das bald vorübergehen würde. »Darf ich etwas vorschlagen«, sagte sie.

Sie hatte bis zuletzt gezögert. Aber jetzt wagte sie es. »Ich glaube, ich kann die Stimme imitieren. Zwar ist es ein Mann, der spricht, aber ich kann es ja versuchen.«

Ann-Britt Höglund sah sie mißbilligend an. »Wieso glaubst du, daß du das könntest?«

Linda hätte ihr eine lange Antwort geben können. Wie sie durch Zufall in einem der ersten Monate an der Polizeihochschule bei einem Fest zusammen mit den anderen Kurskameradinnen einen der bekanntesten Fernsehmoderatoren imitiert hatte. Sie hatte sich nicht darauf vorbereitet, war aber so gut gewesen, daß sie allen imponiert hatte. Sie hatte es für Anfängerglück gehalten. Aber als sie später für sich selbst andere Stimmen zu imitieren versuchte, hatte es sich rasch gezeigt, daß sie über ein besonderes Talent verfügte und meistens richtig traf. Manchmal ging es völlig daneben. Es gab Stimmen, die sie einfach nicht imitieren konnte. Aber meistens gelang es ihr.

»Ich kann es versuchen«, sagte sie nur. »Wir haben ja nichts dabei zu verlieren.«

Stefan Lindman war dazugekommen. Er nickte ihr aufmunternd zu.

»Wo wir schon einmal hier sind«, sagte Wallander zögernd und zeigte auf Ture Magnusson. »Drehen Sie sich um. Sie sollen nicht sehen, nur hören. Wenn Sie die geringste Unsicherheit spüren, sollen Sie es sagen.«

Linda machte sich einen Plan. Sie wollte nicht direkt aufs Ziel losgehen, sondern zuerst einen Umweg nehmen.

»Wer weiß noch, was gesagt wurde?« fragte Stefan Lindman.

Martinsson hatte das beste Gedächtnis. Er wiederholte den Text. Linda wußte jetzt, was sie tun würde; es war eine Übung nicht nur für Ture Magnusson, sondern für alle im Raum Anwesenden.

Sie machte ihre Stimme tief und suchte nach dem richtigen Akzent.

Ture Magnusson schüttelte den Kopf. »Ich bin unsicher. Ich würde fast sagen, daß ich es erkenne. Aber nur fast.«

»Ich mach es gern noch einmal«, sagte Linda. »Es war noch nicht ganz richtig.«

Keiner hatte etwas einzuwenden. Immer noch blieb Linda am Rand des richtigen Tonfalls. Ture Magnusson schüttelte erneut den Kopf. »Ich weiß nicht«, sagte er. »Ich könnte nicht darauf schwören.«

»Ein letztes Mal noch«, sagte Linda.

Jetzt kam es darauf an. Sie holte tief Luft und sprach den

Text noch einmal. Jetzt legte sie es darauf an, alles richtig zu machen.

Als sie verstummte, hatte Ture Magnusson sich schon umgedreht. »Ja«, sagte er. »So hörte er sich an. Das war er. So war seine Stimme.«

»Beim dritten Versuch«, sagte Ann-Britt Höglund. »Was ist das wert?«

Es gelang Linda nicht ganz, ihre Genugtuung zu verbergen. Ihr Vater, wie immer wachsam, merkte es sofort. »Warum erkennt er sie erst beim dritten Mal?« fragte er.

»Weil ich die beiden ersten Male anders klang«, antwortete Linda. »Erst beim dritten Mal habe ich die Stimme auf dem Band imitiert.«

»Ich habe keinen Unterschied gehört«, sagte Ann-Britt Höglund skeptisch.

»Alles in einer Stimme, die man imitiert, muß richtig sein«, sagte Linda.

»Alle Achtung«, sagte Kurt Wallander. »Stimmt das?«

»Es stimmt.«

Er durchbohrte Ture Magnusson mit seinem Blick. »Und Sie sind Ihrer Sache sicher?«

»Ich glaube, ja.«

»Dann danken wir Ihnen.«

Linda war die einzige, die Ture Magnusson die Hand gab. Sie begleitete ihn hinaus. »Das haben Sie gut gemacht«, sagte sie. »Vielen Dank, daß Sie gekommen sind.«

»Wie kann man eine Stimme so genau nachmachen wie Sie?« fragte er. »Ich konnte ihn fast wieder vor mir sehen.«

Ture Magnusson ging.

»Anna«, sagte Kurt Wallander. »Ich glaube, jetzt ist es an der Zeit, sie zu holen.«

Linda klingelte an Annas Wohnungstür. Keiner machte auf. Anna war nicht zu Hause. Linda blieb regungslos im Treppenhaus stehen. Plötzlich begann sie zu verstehen, warum Anna beschlossen hatte, wieder zu verschwinden.

44

Als er im Morgengrauen erwachte, erinnerte er sich an einen Traum, den er in der Nacht gehabt hatte. Es hatte mit einem Erinnerungsbild aus der Zeit angefangen, als er noch Sandalenmacher war. Er war mit Henrietta und Anna nach Malmö gefahren. Während Henrietta beim Zahnarzt war, hatte er Anna mit hinunter zum Hafen genommen. Dort hatten sie einen Gruß von Anna auf einen Zettel geschrieben, ihn in eine Flasche gesteckt und die Flasche ins Meer geworfen. Jetzt hatte er geträumt, daß die Flaschenpost zurückgekommen war. Im Traum war er zu dem See an dem Campingplatz zurückgekehrt, wo er in seinem Wohnwagen gelebt hatte. Er hatte die Flasche aus dem See gefischt und den Zettel gelesen, den er vor vielen Jahren mit Anna geschrieben hatte. Aber er hatte nicht lesen können, was auf dem Zettel stand. Die Buchstaben und die Wörter waren ihm fremd.

Dann hatte der Traum plötzlich den Schauplatz gewechselt. Jetzt saß er am Ufer eines anderen Sees und sah durch ein Fernglas brennende Schwäne. Als die Schwäne wie zischende, schwarzgekohlte Bälle im Wasser versunken waren, hatte er im Fernglas zwei Menschen verfolgt. Das hatte ihn verwundert, weil es doch Torgeir war, der Annas Freundin Linda und ihren Vater am Strand gesehen hatte. Im Traum hatte er mit Torgeir die Identität getauscht.

Der Traum war sehr deutlich gewesen. Zwischen ihm und Torgeir gab es keinen Abstand mehr. Wenn er wollte, konnte er Torgeirs Identität annehmen, ohne daß dieser es bemerkte.

Es war Torgeir, der Anna am späten Nachmittag bei der verbarrikadierten Pizzeria in Sandskogen abholen sollte. Zuerst hatte Erik Westin sie selbst holen wollen, um sicher zu sein, daß sie wirklich mitkäme. Aber schließlich war er doch zu der Einschätzung gekommen, daß sie so von ihm abhängig war, daß sie keinen Widerstand leisten würde. Sie konnte nicht wissen, was er beschlossen hatte. Weil sie auch nicht wußte, was mit Harriet Bolson geschehen war – in diesem Punkt hatte er Torgeir strenges Schweigen auferlegt –, hatte sie keinen Grund, sich plötzlich zur Flucht zu entschließen. Was er fürchtete, war ihre Intuition. Er hatte versucht, sie an ihrem Verhalten abzulesen, und war zu dem Ergebnis gelangt, daß sie fast ebenso stark war wie seine eigene. Anna ist meine Tochter, dachte er. Sie ist wachsam, aufmerksam, stets empfänglich für die Botschaften, die ihre Intuition ihr sendet.

Torgeir sollte sie in dem blauen Saab abholen, den sie auf dem Langzeitparkplatz am Flughafen Sturup gestohlen hatten. Er hatte einige Tage zuvor zehn Kennzeichen notiert und bei der Kfz-Registrierstelle angerufen, um die Namen der Besitzer zu erfahren. Dann hatte er bei diesen angerufen und sich – sozusagen als ironische Verbeugung gegenüber seiner eigenen Vergangenheit – als Reeder ausgegeben, der auf der Jagd nach schwedischem Kapital war, um es in ein neues schwimmendes Charterhotel zu investieren. Er hatte die beiden Wagen ausgewählt, deren Besitzer sich auf den längsten Dienstreisen befanden, sowie einen dritten, der einem pensionierten Grubendirektor gehörte, der gerade eine dreiwöchige Urlaubsreise nach Thailand angetreten hatte.

Erik Westin gab Torgeir detaillierte Anweisungen. Auch wenn es nicht wahrscheinlich war, konnte Anna Angst bekommen haben, als Zebra verschwand. Es bestand das Risiko, daß sie mit Linda sprechen würde, die Eriks Meinung nach ihre engste Vertraute war. Obwohl er sie zuerst gewarnt und ihr dann verboten hatte, mit anderen außer ihm eingehendere Gespräche zu führen. Es könnte sie in die Irre leiten, hatte er wieder und wieder betont, jetzt, da sie endlich auf den rechten Weg gefunden hatte. Auch wenn er derjenige war, der so viele Jahre fort gewesen war, so war doch sie der verlorene Sohn oder die verlorene Tochter, von der die Bibel erzählte. *Sie* war nach Hause gekommen, nicht er. Was jetzt geschah, war notwendig, sie hatte einen Vater, der die Menschen zur Rechenschaft ziehen würde, all die, die sich von Gott abgewandt und Kathedralen errichtet hatten, in denen sie voller Hochmut sich selbst huldigten, anstatt in äußerster Demut Gott zu huldigen. Er hatte den verhexten Reflex in ihren Augen gesehen und wußte, daß es ihm gelingen würde, wenn er nur genügend Zeit hätte, alle Zweifel auszulöschen, die sich noch in ihrem Gehirn verbargen. Das Problem war nur, daß er die Zeit, die sie brauchten, nicht hatte. Es war sein Fehler, das mußte er sich eingestehen. Er hätte seine Tochter sehr viel früher aufsuchen sollen, sich ihr früher zeigen sollen als dort auf der Straße in Malmö. Aber er hatte sich um all die anderen kümmern müssen, um all jene, die an dem Tag und an den Orten, die er bestimmt hatte, die Tore öffnen sollten.

Eines Tages einmal würde er berichten, wie alles zugegangen war, das war das Erbe, das er hinterlassen würde. Es würde das fünfte Evangelium werden. Eines Tages würde er berichten, wie er nach vielen langen Stunden und Tagen und Monaten gedanklicher Arbeit einen Plan gemacht hatte. Er hatte es als eine Offenbarung dargestellt, es war notwendig gewesen, damit sie bereit waren, ihm zu folgen. Gottes Stimme und Geist waren die letzte Bestätigung dessen, daß das, was jetzt geschehen würde, ein unumgängliches Opfer war, das ihnen ein ewiges Leben im Paradies bereiten würde, an der Seite Gottes. »Ihr werdet in seinem Seitenflügel wohnen«, hatte er gesagt. »Gott wohnt in einem Schloß, nicht einem aus gemauerten Wänden, sein Schloß ist aus der herrlichsten Wolle heiliger Schafe gewebt. Dieses Schloß hat einen Seitenflügel, und darin werdet ihr wohnen.«

Er hatte in seinen Predigten, ›den göttlichen Überredungskampagnen‹, vor allem davon gesprochen, was sie erwartete. Das Opfer war nur ein flüchtiger Abschied, nichts anderes.

Ihre Märtyrerschaft war ein Privileg, dessen teilhaftig zu werden alle Menschen bestrebt wären, wenn sie nur die Wahrheit über die Kriegserklärung an die Gottlosigkeit wüßten, die er stets verkündet hatte.

Harriet Bolsons Tod war ihr bislang härtester Prüfstein gewesen. Er hatte Torgeir beauftragt, ihre Reaktionen zu beobachten. Ob jemand begann, schwankend zu werden, abzufallen oder zusammenzubrechen. Er selbst hatte sich auf Distanz gehalten. Er hatte Torgeir erklärt, er müsse sich nach dem, was geschehen sei, einem Reinigungsprozeß unterziehen. Er müsse allein sein, sich dreimal am Tag und dreimal in der Nacht sorgfältig waschen, sich jede sechste Stunde rasieren, und er dürfe mit niemandem sprechen, bis er sich ganz von den bösen Kräften befreit hatte, die in Harriet Bolson gesteckt hatten. Torgeir hatte ihn zweimal täglich von verschiedenen gestohlenen Handys angerufen. Es gab keine Anzeichen dafür, daß jemand schwach wurde. Im Gegenteil, Torgeir glaubte, eine wachsende Ungeduld feststellen zu können, als ginge es ihnen nicht schnell genug, ihr letztes Opfer zu vollbringen.

Er hatte ausführlich mit Torgeir gesprochen, bevor dieser losfuhr, um Anna zu holen. Beim geringsten Anzeichen, daß sie nicht in den Wagen steigen wollte, sollte Torgeir sie zwingen. Deshalb hatte er den einsamen Ort bei der Pizzeria ausgewählt. Er hatte Torgeir genau beobachtet, als er ihm sagte, er dürfe Anna gegenüber Gewalt anwenden. Torgeir hatte auch gezögert, in seinen Augen waren Sorge und Unsicherheit aufgeflackert. Erik Westin hatte mit sanfter Stimme gesprochen und sich zu Torgeir vorgebeugt und gleichzeitig die Hand auf seine Schulter gelegt. Was beunruhigte ihn? Hatte er jemals Unterschiede zwischen Menschen gemacht? Hatte er Torgeir nicht aus der Gosse aufgelesen? Warum sollte seine Tochter nicht genauso behandelt werden wie alle anderen? Hatte Gott nicht eine Welt geschaffen, in der alle gleich waren, eine Welt, die die Menschen verleugnet und dann zerstört hatten? War das nicht die Welt, zu der zurückzukehren sie den Menschen jetzt zwingen würden?

Er hatte Torgeir nicht fahren lassen, bevor er sicher war, daß dieser nicht zögern würde, Anna gegenüber Gewalt anzuwenden, falls es notwendig würde. Seine Tochter würde, wenn alles so lief, wie er hoffte, wenn sie sich würdig erwies, seine Erbfolgerin werden. Gottes Reich auf Erden sollte nie wieder aufgegeben werden, wie es früher der Fall gewesen war. Es mußte immer einen Führer geben, und Gott hatte selbst gesagt, daß sein Reich ein Erbreich war.

Er hatte auch gedacht, daß Anna vielleicht nicht die Richtige war. Für diesen Fall mußte er zusehen, daß er mehr Kinder bekam, und unter ihnen das auswählen, das ihm nachfolgen sollte.

In diesen letzten Tagen, bevor der große Plan ins Werk gesetzt werden würde, hatten sie drei Hauptquartiere. Erik hatte für sich selbst eine Villa in Sandhammaren ausgesucht, die einsam gelegen war und einem pensionierten Kapitän gehörte, der mit einem Oberschenkelhalsbruch im Krankenhaus lag. Das zweite war ein verlassener Hof in der Nähe von Tomelilla, der zum Verkauf stand, das dritte das Haus hinter der Kirche in Lestarp, das Torgeir gekauft hatte, das sie jedoch geräumt hatten, nachdem die Tochter des Kriminalbeamten sich allzu interessiert gezeigt hatte.

Erik wußte nicht, wie Torgeir die leerstehenden Häuser fand, in denen sie nicht mit unerwartetem Besuch rechnen mußten. Das war das Vertrauen, das er Torgeir erwies: Er verließ sich darauf, daß er keine Fehler machte.

Als Torgeir gefahren war, um Anna zu holen, ging Erik Westin in den Keller. Torgeir hatte sich wirklich zu einem ausgezeichneten Spürhund entwickelt, was das Auffinden der Verstecke betraf, die alle seine wechselnden Forderungen erfüllten. Gerade dieses Haus verfügte über einen schalldichten Raum, in dem man einen Menschen für ein paar Tage einschließen konnte. Der alte Kapitän hatte sein Haus mit dicken Wänden bauen lassen, und ein Kellerraum hatte eine Tür mit einem kleinen Fenster. Als Torgeir es ihm zeigte, sprachen sie darüber, daß es so aussah, als habe der Kapitän seine private kleine Gefängniszelle im Haus. Sie hatten nie eine plausible Erklärung dafür gefunden, warum der Kapitän die Zelle eingerichtet hatte. Torgeir hatte gemeint, sie sei vielleicht als Schutzraum für den Fall eines Atomkriegs gedacht. Doch was sollte das Fenster in der Tür?

Er blieb stehen und lauschte. Am Anfang, als sie aus der Betäubung erwacht war, hatte sie geschrieen und an die Wände geschlagen und den Eimer, der als Toilette gedacht war, umgetreten. Als sie längere Zeit still gewesen war, hatte er vorsichtig durch das Fenster geschaut. Sie saß zusammengekauert auf dem Bett. Auf einem Tisch standen Wasser, Brot und Aufschnitt. Er sah, daß sie nichts angerührt hatte, womit er auch nicht gerechnet hatte.

Auch jetzt war es still, als er wieder in den Keller hinunterkam. Er ging mit lautlosen Schritten durch den Gang und blickte vorsichtig durch das Fenster. Sie lag auf dem Bett, wandte ihm den Rücken zu und schlief. Er mußte lange hinsehen, bis er sicher war, daß sie atmete. Dann ging er wieder hinauf und setzte sich auf die Veranda, um auf Torgeirs Rückkehr mit Anna zu warten. Es gab immer noch ein Problem, das er bisher nicht gelöst hatte. Bald, sehr bald würde er gezwungen sein, einen Beschluß darüber zu fassen, was mit Henrietta geschehen sollte. Bisher hatten Torgeir und Anna es geschafft, sie davon zu überzeugen, daß alles mit rechten Dingen zuging. Aber Henrietta war unzuverlässig und launisch. Das war sie immer gewesen. Wenn er konnte, wollte er ihr Leben schonen. Aber wenn es sich als notwendig erweisen sollte, würde er auch nicht zögern, sie verschwinden zu lassen.

Er saß auf der Veranda und blickte aufs Meer. Einst hatte er Henrietta geliebt. Auch wenn diese Liebe in einen Schimmer von Unwirklichkeit eingebettet war und so weit zurücklag, daß sie ihm nicht wie etwas vorkam, was er erlebt hatte, sondern wie etwas, wovon er hatte erzählen hören, war die Liebe nie ganz erloschen. Erst als Anna zur Welt gekommen war, hatte er die große Liebe gefühlt, aber obwohl er seine Tochter vom ersten Augenblick an geliebt hatte, nie müde wurde, sie im Arm zu halten, sie anzusehen, wenn sie schlief oder spielte, hatte die Liebe auch eine große Leere beinhaltet, die am Ende dazu führte, daß er aufbrach und die beiden verließ. Als er ging, hatte er gedacht, daß er bald zurückkommen würde, daß er vielleicht nur ein paar Wochen, höchstens einen Monat fortbleiben würde. Doch schon in Malmö hatte er eingesehen, daß die Reise, die er angetreten hatte, sehr viel länger dauern, daß sie vielleicht nie enden würde. Auf dem Bahnhof hatte es einen kurzen Augenblick gegeben, in dem er fast beschlossen hatte umzukehren. Aber er konnte nicht, das Leben mußte mehr und mußte etwas anderes sein als das, was er bis dahin erfahren hatte.

Er dachte an die gewesene Zeit zurück als an eine Wanderung, geradewegs hinaus in die Wüste. Der erste Schritt war die Flucht, die verworrene Pilgerfahrt ohne Ziel. In dem Augenblick, als er sich entschlossen hatte, den letzten festen Halt loszulassen und sich das Leben zu nehmen, hatte Pastor Jim Jones seinen Weg gekreuzt. Er war die Oase in der Wüste. Zuerst hatte er geglaubt, es sei eine Fata Morgana, doch dann hatte er gespürt, daß es echtes Quellwasser war, das durch seine Kehle lief. Jim hatte immer vom Wasser gesprochen, es war das heiligste aller Getränke, heiliger als der Wein. Und dann hatte es sich trotz allem als Fata Morgana erwiesen.

Unten am Strand gingen einige Menschen spazieren. Einer von ihnen hatte einen Hund, ein anderer trug ein kleines Kind auf den Schultern. Für euch tue ich, was ich hier tue, dachte er. Um euretwillen habe ich Menschen gesammelt, die bereit sind, zu Märtyrern zu werden, um eurer Freiheit willen, um die Leere zu füllen, von der ihr vielleicht nicht einmal ahnt, daß ihr sie tief in euch selbst tragt.

Die Menschen am Strand entschwanden aus seinem Blickfeld. Er schaute aufs Wasser. Die Wellen waren kaum sichtbar, der schwache Wind kam aus Südost. Er ging in die Küche und holte sich ein Glas Wasser. Es würde noch mindestens eine halbe Stunde dauern, bis Torgeir mit Anna zurückkam. Er setzte sich wieder auf die Veranda. Weit draußen am Horizont glaubte er ein Schiff zu sehen. Die Zeit, die er noch hatte, bis Anna kam, wollte er dazu nutzen, ein schwieriges Problem in Angriff zu nehmen, von dem er nicht ganz voraussehen konnte, wie es sich gestalten würde. Die Anzahl christlicher Märtyrer war so gering, daß die Menschen kaum noch wußten, daß es sie überhaupt gab. Während des Zweiten Weltkriegs waren Priester in Konzentrationslagern für andere gestorben, es gab heilige Männer und heilige Frauen. Aber das Märtyrertum war den Christen aus den Händen geglitten, genau wie alles andere. Jetzt waren es die Moslems, die nicht zögerten, Menschen dazu aufzurufen, die äußerste Opferhandlung zu begehen. Auf Videos hatte er studiert, wie sie sich vorbereiteten, wie sie ihren Entschluß, als Märtyrer zu sterben, dokumentierten; er hatte genaugenommen das gelernt, was von den Anhängern der Religion, die er am stärksten haßte, zu lernen war, von dem größten Feind, dem er keinen Platz im kommenden Gottesreich zu bereiten gedachte. Hier lag eine Gefahr: Menschen in der christlichen Welt – oder der Welt, die einst christlich war und es wieder werden sollte – würden das dramatische Geschehen, das bald eintreten sollte, als das Werk von Moslems betrachten. In dieser Verwirrung lag etwas Gutes und etwas Schlechtes zugleich, das Gute war, daß ein frischer Haß auf die Moslems aufflammen würde, das Schlechte war, daß es lange dauern würde, bis die Menschen verstanden, daß die christlichen Märtyrer jetzt zurückgekehrt waren. Es war keine kleine Erweckungsbewegung, kein Maranata, sondern eine große Bekehrung, die stattfinden würde, bis Gottes Reich auf Erden wieder errichtet war.

Er sah auf seine Hände. Manchmal, wenn er daran dachte, was ihn erwartete, begannen seine Hände zu zittern. Doch jetzt waren sie ruhig. Man wird mich für eine kurze Zeit als Narren betrachten, dachte er. Aber wenn die Märtyrer in endlosen Reihen dahinwandern, werden die Menschen verstehen, daß ich der Apostel der Vernunft bin, auf den man seit Tausenden von Jahren wartet. Ich hätte das hier ohne Jim Jones nicht geschafft, dachte er. Von ihm habe ich gelernt, meine Schwäche zu beherrschen, mich nicht zu fürchten, andere dazu anzuhalten, für die höheren Ziele zu sterben. Ich habe gelernt, daß Freiheit und Erlösung nur im Blut möglich sind, im Tod, es gibt keinen anderen Weg, und jemand muß immer vorangehen.

Jemand muß immer vorangehen. Das hatte Jesus getan. Aber Gott hatte ihn verlassen, weil er nicht weit genug gegangen war. Jesus hatte eine Schwäche, dachte er. Jesus fehlte die Stärke, über die ich verfüge. Es ist an uns, zu Ende zu bringen, was er unvollendet ließ. Gottes Reich auf Erden wird das Reich sein, in dem alles den Geboten untergeordnet ist. In der Bibel finden sich alle Regeln, die der Mensch braucht, um zu leben. Wir werden in Epochen heiliger Kriege eintreten, aber wir werden siegen, weil die christliche Welt eine Waffenmacht besitzt, die niemand besiegen kann.

Er blinzelte zum Horizont. Das Schiff fuhr nach Westen. Der Wind war noch weiter abgeflaut. Er blickte auf die Uhr. Torgeir mußte bald zurückkommen. Die letzten Stunden dieses Tages und der folgenden Nacht würde er ausschließlich ihr widmen. Er hatte den Kampf um ihren Willen noch nicht gewonnen. Noch leistete sie Widerstand. Es war ein großer Schritt voran gewesen, daß sie akzeptierte, über ihr Verhältnis zu Vigsten, dem Mann, der Torgeirs Wirtstier in Kopenhagen war, die Unwahrheit zu sagen. Anna hatte nie auch nur eine einzige Klavierstunde genommen, aber es hatte den Anschein, daß sie die Polizisten, die mit ihr gesprochen hatten, überzeugt hatte. Es ärgerte ihn erneut, daß ihm in bezug auf die Zeit, die er brauchte, eine Fehleinschätzung unterlaufen war. Doch jetzt war es zu spät. Alles konnte nicht exakt so ablaufen, wie er es sich gedacht hatte. Das Wichtigste war, daß der große Plan nicht umgestoßen wurde.

Die Haustür ging auf. Er lauschte. In den schweren Jahren hatte er viel Zeit darauf verwandt, die Empfindsamkeit aller seiner Sinne zu trainieren. Als hätte er die Schneide des Gehörs, des Seh- und des Geruchssinns geschliffen. Manchmal stellte er sich die Sinne wie scharfe Messer vor, die unsichtbar an seinem Gürtel hingen. Er horchte auf die Schritte. Torgeirs schwerere – und die leichteren, Anna war mitgekommen. Torgeir schleppte sie nicht, sie bewegte sich in ihrem eigenen Tempo, also hatte er keine Gewalt anwenden müssen.

Sie kamen auf die Veranda heraus. Er stand auf und umarmte Anna. Sie war unruhig, das sah er, aber nicht so schlimm, daß es ihm nicht gelingen würde, sie zu beruhigen. Mit dieser Ruhe würde er auch die letzten Bastionen ihres Willens, die noch Widerstand leisteten, besiegen. Er bat sie, sich zu setzen, während er Torgeir zur Tür begleitete. Sie sprachen leise miteinander. Die Auskunft, die Torgeir ihm gab, beruhigte ihn. Die Ausrüstung lag in sicherem Gewahrsam, die Menschen warteten in den beiden Häusern. Keiner hatte Anzeichen von etwas anderem als Ungeduld erkennen lassen.

»Es ist der Hunger«, sagte Torgeir. »Hunger und Gier.«

»Wir nähern uns der fünfzigsten Stunde. In zwei Tagen und zwei Stunden verlassen wir unsere Verstecke und schreiten zum ersten Angriff.«

»Sie war völlig ruhig, als ich sie holte. Ich habe ihre Stirn befühlt, ihr Puls war normal.«

Der Zorn kam aus dem Nichts. »Nur ich, nur ich allein habe das Recht, den Finger an die Stirn eines Menschen zu legen und seinen Puls zu fühlen. Nicht du, niemals du.«

Torgeir erbleichte. »Ich hätte es nicht tun dürfen.«

»Nein. Aber es kann etwas geben, was du für mich tun kannst. Damit ich es vergesse.«

»Was?«

»Annas Freundin. Die so neugierig ist, viel zu interessiert. Ich spreche jetzt mit Anna. Wenn dieses Mädchen Verdacht schöpft, muß sie verschwinden.«

Torgeir nickte.

»Ich nehme an, du verstehst, wen ich meine?«

»Das Mädchen, das die Tochter eines Polizeibeamten ist. Sie heißt Linda.«

Er machte Torgeir ein Zeichen, zu verschwinden, und ging leise durchs Wohnzimmer zurück Richtung Veranda. Anna saß auf einem Stuhl an der Wand. Sie ist wie ich, dachte er. Sie setzt sich immer so, daß sie den Rücken frei hat. Sie wirkte ruhig. Aber irgendwo in ihm nagte ein Zweifel. Das war vernünftig – nur ein unbedachter Mensch nahm seinen eigenen Zweifel nicht ernst. Die wichtigsten Wachposten hat man in sich, wie Schutzengel und verschiedene Alarmsysteme, die vor Gefahren warnen. Er betrachtete sie erneut. Plötzlich wandte sie sich um in seine Richtung. Er zog sich hinter die Tür zurück. Hatte sie ihn gesehen? Es beunruhigte ihn, daß seine Tochter ihn auf so viele unterschiedliche Weisen unsicher machen konnte. Es gibt ein Opfer, das ich nicht bringen will, dachte er. Ein Opfer, das ich fürchte. Aber ich muß darauf gefaßt sein, daß es notwendig werden kann. Nicht einmal meine Tochter kann verlangen, immer davonzukommen. Niemand kann das, außer mir.

Er trat auf die Veranda hinaus und setzte sich Anna gegenüber. Er wollte anfangen zu sprechen, als das Unerwartete geschah. Eigentlich war es der Fehler des Kapitäns, und im stillen verfluchte er ihn. Die Wände waren nicht so dick, wie er geglaubt hatte. Ein Geheul stieg durch den Fußboden vom Keller herauf. Anna erstarrte. Das Heulen ging in ein Brüllen über, wie wenn sich ein wildes Tier in äußerster Not durch den Zement beißt, um die Freiheit wiederzuerlangen.

Zebras Stimme. Zebras Heulen. Anna starrte ihn an, ihn, der ihr Vater war, aber auch so vieles mehr. Er sah zu, wie sie sich so fest auf die Unterlippe biß, daß es zu bluten begann.

Der Abend und die Nacht sollten lang und schwierig werden, erkannte er. Plötzlich war er sich nicht sicher, ob Anna ihn verlassen hatte oder ob Zebras Heulen sie nur für einen Augenblick irregeführt hatte.

45

Linda stand vor Annas Tür und überlegte, ob sie sie eintreten sollte. Aber warum? Was glaubte sie eigentlich dort drinnen zu finden? Zebra bestimmt nicht. Und das war das einzige, was sie im Augenblick interessierte. Als sie dort vor der Tür stand, war es, als sehe sie plötzlich ein, was geschehen war, ohne diese Einsicht jedoch in Worte fassen zu können. Ihr brach der kalte Schweiß aus. Sie durchsuchte ihre Taschen, obwohl sie wußte, daß sie die Reserveschlüssel zurückgegeben hatte. Nur nicht die für den Wagen. Aber was soll ich mit denen, dachte sie. Wohin soll ich fahren? Ist der Wagen überhaupt noch da? Sie ging hinunter in den Hof, der Wagen stand da. Sie versuchte zu denken, doch die Angst blockierte sie. Zuerst hatte sie sich um Anna Sorgen gemacht. Dann war Anna zurückgekommen. Jetzt war Zebra verschwunden, und ihre Unruhe galt jetzt ihr. Plötzlich sah Linda, was sie so verwirrte. Es hatte mit Anna zu tun. Zuerst hatte sie Angst gehabt, Anna könnte etwas zugestoßen sein, und jetzt galt ihre Angst dem, was Anna tun könnte.

Sie trat so heftig gegen einen Stein, daß ihr der Zeh weh tat. Ich sehe Gespenster, dachte sie. Was sollte Anna denn tun können? Sie begann in die Richtung des Hauses zu gehen, in dem Zebra wohnte. Nach ein paar Metern stoppte sie, machte kehrt und holte Annas Wagen. Normalerweise pflegte sie einen Zettel zu schreiben, doch jetzt war die Zeit zu knapp. Sie fuhr auf direktem Weg und viel zu schnell zu Zebra. Die Nachbarin war mit dem Jungen draußen, aber ihre halbwüchsige Tochter, die Linda wiedererkannte, gab ihr den Schlüssel zu Zebras Wohnung. Linda ging hinein, machte die Tür zu und sog von neuem den seltsamen Geruch in die

Nase. Warum untersucht das keiner? dachte sie. Kann es ein Betäubungsmittel sein?

Linda stand mitten im Wohnzimmer. Sie bewegte sich lautlos, atmete vorsichtig, als wolle sie die Wohnung im Glauben lassen, daß sie leer wäre. Sie dachte: *Jemand kommt hier herein. Zebra schließt selten ab, jemand öffnet und geht hinein. Der Junge ist hier. Aber er kann nicht erzählen, was passiert ist. Zebra wird betäubt und weggebracht, der Junge schreit, und die Nachbarin erscheint auf der Bildfläche.*

Linda sah sich um. Wie findet man Spuren? dachte sie. Ich sehe nur eine Wohnung, die leer ist, und ich kann die Leere nicht durchschauen. Sie zwang sich, klar zu denken. Zumindest gelang es ihr, die wichtigste Frage zu formulieren: Wer kann etwas wissen? Der Junge hat es gesehen, kann aber nicht erzählen. In Zebras Nähe gab es niemanden, der Informationen beisteuern konnte. Also mußte sie zu Anna übergehen. Wen gab es da? Die Antwort war klar, ihre Mutter Henrietta, die sie schon vorher im Verdacht gehabt hatte. Was hatte sie gedacht, als sie sie zum erstenmal besuchte? Daß Henrietta nicht die Wahrheit sagte, daß sie wußte, warum Anna fort war, und daß sie sich deshalb keine Sorgen machte.

Aus Ärger darüber, daß sie nicht schon damals tiefer in dem, was sie ahnte, gegraben hatte, trat sie gegen einen Stuhl. Der Schmerz von dem Tritt gegen den Stein wurde noch schlimmer. Sie verließ die Wohnung.

Jassar fegte vor seinem Laden. »Haben Sie sie gefunden?« fragte er.

»Nein. Ist Ihnen noch etwas eingefallen?«

Jassar seufzte. »Nichts mehr. Mein Gedächtnis ist schlecht, aber ich bin sicher, daß Zebra an diesem Mann hing.«

»Nein«, entgegnete Linda und spürte ein Bedürfnis, Zebra zu verteidigen. »Sie hing nicht an ihm, sie war betäubt. Was Ihrer Meinung nach aussah wie eine Frau, die sich an jemanden hängte, war eine Frau, die betäubt worden war.«

Jassar machte ein bekümmertes Gesicht. »Da können Sie

recht haben«, sagte er. »Aber passiert so etwas wirklich? In einer Stadt wie Ystad?«

Linda hörte nur noch halb, was Jassar sagte. Sie war schon auf dem Weg über die Straße, um ins Auto zu steigen und zu Henrietta zu fahren. Sie hatte gerade den Motor angelassen, als ihr Handy klingelte. Sie zögerte, meldete sich dann aber doch. Es war Stefan Lindman. Sie freute sich, seine Stimme zu hören.

»Wo bist du?«

»In einem Auto.«

»Dein Vater bat mich, dich anzurufen. Er wollte wissen, wo du bist. Und wo ist Anna Westin?«

»Ich habe sie nicht gefunden.«

»Was meinst du damit?«

»Kann ich damit so viele Dinge meinen? Ich bin zu ihrer Wohnung gegangen, sie war nicht da. Ich versuche herauszufinden, wo sie sein kann. Wenn ich sie gefunden habe, bringe ich sie mit zu euch.«

Warum bin ich nicht ehrlich? dachte sie. Habe ich das zu Hause gelernt, von zwei Eltern, die nie offen sprachen, sondern immer Umwege wählten?

Es war, als habe er sie durchschaut. »Ist alles in Ordnung?«

»Abgesehen davon, daß ich Anna nicht gefunden habe, ja.«

»Brauchst du Hilfe?«

»Nein.«

»Das klingt aber nicht überzeugend. Denk dran, du bist noch keine Polizistin.«

Linda wurde wütend. »Wie soll ich das vergessen können, wenn alle Welt mich daran erinnert?«

Sie beendete das Gespräch, schaltete das Handy aus und warf es auf den Sitz. Als sie um die Straßenecke gefahren war, bremste sie und schaltete es wieder an. Sie fuhr zu Henrietta hinaus. Es war windig geworden, der Wind war kalt, als sie aus dem Wagen stieg und zum Haus ging. Sie schaute hinüber zu der Stelle, wo sie in die Fuchsfalle getreten war. Ein Stück entfernt, auf einem der Feldwege, die sich zwischen den schonischen Wiesen und Äckern dahinschlängeln, stand ein Mann und verbrannte Müll neben seinem geparkten Auto. Der Rauch wurde von den Windböen verweht.

Wieder bekam Linda das Gefühl, daß der Herbst nahe war. Jetzt kam bald der Frost. Sie betrat den Hof und klingelte an der Haustür. Der Hund begann zu bellen. Sie holte tief Luft und schüttelte die Arme aus, als bereite sie sich darauf vor, in Startblöcke zu treten. Henrietta machte auf. Sie lächelte. Linda war sofort auf der Hut; Henrietta schien sie erwartet zu haben, zumindest war sie nicht im geringsten verwundert. Linda registrierte auch, daß sie geschminkt war, als habe sie sich für jemanden feingemacht oder versuche zu verbergen, daß sie blaß war.

»Unerwarteter Besuch«, sagte Henrietta und trat zur Seite.

Ganz im Gegenteil, dachte Linda.

»Du bist immer willkommen. Komm rein und setz dich.«

Der Hund beschnüffelte sie und legte sich dann in seinen Korb. Linda hörte jemanden seufzen. Sie blickte sich um, doch es war niemand zu sehen. Das Seufzen schien direkt aus den dicken Steinwänden zu kommen. Henrietta stellte eine Thermoskanne und zwei Tassen auf den Tisch.

»Was ist das, was man da hört?« fragte Linda. »Sind es Menschen, die seufzen?«

»Ich höre mir gerade eine meiner ältesten Kompositionen an. Sie ist von 1987, ein Konzert für vier seufzende Stimmen und Schlagzeug. Paß jetzt mal auf!«

Sie hatte die Thermoskanne abgestellt und die Hand erhoben.

Linda lauschte. Es war eine einzelne Stimme, die seufzte, eine Frauenstimme.

»Das ist Anna«, sagte sie. »Ich konnte sie dazu bringen mitzumachen. Sie seufzt sehr melodisch. Man könnte an ihre Trauer und Hinfälligkeit glauben. Wenn sie redet, ist immer ein leichtes Zweifeln in ihrer Stimme. Wenn sie seufzt, nie.«

Linda hörte weiter zu. Der Gedanke, seufzende Stimmen aufzunehmen und sie zu einer Art von Musik zusammenzufügen, hatte für sie etwas Gespenstisches.

Eine dröhnende Trommel unterbrach ihren Gedanken. Henrietta ging zum Tonbandgerät und schaltete es ab. Sie setzten sich. Der Hund hatte angefangen zu schnarchen.

Es war, als riefe das Geräusch Linda in die Wirklichkeit zurück. »Weißt du, wo Anna ist?«

Henrietta betrachtete ihre Fingernägel, dann sah sie Linda an. Linda ahnte eine Unsicherheit in ihrem Blick. Sie weiß es, dachte Linda. Sie weiß es, und sie ist bereit, abzustreiten, daß sie es weiß.

»Es ist sonderbar«, sagte Henrietta. »Jedesmal enttäuschst du mich. Ich glaube, daß du kommst, um mich zu besuchen. Aber alles, was du willst, ist, daß ich dir sagen soll, wo sich meine Tochter befindet.«

»Weißt du, wo sie ist?«

»Nein.«

»Wann hast du zuletzt mit ihr gesprochen?«

»Sie hat mich gestern angerufen.«

»Von wo?«

»Von zu Hause.«

»Nicht von einem Handy?«

»Sie hat keins, wie du bestimmt weißt. Sie gehört zu den Menschen, die der Versuchung widerstehen, jederzeit erreichbar zu sein.«

»Sie war also zu Hause?«

»Ist dies ein Verhör?«

»Ich möchte wissen, wo Anna ist. Ich möchte wissen, was sie tut.«

»Ich weiß nicht, wo sich meine Tochter befindet. Vielleicht ist sie in Lund? Sie studiert Medizin, wie du vielleicht weißt.«

Zur Zeit nicht, dachte Linda. Es kann sein, daß Henrietta nicht weiß, daß Anna ihr Medizinstudium mit großer Sicherheit aufgegeben hat. Es kann ein Trumpf sein, den ich auf den Tisch knalle. Doch später, jetzt noch nicht.

Linda entschied sich für einen anderen Weg. »Kennst du Zebra?«

»Du meinst Lill Zeba?«

»Wir nennen sie Zebra. Sie ist weg. Einfach verschwunden, so wie Anna verschwunden war.«

Kein Zucken, keine Miene verriet, daß Henrietta etwas wußte. Linda kam sich vor, als sei sie im Ring in der Offensive gewesen, aber plötzlich durch einen Zufallstreffer zu Boden gegangen. Es war ihr einmal in der Zeit an der Polizeihochschule passiert, sie hatten geboxt, und Linda hatte plötzlich auf dem Boden gesessen und nicht gewußt, wie sie dort gelandet war.

»Vielleicht kommt sie genauso zurück, wie Anna zurückgekommen ist.«

Linda ahnte die Blöße mehr, als daß sie sie klar vor sich sah. Sie ging mit erhobenen Fäusten direkt drauflos. »Warum hast du nie die Wahrheit gesagt? Daß du wußtest, wo Anna war?«

Der Schlag saß. Wie aus dem Nichts tauchten Schweißtropfen auf Henriettas Stirn auf. »Willst du behaupten, daß ich lüge? Dann möchte ich, daß du gehst. Ich will solche Menschen nicht in meinem Haus haben. Du vergiftest mich, ich kann nicht arbeiten, die Musik stirbt.«

»Ich behaupte, daß du lügst. Und ich gehe nicht, bevor ich Antwort auf meine Fragen bekommen habe. Ich muß wissen, wo Zebra ist. Ich glaube, daß sie in Gefahr ist. Irgendwie ist Anna in die Geschichte verwickelt. Du weißt viel mehr, als du zugibst.«

Henrietta schrie. Der Hund kam aus seinem Korb hoch und bellte. »Verlasse mein Haus. Ich weiß nichts.«

Henrietta war aufgestanden und an ein Fenster getreten. Abwesend öffnete sie es, schloß es wieder, um es dann angelehnt zu lassen. Linda wußte nicht, wie sie weitermachen sollte, wußte nur, daß sie nicht lockerlassen durfte.

Henrietta beruhigte sich und wandte sich um. Ihre ganze Freundlichkeit war verflogen. »Es tut mir leid, daß ich aus der Haut gefahren bin. Aber ich mag es nicht, als Lügnerin hingestellt zu werden. Ich weiß nicht, wo Zebra ist. Ich verstehe auch nicht, warum du behauptest, daß Anna etwas damit zu tun haben soll.«

Linda sah, daß Henrietta wirklich empört war. Oder sie spielte es sehr gut. Sie sprach laut, ohne zu schreien, aber die Stimme war durchdringend. Sie hatte sich nicht wieder gesetzt, sondern war am Fenster stehengeblieben.

»Mit wem hast du gesprochen an dem Abend, als ich in die Fuchsfalle getreten bin?«

»Hast du mir nachspioniert?«

»Nenne es, wie du willst. Warum wäre ich wohl sonst hiergewesen? Ich wollte wissen, warum du nicht die Wahrheit sagtest, als ich kam, um nach Anna zu fragen.«

»Der Mann, der hier war, wollte mit mir über ein musikalisches Werk sprechen, das wir gemeinsam schaffen wollten.«

»Nein«, entgegnete Linda und zwang sich, mit ruhiger Stimme zu sprechen. »Es war jemand anders.«

»Du behauptest schon wieder, daß ich lüge?«

»Ich weiß, daß du lügst.«

»Ich sage immer die Wahrheit«, erwiderte Henrietta. »Aber manchmal antworte ich ausweichend, weil ich meine Geheimnisse bewahren will.«

»Nenne du es ausweichend antworten, ich nenne es lügen. Ich weiß, wer hier war.«

»Du weißt, wer hier war?« Henriettas Stimme wurde wieder schrill.

»Entweder ein Mann namens Torgeir Langaas, oder auch Annas Vater.«

Henrietta zuckte zusammen. »Torgeir Langaas«, schrie sie fast. »Und Annas Vater. Warum sollte einer von ihnen hiergewesen sein? Ich kenne gar keinen Torgeir Langaas. Annas Vater ist seit vierundzwanzig Jahren verschwunden. Er ist tot. Ich glaube nicht an Gespenster. Torgeir Langaas, was ist das für ein Name? Ich kenne niemanden, der so heißt, und

Annas Vater ist tot, es gibt ihn nicht, sie bildet sich nur etwas ein. Anna ist in Lund, und wohin Zebra verschwunden ist, weiß ich nicht.«

Henrietta ging in die Küche und kam mit einem Glas Wasser zurück. Sie räumte ein paar Kassetten von einem Stuhl zur Seite, der neben Lindas stand, und setzte sich. Linda drehte sich, um ihr Gesicht sehen zu können.

Henrietta lächelte. Als sie sprach, war ihre Stimme wieder sanft, leise, beinah behutsam. »Ich wollte nicht so aufbrausen.«

Linda sah sie an. Eine Warnglocke begann in ihr zu schrillen. Da war etwas, was sie verstehen sollte. Doch sie kam nicht darauf, was es war. Gleichzeitig wurde ihr klar, daß das Gespräch gescheitert war. Das einzige, was sie bewirkt hatte, war, daß Henrietta noch unerreichbarer geworden war. Da wären erfahrene Polizisten nötig gewesen, dachte sie und bereute, was sie getan hatte. Jetzt würde ihr Vater, oder wer immer das nächste Mal mit Henrietta sprach, noch größere Schwierigkeiten haben, ihr das, was sie nicht preisgeben wollte, zu entlocken.

»Gibt es noch etwas, wovon du meinst, es sei eine Lüge?«

»Ich glaube so gut wie nichts von dem, was du erzählst. Aber ich kann dich nicht dazu bringen, mit dem Lügen aufzuhören. Ich möchte nur, daß du verstehst, daß ich frage, weil ich mir Sorgen mache. Ich habe Angst, daß Zebra etwas zustoßen könnte.«

»Und was sollte ihr zustoßen?«

Linda beschloß, ganz offen zu sein. »Ich glaube, daß jemand – vielleicht sind es auch mehrere – Frauen umbringt, die abgetrieben haben. Zebra hat abgetrieben. Die Frau, die tot in der Kirche lag, hatte abgetrieben. Du hast wohl von ihr gehört?«

Henrietta rührte sich nicht. Linda nahm das als Bestätigung.

»Was hat Anna damit zu tun?«

»Ich weiß es nicht. Aber ich habe Angst.«

»Angst wovor?«

»Daß jemand Zebra tötet. Daß so etwas geschieht, und daß Anna darin verwickelt ist.«

Etwas in Henriettas Gesicht veränderte sich. Linda konnte nicht sagen, was. Es huschte vorbei, kurz, schnell, doch Linda bemerkte es. Sie dachte, daß sie nun nicht weiterkam. Sie bückte sich nach ihrer Jacke, die auf dem Fußboden lag. Auf dem Tisch daneben stand ein Spiegel. Linda warf einen Blick hinein und fing Henriettas Gesicht ein. Sie sah nicht Linda an, sondern an ihr vorbei. Ihr Blick war flüchtig, dann sah sie Linda wieder an.

Linda nahm ihre Jacke. Gleichzeitig erkannte sie, wohin Henrietta geschaut hatte. *Zum Fenster, das angelehnt war.*

Linda stand auf, zog die Jacke an und wandte das Gesicht zum Fenster. Da draußen war niemand. Aber sie war sich sicher, daß jemand dort gewesen war. Sie hielt inne, den einen Arm im Ärmel der Jacke. Henriettas laute Stimme, das wie zufällig geöffnete Fenster, die Wiederholungen der Namen, die Linda genannt hatte, und Henriettas Beteuerung, sie nicht zu kennen. Linda zog die Jacke an. Sie wagte nicht, Henrietta anzusehen, weil sie befürchtete, das, was sie jetzt verstanden hatte, könnte in ihrem Gesicht geschrieben sein.

Linda ging rasch zur Haustür und streichelte den Hund.

Henrietta kam ihr nach. »Es tut mir leid, daß ich dir nicht helfen kann.«

»Du kannst schon«, erwiderte Linda. »Aber du ziehst es vor, es nicht zu tun.«

Linda öffnete die Tür und ging. Als sie um die Hausecke gebogen war, blieb sie stehen und sah sich um. Ich sehe niemanden, dachte sie. Aber jemand sieht mich. Jemand hat mich gesehen, und vor allem hat jemand gehört, was Henrietta gesagt hat. Sie hat meine Worte wiederholt, und die Person vor dem Fenster weiß jetzt, was ich weiß, und zugleich, was ich glaube und was ich befürchte.

Sie eilte zum Wagen. Sie hatte Angst. Gleichzeitig dachte sie, daß sie wieder einen Fehler gemacht hatte. In dem Moment, als sie in der Tür stand und den Hund streichelte, hätte sie ernsthaft anfangen müssen, Henrietta ihre Fragen zu stellen. Statt dessen war sie gegangen.

Sie fuhr davon und sah häufig in den Rückspiegel. Nach zwanzig Minuten fuhr sie auf den Parkplatz des Polizeipräsidiums. Der Wind war stärker geworden. Sie duckte sich dagegen, als sie zum Eingang des Präsidiums hastete.

46

Unmittelbar hinter der Schwelle stolperte Linda und schlug sich die Lippe auf, als sie mit dem Gesicht auf den Steinfußboden fiel. Einen kurzen Moment war ihr schwindelig, dann stand sie auf und winkte ab, als die Frau aus der Anmeldung ihr zu Hilfe eilen wollte. Ihre Hand blutete, und sie ging in den Umkleideraum mit den Toiletten. Sie wusch sich das Gesicht und wartete, bis die Lippe aufhörte zu bluten. Als sie wieder in die Anmeldung zurückkam, begegnete ihr Stefan Lindman, der gerade hereinkam.

Er betrachtete sie amüsiert. »Die blau geschlagene Familie«, sagte er. »Dein Vater behauptet, gegen eine Tür gelaufen zu sein. Was ist es bei dir gewesen? Dieselbe Tür? Wie sollen wir euch nennen, wenn wir euch wegen des gleichen Nachnamens auseinanderhalten wollen? Das Veilchen und die Wulstlippe?«

Linda prustete los. Sofort platzte die Wunde an der Lippe wieder auf. Sie ging zurück zur Toilette und holte Papier. Dann gingen sie beide durch die Türen in den Bürokorridor.

»Ich habe ihm einen Aschenbecher an den Kopf geworfen. Das war keine Tür.«

»Man kennt dieses Jägerlatein, bei dem die Tiere jedesmal, wenn man seine Geschichte erzählt, größer und schwerer werden. Ich frage mich, ob das nicht auch für Verletzungen gilt. Vielleicht war es ursprünglich eine Tür, aber sie kann sich in eine Schlägerei verwandeln, aus der man als ruhmreicher Sieger hervorgegangen ist. Und umgekehrt kann sich ein Aschenbecher, der auf eine nicht unbedingt ruhmreiche Art und Weise von einer Frau geworfen wurde, in eine Tür verwandeln.«

Sie blieben vor dem Zimmer ihres Vaters stehen.

»Wo ist Anna?«

»Es sieht ganz so aus, als sei sie wieder verschwunden. Ich konnte sie nicht finden.«

Er klopfte an die Tür. »Am besten gehst du rein und erzählst es.«

Ihr Vater saß da, die Füße auf dem Tisch, und kaute an einem Bleistift. Er sah sie fragend an. »Ich dachte, du wolltest Anna holen?«

»Das dachte ich auch. Aber ich finde sie nicht.«

»Was heißt das?«

»Das, was ich sage. Sie ist nicht zu Hause.«

Er vermochte seine Ungeduld nicht zu verbergen. Linda machte sich bereit, Widerstand zu leisten.

Er entdeckte ihre geschwollene Lippe. »Was hast du gemacht?«

»Ich bin gestolpert, als ich herkam.«

Er schüttelte den Kopf. Dann fing er an zu lachen. Seine normalerweise finstere Laune hatte dazu geführt, daß Linda oft versuchte, seine Gesellschaft zu meiden. Aber sosehr sie sich freute, wenn er guter Stimmung war, so schwer fiel es ihr, sein Lachen zu ertragen; es klang wie ein Wiehern und war außerdem viel zu laut. Wenn sie irgendwo draußen waren und er anfing zu lachen, drehten sich immer alle Leute nach ihnen um, um zu sehen, wer solche Geräusche hervorbrachte.

»Was ist daran so lustig?«

»Dein Großvater war ein stolpernder Mensch. Ich weiß nicht, wie oft ich ihn über Farbdosen, alte Rahmen und all das Gerümpel, mit dem er sich umgab, habe stolpern sehen. Ich weiß noch, daß Gertrud versuchte, ihm im Atelier Wege zu markieren. Aber es dauerte nur einen Tag, bis er von neuem auf der Nase lag.«

»Also habe ich es von ihm geerbt.«

Er warf den Bleistift auf den Tisch und nahm die Füße herunter.

»Hast du in Lund angerufen? Ihre Freunde? Irgendwo muß sie sein.«

»Nirgendwo, wo wir sie finden. Ich brauche sie nicht telefonisch zu jagen.«

»Du hast es aber auf jeden Fall auf ihrem Handy versucht?«

»Sie hat keins.«

Er war sofort interessiert. »Warum nicht?«

»Sie will nicht.«

»Gibt es noch einen anderen Grund?«

Linda sah ein, daß seine Fragen einen Sinn hatten, der nicht nur Ausdruck einer allgemeinen Neugier war. Sie hatten ein paar Wochen zuvor darüber gesprochen, als sie zusammen zu Abend gegessen und noch spät auf dem Balkon gesessen hatten. Sie hatten die Gegenwart mit der Zeit vor zehn und vor zwanzig Jahren verglichen. Er hatte behauptet, die beiden größten Unterschiede bestünden in etwas, was hinzugekommen war, und etwas, was verschwunden war. Er ließ sie raten. Daß es sich bei dem Hinzugekommenen um das Mobiltelefon handelte, konnte sie leicht raten. Aber es war schwerer für sie, darauf zu kommen, daß so viel weniger Menschen heute rauchten als früher.

»Alle haben ein Handy«, sagte er. »Besonders die Jugendlichen. Aber Anna Westin nicht. Wie erklärst du das? Wie erklärt sie das?«

»Ich weiß es nicht. Henrietta zufolge sagt sie nur, daß sie nicht jederzeit erreichbar sein will.«

Er dachte nach. »Bist du sicher, daß das stimmt? Daß sie nicht doch ein Handy hat, von dem du nichts weißt?«

»Wie soll ich da sicher sein?«

»Ja, eben.«

Er beugte sich über das Haustelefon und bat Ann-Britt Höglund, herüberzukommen. Eine halbe Minute später stand sie in der Tür. Linda fand, daß sie müde und ungepflegt aussah, ihr Haar war unordentlich und die Bluse fleckig. Linda mußte an Vanja Jorner denken. Fehlte bloß noch, daß Ann-Britt Höglund auch so dick wäre wie Birgitta Medbergs Tochter.

Linda hörte, wie ihr Vater Ann-Britt bat, zu prüfen, ob

ein Handy auf den Namen Anna Westin angemeldet war, und sie ärgerte sich, daß sie nicht selbst darauf gekommen war.

Ann-Britt Höglund verschwand. Als sie das Zimmer verließ, gab sie Linda ein Lächeln, das eher einer Grimasse glich.

»Sie mag mich nicht«, sagte Linda.

»Wenn ich mich recht erinnere, warst du früher auch nicht begeistert von ihr. Das gleicht sich wohl aus. Auch in einem kleinen Polizeipräsidium wie diesem können sich nicht alle leiden.«

Er stand auf. »Kaffee?« fragte er.

Sie gingen in den Eßraum, wo er sofort in eine gereizte Auseinandersetzung mit Nyberg geriet. Linda verstand nicht, worüber sie uneins waren.

Martinsson kam herein und wedelte mit einem Blatt Papier. »Ulrik Larsen«, sagte er. »Der dich in Kopenhagen überfallen hat und berauben wollte.«

»Nein«, erwiderte Linda. »Ich bin nie von jemandem überfallen worden, der mich berauben wollte. Dagegen von einem Mann, der mir gedroht und gesagt hat, es sei nicht passend, herumzulaufen und nach einem Mann namens Torgeir Langaas zu fragen.«

»Genau das wollte ich gerade sagen«, gab Martinsson zurück. »Ulrik Larsen hat seine Geschichte widerrufen. Das Problem ist nur, daß er keine neue vorweisen kann. Er lehnt es ab zuzugeben, daß er dich bedroht hat. Er behauptet, er kenne niemanden namens Langaas. Die dänischen Kollegen sind überzeugt davon, daß er lügt. Aber sie kriegen nichts aus ihm raus.«

»Ist das alles?«

»Nicht ganz. Aber ich will, daß Kurre den Schluß auch hört.«

»Nenn ihn bloß nicht so, wenn er es hört«, warnte Linda ihn. »Er haßt es, wenn er Kurre genannt wird.«

»Glaubst du, ich wüßte das nicht«, sagte Martinsson. »Er

mag das genausowenig wie ich, wenn die Leute mich Marta nennen.«

»Wer tut das denn?«

»Meine Frau, wenn sie sauer ist.«

Das Streitgespräch, das in einer Ecke des Raums vor sich gegangen war, endete.

Martinsson wiederholte rasch, was er schon zu Linda gesagt hatte. »Es gibt aber noch etwas«, sagte er zum Schluß. »Und das ist bestimmt das Seltsamste. Unsere dänischen Kollegen haben natürlich den Namen Ulrik Larsen einmal gründlich durch sämtliche Register gejagt. Er steht in keinem einzigen Kriminalregister. Ein Siebenunddreißigjähriger, der durch und durch anständig zu sein scheint. Verheiratet, drei Kinder, und außerdem mit einem Beruf, an den man kaum als erstes denkt, wenn es um eine Person geht, die mit dem Gesetz in Konflikt gekommen ist.«

»Welchen?« fragte Kurt Wallander.

»Er ist Pastor.«

Alle im Raum starrten Martinsson verwundert an.

»Pastor«, sagte Stefan Lindman. »Was für ein Pastor? Ich dachte, er wäre drogenabhängig?«

Martinsson überflog die Papiere in seiner Hand noch einmal. »Anscheinend hat er die Rolle des Drogenabhängigen gespielt. Aber er ist Pastor in der dänischen Staatskirche. Und zwar Gemeindepastor in Gentofte. Es hat einen Riesenwirbel in den Zeitungen gegeben, daß ein Pastor verdächtigt wurde, Räuber und Gewaltverbrecher zu sein.«

Es wurde still im Raum.

»Jetzt taucht es wieder auf«, sagte Kurt Wallander langsam. »Die Religion, die Kirche. Dieser Ulrik Larsen ist wichtig. Es muß einer rüberfahren und den Kollegen helfen. Ich will wissen, wie er in dieses unklare Muster paßt.«

»Wenn er hineinpaßt«, meinte Stefan Lindman.

Kurt Wallander beharrte auf seiner Ansicht. »Er paßt hinein. Wir müssen wissen, wie. Bittet Ann-Britt.«

Martinssons Telefon klingelte. Er hörte zu und trank dann

in einem Zug seinen Kaffee aus. »Jetzt ist Norwegen aufgewacht«, sagte er. »Es ist Material über Torgeir Langaas gekommen.«

»Wir machen das hier«, sagte Wallander.

Martinsson holte die Papiere. Es war auch eine undeutliche Kopie eines Fotos dabei. »Vor über zwanzig Jahren aufgenommen«, sagte Martinsson. »Er ist groß, über einsneunzig.«

Sie beugten sich über das verschwommene Bild.

Habe ich diesen Mann schon einmal gesehen? dachte Linda. Sie war unsicher.

»Was schreiben sie?« fragte Kurt Wallander.

Linda spürte, wie ihr Vater immer ungeduldiger wurde. Genau wie ich, dachte sie. Besorgnis und Ungeduld hängen zusammen.

»Sie haben unseren Mann Langaas sofort gefunden, als sie zu suchen anfingen. Es wäre schneller gegangen, wenn nicht einer der Verantwortlichen unsere Eilanfrage verlegt hätte. Mit anderen Worten hat die Polizei in Oslo das gleiche Problem wie wir. Hier verschwinden Tonbänder mit eingegangenen Notrufen, in Oslo verschwindet unsere höfliche Anfrage. Aber schließlich ist sie also wieder aufgetaucht. Torgeir Langaas ist ein alter Fall, der nie geklärt wurde«, faßte Martinsson zusammen.

»Was hatte er getan?« unterbrach Wallander.

»Du wirst mir nicht glauben, wenn ich darauf antworte.«

»Versuch's!«

»Torgeir Langaas verschwand vor neunzehn Jahren spurlos aus Norwegen.«

Sie sahen sich an. Linda hatte das Gefühl, daß selbst der Raum den Atem anhielt. Sie sah ihren Vater an, der sich auf seinem Stuhl zusammenzog, als mache er sich zum Absprung bereit.

»Noch einer, der verschwindet«, sagte er. »Irgendwie dreht es sich bei alldem um Leute, die verschwinden.«

»Und um solche, die zurückkehren«, sagte Stefan Lindman.

»Oder wiederauferstehen«, sagte Kurt Wallander.

Martinsson las weiter, jetzt langsamer, als könnten zwischen den Worten Minen versteckt sein: Torgeir Langaas war Erbe, sogar Haupterbe eines vermögenden Reeders. Dann verschwand er plötzlich. Ein Verbrechen wurde anfänglich nicht befürchtet, weil er einen Brief an seine Mutter Maigrim Langaas hinterlassen hatte, in dem er beteuerte, nicht deprimiert zu sein und keine Selbstmordabsichten zu hegen, aber daß er weggehe, und jetzt zitierte Martinsson direkt und entschuldigte sich für sein Norwegisch, ›weil ich es nicht mehr aushalte‹.

»Weil er was nicht mehr aushielt?«

Kurt Wallander unterbrach von neuem. Linda kam es vor, als stieße er seine Ungeduld und Unruhe wie unsichtbaren Dampf durch die Nasenlöcher aus.

»Das steht hier nicht. Aber er ging weg, hatte ziemlich viel Geld, Konten hier und da. Die Eltern dachten, der kleine Aufruhr werde sich bald legen. Wer ist eigentlich dafür geschaffen, zu einem Riesenvermögen ›nein danke‹ zu sagen? Als er zwei Jahre fort war, meldeten seine Eltern ihn als vermißt. Als Grund dafür nennen sie hier, am 12. Januar 1984, als sie die Vermißtenmeldung machen, daß er aufgehört hat, Briefe zu schreiben, daß sie seit vier Monaten kein Lebenszeichen mehr von ihm haben und daß er seine Bankkonten geleert hat. Das ist die letzte Spur von Torgeir Langaas. Bis jetzt. Es ist noch ein Kommentar von einem Polizeiinspektor Hovard Midtstuen beigefügt, der darüber informiert, daß Torgeir Langaas' Mutter Maigrim vor einem Jahr gestorben ist, sein Vater aber noch lebt. Er ist jedoch, und jetzt zitiere ich wieder wörtlich, ›körperlich und seelisch nach einem Herzinfarkt im Mai dieses Jahres stark geschwächt‹.«

Martinsson ließ die Papiere auf den Tisch fallen. »Es steht noch mehr da, aber dies ist das Wichtigste.«

Kurt Wallander hob die Hand. »Steht da, wo er sich befand, als der letzte Brief abgesandt wurde? Wann wurden die Bankkonten geleert?«

Martinsson blätterte die Papiere erneut durch, mit negativem Resultat.

Kurt Wallander griff zum Telefon. »Was hat dieser Midtstuen für eine Telefonnummer?«

Er wählte die Nummer, während Martinsson die Ziffern laut las. Alle im Raum warteten. Nach ein paar Minuten wurde das Gespräch über die norwegische Vermittlung an Hovard Midtstuen weitergeleitet. Kurt Wallander stellte seine beiden Fragen, nannte seine Telefonnummer und legte auf. »Es sollte nur ein paar Minuten dauern«, sagte er. »Wir warten.«

Neunzehn Minuten später meldete sich Hovard Midtstuen wieder. In der Wartezeit war kein Wort gefallen. Als Wallanders Handy zwischendurch klingelte, sah er nur nach, welche Nummer es war, und ignorierte den Anruf. Linda hatte das bestimmte Gefühl, daß es Nyberg war. Warum, wußte sie nicht.

Als der Anruf aus Norwegen kam, schoß Wallanders Hand zum Hörer. Mit der anderen kritzelte er ein paar Notizen auf einen Block. Er dankte seinem norwegischen Kollegen und knallte wie im Triumph den Hörer auf die Gabel. »Jetzt«, sagte er, »fangen die Dinge an zusammenzuhängen.«

Er las von seinem Block: Der letzte Brief von Torgeir Langaas war in Cleveland, Ohio, abgestempelt. Von dort aus waren auch die Bankkonten geleert und aufgelöst worden.

Er ließ den Block auf den Tisch fallen. Einige der Anwesenden begriffen noch immer nicht. Was hing zusammen? Aber Linda verstand.

»Die Frau, die tot in der Kirche von Frennestad lag, kam aus Tulsa«, sagte er. »Aber geboren war sie in Cleveland, Ohio.«

Sie saßen schweigend um den Tisch.

»Ich weiß immer noch nicht, was eigentlich los ist«, sagte Wallander. »Aber eins weiß ich sicher. Und das ist, daß sich diese junge Frau, die Freundin von Linda, Zeba oder Zebra, wie sie genannt wird, in großer Gefahr befindet. Es kann auch sein, daß ihre andere Freundin, Anna Westin, sich in Gefahr befindet.«

Er machte eine Pause, bevor er fortfuhr. »Es kann auch sein, daß Anna Westin diese Gefahr *ist*. Deshalb geht es um die beiden. Und ab sofort um nichts anderes.«

Es war inzwischen drei Uhr am Nachmittag. Linda hatte Angst. Ihre ganze Aufmerksamkeit war auf Zebra und Anna gerichtet. Ein flüchtiger Gedanke durchfuhr sie: In drei Tagen würde sie ihre Arbeit als Polizistin antreten. Aber würde sie dazu in der Lage sein, wenn Zebra oder Anna etwas passierte? Auf diese Frage hatte sie keine Antwort.

47

An dem Nachmittag, an dem Torgeir Anna holte und sie mit verbundenen Augen und Hörschutz zu dem Versteck nach Sandhammaren brachte, gedachte Erik Westin der Forderung Gottes an Abraham.

Er hatte sich im Arbeitszimmer des Kapitäns eingerichtet, einem kleinen Zimmer neben der Küche, das einer Kajüte ähnelte. Es hatte ein großes, in Messing gefaßtes rundes Fenster. Er hatte es angelehnt und den Haken ausgeklinkt, um schnell hinauskommen zu können, falls etwas Unerwartetes eintreten sollte. Das Unerwartete hatte stets mit dem Teufel zu tun. Der Teufel war ebenso wirklich wie Gott; es hatte ihn mehr als fünfzehn Jahre des Grübelns gekostet, zu verstehen, daß Gott nicht denkbar war ohne seinen Gegensatz. *Der Teufel ist Gottes Schatten,* hatte er gedacht, als er am Ende die Wahrheit erkannte. In seinen Träumen hatte er viele Male vergeblich versucht, den Teufel zu provozieren, damit er sich zeigte. Allmählich hatte er verstanden, daß das Aussehen des Teufels ständig wechselte. Er war der durchtriebene Maskenbildner, der jede Gestalt annehmen konnte. Einer der Irrtümer, den die Chronisten und die Illustratoren der Bibel begingen, war, daß sie den Teufel als Tier darstellten, mit Hörnern geschmückt und mit einem Schwanz. Der Teufel war ein Engel, der gefallen war. Er hatte sich die Flügel abgerissen, es waren ihm statt dessen Arme gewachsen, und er hatte die Gestalt des Menschen angenommen.

Erik Westin hatte in seinen Erinnerungen gesucht und erkannt, daß der Teufel sich ihm viele Male gezeigt hatte, ohne daß er verstanden hatte, wer es war, der sich im Traum an ihm vorbeischlich. Da hatte er auch verstanden, warum Gott nie mit ihm hierüber hatte sprechen wollen. Er sollte selbst erkennen, daß der Teufel der Schauspieler war, der alle Rollen beherrschte. Deshalb würde er sich nie ganz gegen das Eintreten des Unerwarteten schützen können. Jetzt begriff er, warum Jim in der letzten Zeit in Guyana so mißtrauisch gewesen war. Jim war nicht stark genug gewesen. Er hatte seine Furcht nie in die Fähigkeit umwandeln können, eine Verteidigung aufzubauen. Das angelehnte Fenster in der Kajüte des Kapitäns Stenhammar war eine Mahnung an die Gegenwärtigkeit des gefallenen Engels.

Er schlug eine Bibel auf, die er in der Bibliothek des Kapitäns gefunden hatte. Seine erste Bibel hatte Torgeir verloren. Sie hatte in der Hütte gelegen, in der plötzlich jene Frau aufgetaucht war. Erik war außer sich gewesen, als ihm klarwurde, daß die Bibel, die er Torgeir nur höchst ungern ausgeliehen hatte, von der Polizei beschlagnahmt worden war. Er hatte überlegt, ob es eine Möglichkeit gab, bei der Polizei einzudringen und sie zurückzuholen. Doch er hatte das Risiko für zu groß befunden.

Den Zorn über den Verlust der Bibel hatte er nur schwer kontrollieren können. Doch er brauchte Torgeir für die große Aufgabe, die ihn erwartete. Torgeir war der einzige in seiner Armee, der nicht zu ersetzen war. Er erklärte Torgeir, daß die Frau, die durch den Wald gekommen war, die verkleidete Macht des Bösen war. *Der Teufel ist Gottes Schatten, und manchmal reißt dieser Schatten sich los und geht seiner eigenen Wege, als Mensch verkleidet, als Mann oder Frau, als Kind oder Greis.* Torgeir hatte recht getan, als er die Frau tötete. Der Teufel starb nicht. Er hatte immer die Möglichkeit, aus einem Körper zu entweichen, bevor dieser starb.

Er legte die Bibel auf den schönen Schreibtisch aus rotem Sandelholz, oder vielleicht war es Mahagony, und las den Text von Gott, der Abraham aufforderte, seinen Sohn Isaak zu töten, und ihm später, als Abraham bereit war, es zu tun, erlaubte, ihn nicht zu opfern. Jetzt befand er sich in der gleichen Situation wie Abraham. Was sollte er mit seiner Tochter tun, wenn sich zeigte, daß sie nicht im Besitz der Kraft war, die er erwartete? Es hatte lange gedauert, bis seine inneren Stimmen ihm den Weg wiesen, den er zu gehen hatte. Er mußte bereit sein, auch das größte Opfer zu bringen, und nur Gott selbst konnte ihm Aufschub gewähren oder ihn davonkommen lassen.

Als Anna Zebras Stimme erkannte, begriff er, daß es Gott war, der von ihm verlangte, sich auf ebendieses Geschehen vorzubereiten. Er konnte alle ihre Reaktionen verfolgen, obwohl ihr Gesicht nur gezuckt hatte und dann ausdruckslos geblieben war. Zuerst Zweifel – hatte sie sich verhört, war es ein Tier, war es wirklich Zebra? Sie suchte nach einer Antwort, die sie überzeugen konnte, gleichzeitig wartete sie auf eine Wiederholung des Schreis. Erik verstand nicht, warum sie ihm keine Frage stellte. Eine einfache Frage, keineswegs unpassend oder unnötig. Man kommt in ein fremdes Haus, nachdem man mit verbundenen Augen und Gehörschutz, die es unmöglich gemacht haben, etwas von der Umgebung wahrzunehmen, dorthingebracht wurde. Man kommt auf eine Veranda, und plötzlich dringt ein Schrei durch den Fußboden. Doch Anna stellte keine Frage, und er dachte, daß es vielleicht ganz in Ordnung war, daß Zebra aufgeschrien hatte. Jetzt gab es kein Zurück mehr. Es würde sich bald zeigen, ob Anna sich würdig zeigte, seine Tochter zu sein. Heute war der 7. September. Bald, sehr bald, würde geschehen, was er seit mehr als fünf Jahren vorbereitet hatte. Ich werde nicht mit ihr reden, dachte er. Ich muß ihr predigen. Genauso wie meinen Anhängern.

»Stell dir einen Altar vor«, sagte er. »Es kann dieser Tisch sein. Stell dir das Innere einer Kirche vor, es ist diese Veranda.«

»Wo sind wir?«

»In einem Haus, aber auch in einer Kirche.«

»Warum durfte ich nichts sehen, als ich herkam?«

»Nicht zu wissen kann eine Freiheit sein.«

Sie wollte ihn mehr fragen, doch er hob die Hand. Sie zuckte zusammen, als sei er im Begriff, sie zu schlagen. Er begann damit, von dem zu erzählen, was bevorstand, und von dem, was geschehen war.

Er sprach wie immer, zuerst fast zögernd, mit langen Pausen, dann mit zunehmender Intensität. »Die Armee, die ich geschaffen habe, wird von Tag zu Tag größer. Die ursprünglich undisziplinierten Scharen werden zu Bataillonen anwachsen, die Bataillone zu Regimentern, und all die alten Fahnen, das wirkliche Gesicht des Christentums, werden wieder an der Spitze der Menschheit flattern. Wir streben eine Versöhnung an, die zwischen den Menschen und Gott zustande kommen muß, und die Zeit ist jetzt reif. Ich bin von Gott gerufen worden, niemand hat das Recht, einen Ruf, der direkt von Gott kommt, von sich zu weisen. Er fordert, daß ich diese wachsenden Regimenter führen soll, wir, die wir die steinernen Wände um die Leere im Innern der Menschen einreißen sollen. Einmal glaubte ich, daß ich gezwungen sein würde, diese Leere mit meinem eigenen Blut zu füllen. Jetzt weiß ich, daß Gott uns Hämmer gegeben hat, mit denen wir die Steinwände in unseren Seelen zerschmettern sollen. Jetzt ist bald der Tag und die Stunde gekommen, für die diese Bewegung geschaffen wurde. Der Augenblick, in dem die Christenheit und Gottes Geist endlich die Erde erfüllen. Von uns geht die Erlösung aus, von keinem sonst, und wir werden mit höchster Entschlossenheit jeden Widerstand zerschmettern, die Steinwände in uns und in allen Verführten, alle Irrlehren, die die Erde beschmutzen. Es gibt nur einen einzigen Gott, und er hat uns dazu auserwählt, die ersten zu sein, die die Barrikaden erklettern und zu Märtyrern werden, wenn es nötig ist. Wir müssen uns stark erweisen im Namen der Menschlichkeit, wir müssen die Kräfte des Dunkels erschrekken und zum Schweigen zwingen. Wenn eine dieser bösen Kräfte sich zum Menschen oder zu einem falschen Propheten erklärt und Bedingungen stellen will, so antworte ich: ›Warte ab und sieh, welche Bedingungen ich stelle.‹ Es muß so sein, meine Verantwortung, die ich direkt von Gott empfangen habe, kann nicht in Frage gestellt werden. Ich habe immer davon geträumt, ein ruhiges Leben in Anspruchslosigkeit und Einfachheit zu leben. Doch so war es mir nicht bestimmt. Und jetzt ist endlich die Zeit reif, um die Dammtore zu öffnen und das Wasser die Welt reinigen zu lassen.«

Er verstummte, und er tat dies abrupt, um zu sehen, wie sie reagierte. Er wußte, daß er Menschen am besten aus ihrer Schutzlosigkeit heraus deuten und lesen konnte.

»Einst hast du Sandalen gemacht, warst mein Vater und lebtest ein einfaches und anspruchsloses Leben.«

»Ich war gezwungen, meiner Berufung zu folgen.«

»Du hast mich verlassen, mich, deine Tochter.«

»Ich hatte keine andere Wahl. Aber in meinem Herzen habe ich dich nie verlassen. Und ich bin zurückgekommen.«

Er spürte ihre Anspannung. Dennoch kam ihre Reaktion für ihn überraschend.

Sie brüllte ihn an: »Ich habe Zebra gehört! Sie ist hier unter uns! Sie war es, die geschrien hat! Sie hat nichts getan!«

»Du weißt, was sie getan hat. Du selbst hast es erzählt.«

»Ich bereue, es gesagt zu haben.«

»Wer eine Sünde begeht und einen anderen Menschen tötet, muß seine Strafe erhalten. Es gibt eine Gerechtigkeit, und wir finden sie in der Bibel.«

»Zebra hat niemanden getötet. Sie war erst fünfzehn Jahre alt. Wie hätte sie es schaffen sollen, sich um ein Kind zu kümmern?«

»Sie hätte sich nie der Versuchung aussetzen sollen.«

Es gelang ihm nicht, sie zu beruhigen. Eine Woge von Ungeduld durchströmte ihn. Das ist Henrietta, dachte er. Anna gleicht ihr zu sehr, sie hat alle ihre Schwächen geerbt.

Er beschloß, den Druck auf sie zu verstärken. Sie hatte alles verstanden, was er in seiner Predigt gesagt hatte. Jetzt mußte er ihr erklären, welche Wahl sie hatte. Nichts war ohne Sinn. Auch nicht die Besorgnis, die er wegen Annas Freundin, der Tochter des Polizeibeamten, verspürte. Jetzt würde diese Besorgnis ihm die Möglichkeit geben, Annas Stärke zu erproben, ihre Fähigkeit, Entscheidungen zu treffen und die Handlungen, die er ihr auferlegte, auszuführen. »Zebra wird nichts geschehen«, sagte er.

»Was macht sie dann unten im Keller?«

»Sie wartet auf deine Entscheidung. Deinen Beschluß.«

Er sah ihr an, daß sie verwirrt war. Im stillen dankte er der Vorsehung, die ihn dazu geführt hatte, in den Jahren in Cleveland Theorie und Praxis des Krieges zu studieren. Ständig hatten Bücher über Kriegsgeschichte auf seinem Schreibtisch gelegen. Er hatte erkannt, daß es darin Lehren gab, die sich auch für einen Prediger eigneten. Er konnte im Gespräch mit seiner Tochter aus einer neutralen oder sogar defensiven Lage heraus eine Blitzoffensive führen. Jetzt war sie die Belagerte; nicht seine, sondern ihre Entscheidung würde den Ausschlag geben.

»Ich verstehe nicht, was du meinst. Ich habe Angst.«

Anna begann heftig zu weinen. Ihr Körper bebte. Er spürte einen Kloß im Hals, als er sich erinnerte, wie sie als Kind geweint und wie er sie getröstet hatte.

Aber er drängte das Gefühl zurück und sagte ihr, sie solle aufhören zu weinen. »Wovor hast du Angst?«

»Vor dir.«

»Du weißt, daß ich dich liebe. Ich liebe auch Zebra. Ich bin gekommen, um den Boden dafür zu bereiten, daß die menschliche und die göttliche Liebe ineinander aufgehen.«

Sie schrie erneut: »Ich verstehe nicht, was du sagst!«

Bevor er etwas erwidern konnte, kam eine Antwort aus dem Keller, ein neuer Hilferuf von Zebra. Anna sprang vom Stuhl auf und rief: »Ich komme.« Doch bevor sie die Veranda verlassen konnte, hatte er sie gepackt. Sie versuchte, sich loszureißen, aber er war stark, er hatte seine Körperkräfte in den vielen Jahren in Cleveland gut trainiert. Als sie sich weigerte nachzugeben, schlug er zu, hart, mit der offenen Hand. Einmal, zweimal, und noch einmal. Sie stürzte zu Boden, als er sie zum drittenmal traf. Ihre Nase blutete. Torgeir öffnete vorsichtig die Tür. Erik gab ihm ein Zeichen, in den Keller zu gehen. Er verstand und zog sich zurück. Erik zerrte Anna hoch und zwang sie auf den Stuhl. Er strich mit den Fingerspitzen über ihre Stirn. Ihr Puls raste. Er wandte ihr den Rücken zu und fühlte seinen eigenen Puls. Leicht erhöht, doch nur für ihn selbst spürbar. Er setzte sich auf seinen Stuhl und wartete. Bald würde er ihren Verteidigungswillen gebrochen haben. Ihre letzten Schanzen waren im Begriff zu fallen. Er hatte sie umzingelt und griff von allen Seiten an. Er wartete.

»Ich will dich nicht schlagen«, sagte er schließlich. »Ich tue nur, was ich tun muß. Wir stehen vor einem Krieg gegen die Leere. Einem Krieg, in dem es nicht immer möglich sein wird, Milde zu zeigen. Ich bin von Menschen umgeben, die bereit sind, ihr Leben zu opfern. Ich selbst muß vielleicht mein Leben opfern.«

Sie antwortete nicht.

»Nichts wird Zebra geschehen«, wiederholte er. »Aber nichts im Leben gibt es umsonst, alles hat seinen Preis.«

Jetzt sah sie ihn an, mit einer Mischung aus Panik und Zorn. Das Blut unter ihrer Nase war schon geronnen. Er erklärte, was sie tun sollte. Sie starrte ihn an, mit weit aufgerissenen Augen. Er setzte sich auf einen anderen Stuhl, der neben ihr stand. Sie zuckte zusammen, als er seine Hand auf ihre legte. Aber sie zog sie nicht fort.

»Ich verlasse dich für eine Stunde. Ich schließe die Türen nicht ab, schließe keine Fenster, lasse auch niemanden Wache stehen. Denk nach über das, was ich gesagt habe, fälle deine Entscheidung. Ich weiß, daß du tun wirst, was recht ist, wenn du Gott dein Herz und deinen Verstand lenken läßt. Vergiß nicht, daß ich dich liebe.«

Vielleicht glaubte sie, daß die Zeit ihr einen Ausweg zeigen würde, dachte er. Doch auch das mußte sie lernen. Es gab nur eine Zeit, und die gehörte Gott. Nur Er konnte entscheiden, ob eine Minute lang oder kurz war. Dann stand er auf, strich ihr rasch mit den Fingerspitzen über die Stirn, ritzte ein unsichtbares Kreuz auf ihre Haut und verließ lautlos die Veranda.

Torgeir wartete draußen im Flur. »Es genügte, daß sie mich sah, um zu verstummen«, sagte er. »Sie wird nicht wieder rufen.«

Sie gingen durch den Garten zu einem großen Schuppen, in dem Fischereigerätschaften aufbewahrt wurden. Vor der Tür blieben sie stehen.

»Ist alles klar?«

»Alles ist klar«, antwortete Torgeir.

Er zeigte auf vier Zelte, die neben dem Schuppen aufgebaut waren, und öffnete eins von ihnen. Erik schaute hinein. Da standen die Kisten, aufgestapelt. Er nickte. Torgeir zog die Zeltöffnung wieder zu.

»Und die Wagen?«

»Die Wagen, die die weitesten Strecken zu fahren haben, stehen hier draußen auf dem Weg. Die anderen sind verteilt wie besprochen.«

Erik Westin sah auf seine Uhr. In den langen, oft finsteren Jahren mit den schwierigen und zeitraubenden Vorbereitungen hatte die Zeit sich dahingeschleppt. Jetzt ging alles plötzlich zu schnell.

Von jetzt an durfte nichts schiefgehen. »Es ist Zeit, den Countdown zu beginnen«, sagte er.

Er warf einen Blick zum Himmel. Immer, wenn er von diesem Augenblick geträumt hatte, war es so, als würde das Wetter die Dramatik des Geschehens unterstreichen. Aber der Himmel über Sandhammaren war an diesem Tag, dem 7. September 2001, wolkenlos, und es war fast windstill.

»Wieviel Grad haben wir?« fragte er.

Torgeir sah auf seine Uhr, die außer Schrittzähler und Kompaß auch ein Thermometer hatte. »Acht Grad.«

Sie traten in den Schuppen, in dessen Wänden noch der alte Geruch von Teer hing. Die Wartenden saßen auf niedrigen Holzbänken, die in einem Halbkreis aufgestellt waren. Er hatte vorgehabt, auch an diesem Tag die Zeremonie mit den weißen Masken durchzuführen. Doch als er hereinkam, entschloß er sich zu warten. Noch wußte er nicht, ob Zebra oder die Tochter des Polizeibeamten sterben würde. Dann würden sie die Masken benutzen. Jetzt war die Zeit so knapp, daß er sie so effektiv wie möglich nutzen mußte. Gott würde nicht akzeptieren, daß jemand zu spät zu seinem Auftrag kam. Die bemessene Zeit nicht zu verwalten war gleichbedeutend damit, zu leugnen, daß die Zeit von Gott gegeben war und nicht angehalten, verlängert oder verkürzt werden konnte. Diejenigen, die weit zu fahren hatten, mußten sich bald auf den Weg machen. Sie hatten genau ausgerechnet und kalkuliert, wie viele Stunden nötig waren. Sie waren den sorgfältig ausgearbeiteten Manualen mit ihren Checklisten gefolgt; sie hatten alles getan, alles vorbereitet und konnten nicht mehr tun. Aber dort draußen drohte immer Gefahr, lauerten die dunklen Kräfte, die alles daransetzen würden, sie an der erfolgreichen Durchführung ihres Auftrags zu hindern.

Sie befolgten das Ritual der Zeremonie, die er ›die Bestimmung‹ getauft hatte. Sie sprachen ihre Gebete, meditierten schweigend die heiligen sieben Minuten und sammelten sich danach Hand in Hand im Kreis. Dann hielt er eine Predigt, die eine Wiederholung dessen war, was er eine Stunde zuvor zu seiner Tochter gesagt hatte. Nur das Ende war anders. *Was jetzt zu Ende geht, ist die heilige Vorkriegszeit. Wir machen dort weiter, wo man vor fast zweitausend Jahren aufgehört hat. Wir setzen dort wieder an, wo die Kirche Kirche wurde, ein Raum mit Wänden statt eines Glaubens, der den Menschen Freiheit gab. Die Zeit ist gekommen, daß wir damit aufhören, in alle Himmelsrichtungen auszuspähen nach den Anzeichen dafür, daß der Jüngste Tag nahe ist. Wir spähen jetzt nach innen und lauschen der Stimme Gottes, die uns auserwählt hat, seinen Auftrag auszuführen. Wir sagen, daß wir bereit sind, wir rufen es hinaus, daß wir jetzt bereit sind, den Fluß zwischen der alten und der neuen Zeit zu überqueren. All diese Falschheit, all dieser Verrat an dem, was Gottes Absicht mit unserem Leben war, wird jetzt ausgerottet, vernichtet, zu Asche werden, die leblos zu Boden fällt. Was wir um uns her erblicken, ist der bevorste-*

hende Zusammenbruch. Wir sind von Gott dazu auserwählt, den Weg zu bereiten für die Zukunft. Wir fürchten nichts, wir sind bereit zu dem größten aller Opfer. Wir zögern nicht, mit Gewalt zu bekräftigen, daß wir diejenigen sind, die von Gott ausgesandt sind, und nicht von falschen Stellvertretern. Wir werden uns bald trennen. Einige von uns werden nicht zurückkehren. Wir werden uns erst wieder begegnen, wenn wir in jene andere Welt eingehen, in die Ewigkeit, ins Paradies. Das Wichtige in dieser Stunde ist, daß keiner Furcht spürt, daß wir alle wissen, was gefordert ist, und daß wir einander die ganze Zeit Mut machen.

Die Zeremonie war vorüber. Erik hatte das Gefühl, als sei der Kirchenraum jetzt in eine Militärbasis verwandelt worden. Torgeir trug einen Tisch herbei, auf den er einen Stapel Umschläge legte. Es waren die letzten Anweisungen, die letzten Verhaltensmaßregeln. Die drei Gruppen mit der längsten Fahrstrecke sollten in gut einer Stunde aufbrechen. Sie sollten an der letzten Zeremonie, an dem letzten Opfer nicht teilnehmen. Eine andere Gruppe, die ein Boot benutzen sollte, mußte sich schon jetzt auf den Weg machen. Erik gab ihnen die Umschläge, strich mit den Fingern über ihre Stirnen und bohrte seinen Blick so tief in sie, wie er konnte. Sie verließen den Schuppen ohne ein Wort. Draußen wartete Torgeir mit den Kisten und der ganzen Ausrüstung, die sie mitführen sollten. Exakt um Viertel vor fünf am Nachmittag des 7. September brachen die vier ersten Gruppen auf. Drei sollten in gerader nördlicher Richtung fahren, die vierte der Straße von Sandhammaren nach Osten folgen.

Als die Wagen verschwunden waren und die Zurückgebliebenen sich in ihre Verstecke begeben hatten, wartete Erik allein im Schuppen. Reglos saß er in der Dunkelheit und hielt das Halsband in der Hand, die vergoldete Sandale, die für ihn ebenso wichtig war wie das Kreuz. Bereute er etwas? Das hieße Gott verleugnen. Er war nur ein Instrument, aber mit einem freien Willen, um zu verstehen, daß er ein Auserwählter war, und dies anzunehmen und sich dem hinzugeben. Er dachte an das, was ihn von Jim unterschied. In den ersten Jahren nach der Katastrophe im Dschungel von Guyana hatte er nicht vermocht, alle widerstreitenden Gefühle gegenüber Jim und sich selbst zu durchdringen. Es war eine Zeit gewesen, in der alles in ihm noch rumorte und es ihm unmöglich machte zu erklären, was eigentlich geschehen war. Es war ihm nicht gelungen, sein Verhältnis zu Jim zu verstehen. Erst mit Sue-Marys Hilfe und Geduld hatte er am Ende eingesehen, daß der Unterschied zwischen ihm selbst und Jim sehr einfach, doch gleichzeitig aufwühlend war. Die Wahrheit war, daß Pastor Jim Jones ein Betrüger war, eine der Gestalten des Teufels, während er selbst ein Mann war, der die Wahrheit suchte und der von Gott dazu auserwählt worden war, in den notwendigen Krieg gegen eine Welt zu ziehen, die Gott in tote Kirchenbauten, tote Zeremonien verwiesen hatte, in einen Glauben, der die Menschen nicht mehr mit Respekt und mit Freude angesichts des Lebens zu füllen vermochte.

Er schloß die Augen und atmete den Teergeruch ein. Als Kind hatte er einen Sommer auf Öland verbracht, bei einem Verwandten, der Fischer war. Die Erinnerung an jenen Sommer, einen der glücklichsten in den Jahren seines Heranwachsens, war mit dem Duft von Teer umgeben. Er konnte sich noch erinnern, wie er nachts hinausgeschlichen und durch die helle Sommernacht zu dem Schuppen gelaufen war, der stark nach den Fischereiutensilien gerochen hatte, und wie er dort gesessen hatte, nur um den Teerduft in seine Lungen zu ziehen. Er schlug die Augen auf. Es gab kein Zurück mehr, und er wünschte auch keins. Die Zeit war reif. Er verließ den Schuppen und nahm einen Umweg zur Vorderseite des Hauses. Im Schutz eines Baums sah er zur Veranda hinauf. Anna saß noch auf demselben Stuhl, auf dem sie vorher gesessen hatte. Er versuchte, an ihrer Körperhaltung abzulesen, wie sie sich entschieden hatte. Doch die Entfernung war zu groß.

Es knackte hinter ihm. Er fuhr herum. Es war Torgeir. Er wurde rasend. »Warum schleichst du?«

»Das wollte ich nicht.«

Erik schlug ihm hart ins Gesicht, gleich unter ein Auge. Torgeir nahm den Schlag entgegen und beugte den Kopf. Erik strich ihm hastig übers Haar und ging ins Haus. Er bewegte sich lautlos durchs Zimmer, bis er unmittelbar hinter Anna stand. Sie bemerkte seine Anwesenheit erst, als er sich zu ihr niederbeugte und sie seinen Atem im Nacken spürte. Er setzte sich ihr gegenüber und zog seinen Stuhl so dicht heran, daß seine Knie an ihre rührten. »Bist du zu einem Entschluß gekommen?«

»Ich tue, was du willst.«

Er hatte geahnt, daß sie so entscheiden würde. Dennoch fühlte er Erleichterung.

Er stand auf, holte eine kleine Schultertasche, die an der Wand stand, und nahm ein Messer heraus. Die Klinge war schmal und sehr scharf. Er legte es vorsichtig in ihren Schoß, als sei es ein Katzenjunges. »In dem Augenblick, in dem dir klar wird, daß sie Zusammenhänge kennt, von denen sie nichts wissen darf, sollst du sie damit stechen, nicht einmal, sondern drei- oder viermal. Stich sie in die Brust und bewege das Messer nach oben, wenn du es herausziehst. Dann rufst du Torgeir an und hältst dich abseits, bis wir dich holen. Du hast sechs Stunden Zeit, mehr nicht. Du weißt, daß ich dir vertraue. Du weißt, daß ich dich liebe. Wer liebt dich mehr als ich?«

Sie wollte etwas sagen, hielt es aber zurück. Er wußte, daß sie Henrietta hatte sagen wollen.

»Gott«, sagte sie.

»Ich vertraue dir«, sagte er. »Gottes Liebe und meine Liebe sind dasselbe. Wir leben in einer Zeit, in der eine neue Welt geboren wird. Verstehst du, was ich dir sage?«

»Ich verstehe.«

Er sah ihr tief in die Augen. Noch war er sich nicht ganz sicher. Aber er mußte glauben, daß er das Richtige tat.

Er begleitete sie hinaus.

»Anna fährt jetzt«, sagte er zu Torgeir.

Sie stiegen in eins der Autos, die auf dem Hof standen. Erik selbst verband ihr die Augen und kontrollierte, daß sie nichts sehen konnte. Dann drückte er ihr den Hörschutz über die Ohren.

»Fahr einen Umweg«, sagte er leise zu Torgeir. »Laß sie über die Entfernung im unklaren.«

Es war halb sechs, als der Wagen anhielt. Torgeir nahm ihr den Hörschutz ab und sagte ihr, sie solle die Augen weiter geschlossen halten und bis fünfzig zählen, nachdem er ihr die Binde von den Augen genommen hatte.

»Gott sieht dich«, sagte er. »Es würde ihm nicht gefallen, wenn du heimlich guckst.«

Er half ihr beim Aussteigen. Anna zählte bis fünfzig und schlug die Augen auf. Zuerst wußte sie nicht, wo sie war. Dann sah sie, daß sie in der Mariagata stand, vor Lindas Haustür.

48

Am Nachmittag und Abend des 7. September erlebte Linda wieder einmal, wie ihr Vater versuchte, alle losen Enden zu einem Ganzen zu sammeln und damit einen Plan aufzustellen, wie sie weiterkommen und in der festgefahrenen Situation vielleicht einen Durchbruch bewirken konnten. In diesen Stunden war sie überzeugt davon, daß das Lob, das ihrem Vater von Kollegen, manchmal auch in den Medien, zuteil wurde – wenn sie nicht wegen seiner abweisenden Haltung bei Pressekonferenzen hart mit ihm ins Gericht gingen –, nicht übertrieben war. Sie sah ein, daß ihr Vater nicht allein über Wissen und Erfahrung verfügte, sondern auch über einen starken Willen und die Fähigkeit, seine Kollegen zu inspirieren. Sie erinnerte sich an ein Erlebnis aus ihrer Zeit an der Polizeihochschule. Der Vater eines Jahrgangskameraden war Trainer einer der führenden Mannschaften in der zweiten Eishockeyliga. Sie war mit ihm zu einem Spiel gegangen, und sie durften sogar vor dem Beginn, in der Pause und nach dem Spiel in die Kabine. Der Trainer hatte genau die Fähigkeit gehabt, die sie auch bei ihrem Vater entdeckte, nämlich die Leute mitzureißen. Nach den beiden ersten Dritteln lag die Mannschaft mit vier Toren zurück. Doch der Trainer peitschte sie hoch: nicht aufgeben, sich nicht unterkriegen lassen, und im letzten Drittel gingen sie aufs Eis und hätten das Spiel beinah noch für sich entschieden.

Wird mein Vater dieses Spiel noch für sich entscheiden? dachte sie. Wird er Zebra finden, bevor etwas passiert? Mehrmals im Laufe des Tages hatte sie eine Sitzung oder eine Pressekonferenz, bei der sie ganz hinten stand und zuhörte, verlassen müssen, um auf die nächste Toilette zu sausen. Der Magen war immer ihr schwacher Punkt gewesen. Die Angst verursachte Durchfall. Ihr Vater hingegen hatte einen Magen aus Blech. Er pflegte manchmal ein wenig selbstironisch damit zu prahlen, daß er die Magensäure einer Hyäne habe, die ätzendste, die es im Tierreich gab, ohne jemals Unwohlsein zu verspüren. Sein schwacher Punkt war der Kopf; wenn er unter starkem Druck stand, bekam er Spannungskopfschmerzen, die tagelang anhalten konnten und denen nur mit extrem starken, rezeptpflichtigen Schmerzmitteln beizukommen war.

Linda hatte Angst, und sie erkannte, daß sie damit nicht allein war. Die Ruhe und die Konzentration, die im Polizeipräsidium herrschten, hatten etwas Unwirkliches. Sie versuchte, in die Köpfe der Polizisten und Techniker, die sie umgaben, hineinzusehen, entdeckte aber nichts anderes als Konzentration und Zielbewußtsein. Sie lernte etwas, was ihr an der Polizeihochschule niemand beigebracht hatte: Es gab Situationen, in denen es die wichtigste Aufgabe eines Polizisten war, seine eigene Angst unter Kontrolle zu halten. Wenn man der Angst Raum ließ, konnten sich Konzentration und Zielbewußtsein in Chaos verwandeln.

Um kurz nach vier sah Linda ihren Vater wie ein gereiztes wildes Tier im Korridor auf und ab gehen, gerade bevor eine Pressekonferenz anfangen sollte. Mehrmals schickte er Martinsson hinein, um nachzusehen, wie viele Journalisten gekommen, wie viele Fernsehkameras aufgebaut worden waren. Ein paarmal bat er Martinsson zu kontrollieren, ob gewisse Journalisten, die er namentlich nannte, anwesend wären. Seinem Tonfall konnte Linda entnehmen, daß er inständig hoffte, sie hätten sich nicht eingefunden. Sie betrachtete ihn, wie er ruhelos im Flur auf und ab ging. Er war in einem Käfig, er wartete in einem Reitergang und sollte gleich in die Arena geschickt werden. Als Lisa Holgersson eintraf und sagte, daß es Zeit sei, stürzte er in den Saal. Das einzige, was fehlte, war ein Brüllen.

Von einem Platz in der Nähe der Tür verfolgte Linda die Pressekonferenz. Auf dem kleinen Podium am anderen Ende des Raums saßen Lisa Holgersson, Svartman und ihr Vater. Er wirkte so angespannt, daß Linda fürchtete, er würde Amok laufen, falls eine Frage gestellt würde, auf die er nicht antworten wollte. Sie wußte, daß ihn am meisten der Umstand ärgerte, Zeit zu verlieren, die besser anders genutzt werden könnte. Doch Martinsson, der neben ihr in der Tür stand, sagte, Pressekonferenzen könnten für eine Ermittlung sehr wohl von großem Nutzen sein. Was durch die Medien verbreitet wurde, führte unter Umständen zum entscheidenden Hinweis aus der Bevölkerung.

Doch Linda blieb es erspart, ihren Vater die Selbstbeherrschung verlieren zu sehen. Er leitete die Pressekonferenz mit einer Art *dumpfer* Anwesenheit. Ihr fiel kein besseres Wort ein; sie sah ihn auf dem kleinen Podium mit einem dumpfen Ernst auftreten, gegen den niemand anzugehen wagte.

Er sprach ausschließlich von Zebra. Fotos wurden verteilt, ein Dia wurde an die Wand geworfen. Wo war sie? Hatte jemand sie gesehen? Das war das Entscheidende. Er vermied es geschickt, sich zu ausführlichen Erklärungen verleiten zu lassen. Er antwortete kurz, wies Fragen ab, die er nicht beantworten wollte, und sagte nur das Nötigste. »Es bestehen Zusammenhänge, die wir noch nicht verstehen«, sagte er am Schluß. »Die Kirchenbrände, die beiden toten Frauen, die verbrannten Tiere. Wir wissen nicht einmal, ob es Verbindungen gibt. Aber wir sind sicher, daß die junge Frau, die wir jetzt suchen, in Gefahr ist.«

Welche Gefahr? Wer ist gefährlich? Mußte man nicht etwas mehr sagen können? Die Fragen der unzufriedenen Journalisten schwirrten durch den Raum. Linda sah, wie er einen unsichtbaren Schild vor sich hielt und die Fragen unbeantwortet daran abprallen ließ. Lisa Holgersson sagte während der gesamten Pressekonferenz kein Wort, sie erteilte lediglich den fragenden Journalisten das Wort. Svartman soufflierte ihm Details, die ihm im Augenblick nicht einfielen.

Plötzlich war es vorüber. Er stand auf, als hielte er es nicht mehr aus, nickte und verließ den Saal. Die Journalisten warfen ihm Fragen nach, die er von sich abschüttelte. Danach verließ er das Präsidium ohne ein Wort.

»Das macht er immer«, sagte Martinsson. »Er dreht draußen eine Runde. Geht sozusagen Gassi mit sich selbst. Dann kommt er zurück.«

Zwanzig Minuten später stürmte er durch den Korridor. Im Eßraum gab es Pizza, die ein Bote geliefert hatte. Er trieb alle an, sich zu beeilen, schnauzte eine Bürokraft an, die irgendwelche Papiere, die er angefordert hatte, noch nicht beschafft hatte, und knallte die Tür wieder zu.

Stefan Lindman, der neben Linda saß, beugte sich zu ihr und flüsterte: »Eines Tages, glaube ich, wird er die Tür abschließen und den Schlüssel wegwerfen. Wir werden hier drinnen in Steingötzen verwandelt. Und in tausend Jahren gräbt man uns wieder aus.«

Ann-Britt Höglund war außer Atem, als sie von ihrem Blitzeinsatz in Kopenhagen zurückkam.

»Ich habe diesen Mann getroffen, Ulrik Larsen«, sagte sie und schob Linda eine Fotografie zu.

Sie erkannte ihn sofort, es war der Mann, der ihr verboten hatte, nach Torgeir Langaas zu suchen, und sie dann niedergeschlagen hatte.

»Also, er hat sein Geständnis zurückgezogen«, fuhr Ann-Britt Höglund fort. »Von einem Raubüberfall ist jetzt nicht mehr die Rede. Daß er Linda bedroht haben soll, streitet er glatt ab. Aber er weigert sich, eine andere Erklärung zu geben. Anscheinend ist er ein umstrittener Pastor. Seine Predigten sind in letzter Zeit immer ätzender geworden.«

Linda sah, wie der Arm ihres Vaters vorschoß und Ann-Britt unterbrach.

»Das ist wichtig. Was heißt ätzender? Was heißt in letzter Zeit?«

Ann-Britt Höglund blätterte in einem Notizblock.

»›In letzter Zeit‹ habe ich verstanden als in diesem Jahr. Mit ›ätzend‹ ist gemeint, daß er angefangen hat, vom Jüngsten Gericht zu reden, von der Krise des Christentums, der

Gottlosigkeit und der Strafe, die alle Sünder treffen wird. Er hat von seiner eigenen Gemeinde wie vom Bischof in Gentofte einen Rüffel bekommen. Aber er weigert sich, seine Predigten zu ändern.«

»Ich nehme an, du hast die wichtigste von allen Fragen gestellt?«

Linda fragte sich, was er wohl meinte.

Als Ann-Britt antwortete, fühlte sie sich dumm. »Was er von Abtreibung hält? Ich hatte tatsächlich die Möglichkeit, ihn danach direkt zu fragen.«

»Und die Antwort?«

»Gar keine. Er weigerte sich, mit mir zu reden. Aber in einigen seiner Predigten hat er die Abtreibung als ein schändliches Verbrechen bezeichnet, das harte Strafen verlangt.«

Sie faßte kurz zusammen. Pastor Ulrik Larsen mußte irgendwie in die Sache verwickelt sein. Aber wo, in welcher Form? Es war zu früh, darauf zu antworten.

Sie setzte sich.

Da öffnete Nyberg die Tür. »Der Theologe ist jetzt da.« Linda blickte in die Runde und sah, daß nur ihr Vater wußte, wovon Nyberg redete.

»Bring ihn rein«, sagte er.

Nyberg verschwand.

Kurt Wallander erklärte, wen sie erwarteten. »Nyberg und ich haben versucht, diese Bibel zu verstehen, die in der Waldhütte, in der Birgitta Medberg getötet wurde, zurückgelassen oder vergessen worden ist. Jemand hatte sich hingesetzt und Änderungen des Bibeltexts vorgenommen, vor allem in der Offenbarung des Johannes, im Römerbrief und an verschiedenen Stellen im Alten Testament. Aber was sind das für Änderungen? Hat die Sache Methode? Wir haben mit dem Reichskriminalamt gesprochen, aber die konnten uns keinen Experten anbieten. Deshalb haben wir uns an das Theologische Institut der Universität in Lund gewandt, und heute kommt ein Dozent Hanke, um uns zu helfen.«

Dozent Hanke erwies sich zu aller Erstaunen als Dozentin, eine junge Frau mit langem blondem Haar in schwarzen Lederhosen und einem tief ausgeschnittenen Pulli. Linda sah, wie es ihrem Vater den Atem verschlug. Die Dozentin ging um den Tisch, gab allen die Hand und setzte sich dann auf einen Stuhl, der neben Lisa Holgersson an den Tisch geschoben wurde.

»Ich heiße Sofia Hanke«, sagte sie. »Ich bin Dozentin und habe mit einer Abhandlung über den christlichen Paradigmenwechsel in Schweden nach dem Zweiten Weltkrieg promoviert.«

Sie öffnete ihre Aktentasche und nahm die Bibel heraus, die in der Hütte gefunden worden war.

»Es war faszinierend«, fuhr sie fort. »Ich habe mit einem starken Vergrößerungsglas über diesem Buch gesessen. Es ist mir gelungen, das zwischen den Zeilen Geschriebene zu entziffern. Als erstes möchte ich sagen, daß *ein* Mensch dies alles geschrieben hat. Nicht weil es die gleiche Handschrift ist, wenn man bei so kleinen Buchstaben überhaupt von Handschrift sprechen kann, sondern eher wegen des Inhalts. Natürlich kann ich nicht sagen, wer es geschrieben hat, und warum. Aber es findet sich eine Systematik, oder eher eine Logik, in dem, was hier steht.«

Sie schlug einen Notizblock auf und fuhr fort: »Ich wähle ein Beispiel, um zu erklären, was ich meine, worum es sich hier handelt, es ist das siebte Kapitel des Römerbriefs.« Sie hielt inne und warf einen Blick in die Runde. »Wie viele von Ihnen kennen die Bibel? Es gehört vielleicht nicht zur allgemeinen Ausbildung der Polizei?«

Sie erntete nichts als Kopfschütteln, außer bei Nyberg, der zur Verblüffung aller erklärte: »Ich lese jeden Abend ein Stück in der Bibel. Es ist die beste Methode, schnell einzuschlafen.«

Eine gewisse Heiterkeit breitete sich im Raum aus. Nicht zuletzt Sofia Hanke wußte seinen Kommentar zu würdigen.

»Das kann ich gut verstehen«, sagte sie. »Ich frage aus reiner Neugier. Im siebten Kapitel des Römerbriefs, der davon handelt, wie der Mensch der Sünde anheimgefallen ist, steht: ›Denn das Gute, das ich will, das tue ich nicht; sondern das Böse, das ich nicht will, das tue ich.‹ Zwischen den Zeilen hat die Person, die die Änderungen vorgenommen hat, das Gute und das Böse vertauscht. In dieser Version heißt es: ›Denn das Böse, das ich will, das tue ich; aber das Gute, das ich nicht will, das tue ich nicht.‹ Anscheinend wird hier etwas auf den Kopf gestellt. Eine der grundlegenden Thesen des christlichen Glaubens ist die, daß der Mensch das Gute tun will, aber immer wieder Grund findet, lieber das Böse zu tun. Die veränderte Version besagt nun, daß der Mensch das Gute nicht einmal will. Das trifft für die meisten Änderungen in den Bibeltexten zu. Die Person, die die Texte zwischen den Zeilen geschrieben hat, versucht, neue Bedeutungen zu finden und alte umzustoßen. Es ist natürlich einfach, sich einen Geistesgestörten vorzustellen. Es gibt Berichte, wahrscheinlich entsprechen sie der Wahrheit, über Menschen, die über einen langen Zeitraum in Nervenheilanstalten saßen und dort ihre Zeit damit verbrachten, die Bibel umzuschreiben. Aber ich glaube nicht, daß derjenige, der dies gemacht hat, ein Geistesgestörter ist. Es gibt eine Art angestrengter Logik in dem, was da steht. Man kann sagen, daß die Person, die die Texte zwischen den Zeilen geschrieben hat, auf der Jagd ist nach einer verborgenen Wahrheit in der Bibel, die nicht direkt aus dem ablesbar ist, was in den Worten steht. Er oder sie sucht zwischen den Worten. So interpretiere ich das.«

Sofia Hanke verstummte und blickte sich im Raum um. »Ich kann noch mehr sagen«, meinte sie. »Aber soweit ich weiß, haben Sie wenig Zeit. Es ist besser, wenn Sie Fragen stellen.«

»Logik«, sagte Kurt Wallander. »Was für eine Logik kann das sein, in etwas, was so absurd ist?«

»Nicht alles ist absurd. Manches ist einfach und deutlich.«

Sie blätterte in ihrem Block. »Es geht nicht nur um die Änderungen zwischen den Zeilen«, sagte sie. »Manchmal stehen andere Texte am Rand. Hier ist ein Beispiel: ›Alle Weisheit, die mich das Leben gelehrt hat, ist in dem Wort zusammengefaßt: ›Wen Gott liebt, der empfängt das Glück.‹«

Linda sah, daß ihr Vater unruhig zu werden begann.

»Warum macht ein Mensch so etwas? Warum finden wir eine Bibel in einer versteckten Hütte, in der eine Frau bestialisch ermordet wurde?«

»Es kann natürlich religiöser Fanatismus sein«, sagte Sofia Hanke.

Er hakte sofort ein. »Erzählen Sie mehr!«

»Ich nenne es die Prediger-Lena-Tradition. Vor langer Zeit gab es in Östergötland eine Magd, die Offenbarungen hatte und zu predigen begann. Sie wurde schließlich in ein Irrenhaus eingesperrt. Doch solche Menschen hat es zu allen Zeiten gegeben, religiöse Fanatiker, die entweder das Leben eines einsamen Predigers gewählt oder versucht haben, Scharen von loyalen Anhängern zu finden. Die allermeisten sind ehrlich gewesen, haben in gutem Glauben gehandelt und waren überzeugt, in Gottes Auftrag zu handeln. Natürlich hat es auch Betrüger gegeben, die nur gespielt haben, was man als Vorspiegelung religiösen Glaubens bezeichnen könnte. Meistens handelt es sich dabei um Menschen, die es auf Geld oder sexuelle Privilegien abgesehen haben. Bei denen kann man wirklich sagen, daß die Religion nur Werkzeug ist, eine Falle, um die Beute zu fangen. Die meisten, wie wahnsinnig sie auch waren, haben ihren Glauben gepredigt und ihre Sekten aus gutem Willen und ehrlicher Absicht heraus gegründet. Wenn sie böse Handlungen begangen haben, hat sich ihnen immer eine Möglichkeit eröffnet, diese vor Gott zu verteidigen, in der Regel durch Auslegung von Bibeltexten.«

»Kann man ein solches Motiv in der Bibel erkennen, die Sie vor sich haben?«

»Das ist es, was ich zu erklären versucht habe.«

Das Gespräch mit Sofia Hanke ging noch eine Weile weiter. Doch Linda konnte ihrem Vater ansehen, daß er schon an andere Dinge zu denken begonnen hatte. Auch das zwischen den Zeilen in der Bibel aus dem Wald von Rannesholm Geschriebene hatte ihm keinen direkten Ansatzpunkt gegeben. Oder doch? Sie versuchte, seine Gedanken zu lesen, wie sie es seit ihrer Kindheit trainiert hatte. Aber es war ein Unterschied, ob sie mit ihm allein war oder zusammen mit anderen Menschen in einem Sitzungszimmer im Polizeipräsidium.

Nyberg begleitete die Dozentin hinaus. Lisa Holgersson öffnete ein Fenster. Die Pizzakartons wurden geleert. Nyberg kam zurück. Leute gingen ein und aus, telefonierten, holten Kaffee. Nur Linda und ihr Vater blieben am Tisch sitzen. Er sah sie abwesend an und zog sich in seine eigenen Gedanken zurück.

Dumpf, dachte sie erneut. Das ist das beste Wort, das mir jemals eingefallen ist, um ihn zu beschreiben. Aber wie würde er mich beschreiben? Wenn er dumpf ist, was bin ich dann? Sie fand keine Antwort.

Die Gruppe begann sich wieder zu sammeln, Fenster und Türen wurden geschlossen. Linda kam es vor wie kurz vor dem Beginn eines Konzerts. Als sie Teenager war, hatte ihr Vater sie manchmal mitgeschleppt in Konzerte in Kopenhagen. Einmal waren sie auch nach Helsingborg gefahren. Das Schweigen breitet sich aus in Erwartung des Dirigenten. Hier ist er schon aufgetreten, aber das Schweigen kommt dennoch nicht direkt, sondern als eine langsame Bewegung zur Stille hin.

Während der langen Sitzung sagte Linda nichts und wurde auch nicht gefragt. Sie saß am Tisch wie ein zufälliger Gast. Ein paarmal sah ihr Vater sie an. Wenn Birgitta Medberg ein Mensch gewesen war, der alte überwachsene Pfade kartierte, so war ihr Vater ein Mann, der nach gangbaren Wegen suchte. Er schien eine unendliche Geduld zu haben, obwohl er eine Uhr in sich trug, die laut und schnell tickte. So hatte er es einmal ausgedrückt, als er in Stockholm war und Linda und ein paar Kameraden ihres Jahrgangs traf und von seiner Arbeit berichtete. Unter starkem Druck, besonders wenn er wußte, daß ein Mensch in großer Gefahr schwebte, hatte er das Gefühl, daß auf der rechten Seite in seinem Brustkorb, etwa auf Höhe des Herzens, eine Uhr tickte. Er zeigte also große Geduld und wurde nur ungeduldig, wenn jemand von der Spur abwich: Wo war Zebra? Die Sitzung ging ohne Unterbrechung weiter, doch dann und wann führte jemand ein Telefongespräch oder nahm eins entgegen oder jemand ging und holte Papiere oder Bilder, die unmittelbar in die Arbeit einbezogen wurden.

»Das ist wie Rafting«, sagte Stefan Lindman gegen acht, als vorübergehend nur er und Linda und ihr Vater im Raum waren. »Wir müssen durch diese Stromschnellen hindurch, ohne zu kentern. Wenn unterwegs jemand über Bord geht, müssen wir ihn wieder reinziehen.«

Um Viertel nach acht schloß Lisa Holgersson nach einer Pause die Tür. Jetzt durften sie nicht gestört werden. Linda sah ihren Vater die Jacke ausziehen, die Ärmel seines dunkelblauen Hemds aufkrempeln und sich an den Blätterblock stellen, wo er eine leere Seite aufschlug. Er schrieb Zebras Namen in die Mitte und zog einen Kreis darum.

»Vergessen wir vorübergehend Birgitta Medberg«, sagte er. »Ich weiß, daß das fatale Folgen haben kann. Aber es gibt im Moment keine logische Verbindung zwischen ihr und Harriet Bolson. Es kann sich um denselben oder dieselben Täter handeln, das wissen wir nicht. Aber was ich sagen will, ist, daß die Motive unterschiedlich sein müssen. Wenn wir Birgitta Medberg zwischenzeitlich beiseite lassen, sehen wir, daß es bedeutend leichter ist, eine Gemeinsamkeit zwischen Zebra und Harriet Bolson zu finden. Die Abtreibungen. Angenommen, wir haben es mit einer Anzahl von Menschen zu tun – wie viele, wissen wir nicht –, die von einem religiösen Ausgangspunkt aus Urteile über Frauen fällen, die abgetrieben haben. Ich sage *angenommen*, weil wir es nicht wissen. Wir wissen nur, daß Menschen sterben, Tiere sterben und

Kirchen brennen. All das vermittelt uns ein Bild systematischer und guter Planung. Harriet Bolson wurde zur Kirche von Frennestad gebracht, um getötet und anschließend verbrannt zu werden. Der Brand in der Kirche von Hurup war ein Ablenkungsmanöver, um Verwirrung zu stiften, was auch gelang. Es dauerte lange, bis ich selbst begriff, daß zwei Kirchen brannten. Wer auch immer dahintersteckt, ist ein guter Planer.«

Er sah die anderen an und setzte sich. »Angenommen, das Ganze ist eine Zeremonie«, fuhr er fort. »Das Feuer ist ein ständig wiederkehrendes Symbol. Die brennenden Tiere waren vielleicht eine Art Opfer. Harriet Bolson wurde vor dem Altar auf eine Art und Weise ermordet, die an einen Ritualmord denken läßt. Wir finden eine Kette mit einem Anhänger in Form einer Sandale um ihren Hals.«

Stefan Lindman hob die Hand und unterbrach ihn. »Ich grüble über diesen Zettel mit ihrem Namen nach. Ob er für uns gedacht war; warum?«

»Ich weiß es nicht.«

»Kann es nicht trotz allem sein, daß es ein Verrückter ist, der uns herausfordert, der will, daß wir ihn jagen?«

»Das kann sein. Aber im Moment ist das eigentlich unwichtig. Ich glaube, daß diese Menschen vorhaben, mit Zebra das gleiche zu machen wie mit Harriet Bolson.«

Es wurde still im Raum.

»An diesem Punkt stehen wir«, sagte er schließlich. »Wir haben keinen Täter, kein ausgemachtes Motiv, keine Richtung, in die wir gehen können. So wie ich es sehe, stecken wir fest.«

Keiner protestierte.

»Wir müssen weiterarbeiten«, sagte er. »Früher oder später finden wir eine Richtung. Wir müssen einfach.«

Die Sitzung wurde beendet. Die Leute zerstreuten sich in verschiedene Richtungen. Linda hatte das Gefühl, im Weg zu sein, dachte aber nicht daran, das Polizeipräsidium zu verlassen. In drei Tagen, am Montag, dem 10., konnte sie endlich ihre Uniform abholen und ernstlich anfangen zu arbeiten. Aber im Moment war Zebra wichtiger. Linda ging auf die Toilette. Als sie wieder herauskam, klingelte ihr Handy.

Es war Anna. »Wo bist du?«

»Im Polizeipräsidium.«

»Ist Zebra schon zurückgekommen? Ich habe bei ihr angerufen, aber sie meldet sich nicht.«

Linda wurde wachsam. »Sie ist immer noch weg.«

»Ich mache mir solche Sorgen.«

»Das tue ich auch.«

Anna hörte sich vollkommen aufrichtig an, dachte Linda. Sie kann sich nicht so gut verstellen.

»Ich muß mit jemandem reden«, sagte Anna.

»Jetzt nicht«, sagte Linda. »Ich kann hier jetzt nicht weg.«

»Nur ganz kurz? Wenn ich zum Präsidium komme?«

»Du kommst hier nicht herein.«

»Aber kannst du nicht herauskommen? Nur ein paar Minuten?«

»Kann das nicht warten?«

»Natürlich kann es das.«

Linda hörte, daß Anna niedergeschlagen klang. Sie überlegte es sich anders.

»Gut. Aber nur kurz.«

»Danke. Ich bin in zehn Minuten da.«

Linda ging den Flur hinunter zum Zimmer ihres Vaters, ohne jemandem zu begegnen. Auf einen Zettel, der auf der Schreibtischkante lag, kritzelte sie: *Gehe frische Luft schnappen und rede mit Anna. Bald zurück. Linda.*

Sie holte ihre Jacke und ging. Der Korridor war verwaist. Als sie hinausging, begegnete sie nur einer Reinigungskraft von der Nachtschicht, die ihren Wagen schob. Die Beamten in der Notrufzentrale waren mit Telefonaten beschäftigt. Niemand sah, wie sie die Anmeldung verließ.

Die Reinigungskraft, die Lija hieß und aus Lettland stammte, begann immer an dem Ende des Flurs, wo die Räume der

Kriminalpolizei lagen. Weil in mehreren Räumen noch gearbeitet wurde, nahm sie sich als erstes Wallanders Zimmer vor. Unter seinem Stuhl lagen lose Zettel, die er am Papierkorb vorbeigeworfen hatte. Sie räumte alles weg, was auf dem Fußboden lag, und verließ den Raum.

49

Linda wartete vor dem Präsidium. Sie fror und zog ihre Jacke fester zu. Sie ging zu dem schlecht beleuchteten Parkplatz. Da stand das Auto ihres Vaters. Sie fühlte in der Jakkentasche nach und merkte, daß sie immer noch den Reserveschlüssel bei sich hatte. Sie sah auf die Uhr. Es waren jetzt mehr als zehn Minuten vergangen. Die Straße war menschenleer. Kein Auto näherte sich. Um sich warm zu halten, ging sie schneller, schräg über die Straße zum Wasserturm und wieder zurück, jetzt joggend. Warum kam Anna nicht? Es waren jetzt fast fünfzehn Minuten vergangen.

Sie stellte sich vor den Eingang des Polizeipräsidiums und sah sich um. Niemand da. Hinter den erleuchteten Fenstern bewegten sich Schatten. Sie ging wieder zum Parkplatz. Plötzlich beschlich sie ein ungutes Gefühl. Sie hielt inne und sah sich um. Der Wind rauschte im Laub, wie um sie zu stören. Sie wandte sich abrupt um und duckte sich gleichzeitig. Anna stand da.

»Warum schleichst du dich an?«

»Ich wollte dich nicht erschrecken.«

»Wo kommst du her?«

Anna zeigte vage in Richtung der Einfahrt zum Präsidium.

»Ich habe dein Auto nicht gehört.«

»Ich bin zu Fuß gekommen.«

Linda wurde immer wachsamer. Anna war angespannt, ihr Gesicht wirkte gequält.

»Was ist denn so wichtig?«

»Ich will nur wissen, was mit Zebra ist.«

»Darüber haben wir doch am Telefon gesprochen.«

Linda zeigte auf die vielen erleuchteten Fenster des Polizeipräsidiums. »Weißt du, wie viele Menschen hier jetzt arbeiten?« fuhr sie fort. »Die nur eins im Kopf haben, nämlich Zebra zu finden? Du kannst glauben, was du willst, aber ich beteilige mich an dieser Arbeit. Ich habe keine Zeit, hier zu stehen und mit dir zu reden.«

»Tut mir leid. Ich gehe schon.«

Hier stimmt etwas nicht, dachte Linda. Ihr gesamtes inneres Alarmsystem schrillte. Anna wirkte verwirrt, wie sie angeschlichen kam, und ihre schlechte Entschuldigung, daß sie störte, wirkte nicht echt.

»Du sollst noch nicht gehen«, sagte Linda mit einer gewissen Schärfe. »Wo du schon hergekommen bist, kannst du jedenfalls sagen, warum.«

»Das habe ich schon gesagt.«

»Wenn du etwas darüber weißt, wo Zebra ist, dann mußt du es melden. Wie oft muß ich das noch sagen?«

»Ich weiß nicht, wo sie ist. Ich bin ja hergekommen, um zu fragen, ob ihr sie gefunden habt oder ob ihr wenigstens eine Spur habt.«

»Du lügst.«

Annas Reaktion kam so überraschend, daß Linda nicht vorbereitet war. Anna schien eine gewaltige Verwandlung durchzumachen. Sie stieß Linda vor die Brust und schrie: »Ich lüge nie! Aber du begreifst nicht, was vorgeht!«

Dann drehte sie sich um und ging davon. Linda sagte nichts, blickte ihr nur stumm nach. Anna hielt eine Hand in der Tasche. Sie hat da etwas, dachte Linda. Woran sie sich klammert. Eine Mini-Rettungsboje in der Manteltasche. Aber warum war sie so erregt? Linda überlegte, ob sie hinter Anna herlaufen sollte. Aber Anna war schon nicht mehr zu sehen.

Linda ging zurück zum Eingang des Präsidiums. Aber etwas hielt sie noch zurück. Sie hätte Anna nicht gehen lassen sollen. Wenn es so war, wie es ihr vorkam, daß Anna aus dem Gleichgewicht war und sich seltsam verhielt, hätte sie sie mit ins Präsidium nehmen und jemand anderen bitten sollen, mit ihr zu reden. Sie hatte den Auftrag, in Annas Nähe zu bleiben. Jetzt hatte sie einen Fehler gemacht und sie viel zu schnell von sich gestoßen.

Sie versuchte, zu einer Entscheidung zu kommen. Sie schwankte zwischen der Rückkehr ins Präsidium und dem Versuch, Anna aufzuhalten. Sie wählte das letztere und nahm das Auto, weil es schneller gehen würde. Sie fuhr in die Richtung, die Anna eingeschlagen hatte, fand sie aber nicht. Sie fuhr den gleichen Weg zurück, doch wieder ohne Erfolg. Es gab einen zweiten Weg, den Anna gewählt haben konnte, doch auch da war sie nicht. War sie wieder verschwunden? Linda fuhr zu Annas Haus und hielt an. In der Wohnung war Licht. Auf dem Weg zur Haustür entdeckte sie, daß ein Fahrrad neben der Tür lehnte. Die Reifen waren naß, der bespritzte Rahmen war noch nicht getrocknet. Es regnete nicht, aber die Straßen waren voller Pfützen. Linda schüttelte den Kopf. Eine innere Stimme warnte sie davor, an der Haustür zu klingeln. Statt dessen stieg sie in den Wagen und setzte zurück, bis sie im Dunkeln stand.

Sie fühlte, daß sie jemanden um Rat fragen mußte. Sie wählte die Handynummer ihres Vaters, aber er meldete sich nicht. Er hat es wieder verlegt, dachte sie irritiert. Sie wählte Stefan Lindmans Telefon. Besetzt. Genauso wie Martinssons, bei dem sie es als nächstes versuchte. Linda wollte gerade wieder von vorn anfangen, als ein Wagen in die Straße einbog und vor Annas Haus hielt. Es war ein dunkelblauer oder schwarzer Wagen, vielleicht ein Saab. Das Licht in Annas Wohnung erlosch. Linda stand unter Hochspannung, ihre Hände um das Mobiltelefon wurden schwitzig. Anna kam aus dem Haus und stieg hinten ein. Dann fuhr der Wagen davon. Linda folgte ihm. Sie versuchte erneut, ihren Vater anzurufen, doch er meldete sich immer noch nicht. Auf Österleden wurde sie von einem Lastwagen mit hoher Geschwindigkeit überholt. Linda blieb hinter dem Lastwagen, schwenkte aber ein paarmal zur Fahrbahnmitte aus, um sicher zu sein, daß der schwarze Wagen noch da war. Er bog auf die Straße nach Kåseberga ein.

Linda versuchte, möglichst weiten Abstand zwischen ihrem Wagen und dem, in dem Anna saß, zu halten. Noch einmal versuchte sie zu telefonieren, doch das Handy glitt ihr aus der Hand und landete unter den Sitzen. Erst bei Sandhammaren bog der Wagen vor ihr ab. Es kam überraschend, er hatte nicht geblinkt. Linda fuhr an der Abzweigung vorbei und hielt erst hinter einem Hügel und einer Kurve an. Bei einem Bushalteplatz wendete sie und begann zurückzufahren. Aber sie wagte es nicht bis ganz an die Abzweigung zu fahren.

Ein kleinerer Nebenweg führte nach links. Linda bog darauf ein und folgte dem schmalen und holperigen Weg. Er endete an einem zusammengefallenen Tor und einer verrosteten Dreschmaschine. Linda stieg aus. Hier am Meer wehte es stärker. Sie suchte die Taschenlampe und die schwarze Strickmütze ihres Vaters. Als sie sie aufsetzte, dachte sie, daß die Mütze sie unsichtbar machen würde. Sie überlegte, ob sie noch einmal telefonieren sollte. Aber als sie sah, daß der Akku bald leer war, steckte sie das Handy in die Tasche und ging den Weg, den sie gekommen war, zurück. Es waren ein paar hundert Meter bis zur Abzweigung nach Sandhammaren. Sie ging so schnell, daß sie ins Schwitzen kam. Die Straße lag im Dunkeln. Sie blieb stehen und horchte. Es waren nur der Wind und das Tosen des Meers zu hören.

Fünfundvierzig Minuten suchte sie zwischen den Häusern, die verstreut in der Gegend lagen, und wollte bereits aufgeben, als sie plötzlich den dunkelblauen Wagen entdeckte, der zwischen ein paar Bäumen stand. Es gab kein Haus in der Nähe. Sie horchte wieder. Alles war still. Sie schirmte das Licht der Taschenlampe mit der Hand ab und leuchtete ins Innere des Wagens. Auf der Rückbank lagen ein Halstuch und ein Hörschutz. Da hatte Anna gesessen. Sie versuchte zu verstehen, warum diese Dinge da lagen. Dann richtete sie die Taschenlampe auf den Boden. Es gingen Pfade in verschiedene Richtungen, aber einer wies die meisten Fußspuren auf.

Linda wollte ihren Vater anrufen, ließ es aber sein, als ihr einfiel, daß der Akku fast leer war. Statt dessen schickte sie ihm eine SMS. *Bin bei Anna. Melde mich wieder.* Sie löschte die Lampe und folgte dem sandigen Pfad. Sie wunderte sich darüber, daß sie keine Angst hatte, obwohl sie gegen das ständige Mantra aus ihrer Ausbildungszeit verstieß: Geh nicht allein, arbeite nicht allein. Sie blieb stehen und zögerte. Vielleicht sollte sie umkehren. Ich bin genau wie Papa, dachte sie und spürte einen nagenden Verdacht, daß das, was sie gerade tat, letzten Endes ein Versuch war, ihm zu zeigen, daß sie zu etwas taugte.

Plötzlich nahm sie einen Lichtschein zwischen den Bäumen und den Dünen wahr. Sie horchte. Immer noch nur der Wind und das Meer. Sie ging ein paar Schritte auf das Licht zu. Es waren Fenster, einige erleuchtet. Ein Haus lag da, einsam, ohne Nachbarn. Sie knipste die Taschenlampe wieder an, deckte sie mit der Hand ab und näherte sich vorsichtig. Dort war ein Zaun mit einem Tor. Als sie sich dem Haus so weit genähert hatte, daß das Licht aus den Fenstern den Boden vor ihr erleuchtete, löschte sie ihre Taschenlampe wieder. Der Garten war groß. Das Meer mußte nah sein, obwohl sie es nicht sehen konnte. Sie fragte sich, wer wohl ein so großes Haus am Strand besaß, und was Anna hier tat, wenn sie wirklich hierher gekommen war. Ihr Handy summte. Sie zuckte zusammen und verlor die Taschenlampe. Dann meldete sie sich schnell. Es war Hans Rosqvist, einer ihrer Kurskameraden, der jetzt in Eskilstuna arbeitete. Sie hatten sich seit dem Abschlußball nicht gesprochen. »Rufe ich ungelegen an?« fragte er.

Linda konnte im Hintergrund Musik und das Klirren von Gläsern und Flaschen hören. »Ein bißchen«, flüsterte sie. »Ruf mich morgen wieder an. Ich arbeite.«

»Aber einen Moment kannst du doch wohl reden?«

»Nein. Wir reden morgen.«

Sie beendete das Gespräch und behielt das Handy in der Hand und den Finger auf dem Ausknopf, falls er noch einmal anrief. Nachdem sie zwei Minuten gewartet hatte, ohne daß etwas geschah, steckte sie das Handy wieder ein. Vorsichtig kletterte sie über den Zaun. Vor dem Haus standen ein paar Autos. Auf dem Rasen waren ein paar Zelte aufgeschlagen.

Nur ein paar Meter vor ihr wurde ein Fenster geöffnet. Sie fuhr zusammen und duckte sich. Sie sah einen Schatten hinter einer Gardine und hörte Stimmen. Sie wartete. Dann schlich sie sich zum Fenster. Die Stimmen waren verstummt. Das Gefühl, daß die Dunkelheit Augen hatte, wurde stärker. Ich muß weg von hier, dachte sie mit pochendem Herzen. Ich sollte hier nicht sein, auf jeden Fall nicht allein. Eine Tür wurde geöffnet, sie konnte nicht sehen, wo, nur einen Lichtstrahl, der in die Dunkelheit fiel. Linda hielt den Atem an. Jetzt roch sie Zigarettenrauch im Wind. Jemand steht an einer offenen Tür und raucht, dachte sie. Gleichzeitig kehrten die Stimmen in dem angelehnten Fenster über ihr zurück.

Der Lichtstrahl verschwand, die Tür, die sie nicht sah, wurde geschlossen. Es dauerte einige Minuten, bis sie sicher war, daß nur eine Person sprach, ein Mann. Seine Stimmlage wechselte, so daß sie zuerst geglaubt hatte, es seien mehrere Personen. Er sprach in kurzen Sätzen, setzte einen Punkt und redete weiter. Sie strengte sich an, um zu hören, welche Sprache er sprach. Es war Englisch.

Zunächst verstand sie nicht, was er sagte. Es war wie eine zusammenhanglose Wortkaskade ohne begreifbaren Sinn. Er zählte Namen auf, von Menschen, von Städten, Luleå, Västerås, Karlstad. Es handelte sich um eine Art von Instruktion, verstand sie, etwas sollte dort passieren, Uhrzeiten und ein Datum wurden wiederholt. Linda rechnete im Kopf nach. Was auch immer es war, das dann passieren sollte, es war bestimmt, daß es in sechsundzwanzig Stunden geschah. Die Stimme des Sprechenden war melodisch, schleppend, konnte zuweilen schneidend werden, fast schrill, um dann wieder zu einer milderen Tonlage zurückzukehren.

Linda versuchte, sich den Mann vorzustellen. Die Versuchung war groß, sich auf die Zehenspitzen zu stellen, um ins Zimmer zu schauen, ohne entdeckt zu werden. Doch sie verharrte in ihrer unbequemen Stellung an der Hauswand. Plötzlich begann die Stimme da drinnen von Gott zu sprechen. Linda spürte, wie ihr Magen sich verkrampfte. Was sie da hörte, war genau das, wovon ihr Vater gesprochen hatte, daß alle bisherigen Ereignisse eine religiöse Dimension hatten.

Linda brauchte nicht darüber nachzudenken, ob sie eine Alternative hatte. Sie mußte fort und die Polizei alarmieren, Vielleicht hatte man sich im Präsidium auch schon zu fragen begonnen, wo sie steckte. Andererseits konnte sie gerade jetzt nicht weg, nicht jetzt, da die Stimme von Gott sprach und all dem, was in sechsundzwanzig Stunden passieren sollte. Was war das für eine Botschaft hinter den Worten? Er sprach von einer großen Gnade, die die Märtyrer erwartete. Welche Märtyrer? Was war eigentlich ein Märtyrer? Es waren zu viele Fragen, und sie hatte einen zu schwachen Verstand, dachte sie. Was ging hier eigentlich vor sich? Und warum war seine Stimme so mild?

Wie lange hörte sie zu, bevor sie begriff, worum es sich drehte? Vielleicht verstrich eine halbe Stunde, vielleicht waren es nur wenige Minuten. Die entsetzliche Wahrheit ging ihr langsam auf. Da war ihr schon der Schweiß ausgebrochen, obwohl es an der Hauswand kalt war. Hier in einem Haus in Sandhammaren wurde ein grauenhafter Angriff vorbereitet, nein, nicht einer, sondern dreizehn Angriffe, und ein Teil derer, die die Katastrophe auslösen sollten, war bereits unterwegs.

Sie hörte Worte, die sich wiederholten: *Plazierung an Altar und Turm. Der Sprengstoff* wurde ebenfalls erwähnt, *die Fundamente und der Turm und der Sprengstoff*, es wiederholte sich mehrfach. Linda fiel plötzlich die gereizte Reaktion ihres Vaters ein, als jemand kam und ihn über den Diebstahl enormer Mengen von Dynamit informieren wollte. Konnte es mit dem zusammenhängen, was sie gerade durch das Fenster hörte? Jetzt begann der Mann da drinnen davon zu sprechen, wie wichtig es war, die bedeutenden Symbole der falschen Propheten anzugreifen. Aus diesem Grund hatten sie die dreizehn Dome als Ziele gewählt.

Linda schwitzte und fror zugleich, ihre Beine waren steif, die Knie taten weh, und sie sah ein, daß sie keine Sekunde länger hierbleiben durfte. Was sie gehört hatte, und was sie jetzt für wahr halten mußte, war so erschreckend, daß es ihr nicht richtig in den Kopf wollte. So etwas passiert hier nicht, dachte sie. Es passiert irgendwo weit weg, unter Menschen mit einer anderen Hautfarbe, einem anderen Glauben.

Sie streckte vorsichtig den Rücken. Es war still geworden hinter dem Fenster. Sie wandte sich zum Gehen, als jemand anders zu sprechen begann. Sie erstarrte. Der Mann, der jetzt sprach, sagte, *alles ist klar*, nichts weiter, *alles ist klar*. Aber es war kein reines Schwedisch, es war, als habe sie die Stimme in sich und von dem Tonband gehört, das aus der Notrufzentrale verschwunden war. Sie erschauerte, wartete, daß Torgeir Langaas noch etwas sagte, aber es kam nichts mehr. Sie tastete sich zum Zaun und kletterte vorsichtig hinüber. Die Taschenlampe wagte sie nicht anzumachen. Sie stieß gegen Bäume und stolperte über Steine.

Allmählich ging ihr auf, daß sie sich verlaufen hatte. Sie fand den Pfad nicht mehr. Sie war zwischen ein paar Dünen herausgekommen. Wohin sie sich auch wendete, sie konnte kein anderes Licht entdecken als die Lichter eines Schiffs weit draußen auf dem Meer. Sie nahm die Mütze ab und stopfte sie in die Tasche, als ob ihr bloßer Kopf ihr helfen könnte, den richtigen Weg zu finden. Mit Hilfe der Windrichtung und ihrer Position zum Meer versuchte sie zu bestimmen, wo sie sich befand. Sie ging los, zog die Mütze aus der Tasche und setzte sie wieder auf.

Jede Minute war jetzt entscheidend. Sie konnte nicht länger zwischen den Dünen umherirren. Sie mußte anrufen. Aber sie fand ihr Handy nicht. Sie durchsuchte alle Taschen. Die Mütze, dachte sie, es muß herausgefallen sein, als ich die Mütze aus der Tasche zog. Es ist in den Sand gefallen, und ich habe nichts gehört. Sie knipste die Taschenlampe an und kroch in ihrer eigenen Spur zurück. Aber sie fand kein Handy. Ich tauge zu nichts, dachte sie rasend. Ich krieche hier herum und weiß nicht einmal, wo ich bin. Sie zwang sich zur Ruhe. Wieder versuchte sie, die Richtung zu bestimmen. In regelmäßigen Abständen richtete sie sich auf und ließ die Taschenlampe hastig durchs Dunkel zucken.

Schließlich fand sie den Pfad, auf dem sie gekommen war. Zur Linken lag das Haus mit den erleuchteten Fenstern. Sie entfernte sich davon, so weit sie konnte, und lief zu dem dunkelblauen Wagen. Es war ein Augenblick, der ihr wie eine große Befreiung vorkam. Sie sah auf die Uhr: Viertel nach elf. Die Zeit war gerast.

Der Arm kam aus dem Dunkeln, von hinten, und hielt sie in einem festen Griff. Sie konnte sich nicht bewegen, die Kraft, die sie daran hinderte, war zu groß. Sie spürte den Atem an ihrer Wange. Der Arm drehte sie einmal herum. Eine Taschenlampe beleuchtete ihr Gesicht. Ohne daß er etwas sagte, wußte sie, daß der Mann, der sie ansah und der so schwer atmete, Torgeir Langaas hieß.

50

Die Morgendämmerung kam als ein sich langsam ausbreitender Grauton. Die Binde vor Lindas Augen ließ Licht durch. Sie verstand, daß die lange Nacht allmählich ein Ende nahm. Doch was würde dann geschehen? Um sie her war es still. Komischerweise hatte ihr Magen mitgemacht. Ein idiotischer Gedanke, aber er war wie ein kleiner Wachposten aus ihrem Innern hervorgesprungen, als Torgeir Langaas seinen kräftigen Arm um sie gelegt hatte. Der Wachposten stand da und schrie: *Bevor du mich totschlägst, bevor ich vergehe, muß ich auf die Toilette. Und wenn es hier im Wald keine gibt, dann laß mich nur für eine Minute los. Ich hocke mich in den Sand, ich habe immer Klopapier bei mir, und dann scharre ich Sand über die Kacke wie eine Katze.*

Aber sie hatte natürlich nichts gesagt. Sie hatte Torgeir Langaas' Atem gespürt, die Taschenlampe hatte sie geblendet. Dann hatte er sie zur Seite geschubst und ihr die Binde über die Augen gelegt und fest zugezogen. Als er sie in den Wagen stieß, hatte sie sich den Kopf gestoßen. Ihre Angst war so groß, daß sie nur mit dem Schrecken zu vergleichen war, den sie gespürt hatte, als sie auf dem Brückengeländer schwankte und zu der überraschenden Einsicht kam, daß sie nicht mehr sterben wollte. Es war still gewesen um sie her, nur der Wind und das Tosen des Meeres.

War Torgeir Langaas noch im Wagen? Sie wußte es nicht. Auch vermochte sie nicht zu sagen, wieviel Zeit vergangen war, als die Vordertüren geöffnet wurden. Aber sie spürte an den Schwankungen des Wagens, daß zwei Personen sich auf die vorderen Sitze setzten. Der Wagen fuhr mit einem Ruck los, der Fahrer war nachlässig und nervös, oder er hatte es eilig.

Sie versuchte, nachzuvollziehen, wohin sie fuhren. Sie kamen auf die asphaltierte Straße und bogen nach links ab, Richtung Ystad. Sie meinte auch zu hören, daß sie durch Ystad fuhren. Aber irgendwo auf dem Weg nach Malmö verlor sie die Kontrolle über die innere Karte, die sie zu erstellen versuchte. Der Wagen bog mehrmals ab, wechselte die Fahrtrichtung, der Asphalt ging in Schotter über und wieder in Asphalt. Der Wagen hielt an, aber keine Tür wurde geöffnet. Immer noch herrschte Stille. Wie lange sie dort saß, konnte sie nicht sagen. Aber es war gegen Ende dieser Wartezeit, als sie wahrnahm, wie das Morgenlicht grau durch die Augenbinde zu sickern begann.

Plötzlich wurde die Stille dadurch unterbrochen, daß die Türen aufgerissen wurden. Jemand zog sie aus dem Wagen und führte sie einen Weg entlang, der zunächst asphaltiert war und dann in einen Sandpfad überging. Sie stieg eine steinerne Treppe mit vier Stufen hinauf. Sie merkte, daß die Kanten uneben waren, und sah vor ihrem inneren Auge eine ausgetretene Treppe. Dann war sie von Kälte umgeben, einer hallenden Kälte. Ihr war sofort klar, daß sie sich in einer Kirche befand. Die Angst, die sich im Verlauf des langen nächtlichen Wartens gemildert hatte, brach mit voller Kraft wieder durch. Vor sich sah sie, was sie nicht gesehen, wovon sie nur gehört hatte, Harriet Bolson, vor einem Altar mit einem Tau erdrosselt.

Die Schritte auf dem Steinfußboden hallten, eine Tür wurde geöffnet, und sie stolperte über eine Schwelle. Dann wurde die Augenbinde abgenommen. Sie blinzelte gegen das graue Licht und sah den Rücken von Torgeir Langaas, als er den Raum verließ und die Tür hinter sich abschloß. Eine Lampe brannte, sie war in einer Sakristei mit Ölporträts strenger Geistlicher aus vergangenen Zeiten. Vor den Fenstern waren die Läden geschlossen. Linda sah sich nach einer Toilettentür um. Es gab keine. Noch hielten Magen und Darm Ruhe, aber ihre Blase war so voll, daß es schmerzte. Auf einem Tisch standen ein paar Trinkgefäße. Sie dachte, daß Gott ihr sicher verzeihen würde, und benutzte eines als Topf. Sie sah auf ihre Armbanduhr. Viertel vor sieben, Samstag, der 8. September. Über der Kirche war das Geräusch eines Flugzeugs zu hören, das zur Landung irgendwo in der Nähe ansetzte.

Sie verfluchte den Verlust ihres Handys. Hier in der Sakristei gab es kein Telefon. Sie suchte in Schränken und Schubläden, aber ohne Ergebnis. Dann begann sie die Fenster zu bearbeiten. Sie ließen sich öffnen, aber die Fensterläden schlossen dicht und waren verriegelt. Sie durchsuchte die Sakristei zum zweitenmal nach einem Werkzeug, aber vergebens.

Die Tür wurde geöffnet, und ein Mann trat ein. Linda erkannte ihn sofort. Er war magerer als auf den Fotos, die Anna ihr gezeigt hatte, den Bildern, die in ihren Schubläden versteckt gewesen waren. Er trug einen Anzug und ein dunkelblaues, bis zum Hals geknöpftes Hemd. Sein Haar war zurückgekämmt und im Nacken lang. Die Augen waren hellblau, genau wie Annas, und es war jetzt deutlicher zu erkennen als auf den Fotos, wie stark Anna ihrem Vater glich. Er stand im Schatten neben der Tür und sah sie an.

Er lächelte. »Du mußt keine Angst haben«, sagte er freundlich und kam mit ausgestreckten Händen auf sie zu, als wolle er zeigen, daß er unbewaffnet war und keine aggressiven Absichten hatte.

Ein Gedanke schoß durch Lindas Kopf, als sie die ausgestreckten, offenen Hände sah: *Anna hatte eine Waffe in der Manteltasche. Deshalb kam sie zum Polizeipräsidium. Um mich zu töten. Aber sie schaffte es nicht.* Der Gedanke ließ Lindas Knie zittern. Sie wankte, und Erik Westin streckte die Hand vor und half ihr, sich zu setzen.

»Du mußt keine Angst haben«, wiederholte er. »Ich bedaure, daß ich gezwungen war, dich mit verbundenen Augen in einem Auto warten zu lassen. Es tut mir auch leid, daß ich gezwungen bin, dich noch ein paar Stunden hier festzuhalten. Dann kannst du gehen.«

»Wo bin ich?«

»Darauf kann ich dir keine Antwort geben. Das einzige, was etwas bedeutet, ist, daß du keine Angst hast. Und daß du auf eine Frage antwortest.«

Seine Stimme war noch immer freundlich, sein Lächeln wirkte echt. Linda war verwirrt.

»Ich muß wissen, was du weißt«, sagte Erik Westin.

»Worüber?«

Er betrachtete sie, immer noch lächelnd. »Das war keine gute Antwort«, sagte er langsam. »Ich könnte die Frage deutlicher stellen. Aber das brauche ich nicht, weil du verstehst, was ich meine. Du bist Anna gestern abend gefolgt, du hast zu einem Haus am Meer gefunden.«

Linda entschloß sich rasch. Das meiste, was ich sage, muß wahr sein, sonst durchschaut er mich. Es gibt keine Alternative, dachte sie und verschaffte sich ein wenig Zeit, indem sie sich die Nase putzte.

»Ich war bei keinem Haus. Ich habe einen Wagen gefunden, der im Wald stand. Aber es ist richtig, daß ich nach Anna gesucht habe.«

Er wirkte abwesend, aber Linda sah, daß er über ihre Antwort nachdachte. Sie hatte jetzt seine Stimme erkannt. Er war derjenige, der in dem Haus am Strand einer für sie unsichtbaren Gemeinde gepredigt hatte. Auch wenn seine Stimme und sein ganzes Wesen eine große und freundliche Ruhe ausstrahlten, durfte sie nicht vergessen, was er in der Nacht gesagt hatte.

Er sah sie wieder an. »Du warst bei keinem Haus?«

»Nein.«

»Warum bist du Anna gefolgt?«

Keine weiteren Lügen, dachte Linda. »Ich mache mir Sorgen um Zebra.«

»Wer ist das?«

Jetzt war er derjenige, der log, und sie verbarg, daß sie das erkannte.

»Zebra ist eine gemeinsame Freundin. Sie ist verschwunden.«

»Warum sollte Anna wissen, wo sie sich befindet?«

»Sie wirkte so angespannt.«

Er nickte. »Vielleicht sagst du die Wahrheit. Wir werden es noch früh genug erfahren.«

Er stand auf, ohne mit dem Blick ihre Augen loszulassen. »Glaubst du an Gott?«

Nein, dachte Linda. Aber ich weiß, was du hören willst. »Ich glaube an Gott.«

»Wieviel der Glaube wert ist, werden wir bald wissen«, sagte er. »Wie es in der Bibel heißt: ›Bald sind unsere Widersacher ausgerottet, und ihren Überfluß hat das Feuer verzehrt.‹«

Er ging zur Tür und öffnete sie. »Du brauchst nicht länger allein zu sein«, sagte er zu Linda.

Zebra kam herein, hinter ihr Anna. Hinter den beiden ließ Erik Westin die Tür zufallen, ein Schlüssel wurde von außen im Schloß umgedreht.

Linda starrte Zebra an, dann Anna. »Was tust du?«

»Nur das, was getan werden muß.«

Annas Stimme klang fest, aber angestrengt und feindlich.

»Sie ist wahnsinnig«, sagte Zebra, die auf einen Stuhl gesunken war. »Vollkommen wahnsinnig.«

»Nur wer ein unschuldiges Kind tötet, kann wahnsinnig sein. Das ist ein Verbrechen, für das man bestraft werden muß.«

Zebra sprang auf und griff nach Lindas Arm.

»Sie ist wahnsinnig«, schrie sie. »Anna behauptet, ich sollte dafür bestraft werden, daß ich einmal abgetrieben habe.«

»Laß mich mit Anna reden«, sagte Linda.

»Mit Irren kann man nicht reden«, schrie Zebra.

»Ich glaube nicht, daß sie eine Irre ist«, sagte Linda so ruhig, wie sie es vermochte.

Sie stellte sich vor Anna und sah ihr gerade in die Augen. Fieberhaft versuchte sie, ihre Gedanken zu ordnen. Warum hatte Erik Westin sie mit Anna und Zebra im selben Raum allein gelassen? Gab es einen Plan *hinter* dem Plan, den sie nicht verstand? »Du willst doch nicht sagen, daß du mit in dieser Sache drinsteckst?« sagte Linda.

»Mein Vater ist zurückgekommen. Er hat mir eine Hoffnung zurückgegeben, die ich verloren hatte.«

»Was für eine Hoffnung?«

»Daß das Leben einen Sinn hat, daß Gott uns einen Sinn gegeben hat.«

Das stimmt nicht, dachte Linda. Jetzt sah sie in Annas Augen das gleiche wie in Zebras: Angst. Anna hatte den Körper und den Kopf so gedreht, daß sie die Tür im Auge behielt. Sie hat Angst, daß die Tür aufgeht, dachte Linda. Sie hat entsetzliche Angst vor ihrem Vater. »Womit droht er dir?« fragte sie leise, fast flüsternd.

»Er droht mir nicht.«

Anna hatte jetzt auch angefangen zu flüstern. Das konnte nur bedeuten, daß sie lauschte, dachte Linda.

Das gab ihr eine Möglichkeit. »Hör jetzt auf zu lügen. Wir können alle aus dieser Sache herauskommen, wenn du aufhörst zu lügen.«

»Ich lüge nicht.«

Linda wußte, daß die Zeit knapp war. Sie ließ sich auf keine Diskussion mit Anna ein. Wenn sie auf eine Frage nicht antworten wollte oder wenn die Antwort eine Lüge war, mußte Linda einfach weitergehen. »Du kannst glauben, was du willst, aber du darfst dich nicht mitschuldig daran machen, daß Menschen ermordet werden. Begreifst du nicht, was du da tust?«

»Mein Vater ist zurückgekommen, um mich zu holen. Eine große Aufgabe wartet auf mich.«

»Ich weiß, was für eine Aufgabe es ist, von der du redest. Willst du wirklich, daß noch mehr Menschen sterben, daß noch mehr Kirchen brennen?«

Linda sah, daß Anna dem Zusammenbruch nahe war. Jetzt durfte sie nicht nachlassen, mußte weitermachen. »Und wenn Zebra hingerichtet wird, dann wirst du immer das Gesicht ihres Sohns vor Augen haben, und das ist eine Anklage, der du nie entkommen kannst. Willst du das?«

Ein Schlüssel drehte sich in der Tür. Linda bekam Angst. Jetzt war es zu spät. Aber im letzten Moment, bevor die Tür aufging, zog Anna die Hand aus der Tasche und steckte Linda ein Handy zu.

Erik Westin stand in der Tür. »Hast du Abschied genommen?« fragte er.

»Ja«, antwortete Anna. »Ich habe Abschied genommen.«

Erik Westin strich ihr mit den Fingerspitzen über die Stirn. Er wandte sich Zebra zu und dann Linda. »Eine Weile noch. Noch eine Stunde.«

Zebra stürzte plötzlich zur Tür. Linda packte sie und drückte sie auf den Stuhl. Sie hielt sie fest, bis Zebra sich beruhigt hatte. »Ich habe jetzt ein Telefon«, sagte Linda. »Wir kommen hier raus, wenn du nur da sitzen bleibst und wartest.«

»Sie werden mich umbringen.«

Linda drückte die Hand auf Zebras Mund.

»Wenn ich das hier schaffen soll, mußt du mir helfen und still sein.«

Zebra gehorchte. Linda zitterte so, daß sie zweimal die falsche Nummer eintippte. Ein Klingeln nach dem anderen ertönte, ohne daß ihr Vater antwortete. Sie wollte schon den Ausknopf drücken, als sich doch jemand meldete. Er war es. Als er ihre Stimme hörte, begann er zu brüllen. Wo war sie denn? Begriff sie nicht, welche Sorgen sie sich machten?

»Wir haben keine Zeit jetzt«, zischte sie. »Hör zu.«

»Wo bist du?«

»Hör zu. Sei still.«

Sie erzählte, was passiert war, nachdem sie einen Zettel geschrieben und auf seinen Schreibtisch gelegt und das Präsidium verlassen hatte.

Er unterbrach sie. »Ich habe keinen Zettel gesehen, obwohl ich die ganze Nacht hier war und gewartet habe, daß du anrufst.«

»Dann ist er wohl weggekommen. Wir haben keine Zeit, hör zu jetzt.«

Sie war dem Weinen nahe. Da unterbrach er sie nicht mehr. Sie konnte ausreden. Er atmete schwer, jeder Atemzug war wie eine schwierige Frage, auf die er eine Antwort finden, für die er einen entscheidenden Beschluß fassen mußte.

»Ist das alles wahr?«

»Jedes Wort. Ich habe gehört, was er sagte.«

»Es sind also vollkommen Wahnsinnige«, sagte er empört.

»Nein«, widersprach Linda. »Es ist etwas anderes. Sie glauben an das, was sie tun. Für sie ist es kein Wahnsinn.«

»Egal, was es ist, wir alarmieren alle Domstädte«, erwiderte er erregt. »Ich glaube, wir haben fünfzehn Dome in Schweden.«

»Sie redeten die ganze Zeit von dreizehn«, sagte Linda. »Dreizehn Türme. Der dreizehnte Turm war der letzte und sollte bedeuten, daß der große Reinigungsprozeß begonnen hat. Was das heißen soll, weiß ich nicht.«

»Du weißt also nicht, wo du bist?«

»Nein. Ich bin ziemlich sicher, daß wir durch Ystad gefahren sind, es paßte mit den Rondellen. Wir können aber nicht ganz bis Malmö gefahren sein.«

»Welche Himmelsrichtung?«

»Ich weiß nicht.«

»Ist dir etwas anderes aufgefallen, als du im Auto fuhrst?«

»Die Straßenbeläge wechselten, Asphalt, Schotter, manchmal reine Viehwege.«

»Seid ihr über Brücken gefahren?«

Sie dachte nach. »Ich glaube nicht.«

»Hast du Geräusche gehört?«

Sie kam sofort darauf. *Die Flugzeuge*. Sie hatte mehrere gehört. »Ich habe Flugzeuge gehört. Eins war in der Nähe.«

»Was meinst du mit in der Nähe?«

»Es hörte sich an, als sei es gelandet. Oder vielleicht gerade gestartet.«

»Warte«, sagte ihr Vater.

Er rief etwas neben dem Telefon. »Wir holen eine Karte«, sagte er, als er wieder zurückkam. »Hörst du im Moment ein Flugzeug?«

»Nein.«

»Hörten sie sich wie große Flugzeuge an oder wie kleine?«

»Wie Düsenmaschinen. Große Flugzeuge.«

»Dann muß es Sturup sein.«

Papier raschelte. Linda hörte, wie ihr Vater zu jemandem sagte, er solle die Fluglotsen auf dem Tower in Sturup anrufen.

»Wir haben jetzt eine Karte hier. Hörst du etwas?«

»Flugzeuge? Nein, nichts.«

»Kannst du genauer beschreiben, wo du dich im Verhältnis zu den Flugzeugen befindest?«

»Liegt ein Kirchturm im Osten oder im Westen?«

»Wie soll ich das denn wissen?«

Er rief Martinsson, der antwortete. »Der Turm liegt im Westen, der Chor im Osten. Es hat mit der Wiederauferstehung zu tun.«

»Die Flugzeuge sind von Süden gekommen. Wenn ich nach Osten sehe, dann sind sie von Süden gekommen und nach Norden geflogen. Oder vielleicht Nordwesten. Sie sind fast genau über diese Kirche geflogen.«

Es murmelte und schnarrte am anderen Ende der Leitung. Linda fühlte, wie ihr der Schweiß am Rücken hinunterlief. Zebra saß apathisch da und wiegte den Kopf in den Händen.

Lindas Vater kam wieder. »Du wirst jetzt mit einem Fluglotsen auf Sturup verbunden, er heißt Janne Lundwall. Ich höre alles, was ihr sagt, und unterbreche euch vielleicht. Verstehst du, was ich sage?«

»Ich höre. Ich bin nicht dumm. Aber ihr müßt euch beeilen.«

Seine Stimme bebte, als er antwortete. »Ich weiß. Aber

wir können nichts machen, wenn wir nicht wissen, wo ihr seid.«

Janne Lundwall kam ans Telefon. »Na, dann wollen wir mal sehen, ob wir rausfinden können, wo du steckst«, sagte er munter. »Hörst du im Augenblick ein Flugzeug?«

Linda fragte sich, was ihr Vater ihm erzählt hatte. Der lockere Ton des Fluglotsen verstärkte nur ihre Angst. »Ich höre nichts.«

»Wir haben eine KLM-Maschine im Anflug. In fünf Minuten. Sobald du sie hörst, rufst du.«

Die Minuten verstrichen unendlich langsam. Schließlich hörte sie jedoch das schwache Geräusch eines Flugzeugs, das näher kam. »Ich höre sie.«

»Siehst du genau nach Osten?«

»Ja. Die Maschine kommt von rechts.«

»Das stimmt. Sag Bescheid, wenn das Flugzeug sich genau über deinem Kopf befindet, oder genau vor dir.«

Es rasselte an der Tür. Linda beendete das Gespräch, schaltete das Handy aus und steckte es in die Tasche. Torgeir Langaas kam herein. Er stand stumm da und sah sie an. Dann ging er wieder, ohne ein einziges Wort gesagt zu haben. Zebra saß zusammengekauert in ihrer Ecke. Erst als er gegangen war und die Tür zugeschlagen hatte, merkte Linda, daß die Maschine schon vorbeigeflogen war.

Sie wählte die Nummer ihres Vaters wieder. Er meldete sich mit erregter Stimme. Er hat genausoviel Angst wie ich, dachte Linda. Genausoviel Angst, und er weiß genausowenig, wo ich bin, wie ich selbst. Wir können miteinander sprechen, aber wir können uns nicht finden.

»Was war los?«

»Es ist jemand hereingekommen. Dieser Torgeir Langaas. Ich mußte ausmachen.«

»Herrgott. Rede weiter mit Lundwall.«

Das nächste Flugzeug kam nach vier Minuten. Janne Lundwall zufolge war es eine Chartermaschine aus Las Palmas, die vierzehn Stunden Verspätung hatte. »Eine Ansammlung stocksaurer Passagiere im Landeanflug«, sagte er zufrieden. »Manchmal ist es schön, in einem Turm zu sitzen und völlig isoliert zu sein. Hörst du etwas?«

Linda rief, als das Geräusch des Flugzeugs an ihr Ohr drang.

»Dasselbe wie eben. Ruf, wenn du sie über dir oder vor dir hast.«

Die Maschine näherte sich. Gleichzeitig begann das Handy zu piepen. Linda schaute aufs Display. Die Batterie ging zu Ende.

»Die Batterie ist gleich leer«, sagte sie.

»Wir müssen wissen, wo du bist«, rief ihr Vater.

Es ist zu spät, dachte Linda. Sie schrie und fluchte und beschwor das Telefon, noch ein ganz bißchen durchzuhalten. Die Maschine kam näher und näher, das Handy piepte. Linda rief, als die heulenden Motoren des Flugzeugs sich genau zwischen ihren Ohren befanden.

»Dann haben wir dich ziemlich gut lokalisiert«, sagte Janne Lundwall. »Nur noch eine Frage …«

Was er hatte fragen wollen, erfuhr Linda nicht mehr. Das Handy gab den Geist auf. Linda machte es aus und legte es in einen Schrank, in dem verschiedene Gewänder und Umhänge hingen. Hatte es ausgereicht, um die Kirche zu identifizieren? Sie konnte es nur hoffen. Zebra sah sie an.

»Es wird gut«, sagte Linda. »Sie wissen, wo wir sind.«

Zebra antwortete nicht. Ihr Blick war glasig. Sie krallte sich so fest an Lindas Handgelenk, daß ihre Nägel in die Haut drangen und Blut austrat. Wir haben beide gleich viel Angst, dachte Linda. Aber ich muß wenigstens so tun, als hätte ich keine. Ich muß dafür sorgen, daß Zebra ruhig bleibt. Wenn sie in Panik gerät, könnte es sein, daß unsere Wartezeit verkürzt wird. Die Wartezeit worauf? Sie wußte es nicht. Aber wenn es nun so war, daß Anna ihrem Vater erzählt hatte, Zebra habe einmal abgetrieben, und wenn eine Abtreibung der Grund für Harriet Bolsons Tod in der Kirche von Frennestad war, dann bestand kein Zweifel daran, was beabsichtigt war.

»Es wird gutgehen«, flüsterte sie. »Sie sind jetzt unterwegs.«

Wie lange sie gewartet hatten, konnte Linda nicht sagen. Es mochte eine halbe Stunde gewesen sein, vielleicht mehr. Dann kam es wie ein Donnerknall aus dem Nichts. Die Tür wurde aufgestoßen. Drei Männer kamen herein und packten Zebra, zwei andere griffen Linda. Sie wurden aus dem Raum gezerrt. Alles ging so schnell, daß Linda gar nicht auf den Gedanken kam, Widerstand zu leisten. Die Arme, die sie hielten, waren stark. Zebra schrie, es klang wie ein langgezogenes Heulen. Draußen in der Kirche stand Erik zusammen mit Torgeir Langaas und wartete. In der ersten Bank saßen zwei Frauen und ein weiterer Mann. Auch Anna war da, sie saß ein wenig weiter hinten. Linda versuchte, ihren Blick aufzufangen, doch Annas Gesicht glich einer erstarrten Maske. Oder trug sie wirklich eine Maske vorm Gesicht? Linda konnte es nicht erkennen. Die vorn Sitzenden hielten etwas in den Händen, das aussah wie weiße Masken.

Linda war vor Schreck wie gelähmt, als sie das Tau in Erik Westins Hand sah. Er wird Zebra töten, dachte sie verzweifelt. Er wird sie töten, und danach wird er mich töten, weil ich Augenzeugin bin und zuviel weiß. Zebra kämpfte wie ein Tier, um loszukommen.

In diesem Moment war es, als stürzten die Wände ein. Die Kirchentür wurde aufgestoßen, vier der bunten Fenster, zwei auf jeder Seite des Kirchenschiffs, zersplitterten. Linda hörte eine Stimme, die in ein Megaphon rief, und es war ihr Vater, kein anderer, er brüllte, als mißtraue er der Fähigkeit des Megaphons, seine Stimme zu verstärken. In der Kirche wurde es totenstill.

Erik Westin fuhr zusammen. Er riß Anna zu sich hin und

benutzte sie als Schutzschild. Sie versuchte, sich loszureißen. Er schrie sie an, sie solle sich beruhigen, doch sie hörte nicht. Er zog sie mit zur Kirchentür. Wieder versuchte sie, sich zu befreien. Ein Schuß ging los. Anna zuckte zusammen und sank zu Boden. Erik Westin hielt die Waffe in der Hand. Ungläubig starrte er auf seine Tochter. Dann stürmte er aus der Kirche. Keiner wagte ihn aufzuhalten.

Lindas Vater war zusammen mit einer großen Anzahl bewaffneter Polizisten – die meisten kannte Linda nicht – durch die seitlichen Türen in die Kirche gestürmt. Jetzt begann Torgeir Langaas zu schießen. Linda zog Zebra mit sich zwischen zwei Bankreihen und legte sich flach auf den Boden. Der Schußwechsel ging weiter. Was geschah, konnte Linda nicht sehen. Dann wurde es still. Sie hörte Martinssons Stimme, er rief, ein Mann sei durch die Tür entkommen. Das muß Torgeir Langaas sein, dachte sie.

Sie spürte eine Hand auf ihrer Schulter und zuckte zusammen. Vielleicht schrie sie auch auf.

Es war ihr Vater. »Ihr müßt raus hier«, sagte er.

»Was ist mit Anna?«

Er antwortete nicht. Linda verstand, daß sie tot war. Sie liefen geduckt aus der Tür. In einiger Entfernung sahen sie den dunkelblauen Wagen verschwinden, verfolgt von zwei Polizeiautos. Linda und Zebra setzten sich jenseits der Friedhofsmauer auf die Erde.

»Jetzt ist es vorbei«, sagte Linda.

»Nichts ist vorbei«, flüsterte Zebra. »Das wird mich für den Rest meines Lebens verfolgen. Ich werde immer etwas spüren, was sich um meinen Hals zusammenzieht.«

Plötzlich knallte es wieder, ein Schuß, danach noch zwei. Linda und Zebra duckten sich tiefer hinter die Mauer. Stimmen, Kommandos ertönten, Autos starteten mit quietschenden Reifen und heulenden Sirenen. Dann Stille.

Linda sagte Zebra, sie solle sitzen bleiben. Vorsichtig richtete sie sich auf und lugte über die Mauer. Um die Kirche herum waren zahlreiche Polizisten. Aber alle standen still. Es kam Linda vor, als betrachtete sie ein Gemälde. Sie erblickte ihren Vater und ging zu ihm.

Er war bleich und packte sie hart am Arm.

»Sie sind beide entkommen«, sagte er. »Westin und Langaas. Wir müssen sie fassen.«

Er wurde unterbrochen, als jemand ihm ein Mobiltelefon reichte. Er lauschte und reichte es wortlos zurück. »Ein mit Dynamit beladener Wagen ist gerade in den Dom von Lund gerast. Sie haben die Pfosten mit den Eisenketten durchbrochen und sind in den linken Turm gekracht. Es herrscht totales Chaos. Niemand weiß, wie viele Tote es gegeben hat. Aber es hat den Anschein, als sei es gelungen, die Angriffe auf die anderen Dome abzuwenden. Bisher sind zwanzig Personen festgenommen worden.«

»Warum haben sie das getan?« fragte Linda.

Er dachte lange nach, bevor er antwortete. »Weil sie an Gott glaubten und ihn liebten«, antwortete er. »Aber ich kann mir nicht denken, daß diese Liebe gegenseitig war.«

Sie blieben schweigend stehen.

»War es schwer, uns zu finden?« fragte Linda. »Es gibt ja viele Kirchen in Schonen.«

»Eigentlich nicht«, gab er zurück. »Lundwall im Tower konnte fast genau bestimmen, wo du dich befandest. Wir hatten zwei Kirchen zur Auswahl. Wir haben durch ein Fenster hereingesehen.«

Wieder Schweigen. Linda wußte, daß sie ein und denselben Gedanken dachten. Was wäre geschehen, wenn sie sie nicht hätte herlotsen können?

»Wessen Handy war das?« fragte er.

»Annas. Sie hat es bereut.«

Sie gingen zu Zebra. Ein schwarzer Wagen fuhr vor, Anna wurde fortgebracht.

»Ich glaube nicht, daß er sie absichtlich erschossen hat«, sagte Linda. »Ich glaube, die Waffe ist versehentlich losgegangen.«

»Wir werden ihn fassen«, sagte ihr Vater. »Dann erfahren wir es.«

Zebra war aufgestanden. Sie fror so, daß es sie schüttelte.

»Ich fahre mit ihr«, sagte Linda. »Ich weiß, daß ich sehr vieles falsch gemacht habe.«

»Es wird ruhiger, wenn ich dich in Uniform habe und weiß, daß du sicher in einem Streifenwagen sitzt, der durch die Straßen von Ystad kurvt«, sagte ihr Vater.

»Mein Handy liegt draußen bei Sandhammaren im Sand.«

»Wir schicken jemand hin, der es anwählt. Vielleicht fängt der Sand an zu sprechen.«

Svartman stand neben seinem Wagen. Er öffnete die hintere Tür und legte eine Wolldecke um Zebra. Sie kroch hinein und versteckte sich in einer Ecke.

»Ich bleibe bei ihr«, sagte Linda.

»Wie geht es dir?«

»Ich weiß nicht. Das einzige, was ich sicher weiß, ist, daß ich Montag anfange zu arbeiten.«

»Warte eine Woche«, sagte ihr Vater. »Ganz so eilig ist es wohl nicht.«

Linda stieg ein, und sie fuhren davon. Ein Flugzeug im Landeanflug dröhnte dicht über ihre Köpfe hinweg. Linda schaute über die Landschaft. Es war, als würde ihr Blick in den braungrauen Lehm gesogen, und da war der Schlaf, den sie jetzt nötiger hatte als alles andere. Dann würde sie ein letztes Mal in ihre Warteposition zurückkehren, bevor sie zu arbeiten begann. Doch diesmal würde die Wartezeit kurz sein. Bald konnte sie ihre unsichtbare Uniform abstreifen. Sie überlegte, ob sie Svartman fragen sollte, wie er die Chancen einschätzte, Erik Westin und Torgeir Langaas zu fassen. Aber sie sagte nichts. Im Moment wollte sie nichts wissen.

Später, jetzt nicht. Frost, Herbst und Winter; dann würde sie nachdenken. Sie lehnte den Kopf an Zebras Schulter und schloß die Augen. Plötzlich sah sie Erik Westins Gesicht vor sich. Im letzten Augenblick, als Anna langsam zu Boden sank. Jetzt erkannte sie, daß es Verzweiflung war, die sie in seinem

Gesicht gesehen hatte, eine unendliche Einsamkeit. Ein Mann, der alles verloren hatte.

Sie schaute wieder hinaus auf die Landschaft. Erik Westins Gesicht erlosch langsam, verlor sich im grauen Lehm.

Als der Wagen in der Mariagata hielt, war Zebra eingeschlafen.

Linda weckte sie behutsam. »Wir sind jetzt da«, sagte sie. »Wir sind da, und alles ist vorbei.«

51

Montag, der 10. September, war ein kalter und windiger Tag in Schonen. Linda hatte schlecht geschlafen, erst im Morgengrauen war sie zur Ruhe gekommen. Sie wurde davon wach, daß ihr Vater ins Zimmer kam und sich auf die Bettkante setzte. So war es, als ich Kind war, dachte sie. Mein Vater saß auf meiner Bettkante, meine Mutter fast nie.

Er fragte, wie sie geschlafen habe, und sie antwortete wahrheitsgemäß: schlecht, und als es ihr endlich gelungen war einzuschlafen, hatten Alpträume das Dunkel erfüllt.

Am Abend zuvor hatte Lisa Holgersson angerufen und gesagt, sie könne ihren Arbeitsantritt um einige Tage verschieben. Eine Woche, hatte Lisa Holgersson gemeint. Doch Linda hatte Einspruch erhoben. Jetzt wollte sie es nicht mehr aufschieben, trotz allem, was geschehen war. Sie einigten sich darauf, daß Linda einen zusätzlichen freien Tag nehmen und am Dienstag morgen ins Präsidium kommen würde.

Kurt Wallander erhob sich von der Bettkante. »Ich gehe jetzt«, sagte er. »Was machst du heute?«

»Ich will mich mit Zebra treffen. Sie braucht jemanden, mit dem sie reden kann. Und ich auch.«

Linda verbrachte den Tag zusammen mit Zebra. Unaufhörlich klingelte das Telefon. Geschäftige Journalisten wollten Fragen stellen. Schließlich flüchteten sie in die Mariagata. Der Junge war bei Aina Rosberg. Immer wieder gingen sie die Ereignisse durch. Am meisten beschäftigte sie Annas Schicksal. Würden sie je verstehen? Konnte überhaupt jemand verstehen?

»Sie hat sich ihr ganzes Leben nach ihrem Vater gesehnt«, sagte Linda. »Als er schließlich kam, weigerte sie sich zu glauben, daß er unrecht haben könnte, was er auch sagte oder tat.«

Zebra saß an diesem Montag lange Zeit schweigend da. Linda wußte, was ihr durch den Kopf ging. Wie wenig gefehlt hatte, daß sie getötet worden wäre, und daß Anna die Schuld daran trug, nicht nur ihr Vater.

Am frühen Nachmittag rief Lindas Vater an und berichtete, Henrietta sei zusammengebrochen und liege im Krankenhaus. Linda dachte an Annas Seufzen, das Henrietta in eine ihrer Kompositionen eingefügt hatte. Das ist ihr geblieben, dachte sie. Das Seufzen ihrer toten Tochter auf einem Tonband.

»Es lag ein Brief auf ihrem Tisch«, fuhr Lindas Vater fort. »Darin versucht sie, ihr Verhalten zu erklären. Der Grund, weshalb sie über die Rückkehr Erik Westins geschwiegen hat, war reine Angst. Er hatte ihr damit gedroht, Anna und sie selbst zu töten, wenn sie nicht schwiege. Es gibt keinen Grund anzunehmen, daß sie die Unwahrheit sagt. Aber trotz allem hätte sie versuchen müssen, einen Ausweg zu finden und jemandem zu erzählen, was sich anbahnte.«

»Hat sie etwas über meinen letzten Besuch geschrieben?« fragte Linda.

»Torgeir Langaas war dort draußen. Sie öffnete das Fenster, damit er hören sollte, daß sie nichts verriet.«

»Annas Vater schüchterte also Menschen mit Hilfe von Torgeir Langaas ein.«

»Wir dürfen nicht vergessen, daß er viel über Menschen wußte.«

»Habt ihr irgendwelche Spuren?«

»Wir sollten sie fassen, denn es läuft inzwischen eine weltweite Fahndung nach ihnen, und zwar mit höchster Priorität. Aber vielleicht finden sie neue Verstecke, neue Anhänger.«

»Wer will sich schon Menschen anschließen, die meinen, dieses ganze Töten sei zur Ehre Gottes?«

»Darüber kannst du mit Stefan Lindman reden. Du weißt, daß er schwer krank war? Er hat mir erzählt, daß er nach seiner Krankheit aufgehört habe, an Gott zu glauben, und zu der Ansicht gelangt sei, das, was mit dem Menschen geschehe, werde von anderen Kräften bestimmt. Vielleicht war es so? Daß sie Erik Westin folgten statt Gott?«

»Ihr müßt sie fassen.«

»Wir können nicht ausschließen, daß sie Selbstmord begangen haben. Doch solange wir keine Leichen gefunden haben, gehen wir davon aus, daß sie leben. Sie können weitere Verstecke angelegt haben wie das im Wald von Rannesholm. Niemand weiß, wie viele Verstecke Torgeir Langaas vorbereitet hat, und niemand wird die Frage beantworten können, wenn wir sie nicht finden.«

Als das Telefongespräch beendet war, sprachen Linda und Zebra darüber, daß Erik Westin vielleicht schon mit dem Aufbau einer neuen Sekte beschäftigt war. Es gab viele, die bereit waren, ihm zu folgen. Einer von ihnen war dieser Prediger, Ulrik Larsen, der Linda in Kopenhagen überfallen und bedroht hatte. Er wartete nur darauf, gerufen zu werden, um einen Auftrag auszuführen. Linda dachte an das, was ihr Vater gesagt hatte. Sie konnten sich nicht sicher fühlen, solange Erik Westin nicht gefaßt worden war. Eines Tages wird vielleicht der nächste Lastwagen voll Dynamit in einen Dom gelenkt, genau wie in Lund. Es würde lange Zeit dauern, den zerstörten Dom wieder aufzubauen.

Nachdem sie Zebra nach Hause gebracht und sich vergewissert hatte, daß sie allein zurechtkam, hatte Linda einen Spaziergang gemacht und sich auf die Kaimauer am Hafencafé gesetzt. Es war kalt und windig, aber sie kauerte sich im Windschatten zusammen. Sie wußte nicht, ob das, was sie für Anna empfand, ein Gefühl des Verlusts war oder etwas anderes. Wir sind nie wieder richtige Freundinnen geworden, dachte sie. So weit kamen wir nicht. Unsere wirkliche Freundschaft gehört für immer unserer Kindheit an.

Am Abend kam ihr Vater nach Hause und berichtete, daß sie Torgeir Langaas gefunden hatten. Er war frontal gegen einen Baum gerast. Alles deutete darauf hin, daß es Selbstmord war. Aber Erik Westin war noch spurlos verschwunden. Linda fragte sich, ob sie jemals erfahren würde, ob es Erik Westin gewesen war, den sie im Sonnenlicht vor Lestarps Kirche gesehen hatte. Und war er derjenige, der in ihr Auto eingebrochen war?

Es gab noch eine Frage, die zu beantworten ihr inzwischen selbst gelungen war. Die Worte in Annas Tagebuch, *Meineide, Vatikan*. Es war so einfach, dachte Linda, mein Vati, mein Vati. Nichts sonst.

Linda und ihr Vater saßen noch lange auf und redeten miteinander. Die Polizei hatte damit begonnen, Erik Westins Leben zu rekonstruieren, und hatte eine Verbindung zu jenem Pastor Jim Jones und seiner Sekte aufgedeckt, die einst im Dschungel von Guyana den Tod gesucht hatten. Erik Westin war ein komplizierter Mensch, den man wohl nie bis ins letzte verstehen würde. Aber es war unendlich wichtig, einzusehen, daß er alles andere war als ein Wahnsinniger. Sein Selbstbild, das nicht zuletzt auf den ›heiligen Fotos‹ erkennbar wurde, die seine Jünger bei sich trugen, war das eines demütigen Menschen. Es lag eine Logik in seiner Art zu denken, auch wenn sie verzerrt und krankhaft war. Er war kein Wahnsinniger, sondern ein Fanatiker, bereit, das zu tun, was erforderlich war, um das, woran er glaubte, voranzubringen. Er war bereit, Menschen zu opfern, wenn es dem großen Ziel diente. Er ließ Menschen, die seinen Plan zunichte zu machen drohten, ebenso töten wie diejenigen, die in seinen Augen Verbrechen begangen hatten, die mit dem Tod gesühnt werden mußten. Ständig suchte er die Antworten in der Bibel. Nichts durfte geschehen, wenn er keine Hinweise darauf in der Bibel fand.

Erik Westin war ein verzweifelter Mensch, der nur Böses und Verfall um sich herum wahrnahm. So gesehen konnte man ihn vielleicht verstehen, ohne freilich das, was er tat, zu entschuldigen. Damit es sich nicht wiederholte, damit man in Zukunft Menschen leichter erkennen konnte, die bereit waren, sich selbst im Zuge von etwas, was sie als einen christlichen Auftrag verstanden, in die Luft zu sprengen, durfte man nicht den Fehler machen, Erik Westin als einen Verrückten abzutun. Denn das war er nicht, meinte Lindas Vater.

Mehr gab es eigentlich nicht zu sagen. Alle, die die gutgeplanten Sprengungen hatten durchführen sollen, warteten jetzt auf ihre Verurteilung und anschließende Ausweisung, die Polizei in der ganzen Welt suchte nach Erik Westin, und der Herbst sollte mit Frostnächten und kalten Nordostwinden ins Land kommen.

Als sie gerade ins Bett gehen wollten, klingelte das Telefon. Er lauschte schweigend, stellte ein paar kurze Fragen. Als das Gespräch beendet war, wollte Linda nicht fragen, was passiert sei. Sie sah ein Glänzen wie von Tränen in seinen Augen, als er ihr sagte, daß Sten Widén gerade gestorben sei. Eine seiner Frauen hatte angerufen, vielleicht die letzte, mit der er zusammengelebt hatte. Sie hatte versprochen, Kurt Wallander anzurufen und ihm zu sagen, es sei alles vorüber und es sei ›gutgegangen‹.

»Was meint sie damit?«

»Wir redeten so, als wir jung waren, Sten und ich. Über den Tod als etwas, dem man sich stellen mußte wie einem Gegner in einem Duell. Auch wenn der Ausgang feststand, konnte man den Tod ermüden, so daß er nur noch die Kraft hatte, einen letzten Stoß auszuführen. Wir beschlossen, daß der Tod für uns beide so sein sollte, etwas, dem wir uns stellen würden, so daß es ›gutging‹.«

Sie bemerkte seine Wehmut. »Möchtest du darüber reden?«

»Nein«, antwortete er. »Mit der Trauer um Sten Widén muß ich allein zurechtkommen.«

Eine Weile saßen sie noch schweigend da. Ohne ein Wort ging er zu Bett. Auch in dieser Nacht schlief Linda nur wenig. Sie dachte an all die Menschen, die bereit gewesen waren, sich selbst und die Kirchen, die sie haßten, in die Luft zu sprengen. Nach dem, was ihr Vater und Stefan Lindman erzählt hatten, nach dem, was sie in den Zeitungen gelesen hatte, waren diese Menschen alles andere als Monster. Sie traten demütig auf. Stets betonten sie ihren guten Vorsatz, ein für allemal dem wahren Gottesreich auf Erden den Weg zu bereiten.

Einen Tag konnte sie noch warten. Aber mehr nicht. Also ging sie am Vormittag des 11. September, einem windigen und kalten Tag, hinauf zum Polizeipräsidium, nach einer Nacht, die Spuren des ersten Frostes hinterlassen hatte. Sie probierte ihre Uniform an und ließ sich alle anderen Ausrüstungsgegenstände aushändigen. Anschließend sprach sie eine Stunde mit Martinsson und nahm ihren ersten Dienstplan in Empfang. Den Rest des Tages bekam sie frei. Aber sie wollte nicht allein zu Hause in der Mariagata sitzen, so blieb sie im Präsidium.

Gegen drei Uhr am Nachmittag saß sie im Eßraum, trank Kaffee und unterhielt sich mit Nyberg, der sich unaufgefordert zu ihr gesetzt hatte und sich von seiner freundlichsten Seite zeigte. Martinsson kam herein, kurz danach ihr Vater. Martinsson schaltete den Fernseher an. »In den USA ist etwas passiert«, sagte er.

»Was ist passiert?«

»Ich weiß nicht«, sagte Martinsson. »Aber du wirst es ja gleich sehen.«

Das Bild der Uhr. Eine Nachrichtensondersendung. Immer mehr Kollegen kamen herein. Als die Sendung anfing, war der Raum fast voll.

Epilog

DAS MÄDCHEN AUF DEM DACH

Der Notruf ging um kurz nach sieben am Freitag abend im Polizeipräsidium ein. Es war der 23. November 2001. Linda, die an diesem Abend mit einem Kollegen namens Ekman Streife fuhr, nahm den Anruf entgegen. Sie hatten gerade in Svarte einen Familienstreit geschlichtet und waren auf dem Weg zurück nach Ystad. Ein junges Mädchen war auf das Dach eines Mietshauses bei der westlichen Einfahrt nach Ystad geklettert und drohte damit, zu springen. Außerdem war es mit einem geladenen Schrotgewehr bewaffnet. Die Einsatzleitung beorderte so schnell wie möglich weitere Wagen an den Platz. Ekman schaltete das Blaulicht ein und erhöhte das Tempo.

Als sie am Ort des Geschehens eintrafen, hatten sich schon zahlreiche Schaulustige versammelt. Scheinwerfer waren auf das Mädchen gerichtet, das mit dem Gewehr in der Hand auf dem Dach saß. Ekman und Linda wurden von Sundin, der die Verantwortung für den Einsatz hatte und das Mädchen herunterholen sollte, eingewiesen. Ein Rettungswagen mit ausfahrbarer Leiter war schon vor Ort. Aber das Mädchen hatte gedroht zu springen, falls die Leiter ausgefahren würde.

Die Lage war unübersichtlich. Das Mädchen war sechzehn Jahre alt und hieß Maria Larsson. Sie war schon zweimal wegen psychischer Probleme stationär behandelt worden. Sie lebte mit ihrer Mutter zusammen, die Alkoholikerin war. Gerade an diesem Abend war irgend etwas völlig schiefgegangen. Maria hatte bei einem Nachbarn geklingelt und war, als die Tür geöffnet wurde, in die Wohnung gestürmt und hatte eine Schrotflinte mitsamt Munition, von deren Vorhandensein in der Wohnung sie wußte, an sich gebracht. Der Wohnungsinhaber mußte mit ernstlichen Problemen rechnen, da er die Waffe und die Patronen offenbar in unverantwortlich lässiger Weise aufbewahrt hatte.

Doch jetzt ging es um Maria. Sie hatte zunächst damit gedroht zu springen, dann damit, sich zu erschießen, dann wieder mit dem Sprung in die Tiefe, und schließlich damit, auf jeden zu schießen, der sich näherte. Die Mutter war zu betrunken, um irgendwie von Nutzen zu sein. Außerdem bestand die Gefahr, daß sie ihre Tochter anschreien und sie auffordern würde, doch Ernst zu machen.

Mehrere Polizisten hatten versucht, durch eine Luke zwanzig Meter von der Stelle am Fallrohr entfernt, wo das Mädchen saß, mit ihr zu sprechen. Im Moment versuchte ein alter Pastor, mit ihr zu reden, doch als sie die Waffe auf seinen Kopf richtete, tauchte er hastig ab. Es lief eine fieberhafte Suche nach einer nahen Freundin von Maria, die ihr ihren Vorsatz ausreden könnte. Keiner zweifelte daran, daß sie verzweifelt genug war, um ihre Drohung wahrzumachen.

Linda lieh sich ein Fernglas und richtete es auf das Mädchen. Schon als sie über Funk hergerufen wurden, hatte sie an damals gedacht, als sie selbst auf dem Brückengeländer gestanden und geschwankt hatte. Als sie Maria zitternd auf dem Dach sitzen sah, wie sie krampfhaft das Gewehr umfaßt hielt, die Tränen, die auf ihrem Gesicht getrocknet waren, da war es, als sähe sie sich selbst. Hinter sich hörte sie Sundin, Ekman und den Pastor diskutieren. Alle waren ratlos.

Linda nahm das Fernglas herunter und wandte sich zu ihnen um. »Laßt mich mit ihr reden«, sagte sie.

Sundin schüttelte skeptisch den Kopf.

»Ich bin selbst einmal in einer ähnlichen Situation gewesen. Außerdem hört sie vielleicht auf mich, weil ich nicht soviel älter bin als sie.«

»Ich kann nicht zulassen, daß du das Risiko auf dich nimmst. Du bist noch nicht erfahren genug, um beurteilen zu können, was du sagen darfst und was nicht. Die Waffe ist geladen. Sie wirkt immer verzweifelter. Früher oder später schießt sie.«

»Laß es sie versuchen.«

Es war der alte Pastor, der das sagte. Er klang sehr bestimmt.

»Ich finde auch«, sagte Ekman.

Sundin schwankte. »Willst du nicht auf jeden Fall vorher zu Hause anrufen und mit deinem Vater sprechen?«

Linda geriet außer sich vor Wut. »Er hat nichts damit zu tun. Das hier ist meine Sache, nicht seine. Nur meine. Und die von dem Mädchen da oben.«

Sundin gab klein bei. Aber bevor sie auf den Dachboden stieg und durch die Dachluke kletterte, rüstete er sie mit einer kugelsicheren Weste und einem Helm aus. Die Weste behielt sie an, doch den Helm nahm sie ab, bevor sie den Kopf durch die Luke steckte. Das Mädchen auf dem Dach hatte gehört, wie hinter ihr die Dachpfannen klirrten. Als Linda zu ihr hinsah, hatte Maria das Gewehr auf sie gerichtet. Es fehlte nicht viel, und sie hätte den Kopf wieder zurückgezogen.

»Komm nicht her«, schrie das Mädchen. »Ich schieße, und dann spring ich.«

»Keine Bange«, rief Linda zurück. »Ich bleibe hier. Ich rühr mich nicht vom Fleck. Aber läßt du mich einen Augenblick was sagen?«

»Was solltest du mir schon zu sagen haben?«

»Warum tust du das hier?«

»Ich will sterben.«

»Das wollte ich auch einmal. Das ist es, was ich dir sagen wollte.«

Das Mädchen antwortete nicht. Linda wartete. Dann erzählte sie, wie sie selbst auf dem Brückengeländer gestanden und nicht mehr weiter gewußt hatte, was die Ursache dafür gewesen war, und wer es schließlich geschafft hatte, sie wieder herunterzuholen.

Maria hörte zu, doch ihre erste Reaktion war Ablehnung.

»Was hat das mit mir zu tun? Meine Geschichte wird da unten auf der Straße enden. Hau ab hier. Laß mich in Ruhe.«

Linda fragte sich verwirrt, was sie tun sollte. Sie hatte geglaubt, ihre eigene Geschichte würde reichen. Jetzt sah sie ein, daß das eine naive Fehleinschätzung war. Ich habe Anna sterben sehen, dachte sie. Aber noch wichtiger ist, daß ich Zebras Freude darüber gesehen habe, noch am Leben zu sein.

Sie entschloß sich, weiterzureden. »Ich will dir etwas geben, wofür du leben kannst«, sagte sie.

»Das gibt es nicht.«

»Gib mir die Waffe und komm zu mir. Tu es mir zuliebe.«

»Du kennst mich doch gar nicht.«

»Nein. Aber ich habe selbst auf einer Brücke gestanden. Ich habe oft Alpträume, daß ich mich von der Brücke werfe und sterbe.«

»Wenn man tot ist, träumt man nichts mehr. Ich will nicht leben.«

Nach einer Weile, wieviel Zeit vergangen war, konnte Linda nicht sagen, weil die Zeit stehengeblieben war, als sie den Kopf durch die Dachluke steckte, merkte sie, daß das Mädchen ernsthaft mit ihr zu sprechen begann. Seine Stimme wurde ruhiger, weniger schrill. Es war der erste Schritt, jetzt war sie dabei, eine unsichtbare Rettungsleine um Marias Körper zu knüpfen. Aber nichts war entschieden bis zu dem Augenblick, in dem Linda keine Worte mehr hatte und anfing zu weinen.

Da gab Maria auf.

»Ich will, daß sie die Scheinwerfer ausmachen. Ich will meine Mutter nicht treffen. Ich will nur dich treffen. Und ich will noch nicht sofort runterkommen.«

Linda zögerte. War das eine Falle? Hatte das Mädchen vor zu springen, wenn die Scheinwerfer ausgeschaltet worden waren? »Warum kommst du nicht jetzt mit mir?«

»Ich will zehn Minuten für mich allein haben.«

»Warum?«

»Um zu fühlen, wie es ist, wenn man sich entschlossen hat zu leben.«

Linda kletterte hinunter. Die Scheinwerfer wurden ausgeschaltet, Sundin schaute auf seine Uhr und nahm die Zeit. Plötzlich war es, als ob all die Ereignisse der dramatischen Tage von Anfang September mit gewaltiger Kraft aus dem Dunkeln auf sie zukamen. Sie war dankbar dafür gewesen, von ihrer Arbeit und der neuen Wohnung so stark in Anspruch genommen zu sein, daß sie gar keine Möglichkeit hatte, in die erschütternden Erinnerungen zu versinken. Wichtiger war doch das Zusammensein mit Stefan Lindman gewesen. Sie hatten angefangen, sich in ihrer Freizeit zu treffen, und irgendwann Mitte Oktober hatte Linda erkannt, daß sie nicht die einzige war, die sich verliebt hatte. Jetzt, wo sie hier stand und das Mädchen auf dem Dach zu erkennen suchte, das sich entschlossen hatte zu leben, war ihr, als sei der Augenblick gekommen, mit dem, was geschehen war, persönlich abzuschließen.

Linda trampelte mit den Füßen, um sie warm zu halten, und blickte hinauf zum Dach. Hatte Maria es sich anders überlegt? Sundin murmelte, daß es noch eine Minute sei. Dann war die Zeit um. Die Leiter wurde zum Dach hochgefahren. Zwei Feuerwehrleute halfen dem Mädchen hinunter, ein dritter holte das Gewehr. Linda hatte Sundin und den anderen gesagt, was sie dem Mädchen versprochen hatte, und sie bestand darauf, daß sie ihr Versprechen einhalten konnte. Deshalb wartete sie allein am Fuß der Leiter, als das Mädchen herunterkam. Linda nahm sie in den Arm, und plötzlich brachen beide in heftiges Weinen aus. Linda hatte das seltsame Gefühl, hier zu stehen und sich selbst zu umarmen. Was sie vielleicht auch tat.

Ein Krankenwagen stand bereit. Sie begleitete Maria zum Wagen und sah ihm nach, als er davonfuhr. Es knirschte unter den Reifen. Der Frost war da, sie hatten schon Minusgrade. Die Polizisten, der alte Pastor, die Feuerwehrmänner, alle kamen zu ihr und gaben ihr die Hand.

Linda und Ekman blieben zurück, bis die Feuerwehrautos, die Polizisten, die Absperrungen und die Neugierigen verschwunden waren. Da kam ein Funkruf, daß auf Österleden ein vermutlich betrunkener Autofahrer gesichtet worden sei. Ekman startete den Motor. Sie fuhren los. Linda verwünschte den Kerl. Am liebsten wäre sie zum Polizeipräsidium gefahren, um einfach nur Kaffee zu trinken.

Doch das mußte warten. Das, wie so vieles andere. Sie beugte sich zu Ekman hinüber, um auf die Anzeige für die Außentemperatur zu sehen.

Minus drei Grad. Der Herbst in Schonen war dem Winter gewichen.

NACHWORT

Eine Person hat in entscheidender Weise zur Entstehung dieses Buches beigetragen. Ihrem Wunsch folgend, nenne ich ihren Namen nicht. Ich sage nur, daß es sich um eine junge Polizistin handelt, die in Mittelschweden arbeitet. Ich danke ihr für ihre Geduld und ihre klugen Gedanken.

Dies ist ein Roman. Das bedeutet, daß ich mir Freiheiten genommen habe. Zum Beispiel habe ich die Telefonzentrale im Polizeipräsidium in Ystad mit Tonbandgeräten ausgestattet, die sämtliche eingehenden Anrufe aufzeichnen. Bald sollen sie auch in der Wirklichkeit existieren.

Henning Mankell
Mai 2002